P9-DLO-936

Doña Bárbara

Letras Hispánicas

Rómulo Gallegos

Doña Bárbara

Edición de Domingo Miliani

TERCERA EDICIÓN

CÁTEDRA
LETRAS HISPÁNICAS

Ilustración de cubierta: *Decidió emprender el regreso al Hato,*
Luis Guevara Moreno

Juan Ignacio Luca de Tena, 15. 28027 Madrid
Depósito legal: M. 48.931-2001
ISBN: 84-376-1539-9
Printed in Spain
Impreso en Huertas, S. A.
Fuenlabrada (Madrid)

Índice

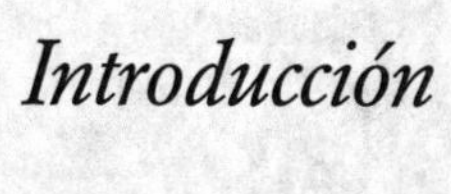
Introducción

Rómulo Gallegos en Morelia, durante el exilio (1955).

Pre-texto

Rómulo Gallegos es el novelista del siglo XX venezolano sobre quien se ha escrito más copiosamente. Sea porque la novela galardonada en España le ensanchara el camino a la fama, o porque su condición de novelista y presidente de la República lo inmolara con el derrocamiento en 1948, su figura fue agigantándose en prestigio y respeto no sólo en Venezuela, sino en el resto de América Latina. Su imagen se volvió arquetípica. Los homenajes y exaltaciones lo fueron sacralizando al extremo de que los comentarios sobre el hombre se emitían con cautela y temor. Esta liturgia crítico-política le hizo daño. Se le empezó a leer casi con miedo. La reacción iconoclasta de jóvenes empeñados en el relevo fue por contraste agresiva en algunas ocasiones. Se atacaba en Gallegos no la fama y la calidad de escritor o la entereza del hombre de moral acerada, sino su pertenencia a un partido político ubicado en el centro del fuego[1]. La mitificación lo hizo intocable y distante. La producción de textos sobre hombre y obra no ha cesado[2]. Existen excelentes biografías y

[1] Sobre el tema del pensamiento y la acción política de Gallegos, se han escrito en los últimos tiempos varios trabajos. Carlos Pacheco, «Pensamiento sociopolítico en la novela galleguiana», y Marco Tulio Bruni Celli, «Acción política», ambos en *Multivisión de Rómulo Gallegos* (en adelante abreviaremos *Multivisión*), págs. 113-134 y 135-154, respectivamente. Cfr. también Antonio Scocozza, *Rómulo Gallegos, labor literaria y compromiso político.*

[2] Al final de este trabajo se incluye una Bibliografía selectiva de y sobre el autor, elaborada por Rafael Ángel Rivas para esta edición, así como una sección bibliohemerográfica centrada en *Doña Bárbara.* Los datos editoriales completos de las obras citadas se consignan allí. Otras obras de carácter general se citan en estas notas con todos sus datos de referencia.

monografías sobre su producción literaria. Más allá del contexto circunstancial de los enfrentamientos políticos locales, fuera de Venezuela continuó divulgándose y traduciéndose la obra. Como todo modelo viviente cuya imagen se intenta seguir, atrajo sobre sí la obsesión de superarlo más que de comprenderlo en una lectura analítica de la obra. Y de toda ella, una novela en especial: *Doña Bárbara.* Es la más aplaudida, reeditada, traducida y también vilipendiada. Se la ha leído como plagio y como expresión de la nacionalidad, como epopeya del paisaje y como un clásico del continente latinoamericano. Autor y obra han sido revaluados en los últimos años con otras ópticas[3].

El estudio introductorio que sigue es un ordenamiento de visiones y aspectos documentales. Agradezco a Ediciones Cátedra, especialmente a Gustavo Domínguez y a Josune García, su invitación para acompañarlos en esta empresa de reeditar *Doña Bárbara.* El trabajo procura facilitar a un lector no venezolano el acceso a la obra y su contexto desde nuestro tiempo. Hemos despojado el enfoque de tecnicismos y alardeos metodológicos excesivos. Esbozamos comentarios analíticos de aspectos que nos llaman a reflexionar o como una forma discreta de sugerir otras lecturas posibles. Los pormenores de revisión y establecimiento del texto novelesco se anotan al final del estudio.

1. Los tiempos

1.1. *Modernidad, modernismo y modernización*

A finales del siglo XIX Caracas era casi una aldea de 50.000 habitantes. La mayoría de la población estaba formada por una oligarquía mantuana, presuntuosa de sus privilegios eco-

[3] Sobresalen en este aspecto las compilaciones ensayísticas: *Relectura de Rómulo Gallegos* (1979), con motivo de los cincuenta años de la primera edición de *Doña Bárbara; Actualidades* (Rev. del Centro de Estudios Latinoamericanos Rómulo Gallegos, Caracas, ag. 1979, núm. 5, monográfico, dedicado a R. Gallegos, cincuenta años de *Doña Bárbara); Multivisión* (1986); *«Doña Bárbara», ante la crítica* (1991).

nómicos y políticos adquiridos desde la época colonial y una clase media romántica, nutrida en la nostalgia del esplendor militar heredado de los próceres emancipadores y sus descendientes. Los aledaños de la capital eran haciendas de caña de azúcar y café, surcadas por pequeñas líneas ferroviarias.

El presidente de la República, Antonio Guzmán Blanco (1829-1899)[4], afrancesado, francmasón y positivista, «inaugura» la *modernización*[5] material de la ciudad y cambia la fisonomía arquitectónica. Apoyado en los liberales trazó un programa orientado a constituir una sociedad civil de corte laico. Su proyecto político giraba en torno a tres elementos de soporte: «educación, inmigración y vías de comunicación»[6]. Según decreto del 27 de junio de 1870, la educación pasaba a ser pública, gratuita y obligatoria[7]. Al decreto siguió la expulsión de los jesuitas. Guzmán topó de frente con la Iglesia Católica en la figura del Arzobispo de Caracas, Mons. Silves-

---

[4] Guzmán ejerce directa o indirectamente el poder durante casi veinte años. Fueron tres lapsos de gobierno conocidos en la historia venezolana así: *El Septenio* (1870-77), *El Quinquenio* (1879-84) y *La Aclamación o Bienio* (1886-88). Los años de 1877 a 1879 tuvieron como presidente a Francisco Linares Alcántara. Entre 1886 y 1889 presidió la República Joaquín Crespo, de quien Guzmán fue compadre y mentor político.

[5] Adopto aquí algunos criterios expuestos por Néstor García Canclini (*Culturas híbridas*, México, Grijalbo/Consejo Nacional para la Cultura y las Artes, 1990): *Modernidad* «como etapa histórica», de innovación continua en el campo de la cultura, desde el Renacimiento hasta las grandes crisis de la contemporaneidad conocidas como *Postmodernidad*. *Modernización* «como proceso socioeconómico que trata de ir construyendo la modernidad» mediante transformaciones materiales de instrumentación, desde el desarrollo del maquinismo y la manufactura industrial hasta la revolución tecnológica de hoy, y *Modernismos*, «... o sea, los proyectos culturales que renuevan las prácticas simbólicas en un sentido experimental o crítico» (cfr. especialmente nota al pie de pág. 19 y su desarrollo, cap. II, págs. 65-86).

[6] Cfr. Rafael Fernández Heres (1994), «Proposición introductoria» a *La educación venezolana bajo el signo del Positivismo,* Caracas, Academia Nacional de la Historia, 1994, pág. 9.

[7] Martín J. Sanabria, ministro de Hacienda, en la circular con la cual acompañó el Decreto, escribía: «La sociedad que no se propone alcanzar como uno de sus principales fines la perfección moral e intelectual del individuo, que es parte integrante de ella, es una sociedad monstruosa, es un cuerpo formado como las masas brutas por agregación de materia y que sólo puede desempeñar un papel subalterno en el universo.»

tre Guevara y Lira, a quien expulsó del territorio venezolano por negarse a oficiar un *Te Deum* en celebración de una victoria militar obtenida por el autócrata.

En las universidades bullen ideas positivistas (Comte), organicistas (Spencer) y evolucionistas (Darwin), mezcladas con cierto liberalismo anticlerical[8]. La juventud universitaria, adversaria de Guzmán, fue positivista en el pensamiento político-social, modernista en la concepción estética del mundo. Los jóvenes positivistas se enfrentaron a una vieja agrupación de románticos católicos adueñados de la Academia de la Lengua, que presidía don Julio Calcaño. Fundaron una Sociedad de Amigos del Saber (1882) y, posteriormente, una Asociación Venezolana de Literatura, Ciencias y Bellas Artes, de donde surgió uno de los balances culturales más completos que haya tenido Venezuela[9].

No hay grandes cambios estructurales. La economía sigue siendo rural. Autoabastece el consumo y permite un remanente de exportación[10]. Europa conoció las excelencias del café y el cacao venezolanos. Los sombreros femeninos de París se adornaron con plumas de las garzas llaneras. En el interior del territorio dormitaban ciudades-aldea, más arraigadas en las costumbres campesinas que informadas de los cambios operados en el mundo exterior, salvo a través de la prensa periódica leída con semanas de retraso[11].

---

8 Un joven naturalista alemán las había introducido en sus cátedras: Adolfo Ernst (1832-1899), a quien secundó otro catedrático venezolano: Rafael Villavicencio (1838-1920). Sin embargo, Fernández Heres *(op. cit.)* señala que ya desde 1838 había indicios de partidarios o combatientes de las ideas de Comte entre los intelectuales venezolanos.

9 *El Primer Libro Venezolano de Literatura, Ciencias y Bellas Artes* (1895); reed. en Caracas, Concejo Municipal, 1974.

10 Para 1884-1885, el gasto público oscilaba entre 33 y 35 millones de bolívares. El valor de las exportaciones llegó a 77 millones. El ingreso mayor provenía de la comercialización internacional del café (cfr. Alonso Calatrava, «Estampa económica de una época», en *Multivisión).*

11 En *Doña Bárbara,* a propósito de la guerra hispano-norteamericana se lee: «Fue cuando la guerra entre España y los Estados Unidos. José Luzardo —fiel a su sangre decía—, simpatizaba con la Madre Patria, mientras que su primogénito, Félix, síntoma de los tiempos que ya empezaban a correr, se entusiasmaba por los yanquis. Llegaron al hato los periódicos de Caracas, cosa que sucedía de mes en mes...» (cap. II, «El descendiente del Cunavichero»).

El pensamiento positivista expuso ideas de orden y progreso no materializadas plenamente. En teoría procuraron recuperar el país devastado por la Guerra Federal (1859-1863). Aportaron la idea de progreso continuo como vía de superación de la *barbarie*.

Cierto ideologema racista enfatizó la *flojera* de nuestro pueblo por su impureza étnica: el *mestizaje*[12]. Los positivistas formularon la interpretación sociohistórica de nuestra realidad desde una concepción fatalista del determinismo geográfico. Y sobre esos degradadores sociales se habrá de erigir la tesis del *gendarme necesario*, propuesta por Laureano Vallenilla Lanz, en un polémico libro: *Cesarismo Democrático* (1919), base conceptual para justificar la dictadura de Juan Vicente Gómez[13].

El guzmancismo contagió en la cultura venezolana la admiración por lo exótico y el menosprecio de los valores na-

---

[12] Diego Bautista Urbaneja precisa el concepto positivista de pueblo en esta forma: «Según los sostenedores de éste, la interacción de factores raciales, históricos, geográficos, característicos de nuestra sociedad, producía un venezolano medio cuyo principal rasgo político era su aptitud para obedecer "hombres fuertes" y, concomitantemente, su incapacidad para ser protagonista apropiado de las instituciones republicanas con las que habían soñado los ideólogos liberales» (*Pueblo y petróleo en la política venezolana del siglo XX*, Caracas, CEPET, 1992, pág. 81).

[13] Julio César Salas es quizá el único positivista venezolano que concibe la civilización como un valor opuesto a la idea del gendarme necesario de Vallenilla: «La civilización de los pueblos se gradúa o está en relación directa con la cantidad de libertad de que gozan los individuos, en virtud de las leyes, cuando éstas son cumplidas u obligan igualmente a mandatarios y gobernados; por descontado, no existe tal civilización donde los gobernantes mandan a su capricho y convierten el poder en beneficio propio, dedicados a acumular dinero por cuantos medios opresivos encuentran: sueldos, monopolios, concesiones, subvenciones, pensiones, sustracciones, negocios, etc., que son verdaderos peculados. En este caso, el opresor no es ya el Estado, restringido y oprimido a su vez por el tirano; los contribuyentes se ven envueltos en una vasta red fiscal que ahoga la producción con variadas expoliaciones. Para el trabajador que así se arruina, lo mismo da que el origen de su miseria sea la República o el Rey, o que el fruto de su trabajo se dilapide por una corte corrompida y en la lista civil de los príncipes, o que vaya al bolsillo de los primates de la seudodemocracia y enriquezca a los políticos sostenedores del déspota» (*Civilización y barbarie; estudios sociológicos americanos,* Barcelona [España], Talleres Gráficos Lux, 1919, cap. XX, pág. 189).

cionales. La reacción posterior hipertrofió cierto nacionalismo que tendría como punto central otra dictadura protagonizada por Cipriano Castro (1899-1908). Entre uno y otro gobiernos se sucede una oleada de presidencias efímeras[14], golpes y asonadas que mantienen en zozobra la vida nacional[15].

Positivistas y modernistas abren camino a la *modernidad intelectual* con aportes indiscutibles a la cultura. No fueron, en cambio, capaces de materializar un proyecto modernizador del país. Configuraron un entorno poderoso de dos dictaduras y trataron de reencarnar en una tercera, a más de haber generado los componentes conceptuales de un *programa*[16].

Las dos dictaduras, una nacionalista (Cipriano Castro [1899-1908]), otra desnacionalizadora, inclinada ante el naciente imperialismo norteamericano (Juan Vicente Gómez [1908-1935]), abarcan el primer tercio del siglo XX[17]. Son el escenario político donde nace nuestra contemporaneidad cultural, o nuestra *modernidad sin modernización.*

---

[14] Efectivamente, de 1884 a 1899 se van turnando en el poder: primero, las máscaras detrás de quienes Guzmán continuaba ejerciendo el mando: Francisco Linares Alcántara (1877), Joaquín Crespo (1884-1886), Hermógenes López (1887), Juan Pablo Rojas Paul (1888-1890). Seguirían luego Raimundo Andueza Palacio (1890-1892), Joaquín Crespo (1892-1898) e Ignacio Andrade (1898-1899).

[15] Manuel Alfredo Rodríguez caracteriza aquellos años por: 1) la sensible disminución del territorio nacional, por laudos y convenios un tanto amañados; 2) la violencia generada por las guerras civiles y asonadas continuas; 3) el endeudamiento externo y la negativa a pagar los compromisos internacionales; 4) los asedios y bloqueos de nuestras costas; 5) el cambio drástico de una economía agrícola soportada en el café y el cacao, a una economía petrolera mediatizada por las concesiones a empresas norteamericanas, británicas y holandesas, cuyos beneficiarios inmediatos fueron los familiares y allegados a Juan Vicente Gómez [«La política en Venezuela (1884-1984)», en *Multivisión,* págs. 17-41].

[16] Sobre el concepto de Programa y sus tres versiones no realizadas, cfr. Diego Bautista Urbaneja, *op. cit.*

[17] Cipriano Castro invade Caracas en 1899. Gobierna hasta el 24 de noviembre de 1908, cuando es embarcado en el vapor «Guadaloupe» para no regresar nunca al país y morir en Puerto Rico. Juan Vicente Gómez (1857-1935) asume el mando el 19 de diciembre del mismo año, para quedarse con la Presidencia de la República, directamente o por mampuesto, hasta el 17 de diciembre de 1935, cuando fallece en Caracas.

Desde 1898, América Latina se vio conmovida por la guerra hispano-norteamericana. Fue conocida con amplitud por los lectores venezolanos de *El Cojo Ilustrado*, en cuyas páginas se publicaron críticas y reseñas[18]. La lucha cubana por su emancipación y las intervenciones norteamericanas en el proceso despertaron una conciencia antiimperialista que se tradujo política y culturalmente en una reconciliación con España. Se formaron grupos inclinados a uno u otro bando[19]. Este retorno solidario se expresa intelectualmente en el llamado *arielismo* de Rodó, con una visión idealista, y en la teoría integradora de la *Patria Grande* proclamada por el socialista argentino Manuel Ugarte, quien desde 1901 venía alertando en París y Madrid sobre «El peligro yanqui»[20]. La urgencia de una unidad o integración hispanoamericana recupera vigencia. El pensamiento krausista y la lectura de los ensayistas españoles de 1898 incide en la formación de la nueva mentalidad. Ugarte había leído al venezolano César Zumeta y cita su aseveración de que «sólo una gran energía y una perseverancia ejemplar pueden salvar a la América del Sur de un protectorado norteamericano». Zumeta, antes que Rodó, había combatido la intervención yanqui en Cuba, Puerto Rico y Filipinas con su panfleto *El Continente enfer-*

[18] En los núms. 157 (1 de julio) y 160 (15 de agosto) de 1898 aparecen artículos titulados: «Guerra hispano-yanqui». En el núm. 178 (15 de mayo, 1899), Eugenio Selles la comenta bajo el título: «Aquí no ha pasado nada.»

[19] El conflicto hispano-yanqui es el motivo que desata la tragedia familiar de los Luzardo en *Doña Bárbara.* Recuérdese el cap. II de la Primera Parte («El descendiente del Cunavichero»), donde el padre de Santos Luzardo, José de los Santos, asesina a su otro hijo Félix, por diferencias de opinión en torno a la derrota española en Cuba, Puerto Rico y Filipinas.

[20] Con ese título Manuel Ugarte escribió en París y publicó en *La Nación* de Buenos Aires un ensayo que sacudió las conciencias latinoamericanas, a propósito de uno de los tantos conflictos fronterizos entre Colombia y Venezuela. Alertaba sobre las apetencias norteamericanas respecto al istmo donde se construía el canal de Panamá y precisaba: «Basta un poco de memoria para convencerse de que su política tiende a hacer de América Latina una dependencia y extender su dominación en zonas graduadas que se van ensanchando, primero con la fuerza comercial, después con la política y por último con las armas» (en *La nación latinoamericana,* Caracas, Biblioteca Ayacucho, núm. 45, 1978, pág. 65).

mo (1899)[21]. Se revelaba vocero acusador de los atropellos, pero terminó pidiendo a Estados Unidos la intervención en Venezuela para derrocar a Cipriano Castro y entronizar a Juan Vicente Gómez. Ugarte seguiría siendo abanderado y símbolo de la lucha contra el intervencionismo norteamericano. En 1912 vino a Venezuela, dictó una conferencia en la Unión de Estudiantes de la Universidad Central. Invocó la memoria de Bolívar como un modelo de aquella lucha. Son los mismos tiempos en que Henrique Soublette y Rómulo Gallegos claman por la unidad hispanoamericana contra el intervencionismo yanqui[22]. Soublette lo hace con una óptica universal que asombra por su vigencia. Gallegos adopta una concepcion regionalista como raíz de cualquier universalidad. Soublette escribe en 1910:

> Desde la invención de la imprenta que dio alas eternas a la palabra humana, todos los descubrimientos mecánicos han venido contribuyendo, cada cual más que el anterior, al acercamiento de todos los hombres entre sí, allí están vapores, ferrocarriles y telégrafos que lo digan. Aquellos mismos inventos que por su índole destructora parecían marchar en dirección opuesta a las del instinto de asociación, a la vista está de qué ingeniosa manera han obrado en sentido contrario lo que parecía marcarles su índole; las armas de precisión, los explosivos de todas clases, los mil trágicos recursos de la vida moderna, quizá han sido la causa principal de la reglamentación de la misma guerra; los enemigos se consideran mutuamente, se dispensan cortesías y atenciones, ya no rehusan hablarse; ¿tan lejos estarán de entenderse? La gran liga internacional contra la guerra irradia ya sus beneficios desde el centro de la Europa.
>
> Yo creo que nadie duda ya que la Humanidad marcha hacia la alianza de todas las naciones, así como tampoco de

[21] Algunos de sus textos pueden leerse en *La doctrina positivista*, «Pensamiento Político Venezolano del siglo XIX. Textos para su estudio», Caracas, Presidencia de la República, 1960, vol. 14, págs. 25-344. *El Continente enfermo* fue reeditado por la Presidencia de la República, Caracas, 1961.

[22] Gallegos publicará en *La Alborada* (núm. 4, marzo de 1909) un ensayo significativo de su posición ante este proceso: «La Alianza Hispano-Americana».

que es la civilización mecánica la que preside y estimula esta marcha, y la que, sin duda, la llevará a cabo[23].

Cipriano Castro (1858-1924) se erige en una de las mayores figuras del antiimperialismo. Todo un clima nacionalista intelectual alentó sus ejecutorias de gobernante, aun en opositores como el caudillo José Manuel Hernández[24]. La expropiación de intereses transnacionales y su comportamiento ante el bloqueo internacional de 1902 fue aplaudido desde varios países latinoamericanos[25]. Castro enfrenta las potencias europeas, pero considera que los Estados Unidos son aún posibles aliados para su plan restaurador a cuyo respaldo convoca la doctrina Monroe. En el matiz nacionalista está el mérito indiscutible de su gobierno. En el barraganismo dipsómano, precursor de otros más recientes, el fundamento crítico negativo donde se alimentó una suerte de leyenda negra de su gobierno.

En 1900, el país, de 2.400.000 habitantes, tenía pocas escuelas primarias, a las cuales concurrían 31.000 alumnos[26]. Según el testimonio expuesto por Delfín Aurelio Aguilera en *Venezuela 1900*, los agricultores tenían el mismo nivel cultural de 1808 y continuaban con prácticas de cultivo vigentes desde la colonia. En una carta de Claudio Bruzual Serra (embajador de Venezuela en Francia) enviada a Cipriano Castro en enero de 1900 desde París se insistía en el predominio económico del café como base de sustentación de nuestra economía. Ya entonces habíamos entrado de lleno en la fácil «agricultura de puerto» que exige menores esfuerzos, como lo expresa un párrafo que pudiera haber sido escrito en 1997:

---

[23] «Proyecto para la fundación de la Gran Confederación Cervantina y de la revista mensual *Romance* que será su órgano», en *Escritos* (comp. y pról. de Carmen Elena Alemán), Caracas, Univ. Simón Bolívar, Instituto de Altos Estudios de América Latina, 1986, págs. 140-141.

[24] Por contradicción, algunos jóvenes, entre ellos los de *La Alborada*, de visión y convicción nacionalista, lo combatieron.

[25] Cfr. Elías Pino Iturrieta (coord.), *Cipriano Castro y su época*, Caracas, Monte Ávila, 1991, pág. 22.

[26] Cfr. Juan Bautista Fuenmayor, *Historia de la Venezuela política contemporánea*, Caracas, ed. del autor, 1976, vol. I, pág. 22.

Así es la verdad, que nosotros compremos al extranjero mantequilla, queso, pescados conservados, jamón, frutas en su jugo, en fin, conservas y confituras de todo género, y lo que es más grave aún, hasta maíz y caraotas. Es decir: importamos el desayuno, el almuerzo y la comida, y enviamos por ello al extranjero una suma respetable de oro, oro que tanto necesita el país[27].

Lo que habíamos avanzado en una modernidad positivista de orden y progreso, y modernista de un refinamiento en las artes, parecía corresponder a otro país, elitizado y circunscrito a los pequeños círculos de una intelectualidad de clase media urbana recostada a los diversos regímenes que cerraron el siglo XIX. La ingente riqueza petrolera fue malbaratada de manera irresponsable y las transacciones encaminadas a estabilizar la economía del país, en más de un siglo, generaron un gran saqueo que aún no termina[28].

Desde el veintenio de Guzmán Blanco hasta los tiempos de Castro los modelos culturales e intelectuales estaban centrados en Europa, especialmente Francia. Con el petróleo, del gomecismo en adelante, la modalidad de valorar todo lo importado como lo supremo se desplaza a las ciudades norteamericanas. Cambiarán los artefactos, no la mentalidad condicionada por el espíritu exotizante, síntoma de una falsa modernización importada. Andrés Eloy Blanco, en una lectura de Luis Araquistain y su revista *España*, es el primero en hablar del «pitiyanqui»[29]. El aislamiento político y cultu-

---

[27] Cit. por Juan Bautista Fuenmayor, *op. cit.* (1976), vol. I, pág. 31.

[28] Todavía hoy, en 1997, con toda razón, Arturo Uslar Pietri, en su columna «Pizarrón» (*El Nacional*, Caracas, domingo 15 de marzo), considera que el mal fundamental de Venezuela sigue siendo la mala administración de la riqueza petrolera que malbarató 190.000 millones de dólares en los últimos veinticinco años. De no modificarse el enfoque administrativo, seguirá dilapidando una masa monetaria que se calcula en 270.000 millones de dólares para los próximos diez años.

[29] Esta expresión, frecuente en textos de Mario Briceño Iragorry por 1950, ya la había comentado Andrés Eloy Blanco en 1932, en torno al concepto de «pueblo» y del «hombre venezolano», donde aún tiene una visión crítica de la flojera criolla: «Resumiendo: el venezolano debe cuidar algo más su presentación, como el jovencito de trece años debe ser más presumido. El andar,

ral contrasta con aquella alienación de los artefactos que dibujan una incipiente sociedad de consumo.

En las dictaduras de Castro —nacionalizador— y Gómez —desnacionalizador— resaltan las polaridades donde oscila en buena medida la contemporaneidad venezolana. Exterminados los vestigios del primer liberalismo, a partir de 1911 Gómez se apoyará en el grupo de los positivistas y modernistas, algunas de cuyas cifras prominentes comienzan a figurar en sus gabinetes ministeriales[30].

Las protestas estudiantiles y las conspiraciones e invasiones ocupan los años de 1928 y 1929. Las adhesiones al dictador cuentan, junto a notables empresarios autocalificados de progresistas, un denso grupo de intelectuales[31].

Las vanguardias políticas que insurgieron en 1928, a la muerte de Gómez (1935) ocuparon el escenario del poder. Aquel marxismo indigesto, ideario de juventud, se convertiría para ellos en lastre que les impidió copar sus ambiciones de liderazgo. Ex directivos de la Federación de Estudiantes como Raúl Leoni, Jóvito Villalba, Germán Suárez Flamerich, José Antonio Mayobre, Rómulo Betancourt, serán el ejem-

---

el sombrero, delatan su pereza. Un venezolano está siempre buscando un poste para recostarse. Hablamos del hombre del pueblo, que es el que nos interesa. El otro está peor presentado, porque es una imitación de imitaciones. Araquistain glosa al "pitiyanqui" portorriqueño. Se olvida del "pitifrancés", del "pitinglés" y del "pitirruso". Lo hallamos en todas partes. Un empleado de banco caraqueño quiere fumar y vestir lo mismo que Mr. Petts, el gerente. Se va llenando de humo egipcio y se va vaciando de alma venezolana» (...) (*Obras completas*, Eds. del Congreso de la República, 1973, t. II, vol. I, pág. 9).

[30] José Gil Fortoul, Victorino Márquez Bustillos —quienes llegarán a ser mascarones de la Presidencia—, César Zumeta y Pedro Emilio Coll, más tarde José Antonio Tagliaferro, director de *Cultura Venezolana*, Laureano Vallenilla Lanz, director de *El nuevo diario* e ideólogo de la dictadura; Pedro Manuel Arcaya, Manuel Díaz Rodríguez, Antonio Álamo, Santiago Key Ayala, etcétera.

[31] Mezclados unos y otros, son recordables: J. González Gorrondona, Eduardo Berrizbeitia y Compañía, Taurel y Compañía, Manuel Bigott, John Boulton (el viejo), el doctor Elías Toro, Augusto Guinand, el doctor Leopoldo Romero Sierra, el doctor Juan Iturbe, William Phelps, el comerciante Oswaldo Stelling. Entre los escritores estaban el poeta Andrés Mata, Delfín Aurelio Aguilera, Vicente Lecuna, Enrique Planchart, Laureano Vallenilla Lanz y el incondicional José Eustasio Machado (Fuenmayor, *op. cit.*).

plo de cómo los ideales gritados en la rebelión estudiantil son un buen camino hacia un poder desde donde tampoco se hace la revolución. Las inquietudes mesiánicas de «salvadores de la patria» devienen en una frase reiterada como una vergüenza que se va repitiendo tras cada nuevo fracaso: «estábamos equivocados». No inventaron: erraron. La profecía de Simón Rodríguez se iba cumpliendo al revés.

La pugna por lograr una armonía política, un equilibrio social, una administración eficiente, una democracia honesta y efectiva dentro de un capitalismo subalterno y mediatizado, primero por el imperialismo intervencionista y luego por la extorsión global, abarca, desde la muerte de Gómez hasta hoy, un vasto espectro de crisis y despeñaderos que han conducido a un desastre progresivo a la sociedad venezolana en su conjunto. Son sesenta años de búsquedas, frustraciones, promesas y desencantos.

1.2. *Cosmopolitismo y regionalismo culturales*

La «modernidad», desde la era guzmancista en adelante, implantó el cosmopolitismo afrancesado con los modernistas, a tiempo que afirmaba el regionalismo narrativo con la novela *Zárate* (1882) de Eduardo Blanco, a la cual sigue en la etapa postguzmancista *Peonía* (1890), de Manuel Vicente Romerogarcía. Una dualidad oscilante entre localismo y exotismo será el binomio polémico representado en la revista *Cosmópolis* (1894-95), centro generador de la estética modernista y también criollista en nuestra literatura, sustentadas por dos de sus redactores. Pedro Emilio Coll asumirá la posición de un cosmopolita que apela a Tolstoi para «reemplazar la idea de patria por la de humanidad». Su contraparte, Luis Manuel Urbaneja Achelpohl, defenderá la tesis de la nueva estética literaria, siempre que se nutra de la *materia nacional* y terminará invocando entre admiraciones la ¡Patria![32]. Lector temprano de Nietzsche, Tolstoi, Daudet y Bourget, Pedro Emilio

[32] Cfr. «Charloteo», en *Cosmópolis*, Caracas (1), mayo de 1894. La posición de Pedro Emilio Coll se expresa en este párrafo del «Charloteo»: «En este periódico [alude a *Cosmópolis*], como lo indica su nombre, tendrán acogida to-

Coll fue de los primeros en comprender la modernidad literaria como una *globalización*. En el mismo texto agrega: «La literatura ha hecho en favor de la confraternidad humana más que todas las intrigas diplomáticas; los países más lejanos se conocen, se acercan y simpatizan por el libro y el periódico; las ideas viajan de una nación a otra sin hacer caso de los empleados de aduana, ni de los ejércitos fronterizos; las razas se estrechan y la Paz se impone» (pág. 103). El ideal de acercamiento por la literatura se cumplirá en otra revista: *El Cojo Ilustrado* (1892-1915), la de mayor proyección continental y la de máxima longevidad entre las publicaciones venezolanas de su tipo. En esas páginas publicará Gallegos sus primeros cuentos[33]. Leerá a autores rusos y españoles del 98[34].

Los modernistas coexistieron con los positivistas en *Cosmópolis* (1894-95) y *El Cojo Ilustrado* (1892-1915). Los regionalistas más avanzados tendrían efímero vocero en *La Alborada* (1909), revista que fundaron Julio Rosales, Henrique Soublette, Salustio González Rincones, Julio Planchart y Rómu-

---

das las escuelas literarias, de todos los países. El cosmopolitismo es una de las formas más hermosas de la civilización, puesto que él reconoce que el hombre, rompiendo con preocupaciones y prejuicios, reemplaza la idea de Patria por la de Humanidad» (*Pedro Emilio Coll*, Caracas, Academia Venezolana de la Lengua [Clásicos venezolanos], 1966, pág. 103).

33 Los cuentos publicados en la revista fueron «Las rosas» (en. 1910, número 433), «La liberación» (mar. 1910, núm. 437), «Una aberración curiosa» (oct. 1910, núm. 452), «La novia del mendigo» (dic. 1910, núm. 455), «El último patriota» (en. 1911, núm. 458), «Entre las ruinas» (ag. 1911, núm. 472), «Los aventureros» (feb. 1912, núm. 483), «El apoyo» (oct. 1912, núm. 499), «Cuento de carnaval» (feb. 1915, núm. 556). La mayoría apareció integrando el volumen *Los aventureros* (1913). Publicó además dos ensayos: «Necesidad de valores culturales» (ag. 1912, núm. 496) y «Análisis» (abr. 1914, núm. 536).

34 En *El Cojo Ilustrado* colaboraron autores rusos y españoles, lecturas posibles de Gallegos y sus compañeros de *La Alborada*, quienes también escribían en la famosa revista. Cito algunos. Los números entre paréntesis indican los años de sus colaboraciones. Entre los españoles: Azorín (1900, 1909, 1914), Baroja (1915), Benavente (1898, 1910, 1912, 1913, 1914), Blasco Ibáñez (entre 1900 y 1902 publicó 18 colaboraciones), Ganivet (1903: «La vida provincial»), Antonio Machado (11 colaboraciones entre 1907 y 1915), Manuel Machado (17 textos entre los mismos años), Ramiro de Maeztu (1915), Unamuno (17 colaboraciones entre 1899 y 1908). De los rusos los más frecuentes fueron: Andreiev (1905, 1906), Chejov (1906, 1908), Dostoievski (1904, 1906), Gorki (1904, 1905, 1907, 1908, 1909).

lo Gallegos. Las tres tendencias, al prolongarse, compartirán con los primeros vanguardistas las páginas de otra revista: *Cultura venezolana* (1918-1932). Esta última, en su programa, delimita el auge y la actualidad de una cultura intelectual moderna en contraste con el atraso económico[35]. Se produce así una coexistencia de códigos culturales sin enfrentamientos abruptos. No es raro, pues, que en un mismo artista se puedan percibir indicios de discurso modernista con temática regionalista dentro de una cosmovisión signada por el positivismo. Juntos irán por la historia. Desde estas publicaciones y desde la Universidad, como alumnos o catedráticos, sientan las bases de la ciencia moderna, acción donde participa una promoción de nombres que protagonizan los primeros treinta años del siglo XX.

Los modernistas llevan adelante una *modernidad verbal*[36]. Los regionalistas fecundan la resistencia crítica frente al Modernismo. El regionalismo conservó los ancestros románticos. Juan Bautista Fuenmayor señala que la raíz regionalista de nuestra cultura está sembrada en la tenencia de la tierra. Se impone como problema desde la Independencia hasta el gomecismo[37]. El latifundio conservó intacta su estructura y,

---

[35] «A nosotros los venezolanos se nos hace la justicia de concedernos un nivel medio de cultura general muy envidiable, aun comparativamente con países de más larga evolución, nivel que, si desgraciadamente no corre pareja con nuestro desarrollo económico y hace que las naturales orientaciones de los espíritus hacia el desinterés del ideal se vean necesariamente acogotadas por las imposiciones de una vida material difícil y precaria, no por eso deja de ser promesa halagadora para el porvenir» («Nuestro programa», Año I, núm. 1, junio de 1918).

[36] Picón Salas escribía en 1940: «La "modernidad" de la generación del 95 fue la de la palabra, el tema y el ritmo. Algo como una gran pintura de Historia transcrita en versos de contorneada línea parnasiana o en octosílabos juguetones que quieren imitar la anacreóntica griega...» («Paseo por nuestra poesía», *Obras selectas*, Caracas/Madrid, EDIME, 1962, pág. 150).

[37] «Sólo a partir de 1922 cambia por completo el panorama de Venezuela, y el problema de la posesión de las tierras deja de ser la cuestión capital. Desde ese momento, el contexto histórico de los acontecimientos se refiere a la dominación del capital imperialista y a la dependencia de la producción petrolera. Venezuela deja de ser un país agrario y pastoril para convertirse en país minero, en una inmensa factoría petrolífera de propiedad extranjera. Es entonces cuando, definitivamente, el régimen gomecista adquiere los caracteres específicos con los que ha pasado a la historia contemporánea de Venezuela» (vol. I, pág. 176).

pese a los intentos fallidos de reforma agraria, prevalece hasta hoy[38].

Los regionalistas implantaron el criterio de lo rural como definición de la cultura nacional[39]. Cuanto fuera urbano o tendiera al cosmopolitismo universalizante de los modernistas era exótico y, en consecuencia, visto con reserva. Entre regionalismo y universalismo giran las dos grandes líneas de búsqueda en la cultura de nuestra modernidad.

El siglo XX comenzaba con una premonición apocalíptica expresada en narrativa del desencanto. Manuel Díaz Rodríguez rememora el derrumbe de las estatuas de Guzmán Blanco en una novela cargada de connotaciones simbólicas alrededor de la idea de *finis patriae*. Es *Ídolos rotos* (1901). Miguel Eduardo Pardo en *Todo un pueblo* (1899) y Rufino Blanco Fombona en *El hombre de hierro* (1907) inauguraban una estética de la fealdad a través del grotesco —más que del realis-

---

[38] Los llanos de Venezuela ocupan 500.000 km^2; es decir, más de la mitad de la superficie total que configura el país de hoy. En ellos predominan los hatos ganaderos cuya superficie promedio no es inferior a 500 hectáreas. En 1979, con motivo de los cincuenta años de la publicación de *Doña Bárbara*, Salvador Garmendia visitó el Hato La Candelaria en el Arauca. Entrevistó y transcribió diálogos con Justo Delgado, de ochenta y seis años, quien había sido peón del famoso latifundio cuando era propiedad de Cipriano Castro y cuando Gallegos lo visitó en 1927. Garmendia concluye su texto así: «Esperanzas errantes..., pero la civilización que primero trajo el alambre (de púas) y después el asfalto y la avioneta pudo destruir tal vez el semblante de la barbarie; en cambio la injusticia, la servidumbre y la humillación que Gallegos denuncia en *Doña Bárbara*, no han sido desterradas del llano. El latifundismo subsiste, eternizando la explotación del hombre del campo y la aniquilación progresiva de la riqueza y el medio natural que le pertenecen» («Cantando se llegaba la hora de ensillar, III», en Papel Literario de *El Nacional*, Caracas, 11 de febrero de 1979, pág. 4). Una excelente visión de la región, su flora, su fauna y su historia en perspectiva contemporánea puede ser consultada en Miguel Izard, *Orejanos, cimarrones y arrochelados*, Barcelona (España), Senfai Eds., 1988.

[39] Desde su antecedente criollista, hay esta identificación. Luis Manuel Urbaneja Achelpohl, en un diálogo de los redactores de *Cosmópolis*, en 1894, exclama: «¡Regionalismo! ¡Regionalismo!... ¡Patria! Literatura nacional que brote fecunda del vientre virgen de la patria; vaciada en el molde de la estética moderna, pero con resplandores de sol, de sol del trópico, con revolotear de cóndor y cabrilleo de pupilas de hembra americana» («Charloteo», *Cosmópolis*, año I, núm. 1, 1 de mayo de 1894, pág. 67).

mo— donde se nutriría la novelística de José Rafael Pocaterra. Centraban sus universos narrativos en el medio urbano. Los adulterios y los cornudos estupidizados por la sumisión burocrática debutan en *El hombre de hierro* de Blanco Fombona y trascienden como parodia de la dictadura a la *Política feminista o El Doctor Bebé,* (1913) de José Rafael Pocaterra. Ambos autores conservan en su producción literaria relaciones paterno-filiales[40]. Esta narrativa quebranta el código idealizador de la belleza modernista. En cierto sentido es una novelística más literal que literaria. La intención transgresora induce a Pocaterra a pedir que se le considere *fuera de la Literatura.* El modelo realista literal se volcará después en el simbolismo reformista a través de un discurso ético civilizador (Gallegos). La innovación estaba en la ruptura con lo que el mismo Pocaterra calificó de «literaturismo agudo de prosas preciosas»[41], el padecer con cierto dramatismo el «dolor de patria» leído en el poeta social portugués Abilio Guerra Junqueiro y la voluntad de cambio social armonioso plasmado en la frase «sustituir la noche por la aurora»[42].

Los cambios en la dimensión de la cultura propuestos en la efímera experiencia de *La Alborada* (1909), donde culmina la estética del regionalismo en una tímida polarización respecto al cosmopolitismo, pero no al criollismo de los modernistas, se integran a un proceso de mayor amplitud donde se congregan poetas, músicos y pintores. Rómulo Gallegos y sus compañeros —Henrique Soublette, Julio y Enrique Planchart, Julio Horacio Rosales, Salustio González Rincones—

---

[40] Pocaterra escribe a Blanco Fombona una carta incluida en *El doctor Bebé* (Madrid, Ed. América, 1917), donde le expresa: «*El hombre de hierro* fue para mí una revelación; yo caí en ese camino de Damasco desde el asno cansino, campanilleador y pueblerino en que venía. La lectura de ese libro me hizo romper cuartillas y hacer trizas la papelería ridícula de los veinte años, con el atenuante de que no publiqué jamás nada de aquello; sentía ese pudor instintivo de los seres deformes para desnudarse ante los demás.»

[41] Carta citada.

[42] Abilio Guerra Junqueiro (1850-1923) publicó en *El Cojo Ilustrado.* En el núm. 363 (1 feb. 1907) aparece: «El cantador»; en el 436 (15 feb. 1910), «Oración al pan»; en el 450 (15 sept. 1910), «El cavador», «Consejos académicos», «Grupo antiguo».

animan el impulso de los jóvenes que tendían a romper la rigidez de la Academia y se suman al movimiento plástico musical del Círculo de Bellas Artes[43]. De aquellos fermentos juveniles nacerán los textos novelísticos iniciales de Gallegos: *El último Solar* (1920) y *El forastero* (1942), cuya primera versión fue escrita en 1922[44]. Es uno de los momentos estelares de quiebra con la plástica académica y con la música romántica, para dar paso a la escuela paisajista de Caracas, a un impresionismo algo tardío, al descriptivismo musical y literario[45]. Este movimiento a su vez se imbrica en las tertulias de la debatida «Generación de 1918» donde habría de iniciarse

---

[43] R. Esteva Grillet, en «Artilugios de *Doña Bárbara*» (1991), refiere: «Al año siguiente, 1912, los artistas realengos aceptaron una proposición de Leoncio Martínez (Leo) en el sentido de constituirse en Círculo de Bellas Artes para no seguir mendigando la atención oficial y conquistar con el propio esfuerzo un público hasta entonces reacio a la consideración del arte como tarea digna e incluso económicamente provechosa. Será un Círculo no sólo de pintores y escultores; agrupará igualmente a músicos, poetas y hasta un militar se atreverá a cerrar filas para hacer sus propios escarceos en el dibujo.»

«En más de una ocasión el Círculo contó con la participación de Gallegos, fuese para una tertulia o para leer sus páginas recién escritas. En 1917, al cambiar de local y lugar, al cabo de casi tres años de mengua, el escuálido grupo es allanado y sometido a sermoneo de prefecto moralista. Rómulo Gallegos y Leoncio Martínez lograron esquivar a tiempo el mal momento» (*Desnudos no, por favor*, pág. 58).

[44] Cfr. José Santos Urriola, «La primera versión de *El forastero*, novela inédita de Rómulo Gallegos», en *Relectura*, vol. 1, págs. 323-330.

[45] Allí conviven e intercambian visiones estéticas compositores como Juan Bautista Plaza y Vicente Emilio Sojo, cuyos discípulos serán los constructores de la vanguardia musical. Al lado van pintores como Manuel Cabré, Marcos Castillo, Rafael Monasterios, Luis Alfredo López Méndez, Pedro Centeno Vallenilla, Antonio Edmundo Monsanto. Gallegos mantendrá una fraternal amistad con Cabré. «En 1920, Manuel Cabré se aventurará a hacer su primera exposición individual, con más de un centenar de cuadros, y será nada menos que su amigo el escritor Rómulo Gallegos quien lo presente en sociedad. El espaldarazo saldrá publicado en la revista *Actualidades*, dirigida para la época por el mismo Gallegos; inmediatamente el diario fundado por Andrés Mata, *El Universal*, se apresuró a reproducir el largo artículo el día 12 de marzo.

»No es Gallegos un crítico de arte, sino un amigo del artista y un admirador de su arte, que es otra cosa también respetable. Es quizá la única vez que Gallegos escribiera sobre arte, con firma, a favor de un artista con quien comla vanguardia junto con una prolongación de la tendencia regionalista. El futurismo y el simbolismo coexisten con las iniciales e indiciales presencias de una pintura y una poesía cubista mostrada en los textos del diplomático y poeta mexicano José Juan Tablada[46], quien vivió un tiempo en Caracas, y en los primeros dibujos e ilustraciones tipográficas de Rafael Rivero Oramas. Andrés Eloy Blanco y Jacinto Fombona Pachano imprimen al verso octosilábico una fuerza de «romancismo» prelorquiano, herencia de Antonio Machado, que habrá de proyectarse en otros poetas y se expresará narrativamente en *Cantaclaro* (1934), de Gallegos[47].

De este momento arranca tal vez la renovación integral de nuestras artes. Es decir, las modernidades intelectuales emergen a pesar del relativo aislamiento político que la dictadura imponía. La Primera Guerra Mundial sensibiliza las conciencias y hace más tangibles las ansias de universalidad modernista. La Revolución Mexicana despierta una conciencia entusiasta de la cultura popular y el nacionalismo artístico. Tablada y Carlos Pellicer fueron los embajadores intelectuales de aquel movimiento. José Vasconcelos, rector de la Universidad de México, se erige defensor de los venezolanos que expresaban su rebeldía contra Gómez. Denuncia las torturas en las cárceles en un encendido discurso pronunciado el 12 de octubre de 1920, en el Anfiteatro «Simón Bolívar» de la Escuela Nacional Preparatoria. Su actitud genera un incidente que desembocará en la ruptura de relaciones diplomáticas entre México y Venezuela des-

---

partiera los sinsabores del Círculo de Bellas Artes. Había ciertamente una afinidad estética, por encima de la diferencia de edades. Compartían, Gallegos y Cabré, ese gusto por la naturaleza nuestra y a ambos debe mucho la corriente criollista, tanto en arte como en literatura» (R. Esteva Grillet, «Artilugios de *Doña Bárbara*», *Desnudos no, por favor*, pág. 59).

[46] Fueron insertos en *Actualidades,* revista de Aldo Baroni (a la cual estuvo muy ligado Gallegos hasta el punto de terminar dirigiéndola), y en *Cultura Venezolana*, además de *El nuevo diario* y *El Universal.*

[47] El término *romancismo* pertenece a Pedro Salinas: Cfr. «El romancismo y el siglo XX», en *Ensayos de Literatura Hispánica* («Del Cantar de Mío Cid a García Lorca»), Madrid, Aguilar, 1958.

de 1923 hasta 1933[48]. La revolución rusa pone a mirar el mundo con una óptica hasta entonces intuida pero no conocida: el marxismo. Una literatura testimonial desgarrada se escribe en las mazmorras de La Rotunda, el Castillo de Puerto Cabello, las Tres Torres de Barquisimeto. En esas cárceles eran leídos clandestinamente algunos narradores del realismo ruso, editados por Espasa-Calpe, de Madrid, en su Colección Universal. Y allí también tuvo lectores una novela de Rómulo Gallegos: *Doña Bárbara*, cuyo autor había sido profesor y maestro de muchos jóvenes ahora recluidos en las prisiones del dictador.

1.3. *Vanguardias estéticas y populismo utópico*

Mientras los jóvenes de *La Alborada* interpretaban en 1909 la caída de Cipriano Castro como un nuevo momento de cambios históricos, Juan Vicente Gómez, presidente interino durante veintisiete años, asumía el mando con el apoyo de barcos norteamericanos anclados frente a las costas venezolanas en el Puerto de La Guaira[49].

---

[48] Cfr. Felicitas López Portillo, «La ruptura diplomática entre México y Venezuela: Juan Vicente Gómez y José Vasconcelos», *Cuadernos americanos* (Nueva época), México, nov.-dic. 1996 (60), págs. 225-240.

[49] José Vicente Abreu, en su Introducción a *La Alborada. Antología* (Caracas, Fundarte, 1983), reseña la situación apoyado en citas de Rómulo Betancourt: «El embajador norteamericano en Venezuela, Lorena de Ferreira, envía un cable al Depto. de Estado el 24 de noviembre de 1908, donde informa y solicita: "Iniciada reacción contra el General Castro. Ministro Relaciones Exteriores me visitó hoy. Pidióme hacer saber Gobierno Americano voluntad Presidente Gómez arreglar satisfactoriamente todas las cuestiones internacionales pendientes. Cree conveniente presencia buque guerra americano La Guaira previsión acontecimientos. Hizo similar comunicación a otras Legaciones"» (pág. 6).

(...) «Cuarenta y ocho horas después de haber cumplido Gómez su papel en el trágico sainete, zarpaba de Hampton Roads el primero de los acorazados norteamericanos que iban a respaldarlo con sus cañones y con su marinería: el "Maine". El 23 de diciembre le siguieron otros dos, el "Des Moines" y el "North Caroline". En el último de esos navíos de guerra embarcó, en ca-

En 1912, la reforma al Código de Minas despoja a los dueños de la tierra de sus derechos a tener participación en una ingente riqueza. Los beneficiarios directos fueron los miembros de la oligarquía adicta a Gómez, asociada rápidamente con los concesionarios transnacionales[50]. Por 1920 un joven abogado que recientemente había salido de la Universidad, se marcha a los llanos de Apure para defender a algunas de aquellas personas despojadas de derechos. En el ejercicio profesional se tropezaría con una curiosa dama: Francisca Vásquez de Carrillo. En la vida real[51] era la persona dentro de la

---

lidad de comisionado de los Estados Unidos, el contralmirante W. I. Buchanan» (pág. 6).

Párrafos adelante en la misma página fulmina al grupo así: «Los yanquis estaban allí en nuestras costas centrales y los albodos continuaban hablando de esperanzas, de porvenir, de reformas, de coyunturas favorables para un cambio que permitiera emprender una nueva vida nacional. La presencia de los barcos, ¿no daba motivos para la gran lección de la soberanía?» (pág. 7).

[50] En 1919 comienzan a obrar las concesiones otorgadas a empresas norteamericanas. La primera fue con The Caribbean Petroleum Co. Fuenmayor (1976) indica que en 1920, «... los amigos de Juan Vicente Gómez, unos 2.300, recibieron 176 concesiones petrolíferas para colocarlas entre los negociantes extranjeros, particularmente norteamericanos» (vol. I, pág. 303 y ss.).

[51] John Englekirk comenta así el famoso litigio de Doña Francisca Vásquez con el ganadero Pablo Castillo, en el cual intervino Andrés Eloy Blanco: «En sus días juveniles, por más de diez años, Don Mariano (Pardo) recorrió a caballo, palmo a palmo, toda la comarca del Apure. Él conoció a Doña Pancha en su casa de Mata el Totumo. Años más tarde recordaba haberla visto de visita en San Fernando. Tanto Antonio (Torrealba) como Don Mariano concuerdan en las historias acerca de los numerosos litigios de Doña Pancha sobre disputas de límites. Don Mariano afirma, sin embargo, que doña Pancha no era tan ladina y astuta como la pintaba Antonio; los pleitos que ella tuvo, según él cree, se alargaron exageradamente debido a su ignorancia e incapacidad. Cree él también que como resultado de esto, a menudo Doña Pancha perdió más tierras de las que ganó. Ambos recuerdan el más sensacional de estos pleitos, el cual tuvo lugar en San Fernando en 1922. En esa oportunidad el pleito de Doña Pancha era con Don Pablo Castillo (dueño del Hato El Menoreño, en el Alto Apure). La defensa estaba en manos del hábil abogado Pensión *(sic)* Hernández; el proceso de la causa fue llevado por una figura no menor, según se dice, nada menos que el distinguido poeta y político, Andrés Eloy Blanco. El juicio resultó ser el acontecimiento culminante de la época. La gente se apiñaba en el Juzgado desde temprano, estremecida por la elocuencia de aquellos dos brillantes abogados» [«*Doña Bárbara,* leyenda del Llano», en *RNC* (127, feb.-mar., 1958), págs. 67-68]. Lo de la elocuencia parece un elegante recurso de ambientación que imagina el Prof. Englekirk, porque en Venezuela los juicios no son orales.

cual germinaría un personaje de ficción: Doña Bárbara[52]. El abogado era el poeta Andrés Eloy Blanco.

La nueva riqueza petrolera no modificó social ni culturalmente el estado general de la población, paupérrima en su dispersión rural y emigrante desde 1925 a ciudades que no rebasaban los 20.000 habitantes y tenían servicios públicos tan deficientes como hoy, después del estallido de opulencia saudita. Estaba emergiendo una horda de «nuevos ricos» ajenos a toda moral y cultura, gestores de lo que Mario Briceño Iragorry llamó «una democracia de asalto». De ella fueron naciendo en buena parte los vástagos de esta contemporaneidad sin modernización, más consumidora que productora, más usurera que arriesgada en la industrialización real. El país se mantuvo dentro de la definición de Uslar Pietri: un país de «suelo rico y gente pobre».

En 1926 se funda la Federación de Estudiantes de Venezuela. Entre sus dirigentes iniciales están Rómulo Betancourt y Jóvito Villalba. Betancourt dejará pronto las aulas de la Facultad de Derecho. Entra de lleno en la vida política, como uno de los primeros activistas embadurnado de un marxismo libresco y vinculado al recién nacido Partido Revolucionario Venezolano que fundó en México Gustavo Machado con otros exiliados, bajo la protección discreta del presidente Plutarco Elías Calles.

La conspiración intelectual tenía un signo de sustitución frente al modelo positivista. Estos nuevos ideólogos asumen el rol revolucionario con sentido mesiánico, más garibaldesco que socialista[53]. Se vislumbraba el foco de un estallido inminente: la Semana del Estudiante de 1928, de cuyas incidencias surge el mito de una generación predestinada que vista desde la perspectiva de hoy, fue «más cuento que memoria» en el acontecer postgomecista[54].

---

[52] Cfr. Andrés Eloy Blanco, «*Doña Bárbara,* de lo pintado a lo vivo», *Obras completas,* t. II, vol. I, págs. 545-548. Remito igualmente a mi trabajo introductorio a *Andrés Eloy Blanco. Poesía,* Caracas, Biblioteca Ayacucho, núm. 214, 1996.

[53] Cfr. Arturo Sosa, Introducción a *El comienzo del debate socialista. Pensamiento Político venezolano del siglo XX,* Caracas, Congreso de la República, 1983, tomo VI, vol. 12, págs. xi-xviii.

[54] Cfr. sobre este movimiento: Joaquín Gabaldón Márquez, *Memoria y cuento de la generación del 28,* Caracas, ed. del autor, 1958.

Las vanguardias de la época, mucho más amplias que su reducción generacional a 1928[55], echaron las bases de la contemporaneidad intelectual de Venezuela hasta por lo menos la década de 1960. Ellas anuncian la ruptura con las tradiciones académicas de modo más abrupto que la producida antes entre los románticos y los modernistas. La búsqueda de una universalidad mejor entendida alienta desde el manifiesto de *válvula* (1928) en adelante hasta desembocar en el universalismo filosófico-estético del grupo *Contrapunto* (1950)[56].

Entre los jóvenes del 28, la reacción contra el regionalismo como supervivencia del criollismo fluye en la ensayística, pero no se materializa plenamente en la producción poética y narrativa, sino que se filtra por las metáforas ultraístas bajo forma germinal de *realismo mágico* en los cuentos de Julio Rosales, Arturo Uslar Pietri y Carlos Eduardo Frías[57]. Un año después la consagración internacional de *Doña Bárbara* (1929) marca el vértice de un desarrollo en la tendencia llamada superregionalismo por Fernando Alegría. La novela de Gallegos llevaba a su máxima altura el modelo narrativo regional de alejamiento frente al modernismo, pero también respecto del criollismo tradicional.

---

[55] Cfr. Nelson Osorio, *La formación de la vanguardia literaria en Venezuela*, Caracas, Academia Nacional de la Historia, 1985.

[56] En la «Razón de ser» de la revista publicada por el grupo *Contrapunto* con el mismo nombre se enfrentaba : 1) el mesianismo generacional con que se autodefinía la gente de 1928; 2) reticencia frente a los grupos, cenáculos y peñas literarias, consideradas por ellos como «refugio de desganados y vagotónicos»; 3) ruptura del silencio donde se alimentaba una gran crisis de la cultura agravada por «una falsa actitud renovadora convertida casi en la constante de nuestra historia»; 4) superación de la limitación mayor del hombre venezolano: «la falta de espíritu constructivo»; 5) por último, búsqueda de salidas a la crisis en el contexto de la historia universal contemporánea, «... que amplíe las perspectivas de nuestra cultura y lleve hasta el hombre americano las intenciones universales que tan duramente conquista el mundo de nuestros días...» (cfr. Juan C. Santaella, *Manifiestos literarios venezolanos*, Caracas, Monte Ávila, 1992, 2.ª ed., págs. 37-39).

[57] Ya casi es lugar común el recordar que fue Uslar Pietri, en 1947, quien primero aplicó el término «realismo mágico» para caracterizar «el cuento venezolano» y latinoamericano desde 1928, en el proceso de desarrollo de la vanguardia (cfr. *Letras y hombres de Venezuela*, México, Fondo de Cultura Económica, 1.ª ed., 1948).

Oswald Spengler, Sigmund Freud, André Bréton, José Ortega y Gasset, Ramón Gómez de la Serna, Guillermo de Torre, son los maestros de la teoría. Los narradores rusos del realismo, sus modelos narrativos; especialmente Leonidas Andreiev (*Sachka Yegulev*). Gallegos añade en sus lecturas de juventud a Tolstoi y Dostoievski, junto a los españoles Pérez Galdós, Baroja y Pérez de Ayala y, especialmente, Ramiro de Maeztu[58]. La *Revista de Occidente* y la *Gaceta Literaria,* de Madrid, constituyen las fuentes de información que los conecta con la contemporaneidad de una Europa en efervescencia cultural. *Literaturas europeas de vanguardia* (1926), de Guillermo de Torre, será el breviario de la nueva estética.

2. Dimensiones del hombre

2.1. *Dimensión vital*

Rómulo Gallegos nació en Caracas el 2 de agosto de 1884, segundo de ocho hermanos[59]. Sus padres fueron Rómulo Gallegos Osío y Rita Freire Guruceaga. La vocación literaria despierta entre la infancia y la adolescencia. A la edad de doce años sobreviene la orfandad por la muerte de la ma-

---

[58] Fernando Paz Castillo, amigo de juventud, testifica que Gallegos, entre 1912 y 1918, lee «con ahínco a Ibsen, autor que le solicitó desde muy joven la imaginación, especialmente con sus dramas misteriosos como las brumas del Norte. Lee también a los rusos. Apasionadamente a Dostoievski. Encuentra en sus libros puntos que coinciden con su concepto del arte de novelar. En Andreiev halla, más que en Dostoievski, tan árido al respecto, la fuerza del paisaje, tratado en una forma sobria pero emotiva. Lee los autores españoles: Don Benito Pérez Galdós, Baroja y Ganivet, de quienes toma algo de tradición mestiza, hidalga o picaresca» («Rómulo Gallegos y su obra de creación», 1960, pág. 131). Recuérdese que estos autores fueron divulgados ampliamente en *El Cojo Ilustrado.*

[59] En esta Introducción nos concretamos a los aspectos sobresalientes de la vida en función de la obra literaria. Existen varios trabajos biográficos y cronológicos donde se expone al pormenor la vida de Gallegos considerado como ejemplo de dignidad latinoamericana. Los estudios biográficos más conocidos son de Felipe Massiani, *El hombre y la naturaleza venezolana en Rómulo Gallegos*; Lowell Dunham, *Rómulo Gallegos. Vida y obra*; Juan Liscano, *Rómulo Gallegos y su tiempo.*

dre[60]. A la falta de la madre se suma la «juventud de escasez» que lo obliga a abandonar el seminario de donde su padre aspiraba verlo salir ordenado de sacerdote[61].

En el Colegio Sucre[62], Santiago Aguerrevere lo inclina al gusto por las Matemáticas. La religiosidad del director, Jesús María Sifontes[63], atenúa el rígido clima de laicismo que desde los tiempos de Guzmán Blanco se había impuesto en la educación[64]. En el mismo Colegio inició su tarea de educador cuando tenía diecisiete años[65]. A esa edad, en una efímera hoja periodística, recuerda haber publicado su primer artículo. Mientras estudia su Bachillerato recibe enseñanzas de Filosofía con el maestro J. M. Núñez Ponte, quien, al decir de Gallegos, lo «enseñó a enseñar». Núñez Ponte, de formación escolástica, lo indujo además en lecturas de los clásicos españoles y en la *Imitación de Cristo*, de Thomas Kempis, de la cual se habían traducido y publicado varios capítulos en *El Cojo Ilustrado*. En el joven Gallegos, todavía por 1902, al es-

[60] Rita Freire de Gallegos fallece en Caracas el 13 de marzo de 1896. Gallegos la recuerda en su exilio de 1949, como a «la más buena mujer del mundo». Y traza este perfil: «Del maternal arrimo (...) me separó temprano la desventura de su muerte, pero fue tanta la ternura con que trató de formarme corazón aquella dulce y silenciosa Rita Freire de Gallegos, que se consumió pronto en la concepción y en la crianza de sus hijos, que no podía reservarme la vida contratiempos, fracasos ni desengaños que me enturbiasen la emoción original de la bondad» [«La pura mujer sobre la tierra», *Una posición...* (1977), vol. 2, págs. 112-113].

[61] Cfr. Fernández Heres, *op. cit.*, págs. 457 y ss. Ya a los diez años, Gallegos pensó en hacerse sacerdote. Ingresó en el Seminario por poco tiempo, hasta el fallecimiento su madre.

[62] En ese plantel completó su escuela primaria desde 1898 y se graduó de bachiller en 1903.

[63] Gallegos recuerda en 1937 al director del Colegio donde inició sus estudios sistemáticos. Lo define así: «... uno de los hombres más virtuosos, más católicos y más puros que he conocido; y la enseñanza que se daba en el Colegio Sucre no tenía nada que envidiar a la que se da hoy en otras partes» (*Rómulo Gallegos, parlamentario*, Caracas, Congreso de la República, 1981).

[64] Guzmán había prohibido la enseñanza religiosa en los planteles de educación, luego de su ruptura con el arzobispo de Caracas (cfr. Rafael Fernández Heres, *loc. cit.*).

[65] A la muerte del doctor Sifontes, asumió la dirección del Colegio Sucre el doctor J. M. Núñez Ponte, quien empleó a Gallegos como maestro de primaria, al tiempo que cursaba su primer año de bachillerato.

cribir su trabajo para optar al título de bachiller, predominaba el pensamiento católico ortodoxo.

En 1903 ingresa en la Universidad para estudiar Ciencias Políticas. Fue corta su permanencia en las aulas superiores. La estrechez económica lo obligó a abandonarlas[66]. Ingresó a trabajar en el Ferrocarril Central de Venezuela, como jefe de estación. Era 1905. Había conocido a Teotiste Arocha Egui, de quien se enamoró y con quien mantendría correspondencia romántica hasta 1912, cuando la hizo su esposa.

De aquella breve pasantía universitaria data la mejor amistad de juventud con Julio Planchart, Henrique Soublette, Salustio González Rincones y Julio Horacio Rosales. Son los días de intensas lecturas de Maupassant, Zola, Nietzsche[67], Pérez Galdós y Ganivet. Soublette es el gran animador. En su imaginación bullente proyecta la ya mencionada Asociación Literaria Hispano-Americana o Internacional que lleve como subtítulo «Gran Confederación Cervantina». Quiere reunir en ella a todos los intelectuales venezolanos y del mundo hispánico, más allá de las diferencias ideológicas.

En su exilio cubano de 1949, Gallegos escribirá: «Éramos cinco en una misma posición ante la vida y paseábamos nuestro cenáculo errante por todos los caminos de buen mirar hacia paisajes hermosos»[68]. Entre ellos va madurando la sensibilidad social que los hace capaces para percibir y padecer *dolor de patria*[69]. Aquellos fermentos nutridos de lecturas

---

[66] Desde 1905 abandonó las aulas. Rosales —uno de sus más próximos amigos— asegura que fue a partir de «... un desliz de ancianidad del más anciano de nuestros catedráticos» (cit. por Subero: Gallegos, *Materiales*, vol. 1, pág. 19).

[67] Cfr. «Entre las ruinas» y *Reinaldo Solar*. El pensamiento de Nietzsche fue comentado por Pedro González Blanco en cuatro artículos que aparecieron en *El Cojo Ilustrado* en 1912. La misma revista insertó los siguientes ensayos del polémico pensador alemán: «Máximas» (mar. 1903), «La inmaterialidad del gran arte» (sept. 1903), «De las castas» (oct. 1903), «Ecce homo» (ag. 1909), «La guerra» (en. 1911).

[68] «Mensaje al otro superviviente de unas contemplaciones ya lejanas», *Una posición...*, vol. 2, pág. 87.

[69] Uno de los integrantes del grupo, Julio Planchart, testimonia aquel momento: «Y efectivamente, los años de nuestro aprendizaje aparecían a nuestras almas jóvenes años de desastre, años tenebrosos, y no queríamos sino pensar

filosóficas y literarias cristalizaron en 1909. Los cinco integraron el grupo sustentador de *La Alborada* (1909), revista donde predominó la reflexión acerca del país, que empezaba a sentir la dictadura de Juan Vicente Gómez. Gallegos dirá: «...a todos se nos ocurría imaginar, como a todos los jóvenes les acontece, que con nosotros comenzaba un mundo nuevo, originalísimamente nuestro donde ya sí valía la pena vivir»[70]. La sensibilidad social los hace pensar un nuevo humanismo que Henrique Soublette concibe diferenciado del Simbolis-

---

en la patria. El alma de *La Alborada* estaba formada por lo que el gran poeta portugués Guerra Junqueiro llamó "dolor de patria". El estado de atraso del pueblo de Venezuela, su pobreza y su ignorancia nos llenaba de congoja el corazón; no sabíamos cómo se había de curar tanto mal, pero veíamos las cosas con honestidad y era nuestro dolor lo que deseábamos expresar en *La Alborada.* La tiranía de Cipriano Castro, sus monopolios, sus bloqueos y sus revoluciones, sus orgías y sus mujeres, sus cortesanos y la codicia y la adulación que lo rodeaban, nos parecían un desastre, y lo era, para nuestro espíritu, tan grande como pudo serlo para la generación española del 98 la pérdida por España de sus colonias y la guerra con los Estados Unidos. Nuestro estado de ánimo era semejante al de aquella generación y de ello surgía nuestra diferencia con los modernistas. Éstos fueron simplemente artistas, todo lo posponían al amor a la belleza y entendían que ella residía en la palabra y el estilo. Entre nosotros y ellos, guardando las distancias, había la misma diferencia que le halla Pedro Salinas a la generación del 98 española con el modernismo americano. Éste se caracteriza, según el notable crítico español, por la limitación del intento: "la renovación del concepto de lo poético y de su arsenal expresivo. Y por un tono de esteticismo, la busca de la belleza". En cambio, en España, "la agitación de las capas intelectuales es mayor en amplitud y hondura y no se limita a reformar el modo de escribir poesía o al modo de escribir en general, sino que aspira a conmover hasta sus sentimientos la conciencia nacional, llegando a las mismas raíces de la vida espiritual".

»Algo de esto último le ocurrió a la generación que aquí le sigue a la modernista: no se creía capaz de remover hasta el fondo de las raíces [la] vida espiritual, pero algo intentaba en ese sentido y, sobre todo, reaccionaba contra el propósito de modificar la manera de escribir. Este punto no le interesaba. En cambio, sí le interesaba la crítica, aunque fuera como dar cabezadas contra un muro, del estado de cosas de Venezuela. Así, "El último Solar", es la concentración de la ideología de *La Alborada* y lo mismo puede decirse, en cierto modo, de las otras novelas de Gallegos: en todas ellas, el elemento sentimental integrador está en el dolor de patria. (...)» (J. Planchart, «Jesús Semprúm», en *Temas críticos,* Caracas, Presidencia de la República, Fuentes para la Historia de la Literatura Venezolana, 3, 1972, págs. 423-424.)

[70] «Mensaje al otro...», pág. 88.

mo y el Futurismo[71]. Su objetivo es más social que literario. Pretende «buscar la mayor felicidad posible del mayor número de hombres posible», más allá de profesiones o clases sociales. Alentaba, pues, en ellos, un poco el utopismo proclamado en Londres por la Sociedad Fabiana, cuyos postulados conocieron en las lecturas de Ramiro de Maeztu.

El ansia de fama intelectual tuvo para los cinco de *La Alborada* un ejemplo a seguir: *El Cojo Ilustrado*. Julio Rosales considera que «esas figuras de Sanedrín de "El Cojo", esos personajes herméticos como los sacerdotes de Egipto, ejemplo del escritor vernáculo, chapados a la francesa, casi todos, sombra y reflejo de los prototipos modernistas del siglo XIX, nos deslumbraban y fascinaban con sus estilos, cuales clasicistas, cuales preciosistas»[72]. No extraña, pues, que en sus primeros cuentos, tanto Rosales como Gallegos y Henrique Soublette registren huellas hondas de la escritura modernista. Soublette se cartea con Amado Nervo, diplomático en Biarritz y Madrid. Le envía una de sus tragedias para que le gestione su representación en España. En fin, buscan abrirse paso literario con brío y audacia. Conceptualmente los de *La Alborada* serán regionalistas en su temática, modernistas en su discurso. Intentan convertir en símbolos perdurables las esencias locales. Buscan en el arte como en la vida un sentido reformista moralizador. Gallegos será, al final, el gran sacerdote de tales propósitos, el ductor y gestor de lo que Luis Castro Leiva llama con mordacidad una *paideia cívica*[73]. El ideario, sin embargo, golpeado en lo inmediato hasta el cierre de la revista, trascendería a textos ensayísticos de importancia, sobre todo en Gallegos y Henrique Soublette. Y además constituiría un código indoblegable de comportamiento[74]. Educador nato, Gallegos atribuye al *factor educación* el

---

[71] Cfr. Henrique Soublette, «El humanismo como doctrina», *Escritos*.

[72] «Evocación de *La alborada*», *Revista Nacional de Cultura*, núm. 135, pág. 10.

[73] *Ese octubre nuestro de todos los días,* Caracas, Fundación CELARG, 1996.

[74] «... marchamos unidos los cinco en un reducto cerrado para encelar la misma fe patriótica, para incubar la misma esperanza en un mañana independiente y honroso; cruzados de la pulcritud, devotos del vivir honesto, en sis-

poder de transformar la mentalidad humana para seguir principios y aceptar leyes como un proceso de conciencia. Propone «escribir en el alma antes que corregir en el libro»[75].

Gallegos, de inicial formación católica, al impacto del pensamiento positivista universitario, como sus compañeros, enfrenta el dilema entre una moralidad espiritualista y un agnosticismo en la metodología positiva de interpretar la realidad, especialmente bajo las modalidades del evolucionismo de Spencer, las ideas de Le Bon y Littré, que dominaban el ambiente académico[76]. Desde temprano leyeron la obra de Marinetti que Salustio González Rincones les había remitido desde París. Descartaron conscientemente el futurismo, por convicción. Soublette escribe en 1910: «Allá, entreténganse los futuristas del Mediterráneo en quemar museos y aporrear mujeres; nosotros, aquí, tenemos algo más serio y más grande que hacer: Desmontar una selva de millón y medio de kilómetros cuadrados»[77]. Por su lado, Rómulo Gallegos, al compartir el ideal de unidad latinoamericana con su compañero Soublette, critica la conducta europocéntrica donde reposa el colonialismo mental de los intelectuales:

> Vivimos en un aislamiento injustificable del resto del continente americano; nada o muy poco sabemos de nosotros mismos, en tanto que conocemos los más mínimos detalles de la vida de los extraños. Nuestra intelectualidad se nutre de la savia europea, como nuestro comercio de sus productos, y generalmente llegamos a interesarnos más por los problemas políticos o sociales que allá se resuelven, que por las propias necesidades que aquí piden urgente solución. Nuestra vida

---

temática oposición y contraste con la venalidad, bajeza y concupiscencia que auspiciaba la dictadura de nuestros días, como anacoretas entregados a cultivar el corazón y el cerebro, con la preocupación como lema de conducta, en la dignidad de los pensamientos y las obras, flores de la personalidad del individuo» (Julio Rosales, «Evocación de *La Alborada*», pág. 15).

[75] «El respeto a la Ley», *Una posición*..., vol. 1, pág. 29.

[76] Fernández Heres estudia con detenimiento este conflicto espiritual en José Gil Fortoul y Gallegos y anota las huellas que se manifiestan en algunos de los textos narrativos producidos por estos dos autores. Cfr. *op. cit.*, páginas 189-190.

[77] «El futurismo italiano y nuestro modernismo naturalista», *Escritos*, página 164.

> toda pende de Europa, sus destinos parecieran ser los nuestros; de espaldas al continente, frente al mar, estamos siempre hurgando los horizontes en la espera de algo que viniera a resolver nuestra suerte, quizás la buena nueva que venga a predicarnos con sus cien bocas de muerte algún acorazado[78].

Eran los tiempos de la reacción antimodernista en su versión cosmopolita. Allí se inserta la posición del joven Gallegos. Su americanismo, sin embargo, es altamente crítico y en páginas posteriores irá matizándose. Ensayista en *La Alborada*, ya despunta como un empecinado defensor de los principios enfrentados al cesarismo que dominaba la historia nacional: «Hombres ha habido y no principios, desde el alba de la república hasta nuestros brumosos tiempos: he aquí la causa de nuestros males. A cada esperanza ha sucedido un fracaso y un caudillo más en cada fracaso y un principio menos en la conciencia social»[79]. No obstante, en 1931, ya novelista consagrado, exalta las virtudes del individualismo hispánico en tanto base psicológica del propósito independentista desde Lope de Aguirre hasta Bolívar[80].

No tenía aún el joven escritor de veinticinco años una clara conciencia de que estaba comenzando para Venezuela la dictadura más larga del siglo XX. Esa visión empañada fue común a todos sus compañeros. Gómez fue un equívoco histórico en los primeros años de su mandato. Aún en 1912, Gallegos, desde Barcelona (Venezuela), donde se desempeñaba como recién nombrado director del Colegio Federal de Varones, en carta fechada el 2 de febrero de 1912, describe la estampa del presidente del Estado Anzoátegui y concluye el párrafo diciendo: «¿Qué te parece? En plena democracia...»[81]. En ese mismo tiempo, Gómez estaba clausurando la Universidad hasta 1920.

---

78 «La alianza hispano-americana» (1909), en *Una posición*, vol. 1, págs. 43-44.

79 «Hombres y principios» [*La Alborada* (1), 31 de enero de 1909], en *Una posición*, vol. 1, pág. 11.

80 Cfr. «Las tierras de Dios» (1931), *Una posición*, vol. 1., V, especialmente «El cacharro y el ánfora», págs. 128-130.

81 Subero, *Materiales*..., vol. 1, pág. 30.

Su vocación pedagógica estaba consolidada. Gallegos fue al Oriente del país con voluntad de implantar cambios en la educación. El medio no era propicio, pero llevaba respaldo del Ministerio de Instrucción Pública y de Laureano Vallenilla Lanz, una de las figuras intelectuales más influyentes dentro del entorno dictatorial de Gómez, amigo suyo y de la familia Soublette.

El narrador, de veintinueve años, prepara su primer libro de cuentos (*Los aventureros,* 1913). Se casa por poderes con Teotiste Arocha. Su esposa se le reúne en Barcelona, luego de un viaje por mar en barco de vapor, única forma de comunicación posible entre los extremos del país. La permanencia en Barcelona es breve. Regresan a Caracas. Ocurre la muerte de su mejor amigo: Henrique Soublette[82]. Lo sepultaron en Caracas el 18 de julio. Gallegos escribe una página elegíaca en *El Universal* de Caracas[83]. Soublette fue centro de la novela *El último Solar.*

Gallegos prosigue su labor pedagógica como subdirector del Liceo Caracas. Vive su segunda experiencia cultural de gran intensidad: la actividad que surge en torno al *Círculo de Bellas Artes.* Allí se prolonga la experiencia intelectual de *La Alborada,* ahora enriquecida por el contacto con pintores paisajistas e impresionistas, poetas y músicos[84]. Uno de los

---

[82] Soublette, nacido en Caracas en 1886, murió de bilharzia en Santa Cruz de Tenerife el 19 de mayo de 1912. Tenía veintiséis años.

[83] «Henrique Soublette», *El Universal,* Caracas, 18 de julio de 1912. Reproducido en *Rev. Nacional de Cultura* (127), Caracas, mar.-abr. 1958, págs. 7-10.

[84] Fernando Paz Castillo, participante en las actividades del Círculo, escribe respecto a Gallegos y su primer libro: «Hacia 1912 *[sic]* aparece *Los Aventureros...* ¡Qué hermoso libro de cuentos para la época! Coincide este libro con la fundación de "El Círculo de Bellas Artes".» Toda una era que se inicia para el arte en Venezuela. En mi concepto, con este libro comienza una nueva concepción del paisaje en nuestra literatura. No se trata ya de la reproducción fiel de la naturaleza, sino de una interpretación emocionada. Gallegos trata el paisaje como Monsanto y como Manuel Cabré. Y resulta ahora más justa la comparación si se tiene en cuenta que no habían llegado a la madurez de su arte, apenas presentaban animadas manchas de una naturaleza que comenzaban a explorar, llevados por una nueva técnica, muy próxima, más por intuición que por sabiduría, a los pintores impresionistas» *(loc. cit,* pág. 131).

animadores plásticos del Círculo, el ruso Nicolás Ferdinandov[85], habrá de convertirse en personaje de la novela *El forastero*.

La publicación de su primer libro en 1913 hace a Gallegos figura conocida del mundo literario. Pasa temporadas en Los Teques, donde crece la amistad con el poeta Fernando Paz Castillo. El tema de *La trepadora* va macerándose en el diálogo con el amigo poeta. Sin embargo, está aún lejos la fama del intelectual. El educador de recia personalidad y carácter austero domina la imagen del hombre. La lectura de William James lo anima al estudio de la psicología en los abismos del ser humano, y en especial tiene ya conocimiento del fluir psíquico, aunque la aplicación en sus novelas sea algo ingenuo en el uso de unos monólogos donde la sintaxis se mantiene dentro de su racionalidad gramatical[86].

Su reticencia ante el medio represivo de la dictadura lo hace hombre prudente. En el aula va creciendo una promoción de alumnos llamados a desempeñar papel fundamental en la vida intelectual y política venezolana desde la década de 1920. Es una larga lista de luchadores que lo admiran y respetan. El director y su compañera residían en la misma casa donde funcionaba el plantel. El Liceo Caracas tenía un internado que regentaba la joven esposa Teotiste Arocha.

En la Semana Santa de 1927, Rómulo Gallegos visita los llanos de Apure por invitación de un amigo y exalumno. Con el novelista viaja su hermano Pedro Gallegos. El objetivo del escritor era documentarse para escribir una novela. En ese tiempo el narrador José Rafael Pocaterra editaba una pequeña publicación: *La lectura semanal*. Gallegos le había cedi-

---

[85] Sobre este artista ruso —residente en la isla de Margarita— y su exposición en Caracas en 1920, cfr. Fernando Paz Castillo, *Entre pintores y escritores*, *Obras completas*, vol. VIII, págs. 93-104.

[86] La expresión «stream of consciousness» fue utilizada por William James en *The Principles of Psychology* (Nueva York, Henry Holt, 1890). La obra en traducción española fue texto para la enseñanza de la psicología en educación secundaria. Sobre la aplicación del concepto a la novela, cfr. Robert Humphrey, *La corriente de la conciencia en la novela moderna*, Valparaíso (Chile), Ed. Universitaria, 1969.

do para publicar un texto titulado *La rebelión*, capítulo de una novela que estaba elaborando: *La casa de los Cedeño*.

En la mente del narrador estaba gestándose un gran libro. Ni siquiera el propio autor sabía a ciencia cierta cuál sería su título y forma definitivos. La amistad con Antonio Torrealba Osto, un caporal de sabana dotado de cultura literaria y profundo conocedor de la llanura apureña, y el impacto recibido con el imponente paisaje de la desolación y la sabana serán los acicates. Hay noticias de que Torrealba facilitó a Gallegos algunos cuadernos de su *Diario de un llanero,* un voluminoso conjunto misceláneo que permaneció inédito hasta hace pocos años, cuando lo exhumó y publicó el investigador Edgar Colmenares del Valle. Por uno u otro motivos, ya estaba naciendo la criatura que lo convertiría en clásico de la literatura de habla española: *Doña Bárbara*.

Libro y autor fueron elevados a la fama desde Madrid en 1929. La vida del escritor habría de cambiar desde entonces. Gómez lee la novela. Siente que es demasiado buena para haber sido escrita contra él. Quiere conocer a Gallegos y ganarlo para su entorno. Gómez y sus consejeros no toleran la actitud del intelectual independiente. Se está con él o contra él. Busca comprometer a Gallegos como integrante de uno de aquellos parlamentos estructurados a la medida de su ansia de perpetuidad en el poder. El sistema electoral de entonces era la caprichosa voluntad del gobernante. Gallegos lo había censurado en 1909 en uno de sus ensayos de *La Alborada*[87]. Cierto acólito sugiere al dictador que nombre a Gallegos senador por el Estado Apure. Es 1930. Gallegos se muestra esquivo. La enfermedad de su esposa es una coyuntura que le permite, por segunda vez, marcharse un tiempo fuera de Venezuela. Mientras tanto escribe sin des-

[87] «Harto sabido es que este alto cuerpo, en quien reside, según el espíritu de la ley, el supremo poder, ha sido de muchos años a esta parte un personaje de farsa, un instrumento dócil a los desmanes del gobernante que, por sí solo, convoca o nombra los que han de formarlo, como si se tratara de una oficina pública dependiente del Ejecutivo y cuyas atribuciones están del todo subordinadas a la iniciativa particular del presidente» («Los congresos», *La Alborada*, núm. 8, mayo de 1909, en *Una posición*..., vol. 1, pág. 54).

canso[88]. Es una pasión más que un ansia de fama premeditada. Lo sabe y lo expresa desde muy temprano[89]. El novelista una vez más busca evadir el emplazamiento. Viaja por la Guayana venezolana para documentar otra novela. Luego se marcha a Nueva York (1931). Allí escribe su carta de renuncia a la senaduría que no ocupó nunca. En medio de molestias y estrechez económica bosqueja dos novelas: *Cantaclaro* y *Pobre Negro*. Revisa notas de otro texto comenzado en Venezuela: *Canaima*. El destino siguiente fue Barcelona (España), a donde llegó a comienzos de 1932. Se radica en la calle de Muntaner, 193. Allí lo visitan antiguos alumnos exiliados como él. Algunos vivirán como pensionistas en su apartamento. Otro, el más próximo, Isaac J. Pardo, relata al pormenor aquellos años de vida del novelista en Cataluña[90]. La escritura es indetenible. Los libros van concluyendo uno tras otro. Surgen maduros ya. Rebasan las notas y apuntes que recibió como información en el Apure, al contacto con su amigo Antonio Torreaba, o tomó directamente en el breve recorrido por las riberas del Orinoco. La nueva novela es *Cantaclaro*.

En 1933 reside en Madrid. Se aloja «en un soleado apartamiento de la Casa de las Flores, calle de Hilarión Eslava, parte nueva del barrio de Argüelles, casi al lado de la casita en la

---

[88] En una entrevista concedida al periodista colombiano Luis Enrique Osorio, Gallegos revela en 1936: «Se comenzó a decir —y la suposición no era descabellada— que *Doña Bárbara* era la imagen del gomecismo. El rumor llegó a Maracay y esto comenzó a formarme cierto ambiente hostil. A la obra se le hacía el vacío, con excepción de los comentarios que aventuraba a veces Pedro Sotillo. Pero yo me encerré en mi vida de pedagogo y literato, a soñar en el próximo libro» (*«Doña Bárbara» ante la crítica,* pág. 11).

[89] Desde Barcelona [Venezuela], el 10 de febrero de 1912, escribe a su padre: «Alguno podría decir que si yo sabía que esta vocación mía era improductiva debí haberla dejado; pero ¿acaso uno escoge su camino? Yo siempre he sabido que las letras corren parejas con el mal comer y peor vestir y las he seguido porque sé que para esto sólo sirvo y no hay más remedio. Mejor es dedicarse cada uno a su especialidad, que andar tanteando en oficios que uno nunca desempeñará como es debido para sacarle partido» (Subero [comp.], *Materiales,* vol. 1, págs. 33-34).

[90] Cfr. «Mi visión personal de Rómulo Gallegos. El hombre que yo conocí», en *Conceptos para una interpretación formativa del proceso literario venezolano,* págs. 383-395.

que pasó sus últimos años don Benito Pérez Galdós» —recuerda Andrés Iduarte[91]. José López Rueda —quien nació en Gatzambide, 35— describe más al pormenor la zona donde transcurrieron los años madrileños de Gallegos:

> Probablemente a mediados de 1934, el matrimonio Gallegos llega a Madrid[92] y se establece en la Casa de las Flores, un hermoso edificio de ladrillos rojos que ocupa toda la manzana encuadrada por las calles de Gaztambide, Hilarión Eslava, Meléndez Valdés y Rodríguez San Pedro. Es un edificio de apartamentos para inquilinos de clase media acomodada. (...) En la calle de Hilarión Eslava, frente al portal que daba acceso al domicilio de Gallegos, se alzaba el pequeño chalet donde Benito Pérez Galdós pasó los últimos años de su vida. Así lo hacía constar una placa de bronce que contenía un retrato en bajorrelieve del bigotudo y genial novelista con una inscripción que decía: AQUÍ VIVIÓ Y MURIÓ BENITO PÉREZ GALDÓS. El chalet desapareció después de la guerra civil y en su lugar se alza en la actualidad un edificio de apartamentos, pero, afortunadamente, la efigie de don Benito y la graciosa inscripción en pareado, que tantas veces leímos en la infancia, se ha conservado para información de las nuevas generaciones y nostalgia inconsolable de las antiguas[93].

En Madrid, Gallegos trabajó como empleado de la fábrica National de cajas registradoras. La escritura no cesa. *Canaima* (1935) ratifica la excelencia del narrador. Un vasto mural ético-geográfico de Venezuela iba incrementándose en aquella voluntad de narrador.

La vida madrileña de Gallegos es de gran recogimiento en su casa y sus papeles. Iduarte, quien lo conoció entonces, añade en sus recuerdos que era poco dado a frecuentar peñas literarias. Una de las pocas intervenciones en actos públicos fue la lectura de capítulos de *Canaima* en la Sociedad de Escritores y Artistas en 1935. Iba a la Biblioteca Nacional y a la del Ateneo a consultar clásicos europeos y mapas. No habla-

---

[91] «Rómulo Gallegos en España», *México en la Cultura*, Suplemento Cultural de *Novedades*, núm. 292, pág. 4.

[92] Iduarte señala que fue en 1933.

[93] J. López Rueda, *Rómulo Gallegos y España*, págs. 24-25.

ba de sus lecturas. Visitaba o era visitado por algunos escritores: Díez-Canedo, Baeza, Gabriel Miró, Rafael Alberti. Los exiliados antigomecistas, especialmente los jóvenes, lo frecuentaban y hablaban de la situación venezolana. Su casa era el *consulado rebelde*, agrega Iduarte.

El 17 de diciembre de 1935 muere Gómez. Gallegos estaba concluyendo otra novela: *Pobre negro*. El ambiente español de la República vivía ya aires tormentosos. Vuelve a Barcelona por poco tiempo. Deja su apartamento de Hilarión Eslava, donde ahora, por coincidencia, se radica otro gran escritor latinoamericano: Pablo Neruda. En Barcelona, el novelista reencuentra a dos ex alumnos: Isaac Pardo y Rafael Vegas. Ambos son médicos. Lo ven fatigado. Gallegos está inquieto porque el nuevo presidente provisional de Venezuela lo ha llamado a desempeñar el Ministerio de Instrucción Pública. Se halla indeciso. Sus amigos le recomiendan descansar en Mallorca. Se baja del barco antes de que zarpe y permanece en la ciudad catalana. Por fin acepta colaborar con el régimen provisional de Eleazar López Contreras. Vuelve a Venezuela como titular de la cartera de Instrucción Pública. Siente llegado el momento de aplicar sus ideas de reformador pedagógico. Sin embargo, el país aún no tiene un derrotero definido para el cambio. Renuncia. Mantiene una discreta posición frente al acontecer político de esos años. Mientras tanto los alumnos de los años veinte han asumido el liderazgo. Fundan partidos políticos de orientación moderna. Ante la revolución frustrada aspiran afianzar la democracia. La lucha por el sufragio universal es su bandera. La vienen escuchando de su propio maestro. Gallegos la había proclamado ya en 1909 en uno de sus ensayos de *La Alborada*[94]. Llegaba la hora del gran compromiso. Él artífice de símbolos ficcionales era emplazado a encarnar aquella aspiración colectiva. Es promovido como candidato al Congreso Nacional. Desde esa tribuna asume una digna conducta opositora siempre orientada por una conciencia de la justicia y el

---

[94] Cfr. «Por los partidos» (*La Alborada*, núm. 3, feb. 1909), en *Una posición...*, vol. 1, págs. 31-35.

equilibrio[95]. El segundo paso será la candidatura presidencial que se oponga a la oficial: Isaías Medina Angarita. La posibilidad de triunfo es mínima. El lo sabe. La ocasión de divulgar masivamente un ideario en las plazas de las ciudades es su objetivo. Y su campaña se convierte en un aula de civismo al aire libre. La política militante ha iniciado en él su trabajo abrasivo[96]. No le será fácil renunciar. La obra se va haciendo cada vez más distanciada entre uno y otro libro. *Sobre la misma tierra* es recibida con elogiosa crítica, entre otros por el filólogo estilístico Ulrich Leo, quien aún residía en Venezuela. Es la década de los cuarenta. La Segunda Guerra Mundial y las grandes convulsiones sociales que ella engendra han provocado una atmósfera propicia a la democracia social. La experiencia guatemalteca de Juan José Arévalo es un camino a seguir. Uno de sus discípulos de la época gomecista, el más aguerrido y empecinado, lidera una sublevación militar que expulsa del poder a Isaías Medina Angarita. Es la llamada «Revolución de octubre» de 1945. Gallegos, desde su juventud, había preconizado el respeto a los principios y a la ley. Expresa su desacuerdo con aquella asonada de cuya gesta-

---

[95] En un discurso pronunciado en la Cámara de Diputados, el 30 de abril de 1937, dice: «Yo no podría vivir en un país donde no reinara el orden, porque no soy hombre de presa. Por otra parte, toda mi obra literaria —no la menciono para hacerle propaganda— demuestra que soy un hombre que desea el orden; y que rinde tributo a la jerarquía humana cuando es legítima. No soy un vociferante, no soy un energúmeno, y si mis simpatías están con el pueblo, es porque éste representa la porción sufrida, la porción oprimida por las injusticias que se han venido acumulando sobre la actual estructura social; pero si alguna vez ese pueblo se adueña de la fuerza y abusa de ella en un régimen dictatorial y despótico, iré contra él, y mis sentimientos estarán con la porción entonces oprimida» (*Una posición*..., vol. 1, pág. 149).

[96] En el citado discurso ante la Cámara de Diputados, el 30 de abril, había dejado clara su actitud ante la política militante: «... en las colectividades humanas no se puede proscribir ni postergar el pensar, porque entonces el vivir se convertiría en vegetar. Y este pensar no puede ventilarse sino en el campo libre de las ideas políticas. Advierto que no soy político, y que la lucha política no me interesa; por el contrario, repugna a mi temperamento, más bien inspirado en normas de moderación conciliadora; pero la verdad es que el problema político está planteado tácitamente en esta Cámara, como en todo el país» (*Una posición*..., vol. 1, pág. 146).

ción no había tenido una sola noticia[97]. Sin embargo, los hechos eran claros. Un cambio en el rumbo político nacional se había producido. Ahora su candidatura tenía todas las probabilidades de triunfo y acepta la postulación a la Presidencia de la República. Obtiene una victoria por aplastante mayoría[98].

La gestión presidencial de Gallegos es efímera. El 24 de noviembre de 1948, a pocos meses de su investidura como presidente constitucional, los mismos hombres que con Rómulo Betancourt habían derrocado a Medina Angarita en 1945 repiten el cuartelazo encabezados por Carlos Delgado Chalbaud, quien fungía como ministro de Defensa del novelista presidente. Lo secundan Luis Felipe Llovera Páez y Marcos Pérez Jiménez, quien había sido jefe de la Casa Militar de Gallegos. Una traición sigue a otra. Delgado Chalbaud es asesinado en 1950, y Pérez Jiménez asume por ocho años el control del gobierno en forma dictatorial.

---

[97] Domingo Alberto Rangel, dirigente de Acción Democrática y luego fundador del Movimiento de Izquierda Revolucionaria por división del primero, con motivo del centenario del nacimiento de Andrés Eloy Blanco, escribe un ensayo («El juglar jacobino») en el cual revela por primera vez esta incidencia: «El golpe del 18 de octubre suscitó discretas pero tenaces discusiones en AD, una vez consumado el movimiento militar e instalado el nuevo gobierno. Andrés Eloy Blanco y Rómulo Gallegos objetaron el uso de la fuerza contra un régimen constitucional. Eran ellos dos liberales que creían en la Constitución, en el Estado de Derecho y demás zarandajas de la mitología burguesa. Pero en esa postura no había cálculo ni oportunismo. Por su educación y por su temperamento de creadores literarios amaban la democracia tal como la propagó la Revolución Francesa. Entre ellos había, empero, diferencias. Gallegos era un girondino, bastante derechista, que hubiera hecho pareja con el doctor José María Vargas, quien ha sido uno de los prohombres más reaccionarios en nuestra historia. Andrés Eloy Blanco era jacobino. Ambos interpusieron una impugnación al 18 de octubre que, haciendo gala los dos de solidaridad con sus compañeros de partido, convinieron en ventilar con la sordina de la discreción interna» (Suplemento Cultural de *Últimas Noticias,* Caracas, 4 de agosto de 1996).

[98] Los textos de discursos pronunciados en estas actividades, junto a los ensayos de juventud, fueron recogidos por Loweel Dunham en dos volúmenes: *Una posición ante la vida* (1954). Hay reedición de Caracas, Centauro, 1977. Sus intervenciones en el Congreso Nacional pueden leerse en *Rómulo Gallegos, parlamentario* (2 vols.).

Gallegos va al exilio. Primero es Cuba. Luego México. La indignación continental se deja sentir. La ira aflora junto a la dignidad en el narrador. Ya no volverá más a la política activa.

Cuba es la solidaridad intelectual con Gallegos. Es el rumbo que él ordena tomar cuando el piloto del avión que lo transporta al destierro le pregunta a dónde quiere ir. Viejos amigos lo acogen y le ofrecen tribuna: Jorge Mañach —uno de los tempranos críticos latinoamericanos de *Doña Bárbara*—, Juan Marinello. Y también Miguel Ángel Quevedo —director de la revista *Bohemia*—, Raúl Roa, Sara Hernández Catá —quien le ofreció su casa como hogar.

De inmediato Gallegos ingresó a colaborar en *Bohemia*[99]. Hace periodismo con la idea de «ganar lo suficiente para vivir modestamente». Colabora en forma continua desde enero hasta diciembre de 1949. Los homenajes de respeto solidario no esperaron. Todos siguieron llamándolo, por mucho tiempo, el presidente constitucional de Venezuela. A un mes del golpe contra su gobierno escribió una carta al presidente de Estados Unidos Harry S. Truman, en la cual protestaba por el reconocimiento del régimen dictatorial emergente en Venezuela[100].

En La Habana explicó al mundo latinoamericano las incidencias de su derrocamiento. Fue la hora del balance ético. El escritor y el hombre de acción reiteran la conciencia de su valor inescindible. A Julio Rosales escribe, en enero de 1949, unos conmovedores párrafos de confesión moral:

---

[99] En la entrega del 12 de diciembre de 1948 aparece una nota del director cuyo primer párrafo dice: «La incorporación de Rómulo Gallegos al elenco de colaboradores de *Bohemia* es un acontecimiento culminante dentro del proceso de superación que esta revista se ha impuesto para beneficio del público. Obligado a refugiarse en Cuba por el golpe militar que lo derrocara de la Presidencia Constitucional de Venezuela, el ilustre escritor toma una vez más el camino del destierro —ya recorrido por él en la época ominosa de Juan Vicente Gómez— y vuelve a ganarse el pan como un honesto artífice de las letras, para quien su paso por el poder fue responsabilidad y no gajes personales» («Rómulo Gallegos en *Bohemia*», en *Cuba: patria del exilio venezolano y trinchera de combatientes,* Caracas, Centauro, 1958, pág. 31. Pról. de Simón Alberto Consalvi).

[100] Tanto la carta de Gallegos como la respuesta de Truman pueden leerse en: *Cuba: patria del exilio venezolano,* págs. 65-71.

> Yo escribí mis libros con el oído puesto sobre las palpitaciones de la angustia venezolana y uno de ellos fue leído dentro de las cárceles donde se castigaba con grilletes y vejámenes la justa rebeldía de los jóvenes de hace veinte años contra la tiránica barbarie que oprimía y deshonraba nuestro país y fue por obra de esa lectura que, más tarde, en ocasión propicia, algunos de aquellos ya enfrentados con responsabilidades de hombres hechos y derechos, se me acercaron a reclamarme:
>
> —Se te necesita ahora en el campo de la acción.
>
> Habían sido, además, discípulos míos los más de ellos y en retribución de la enseñanza recibida me condujeron, ellos entonces, a mi aprendizaje mejor; que tanto se pertenece uno a sí mismo cuanto más tenga su pensamiento y su voluntad puesta al servicio de un ideal colectivo[101].

Sobra repetir que el libro leído en las cárceles gomecistas fue *Doña Bárbara* y que aquellos discípulos, en buena proporción, integraron la llamada generación política de 1928[102].

Por marzo de 1949, Gallegos leyó una charla fundamental para entender no sólo aspectos de la construcción de sus personajes femeninos de ficción, sino que en ella refleja aristas importantes de su personalidad en tono de confesión autobiográfica y con sentido del humor no muy común a su modo de ser. Le puso por título «La pura mujer sobre la tierra»[103].

En la Universidad de La Habana presenta una «Rendición de cuentas» ante los escritores reunidos con motivo del Cuarto Congreso del Instituto Internacional de Literatura Iberoamericana. Esa página expone la ética inseparable del escri-

---

[101] «Mensaje al otro superviviente de unas contemplaciones ya lejanas» (*Bohemia*, enero de 1949; recogido en *Una posición*..., vol. 2, pág. 96).

[102] Subero (comp.) incluye en *Materiales*... una lista de los alumnos de Gallegos en el Liceo Caracas, por 1922. Destacan entre ellos los escritores y políticos Víctor Manuel Rivas, Jóvito Villalba, Luis Villalba Villalba, Francisco Tamayo, Luis Beltrán Prieto Figueroa, Nelson Himiob, Miguel Otero Silva, Rómulo Betancourt, Miguel Acosta Saignes, Felipe Massiani, Alberto Arvelo Torrealba, Isaac J. Pardo, Pablo Rojas Guardia, Humberto García Arocha y otros.

[103] Fue publicada en la revista *Lyceum,* La Habana, núm. 18, marzo de 1949. Incluida en *Una posición*..., vol. 2, págs. 109-138.

tor y el político. Sobre todo la decisión de mantener indoblegable su actitud cívica. Tenía conciencia de que el haber aceptado ir a la lucha de plaza y llegar a la Presidencia de la República,

> fue un préstamo de la literatura a la política, concertado a sabiendas de que nadie se trataba de engañar. Yo hice mi experiencia de mí mismo y a la rendición de cuentas de mis actos, esta noche, vengo sin arrogancias, pero sin abatimientos: no tendré que arrancar de mi obra literaria ni una sola página donde me haya exhibido defensor de derechos, procurador de justicia y solicitador de bienestar y felicidad para mi pueblo, mientras en la oportunidad de la acción de todo eso me hubiese olvidado.

Párrafos adelante añadía su convicción más profunda de escritor inmerso en lo que podríamos llamar una gramática de la dignidad:

> Yo conservo el derecho de sentarme entre las esclarecidas letras de nuestra América que aquí se han reunido, porque no le he hecho traición a las mías, construidas conforme a las reglas de la concordancia entre escritor y pueblo. La confianza del mío, puesta todavía en mí, mantiene la vigencia del préstamo, pero en ningún caso recuperaré la libertad de contemplar cumbres de montes sólo para que de ellas me descienda la serenidad; las de mi tierra se empinan, otra vez, como pechos angustiados al alcance del respiro que se les escapa y ante el espectáculo de ellas, cuando pueda volver a mirar paisaje mío sin menguas de mi dignidad, no haré sino recordar cómo fue sobre las cumbres del monte a cuyas faldas se extiende mi ciudad natal, donde mis letras empezaron a oír la voz de mi tierra sembrada de angustias[104].

Llega el mes de agosto de 1949. Decide trasladar su residencia a Ciudad de México. Deja imprimiendo en La Habana sus *Obras Completas* bajo el sello de Editorial Lex. La isla hospitalaria fue el escenario de otra novela mal leída y olvi-

---

[104] «Rendición de cuentas». Discurso pronunciado en La Habana, abril de 1949, en *Una posición...*, vol. 2, pág. 107.

dada: *La brizna de paja en el viento* (1952). Cuba, a su vez, en 1950 tomaba la iniciativa de postular el nombre del gran novelista para el Premio Nobel de Literatura.

En México va a permanecer hasta el derrocamiento de Pérez Jiménez. Allá fue cargando con su *dolor de patria* sobre los hombros. En 1950 pierde a su compañera Teotiste Arocha. Se niega a trasladar el cadáver a Venezuela mientras prevalezca la dictadura. Lo hace embalsamar y conservar en la tierra mexicana.

México ha sido considerado el mirador más latinoamericano del continente. En sus espacios confluyeron, junto a los exiliados republicanos que hallaron hogar desde la Guerra Civil española, los hombres de la diáspora impulsada por una ola de golpes militares en toda América Latina en la década de los cincuenta.

Si Pérez Jiménez es la expresión del cuartelazo en Venezuela, Cuba tiene a Fulgencio Batista; Colombia es dominada por Gustavo Rojas Pinilla; Jacobo Arbenz es derrocado en Guatemala por Carlos Castillo Armas; Perú tiene a Manuel Odría; Argentina a Juan Domingo Perón; Alfredo Stroessner se entroniza en Paraguay; junto a ellos coexisten otros tiranos: Rafael Leónidas Trujillo en República Dominicana; Anastasio Somoza el viejo en Nicaragua.

México concedió amplio hogar a luchadores intelectuales de todos esos países. Junto a los españoles León Felipe, José Gaos, Wenceslao Roces, Eugenio Imaz, Emilio Prados, Juan Rejano, Max Aub, Ramón J. Sender, José Bergamín, conviven guatemaltecos: Miguel Ángel Asturias, Juan José Arévalo; cubanos: Raúl Roa, Fidel Castro; argentinos: Ernesto Guevara; nicaragüenses y guatemaltecos: Ernesto Mejía Sánchez, Ernesto Cardenal, Carlos Solórzano, Luis Cardoza y Aragón; colombianos: Germán Pardo García, Germán Arciniegas, Álvaro Mutis; dominicanos: Juan Bosch, para mencionar sólo algunos que el azar de la memoria retiene. Los contrastes son tan claros como la ironía de unos valores volcados al revés. Son los interlocutores de venezolanos como Rómulo Gallegos, Andrés Eloy Blanco.

Lázaro Cárdenas, Jesús Silva Herzog y Arnaldo Orfila Reynal son los anfitriones intelectuales. Cárdenas brinda a Gallegos su hospitalidad en Morelia (Estado de Michoacán), donde el novelista fija su residencia. Silva Herzog abre a todos esa tribuna crítica indoblegable que se llama *Cuadernos americanos.* Alfonso Reyes y Orfila, desde el Fondo de Cultura Económica, difunden obras y nombres.

En un homenaje de los republicanos españoles, Gallegos recibe el desagravio por palabra de Eugenio Imaz, quien lo conocía desde los días del exilio en Madrid. Ahora, en el reencuentro, sabe que «él solo es nada menos que todo un pueblo» que tuvo el raro privilegio de «verse dirigido por su propia cabeza»[105].

Breves paréntesis lo llevarán a Guatemala (1951) y Costa Rica, en cuyas universidades recibe honores. Pronuncia una memorable conferencia en defensa de la cultura. Viaja a Estados Unidos, por la solidaria amistad que lo une con su biógrafo Lowell Dunham, catedrático de la Universidad de Oklahoma. Alguna vez volverá también a Europa. El resto de su tiempo transcurre entre las ciudades de México y Morelia. Una nueva novela, última salida de su imaginación, va tomando forma. El tema es la reforma agraria mexicana cuyo defensor contemporáneo es su anfitrión, Lázaro Cárdenas. La lucha campesina por la tierra lo acicatea. El título provisional del nuevo libro será *La brasa en el pico del cuervo.* Después de su muerte aparecerá publicada bajo otro nombre: *Tierra bajo los pies* (1971).

En 1954 se cumplían veinticinco años de la publicación de *Doña Bárbara.* Era febrero. En agosto del mismo año, el novelista cumplía setenta años. Ambos aniversarios fueron razón para numerosos agasajos y homenajes de reconocimiento al hombe y a la obra. Arnaldo Orfila, Jesús Silva Herzog y numerosos amigos más organizaron al autor un homenaje continental. La revista *Cuadernos americanos* y los suplementos culturales de *Novedades* y *El Nacional* de México dedicaron ediciones especiales a obra y autor el 24 de octubre. Además de escritores mexicanos colaboraron Gabriela Mistral, Ciro Alegría, Waldo Frank, Manuel Andújar, Vicente Sáenz y otros. Gallegos seguía siendo el presidente moral

[105] Cfr. José López Rueda, *Rómulo Gallegos y España.*

de Venezuela. El Fondo de Cultura Económica preparó una edición conmemorativa de *Doña Bárbara*. Gallegos la revisó cuidadosamente. La ilustró Alberto Beltrán con hermosos grabados. El novelista escribió un prólogo[106] donde reveló el fondo geográfico y humano de aquella escritura que lo había consagrado universalmente. La edición llevaba al final una extensa bibliografía de y sobre el autor. Se consideró la versión definitiva de *Doña Bárbara*.

En otros países se organizaron también actos de homenaje y conmemoración: Argentina, Uruguay.

Pese a la fama, al reconocimiento y el afecto que le fueron prodigados, el hombre Rómulo Gallegos seguía proyectando las sombras del golpe afectivo que significó la pérdida de su esposa y el daño moral de haber sido echado del poder. Estaba lastimado, no en su ambición, sino en su dignidad. Mantenía su imagen taciturna y a la vez altiva. Ese mismo año de 1954 ocurren acontecimientos políticos que agudizan su malestar espiritual. En Caracas se reúne la X Conferencia Interamericana de Cancilleres bajo la batuta siniestra de John Foster Dulles, secretario de Estado norteamericano. Hay un propósito explícito: exterminar el último baluarte de una democracia social de contenido popular en América Latina: el gobierno de Jacobo Arbenz en Guatemala. El escenario es el Aula Magna de la Ciudad Universitaria. Guillermo Toriello, canciller de Guatemala, lee un discurso conmovedor en el cual llama a la solidaridad de América Latina con su pequeño país. Las protestas estudiantiles no se hacen esperar. La represión tampoco. Es aprobada la intervención norteamericana. El coronel Carlos Castillo Armas protagoniza el atropello. La Universidad de Columbia tiene la desagradable ocurrencia de ofrecer a Gallegos un doctorado *Honoris Causa* que sería otorgado igualmente al usurpador militar de Guatemala. La indignación del novelista estalló en una carta de rechazo. A la memoria del escritor debieron acudir de nuevo unas frases que integraron su conferencia pronunciada el 30 de noviembre de 1949 en el aula José Martí de la

---

[106] Por su valor testimonial y la importancia de las revelaciones se reproduce en esta edición.

Universidad Nacional Autónoma de México, cuyo contenido adquirió sentido profético por razón de los acontecimientos políticos de aquella década de los cincuenta:

> A los profesionales de la violencia los ayuda de manera especial, actualmente, la circunstancia de mercenarios ejercicios para los cuales algunos hombres han tenido que ser creados o consentidos; pero los ayuda también la falta de una ética, siquiera, por mengua de alguna mística, entre muchos de nuestros profesionales de la cultura, quienes en sus embelesamientos ante las arrogancias de la fuerza bruta no paran mientes en las vergüenzas de la prostitución de la dignidad intelectual.
>
> [...]
>
> No prostituyas la dignidad intelectual. Letras que deberían grabarse sobre los pórticos de todas nuestras universidades a fin de que el ingresante a ellas trasponga sus umbrales con emocionado sobrecogimiento de penetrar en moradas de excelencia. Que si luego dentro del aula no respira sino atmósfera impregnada de los efluvios de dignidad humana con que desde la cátedra se le den lección y ejemplo, ya tendrá todo el juvenil espíritu propicio a la aceptación de la especial responsabilidad, grave y hermosa para que se le quiera destinar[107].

Aquella posición irreductible hubo de acompañarlo hasta sus últimos días. Derrocado Pérez Jiménez, volvió a Caracas. Trajo los restos de su esposa. Una vez más fue centro de homenajes y agasajos por todo el país y el continente. Su figura creció hasta niveles mitológicos. También las detracciones provocadas por la radicalización política en la cual desembocó el país después de un efímero pacto de unidad y convivencia de los partidos. Fue replegándose a su mundo de libros escritos, a mirar con desencanto y angustia el desmoronamiento de una plataforma programática de contenido social y popular, atomizada por sectarismos y divergencias. Se desmembraba el partido que había contribuido a fundar y del cual había sido presidente: Acción Democrática.

---

107 *Una posición...*, vol. 2, págs. 183-184.

Una nueva Constitución hizo a los expresidentes senadores vitalicios en el Congreso. A la Cámara alta se incorporó algunas veces. La violencia insurreccional minó la admiración unánime que había saboreado en su larga trayectoria. Nada valieron los doctorados *honoris causa* y las incorporaciones a las academias, los premios literarios nacionales e internacionales. Su abatimiento iba incrementándose. En carta a Dunham en 1962 habla de «un mal estado de ánimo que ya pasa, afortunadamente».

La violencia insurreccional de los años sesenta, acicateada por la revolución socialista de Cuba, estalló por toda América. En Venezuela se polarizaron las posiciones ideológicas entre los viejos dirigentes políticos del exilio perezjimenista y los jóvenes que habían soportado la resistencia clandestina dentro del país y de las cárceles. Rómulo Betancourt, presidente constitucional, vio dividirse su partido. De él nació el Movimiento de Izquierda Revolucionaria (MIR), cuya línea fue la lucha armada. Gallegos la condenó. En paralelismo con el proceso de rebelión política surgieron grupos intelectuales de «neovanguardia»: *Sardio* y *El techo de la ballena.* Algunos de sus integrantes creyeron extinguido el modelo narrativo de Gallegos y se afanaban por superarlo. El resultado no fue el que todos esperaban. Dos novelistas descollaron. Aportaron una obra diferente, de contextos urbanos y de clase media. Fueron Salvador Garmendia (*Los pequeños seres*) y Adriano González León (*País portátil).* Ya Gallegos había dejado de publicar sus obras. Restaba sólo *Tierra bajo los pies*, que apareció en edición póstuma.

En 1964 Rómulo Gallegos llega a los ochenta años de edad en medio de agasajos y apoteosis. Una soledad interior, sin embargo, lo va sobrepoblando. En 1965 sufre un trastorno cardiopulmonar grave. Una recaída se produce al año siguiente. Se teme por su vida. Supera la crisis, aunque las secuelas minan un tanto su motricidad. Mientras tanto el conjunto de su obra lo eleva a la categoría de un clásico de América. En Lima, los Festivales Populares del Libro Latinoamericano, organizados por Manuel Scorza, lanzan 10 volúmenes de sus obras en gran tiraje.

En la Cuaresma de 1969, el sábado 5 de abril, fallecía en

Caracas el gran novelista cuya imagen pública le granjeó honores póstumos de jefe de Estado.

2.2. *Dimensión ético-política*

El ideario, si no la acción política de Rómulo Gallegos, tiene su raíz en la experiencia periodística y grupal de *La Alborada* (1909)[108]. En sus ensayos de aquella época se expresa la visión ético-política de los veinticinco años. Su discurso ensayístico es impersonal en la reflexión. El sujeto no se involucra. Habla de manera general sobre los males del país y sus posibles soluciones.

Se ha discutido mucho en torno a las ideas de aquel grupo en el sentido de su mayor o menor acercamiento al positivismo ortodoxo de Comte y a las ideas evolucionistas de Spencer. A Rómulo Gallegos se le ubica como un positivista inclinado al reformismo social con tinte conservador, pero al mismo tiempo se habla de su liberalismo social reformista, mas no económico[109]. Se niegan las fuentes positivistas que tradicionalmente han sido mencionadas como raíces de su pensamiento para identificarlo con ciertas formas de racismo proveniente de Gumplowics y Elías Toro, este último catedrático de la Universidad Central de Venezuela durante el poco tiempo en que Gallegos fue alumno de la Facultad de Derecho (1903-1905)[110]. Lo que sí es inne-

[108] Marco Tulio Bruni Celli considera a Gallegos un político de ideas más que de acción. Enfatiza la expresión de esas ideas en sus novelas, como interpretación de la realidad venezolana. Es la lectura que un receptor hace desde la perspectiva del militante político (cfr. «Acción política», *Multivisión*, páginas 137-153).

[109] El más controvertido y contradictorio de tales enfoques es el libro de Clemy Machado de Acedo: *El Positivismo en las ideas políticas de Rómulo Gallegos*.

[110] El compendio de sus clases lo publicó Elías Toro en 1906, con el título de *Antropología general y de Venezuela precolombina.* Para entonces Gallegos había dejado la Universidad y no menciona la obra del eminente médico en sus ensayos de *La Alborada*, cuando Toro era rector de la alta institución docente.

gable es que su ideario pedagógico reformista tiene una definida posición laica, anticlerical, que lo convierte en blanco para las críticas del periódico oficial de la Iglesia: *La religión*. A esas ideas educativas asigna un papel esencial de cambio para superar la obediencia al hombre providencial (caudillo militar o civil). Combate el fetichismo religioso y político a que está sometido el hombre del pueblo hasta la inmolación[111]. La lucha por formar en las mayorías una conciencia cívica acompañará a Gallegos en los tiempos de su acción política: como ministro de Instrucción Pública en el gobierno transicional de Eleazar López Contreras (1936), como parlamentario (1937) y en su condición de presidente constitucional a quien se le permitió gobernar por escasos meses (1948).

El fatalismo geográfico —típico del positivismo venezolano de los años 10 al 20— origina en forma notoria su modelo de relación novelística hombre-paisaje, como elaboración del esquema civilización/barbarie, por muy lugar común que fuese en el discurso político de la dictadura gomecista. Sin embargo, ya se observó antes que Gallegos interpreta la idea de barbarie con sentido positivo, y esa manera de concebirla rige en cierta forma los cambios de comportamiento en Santos Luzardo, cuando deja a un lado la rigidez de los principios jurídicos del abogado para enfrentar el reto de hacer justicia por propia mano ante la descomposición de la ley y de quienes estaban llamados a aplicarla.

Un tercer factor —el etnocultural—, con mayor o menor aproximación al presunto «racismo» que la señora Machado de Acedo encara reiterativamente a Rómulo Gallegos, por la concepción del mestizaje, incide en el modo de interpretar al hombre marginal del campo venezolano en personajes de sus novelas. Sin embargo, esta visión no es inamovible: cam-

---

[111] «En política como en religión, nuestro hombre de pueblo es fetichista. Un caudillo, la realidad viva de un hombre, es para él mucho más que una doctrina política, vacuidad de palabras que por no penetrarle lo aburren; aquél puede arrastrarlo en pos de sí hasta el sacrificio; ésta no varía en él una sola fibra, no le haría dar un solo paso, tal vez ni siquiera interesaría su curiosidad» («Las causas», *Una posición*..., vol. 1, pág. 19).

bia con el tiempo y las circunstancias en las cuales se produce su discurso político o narrativo[112].

La visión ética de Gallegos conserva, indiscutiblemente, un apego a las concepciones románticas de la pureza y la dignidad[113]. Ese ideario constituyó una suerte de coraza moral del hombre Gallegos a lo largo de su trayectoria pública. A ella se remite la valoración de sus discípulos, amigos, copartidarios de militancia y lectores, cuando lo consideran maestro de juventudes continentales, modelo de civismo, arquetipo de conducta política irreductible. Esos rasgos han sido leídos e interpretados como elementos autobiográficos en los perfiles novelescos de personajes «reformistas» como Reinaldo Solar, Santos Luzardo, Marcos Vargas. Igualmente se califican las suyas como *novelas de ideas*. Este mote ha sido refutado por Carlos Pacheco[114], aparte de que el mismo Gallegos

---

[112] En los días de *La Alborada*, Gallegos expuso su concepción así: «En estas multitudes amorfas, de origen híbrido, formadas por la fusión aún no realizada de diversos elementos étnicos, en las que luchan atavismos y supervivencias de todas las razas, es tan inútil querer edificar nada sólido y estable como imposible hubiera sido lograrlo sobre la superficie de la Tierra, en los períodos geológicos de su formación.

»El carácter de nuestra raza no ha cristalizado todavía en una forma netamente definida; nuestra alma nacional es algo abigarrado y complejo, sin colorido especial ni determinada fisonomía, con todos los matices de las sangres confundidas, y todas las condiciones de las razas originarias. Su mentalidad es bastante rudimentaria; en el campo limitado de su vida de inteligencia, las ideas aún no se han desembarazado de la forma concreta que les dio origen, antes bien están a ellas tan íntimamente ligadas que forman una sola y misma cosa» [«Las causas» (1909), *Una posición*..., vol. 1, pág. 18].

[113] En 1941, cuando recorría el país como candidato simbólico a la Presidencia de la República, pronunció un discurso en la ciudad de Barquisimeto. En él sienta este principio: «Como hombre público yo no he hecho sino lo que está al alcance de todos: mantener el decoro personal, no apartarnos del camino fácil de la honestidad, prestar el moderado servicio que de mis aptitudes podía esperarse, no tomar sitio en la subasta de los hombres que a otros hombres se les venden y se les entregan incondicionalmente» (*Una posición*, vol. 1., pág. 163).

[114] Pacheco establece una diferenciación clara en el nivel teórico y en el textual entre las ideas del ensayista y los planteamientos conceptuales que no son lo esencial de las novelas. Cfr. «Pensamiento sociopolítico en la novela galleguiana», en *Multivisión*, págs. 113-134.

desde muy temprano tenía clara la diferenciación de su discurso[115].

El sentido de la eticidad discursiva en el Gallegos orador y narrador tiende a una escala de valores espirituales —educación, cultura, obediencia a la ley y a las instituciones republicanas—, a la idea de héroe cultural o de figura mesiánica del iluminismo y la ilustración, al tiempo que se aleja del pensamiento revolucionario socializante de su tiempo, donde la idea de revolución como transformación económica y social regía el discurso y la praxis política de correligionarios suyos como Rómulo Betancourt, Andrés Eloy Blanco y otros fundadores del Partido Democrático Nacional, alvéolo de Acción Democrática. En ese sentido la concepción que Gallegos aceptó en forma indirecta fue la del pensamiento fabianista de Sidney Webb, del cual tuvo noticias por lecturas de Ramiro de Maeztu. Es una distancia del intelectual prestado a la política. O una resonancia de lecturas remotas cuando aprendió en Ganivet la idea del intelectual como dirigente superior de la política para evitar el aborregamiento[116]. Entre sus compañeros de militancia y en sus actuaciones públicas ejerce una autoridad moral y percibe un respeto fundado en la austeridad del comportamiento, pero no en el arrojo combativo del enfrentamiento callejero. Por eso no se le puede insertar con ligereza en el esquema populista dominante en su tiempo y en su grupo de ejecutoria política. Su lucha ideológica desde la juventud fue lograr en las mayorías una conciencia moral rectora del comportamiento cívico, pero despojada de la vieja concepción ética según la cual esa conducta estaba regida por «el culto de la patria o de los dioses»[117].

---

[115] Cfr. «El cacharro y el ánfora», «Las tierras de Dios», en *Una posición*..., vol. 1, especialmente págs. 125-126.

[116] En 1912, su ensayo «Necesidad de valores culturales», inserto en *El Cojo Ilustrado*, luego de una referencia a Ganivet, menciona ampliamente una conferencia dictada por Maeztu en Barcelona, sobre el tema del fabianismo, la función del intelectual en una democracia y los primeros enunciados del socialismo español. Puede leerse en *Una posición*..., vol. 1, págs. 98 y ss.

[117] Cfr. «El factor educación», V, en *Una posición*..., vol. 1, págs. 78-79.

2.3. *Dimensión literaria*

El 9 de enero de 1949, transcurridos apenas dos meses de su derrocamiento, Rómulo Gallegos iniciaba sus colaboraciones para la revista *Bohemia,* de La Habana. Escribe el ensayo dirigido a Julio Horacio Rosales, uno de sus compañeros de *La Alborada*[118]. Junto a la nostalgia de paisajes contemplados en común sobre el valle de Caracas, recuerda la iniciación formal en el mundo de la literatura. «Salíamos del ensueño universal y milenario en que nos iniciaran los grandes libros leídos y compartíamos a toda voz los nuestros propios (...)». Desde ese comienzo había en ellos —o en él— una conciencia del texto como expresión de una angustia nacionalista. «Teníamos alimentada nuestra mocedad con la milagrosa sustancia de las buenas letras devoradas o saboreadas y estábamos adquiriendo la costumbre de enderezar las que luego fuesen nuestras hacia la dolorosa alma venezolana»[119]. La sensibilidad social condujo desde entonces su mano de escritor, con un sentido ético reformista: «... tendíamos la vista por la Venezuela que nos ofrecieran las perspectivas y aprendimos a que nos doliera el corazón por sus campos desiertos, sus tierras ociosas, su gente campesina al desabrigo de los ranchos mal parados en los topes de los cerros. (...) Y ya teníamos sustancia de sensibilidad para nuestro dolor de patria»[120]. Los cinco jóvenes de *La Alborada,* por vías diferentes, dejaron presencia durable en la historia intelectual venezolana. Desde Henrique Soublette, cuya obra se creía incinerada por la familia, dada la dosis de agnosticismo que la soportaba[121], hasta la vanguardista de González Rin-

[118] «Mensaje al otro...», *Una posición,* págs. 87-98.
[119] *Ibíd.,* pág. 88.
[120] *Ibíd.,* págs. 88-89.
[121] En su «Mensaje al otro...» escribe: «¡Cuánto fuego alimentarán los papeles de Henrique Soublette, cuando el consejo de familia piadosa sacrificó sus letras librepensadoras al descanso de su alma!» (pág. 90). Gallegos murió en esa creencia. Hasta 1986 se tenía el hecho de la incineración por una verdad. La paciencia acuciosa de Carmen Elena Alemán logró localizar los originales de la obra, que habían permanecido celosamente custodiados por la mano fraterna de Julio Planchart, a quien la tía de Henrique, María Teresa Espino, le había encomendado el auto de fe.

cones, temprano lector de Marinetti y Apollinaire, cuyas obras enviaba desde París a sus compañeros de grupo.

Los jóvenes de *La Alborada* rompieron prudentemente con el modernismo en su vertiente cosmopolita. Julio Rosales se orientó hacia la narración fantástica. Julio Planchart sería el crítico agudo y polémico del conjunto, desde una perspectiva defensora del regionalismo y el realismo. Gallegos, el geógrafo moral de un universo heterogéneo, traducido a símbolos.

Con el clima de efervescencia de la vanguardia coexistía el criollismo. Manuel Díaz Rodríguez, quien había escrito novelas cosmopolitas, o al menos desgajadas del medio rural, publica *Peregrina o el pozo encantado* y le coloca un subtítulo: «novela de rústicos del valle de Caracas». Era su concesión a la tendencia implantada por Urbaneja Achelpohl. En sentido contrario, cuando Enrique Bernardo Núñez edita *La galera de Tiberio* la subtitula con ironía: «Crónica del Canal de Panamá (y de la Mesa de Guanipa)». Es decir, que la ruptura no se había producido de manera tan cruenta. Por otra parte, el realismo grotesco encarado por Pardo, Blanco Fombona y Pocaterra al modernismo había provocado reacciones de silencio. Si Pocaterra, en 1922, se niega a ser «criollista del Distrito Federal» y pide que se le considere «fuera de la literatura», Gallegos vino a representar una posición equidistante. Asimiló todo lo artístico de la eufonía aportada por la prosa modernista para construir sus himnos murales de la naturaleza venezolana, sin caer en el «preciosismo». Y el sentimiento social manifestado como «dolor de patria» lo traduce a símbolos o personajes arquetípicos.

La coexistencia de posiciones estéticas caracteriza la década de los veinte en medio de la dictadura. Gallegos rechazó a conciencia el vanguardismo y prefirió seguir la línea de la gran tradición realista rusa y española. Lo dice públicamente en Nueva York, cuando la raíz del individualismo hispánico lo ha llevado a interpretar nuestra emancipación como un rasgo de la rebeldía peninsular heredada y practicada desde Lope de Aguirre, a quien valora mucho antes que Otero Silva como iniciador de nuestra emancipación con la desobediencia al rey.

En todo el ámbito latinoamericano el regionalismo y el criollismo se afianzaban con las producciones de Rivera en Colombia, Güiraldes, Benito Lynch y Enrique Amorim en Argentina, Horacio Quiroga en Uruguay, Jorge Icaza en Ecuador, Mariano Latorre y Baldomero Lillo en Chile, Mariano Azuela y Martín Luis Guzmán en México, Salarrué en El Salvador. El regionalismo se había impuesto, pues, como el nuevo código de sustitución frente al modernismo y coetáneo con la vanguardia. El triunfo de *Doña Bárbara* representaba así un reconocimiento a la nueva narrativa que fluía por todo el continente. Dos años después, la novela vanguardista recibiría un espaldarazo semejante con *Las lanzas coloradas* de Arturo Uslar Pietri.

3. «Doña Bárbara»

3.1. *El proceso de creación y los cambios del plan*

Es bien sabido que Rómulo Gallegos, en cinco días de una Semana Santa, en 1927, recorrió algunos lugares del Apure desde el Hato La Candelaria, propiedad de Cipriano Castro y luego de Juan Vicente Gómez. En los últimos años se ha desmontado la idea de que la novela habría surgido como un milagro por el cual un corto recorrido y unas cuantas notas hubieran servido de base al gigantesco mural de llano y hombre. La novela de la cual había publicado un capítulo titulado «La rebelión» cambia no sólo de título tres veces: 1) *La casa de los Cedeño*; 2) *La coronela*; 3) *Doña Bárbara*, sino que fue gestándose en un largo proceso. Su objetivo inicial era compilar información para un capítulo de *La casa de los Cedeño*, novela que intentaba construir sobre el tema de las luchas entre familias, muy comunes a finales del siglo XIX, y cuya intensidad llegaba a generar verdaderas guerras tribales. Del proyecto inicial sólo queda en *Doña Bárbara* la pugna entre Luzardos (José de los Santos) y Barqueros (Sebastián), narrada en el capítulo II de la Primera Parte: «El descendiente del Cunavichero». La llanura y un personaje desviaron el propósito y el argumento hacia otra novela, donde una caudillesa llanera fungía como esposa de un coronel —Apolinar— y por eso la titularía *La coronela*[122]. Gallegos reveló al detalle en 1954 la peripecia de aquel recorrido y la historicidad de algunos personajes suyos, en el prólogo escrito para la edición de los veinticinco años. John Englekirk, Ángel Rosenblat, y más recientemente Edgar Colmenares del Valle, han apuntado la fuente básica donde nutrió Gallegos su obra maestra: los papeles de Antonio Torrealba, especialmente el *Diario de un llanero*. Durante el proceso de impresión de *La coronela*, sus amigos de tertulia en la Tipografía Vargas lo animaban, pero su inseguridad persistía. La confesó después el propio novelista con motivo del homenaje que le rindiera la Casa de España en México, en 1954. Al rememorar sus días del segundo viaje a Europa (abril de 1928) expone:

> Para entonces (1927-29), libros que se publicaran en mi país y novelas sobre todo, difícilmente, muy difícilmente lograban traspasar sus fronteras y quizás dentro de ellas se habría quedado la escabrosa historia de mi devoradora de hombres, como ya les había ocurrido a mis tres primeros libros, si la necesidad de un viaje a Europa, obediente a propósitos de otra naturaleza, no me hubiera deparado la ocasión de llevármela conmigo. Que por cierto, a punto de zozobrar estuvo, en alta mar atlántica, a causa del aborrecimiento que suelen inspirarme mis hechuras literarias, pasado el entusiasmo creador. Se titulaba entonces *La coronela* y ya la tenía en las manos para arrojarla al mar —quizás también debido a lo subconsciente de la fundamental incompatibilidad de mis letras con lo que de ejercicio de armas implicase ese título infeliz—; pero iba junto conmigo la compañera de mi vida para quien nada mío podía ser sino precioso objeto de su

---

[122] Donald Shaw precisa que en 1928, cuando sólo el primer pliego había salido de la prensa, Gallegos ordenó su destrucción y la impresión fue suspendida. En esa época la novela se llamaba *La coronela,* probablemente porque en esta versión doña Bárbara efectivamente se casa con el coronel Apolinar. Este detalle Gallegos lo suprimió en la segunda versión, aunque un par de referencias de Apolinar como marido de doña Bárbara sobrevivieron en la primera edición por descuido de la corrección de pruebas [«La revisión de *Doña Bárbara* por Gallegos (1929-1930)», pág. 18].

amoroso cuidado y me la quitó del arrebato de aborrecimiento[123].

Líneas adelante Gallegos revela que rehizo el texto «dos o tres veces, ya bajo el título definitivo». Fue en Boloña, durante la convalecencia postoperatoria de su esposa, cuando dio cuerpo definitivo a la primera versión de *Doña Bárbara.* Según López Rueda, los esposos Gallegos llegan a España en diciembre de 1928. Casi en seguida ocurre la entrevista de Gallegos con Ramón de Araluce, el editor catalán[124]. El propio novelista ironiza en su texto de 1954 cómo, al concluir la primera versión total de *Doña Bárbara,* llegó a «ofrecérsela a los editores que no tenían ni tiempo perdidoso ni mucho menos dinero generoso para dedicárselo a un novelista de Venezuela que... ¡Fuera usted a ver dónde quedaba eso y qué sería aquello!»[125]. El autor entregó a la imprenta de Araluce su novela para ser impresa a sus expensas. La primera edición circuló en febrero de 1929. Gallegos recuerda agradecido que fue «... un juicio crítico de Ricardo Baeza, hoy mi admirado y querido amigo, pero a quien entonces yo no conocía personalmente, le abrió las puertas de la celebridad literaria en el mundo de las letras españolas...»[126]. ¿Cómo fue posible que una novela impresa en febrero obtuviera la distinción del mejor libro del mes en septiembre de 1929? López Rueda recoge en su libro una valiosa información al respecto. Primero por entrevista de 1983 con don Pedro Sainz Rodríguez, quien fue el creador del premio al mejor libro del mes, cuando dirigía la editorial CIAP. Y luego por otra confesión del periodista republicano Manuel Andújar[127], quien le informó

---

123 «Lo justiciero se ha dejado dominar por lo generoso», en *México en la Cultura,* Suplemento cultural de *Novedades,* México, 24 de octubre de 1954, núm. 292, pág. 1. (Este discurso de Gallegos no está recogido en *Una posición en la vida.*)

124 Cfr. José López Rueda, *Rómulo Gallegos y España,* pág. 19.

125 «Lo justiciero...», pág. 1.

126 *Loc. cit.,* 1954.

127 Manuel Andújar, español exiliado en México, intervino en el homenaje a Gallegos en 1954 con el texto «Tres lectores imaginarios y *Doña Bárbara*» (Suplemento de *El Nacional,* de México, 24 de octubre de 1954, pág. 6). Allí recuerda su juventud española cuando fue uno de los primeros lectores entusiasmados con *Doña Bárbara.*

de que la esposa de Ricardo Baeza —doña María— fue la *descubridora* de la novela de Gallegos. Y el crítico la propuso y defendió ante el Jurado de la Asociación del Mejor Libro del Mes, integrado, además de por él, por Eduardo Gómez de Baquero como presidente, Ramón Pérez de Ayala, José María Salaverría, Enrique Díez-Canedo, Gabriel Miró y Pedro Sainz Rodríguez[128].

Merece recordar que en *El Cojo Ilustrado*, además de los escritores españoles citados antes como asiduos colaboradores, figuraron también, con abundantes artículos, Enrique Díez-Canedo, Gómez de Baquero [Andrenio] y Ramón Pérez de Ayala[129], ahora miembros del Jurado consagratorio. No es descabellado, pues, suponer que Gallegos los hubiera leído aunque fuera en esos textos de revista. Pero no lo contrario, al menos en la producción novelística, porque el entonces joven autor venezolano apenas había entregado a la famosa publicación los cuentos cuya mayoría agrupó en *Los aventureros* (1913).

La reelaboración de *Doña Bárbara* (1930) a partir de la 2.ª edición se impuso como el texto definitivo. Añadió entonces «más de 20.000 palabras» y reordenó unos capítulos para adicionar otros[130]. Más de dos años —y no cinco días— de su vida consagró Gallegos a estructurar la novela que hoy se conoce y se difunde. Las elaboraciones no sólo se fueron operando en el añadido de 15 capítulos entre la 1.ª y la 2.ª ediciones, sino que el oído musical con que el prosista orquestó su discurso lo impulsó también a afinar frases y expresiones de una a otra versión hasta lograr la que le satisfizo en 1954,

---

[128] López Rueda, *op. cit.*, págs. 20-21.

[129] Las colaboraciones de los tres jurados aparecieron en *El Cojo Ilustrado* en estas fechas: Enrique Díez-Canedo (1907, 1909), Gómez de Baquero [Andrenio] (1894, 1895, 1896, 1897, 1899, 1900, 1901, 1905, 1911) y Ramón Pérez de Ayala (1900, 1909).

[130] Resumo en un cuadro comparativo, incluido como Apéndice al final del libro, la compulsa que de la edición de 1929 y la de 1930 realizara John E. Englekirk (*«Doña Bárbara,* leyenda del Llano») y luego reiterara Donald Shaw («La revisión de *Doña Bárbara* por Gallegos»). Englekirk observa: «La primera edición (15 de febrero de 1929, 350 págs.) no lleva glosario; y todo el texto sufrió una drástica revisión antes de que apareciera la segunda edición en Barcelona, en enero de 1930.»

veinticinco años después de publicada *Doña Bárbara* por primera vez[131].

La línea de interpretaciones regionalistas del llano culmina en *Doña Bárbara*, donde la peripecia del llanero baqueano —Antonio Torrealba— se diversifica no sólo en Antonio Sandoval, caporal de sabana, sino que los cuadernos de Torrealba —la parte conocida por Gallegos— se van desglosando en la acción novelesca a través de otros personajes, diálogos, situaciones y hasta nombres de personajes, que Edgar Colmenares ha estudiado con detenimiento[132]. Hoy se conoce la historicidad de casi todos los referentes humanos donde Gallegos basó la construcción de sus criaturas ficcionales[133]. Esa elaboración de un lenguaje narrativo inicial, de escritura un tanto primitiva, pasa a convertirse en la oralidad artística de un metatexto de amplia fronda novelística. No es excepción en *Doña Bárbara*. Ha sido viejo quehacer de novelistas desde los papeles de Sir Amed en el *Quijote* y el *novellino* de *Los amantes de Verona* que prefiguró el *Romeo y Julieta* de Shakespeare. Los juegos de intertextualidades, por lo demás, son el cimiento de una vasta línea creativa que pudiera empalmar con las más recientes construcciones imaginarias, como los manuscritos de Melquíades, u otros casos de la literatura reciente. Pensamos también en *Yo el supremo,* de Roa Bastos y las transposiciones caleidoscópicas del discurso del doctor Francia. En la novela de Roa Bastos, el Fideindigno Secretario construye la imagen narrativa del doctor Francia en forma denostadora. Y éste se venga de las apostillas en los improperios que lanza contra su secretario. Ambas interconexiones se producen en un solo espacio textual. Caso simi-

---

[131] Efraín Subero (*Doña Bárbara,* Ayacucho, núm. 18) interpola como apéndice las variantes entre la edición de 1929 y la de 1954. Faltaría la edición crítica definitiva que reinserte las variaciones operadas desde 1930 hasta el 54.

[132] Estudio introductorio al *Diario de un llanero.* Cfr. además, del mismo Colmenares: «Presencia de Antonio José Torrealba en *Doña Bárbara* y *Cantaclaro*» (*«Doña Bárbara» ante la crítica*, págs. 169-201) y «Gallegos: el novelista novelado», en *Escritura*, Caracas (15), junio de 1983, págs. 45-53.

[133] Como Apéndice B va inserto al final del libro un cuadro de identificación de los personajes con sus referentes históricos señalados por Englekirk, Torrealba y otras fuentes.

lar sucede —aunque en dos textos diferentes—, en tono distinto de escritura, cuando Antonio José Torrealba, como autor de los cuadernos del *Diario de un llanero*, narra desde una perspectiva omnisciente el encuentro de Antonio Torrealba —personaje— con Rómulo Gallegos —personaje— y provoca un juego de intertextualidades que ya Colmenares ha señalado en uno de sus ensayos[134].

Si Gallegos pensó hacer novela documental de la llanura venezolana, hubo una loca de la casa que le ganó la partida. En su conferencia de 1931 dice: «Sería relativamente fácil demostrar que la razón no es sino una forma especial —y muy pedante por cierto— de la humana capacidad imaginativa. En los altos planos del espíritu, ella precede a los descubrimientos científicos y a ella sola se le deben esas maravillosas criaturas diuturnas que son los mitos y el arte, éste para embellecernos la vida transitoria, aquéllos para prometernos la eterna (...).»[135].

Las reflexiones en voz alta expuestas a dos años de *Doña Bárbara* representan la toma de conciencia de un proceso artístico que lo llevó a su creación famosa. Es reflexión *a posteriori*, ciertamente, pero ella contribuye a aclarar muchos de los hilos invisibles que movieron el gran conjunto mural. Su conciencia, de una estética nacionalista capaz de superar los códigos ya desgastados del criollismo, estaba definida como un propósito de superación: «la imitación de lo ajeno no produce sino adocenamiento y, por lo tanto, mediocridad». No estaba, pues, repitiendo procedimientos más o menos exitosos que entraban en irremediable obsolescencia. Iba en camino de hallar una síntesis capaz de afincar el asunto regional en un modelo universal. Y de otra parte, sus convicciones de apresar el alma del lector dentro de una novela como un modo de vivirle y hacerle vivir sus experiencias recónditas —suerte de catarsis— iba más allá de una afirmación manida: la de que Gallegos era alentado exclusivamente por un propósito didascálico de «educar al soberano» con novelas de su mundo autóctono.

---

134 «Rómulo Gallegos, novelista novelado».
135 *Loc. cit.*, pág. 123.

3.2. *El tiempo histórico de la novela*

El tiempo en el cual transcurre la acción de *Doña Bárbara* puede reconstruirse por hechos narrados. Comienza en enero de 1898, con la mención expresa a la guerra hispano-norteamericana, librada con el pretexto de la lucha independentista de Cuba, Puerto Rico y Filipinas. En la novela, estos hechos abarcan un lapso que parte de enero o febrero del 98 hasta el llamado «desastre de Cavite», es decir, la pérdida de Filipinas a raíz de la derrota de la armada española comandada por el almirante Montojo, en la bahía de Manila, destruida por la flota yanqui del Pacífico que comandaba el almirante Jorge Dewey. La batalla, librada el 2 de mayo de 1898, cierra con la voladura del arsenal de Cavite el día 3. Los sucesos motivan el enfrentamiento de don José Luzardo con su hijo Félix. Santos Luzardo presenció la escena cuando «a la sazón tendría unos catorce años». Habría nacido, pues, en 1884, el mismo año del nacimiento de Gallegos. Esto ha sido uno de los argumentos peregrinos para hallar elementos autobiográficos del autor en el personaje. La novela termina propiamente en 1927, con el viaje de Gallegos al Arauca, en la Semana Santa famosa. La novela marca los hechos con las escenas de la caza del Tuerto del Bramador, cuya imponente imagen fue captada en una fotografía donde posan Antonio Torrealba y Rómulo Gallegos junto al enorme saurio.

Cuando Gallegos menciona a *Doña Bárbara* como expresión de la época en que transcurrió su juventud, es muy exacto. La demarca entre la dictadura de Castro, los días del debate positivista en la Universidad donde Santos estudia Derecho y es compañero de Mujiquita. Pero el abogado recién graduado que se marcha a San Fernando no es Gallegos, sino su amigo y compañero de luchas, Andrés Eloy Blanco (1923). Recordemos que Gallegos no culminó sus estudios jurídicos. Andrés Eloy fue amigo personal del general Vicencio Pérez Soto, quien fungía como presidente del Estado Apure en los tiempos de la dictadura gomecista. Pérez Soto despojó a Antonio Torrealba y su familia de las tierras ganaderas. Esta expropiación autoritaria es lo que hace que Antonio Sandoval, desdoblado en Carmelito, explique a Luzardo que él no siempre ha sido peón, sino que fue propietario de fundos ganaderos igual que su patrón de *Altamira*, para quien no sólo es un caporal de sabana, sino una suerte de Virgilio en el viaje por la llanura y sus enigmas.

3.3. *La oralidad y los estratos del discurso narrativo*

Antonio García Berrio, en su excelente *Teoría de la Literatura*, ha desarrollado ampliamente la idea de valores de universalidad/singularidad como un proceso antropológico donde se relacionan o confluyen en el tiempo y el espacio los marcos de referencia del autor/productor del objeto literario y el del receptor/productor del objeto/estético derivado de la lectura[136]. La visión antropológica del llano venezolano que aporta Gallegos se universaliza en este sentido desde la singularidad de una situación histórica y alcanza nuevas recepciones desde la visión de los lectores actuales en tanto elaboración artística de un imaginario cultural, cuyos antecededentes remiten a la tradicion regionalista de la literatura venezolana, tanto como a los famosos cuadernos de Torrealba. Esta afirmación del propio Gallegos esclarece bastante el problema:

> Por eso pensamos en alta voz, discurrimos y escribimos. No para que los demás se enteren, simplemente, ni para hacerles el favor, muy discutible, por otra parte, de sacarlos de una duda o disiparles alguna ignorancia porque en realidad esto nos tiene sin cuidado; sino para apoderarnos de ellos, para vivirles la vida suya, para que no nos maten limitaciones de espacio y de tiempo. En una palabra, para vivir con la vida integral del universo, ahora y siempre[137].

---

[136] Antonio García Berrio, *Teoría de la Literatura* (*La construcción del significado poético*), Madrid, Cátedra, 1994. Cfr. especialmente 4.2, págs. 617 y ss.

[137] *Ibíd.*, págs. 131-132.

Ese rango antropológico sustenta en *Doña Bárbara* la construcción de los personajes «no simbólicos»: Juan Primito, Antonio Sandoval, Pajarote, María Nieves, la peonada opuesta al *blancaje*. En ellos la oralidad adquiere «dobles sentidos» que traducen el humor y la malicia del llanero. El habla se matiza con abundante uso de refranes intercalados en la conversación cotidiana. No se trata del simple hecho de utilizar el refranero tradicional como recurso retórico del discurso literario, algo que viene desde el Arcipreste de Hita, Cervantes, Quevedo. Es algo más específico del habla venezolana o latinoamericana: el refrán y la copla son las dos maneras de expresar sus sentimientos y sus ideas el hombre de la llanura: gaucho o llanero: Martín Fierro o Cantaclaro, pero también la peonada que se congrega en las noches de velada de vaquería. Tal vez sea Pajarote, con su habilidad de cantador y narrador oral dotado de humor punzante, quien mejor tipifique en *Doña Bárbara* este aspecto discursivo de la oralidad, sobre todo en los contrapunteos dialógicos entablados frecuentemente con María Nieves.

El tercer estrato es el de hablante medio: el caporal de sabana Antonio Sandoval. Incurre con frecuencia en la ultracorrección y el ultracultismo hasta el rebuscamiento dentro del discurso hablado. (¿Reminiscencia literal de su referente Antonio Torrealba, cuyos cuadernos pecan del mismo vicio expresivo?) Este rasgo de la hipercorrección es característico de los hablantes medios que buscan una mayor movilidad social, o sienten nostalgia de ella, cuando pierden el nivel más alto, como ocurre con Antonio en la novela.

Doña Bárbara y Santos Luzardo mantienen la normalidad coloquial de la lengua estándar en sus diálogos. En doña Bárbara se altera cuando en el nivel mágico-simbólico asume la solemnidad del conjuro monologado o expresado en los soliloquios que la comunican con El Socio. También Luzardo altera su habla cotidiana cuando adopta la función de preceptor de Marisela en modales urbanos y en hipercorrección del habla, que la muchacha rechaza o ironiza hasta el extremo de esgrimirla como arma de rebeldía defensiva o de reclamo afectivo ante la simulada indiferencia amorosa de Luzardo.

La inserción narrativa de Míster Danger significa no sólo una transgresión de la norma lingüística por la interferencia de otro código ajeno al español (habla inglesa), con el cual distorsiona el habla, sino también la presencia corruptora incipiente del yanqui en los planos socioculturales (y, por consiguiente, sociolectales): es la degradación de Lorenzo Barquero por alcoholismo que el gringo estimula; el contrabando de ganado y la impunidad frente a la ley, el soborno del jefe civil, el intento de compra de Marisela.

El discurso hímnico del autor implícito (narrador omnisciente) contrasta con los planos expresivos anteriores, no sólo por su poeticidad descriptiva, sino por la tendencia explicativa que busca racionalizar la magia y las creencias del llanero. A veces el choque es tan fuerte que resalta la afectación del discurso del narrador. Curiosamente vale anotar que, entre las variantes significativas de la edición española corregida (1930) y la revisión definitiva mexicana (1954), en la primera Gallegos había omitido o sustituido muchas expresiones regionalistas del habla americana y luego las restableció, o aumentó, en la versión de los veinticinco años. Tal vez en el primer caso pensaba en destinatarios europeos, especialmente españoles, y en el segundo, en lectores latinoamericanos.

Todo este conjunto de estratos discursivos coloquiales en la escritura de *Doña Bárbara* es una muestra de la conciencia lingüística de Gallegos y de su extraordinaria capacidad para orquestar artísticamente los más variados recursos de la lengua en función literaria, con notable diferencia respecto a la retórica de la eufonía modernista que él no proscribió totalmente.

3.4. *La dualidad simbólica*

Gallegos admitió sin desmentir la tendencia a personificar en símbolos ficcionales sus angustias y percepciones de la «circunstancia» venezolana. La concepción reformista social trasvasa a sus novelas donde siempre hay el personaje mesiánico elaborado con categoría de símbolo apuntado al logro de una catarsis colectiva. Fue una constante suya la de connotar en personajes mesiánicos reformistas su cosmovisión manifestada como intención pedagógica o su *paideia cívica*, para repetir el término de Castro-Leiva. Su idea del diseño físico y moral, de lo que pudiera llamarse la *etopeya narrativa* del país venezolano, lo expresó Gallegos en la conferencia «La pura mujer sobre la tierra»:

> No soy un simple creador de casos humanos, puramente, que tanto puedan producirse en mi tierra como en cualquiera otra de las que componen la redondez del mundo, sino que apunto a lo genérico característico que como venezolano me duela o me complazca. O sea: no soy un artista puro que observa, combina y construye, por pura y simple necesidad creadora, para añadirle a la realidad una forma más que pueda ser objeto de contemplación. Hermosa es *La Gioconda* y su sonrisa inquietante, pero ella es principio y fin de sí misma y nada nos dice de su tiempo, aparte la estupenda noticia que perennemente está dando del admirable genio de Leonardo da Vinci. Yo, bien guardadas las distancias, no he compuesto a *Doña Bárbara*, por ejemplo, sino para que a través de ella se mire un dramático aspecto de la Venezuela en que me ha tocado vivir y que de alguna manera su tremenda figura contribuya a que nos quitemos del alma lo que de ella tengamos. Pero debo advertir que en la gestación de mis obras no parto de la concepción del símbolo —como si dijéramos, en el aire— para desembocar en la imaginación del personaje que pueda realizarlo; sino que el impulso creador me viene siempre del hallazgo del personaje ya significativo, dentro de la realidad circundante. Porque para que algo sea símbolo de alguna forma de existencia tiene que existir en sí mismo, no dentro de lo puramente individual y por consiguiente accidental, sino en comunicación directa, en consustanciación con el medio vital que lo produce y rodea. Símbolos que sólo se alimentan de conceptos e imaginaciones del autor, en muñecos paran desde que intentan echar a andar[138].

La idea de *símbolo* en Gallegos rebasa la concepción romántica de lo bello con finalidad en sí mismo; en su cosmo-

[138] *Una posición*, vol. 2, págs. 117-118.

visión lo ético —el fin— y lo estético —el placer contemplativo— son inseparables[139]. Y es en *Doña Bárbara* donde esa confluencia de visiones cristaliza con mayor rango de artisticidad.

Muchos de sus personajes los encontró Gallegos en la visita al Arauca. Lo sabemos. Fueron seres pintorescos de carne y hueso. Uno de ellos, el excepcional, no sólo fue conocido directamente, sino también pormenorizado a través de numerosas referencias: Francisca Vásquez de Carrillo. Y fue ella quien se le impuso como Doña Bárbara. Gallegos le reasignó un sentido. Y antes que un símbolo rígido, por esos extraños mecanismos recónditos de la producción textual, le fue creciendo entre las manos. Dejó de ser un mero símbolo inmutable de la «barbarie», lo cual habría sido obvio, para desarrollarse psicológicamente como portadora de una pasión que la indujo a mudanzas de personalidad en el transcurso de la trama. Acudió a recursos no sólo de violencia, sino también de magia en cuyas prácticas —aunque el autor omnisciente racionalice las ejecutorias— se expresa el mundo indígena americano y la tradición africana de los chamanes o dañeros. Las prácticas de magia y brujería ya estaban incorporadas a la narrativa nacional venezolana desde *Zárate* (1882) de Eduardo Blanco[140]. En el cajón del Arauca, esas prácticas están vinculadas con las culturas indígenas de otomacos y yaruros, uno de cuyos miembros —el viejo Eustaquio— protegió a doña Bárbara cuando aún era «la trágica guaricha». Si el personaje funciona en paralelismo con el paisaje infinito de la llanura o con las aguas del Orinoco y el Guainía, en su propia estructura genera contrastes marcados que viajan del crimen a la ternura, de la magia a la sensualidad y el coqueteo y otra vez a la magia, en el afán de retener al hombre —Luzardo— que ella estimaba el único capaz de borrarle la impronta de su

[139] Sobre estas categorías a propósito de la estética romántica, cfr. T. Todorov, *Teorías del símbolo,* Caracas, Monte Ávila, 1981, especialmente páginas 223-224.

[140] Sobre el tema, cfr. Elena Dorante, *Venezuela: magia y ficción. Lo mágico-religioso en la Literatura Venezolana,* Cumaná, Ed. de la Universidad de Oriente, 1981, especialmente págs. 29-37.

primer amor: Asdrúbal. El modelo de la magnificación épica lo aplica Gallegos para ir agigantando a la devoradora de hombres. El mito verbalizado comienza con las primeras líneas de la novela. El personaje se le impone. Domina el texto y lo desvía del esquema reformista. Finalmente, como en todo mito, la mujer, afectivamente derrotada por su propia hija en el recuerdo del primer amor, se pierde en la oscuridad de los orígenes en un retorno al tiempo primordial de los comienzos, como establece Mircea Eliade. Leída así, más que el triunfo de Luzardo y su modelo civilizador, doña Bárbara es el fracaso de la heroína mitificada, como ocurre en la novela moderna[141]. Es fracaso porque su saber iniciático —dañera—, su sabiduría originaria, puesta en función de dominar sexual, afectiva y materialmente a los hombres, si bien había logrado iniciar la destrucción de Lorenzo Barquero, la liquidación del coronel Apolinar y de Balbino Paiva convertido en utensilio de crímenes, ante la fuerza moral de Luzardo resulta inoperante. La rechaza y sustituye por la seducción basada en la coquetería y la sensualidad —armas limpias de mujer— que tampoco le resultan exitosas salvo para desbordar una ira inútil. El amor deviene en camino mítico de las pruebas. La última es el «encuentro con la diosa»: su propia hija proyectada como desdoblamiento y como instrumento de la derrota. Ahí el regreso al mundo de los orígenes, pero sin nuevo saber adquirido, idéntico a su aparición: la sombra trágica esfumada. La grandeza artística de esta construcción simbólica es posiblemente el mayor atractivo que la novela conserva en los lectores de hoy, mucho más que el viejo esquema mesiánico de otras lecturas.

Si Santos Luzardo fue concebido como el héroe mesiánico reformista, a veces parecido a un galán fílmico en la hipérbole de su hombría, su esquema aparentemente inflexible de abogado dispuesto a imponer la ley y la justicia sobre la barbarie, en el transcurso del argumento tendrá su hora de indignación y furia; en ella, su aceptación de la violencia y el dis-

---

141 Cfr. Juan Villegas, *La estructura mítica del héroe en la novela del siglo XX*, Barcelona, Planeta, 1978.

paro equívoco cuya trayectoria, por un momento, lo hizo sentir homicida culpable, hombre de ejecutorias extremas a punto de ser vencido por la arbitrariedad histórica del contexto sociocultural. Por contraste, doña Bárbara, experta en crímenes, baja el arma esgrimida contra Marisela cuando una luz nocturna se le refleja en la mira del revólver. Es símbolicamente una neutralización de la tiniebla.

El severo ductor de Marisela se humaniza y al final es atrapado por el amor, pero sin que el desarrollo desemboque en el final feliz del idilio romántico. Santos y Marisela no se declaran el amor directamente. El hilo se va tejiendo en un futuro imaginario de monólogo en Marisela y en un presente de incertidumbre en el soliloquio alrededor de la mesa de trabajo —Luzardo—. Esas mutaciones narrativas de personalidad en los personajes conduce en el nivel técnico de la construcción novelesca a una tentativa de estratificación de planos narracionales externos e internos; sólo que los últimos no llegan a monólogos interiores libres, sino regidos por la omnisciencia que anuncia el cambio: «pensaba para sí», «se dijo», «en su interior ocurría»; incluso hay una escena de montaje hacia un plano futuro imaginario, cuando Marisela «dentro de sí» imagina la declaración amorosa que Luzardo nunca profirió en la fiesta de vaquería de Altamira. Entre ambos se interpone la nostalgia de un pasado que se petrifica por fijación recurrente (redundancia neurótica) en doña Bárbara: el amor de Asdrúbal, inductor del rechazo a los hombres en la vida posterior del personaje.

Esta dialéctica de los personajes contrapuestos, en lugar de conducir a un desenlace armonioso donde no queden hilos en suspenso, deja abierta una bifurcación parecida a la que Helen Baptiste, en la lectura de *Sobre héroes y tumbas,* llamó final en abismo. Los términos bifurcados son: 1) la mujerona que se esfuma tal como su propio origen de trágica guaricha, no sabemos si hundida en el tremedal para el suicidio o trashumante como en el comienzo cuando no se sabe de dónde vino. Es la aparición y desaparición del héroe mítico en un final abierto; 2) en otro eje de la acción, Luzardo no sabemos si en realidad llegó a desposar a Marisela; sólo queda enunciada la boda y, cinematográficamente, en una toma a distancia se ve a la pareja coexistiendo —jamás conviviendo y menos cohabitando— de nuevo en la casa de *Altamira*. La eticidad del autor haría sobrentender, en la lectura ética, mas no en el texto, que la boda *deberá* consumarse.

Se ha dicho que Gallegos no llegó a traspasar el umbral de la gran transformación técnica en su novela. *Doña Bárbara* se remite, por su diseño, a la novela del siglo XIX. Y sin embargo, en una lectura de hoy, el contagio emocional, el suspenso y el efecto de identificación del lector con la masa de conflictos se sostiene, como en toda gran obra construida para perdurar, por su valor textual que admite más allá del tiempo de la escritura, un tiempo de recepción plurívoco.

3.5. *La geografía y el hombre. Lectura maniqueísta: civilización/barbarie*

La tradición de un espacio geográfico llanero como tipificador de lo nacional venezolano ingresó en la narrativa desde los dos cuadros de costumbres escritos por Daniel Mendoza: «Un llanero en la capital» (1849) y «Palmarote en Apure». El primero es la visión casi burlesca de la ciudad a través del lenguaje, la malicia y las costumbres de un llanero del Apure. El segundo invierte el esquema. En el siglo XX el llano —en particular el de Apure— se perfiló arquetipo geográfico de lo nacional. A ello contribuyó un conjunto de textos ensayísticos y algunas crónicas donde se describen las costumbres y se idealiza el paisaje. De ellos citamos tres libros fundamentales: *El llanero* (1905) de Víctor Manuel Ovalles[142]; *El llanero* (Estudio de sociología venezolana) (1919), de Rafael Bolívar Coronado, falsamente atribuido a Daniel Mendoza y publicado con autoría de este último por Rufino Blanco-Fombona en su Editorial América[143]. Fue reimpreso

[142] Caracas, Tip. Herrera Irigoyen; lo subtitula «Estudio sobre su vida, sus costumbres, su carácter y su poesía», prólogo de Nicanor Bolet Peraza y dibujos al natural de César Prieto.

[143] Cfr. al respecto: Óscar Sambrano Urdaneta, *El llanero, un problema de crítica literaria,* Caracas, Asociación de Escritores Venezolanos (Cuadernos Literarios, núm. 76), 1952.

en 1922 en Caracas, con la adición de los dos citados cuadros de costumbres pertenecientes a Daniel Mendoza. En dos reediciones de Caracas (1940 y 1947) llevó inserto como apéndice un estudio sobre «El gaucho y el llanero», de José Eustasio Machado. *Por los llanos de Apure* (1940), de Fernando Calzadilla Valdés, es un haz de crónicas publicadas en diarios venezolanos entre 1929 y 1938. Calzadilla compila recuerdos y memorias de su permanencia en Apure desde 1914[144]. Habría que agregar el éxito alcanzado por una zarzuela, *Alma llanera* (1915), con letra de Rafael Bolívar Coronado y música de Pedro Elías Gutiérrez, director de la Banda Marcial de Caracas en tiempos de gomecismo. Fue representada en Caracas, Maracaibo, Valencia y Barquisimeto, con gran aceptación. El joropo que servía de tema se popularizó tanto, que aún es considerado como un segundo himno nacional[145]. Luis Manuel Urbaneja Achelpohl, padre del criollismo, publicó en 1926 un texto sobre *El gaucho y el llanero.* Era el mismo año en que aparecía *Don Segundo Sombra.* El patrón gauchesco venía arraigando en lectores de toda América Latina desde el *Facundo* (1845), *Martín Fierro* (1872), *El payador* (1911) de Leopoldo Lugones. La analogía con los llaneros venezolanos era notoria. La búsqueda de la esencia nacional de cada país estaba imponiéndose desde los intentos del Ateneo de la Juventud (1909), cuya proyección se acentuó a raíz del estallido de la Revolución Mexicana.

Por contraposición, Laureano Vallenilla Lanz traza una estampa del llano venezolano del Apure como un espacio poblado de forajidos y delincuentes, consecuencia de la «degeneración racial», justificativo de su tesis del gendarme necesario[146]. El país agrario no desapareció pese al petróleo. Díaz

---

144 La primera edición apareció en Santiago de Chile (1940). Fue reimpreso en 1948 por el Ministerio de Educación de Venezuela (Biblioteca Popular Venezolana núm. 25).

145 El famoso joropo sirvió de identificador nacional para nuestra música. Aún en tiempos de Pérez Jiménez, su interpretación anunciaba el final de los bailes y otras reuniones sociales.

146 «En la evolución histórica de Venezuela se observa claramente cómo estallaban a cada conmoción los mismos instintos brutales, los mismos impulsos de asesinato y de pillaje, y cómo continuaban surgiendo del seno de

Sánchez lo llama el país vegetal, al que se superpuso el otro, el país mineral, con su postiza opulencia petrolera[147].

Gallegos no estuvo exento de aquel contagio. Sus preocupaciones de juventud sobre lo hispanoamericano resurgen en la cuaresma de aquel año de 1927 cuando el novelista sintió también la llamada de la tierra horizontal en su recorrido por el cajón del Arauca. Allá fue en busca de materia para su novela. Y se le quedaron en el alma las resonancias del paisaje y sus hombres. Se ha leído a veces con ambigüedad el binomio *civilización/barbarie* en Gallegos como un trasplante mecánico del postulado que enunciara Sarmiento en *Facundo*[148].

Mucho antes de que imaginara siquiera a *Doña Bárbara*,

---

nuestras masas populares las mismas hordas de Bóves y Yáñez, dispuestas a repetir en nombre de los principios republicanos los mismos crímenes que en nombre de Fernando VII, e igualmente ignorantes de lo que significaba el gobierno colonial o el gobierno propio. Y es porque a pesar de todas nuestras teóricas transformaciones políticas, el fondo íntimo de nuestro pueblo continuó por largos años siendo el mismo que durante la Colonia. Las pasiones, los instintos, los móviles inconscientes, los prejuicios hereditarios, tenían que continuar siendo en él elementos de destrucción y de ruina, contenidos únicamente por los medios coercitivos que tan ampliamente ha tenido que ejercer el jefe del Estado, sin sujeción posible a las soñadas garantías escritas en las constituciones; pero alentados constantemente por las prédicas demagógicas y las mentidas luchas de principios exóticos entre los partidos tradicionales, en los cuales, si es justo reconocer que figuraban hombres sinceramente engañados, en la masa de ambos bandos no palpitaban sino odios y ambiciones personalistas que se disputaban el poder y perpetuaban la anarquía» (Vallenilla, *Cesarismo democrático,* Caracas, Biblioteca Ayacucho, 164, 1991, pág. 85).

147 «Como país incompletamente desarrollado, Venezuela presenta en estos momentos una sugestiva duplicidad: hay dos planos de la cultura en los que la historia se parte y desarticula mirando al pasado y al porvenir. Subsisten todavía grandes áreas del territorio de la nación en las que se ve convivir el arado de bueyes con el tractor mecánico, el curandero y el cirujano, el amuleto y la televisión. Esta curiosa duplicidad no es necesario ir a buscarla a regiones lejanas, ya que puede palparse en Caracas, ciudad de un millón quinientos mil habitantes, repleta de atracciones cosmopolitas, poblada de rascacielos e hirviente de quimeras civilizadas» (1965), pág. 108.

148 Todavía en 1979, medio siglo después de publicada, *Doña Bárbara* es leída por el crítico alemán Adalbert Dessau, como «... amalgama del lema tradicional del liberalismo hispanoamericano formulado por Sarmiento...» (página 63). Más adelante explicita más la lectura afirmando que la obra cabalga entre la novela del siglo XIX y la del XX: «Por un lado, abre el horizonte histó-

en 1912, Gallegos escribe en *El Cojo Ilustrado:* «Pero no se ofendan ni la susceptibilidad ni el patriotismo porque yo empleé tratándose de nosotros el mismo término que para un caso análogo aplicó en su país el genial argentino Sarmiento, porque, si bien se mira, barbarie en estos casos quiere decir juventud, y juventud es fuerza, promesa y esperanza»[149]. La relación analógica con la antinomia de Sarmiento siguió constituyendo el patrón decodificador en la lectura de *Doña Bárbara*. Nelson Osorio ha dedicado un par de ensayos a reorientar la recepción del texto novelístico con acertadas anotaciones de la novela misma[150]. Señala que la recepción de los lectores estuvo codificada por esa dualidad mecánicamente comprendida por repetición dentro del sistema de época[151], desde los primeros comentarios hasta hace poco tiempo. Concluye en que «si la contraposición existe, no debe ser entendida en forma maniquea, sino dialéctica». Párrafos adelante añade:

> El mundo poético que construye su discurso muestra que el llano no es la «barbarie» en el sentido de Sarmiento, porque ya se ha visto que «no todo era malo y hostil en la llanura». En realidad los términos opuestos de «barbarie» y «civilización» —que en el marco ideológico romántico de Sarmiento no tienen solución de continuidad sino que implican la destrucción del uno por el otro— no deben ser entendidos aquí como partes antagónicas de una antinomia irreductible sino como «tesis» y «antítesis» de una contradic-

---

rico más amplio de toda la novelística latinoamericana de su época, y en esto reside su grandeza. Por otro, sin embargo, sigue adoptando el antiguo lema liberal de la lucha entre civilización y barbarie...» (pág. 69) («Realidad social, dimensión artística y método artístico en *Doña Bárbara*, de Rómulo Gallegos», en *Relectura de Rómulo Gallegos*, vol. 1, págs. 57-71).

149 «Necesidad de valores culturales» (1912), *Una posición*, vol. 1, pág. 84.

150 «*Doña Bárbara* y el fantasma de Sarmiento», en *Escritura* (15), Caracas, jun. 1983, págs. 19-36, y «*Doña Bárbara*», en *Diccionario Enciclopédico de las Letras de América Latina*, Caracas, Biblioteca Ayacucho/Monte Ávila, 1995, vol. 1.

151 Sobre las lecturas críticas iniciales de *Doña Bárbara*, cfr. Rafael Varela, «*Doña Bárbara:* su recepción en la crítica venezolana (1929-1930)», en *Actualidades* (5).

ción dialéctica. La síntesis, hegelianamente hablando, sería la superación de ambas, un mundo nuevo que habrá de surgir de la conjunción de la *realidad* del llano con los *ideales* de la civilización. La síntesis es, por consiguiente, una promesa, una esperanza[152].

Cuando se revisan ciertos pasajes de la novela más allá del dualismo leído en sentido maniqueísta se puede observar que las mudanzas de los personajes no son exclusivamente psicológicas, sino también ideológicas. El Santos Luzardo recién graduado que acaba de llegar a *Altamira,* va con un propósito de vender el hato y marcharse a Europa. Era el modelo de civilización que el propio Gallegos había criticado en su ensayística, como vimos. Una vez inmerso en las faenas y costumbres que había saboreado en la infancia, Luzardo empieza a entender que no todo es barbarie en la llanura. Desiste de vender su propiedad. Vacila una vez cuando en el soliloquio defensivo del afecto hacia Marisela estima que ella sería un obstáculo a sus planes de marcharse a Europa. Descartada la idea, comprende que la barbarie está del lado de los civilizados gestores de la autoridad y la justicia y comienza a comprender que en la barbarie hay una fuerza juvenil que es potencialmente un instrumento de transformación. No es, pues, tampoco Santos Luzardo un rígido agente civilizador encasillado en la dualidad maniquea.

La dicotomía de Sarmiento ha vuelto a insurgir en medio de la crisis continental que atraviesa América Latina como refuerzo a concepciones serviles de la globalización. Algunos pensadores recientes la han desmontado críticamente. Entre ellos el maestro Leopoldo Zea[153]. Su interpretación revisa la barbarie en la historia para apuntar en las conclusiones a una síntesis hegeliana donde civilización/barbarie «dejan de serlo para ser, pura y simplemente, expresiones del único hombre posible, con sus posibilidades e impedimentos, con sus sueños de universalidad y la conciencia de sus limitaciones».

---

[152] *«Doña Bárbara»*, en *Diccionario Enciclopédico de las Letras de América Latina,* vol. 1, págs. 1570-1571.

[153] Cfr. Leopoldo Zea, *Discurso desde la marginación y la barbarie*, Madrid, Anthropos, 1988.

Ya escrita y premiada *Doña Bárbara*, su autor, residente en Nueva York, pronunciaría una conferencia titulada «Las tierras de Dios»[154]. Constituye una definida revelación de su poética narrativa. Fue también su primera página de ataque abierto a la dictadura de Gómez. Acababa de renunciar a la senaduría por el Estado Apure, que le había sido impuesta como presión neutralizadora. Aquel emplazamiento lo empujó al exilio voluntario. En Nueva York se encuentra con Gabriela Mistral, quien lo llamaría años más tarde «este hombre, tan naturaleza...»[155]:

> Como habláramos de cosas de nuestra América y ella me preguntase si eran realmente mis tierras venezolanas tal como las he pintado en *Doña Bárbara*. Tierras propicias al bárbaro brote, tierras que vuelcan el fondo del alma y abren la jaula a los pájaros negros de los torvos instintos; pero tierras recias, corajudas, buenas también para el esfuerzo y para la hazaña. Tierras del hondo silencio virgen de voz humana, de la soledad profunda, del paisaje majestuoso que se pierde de no ser contemplado, como el agua de sus grandes ríos, de no ser navegada, tierras de llano infinito donde el grito largo se convierte en copla, de selva tupida donde asusta el rajeo del pájaro salvaje y mete el corazón en un puño la campanada funeral del «yacabó», tierra de risco empinado y páramo solitario por donde hay que pasar en silencio para no despertar su furor. Tierras de hombres machos como se dice por allá[156].

Al quedar impregnado de aquella naturaleza, la memoria bullente de imágenes se le desborda en emociones. Y entonces parafrasea a Descartes para confesar ante su auditorio neoyorquino: «Siento, luego existo. Y a veces la doy por pensar según me convenga»[157]. Es decir, que iba de regreso hacia un romanticismo profundo como antídoto al contagio positivista de juventud, al que aludía en el comienzo de su con-

---

154 Conferencia leída en el Roerich Museum de Nueva York el 1 de septiembre de 1931. *Una posición*, vol. 1, págs. 112-114.

155 Esquela de intervención en el homenaje que el Suplemento de *El Nacional*, de México, dedicó a Gallegos en 1954.

156 «Las tierras de Dios», *loc. cit.*, pág. 119.

157 «El cacharro y el ánfora», *Una posición...*, vol. 1, pág. 126.

ferencia para justificar la inserción de unas connotaciones espiritualistas religiosas en el contexto de su charla[158]. Simbiosis de simbolismo y magia, de realismo y poesía del paisaje humanizado, la impronta de la llanura-escenario de su novela recién concluida y cuyas revisiones se iban sucediendo por aquellos años, lo llevan a exclamar sobre las tierras dejadas atrás: «Así son y su influjo satánico moldea en barbarie el alma que se les entregue. De mí sé decir que estando en el Arauca, ante la sabana inmensa, sentí que si le echaba la pierna a un caballo salvaje y acertaba a enlazar un toro, me quedaría para siempre en el llano.»

3.6. *Intención cinematográfica*

En la segunda edición de *Doña Bárbara* [Araluce (1930)], su autor inserta esta nota del *copyright:* «Reservados los derechos de toda adaptación cinematográfica». No era ingenuidad ni petulancia. El cine sonoro irrumpía en el mundo de la imagen. La cinematografía de Buñuel y los realizadores rusos animaban un incipiente cine artístico. Venezuela no escapó al contagio. Desde finales de siglo, algunos cineastas intentaban fijar la memoria visual del país[159]. En la era del sonido, por los años veinte, están presentes Rafael Rivero Oramas, Amabilis Cordero, Alfredo Cortina, Edgar Anzola, Jacobo Capriles y otros pioneros[160]. El joven Uslar Pietri, de veinticinco años, desde París, se entusiasma al ver exhibida la

[158] «... porque es bueno volcar de cuando en cuando sobre los recios campos del positivismo el contenido místico de ciertas palabras, celemines colmados de una antigua simiente que ya no se siembra, y porque es natural que los haga quien, como yo, es sembrador más aficionado a la flor perfumada de la quimera que al bulbo sustancioso de la realidad», *loc. cit.*, pág. 115.

[159] Rodolfo Izaguirre: señala que Venezuela fue pionera de la cinematografía en América Latina desde 1897, con los trabajos de Manuel Trujillo Durán en el Zulia («Gallegos y el cine», *Multivisión*, págs. 301-311).

[160] En una hermosa página evocativa, Rafael Rivero Oramas escribe: «Es cosa curiosa que Rómulo Gallegos se introdujera en el mundo del cine. Pienso que pudo tener origen esta afición en la larga amistad que lo unió con los cineastas Edgar J. Anzola y Jacobo Capriles, con quienes había hecho en 1924 el film *La trepadora*, basado en un cuento que Gallegos había publicado en *Fantoches* («El cineasta», en *Multivisión*, pág. 315).

«Tempestad sobre Asia» de Pudovkin, padre del montaje cinematográfico, y escribe a Rafael Rivero Oramas, en Caracas. Proponía filmar un «Poema fotográfico» sobre la gesta de Bolívar cuyo centenario de la muerte se avecinaba[161]. El proyecto no pudo realizarse. El poema se convirtió en novela. Fue *Las lanzas coloradas*. La relación entre cine y novela comenzaba a inquietar a nuestros escritores. No extrañe que también Gallegos, pionero del cine venezolano desde 1924 con su cortometraje «La trepadora», insertara en el *copyright* de la reedición de *Doña Bárbara* (1930) una expresa advertencia. Poco tiempo después Enrique Bernardo Núñez, deslumbrado con las narraciones de Paul Morand y el cine de vanguardia, escribirá dos novelas de carácter mítico-histórico donde los juegos del anacronismo entre el discurso fundacional de las crónicas y los comienzos del *boom* petrolero se funden en la belleza de Nila Cálice alrededor de una ciudad desaparecida: *Cubagua*. Ambas novelas, la de Uslar y la de Núñez, se publicaban en 1931. Dos años después del triunfo de *Doña Bárbara*. En ambas la linealidad del discurso se disuelve en retazos vanguardistas de prosa poemática. La temporalidad deja de ser una continuidad histórica para ensamblarse en planos que saltan de los orígenes míticos a la era petrolera (Enrique Bernardo Núñez); o eluden la gesta heroica de la independencia para exaltar el antimito heroico encarnado en un exesclavo negro que lucha al lado de José Tomás Boves (Uslar Pietri)[162]. Ese camino que se abría a otros lenguajes comenzó, sin duda, con Gallegos y *Doña Bárbara*.

---

[161] En carta a Rivero Oramas, fechada en París, 24 de junio de 1930, aún inédita, Uslar escribe: «Es el caso que se me ha ocurrido que podrías hacer algo cinematográfico bastante bien para el Centenario del Libertador. No una película con escenarios y argumento, como no la podrías hacer por falta de recursos, y que por otra parte no tendría objeto, porque lo que hay que lograr no es un episodio de Bolívar visto en la pantalla, sino al contrario una interpretación cinematográfica del Libertador.»

[162] En la carta a Rivero Oramas, Uslar esboza su proyecto: «Es necesario, pues, que en ese poema de imágenes figuren los elementos de la obra de Bolívar; (...) todo en una mezcla sabiamente dispuesta y sin otra ilación que el vago tema fotográfico bolivariano que las une a todas; mezcladas diestramente: ríos, monte, mar, sol, luna, tormenta, árboles; tunas, cocos, plátanos; flo-

Lo cinematográfico de *Doña Bárbara* no se limita a la plasticidad descriptiva del espacio llanero que de por sí cautiva al espectador con su geografía ilimitada. Hay momentos en que el desarrollo mismo va ajustado a transmitir por visualización las situaciones emocionales, como por caso el destello luminoso en la mira del revólver empuñado por doña Bárbara. En cuanto a personajes, la gestualidad de Balbino Paiva o la forma de expresar la ira con las cejas en doña Bárbara, no sólo marcan señales de «actuación», sino que, a la hora de filmar realmente la novela, fueron base indiscutible para que, con acierto, un personaje encarnado por María Félix terminara por marcar a la actriz misma con su gestualidad.

4. Mito de la obra

Las lecturas críticas de *Doña Bárbara*, desde la consagración por el premio, apuntaron más a la exaltación que al análisis. Gallegos quedó reducido a ser «el autor de *Doña Bárbara*». Y como en toda sacralización, no tardaron en surgir los sacrilegios.

Desde su aparición en 1929, *Doña Bárbara* pasó a convertirse en novela *ejemplar* de América Latina. Así la calificó Juan Marinello[163]. Junto a la proliferación de ediciones y versiones en otras lenguas fueron germinando las inevitables detracciones o señalamientos orientados a restarle méritos. En otra dirección comenzaba la transferencia del valor literario de la obra al valor de uso político del exitoso autor. Mito del hombre y mito de la obra terminaron confundidos en un solo discurso magnificador.

Desde 1924 y 1925, cuando aparecieron sucesivamente *Ifigenia*, de Teresa de la Parra, y *La trepadora*, del mismo Galle-

---

restas, hierbas; palomas asustadas que vuelan, gavilanes; caballos (buen tema épico) cerreros, corriendo, encabritados, orejas, ojos, ancas de caballos...» (A veces olvidamos que la enumeración caótica de los vanguardistas es una de las primeras modalidades de la fragmentación.)

[163] «Tres novelas ejemplares (*Don Segundo Sombra, Doña Bárbara y La vorágine*)» [*Rev. Bimestre Cubano* (38), La Habana, 1936, págs. 234-249].

gos, en la novela venezolana no se habían producido títulos resaltantes. Cuando Gallegos publicó *Doña Bárbara*, no sólo fue la resonancia de una consagración internacional desde España lo que elevó el nombre de ambos, sino que en el territorio de la ficción nacional aquella obra fue un hito.

En el contexto latinoamericano la aparición de *La vorágine* (1924) y *Don Segundo Sombra* (1926) abría el marco donde transitó el desarrollo de la gran novela regional. Desde esa perspectiva también *Doña Bárbara* lucía en 1929 como el acontecimiento narrativo más sobresaliente[164]. La presencia de otros textos como los *Papeles de recién venido* de Macedonio Fernández, *Los siete locos* de Roberto Arlt y *Memorias Mamá Blanca* de Teresa de la Parra estaban enunciando nuevos códigos del arte de narrar en América, pero debieron esperar lectores comprensivos que los descubriesen más tarde.

Un crítico colombiano acusó a Gallegos de haber plagiado a José Eustasio Rivera[165]. *Doña Bárbara* vendría a ser una suerte de paráfrasis de *La vorágine*. Los equívocos de fronteras afectaron también a la literatura. Un límite entre dos países no pasa de ser una línea imaginaria, convenida o controvertida. En todo caso no une, más bien separa en forma inexacta diferencias etnoculturales y lingüísticas entre dos territorios limítrofes. La región de los llanos que se extiende entre los ríos Arauca y Apure son una sola geografía dividida entre dos naciones. Hasta hoy sus habitantes comparten el territorio en una disputa incesante. Por épocas llega a constituir una tensión prebélica. Los factores motivantes fueron ayer el robo de ganado y los guerrilleros liberales (Cheíto Velásquez, entre otros). Hoy los pretextos son el narcotráfico y las nuevas guerrillas revolucionarias. En esa turbia línea todos los componentes de una cultura, los objetos producidos, a través de los cuales se expresan, siguen guardando analogías

---

164 Arturo Torres Rioseco afirmaba : «Muy rara vez, desde *El Matadero* de Echeverría, hasta esta novela venezolana, habíamos sentido tan intensamente la voz de nuestra América en una obra de ficción, el ritmo de nuestra tierra hecho belleza en la reprodución artística» (*Novelistas contemporáneos de América*, Santiago de Chile, Nascimento, 1939, pág. 97).

165 Jorge Añez, *De «La vorágine» a «Doña Bárbara»*.

o simplemente son los mismos en las faenas y el atuendo, en el sociolecto que designa, en la semántica regionalizada que ayuda a entender unas veces los dobles sentidos y otras a distanciarse por malentender. Un mismo espacio ecológico alberga especies animales y vegetales. Los nombres se repiten o cambian, pero no la fisonomía ni la observación que el hombre hace de ellos. De estos factores extranovelísticos surgieron los equívocos. Tras ellos las elaboraciones discursivas de ambas novelas fueron tomadas poco en consideración a la hora del dictamen emitido con ligereza. La negación y el señalamiento contribuyen también a exaltar el mito de la novela más que su lectura. Así como sucede con las heterodoxias de todo sistema de creencias articulado más en la fe que en el análisis.

Doña Bárbara salió fortalecida de aquella compulsa. Llamó más lectores a sus páginas para intervenir en el debate. Hasta el año de 1944, *Doña Bárbara* había alcanzado 44 ediciones, según Sonja Karsen[166].

En 1950 fue asesinado el coronel Carlos Delgado Chalbaud, presidente de la Junta Militar que derrocó a Gallegos en 1948. Una oscura imagen universitaria fue exhumada para sustituirlo: el olvidado dirigente estudiantil de 1928 Germán Suárez Flamerich pasaba a integrar el nuevo gobierno como imagen formal de presidente. Tras de él, Marcos Pérez Jiménez ejercía el mando. La recia personalidad del presidente derrocado seguía pesando moralmente en el país. Pérez Jiménez escuchó la insinuación de invitar a Camilo José Cela para que visitara Venezuela, recorriera el llano apureño en una semana y escribiese una réplica de *Doña Bárbara*. Fue *La catira*. El escándalo no esperó[167]. La defensa de *Doña Bárbara* y la execración del narrador español que se había prestado al desplante agitaron el medio intelectual adormecido de una Venezuela que ingresaba en la etapa más represiva de la dictadura. Las valoraciones extratextuales, a semejanza de las

---

[166] «*Doña Bárbara:* cincuenta años de crítica», en «*Doña Bárbara*» *ante la crítica*, pág. 19.

[167] Sobre este incidente cfr. J. A. Pérez Regalado, «*Doña Bárbara*» *y* «*La Catira*».

exégesis discursivas de los textos sagrados, continuaron incrementando el mito de una novela que cada vez era menos leída directamente por los oficiantes del culto. Otros lectores, más serenos y exigentes, descubrían extraterritorialmente los verdaderos méritos por los cuales, a casi setenta años de su primera edición, más allá de los signos sometidos al desgaste inexorable dictado por el tiempo, *Doña Bárbara* sigue soportando una lectura capaz de apresar a sus lectores, como pedía Ortega y Gasset a una auténtica novela.

En abril de 1927 durante su viaje a los llanos de Apure. Sentado en el centro, Gallegos sobre el caimán gigantesco que inspiró la escena de «El Tuerto del Bramador».

Esta edición

La presente edición [preparada para la Colección Letras Hispánicas] transcribe la última revisada por Rómulo Gallegos, considerada por él «definitiva» y editada por el Fondo de Cultura Económica [México, 1954]. Fue cotejada con la 5.ª edición de 1930 [Barcelona, Araluce][168], una de las cinco reimpresiones que circularon después de la distinción de «Mejor libro del mes en España» (1929). Ambas obras fueron amablemente facilitadas para consulta por el Centro Nacional de Referencias de la Biblioteca Nacional de Venezuela (CENACORE). Asimismo, la Dirección de Servicios Audiovisuales de la Biblioteca Nacional abrió generosamente sus repertorios fotográficos para seleccionar las ilustraciones incluidas en el cuerpo de la novela.

Según Donald Shaw, desde la 2.ª edición de 1930, Gallegos modificó la versión inicial con el añadido de más de 20.000 palabras y notables cambios estructurales[169]. En ésta que hemos preparado fueron corregidas algunas erratas de 1954 que se pasaron a la acuciosa revisión del autor.

El *Vocabulario*, al final del libro, incluido en las ediciones anteriores de la novela, fue sustituido por una secuencia de notas lexicográficas a pie de página. Ellas ubican los *america-*

[168] Es la más antigua que conserva la Biblioteca Nacional de Venezuela.

[169] «La revisión de *Doña Bárbara* por Gallegos: 1929-1930», en *Actualidades*, Caracas (5), ag. 1979, págs. 17-29. (Número especial preparado por Nelson Osorio, con motivo de los cincuenta años de la primera edición de *Doña Bárbara;* trad. de Aurora de Pinstein.)

nismos [en este caso *venezolanismos*] en el contexto de la obra. Cuando los lexemas son explicados por Gallegos en la novela, se obvia su descripción en notas. En los demás casos, cada lexema está documentado en fuentes lexicográficas fiables. En esta labor resultó invalorable la ayuda de mi esposa Julieta Sánchez Chapellín, a cuya formación sociolingüística, aportada generosamente, se debe el establecimiento de un texto lo más confiable posible. Le expreso mi afectuoso reconocimiento. Las demás notas, de tipo histórico o contextual, en la mayoría de los casos fueron apoyadas en obras de referencias autorizadas. Tienen el propósito de aclarar o rememorar aspectos que inevitablemente quedaron anclados en el tiempo de la escritura de la novela como parte de la historia. Esperamos que ellas ayuden a comprender mejor la obra a los lectores de un contexto cultural diferente del venezolano.

La bibliografía actualizada que cierra el presente estudio es obra paciente de mi ex-alumno y colega Rafael Ángel Rivas Dugarte, a quien solicité personalmente su colaboración de especialista y a quien expreso ahora mi agradecimiento de siempre por su ayuda.

Bibliografía[1]

1. Narrativa y ensayo

Los aventureros, Caracas, Imp. Bolívar, 1913, 160 páginas. Cuentos.

El último Solar, Caracas, Imp. Bolívar, 1920, 298 páginas. Novela.

Los inmigrantes, Caracas, Imp. Bolívar (La lectura semanal, 1), 1922, 4 páginas. Novela corta.

La rebelión, Caracas, Imp. Bolívar (La lectura semanal, 7), 1922, 28 páginas. Cuento.

La trepadora, Caracas, Tip. Mercantil, 1925, 356 páginas. Novela.

La coronela, Caracas, Tip. Vargas, 1928, 64 páginas. Novela. Versión inicial de *Doña Bárbara.*

Doña Bárbara, Barcelona, Araluce, 1929, 345 páginas. Novela.

Reinaldo Solar, Barcelona, Araluce, 1930, 326 páginas. Novela (reedic. modificada de *El último Solar*).

Cantaclaro, Barcelona, Araluce, 1934, 365 páginas. Novela.

Canaima, Barcelona, Araluce, 1935, 406 páginas. Novela.

Pobre negro, Caracas, Edit. Elite, 1937, 377 páginas. Novela.

El forastero, Caracas, Edit Elite, 1942, 289 páginas. Novela.

Sobre la misma tierra, Caracas, Edit. Elite, 1943, 349 páginas. Novela.

La rebelión y otros cuentos, Caracas, Edit. del Maestro, 1946, 293 páginas. Cuentos.

Obras completas, La Habana, Lex, 1949, 1.761 páginas.

---

[1] La Bibliografía activa sólo incluye primeras ediciones (salvo reelaboraciones) y obras de conjunto. La Bibliografía pasiva se limita a monografías y ensayos fundamentales sobre *Doña Bárbara* y su autor (salvo textos citados en las notas).

La brizna de paja en el viento, La Habana, Edit. Selecta, 1952, 335 páginas. Novela.
Una posición ante la vida, México, Humanismo, 1954, 557 páginas. Ensayo. Comp. Lowell Dunham.
Obras completas, Madrid, Aguilar, 1958, 2 vols. Pról. Jesús López Pacheco.
Obras selectas, Caracas, EDIME, 1959, 1.676 páginas.
Obras completas, Lima, Edit. Latinoamericana (Festivales del Libro), 1961, 10 vols.
Tierra bajo los pies, Navarra, Salvat (General, 16), 1971, 186 páginas. Novela.
Cuentos completos, Caracas, Monte Ávila, 1981, 432 páginas. Cuento. Pról. de Gustavo L. Carrera.

2. Ediciones de «Doña Bárbara»

La coronela, cap. 1, Caracas, Elite, 157, 1928. Primera versión de Doña Bárbara.
Doña Bárbara, 1.ª ed., Barcelona, Araluce, 1929, 345 páginas.
— Caracas, Edit. Elite, 1930, 419 páginas. 1.ª ed. venezolana. (Sobre la 2.ª revisada y ampliada de Araluce, 1930.)
— Santiago de Chile (Biblioteca Cultura, 7-8), 1933, 2 vols.
— Buenos Aires, Espasa-Calpe Argentina (Col. Austral, 168), 1941, 300 páginas. Hasta 1975, 33 edics.
— Nueva York, Appleton-Century-Crofts, 1942, 280 páginas. Edic. abreviada. Intr. Lowell Dunham.
— Buenos Aires, Edit. TOR, 1943, 192 páginas.
— Buenos Aires, Peuser, 1945, 330 páginas. Ilus.
— México, Orión (Col. Lit. Cervantes), 1950, 432 páginas. Pról. de Mariano Picón Salas.
— México, Fondo de Cultura Económica (Col. Tezontle), 1954, 347 páginas. Revisión y pról. del autor. (Considerada por Gallegos como versión definitiva.)
— México, Yocoima, 1956, 243 páginas.
— Lima, Librería Juan Mejía Bacca (Col. Grandes obras de América), 1957, 2 vols.
— Lima, Edit. Latinoamericana (III Festival Popular del Libro Venezolano), 1959, 275 páginas.

— La Habana, Edics. La Tertulia (Biblioteca Básica de Cultura Cubana), 1960, 352 páginas.
— Caracas, Ministerio de Educación (Biblioteca Popular Venezolana, 100), 1964, 452 páginas. Pról. del autor.
— París, Centro de Altos Estudios Latinoamericanos, Universidad de Dakkar (Senegal), 1968, 106 páginas. Intr. y notas de René L. F. Durand.
— Barcelona, Printes Industria Gráfica, 1969, 340 páginas.
— La Habana, Edics. de Arte y Literatura (Col. Huracán), 1969, 410 páginas.
— México, Fondo de Cultura Económica (Col. Popular), 1971, 347 páginas. Reimpr. de la edic. de 1954.
— México, Editores Mexicanos, 1975, 430 páginas.
— Santiago de Chile, Edit. Andrés Bello, 1975, 360 páginas.
— México, Porrúa (Col. Sepan cuántos), 1976, 182 páginas.
— Caracas, Biblioteca Ayacucho, 18, 1977, 380 páginas. Pról. de Juan Liscano.
— Caracas, Monte Ávila (Col. Popular El Dorado), 1977, 343 páginas. Pról. de Orlando Araujo.
— Caracas, Edit. Dimensiones, 1979, 386 páginas. Pról. de Rafael Caldera, «Historia de la novela» por R. Gallegos.
— Barcelona, Edit. Antalbe, 1982, 351 páginas.
— Caracas, Edición de Petróleos de Venezuela, 1984, 404 páginas. Ilustr. Alirio Palacios.
— Caracas, Edit. Papi, 1984, 404 páginas. Pról. Domingo Miliani. Ilustraciones de: Gabriel Bracho, Luis Guevara Moreno, Régulo Pérez, César Rengifo, Giorgio Gori y Pedro León Castro. Bibliografía de Rafael Ángel Rivas D.
— Caracas, Sociedad de Amigos de los Ciegos, 2 vols. Transcripción Braille, s.f.

3. Traducciones de «Doña Bárbara»

Al alemán

Leipzig, A. H. Paune, 1941, 492 páginas. Trad. G. H. Neuendorff.
Zúrich, Manesse Verlag, 1952, 544 páginas. Introd. de Konrad Huber. Trad. Werner Peise y Waltrud Kappeler.

Al árabe
Beirut, Edit. Rihani, 1964, 460 páginas. Trad. Souad Salman.

Al búlgaro
Sofía, Narodna Kultura, 1961, 296 páginas. Trad. Cvetan Georgiev.

Al checo
Praga, s.e., 1936, 274 páginas. Trad. Jan Cep.
Praga, Romane Novinky, 1956, 247 páginas. Trad. Zdenek Velisek.
Bratislava, Spolocnost Priatelof Krasnych Knih, 1961, 258 páginas. Trad. Vladimir Oleriny.

Al chino
Pekín, Edit. de Literatura Popular, 1979, 399 páginas. Trad. Pak Yee Won.

Al croata
Zagreb, Prilaz J.N.A., 1957, 275 páginas. Trad. Ljubica Topic.

Al Esloveno
Liubliana, Cankarjeva Zalozba, 1956, 334 páginas.

Al esperanto
Caracas, Esperanto Asocio, 1975, 264 páginas. Trad. Fernando de Diego.

Al estoniano
Moscú, Goslitizdat, 1960.
Tallin, Estgosizdat, 1964, 312 páginas. Trad. Ott Ojomaa.

Al finlandés
Helsinski, Kansankultuuri Oy, 1961, 360 páginas. Trad. Jarno Pennanen.

Al francés
París, Fernand Sorlot, 1943, 255 páginas. Intr. de Georges Pillement. Trad. Henry Pannel.
París, Gallimard, 1951, 333 páginas. Trad. René L. F. Durand.

Al hebreo

Tel Aviv, Instituto de Relaciones Culturales Israel-Iberoamérica, 1963, 271 páginas. Prols. Vicente Gerbasi y Jaacob Tzur, trad. Josué Rubin.

Al húngaro

Budapest, Maguet, 1965. Prol. de Hargitai György, trad. Ver Andor.

Al inglés

Nueva York, Jonathan Kape and H. Smith, 1931, 440 páginas. Trad. Robert Malloy.

Al italiano

Milán, Edit. Antonioli, 1946, 392 páginas. Trad. Carlo Bo.

Al letón

Riga, Izdevnieciba Liesma, 1972, 354 páginas. Trad. Valda Kampara.

Al lituano

Vilnjus, Goslitizdat, 1961, 363 páginas. Trad. Ch. Epitrys.

Al noruego

Oslo, H. Aschehoug, 1941, 264 páginas. Trad. Askel Sandemose.

Al polaco

Varsovia, Ksigskai Wiedza, 1964, 304 páginas. Trad. Kalina Wojciechwska.

Al portugués

Curitiba, São Paulo, Edics. Guaira, 1940, 486 páginas. Trad. Jorge Amado.

Lisboa, Publicaçoes Europa/America, 1961, 415 páginas. Trad. Pedro Da Silveira.

Al rumano

Bucarest, Editura Pentru Literatura Universala, 1963, 327 páginas. Prol. Ion Vitner, trads. Marcel Gafton y Liviu Tomuta.

Al ruso

Moscú, Goslitizdat, 1959, 301 páginas. Introducs. de V. Krylova y V. Kuteishchikova, trad. Karin Alem.

Moscú, Khudozh Literatury, 1970, 606 páginas. Incluye además traducciones de *Los de Abajo* de M. Azuela y *El Señor Presidente* de M. Á. Asturias.

Al sueco

Estocolmo, P. A. Norstedts y Soners, 1946, 376 páginas. Trad. Karim Alim.

4. «Doña Bárbara». Bibliografía pasiva

Alfaro, María, «Rómulo Gallegos y España. *Doña Bárbara. La rebelión y otros cuentos*», *Cuadernos Americanos*, México, 87:5 (1954), págs. 150-155.

Anónimo, «*Doña Bárbara* es el choque en la llanura, de la civilización y la barbarie», *La Estafeta Literaria*, Madrid, 15 de abril, 1944.

Añez, Jorge, *De «La vorágine» a «Doña Bárbara». Estudio crítico a propósito de la originalidad de las dos famosas novelas*, Bogotá, Imp. del Departamento, 1944, 213 páginas.

Arévalo Martínez, Rafael, «Novelas americanas: I. *Doña Bárbara*, otra gran novela americana», *Boletín de la Biblioteca Nacional*, Guatemala, 1:3 (1932), págs. 84-85.

Avendaño, Fausto, «"La devoradora de hombres", un arquetipo junguiano en la narrativa venezolana», *Explicación de Textos Literarios*, Sacramento, California, 3:2 (1974-1975), págs. 179-184.

Baeza, Ricardo, «*Doña Bárbara*», *Humanismo*, México, 3:22 (1954), págs. 19-24.

Becco, Horacio Jorge, «*Doña Bárbara.* Bibliografía en su cincuentenario (1929-1979)», *Actualidades*, Caracas, núm. 5 (1979), páginas 49-88.

Bermúdez, Manuel (comp.), *Doña Bárbara ante la crítica*, Caracas, Monte Ávila, 1991.

Betancourt, Alfredo, *Doña Bárbara y Don Juan ante el espejo de la conducta sexual*, El Salvador, Edics. del Ministerio del Interior, 1976, 209 páginas.

BLANCO, Andrés Eloy, «Doña Bárbara. De lo pintado a lo vivo», *Obras Completas,* Caracas, Congreso de la República (t. II, vol. I), 1973, págs. 545-548.

BOSCH, Juan, «De Don Quijote a Doña Bárbara», *Humanismo,* México, 3:22 (1954), págs. 31-35.

BRAVO, Víctor Antonio, «Hacia una nueva lectura de *Doña Bárbara*», *Letras,* Caracas, núm. 42 (1984), págs. 111-126.

BUENO, Salvador, «Don Rómulo y *Doña Bárbara*», *Revista de la Biblioteca Nacional,* La Habana, 6:2 (1955), págs. 233-237.

CARÍAS REYES, Marcos, «Divulgaciones alrededor de la novela», *Boletín de la Biblioteca Nacional,* El Salvador, dic. 1943-jun. 1944, págs. 51-57. (Sobre *La vorágine* y *Doña Bárbara.*)

CARRUTHERS, Ben Frederick, «Gallegos. *Doña Bárbara.* The Llanos personified», *The Pan American,* Nueva York, 10:8 (1950), páginas 19-22.

CASTANIEN, Donald D., «Introspective techniques in *Doña Bárbara*», *Hispania,* Wallingford, Connecticut, 51:3 (1958), págs. 282-288.

CASTRO, José Antonio, «Anotaciones marginales a unas novelas de Rómulo Gallegos», *Revista de Literatura Hispanoamericana,* Maracaibo, núm. 5 (1974), págs. 39-60; *El proceso creador,* Maracaibo, Edics. de la Universidad del Zulia, 1975, págs. 89-110.

CASTRO URIOSTE, José, «La imagen de nación en *Doña Bárbara*», *Revista de Crítica Literaria Latinoamericana,* Lima, 20:39 (1994), págs. 127-140.

COESTER, Alfred, «*Doña Bárbara,* novel, by Rómulo Gallegos», *Hispania,* Wallingford, Connecticut, 12:28 (1929), págs. 535-536.

— «*La Trepadora* and *Doña Bárbara*», *Hispania,* Wallingford, Connecticut, 12:5 (1929), págs. 535-536.

COLMENARES DEL VALLE, Edgar, «Gallegos: novelista novelado», *Escritura,* Caracas, núm. 15 (1983), págs. 45-52.

COLUCCIO, Félix, «Lo folklórico de *Doña Bárbara* y *Canaima* de Rómulo Gallegos», *Folklore Americano,* México, núm. 51 (1991), págs. 87-105.

CORREA, Gustavo, «El mundo metafórico de *Doña Bárbara*», *Memoria del VI Congreso del Instituto Internacional de Literatura Iberoamericana,* México, Imp. Universitaria, 1953.

CREMA, Edoardo, «Características diferenciales de *Doña Bárbara*», *Imagen,* Caracas, núm. 70-71 (1970), págs. 5-8; *Revista de Literatura Hispanoamericana* (Maracaibo), núm. 2 (1972), págs. 61-75.

CRESPO DE LA SERNA, José, «El pintor de *Doña Bárbara*», *Humanismo,* México, núm. 26 (1954), págs. 60-68.

DUMONT, Maurice Alex, «Rómulo Gallegos et les centaures de Venezuela», *La Revue Nouvelle*, París, 19:9 (1953), págs. 182-189.

DURAND, René L. F., «El cuarto de siglo de *Doña Bárbara*», *Cultura Universitaria*, Caracas, núm. 45 (1954), págs. 5-17.

ECHEVERRÍA, Evelio A., «*Doña Bárbara* at fifty», *Americas*, Washington, D.C., 31:11-12 (1979), págs. 25-28.

ENGLEKIRK, John E., «Algunas fuentes de *Doña Bárbara*», *Número,* Montevideo, 3:13-14 (1951), págs. 204-209.

— «*Doña Bárbara*, legend of the llanos», *Hispania,* Wallingford, Connecticut, núm. 31 (1948), págs. 259-270. (Trad. española: *Revista Nacional de Cultura,* Caracas, núm. 155 (1962), páginas 57-69.)

ERTIER, Klaus Dieter, «Natur und fortschrittsglaube im Lateinamerikanischen Roman», *Zeitschrift für Lateinamerika*, Viena, núm. 36 (1989), págs. 7-20.

ESTEVA-GRILLET, Roldán, «Artilugios de *Doña Bárbara*», *Desnudos no, por favor*, Caracas, Alfadil, 1991.

ESTRADA, Ricardo, «Los Juanes de Don Rómulo Gallegos», *Revista de la Universidad de San Carlos,* Guatemala, núm. 52 (1960), páginas 87-102.

FINLAYSON, Clarence, «Meditaciones sobre la novela hispanoamericana (*Doña Bárbara*)», *Revista de las Indias*, Bogotá 34:107 (1949), págs. 197-203.

FITZGERALD, Thomas A., «Rómulo Gallegos: *Doña Bárbara*», *Hispania,* Wallingford, Connecticut, 26:1 (1943), págs. 117-118.

GAINZA ÁLVAREZ, Leandro Gastón, «*Doña Bárbara*: el esfuerzo sobre la hazaña», *Repertorio Americano,* San José, C. R., 10:4 (1984), págs. 16-19. Cont. bibl.

GALOS, José Antonio, «Rómulo Gallegos o el duelo entre civilización y barbarie», *Cuadernos Hispanoamericanos,* Madrid, número 163-164 (1963), págs. 299-309.

GARCÍA DE SCHULZ, Josefina, «El papel del narrador y el análisis del tiempo en *Doña Bárbara* y *La Catira*», *Letras,* Caracas, núm. 42 (1984), págs. 7-30.

GLASSMAN, Gertrudis, HELIODORO VALLE, Rafael y MONTILLA, Ricardo, «Bibliografía de Rómulo Gallegos, *Doña Bárbara*», México, Fondo de Cultura Económica (Col. Tezontle), 1954, págs. 331-344.

GONZÁLEZ, Alfonso, «El caciquismo a través de la onomástica en *Doña Bárbara* y *Pedro Páramo*», *La Palabra y el Hombre*, México, núm. 8 (1973), págs. 13-16.

GONZÁLEZ, Manuel Pedro, «Del momento hispanoamericano: a propósito de *Doña Bárbara*», *Bulletin of Hispanic Studies*, Liverpool, 7:28 (1930), págs. 162-167.

GUILLERMO Edenia y HERNÁNDEZ, Juana Amalia, «Doña Bárbara», *Quince novelas hispanoamericanas*, Long Island, Nueva York, Las Américas, 1971, págs. 69-73.

HUTTON, Eddie Ruth, «Two venezuelan books (*Doña Bárbara* y *Memorias de Mamá Blanca*)», *Hispania*, Wallingford, Connecticut, 29:1 (1946), págs. 84-87.

JIMÉNEZ CABALLERO, Ernesto, «Enamorada», *Mundo Hispánico*, Madrid, núm. 5 (1948), págs. 31-34. Sobre el machismo en Hispanoamérica.

JIMÉNEZ P., David, «*Doña Bárbara*», *Revista de la Universidad Pontificia Bolivariana*, Medellín, 31:107 (1969), págs. 115-120.

JOHNSON, Ernest Alfred Jr., «The meaning of civilization and barbarie in *Doña Bárbara*», *Hispania*, Wallingford, Connecticut, número 39 (1956), págs. 456-461.

KIRSNER, Robert, «*Doña Bárbara*», *Caribe*, Honolulu, Hawai, núm. 2 (1976).

KOLB, Glen L., «Aspectos estructurales de Doña Bárbara», *Revista Iberoamericana*, Albuquerque, 28:53 (1962), págs. 131-140.

— «Dos novelas y un solo argumento», *Hispania*, Wallingford, Connecticut, 46:1 (1963), págs. 84-87. *Doña Bárbara* y *Pensativo* de Jesús Goytortúa Santos.

KREBS, Ernesto, *Marianela* y *Doña Bárbara. Ensayo de comparación*, Bahía Blanca, Argentina, Universidad Nacional del Sur (Cuadernos del Sur), 1967, 177 páginas.

LATORRE, Carlos, «*Doña Bárbara* en atavío de tres idiomas extranjeros», *Cuadernos Americanos*, México, 30:3 (1980), págs. 210-244.

LEAVITT, Sturgis, «Sex vs. simbolism in *Doña Bárbara*», *Revista de Estudios Hispánicos*, Montgomery, Alabama, núm. 1 (1967), páginas 117-120.

LEO, Ulrich, «*Doña Bárbara*, obra de arte» / «*Doña Perfecta* y *Doña Bárbara*. Un caso de ramificación literaria» en R. Gallegos, *Estudios sobre el arte de novelar.*

LISCANO, Juan, «Tema mítico de *Doña Bárbara*», Estudio preliminar a *Doña Barbara*, Caracas, Biblioteca Ayacucho, 18, 1977, páginas ix-xxix.

LLERENA, Mario, «El espíritu de denuncia en la novela hispanoamericana», *América*, La Habana, nov. 1952.

LOSADA ALDANA, Ramón, «*Doña Bárbara.* Civilización burguesa frente a barbarie feudal» / «Grandeza y miseria de *Doña Bárbara*», *El pensar y las furias*, Caracas, Universidad Central de Venezuela, 1979, págs. 115-127.

LOVELUCK, Juan, «Los 25 años de *Doña Bárbara*», *Atenea*, Concepción, Chile, 121:359 (1954), págs. 153-174.

MADRID MALO, Mario, «*Doña Bárbara*». *El sentido de la crítica*, Barranquilla, s.e., 1945, págs. 45-72.

MAESTRI, José Aníbal, «*Doña Bárbara*», *Humanismo*, México, 3:23 (1954), págs. 77-79.

MAÑACH, Jorge, «Una gran novela americana», *Repertorio Americano*, San José, C. R., 19:4 (1929), págs. 56-73.

MARINELLO, Juan, «Treinta años después», *Tres novelas ejemplares*, Trinidad Pérez (comp.), págs. 43-71.

— «Tres novelas ejemplares (*Don Segundo Sombra*, *Doña Bárbara* y *La vorágine*)», *Literatura hispanoamericana*, México, UNAM, 1939; *Sur*, Buenos Aires, núm. 16 (1936), págs. 59-75; *Revista Bimestre Cubano*, La Habana, núm. 38 (1936), págs. 234-249; *Cubagua*, Caracas, 1:3 (1938), págs. 11-15.

MARTÍNEZ HERRARTE, Antonio, «El equilibrio riguroso de las partes en *Doña Bárbara*», *Caribe*, Honolulu, Hawai, núm. 1 (1977).

MEJÍA SÁNCHEZ, Ernesto, «Examen de la novela *Doña Bárbara*», *Letras del Ecuador*, Quito, núm. 182 (1969).

MELÉNDEZ, Concha, «Tres novelas de la naturaleza americana (*Don Segundo Sombra*, *Doña Bárbara*, *La vorágine*)», *Signos de América*. México, Imp. de Manuel Sánchez, 1936, págs. 91-100; *Cultura Venezolana*, Caracas, 43:107 (1930), págs. 138-149 y 46:116 (1931), págs. 121-132.

MÉNDEZ PEREIRA, Octavio, «En las bodas de plata de *Doña Bárbara* con la Literatura», *Cuadernos Americanos*, México, 87:5 (1954), págs. 114-116.

MICHALSKI, André, S., «*Doña Bárbara*: un cuento de hadas», *PMLA*, Nueva York, 85:5 (1970), págs. 1015-1022.

MILLARD ROSENBERG, S. L., «Rómulo Gallegos. *Doña Bárbara*», *Books Abroad*, Norman, Oklahoma, 4:4 (1930), pág. 333.

MOLINARO, J., «*Doña Bárbara* y *Pigmalion*», Quaderni Iberoamericani, Turín, 3:19-20 (1956), págs. 212-215; y núm. 188 (1969), págs. 5-10.

MONTILLA, Ricardo, «Algunas noticias sobre *Doña Bárbara*», *El Farol*, Caracas, 20:179 (1958), págs. 42-53.

— «Algunos personajes galleguianos», *El Farol*, Caracas, núm. 210 (1964), págs. 27-32.

MORINIGO, Mariano, «Civilización y barbarie en *Facundo* y *Doña Bárbara*», *Revista Nacional de Cultura*, Caracas, núm. 161 (1963), págs. 91-117.

OSORIO TEJEDA, Nelson, «*Doña Bárbara* y el fantasma de Sarmiento», *Casa de las Américas*, La Habana, 26:152 (1985), págs. 64-74; *Escritura*, Caracas: núm. 15 (1983), págs. 19-36.

— «*Doña Bárbara*», *Diccionario enciclopédico de las letras de América Latina*, Caracas, Biblioteca Ayacucho/Monte Ávila, 1995, vol. I, págs. 1564-1572.

PARDO TOVAR, Andrés, «Rómulo Gallegos y José Eustasio Rivera. De la epopeya tropical», *Arte*, Ibagué, Colombia, vol. 3 (1936), págs. 1162-1194.

PAZ CASTILLO, Fernando, «*Doña Bárbara*» *Reflexiones de atardecer*, Caracas, Casa de Bello (*Obras completas*, III), 1995, págs. 123-126.

— «En torno a *Doña Bárbara*», *Reflexiones de atardecer*, 1995, páginas 138-141.

PEÑA, Margarita, «El diablo, aliado y socio en *Doña Bárbara*», *Mundo Nuevo*, París, núm. 48 (1970), págs. 65-69.

PÉREZ-REGALADO, J. A., *Doña Bárbara* y *La Catira*, Santa Cruz de Tenerife, Lit. A. Romero, 1960, 99 páginas.

PÉREZ, Trinidad (comp.), *Recopilación de textos sobre tres novelas ejemplares* (*Don Segundo Sombra*, *La vorágine* y *Doña Bárbara*), La Habana, Casa de las Américas (Serie Valoración Múltiple), 1971.

PICÓN-SALAS, Mariano, «A veinte años de *Doña Bárbara*», *Obras Selectas*, Caracas, EDIME, 1954, págs. 169-176.

PIETSCH, Franz, «Rómulo Gallegos. *Doña Bárbara*», Die Neueren Sprachen, Berlín, 8: 5 (1959), págs. 236-242.

PINEDA, Rafael, «Aliento de la creación», *Revista Nacional de Cultura*, Caracas, núm. 188 (1969), pág. 23.

PINO ITURRIETA, Elías, «Antes de *Doña Bárbara*», *Actualidades*, Caracas, núm. 5 (1979), págs. 11-15.

PIÑERO DÍAZ, Buenaventura, «Rómulo Gallegos, *Doña Bárbara* y el problema de las vanguardias», *Letras*, Caracas, núm. 42 (1984), págs. 31-40.

PIPER, Anson C., «El yanqui en las novelas de Gallegos», *Hispania*, Wallingford, Connecticut, núm. 33 (1950), págs. 338-341.

PLANCHART, Julio, «La relación interhispánica a propósito de *Doña Bárbara*», *Temas críticos*, 2.ª ed., Caracas, Presidencia de la República, 1972, págs. 121-124.

POLLMAN, Leo y GONZÁLEZ REBOREDO, Valentín, «Nueva visión de la novela *Doña Bárbara*», *Eco*, Bogotá, 45:272 (1984), páginas 222-224.

RANGEL GUERRA, Alfonso, «La ruta de los libros: *Doña Bárbara*, novela americana», *Vida Universitaria*, Monterrey, México, núm. 195 (1954), págs. 16 y 23.

RATCLIFF, Dillwyn F., «*Doña Bárbara*, la novela del llano y del llanero», *La prosa de ficción en Venezuela*, Caracas, Edics. de la Biblioteca de la Universidad Central de Venezuela, 1966, páginas 229-240.

REIN, Mercedes, «El creador de *Doña Bárbara*», *Marcha*, Montevideo, 30:1443 (1969), pág. 31.

RIVAS DUGARTE, Rafael Ángel, «Bibliografía de Rómulo Gallegos», Rómulo Gallegos, *Doña Bárbara*, Caracas, Edit. Papi, Edición del Centenario de Gallegos, 1984, s.n.p.

RIVAS RIVAS, José, «*Doña Bárbara*, interpretación de un personaje», *Revista Cruz del Sur*, Caracas, núm. 22 (1954), págs. 42-46.

RODRÍGUEZ-FERNÁNDEZ, Mario, «La práctica novelesca en *Doña Bárbara*», *Repertorio Americano*, San José, C.R., 5:4 (1979), págs. 37-40.

RODRÍGUEZ-MONEGAL, Emir, «*Doña Bárbara*», *Narradores de esta América*, I, Montevideo, Alfa, 1969, págs. 106-113.

— «*Doña Bárbara:* texto y contexto», *Vuelta*, México, núm. 35 (1979), págs. 29-33.

RODRÍGUEZ P., Mario. «La práctica novelesca en *Doña Bárbara* de Rómulo Gallegos»,*1 Acta Literaria*, Concepción, Chile, núms. 3-4 (1978-1979), págs. 93-102.

ROSENBERG, Millard, «*Doña Bárbara*», *Books abroad*, Norman, Oklahoma, 4:4 (1930), pág. 333.

SCHULTZ DE MANTOVANI, Frida, «*Doña Bárbara* y la América de Rómulo Gallegos», *Sur*, Buenos Aires, núm. 230 (1954), págs. 79-96.

SEMPRUM, Jesús, «Rómulo Gallegos: *Doña Bárbara*», *Cultura Venezolana*, Caracas, 12:94 (1929), págs. 146-149.

SHAW, Donald L., «Gallegos: Revisión of *Doña Bárbara*», *Hispanic Review*, Philadelphia, Pennsylvania, 42:3 (1972), págs. 265-278. (Versión española: *Actualidades*, Caracas, núm. 5 [1979], págs. 17-29.)
SISTO, David T., «*Doña Perfecta* y *Doña Bárbara*», *Hispania*, Wallingford, Connecticut, 37:2 (1954), págs. 167-170.
— «The styling in the conjuration of *La Celestina* and *Doña Bárbara*», *Romance Notes*, Chapel Hill, North Carolina, núm. 1 (1959), págs. 50-52.
SOLLAZO, L., «*Donna Bárbara*», *Quaderni iberoamericani*, Turín, número 5-6 (1947).
SPELL, Jefferson Rea, «Rómulo Gallegos, interpreter of the Llanos of Venezuela Contemporary», *Spanish American Fiction*, Chapel Hill, University of North Carolina Press, 1944, págs. 205-238.
SUÁREZ CALÍMANO, Emilio, «Sobre Rómulo Gallegos: *Doña Bárbara*», *Nosotros*, Buenos Aires, 24:254-255 (1930), págs. 128-255.
TORRE, Manuel, «Rómulo Gallegos, el rapsoda de la llanura», *Repertorio americano*, San José, C. R., 40:15 (1943), págs. 225-226.
TORRENTE-BALLESTER, Gonzalo, «*Doña Bárbara*», *Índice*, Madrid, núm. 135 (1960).
VALBUENA BRIONES, Ángel, «Tres incursiones en la novela de Rómulo Gallegos», *Literatura Hispanoamericana*, Barcelona G. Gili, 1965, págs. 376-389.
VALDESPINO, Andrés, «*Doña Bárbara* y Rómulo Gallegos. Ficción y realidad», *Lyceum*, La Habana, 11:39 (1954), págs. 35-44.
VARELA, Rafael, «*Doña Bárbara*. Su recepción en la crítica venezolana», *Actualidades*, Caracas, núm. 5 (1979), págs. 31-48.
VARIOS, «Homenaje a Rómulo Gallegos», *La Estafeta Literaria*, Madrid, 15 de abril, 1969.
VARIOS, «Homenaje continental a Rómulo Gallegos», *Cuadernos Americanos*, México, 77:5 (1954), págs. 75-155.
VARIOS, *Relectura de Rómulo Gallegos*. Homenaje a... en el cincuentenario de la publicación de *Doña Bárbara*, 1929-1979. 2.ª Sesión del XIX Congreso del Instituto Internacional de Literatura Iberoamericana, Caracas, Edics. del Centro de Estudios Latinoamericanos «Rómulo Gallegos», 1980, 2 vols.
VARIOS, *Rómulo Gallegos. Multivisión*, Caracas, Presidencia de la República, 1986, 331 páginas.
VASCONCELOS, José, «*Doña Bárbara*», *Repertorio Americano*, San José, C.R., 22 de agosto, 1931.

VÁSQUEZ AMARAL, José, «Rómulo Gallegos and the drama of civilization on the South American plains: *Doña Bárbara*», *The contemporary Latin American Narrative*, Nueva York, Las Américas, 1970, págs. 41-48.

VIÑAS, David, «*Doña Bárbara* y la libertad futura», *Liberalis,* Buenos Aires, núm. 30 (1954), págs. 4-14.

WANG, Chihkuang, *Doña Bárbara. Concepto social, ético y de la ley,* Pekín, Instituto de Lenguas Extranjeras, 1981. 100 h. Mimeogr.

5. BIOGRAFIA Y CRÍTICA

ARAUJO, Orlando, *Lengua y creación en la obra de Rómulo Gallegos,* 4.ª ed., Caracas, Ateneo de Caracas, 1984.

BELLINI, Giuseppe, *La narrativa di Rómulo Gallegos,* Milán, La Goliardica, 1958, 155 páginas.

CASTRO LEIVA, Luis, *Ese octubre nuestro de todos los días.* De la Paideia Cívica a la Revolución: Rómulo Gallegos, ética, política y el 18 de octubre de 1945, Caracas, Fundación CELARG (Cátedra Rómulo Gallegos) 1996, 79 páginas.

DAMBORIENA, Ángel, *Rómulo Gallegos y la problemática venezolana,* Caracas, Universidad Católica Andrés Bello, 1960, 406 páginas.

DELPRAT, François, *Realité nationale et mision de l'ecrivain. L'oeuvre romanesque de Rómulo Gallegos,* París, Universidad de París III, 1985. 932 h. Tesis doctoral.

DÍAZ SEIJAS, Pedro (comp.), *Conceptos para una interpretación formativa del proceso literario venezolano,* Caracas, Edics. de Pequivén, 1988, 427 páginas. (Se cita como *Conceptos para una interpretación...,* P. Díaz Seijas (comp.).

— (comp.), *Rómulo Gallegos ante la crítica,* Caracas, Monte Ávila Editores, 1980, 242 páginas.

— *Rómulo Gallegos. Realidad y símbolo,* 2.ª ed., México, B. Costa-Amic, 1967, 122 páginas.

DORANTE, Elena, «Novelística de Gallegos», *Venezuela. Magia y ficción,* Cumaná, Edit. Universitaria de Oriente, 1982, páginas 23-102.

DUNHAM, Lowell, *De Oklahoma a Venezuela.* Estudios de Literatura Venezolana, Comp. y Pról. de Domingo Miliani, Los Teques, Estado Miranda, Edics. de INTEVEP, 1992, 623 páginas. (Agrupa: *Rómulo Gallegos. Vida y obra.-Un encuentro en Oklahoma.-Cartas familiares de Rómulo Gallegos.)*

HOWARD, Harrison Sabin., *Rómulo Gallegos y la revolución burguesa en Venezuela*, 2.ª ed., Caracas, Monte Ávila, 1984, 358 páginas.

IDUARTE, Andrés, *Con Rómulo Gallegos*, Caracas, Monte Ávila Editores, 1969, 130 páginas.

LEO, Ulrich, *Rómulo Gallegos. Estudios sobre el arte de novelar,* Caracas, Instituto Nacional de Cultura y Bellas Artes (Biblioteca Popular Venezolana, 109), 1967, 311 páginas.

LISCANO, Juan, *Rómulo Gallegos (Vida y obra),* México, Edit. Novaro, 1968, 175 páginas.

— *Rómulo Gallegos y su tiempo,* 2.ª ed., Caracas, Monte Ávila, 1969, 250 páginas.

LÓPEZ-RUEDA, José, *Rómulo Gallegos y España*, Caracas, Monte Ávila, 1986.

MACHADO DE ACEDO, Clemy, *El Positivismo en las ideas políticas de Rómulo Gallegos,* Caracas, Edics. Equinoccio, 1982, 172 páginas.

MASSIANI, Felipe, *El hombre y la naturaleza venezolana en Rómulo Gallegos,* 2.ª ed., Caracas, Edics. del Ministerio de Educación, 1964, 224 páginas.

MAZZEI GONZÁLEZ, Víctor, *Los Florentinos,* Caracas, La Casa de Bello, 1987.

MONTILLA, Ricardo (comp.), *En las bodas de plata de «Doña Bárbara».* A Rómulo Gallegos, homenaje continental, Caracas, Congreso de la República, 1985, 245 páginas.

RAMOS-CALLES, Raúl, *Los personajes de Gallegos a través del psico-análisis,* 3.ª ed., Caracas, Monte Ávila Editores, 1984, 219 páginas.

SCHARER-NUSBERGER, Maya, *Rómulo Gallegos: el mundo inconcluso,* Caracas, Monte Ávila, 1979, 246 páginas.

SCHIRO, Roberto, *El conflicto entre el bien y el mal en la trilogía de las grandes novelas de Rómulo Gallegos,* La Plata, Universidad del Litoral, 1967.

SCOCOZZA, Antonio, *Rómulo Gallegos, labor literaria y compromiso político,* Caracas, La Casa de Bello, 1995.

SUBERO, Efraín (comp.), *Gallegos. Materiales para el estudio de su vida y su obra,* Caracas, Congreso de la República, 1979, 4 vols.

VILA-SELMA, José, *Procedimientos y técnicas en Rómulo Gallegos,* Sevilla, Escuela de Estudios Hispanoamericanos, 1954, 194 páginas.

YERENA, Jesús A., *La medicina en la obra literaria de Rómulo Gallegos,* Caracas, Presidencia de la República, 1977, 123 páginas.

Christian Belpaire, *Los llanos* (1985). Archivo Audiovisual de Venezuela. Biblioteca Nacional de Venezuela.

Doña Bárbara

A manera de prólogo[1]

Tal vez no les agrade a todos los lectores de este libro que yo les diga que sus personajes existieron en el mundo real, pues si alguna función útil desempeña una novela es la de ser una puerta de escape de ese mundo, donde los seres humanos y los acontecimientos proceden y se producen de un modo tan arbitrario y disparatado que no hay historia de ellos que satisfaga la necesidad de ordenamiento lógico que experimenta el hombre cuando no tiene nada que hacer, o sea, cuando está parada la máquina de los disparates, cuando no la de las monstruosidades, mientras que aun en las peores novelas se descubre alguna inteligencia ordenadora. Pero se me ha pedido que explique cómo y cuándo se me ocurrió escribir ésta, y ahora escribiré historia.

Una vez más, en el limbo de las letras todavía sin forma, hubo personajes en busca de autor. A Pirandello lo encontraron los suyos en un escenario de teatro, alzado el telón, sin público en la sala; a mí se me acercaron los míos en un lugar de la margen derecha del Apure, una tarde de abril.

Estaba yo escribiendo una novela cuyo protagonista debía pasarse unos días en un hato llanero y, para recoger las

[1] En 1954, con motivo de cumplirse veinticinco años de la primera edición de *Doña Bárbara*, Rómulo Gallegos, exiliado en México, escribió este prólogo. Acompañó la edición del Fondo de Cultura Económica, revisada por su autor y publicada ese año. Posteriormente fue reproducido en reimpresiones de Monte Ávila (1969) y Biblioteca Ayacucho, núm. 18 (1977). Lo insertamos ahora por su valor testimonial y el carácter de documento que asumió desde que fue difundido.

impresiones de paisaje y de ambiente, fui yo quien tuvo que ir a los llanos de Apure, por primera vez, en el dicho abril de 1927.

Sol abrasador y lluvia copiosa, con todo el estruendoso aparato de una tormenta llanera, donde entre nublado y sabana un solo trueno no tiene cuándo acabar, me acompañaron por el trayecto —uno cualquiera de los mil caminos que ofrece la llanura— cual para demostrarme desde un principio, repartiéndose el día, cómo acostumbraban dividirse equitativamente todo el año, mitad sabana seca, con espejismos de aguas ilusorias atormentadores de la sed del caminante, y mitad aguas extendidas, de monte a monte en los ríos, de cielo a cielo en los esteros.

Llegué, adquirí amigos y al atardecer estaba junto con ellos en las afueras de San Fernando. Gente cordial, entre ella un señor Rodríguez, de blanco pulcramente vestido, de quien no me olvidaré nunca, por lo que ya se verá que le debo.

El ancho río, el cálido ambiente llanero, de aire y de cordialidad humana. Alguna ceja de palmar allá en el horizonte, tal vez un relincho de caballo salvaje a lo lejos, respondiéndole quizás a un bramido de toro más o menos cimarrón y, por qué no también, cerca de nosotros, un melancólico canto de soisola. El llano es todo eso: inmensidad, bravura y melancolía.

Se ponía el sol, suntuosamente, sobre el ancho río inútil —porque no regaba tierra sembradiza, ni un bongo siquiera navegaba por él—, y sobre la sabana inmensa, campo desierto, alimentador de la arrogancia del hombre ya recogida en la copla llanera:

Sobre la tierra la palma,
sobre la palma los cielos;
sobre mi caballo yo
y sobre yo mi sombrero.

Pero el espectáculo no era para reflexiones pesimistas, y mi venezolano deseo de que todo lo que sea tierra de mi patria alguna vez ostente prosperidad y garantice felicidad tomó forma literaria en la siguiente frase:

Tierra ancha y tendida, toda horizontes como la esperanza, toda caminos como la voluntad.

Estoy seguro de que la formulé mentalmente y no tenía ni aún tengo en qué fundarme para creer que el señor Rodríguez poseyese virtud de penetración de pensamiento; pero lo cierto es que lo vi sonreír «como de cosa sabida», cual si me hubiera descubierto que ya tenía yo personaje principal de novela destinada a buena suerte.

Y en efecto, ya lo tenía: el paisaje llanero, la naturaleza bravía, forjadora de hombres recios. ¿No son criaturas suyas todos los de consistencia humana que en este libro figuran?

Y el señor Rodríguez comenzó a presentármelos, interrogativamente:

—¿Ha oído usted hablar de...?

Y nombró a un personaje de la vida real, a quien no menciono aunque ahora esté escribiendo historia.

Me la contó el señor Rodríguez. Un triste caso de la vida real. Un doctor en leyes que se internó en un hato de su propiedad y administrándolo bien llegó a convertirlo en uno de los más ricos de la región; mas, porque un mal día comenzó a aficionarse a la bebida —acaso uno de ésos de lluvia continua, a los que el llanero designa «de cachimba, tapara y chinchorro», o sea, de entretener el ocio con el humo de la pipa y el trago de aguardiente, éste en el rústico envase de la tapara bajo la meciente cama—, de tal modo se entregó, que ya no hubo allí hombre que para algo sirviese.

Un caso vulgar de enviciamiento quizá; pero yo estaba en presencia de un escenario dramático —el desierto alimentador de bravura, amparador de barbarie, deshumanizador casi— y fue como si, quitándole la palabra al señor Rodríguez, alguien se me hubiera plantado por delante, diciéndome, con voz tartajosa:

—Esta tierra no perdona. Mire lo que ha hecho de mí la llanura bárbara, devoradora de hombres.

Me lo quedé mirando. No estaba mal como personaje dramático y le puse por nombre Lorenzo Barquero.

Pero ya el señor Rodríguez estaba haciéndome otra presentación:

—¿Ha oído hablar de doña...? Una mujer que era todo un

hombre para jinetear caballos y enlazar cimarrones. Codiciosa, supersticiosa, sin grimas para quitarse de por delante a quien le estorbase y...

—¿Y devoradora de hombres, no es cierto? —pregunté con la emoción de un hallazgo, pues habiendo mujer simbolizadora de aquella naturaleza bravía ya había novela. Como por lo contrario parece que no puede haberlas sin ellas—. ¿Bella entonces, también, como la llanura?

—Pues... —repuso el señor Rodríguez, sonriendo, y dejándome hacer lo que me pareciese más natural y lógico, pues ya le habían dicho que yo era novelista.

Han pasado veintisiete años. Yo no me olvidaré nunca de que fue él quien me presentó a doña Bárbara. Desistí de la novela que estaba escribiendo, definitivamente inédita ya. La mujerona se había apoderado de mí, como sería perfectamente lógico que se apoderara de Lorenzo Barquero. Era además un símbolo de lo que estaba ocurriendo en Venezuela en los campos de la historia política.

Allí supe de María Nieves, «cabrestero» del Apure, cuyas turbias aguas pobladas de caimanes carniceros cruzaba a nado, con un chaparro en la diestra y una copla en los labios, por delante de la punta de ganado que hubiera que pasar de una a otra margen. Con todo y su nombre lo metí en mi libro, y varias personas me han contado que cuando alguien le buscaba la lengua, dándole bromas, él solía responder:

—Respéteme, amigo. Que yo estoy en *Doña Bárbara.*

María Nieves ya no esguaza el Apure con su copla en los labios, porque la muerte se los ha sellado para siempre, pero yo recojo en estas líneas su réplica fanfarrona como el mejor elogio que a mi obra haya podido hacérsele. Era un hombre rudo, de alma llanera.

En el hato de *La Candelaria* de Arauca conocí también a Antonio Torrealba, caporal de sabana de dicho fundo —que es el Antonio Sandoval de mi novela— y de su boca recogí preciosa documentación que utilicé tanto en *Doña Bárbara* como en *Cantaclaro.* Ya tampoco existe y a su memoria le rindo homenaje por la valiosa colaboración que me prestó su conocimiento de la vida ruda y fuerte del llanero venezolano.

Llano adentro, más allá del Arauca, encontré a *Pajarote* —así se le apodaba—, el de la mano entregadora de hombre leal al estrechar la que se le ofreciera, y a Carmelito, el desconfiado, a quien había que demostrarle, con ejecutorias visibles, que se tuviera en el pecho corazón de hombre bueno de a caballo y bueno de verdad. Franqueza y recelo, dos formas de una misma manera de ser llanero.

Yo les oí contar el pasaje de faena ganadera, desde el alba hasta la puesta de sol, arremetiendo contra la cimarronera bravía o parando el rodeo numeroso, los días de vaquerías. Y el cuento de fantasmas que se aparecen en la espesura de las matas, las noches de luna llena, luz embrujadora.

A todos ellos, carne sufridora todavía o ya solamente nombres en las tertulias de añoranzas bajo los techos de los caneyes, los tengo en las predilecciones de mi afecto a mis personajes buenos.

A Juan Primito con sus rebullones, tonto y bueno, lo conocí en un pueblo de los Valles del Tuy. Y a los de contraria índole: Mujiquita y Pernalete, Balbino Paiba y *El Brujeador*, me los encontré en varios sitios de mi país, componiendo personificaciones de la tragedia venezolana.

Por exigencias de mi temperamento yo no podía limitarme a una pintura de singularidades individuales que compusieran caracteres puros, sino que necesitaba elegir mis personajes entre las criaturas reales que fuesen causas o hechuras del infortunio de mi país, porque algo además de un simple literato ha habido siempre en mí.

Pintura de un desgraciado tiempo de mi país, no podían faltar, sin embargo, en mi novela, Santos Luzardo y Marisela, de pura invención de novelista, pero con formas definidas en las palpitaciones del corazón venezolano. Son, respectiva y complementariamente, la empresa que hay que acometer, una y otra vez, y la esperanza que estamos obligados a acariciar con incansable terquedad; la obligación de hoy para la sosegada contemplación de mañana.

Esta edición obedece al propósito del Fondo de Cultura Económica de adherirse a la conmemoración de los veinticinco años de *Doña Bárbara;* y porque se ha deseado que en ella les cuente yo a sus lectores la historia de esta novela afortunada he traído a prólogo el relato de cómo encontré a sus personajes fundamentales, una tarde de abril, a orillas de un río llanero. Pero si dije que probablemente oí entonces el bramido salvaje de un toro, bien he podido agregar que en el aire sereno aleteaba la ternura de un blanco vuelo de garzas.

Rómulo Gallegos

Primera parte

Fotograma de la película *Doña Bárbara* (1943) de Fernando Fuentes.

Capítulo 1

¿Con quién vamos?

Un bongo[2] remonta el Arauca bordeando las barrancas de la margen derecha.

Dos bogas lo hacen avanzar mediante una lenta y penosa maniobra de galeotes. Insensibles al tórrido sol los broncíneos cuerpos sudorosos, apenas cubiertos por unos mugrientos pantalones remangados a los muslos, alternativamente afincan en el limo del cauce largas palancas cuyos cabos superiores sujetan contra los duros cojinetes de los robustos pectorales y encorvados por el esfuerzo le dan impulso a la embarcación, pasándosela bajo los pies de proa a popa, con pausados pasos laboriosos, como si marcharan por ella. Y mientras uno viene en silencio, jadeante sobre su pértiga, el otro vuelve al punto de partida reanudando la charla intermitente con que entretienen la recia faena, o entonando, tras un ruidoso respiro de alivio, alguna intencionada copla[3] que aluda a los trabajos que pasa un bonguero, leguas y leguas de

---

[2] *bongo*: embarcación de fondo aplanado, utilizada para navegación fluvial en Colombia y Venezuela. En lugar de remos se usan palancas para desplazarla o empujarla por el fondo limoso de los ríos llaneros. [Rocío Núñez y Francisco Javier Pérez, *Diccionario del habla actual de Venezuela,* Caracas, Universidad Católica Andrés Bello, 1994, pág. 73. En adelante será citado Núñez y Pérez, seguido de pág.]

[3] *copla*: estrofa octosilábica, asonantada, de la tradición popular hispánica. En América Latina es cantada con acompañamiento de diversos instrumentos musicales (arpa, cuatro y maracas en Venezuela).

duras remontadas, a fuerza de palancas, o coleándose, a trechos, de las ramas de la vegetación ribereña.

En la paneta[4] gobierna el patrón, viejo baquiano de los ríos y caños de la llanura apureña, con la diestra en la horqueta de la espadilla, atento al riesgo de las chorreras que se forman por entre los carameros[5] que obstruyen el cauce, vigilante al aguaje que denunciare la presencia de algún caimán en acecho.

A bordo van dos pasajeros. Bajo la toldilla, un joven a quien la contextura vigorosa, sin ser atlética, y las facciones enérgicas y expresivas préstanle gallardía casi altanera. Su aspecto y su indumentaria denuncian al hombre de la ciudad, cuidadoso del buen parecer. Como si en su espíritu combatieran dos sentimientos contrarios acerca de las cosas que lo rodean, a ratos la reposada altivez de su rostro se anima con una expresión de entusiasmo y le brilla la mirada vivaz en la contemplación del paisaje; pero, enseguida, frunce el entrecejo, y la boca se le contrae en un gesto de desaliento.

Su compañero de viaje es uno de esos hombres inquietantes, de facciones asiáticas, que hacen pensar en alguna semilla tártara caída en América quién sabe cuándo ni cómo. Un tipo de razas inferiores, crueles y sombrías, completamente diferente del de los pobladores de la llanura. Va tendido fuera de la toldilla, sobre su cobija, y finge dormir; pero ni el patrón ni los palanqueros lo pierden de vista.

Un sol cegante, de mediodía llanero, centellea en las aguas amarillas del Arauca y sobre los árboles que pueblan sus márgenes. Por entre las ventanas, que a espacios rompen la continuidad de la vegetación, divísanse, a la derecha, las calcetas[6] del cajón del Apure —pequeñas sabanas rodeadas de chaparrales y palmares—, y, a la izquierda, los bancos del vasto ca-

---

[4] *paneta*: «Cubierta parcial de una embarcación fluvial, para abrigo de la carga, vitualla y pasajeros» [Lisandro Alvarado, *Glosarios de voces indígenas y del bajo español en Venezuela, Obras Completas,* 2.ª edic., Caracas, La casa de Bello, 1984, pág. 1160]. En adelante lo citaremos como Alvarado, seguido de pág.

[5] *caramero*: «Árbol o tronco o despojos vegetales gruesos arrastrados por la avenida o la corriente de un río» [Alvarado, pág. 99].

[6] *calceta*: «trecho de terreno plano, firme y arenoso que atraviesa un llano o bosque anegadizo» [Alvarado, pág. 571].

jón del Arauca —praderas tendidas hasta el horizonte—, sobre la verdura de cuyos pastos apenas negrea una que otra mancha errante de ganado. En el profundo silencio resuenan, monótonos, exasperantes ya, los pasos de los palanqueros por la cubierta del bongo. A ratos, el patrón emboca un caracol y le arranca un sonido bronco y quejumbroso que va a morir en el fondo de las mudas soledades circundantes, y entonces se alza dentro del monte ribereño la desapacible algarabía de las chenchenas[7] o se escucha, tras los recodos, el rumor de las precipitadas zambullidas de los caimanes que dormitan al sol de las desiertas playas, dueños terribles del ancho, mudo y solitario río.

Se acentúa el bochorno del mediodía, perturba los sentidos el olor a fango que exhalan las aguas calientes, cortadas por el bongo. Ya los palanqueros no cantan ni entonan coplas. Gravita sobre el espíritu la abrumadora impresión del desierto.

—Ya estamos llegando al palodeagua[8] —dice, por fin, el patrón, dirigiéndose al pasajero de la toldilla y señalando un árbol gigante—. Bajo ese palo puede usted almorzar cómodo y echar su buena siestecita.

El pasajero inquietante entreabre los párpados oblicuos y murmura:

—De aquí al paso del *Bramador* es nada lo que falta y allí sí que hay un sesteadero sabroso.

—Al señor, que es quien manda en el bongo, no le interesa el sesteadero del *Bramador* —responde ásperamente el patrón, aludiendo al pasajero de la toldilla.

El hombre lo mira de soslayo y luego concluye, con una voz que parecía adherirse al sentido, blanda y pegajosa como el lodo de los tremedales de la llanura:

—Pues entonces no he dicho nada, patrón.

Santos Luzardo vuelve rápidamente la cabeza. Olvidado

---

[7] *chenchena* (*Ophistocomus cristatus*): gallinácea llanera, común en los ríos de Apure [Alvarado, pág. 165].

[8] *palodeagua*: árbol alto y frondoso que crece a la orilla de los ríos [nota del Vocabulario de *Doña Bárbara*, Biblioteca Ayacucho (núm. 18), 1977. En adelante la citaremos como edic. Ayacucho y pág.].

ya de que tal hombre iba en el bongo, ha reconocido ahora, de pronto, aquella voz singular.

Fue en San Fernando donde por primera vez la oyó, al atravesar el corredor de una pulpería[9]. Conversaban allí de cosas de su oficio algunos peones ganaderos, y el que en ese momento llevaba la palabra se interrumpió de pronto para decir después:

—Ése es el hombre.

La segunda vez fue en una de las posadas del camino. El calor sofocante de la noche lo había obligado a salir[10] al patio. En uno de los corredores, dos hombres se mecían en sus hamacas y uno de ellos concluía de esta manera el relato que le hiciera el otro:

—Yo lo que hice fue arrimarle la lanza. Lo demás lo hizo el difunto: él mismo se la fue clavandito como si le gustara el frío del jierro.

Finalmente, la noche anterior. Por habérsele atarrillado[11] el caballo, llegando ya a la casa del paso por donde esguazaría[12] el Arauca, se vio obligado a pernoctar en ella, para continuar el viaje al día siguiente en un bongo que, a la sazón, tomaba allí una carga de cueros para San Fernando. Contratada la embarcación y concertada la partida para el amanecer, ya al coger el sueño oyó que alguien decía por allá:

—Váyase alante, compañero, que yo voy a ver si quepo en el bongo.

Fueron tres imágenes claras, precisas, en un relámpago de memoria, y Santos Luzardo sacó esta conclusión que había

---

[9] *pulpería*: expendio tradicional de mercancías variadas, semejante a los «abarrotes» y sustituida por los automercados modernos [Ángel Rosenblat, *Buenas y malas palabras*, Caracas, EDIME, 1969, 3.ª ed., 4 vols., págs. 260-262. En adelante, Rosenblat, seguido de pág.]. Alvarado (pág. 320) la identifica con abacería y la considera corrupción léxica de *pulquería*. (Este último término, un mexicanismo, tiene sentido diferente: expendio de *pulque*.)

[10] En la 5.ª edic. de Barcelona [Araluce (1930)] dice: *salirse al patio*. En notas posteriores se abreviará esta edición así, en (1930), todas las citas textuales de variantes, cuando proceda, remiten a esta edición e irán subrayadas.

[11] *atarrillado*: atabardillado [Alvarado, pág. 999].

[12] *esguazar* (desguazar): cruzar un río por una parte poco profunda [Núñez y Pérez, pág. 185].

de dar origen al cambio de los propósitos que lo llevaban al Arauca: «Este hombre viene siguiéndome desde San Fernando. Lo de la fiebre no fue sino un ardid. ¿Cómo no se me ocurrió esta mañana?»

En efecto, al amanecer de aquel día, cuando ya el bongo se disponía a abandonar la orilla, había aparecido aquel individuo, tiritando bajo la cobija con que se abrigaba y proponiéndole al patrón:

—Amigo, ¿quiere hacerme el favor de alquilarme un puestecito? Necesito dir hasta el paso del *Bramador* y la calentura[13] no me permite sostenerme a caballo. Yo le pago bien, ¿sabe?

—Lo siento, amigo —respondió el patrón, llanero malicioso, después de echarle una rápida mirada escrutadora—. Aquí no hay puesto que yo pueda alquilarle porque el bongo navega por la cuenta del señor, que quiere ir solo.

Pero Santos Luzardo, sin más prenda y sin advertir la significativa guiñada del bonguero, le permitió embarcarse.

Ahora le observa de soslayo y se pregunta mentalmente: «¿Qué se propondrá este individuo? Para tenderme una celada, si es que a eso lo han mandado, ya se le han presentado oportunidades. Porque juraría que éste pertenece a la pandilla de *El Miedo*. Ya vamos a saberlo.»

Y poniendo por obra la repentina ocurrencia, en alta voz, al bonguero:

—Dígame, patrón: ¿conoce usted a esa famosa doña Bárbara[14] de quien tantas cosas se cuentan en Apure?

Los palanqueros cruzáronse una mirada recelosa y el patrón respondió evasivamente, al cabo de un rato, con la frase con que contesta el llanero taimado las preguntas indiscretas:

—Voy a decirle, joven: yo vivo lejos.

---

[13] *calenturas:* «fiebre paludosa. La pluralización del vocablo proviene de la repetición periódica del acceso» [Alvarado, pág. 572].

[14] El referente de doña Bárbara fue Francisca Vásquez de Carrillo. El poeta Andrés Eloy Blanco, cuando ejercía su profesión de abogado en San Fernando de Apure (1920), la tuvo como cliente [cfr. «*Doña Bárbara*, de lo pintado a lo vivo». Gallegos no la conoció personalmente durante su viaje al Apure en 1927].

Luzardo sonrió comprensivo; pero insistiendo en el propósito de sondear al compañero inquietante, agregó, sin perderlo de vista:

—Dicen que es una mujer terrible, capitana de una pandilla de bandoleros, encargados de asesinar a mansalva a cuantos intenten oponerse a sus designios.

Un brusco movimiento de la diestra que manejaba el timón hizo saltar el bongo, a tiempo que uno de los palanqueros, indicando algo que parecía un hacinamiento de troncos de árboles encallados en la arena de la ribera derecha, exclamaba, dirigiéndose a Luzardo:

—¡Aguaite! Usted que quería tirar caimanes. Mire cómo están en aquella punta de playa.

Otra vez apareció en el rostro de Luzardo la sonrisa de inteligencia de la situación, y, poniéndose de pie, se echó a la cara un rifle que llevaba consigo. Pero la bala no dio en el blanco, y los enormes saurios se precipitaron al agua, levantando un hervor de espumas.

Viéndoles zambullirse ilesos, el pasajero sospechoso, que había permanecido hermético mientras Luzardo tratara de sondearlo, murmuró, con una leve sonrisa entre la pelambre del rostro:

—Eran algunos bichos y todos se jueron vivitos y coleando.

Pero sólo el patrón pudo entender lo que decía y lo miró de pies a cabeza, como si quisiera medirle encima del cuerpo la siniestra intención de aquel comentario. Él se hizo el desentendido y, después de haberse incorporado y desperezado con unos movimientos largos y lentos, dijo:

—Bueno. Ya estamos llegando al palodeagua. Y ya sudé mi calentura. Lástima que se me haya quitado. ¡Sabrosita que estaba!

En cambio, Luzardo se había sumido en un mutismo sombrío, y entretanto el bongo atracaba en el sitio elegido por el patrón para el descanso del mediodía.

Saltaron a tierra. Los palanqueros clavaron en la arena una estaca a la cual amarraron el bongo. El desconocido se internó por entre la espesura del monte, y Luzardo, viéndolo alejarse, preguntó al patrón:

—¿Conoce usted a ese hombre?

—Conocerlo, propiamente, no, porque es la primera vez que me lo topo; pero, por las señas que les he escuchado a los llaneros de por estos lados, malicio que debe de ser uno a quien mientan *El Brujeador*.

A lo que intervino uno de los palanqueros:

—Y no se equivoca usted, patrón. Ése es el hombre.

—¿Y ese *Brujeador*, qué especie de persona es? —volvió a interrogar Luzardo.

—Piense usted lo peor que pueda pensar de un prójimo y agréguele todavía una miajita más, sin miedo de que se le pase la mano —respondió el bonguero—. Uno que no es de por estos lados. Un guate[15], como les decimos por aquí. Según cuentan, era un salteador de la montaña de San Camilo y de allá bajó hace algunos años, descolgándose de hato en hato, por todo el cajón del Arauca, hasta venir a parar en lo de doña Bárbara, donde ahora trabaja. Porque, como dice el dicho: Dios los cría y el diablo los junta. Lo mientan asina como se lo he mentado por su ocupación, que es brujear caballos, como también aseguran que y que sabe las oraciones que no mancan para sacarles el gusano a las bestias y a las reses. Pero para mí que sus verdaderas ocupaciones son otras. Ésas que usted mentó en denante. Que, por cierto, por poco no me hace usted trambucar[16] el bongo. Con decirle que es el espaldero preferido de doña Bárbara...

—Luego no me había equivocado.

—En lo que sí se equivocó fue en haberle brindado puesto en el bongo a ese individuo. Y permítame un consejo, porque usted es joven y forastero por aquí, según parece: no acepte nunca compañero de viaje a quien no conozca como a sus manos. Y ya que me he tomado la licencia de darle uno, voy a darle otro también, porque me ha caído en gracia. Tenga mucho cuidado con doña Bárbara. Usted va para *Altamira*, que es como decir los correderos de ella. Ahora sí puedo decirle que la conozco. Ésa es una mujer que ha fus-

---

[15] *guate*: colombiano transmigrado a los llanos venezolanos de la frontera [Núñez y Pérez, pág. 264].

[16] *trambucar*: volcar [Núñez y Pérez, pág. 465].

taneado[17] a muchos hombres, y al que no trambuca con sus carantoñas lo compone con un bebedizo o se lo amarra a las pretinas y hace con él lo que se le antoje, porque también es faculta[18] en brujerías. Y si es con el enemigo, no se le agua el ojo para mandar a quitarse de por delante a quien se le atraviese y para eso tiene a *El Brujeador*. Usted mismo lo ha dicho. Yo no sé qué viene buscando usted por estos lados; pero no está de más que le repita: váyase con tiento. Esa mujer tiene su cementerio.

Santos Luzardo se quedó pensativo, y el patrón, temeroso de haber dicho más de lo que se le preguntaba, concluyó, tranquilizador:

—Pero como le digo esto, también le digo lo otro: eso es lo que cuenta la gente, pero no hay que fiarse mucho porque el llanero es mentiroso de nación, aunque me esté mal el decirlo, y hasta cuando cuenta algo que es verdad lo desagera tanto que es como si juera mentira. Además, por lo de la hora presente no hay que preocuparse: aquí habemos cuatro hombres y un rifle y el Viejito viene con nosotros.

Mientras ellos hablaban así, en la playa, *El Brujeador*, oculto tras un mogote, se enteraba de la conversación, a tiempo que comía, con la lentitud peculiar de sus movimientos, de la ración que llevaba en el porsiacaso[19].

Entretanto, los palanqueros habían extendido bajo el palodeagua la manta de Luzardo y colocado sobre ella el maletín donde éste llevaba sus provisiones de boca. Luego sacaron del bongo las suyas. El patrón se les reunió y, mientras hacían el frugal almuerzo a la sombra de un paraguatán[20],

---

[17] *fustanear*: dominar las mujeres a los hombres [María Josefina Tejera y otros, *Diccionario de venezolanismos,* Caracas, Universidad Central de Venezuela, Instituto de Filología «Andrés Bello», 1983, tomo I (A-I), pág. 52. En adelante: Tejera y otros, seguido de pág.].

[18] *faculto*: «persona docta, experta o hábil en alguna actividad» [Núñez y Pérez, pág. 224].

[19] *porsiacaso*: alforja de tela que utiliza el llanero para llevar provisiones durantes sus viajes [Núñez y Pérez, pág. 403].

[20] *paraguatán* (*Condaminae tinctorea*): rubiácea de 20 a 25 m de alto, de madera muy preciada para ebanistería [Alvarado, pág. 299].

fue refiriéndole a Santos anécdotas de su vida por los ríos y caños de la llanura.

Al fin, vencido por el bochorno de la hora, guardó silencio, y durante largo rato sólo se escuchó el leve chasquido de las ondas del río contra el bongo.

Extenuados por el cansancio, los palanqueros se tumbaron boca arriba en la tierra y pronto comenzaron a roncar. Luzardo se reclinó contra el tronco del palodeagua. Sin pensamientos, abrumado por la salvaje soledad que lo rodeaba, se abandonó al sopor de la siesta. Cuando despertó, le dijo el patrón vigilante:

—Su buen sueñito echó usted.

En efecto, ya empezaba a declinar la tarde y sobre el Arauca corría un soplo de brisa fresca. Centenares de puntos negros erizaban la ancha superficie: trompas de babas[21] y caimanes que respiraban a flor de agua, inmóviles, adormitados a la tibia caricia de las turbias ondas. Luego comenzó a asomar en el centro del río la cresta de un caimán enorme. Se aboyó por completo, abrió lentamente los párpados escamosos.

Santos Luzardo empuñó el rifle y se puso de pie, dispuesto a reparar el yerro de su puntería momentos antes, pero el patrón intervino:

—No lo tire.

—¿Por qué, patrón?

—Porque... Porque otro de ellos nos lo puede cobrar, si usted acierta a pegarle, o él mismo si lo pela. Ése es el tuerto del *Bramador*, al cual no le entran balas.

Y como Luzardo insistiese, repitió:

—No lo tire, joven, hágame caso a mí.

Al hablar así, sus miradas se habían dirigido, con un rápido movimiento de advertencia, hacia algo que debía de estar detrás del palodeagua. Santos volvió la cabeza y descubrió a *El Brujeador*, reclinado al tronco del árbol y aparentemente dormido.

Dejó el rifle en el sitio de donde lo había tomado, rodeó

---

[21] *baba* (*Jacare punctulata*): saurio (aligatórido) menor que el caimán, no ataca al hombre; su cola es comestible [Alvarado, pág. 55].

el palodeagua y, deteniéndose ante el hombre, lo interpeló sin hacer caso de su ficción de sueño:

—¿Con que es usted amigo de ponerse a escuchar lo que puedan hablar los demás?

El Brujeador abrió los ojos, lentamente, tal como lo hiciera el caimán, y respondió con una tranquilidad absoluta:

—Amigo de pensar mis cosas callado es lo que soy.

—Desearía saber cómo son las que usted piensa haciéndose el dormido.

Sostuvo la mirada que le clavaba su interlocutor, y dijo:

—Tiene razón el señor. Esta tierra es ancha y todos cabemos en ella sin necesidad de estorbarnos los unos a los otros. Hágame el favor de dispensarme que me haya venido a recostar a este palo. ¿Sabe?

Y fue a tumbarse más allá, supino y con las manos entrelazadas bajo la nuca.

La breve escena fue presenciada con miradas de expectativa por el patrón y por los palanqueros, que se habían despertado al oír voces, con esa rapidez con que pasa del sueño profundo a la vigilia el hombre acostumbrado a dormir entre peligros, y el primero murmuró:

—¡Umjú! Al patiquín[22] como que no lo asustan los espantos de la sabana.

Inmediatamente propuso Luzardo:

—Cuando usted quiera, patrón, podemos continuar el viaje. Ya hemos descansado un poco.

—Pues enseguida.

Y a *El Brujeador*, con tono imperioso:

—¡Arriba, amigo! Ya estamos de marcha.

—Gracias, mi señor —respondió el hombre sin cambiar de posición—. Le agradezco mucho que quiera llevarme hasta el fin; pero de aquí para alante puedo irme caminando al

---

[22] *patiquín* (*patiquincito*): según Alvarado, «en término despectivo se aplica a veces a un militar bisoño o pusilánime» [Alvarado, pág. 1166]. Martín Alonso (*Enciclopedia del idioma,* Madrid, Aguilar, 1958, 3 vols., en adelante Alonso y pág.) lo considera sinónimo de *petimetre* (pág. 3175); Núñez y Pérez lo describen: «muchacho atildado en el vestir y, generalmente, de modales afectados...» (pág. 377).

píritu[23], como dicen los llaneros cuando van de a pie. No estoy muy lejote de casa. Y no le pregunto cuánto le debo por haberme traído hasta aquí, porque sé que las personas de su categoría no acostumbran cobrarle al pata-en-el-suelo los favores que le hacen. Pero sí me le pongo a la orden, ¿sabe? Mi apelativo es Melquíades Gamarra, para servirle. Y le deseo buen viaje de aquí para alante. ¡Sí, señor!

Ya Santos se dirigía al bongo, cuando el patrón, después de haber cruzado algunas palabras en voz baja con los palanqueros, lo detuvo, resuelto a afrontar las emergencias:

—Aguárdese. Yo no dejo a ese hombre por detrás de nosotros dentro de este monte. O él se va primero o nos lo llevamos en el bongo.

Dotado de un oído sutilísimo, *El Brujeador* se enteró.

—No tenga miedo, patrón. Yo me voy primero que ustedes. Y le agradezco las buenas recomendaciones que ha dado de mí. Porque las he escuchado todas, ¿sabe?

Y diciendo así, se incorporó, recogió su cobija, se echó al hombro el porsiacaso, todo con una calma absoluta, y se puso en marcha por la sabana abierta que se extendía más allá del bosque ribereño.

Embarcaron. Los palanqueros desamarraron el bongo y, después de empujarlo al agua honda, saltaron a bordo y requirieron sus palancas, a tiempo que el patrón, ya empuñada la espadilla, hizo a Luzardo esta pregunta intempestiva:

—¿Es usted buen tirador? Y perdóneme la curiosidad.

—Por la muestra, muy malo, patrón. Tanto, que no quiso usted dejarme repetir la experiencia. Sin embargo, otras veces he sido más afortunado.

—¡Ya ve! —exclamó el bonguero—. Usted no es mal tirador. Yo lo sabía. En la manera de echarse el rifle a la cara se lo descubrí, y a pesar de eso la bala fue a dar como a tres brazas del rollo de caimanes.

—Al mejor cazador se le va la liebre, patrón.

—Sí. Pero en el caso suyo hubo otra cosa: usted no dio en

---

[23] *píritu* (*Bactris Piritu*): palmera que crece en lugares sombríos y húmedos del llano [Alvarado, págs. 315-316]. Caminar o irse al píritu parece significar en el contexto «irse por la sombra».

el blanco, con todo y ser muy buen tirador, porque junto suyo había alguien que no quiso que le pegara a los caimanes. Y si yo le hubiera dejado hacer el otro tiro, lo pela también.

—¿*El Brujeador*, no es eso? ¿Cree usted, patrón, que ese hombre posea poderes extraordinarios?

—Usted está mozo y todavía no ha visto nada. La brujería existe. Si yo le contara un pasaje que me han referido de ese hombre... Se lo voy a echar, porque es bueno que sepa a qué atenerse.

Escupió la mascada de tabaco y ya iba a comenzar su relato, cuando uno de los palanqueros lo interrumpió, advirtiéndole:

—¡Vamos solos, patrón!

—Es verdad, muchachos. Hasta eso es obra del condenado *Brujeador*. Boguen para tierra otra vuelta.

—¿Qué pasa?—inquirió Luzardo.

—Que se nos ha quedado el Viejito en tierra.

Regresó el bongo al punto de partida. Puso de nuevo el patrón rumbo afuera, a tiempo que preguntaba, alzando la voz:

—¿Con quién vamos?

—¡Con Dios! —respondieron los palanqueros.

—¡Y con la Virgen! —agregó él. Y luego a Luzardo—: Ése era el Viejito que se nos había quedado en tierra. Por estos ríos llaneros, cuando se abandona la orilla, hay que salir siempre con Dios. Son muchos los peligros de trambucarse, y si el Viejito no va en el bongo, el bonguero no va tranquilo. Porque el caimán acecha sin que se le vea ni el aguaje[24], y el temblador[25] y la raya[26] están siempre a la parada, y el cardumen de los zamuritos y de los caribes[27], que dejan a un

[24] *aguaje*: «estela, vestigio característico que en la superficie del agua dejan a su paso los cardúmenes de peces» [Alvarado, pág. 505].

[25] *temblador* (*Gymnotus electricus*): pez sin escamas ni aleta dorsal; emite una descarga eléctrica. Abunda en el Orinoco y sus afluentes [Alvarado, página 915].

[26] *raya* [*manta-raya*] (*Trygón Hystrix*): pez trigónido, abundante en caños y ríos llaneros de aguas tranquilas [Alvarado, pág. 880].

[27] *zamuritos y caribes* (*Pygocentrus*): peces carnívoros muy voraces del tipo de la piraña. Abundan en el Orinoco y los afluentes de los llanos [Alvarado, págs. 105-106].

cristiano en los puros huesos, antes de que se puedan nombrar las Tres Divinas Personas.

¡Ancho llano! ¡Inmensidad bravía! Desiertas praderas sin límites, hondos mudos y solitarios ríos. ¡Cuán inútil resonaría la demanda de auxilio, al vuelco del coletazo del caimán, en la soledad de aquellos parajes! Sólo la fe sencilla de los bongueros podía ser esperanza de ayuda, aunque fuese la misma ruda fe que los hacía atribuirle poderes sobrenaturales al siniestro *Brujeador*.

Ya Santos Luzardo conocía la pregunta sacramental de los bongueros del Apure; pero ahora también podía aplicársela a sí mismo, pues había emprendido aquel viaje con un propósito y ya estaba abrazándose a otro, completamente opuesto.

Christian Belpaire, *Los llanos* (1985). Archivo Audiovisual de Venezuela. Biblioteca Nacional de Venezuela.

Capítulo 2

El descendiente de *El Cunavichero*

En la parte más desierta y bravía del Arauca estaba situado el hato[28] de Altamira, primitivamente unas doscientas leguas de sabanas feraces que alimentaban la hacienda[29] más numerosa que por aquellas soledades pacía y donde se encontraba uno de los más ricos garceros[30] de la región.

Lo fundó, en años ya remotos, don Evaristo Luzardo, uno de aquellos llaneros nómadas que recorrían —y todavía recorren— con sus rebaños las inmensas praderas del cajón del Cunaviche, pasando de éste al del Arauca, menos alejado de los centros de población. Sus descendientes, llaneros genuinos de «pata en el suelo y garrasí»[31], que nunca salieron de los términos de la finca, la fomentaron y ensancharon hasta convertirla en una de las más importantes de la región; pero,

---

[28] *hato*: extensión de terreno muy grande, sembrado de pastos y destinado a la cría de ganado.

[29] *hacienda:* en el habla llanera es un gran rebaño de ganado perteneciente a un dueño específico.

[30] *garcero*: «sitio frecuentado por ciertas garzas, especialmente las blancas, donde sueltan el plumón y las plumas finas usadas como ornamento» [Alvarado, pág. 707].

[31] *garrasí:* pantalón abierto por los costados y abotonado hasta la corva. Termina en dos puntas con forma de garra. Era el atuendo característico del llanero hasta mediados de este siglo [Núñez y Pérez, pág. 246].

multiplicada y enriquecida la familia, unos tiraron hacia las ciudades, otros se quedaron bajo los techos de palma del hato, y a la apacible vida patriarcal de los primeros Luzardos sucedió la desunión y ésta trajo la discordia que había de darles trágica fama.

El último propietario del primitivo *Altamira* fue don José de los Santos, quien, por salvar la finca de la ruina de una partición numerosa, compró los derechos de sus condueños, a costa de una larga vida de trabajos y privaciones; pero, a su muerte, sus hijos José y Panchita —ésta ya casada con Sebastián Barquero— optaron por la partición, y al antiguo fundo sucedieron dos: uno, propiedad de José, que conservó la denominación original, y el otro, que tomó la de *La Barquereña*, por el apellido de Sebastián.

A partir de allí y a causa de una frase ambigua en el documento, donde al tratarse de la línea divisoria ponía: «hasta el palmar de *La Chusmita*»[32], surgió entre los dos hermanos la discordia, pues cada cual pretendía, alegando por lo suyo, que la frase debía interpretarse agregándosele el inclusive que omitiera el redactor, y emprendieron uno de esos litigios que enriquecen a varias generaciones de abogados y que habría terminado por arruinarlos si cuando les propusieron una transacción la misma intransigencia que iba a hacerles gastar un dineral por un pedazo de tierra improductiva no les dictara, en un arrebato simultáneo: «O todo o nada.»

Y como no podía ser todo para ambos, se convino en que sería nada y cada cual se comprometió a levantar una cerca en torno al palmar, viniendo así a quedar éste cerrado y sin dueño entre ambas propiedades.

Mas no paró aquí la cosa. Había en el centro del palmar una madrevieja[33] de un caño seco, que durante el invierno se convertía en tremedal, bomba de fango donde perecía cuanto ser viviente la atravesase, y como un día apareciera ahogada allí una res barquereña, José Luzardo protestó ante Sebas-

---

[32] *chusmita:* garza llanera de plumaje muy blanco (*Candida ardidissima*) [Alvarado, pág. 181]. [Cfr. también Núñez y Pérez, pág. 177.]

[33] *madrevieja*: lecho antiguo de un río que a veces tiene agua estancada [Alonso, pág. 2645].

tián Barquero por la violación del recinto vedado; se ofendieron en la disputa, Barquero blandió el chaparro[34] para cruzarle el rostro al cuñado, sacó éste el revólver y lo derribó del caballo con una bala en la frente.

Sobrevinieron las represalias, y matándose entre sí Luzardos y Barqueros acabaron con una población compuesta en su mayor parte por las ramas de ambas familias.

Y en el seno mismo de cada una se propagó la onda trágica.

Fue cuando la guerra entre España y los Estados Unidos[35]. José Luzardo, fiel a su sangre —decía—, simpatizaba con la Madre Patria, mientras que su primogénito Félix, síntoma de los tiempos que ya empezaban a correr, se entusiasmaba por los yanquis. Llegaron al hato los periódicos de Caracas, cosa que sucedía de mes en mes, y desde las primeras noticias, leídas por el joven —porque ya don José andaba fallo de la vista—, se trabaron en una acalorada disputa que terminó con estas vehementes palabras del viejo:

—Se necesita ser muy estúpido para creer que puedan ganárnosla los salchicheros de Chicago.

Lívido y tartamudo de ira, Félix se le encaró:

—Puede que los españoles triunfen; pero lo que no tolero es que usted me insulte sin necesidad.

Don José lo midió de arriba abajo con una mirada despreciativa y soltó una risotada. Acabó de perder la cabeza el hijo y tiró violentamente del revólver que llevaba al cinto. El padre cortó en seco su carcajada y sin que se le alterara la voz, sin moverse en el asiento, pero con una fiera expresión, dijo, pausadamente:

—¡Tira! Pero no me peles, porque te clavo en la pared de un lanzazo.

---

[34] *chaparro*: «verdasca, varilla o tallo flexible usado como bastoncillo o látigo. Proviene ordinariamente de alguna de las especies de Chaparro (*Curatella americana*) del país» [Alvarado, pág. 644].

[35] Se refiere a la guerra de 1898, con antecedentes en la lucha cubana de independencia (1895), agravada con la voladura del «Maine» en el puerto de La Habana el 15 de febrero de 1898. Concluyó con la derrota de España, cuya rendición fue firmada el 16 de julio. España perdía así Cuba y Puerto Rico [cfr. *Diccionario de Historia de España,* Madrid, Rev. de Occidente, 1952, págs. 1042-1046].

Esto sucedía en la casa del hato, poco después de la comida, congregada la familia bajo la lámpara de la sala. Doña Asunción se precipitó a interponerse entre el marido y el hijo, y Santos, que a la sazón tendría unos catorce años, se quedó paralizado por la brutal impresión.

Dominado por la terrible serenidad del padre, seguro de que llevaría a cabo su amenaza si disparaba y erraba el tiro, o arrepentido, quizás, de su violencia, Félix volvió el arma a su sitio y abandonó la sala.

Poco después ensillaba su caballo, dispuesto a abandonar también la casa paterna, y fue inútil cuanto suplicó y lloró doña Asunción. Entretanto, como si nada hubiera sucedido, don José se había calado las gafas y leía, estoicamente, las noticias que terminaban con la del desastre de Cavite[36].

Pero Félix no se limitó a abandonar el hogar, sino que fue a hacer causa común con los Barqueros contra los Luzardos, en aquella guerra a muerte cuya más encarnizada instigadora era su tía Panchita, y ante la cual las autoridades se hacían de la vista gorda, pues eran tiempos de cacicazgos y Luzardos y Barqueros se compartían el del Arauca.

Ya habían caído en lances personales casi todos los hombres de una y otra familia, cuando una tarde de riña de gallos, en el pueblo, como supiese Félix, bajo la acción del alcohol, que su padre estaba en la gallera, se fue allá, instigado por su primo Lorenzo Barquero, y se arrojó al ruedo, vociferando:

—Aquí traigo un gallito portorriqueño. ¡No es ni yanqui siquiera! A ver si hay por ahí algún pataruco español que quiera pegarse con él. Lo juego embotado y doy de al partir.

Había terminado ya con la victoria de los norteamericanos la desigual contienda y decía aquello para provocar al padre. Don José saltó al ruedo blandiendo el chaparro para castigar la insolencia; pero Félix hizo armas, a él también se le

[36] *Cavite* fue arsenal y puerto español de Filipinas. Durante la guerra con Estados Unidos en 1898, el almirante George Dewey hundió los últimos buques de la escuadra española dirigida por el almirante Montojo y obligó a la rendición del arsenal y de la plaza de Cavite el 3 de mayo de 1898 [*Diccionario de Hist. de España,* págs. 1042-1046].

fue la mano a la suya y poco después regresaba a su casa, abatido, sombrío, envejecido en instantes, y con esta noticia para su mujer:

—Acabo de matar a Félix. Ahí te lo traen.

Enseguida ensilló su caballo y cogió el camino del hato.

Llegó a la casa, se dirigió a la sala donde se había desarrollado la primera escena de la tragedia, se encerró allí, previa prohibición absoluta de que se le molestara, se quitó del cinto la lanza y la hundió hasta la empuñadura en la pared de bahareque[37], en el mismo sitio donde la habría clavado, la noche de la funesta lectura, a través del corazón del hijo, pues fue allí, se decía, y en el momento de proferir su tremenda amenaza, donde y cuando había dado muerte a Félix y quería tener ante los ojos, hasta que se le apagasen para siempre, la visión expiatoria del hierro filicida hundido en el muro.

Y, en efecto, encerrado en aquella pieza, sin pan ni agua, sin moverse del asiento, sin pestañear casi, con un postigo abierto a la luz y dos pupilas que pronto aprendieron a no necesitarla durante la noche para ver, todo voluntad en la expiación tremenda, estuvo varios días esperando la muerte a que se había condenado y allí lo encontró la muerte, sentado, rígido ya, mirando la lanza clavada en el muro.

Cuando, por fin, llegaron las autoridades a representar la farsa acostumbrada en casos análogos, ya no había necesidad de castigo y costó trabajo cerrar aquellos ojos.

Días después, doña Asunción abandonaba definitivamente el Llano para trasladarse a Caracas con Santos, único superviviente de la hecatombe. Quería salvarlo educándolo en otro medio, a centenares de leguas de aquellos trágicos sitios.

Los primeros años fueron tiempo perdido en la vida del joven. La brusca trasplantación del medio llanero, rudo, pero de intensas emociones endurecedoras del carácter, al blando y soporoso ambiente ciudadano, dentro de las cuatro pare-

[37] *bahareque* (*bajareque* o *pajareque*): construcción de palos entramados y recubiertos con barro húmedo y paja; con él se fabrican los muros de las viviendas campesinas [Núñez y Pérez, pág. 51; Alvarado (pajareque), páginas 296-297].

des de una casa triste, al lado de una madre aterrorizada, prodújole un singular adormecimiento de las facultades. El muchacho animoso, de inteligencia despierta y corazón ardiente —de quien tan orgulloso se mostraba el padre cuando lo veía jinetear un caballo cerrero y desenvolverse con destreza y aplomo en medio de los peligros del trabajo de sabanas, digno de aquella raza de hombres sin miedo que había dado más de un centauro a la epopeya, aunque también más de un cacique a la llanura, y en quien, con otro concepto de la vida, cifraba tantas esperanzas la madre, al oírlo expresar sentimientos e ideas reveladoras de un espíritu fino y reflexivo—, se volvió obtuso y abúlico; se convirtió en un misántropo.

—Te veo y no te conozco, hijo. Te has vuelto cimarrón[38] —decíale la madre, llaneraza todavía, a pesar de todo.

—Es el desarrollo —observábanle las amigas—. Los muchachos se ponen así cuando están en esa edad.

—Es el estrago de los horrores que hemos presenciado —añadía ella.

Eran ambas cosas; también la trasplantación. La falta del horizonte abierto ante los ojos, del cálido viento libre contra el rostro, de la copla en los labios por delante del rebaño, del fiero aislamiento en medio de la tierra ancha y muda. La macolla de hierba llanera languideciendo en el tiesto.

A veces, doña Asunción lo sorprendía en el corral, soñador despierto, boca arriba en la tierra dentro de la espesura de un resedal descuidado. Estaba «enmatado», como dice el llanero del toro que busca el refugio de las matas[39] y allí permanece días enteros echado, sin comer ni beber y lanzando de rato en rato sordos mugidos de rabia impotente, cuando ha sufrido la mutilación que lo condena a perder su fiereza y el señorío del rebaño.

Pero al fin la ciudad conquistó el alma cimarrona de Santos Luzardo. Vuelto en sí del embrujamiento de las nostalgias, se encontró con que ya tenía más de dieciocho años, y

[38] *cimarrón:* ganado salvaje o sin amansar [Núñez y Pérez, pág. 124].

[39] *mata*: pequeño bosque en medio de la llanura, donde el ganado se refugia del sol intenso.

en punto de instrucción muy poca cosa sobre la que trajo del Arauca; pero se propuso recuperar el tiempo perdido y se entregó con ahinco a los estudios.

A pesar de los motivos que tenía para aborrecer *Altamira*, doña Asunción no había querido vender el hato. Poseía esa alma recia e inmodificable del llanero, para quien nada hay como su tierra natal, y aunque nunca pensó en regresar al Arauca, tampoco se había decidido a romper el vínculo que la unía al terruño. Por lo demás, administrado por un mayordomo honrado y fiel, el hato le producía una renta suficiente.

—Que lo venda Santos, cuando yo muera —solía decir.

Pero, a la hora de morir, le recomendó:

—Mientras puedas, no vendas *Altamira*.

Y Santos lo conservó, por respetar la postrera voluntad materna y porque su renta le permitía cubrir, holgadamente, las discretas exigencias de su vida morigerada. Por lo demás, bien habría podido prescindir de la finca. La tierra natal ya no lo atraía, ni aquel pedazo de ella, ni toda entera, porque al perder los sentimientos regionales había perdido también todo sentimiento de patria. La vida de la ciudad y los hábitos intelectuales habían barrido de su espíritu las tendencias hacia la vida libre y bárbara del hato; pero, al mismo tiempo, habían originado una aspiración que aquella misma ciudad no podía satisfacer plenamente. Caracas no era sino un pueblo grande —un poco más grande que aquel destruido por los Luzardos al destruirse entre sí—, con mil puertas espirituales abiertas al asalto de los hombres de presa, algo muy distante todavía de la ciudad ideal, complicada y perfecta como un cerebro, adonde toda excitación va a convertirse en idea y de donde toda reacción que parte lleva el sello de la eficacia consciente, y como este ideal sólo parecía realizado en la vieja y civilizadora Europa, acarició el propósito de expatriarse definitivamente, en cuanto concluyera sus estudios universitarios.

Para esto contaba con el producto de *Altamira*, o, vendida ésta, con la renta que le produjera el dinero empleado en fincas urbanas, ya que de su profesión de abogado no podía esperar nada por allá. Pero, entretanto, ya en *Altamira* no estaba el honrado mayordomo de los tiempos de su madre, y mientras Santos se contentaba, apenas, con echarles una ojeada a las cuentas, muy claras siempre sobre el papel, que de tiempo en tiempo le rendían los administradores, éstos hacían pingües negocios con la hacienda altamireña. Además, dejaban que los cuatreros se metiesen a saco en ella y toleraban que los vecinos herrasen allí, como suyos, hasta los becerros que aún andaban pegados a las tetas de las vacas luzarderas.

Luego comenzaron los litigios con la famosa doña Bárbara, a cuyos dominios fueron pasando leguas y leguas de sabanas altamireñas, a fuerza de arbitrarios deslindes ordenados por los tribunales del Estado.

Concluidos sus estudios, Santos se trasladó a San Fernando a hojear expedientes por si todavía fuese posible intentar acciones reivindicatorias; pero allá, hecho un minucioso análisis de las causas sentenciadas en favor de la mujerona, se comprobó que todo, soborno, cohecho, violencia abierta, había sido asombrosamente fácil para la cacica del Arauca; también descubrió que cuanto se había llevado a cabo contra su propiedad pudo suceder porque sus derechos sobre *Altamira* adolecían de los vicios que siempre tienen las adquisiciones del hombre de presa, y no otra cosa fue su remoto abuelo don Evaristo, *El Cunavichero*.

Decidió entonces vender la finca. Pero nadie quería tener de vecina a doña Bárbara, y como, por otra parte, las revoluciones[40] habían arruinado el Llano, perdió mucho tiempo buscando comprador. Al fin se le presentó uno; pero le dijo:

—Ese negocio no lo podemos cerrar aquí, doctor. Es menester que usted vea, con sus propios ojos, cómo está *Altamira*. Aquello está en el suelo: unas paraparas[41] es lo que queda

---

[40] Desde la caída de Guzmán Blanco en 1884 hasta 1899 cuando Cipriano Castro asume el poder, se fueron sucediendo numerosas asonadas, confusamente llamadas »revoluciones» con nombres como *Legalista* (1892), de *Queipa* (1898), *Restauradora* (1899) y *Libertadora* (1903). Todas tuvieron el hábito de proveerse de alimentos y cabalgaduras mediante los saqueos de los hatos y haciendas que hallaban en su marcha hacia el poder.

[41] *parapara*: semilla del paraparo (*Sapindus saponaria*): su tegumento es jabonoso y utilizado para lavar la ropa en los llanos; la almendra es redonda y negra; la utilizan los niños como «canicas» para jugar [Alvarado, pág. 300].

en las sabanas. Y reses flacas toditas. Si quiere, váyase allá y espéreme. Ahora sigo para Caracas a vender un ganado; pero dentro de un mes pasaré por *Altamira* y entonces conversaremos sobre el terreno.

—Allá lo esperaré —díjole Santos, y al día siguiente partió para *Altamira*.

Por el trayecto, ante el espectáculo de la llanura desierta, pensó muchas cosas: meterse en el hato a luchar contra los enemigos, a defender sus propios derechos y también los ajenos, atropellados por los caciques de la llanura, puesto que doña Bárbara no era sino uno de tantos; a luchar contra la Naturaleza: contra la insalubridad que estaba aniquilando la raza[42] llanera, contra la inundación y la sequía que se disputan la tierra todo el año, contra el desierto que no deja penetrar la civilización.

Pero no eran propósitos todavía, sino reflexiones puras, entretenimientos del razonador, y a una, optimista, sucedía inmediatamente otra, contradictoria.

Para llevar a cabo todo eso se requiere algo más que la voluntad de un hombre. ¿De qué serviría acabar con el cacicazgo de doña Bárbara en el Arauca? Reaparecería más allá bajo otro nombre. Lo que urge es modificar las circunstancias que producen estos males: poblar. Mas para poblar: sanear primero, y para sanear: poblar antes. ¡Un círculo vicioso!

Mas he aquí que un sencillo incidente, el encuentro con *El Brujeador* y las palabras con que el bonguero le hizo ver los peligros a que se expondría si intentaba atravesársele en el camino a la temible doña Bárbara, pone de pronto en libertad al impulsivo postergado por el razonador, y lo apasionante ahora es la lucha.

Era la misma tendencia de irrefrenable acometividad que causó la ruina de los Luzardos; pero con la diferència de que él la subordinaba a un ideal: luchar con doña Bárbara, criatura y personificación de los tiempos que corrían, no sería so-

---

42 *raza*: es utilizado por Gallegos como designación de una etnocultura, dentro de la terminología positivista que nutrió buena parte de su formación universitaria de juventud.

lamente salvar *Altamira*, sino contribuir a la destrucción de las fuerzas retardatorias de la prosperidad del Llano.

Y decidió lanzarse a la empresa con el ímpetu de los descendientes de *El Cunavichero*, hombres de una raza enérgica; pero también con los ideales del civilizado, que fue lo que a aquéllos les faltó.

Capítulo 3

La devoradora de hombres

¡De más allá del Cunaviche, de más allá del Cinaruco, de más allá del Meta! De más lejos que más nunca —decían los llaneros del Arauca, para quienes, sin embargo, todo está siempre «ahí mismito, detrás de aquella mata»—. De allá vino la trágica guaricha[43]. Fruto engendrado por la violencia del blanco aventurero en la sombría sensualidad de la india, su origen se perdía en el dramático misterio de las tierras vírgenes. En las profundidades de sus tenebrosas memorias, a los primeros destellos de la conciencia, veíase en una piragua[44] que surcaba los grandes ríos de la selva orinoqueña. Eran seis hombres a bordo, y al capitán lo llamaba «taita»[45]; pero todos —excepto el viejo piloto Eustaquio— la brutalizaban con idénticas caricias: rudas manotadas, besos que sabían a aguardiente y a chimó[46].

Piratería disimulada bajo patente de comercio lícito era la industria de aquella embarcación, desde Ciudad Bolívar hasta Río Negro. Salía cargada de barriles de aguardiente y far-

---

[43] *guaricha* (quechuismo: *huarucha*): mujer indígena joven y soltera [Núñez y Pérez, pág. 263].

[44] *piragua:* antigua embarcación de los indios caribes, de 10 a 12 palmos o más [Alvarado, pág. 314].

[45] *taita*: padre de una persona [Núñez y Pérez, pág. 453].

[46] *chimó*: pasta negra elaborada con las hojas hervidas del tabaco, condimentada con sales de «urao». Los campesinos la colocan tras los dientes y escupen la saliva aceitosa.

dos de baratijas, telas y comestibles averiados, y regresaba atestada de sarrapia[47] y balatá[48]. En algunas rancherías les cambiaban a los indios estas ricas especies por aquellas mercancías, limitándose a embaucarlos; pero en otros parajes los tripulantes saltaban a tierra sólo con sus rifles al hombro, se internaban por los bosques o sabanas de las riberas, y cuando volvían a la piragua, la olorosa sarrapia o el negro balatá venían manchados de sangre.

Una tarde, ya al zarpar de Ciudad Bolívar, se acercó a la embarcación un joven, cara de hambre y ropas de mendigo, a quien ya Barbarita había visto, varias veces, parado al borde del malecón, contemplándola, con ojos que se le salían de sus órbitas, mientras ella, cocinera de la piragua, preparaba la comida de los piratas. Dijo llamarse Asdrúbal, a secas, y propúsole al capitán:

—Necesito ir a Manaos[49] y no tengo para el pasaje. Si usted me hace el favor de llevarme hasta Río Negro, yo estoy dispuesto a corresponderle con trabajo. Desde cocinero hasta contador, en algo puedo serle útil.

Insinuante, simpático, con esa simpatía subyugadora del vagabundo inteligente, produjole buena impresión al capitán y fue enrolado como cocinero, a fin de que descansara Barbarita. Ya el taita empezaba a mimarla: tenía quince años y era preciosa la mestiza.

Transcurrieron varias jornadas. En los ratos de descanso y por las noches, en torno a la hoguera encendida en las playas donde arranchaban[50], Asdrúbal animaba la tertulia con anéc-

---

[47] *sarrapia* (*Dypterix odorata*): árbol leguminoso típico de las selvas guayanesas. Sus frutos fueron muy cotizados internacionalmente para uso en perfumería [Alvarado, pág. 338].

[48] *balatá*: látex extraído del árbol de igual nombre (*Mimusops balata*). Fue mercancía valiosa hasta comienzos de la Primera Guerra (1914-1918) [Alvarado, pág. 57]. Junto con la sarrapia, el balatá era exportado ilícitamente por el río Negro hacia la ciudad de *Manaos* (Brasil). Gallegos desarrolló el tema de la explotación cauchera en *Canaima* (1935).

[49] *Manaos:* ciudad brasileña cercana a nuestra frontera, sobre el río Negro (hoy Puerto Libre muy visitado por turistas). Llegó a ser una ciudad legendaria por su prosperidad y afrancesamiento.

[50] *arranchar[se]:* «detenerse tenazmente en algún lugar» [Alvarado, página 526].

dotas divertidas de su existencia andariega. Barbarita se desternillaba de risa; mas si él interrumpía su relato, complacido en aquellas frescas y sonoras carcajadas, ella las cortaba en seco y bajaba la vista, estremecido en dulces ahogos el pecho virginal.

Un día le deslizó al oído:

—No me mire así, porque ya mi taita se está poniendo malicioso.

En efecto, ya el capitán empezaba a arrepentirse de haber aceptado a bordo al joven, cuyos servicios podían resultarle caros, especialmente aquellos, que no se los había exigido, de enseñar a Barbarita a leer y escribir. Durante estas lecciones en las cuales Asdrúbal ponía gran empeño, letras que ella hacía llevándole él la mano, los acercaban demasiado.

Una tarde, concluidas las lecciones, comenzó a referirle Asdrúbal la parte dolorosa de su historia: la tiranía del padrastro que lo obligó a abandonar el hogar materno, las aventuras tristes, el errar sin rumbo, el hambre y el desamparo, el duro trabajo de las minas del Yuruari, la lucha con la muerte en el camastro de un hospital. Finalmente, le habló de sus planes: iba a Manaos en busca de la fortuna, ya estaba cansado de la vida errante, renunciaría a ella, se consagraría al trabajo.

Iba a decir algo más; pero de pronto se detuvo y se quedó mirando el río que se deslizaba en silencio frente a ellos, a través de un dramático paisaje de riberas boscosas.

Ella comprendió que no tenía en los planes del joven el sitio que se imaginara, y los hermosos ojos se le cuajaron de lágrimas. Permanecieron así largo rato. ¡Nunca se le olvidaría aquella tarde! Lejos, en el profundo silencio, se oía el bronco mugido de los raudales de Atures.

De pronto, Asdrúbal la miró a los ojos y le preguntó:

—¿Sabes lo que piensa hacer contigo el capitán?

Estremecida al golpe subitáneo de una horrible intuición, exclamó:

—¡Mi taita!

—No merece que lo llames así. Piensa venderte al turco.

Referíase a un sirio sádico y leproso, enriquecido en la explotación del balatá, que habitaba en el corazón de la selva orinoqueña, aislado de los hombres por causa del mal que lo devoraba, pero rodeado de un serrallo de indiecitas núbiles, raptadas o compradas a sus padres, no sólo para hartazgo de su lujuria, sino también para saciar su odio de enfermo incurable a todo lo que alienta sano, transmitiéndole su mal.

De conversaciones de los tripulantes de la piragua, sorprendidas por Asdrúbal, había descubierto éste que en el viaje anterior aquel Moloch de la selva cauchera había ofrecido veinte onzas[51] por Barbarita, y que si no se llevó a cabo la venta fue porque el capitán aspiraba a mayor precio, cosa no difícil de lograr ahora, pues en obra de unos meses la muchacha se había convertido en una mujer perturbadora.

No se le había escapado a ella que tal fuera la suerte a que la destinaran; pero hasta entonces todo el horror que la rodeaba no había alcanzado a producirle más que aquel sentimiento, miedo y gusto a la vez, originado de las torpes miradas de los hombres que con ella compartían la estrecha vida de la piragua.

Pero al enamorarse de Asdrúbal se le había despertado el alma sepultada y las palabras que acababa de oír se la estremecieron de horror.

—¡Sálvame! Llévame contigo —iba a decirle, cuando vio que el capitán se les acercaba.

Traía un rifle y dijo, dirigiéndose a Asdrúbal:

—Bueno, joven. Ya usted ha conversado bastante. Ahora vamos para que haga algo más productivo. *El Sapo* va a buscar una poca de sarrapia que deben de tenernos por aquí y usted lo va a acompañar. —Y poniéndole el rifle en las manos—: Esto es para que se defienda, si los atacan los indios.

Asdrúbal meditó un instante. ¿Habría oído el capitán lo que él acababa de decirle a la muchacha? ¿Esta comisión que ahora le daba...? En todo caso, había que afrontar la situación.

Al ir a ponerse de pie, Barbarita trató de detenerlo dirigiéndole una mirada de súplica; pero él le hizo una rápida guiñada de ojos y, levantándose decidido, abandonó el campa-

---

[51] *onza*: moneda de oro vigente hasta comienzos del siglo XX; valía ochenta bolívares [Núñez y Pérez, pág. 360].

mento en pos de *El Sapo*. Era éste el segundo de a bordo, mano derecha del capitán para cuantas fuesen comisiones siniestras, y Asdrúbal lo sabía; pero irremisiblemente perdido estaba, desde luego, si demostraba miedo y se resistía a cumplir la orden recibida. Al menos llevaba un rifle y contra un hombre solamente, mientras que allí eran cinco contra él. Barbarita lo siguió con la mirada y durante un buen rato sus ojos permanecieron fijos en el boquete de monte por donde desapareció.

A todas éstas, los tripulantes habían cambiado entre sí miradas de inteligencia, y cuando pocos momentos después, so pretexto de un posible ataque de los indios ribereños, el capitán les ordenó hacer una exploración playas arriba —ya le había dado una orden análoga al viejo Eustaquio—, comprendiendo que quería alejarlos del campamento para quedarse a solas con la muchacha, respondiéronle al cabo de un corto murmullo de rezongos:

—Deje eso para más después, capitán. Ahora estamos descansando.

Era la rebelión que hacía algún tiempo venía preparándose por causa de la perturbadora belleza de la guaricha; pero el capitán no se atrevió a sofocarla en el acto, pues comprendió que aquellos tres hombres estaban de acuerdo y resueltos a todo, y aplazó el escarmiento para cuando regresara *El Sapo*, con cuya ciega adhesión contaba.

Barbarita, como se diese cuenta también de las siniestras intenciones del taita, miró a los rebeldes como a sus salvadores y corrió hacia ellos; mas al advertir cómo la miraban, se detuvo, con el corazón helado por el terror, y maquinalmente tornó al sitio donde la dejara Asdrúbal.

De pronto cantó el «yacabó»[52]. Campanadas funerales en el silencio desolador del crepúsculo de la selva, que hielan el corazón del viajero.

—Ya-cabó. Ya-cabó...

---

[52] *yacabó* (o *guacaba*) (*Laucidium ferox*): especie de búho pequeño; canta por las tardes o las noches; según los campesinos, con su canto agorero pide lluvias [Alvarado, pág. 191], y en los bosques «semeja voz humana» [Alvarado, pág. 1235]; en otras versiones populares anuncia muerte.

¿Fue el canto agorero del ave o el propio gemido mortal de Asdrúbal? ¿Fue la descarga repentina de la prolongada tensión nerviosa, o la sideración, misteriosamente transmitida a distancia, de un golpe mortal que en aquel momento recibía otro cuerpo: el tajo de *El Sapo* en el cuello de Asdrúbal?

Ella sólo recordaba que había caído de bruces, derribada por una conmoción subitánea y lanzando un grito que le desgarró la garganta.

Lo demás sucedió sin que ella se diese cuenta, y fue: el estallido de la rebelión, la muerte del capitán y en seguida la de *El Sapo*, que había regresado solo al campamento, y el festín de su doncellez para los vengadores de Asdrúbal.

Cuando, ahogándose en la sofocación de la carrera, el viejo Eustaquio llegó en su auxilio al grito lanzado por ella, ya todos estaban hartos y uno decía:

—Ahora podemos vendérsela al turco, aunque sea por las veinte onzas que ofreció enantes.

Reflejos de hogueras empurpuran la oscuridad de la noche; óyese salvaje gritería. Es la caza del gaván[53]. Los indios encienden fogatas de paja en torno a los pantanos inaccesibles, el ave levanta el vuelo, asustada por la algarabía, y sus alas se tiñen de rosa al resplandor del fuego entre las tinieblas profundas; pero, de pronto, los cazadores enmudecen y apagan rápidamente las hogueras, y el ave, encandilada, cae indefensa al alcance de las manos.

Algo semejante ha acontecido en la vida de Barbarita. El amor de Asdrúbal fue un vuelo breve, un aletazo apenas, a los destellos del primer sentimiento puro que se albergó en su corazón, brutalmente apagado para siempre por la violencia de los hombres, cazadores de placer.

De sus manos la rescató aquella noche Eustaquio —viejo indio baniba[54] que servía de piloto en la piragua, sólo por es-

---

[53] *gaván* (o *gabán*) (*Tantalus loculator*) (Ciconida): «ave zancuda más pequeña que el garzón. Tiene la cabeza y el cuello desnudos por encima. (...) Plumaje blanco, excepto en las remeras y timoneras, que son negras con reflejos verdes y violados» [Alvarado, pág. 699].

[54] *banibas*: tribu indígena que habita en el Amazonas.

tar cerca de la hija de aquella mujer de su tribu que, a la hora de sucumbir a los crueles tratos del capitán, le recomendó que no le abandonase a la guaricha—; pero ni el tiempo, ni la quieta existencia de la ranchería donde se refugiaron, ni el apacible fatalismo que el son de los tristes yapururos[55] removía por instantes en su alma india habían logrado aplacar la sombría tormenta de su corazón: un ceño duro y tenaz le surcaba la frente, un fuego maligno le brillaba en los ojos.

Ya sólo rencores podía abrigar en su pecho y nada la complacía tanto como el espectáculo del varón debatiéndose entre las garras de las fuerzas destructoras. Maleficios del Camajay-Minare —siniestra divinidad de la selva orinoqueña—, el diabólico poder que reside en las pupilas de los dañeros y las terribles virtudes de las hierbas y raíces con que las indias confeccionan la pusana[56] para inflamar la lujuria y aniquilar la voluntad de los hombres renuentes a sus caricias, apasiónanla de tal manera que no vive sino para apoderarse de los secretos que se relacionan con el hechizamiento del varón.

También la iniciaron en su tenebrosa sabiduría toda la caterva de brujos que cría la bárbara existencia de la indiada. Los ojeadores, que pretenden producir las enfermedades más extrañas y tremendas sólo con fijar sus ojos maléficos sobre la víctima; los sopladores, que dicen curarlas aplicando su milagroso aliento a la parte dañada del cuerpo del enfermo; los ensalmadores, que tienen oraciones contra todos los males y les basta murmurarlas mirando hacia el sitio donde se halle el paciente, así sea a leguas de distancia, todos le revelaron sus secretos, y a vuelta de poco las más groseras y extravagantes supersticiones reinaban en el alma de la mestiza[57].

Por otra parte, su belleza había perturbado ya la paz de la comunidad. La codiciaban los mozos, la vigilaban las hem-

[55] *yapururo*: flauta de bambú de 1 m de largo, utilizada por los indios de Apure y el Alto Orinoco [Alvarado, pág. 380].

[56] *pusana:* planta utilizada por los indígenas del Orinoco como yerba mágica; con ella «pretenden buscar, hallar y conservar amante» [Alvarado, página 322].

[57] Sobre el tema de la magia y la hechicería en *Doña Bárbara*, cfr. Elena Dorante: *Venezuela: magia y ficción,* Cumaná, Universidad de Oriente, 1982.

bras celosas, y los viejos prudentes tuvieron que aconsejarle a Eustaquio:

—Llévate a la guaricha. Vete con ella de por todo esto.

Y otra vez fue la vida errante por los grandes ríos, a bordo de un bongo, con dos palanqueros indios.

El Orinoco es un río de ondas leonadas; el Guainía las arrastra negras. En el corazón de la selva, aguas de aquél se reúnen con las de éste; mas por largo trecho corren sin mezclarse, conservando cada cual su peculiar coloración. Así en el alma de la mestiza tardaron varios años en confundirse la hirviente sensualidad y el tenebroso aborrecimiento al varón. La primera víctima de esta horrible mezcla de pasiones fue Lorenzo Barquero.

Era éste el menor de los hijos de don Sebastián y se había educado en Caracas. Ya estaba para concluir sus estudios de derecho, y le sonreía el porvenir en el amor de una mujer bella y distinguida y en las perspectivas de una profesión en la cual su talento cosecharía triunfos, cuando, a tiempo que en el Llano estallaba la discordia entre Luzardos y Barqueros, empezó a manifestarse en él un extraño caso de regresión moral. Acometido de un brusco acceso de misantropía, abandonaba de pronto las aulas universitarias y los halagos de la vida de la capital, para ir a meterse en un rancho[58] de los campos vecinos, donde, tumbado en un chinchorro, pasábase días consecutivos, solo, mudo y sombrío, como una fiera enferma dentro de su cubil. Hasta que, por fin, renunció definitivamente a cuanto pudiera hacerle apetecible la existencia en Caracas: a su novia, a sus estudios y a la vida brillante de la buena sociedad, y tomó el camino del Llano para precipitarse en la vorágine del drama que allá se estaba desarrollando.

Y allá se tropezó con Barbarita una tarde, cuando, de remontada por el Arauca con su cargamento de víveres para *La Barquereña*, el bongo de Eustaquio atracó en el paso

[58] *rancho:* vivienda rústica del llanero y los campesinos en general. Es construida con paredes de barro y techo de palma.

del *Bramador*, donde él estaba dirigiendo la tirada de un ganado.

Una tormenta llanera, que se prepara y desencadena en obra de instantes, no se desarrolla, sin embargo, con la violencia con que se desataron en el corazón de la mestiza los apetitos reprimidos por el odio, pero éste subsistía y ella no lo ocultaba.

—Cuando te vi por primera vez te me pareciste a Asdrúbal —díjole después de haberle referido el trágico episodio—. Pero ahora me representas a los otros; un día eres el taita, otro día *El Sapo*.

Y como él replicara, poseedor orgulloso:

—Sí. Cada uno de los hombres, todos aborrecibles para ti; pero, representándotelos, uno a uno, yo te hago amarlos a todos, a pesar tuyo.

Ella concluyó rugiente:

—Pero yo los destruiré a todos en ti.

Y este amor salvaje, que en realidad le imprimía cierta originalidad a la aventura con la bonguera, acabó por pervertir el espíritu ya perturbado de Lorenzo Barquero.

Ni aun la maternidad aplacó el rencor de la devoradora de hombres; por lo contrario, se le exasperó más: un hijo en sus entrañas era para ella una victoria del macho, una nueva violencia sufrida, y bajo el imperio de este sentimiento concibió y dio a luz una niña, que otros pechos tuvieron que amamantar, porque no quiso ni verla siquiera.

Tampoco Lorenzo se ocupó de la hija, súcubo de la mujer insaciable y víctima del brebaje afrodisíaco que le hacía ingerir, mezclándolo con las comidas y bebidas, y no fue necesario que transcurriera mucho tiempo para que de la gallarda juventud de aquel que parecía destinado a un porvenir brillante sólo quedara un organismo devorado por los vicios más ruines, una voluntad abolida, un espíritu en regresión bestial.

Y mientras el adormecimiento progresivo de las facultades —días enteros sumido en un sopor invencible— lo precipitaba a la horrible miseria de las fuentes vitales agotadas por el veneno de la pusana, la obra de la codicia lo despojó de su patrimonio.

La idea la sugirió un tal coronel Apolinar que apareció por allí en busca de tierras para comprar, con el producto de sus rapiñas en la Jefatura Civil de uno de los pueblos de la región. Ducho en argucias de rábulas, como advirtiese la ruina moral de Lorenzo Barquero y se diese cuenta de que la barragana era conquista fácil, se trazó rápidamente su plan y a tiempo que empezaba a enamorarla, entre un requiebro y otro, le insinuó:

—Hay un procedimiento inmancable y muy sencillo para que usted se ponga en la propiedad de *La Barquereña* sin necesidad de que se case con don Lorenzo, ya que, como dice, le repugna la idea de que un hombre pueda llamarla su mujer. Una venta simulada. Todo está en que él firme el documento; pero eso no es difícil para usted. Si quiere, yo le redacto la escritura de manera que no pueda haber complicaciones con los parientes.

Y la idea encontró fácil asidero.

—Convenido. Redácteme ese documento. Yo se lo hago firmar.

Así se hizo, sin que Lorenzo se resistiera al despojo; pero cuando ya se iba a proceder al registro del documento, descubrió Bárbara que existía una cláusula por la cual reconocía haber recibido de Apolinar la cantidad estipulada como precio de *La Barquereña* y comprometía la finca en garantía de tal obligación.

Y Apolinar explicó:

—Ha sido menester poner esa cláusula como una tapa contra los parientes de don Lorenzo, que si descubren que es una venta simulada pueden pedir su anulación declarándolo entredicho. Para que no haya dudas, yo le entregaré a usted ese dinero en presencia del registrador. Pero no se preocupe. Es una comedia entre los dos. Luego usted me devuelve mis reales y yo le entrego esta contraescritura que anula la cláusula.

Y le mostró un documento privado cuya invalidez corría de su cuenta.

Ya era tarde para retroceder, y, por otra parte, también ella se había trazado su plan para apoderarse de aquel dinero que Apolinar quería invertir en fincas, y le respondió devolviéndole el contradocumento:

—Está bien. Se hará como tú quieras.

Apolinar comprendió que también se rendía a su amoroso asedio y se complació en sus artes. Por el momento, la mujer que se le entregaba con aquel tú; luego, la finca. Y su dinero intacto.

Días después le comunicó a Lorenzo:

—He resuelto reemplazarte con el coronel. De modo que ya estás de más en esta casa.

A Lorenzo se le ocurrió esta miseria:

—Yo estoy dispuesto a casarme contigo.

Pero ella le respondió con una carcajada, y el ex hombre tuvo que ir a refugiarse junto con su hija, y ahora de veras y para siempre, en un rancho del palmar de *La Chusmita*, que tampoco era tierra suya, en virtud de aquella transacción por la cual su madre y su tío José Luzardo habían renunciado a la propiedad que les asistía sobre aquella porción de la antigua *Altamira*.

Ni el nombre quedó de *La Barquereña*, pues Bárbara se lo cambió por *El Miedo*, denominación del paño de sabana donde estaban situadas las casas del hato, y éste fue el punto de partida del famoso latifundio.

Desatada la codicia dentro del tempestuoso corazón, se propuso ser dueña de todo el cajón del Arauca, y asesorada por las extraordinarias habilidades de litigante de Apolinar, comenzó a meterles pleitos a los vecinos, obteniendo de la venalidad de los jueces lo que la justicia no pudiera reconocerle, y cuando ya nada tenía que aprender del nuevo amante y todo el dinero de éste había sido empleado en el fomento de la finca, recuperó su fiera independencia haciendo desaparecer, de una manera misteriosa, a aquel hombre que podía jactarse de llamarla suya.

Altamira, descuidada por su dueño, en manos de administradores fácilmente sobornables, fue la presa predilecta de su ambición de dominio. Leguas y leguas diéronle los litigios, y entre uno y otro el lindero de *El Miedo* iba metiéndose por tierras altamireñas, mediante una simple mudanza de los postes, favorecida por la deliberada imprecisión y oscuridad de los términos con que los jueces comprados redactaban las sentencias y por la complicidad de los mayordomos de Luzardo, que se hacían de la vista gorda.

A cada noticia de una de estas bribonadas, Santos Luzardo cambiaba de administrador y así, de mano en mano, fue *Altamira* a caer en las de un tal Balbino Paiba, antiguo tratante en caballos que había tenido la oportunidad de ir a comprarle algunos a la dueña de *El Miedo* y la audacia de dirigirle un requiebro en el preciso momento en que ella estaba necesitando un mayordomo para *Altamira*, sin que se sospechase que hubiera inteligencia entre ambos.

Fue a raíz del último pleito ganado a Santos Luzardo, enamorándole al abogado que, además de poco escrupuloso, era blando al amor. Las quince leguas de sabanas altamireñas pasaron a engrosar las de *El Miedo*; pero ella no se conformó con esto e hizo que el abogado recomendase a Balbino Paiba para la mayordomía vacante. Desde entonces, y trabajando sin descanso, cuantos orejanos[59] y mostrencos[60] habían caído por allá en rodeos y carreras fueron marcados con el hierro de *El Miedo* y, entretanto, el lindero errante avanzando *Altamira* adentro.

Y mientras las tierras limítrofes iban incorporándose de este modo a su feudo, y la hacienda ajena engrosaba sus rebaños, todo el dinero que caía en sus manos desaparecía de la circulación. Hablábase de varias botijuelas repletas de morocotas[61], su moneda predilecta, que ya tenía enterradas, y era fama que, una vez, cierto dueño de hato muy rico en cabezas de ganado, sabedor de que ella para apreciar su dinero no lo contaba sino lo medía, cual si se tratase de cereales, fue a proponerle:

—Présteme una cuartilla[62] de morocotas, doña.

Dice el cuento que ella fue y vino con la medida colmada por encima de los bordes.

—¿Cómo la quiere, ño, con o sin copete?

---

[59] *orejano*: caballo o res sin dueño ni marca de propietario [Núñez y Pérez, pág. 360].

[60] *mostrenco*: caballos o ganado vacuno sin marcas del propietario [Alvarado, pág. 793].

[61] *morocota*: moneda norteamericana de oro, con valor de 20 dólares [Alvarado, pág. 283].

[62] *cuartilla*: vieja medida equivalente a la cuarta parte de un *almud* (arroba) [Alvarado, pág. 628].

—Rasita, doña. Porque, a la hora de pagar, el copete me puede salir muy caro.

Ella quitó las monedas excedentes, pasando al ras de los bordes de la medida una regla que al efecto usaba, y dijo:

—Fíjese, ño. Así la quiero cuando me la pague; descopetada de un solo toletazo.

Esto contaban. Tal vez había mucho de leyenda en cuanto se decía a propósito de su fortuna; pero bastante rica y muy avara sí era doña Bárbara.

En cuanto a la conseja de sus poderes de hechicería, no todo era tampoco invención de la fantasía llanera. Ella se creía realmente asistida de potencias sobrenaturales y a menudo hablaba de un «Socio» que la había librado de la muerte, una noche, encendiéndole la vela para que se despertara, a tiempo que penetraba en su habitación un peón pagado para asesinarla, y que, desde entonces, se le aparecía a aconsejarle lo que debiera hacer en las situaciones difíciles o a revelarle los acontecimientos lejanos o futuros que le interesara conocer. Según ella, era el propio milagroso Nazareno de Achaguas; pero lo llamaba simplemente y con la mayor naturalidad: «el Socio», y de aquí se originó la leyenda de su pacto con el diablo.

Mas, Dios o demonio tutelar, era lo mismo para ella, ya que en su espíritu, hechicería y creencias religiosas, conjuros y oraciones, todo estaba revuelto y confundido en una sola masa de superstición, así como sobre su pecho estaban en perfecta armonía amuletos de los brujos indios y escapularios, y sobre la repisa del cuarto de los misteriosos conciliábulos con «el Socio», estampas piadosas, cruces de palma bendita, colmillos de caimán, piedras de curvinata[63] y de centella, y fetiches que se trajo de las rancherías indígenas consumían el aceite de una común lamparilla votiva.

Tocante a amores, ya ni siquiera aquella mezcla salvaje de apetitos y odio de la devoradora de hombres. Inhibida la sensualidad por la pasión de la codicia y atrofiadas hasta las últimas fibras femeniles de su ser por los hábitos del marima-

63 *curvinata:* pez fluvial del Orinoco, parecido a la curvina [Núñez y Pérez, pág. 155].

cho —que dirigía personalmente las peonadas, manejaba el lazo y derribaba un toro en plena sabana como el más hábil de sus vaqueros y no se quitaba de la cintura la lanza y el revólver, ni los cargaba encima sólo para intimidar—, si alguna razón de pura conveniencia, como la necesidad de un mayordomo incondicional, en un momento dado, o en el caso de Balbino Paiba, de un instrumento suyo en el campo enemigo, la movía a prodigar caricias, más era hombruno tomar que femenino entregarse. Un profundo desdén por el hombre había reemplazado al rencor implacable.

No obstante este género de vida y el haber traspuesto ya los cuarenta, era todavía una mujer apetecible, pues si carecía en absoluto de delicadezas femeniles, en cambio el imponente aspecto del marimacho le imprimía un sello original a su hermosura: algo de salvaje, bello y terrible a la vez.

Tal era la famosa doña Bárbara: lujuria y superstición, codicia y crueldad, y allá en el fondo del alma sombría una pequeña cosa pura y dolorosa: el recuerdo de Asdrúbal, el amor frustrado que pudo hacerla buena. Pero aun esto mismo adquiría los terribles caracteres de un culto bárbaro que exigiera sacrificios humanos: el recuerdo de Asdrúbal la asaltaba siempre que se tropezaba en su camino con un hombre en quien valiera la pena hacer presa.

Capítulo 4

Uno solo y mil caminos distintos

El paso del *Algarrobo*[64] daba acceso al hato de *Altamira* por depresiones de los altos ribazos que allí encajonaban el cauce del Arauca.

Al son de la guarura[65] que anunciaba la llegada de un bongo, corrieron a asomarse al borde de la barranca derecha unas cuantas muchachas y bajaron a la playa tres chicos y dos hombres.

En uno de éstos, araucano buen mozo, cara redonda de color aceitunado, Santos Luzardo reconoció a Antonio Sandoval[66]. Antoñito el becerrero, en los tiempos de su infancia

---

[64] *algarrobo* (*Hymenaea courbaril*): árbol leguminoso corpulento de 20 a 25 m. de alto. Su legumbre es parecida a la algarroba de España. El árbol exuda una resina fósil usada en droguería [Alvarado, pág. 514].

[65] *guarura:* voz indígena carinaca. Designa un caracol comestible cuyo caparazón es utilizado como instrumento musical [Alvarado, págs. 214-215. Cfr. también: Núñez y Pérez, pág. 263].

[66] *Antonio Sandoval* es el nombre ficcional con que Gallegos incorpora en la novela a su informante Antonio José Torrealba Ostos, quien lo acompañó en su visita al Apure en 1927 y posteriormente le suministró valiosas noticias escritas en algunos de sus cuadernos. Sus memorias, apuntes, notas y narraciones fueron recogidas, anotadas y prologadas por Edgar Colmenares del Valle, con el título *Diario de un llanero,* Caracas, Universidad Central de Venezuela y Gobernación del Estado Apure, 1987 en 6 vols. En *Doña Bárbara* (Ayacucho, 1977), Subero (nota núm. 13) da como desaparecidas las Memorias de Torrealba, por informaciones inexactas de un familiar del famoso caporal de sabana.

en el hato su camarada de expediciones en busca de panales de aricas[67] y nidos de paraulatas[68].

Saludó descubriéndose respetuosamente; pero cuando Luzardo le echó los brazos, tal como lo hiciera para despedirse de él trece años antes, murmuró:

—¡Santos!

—No has cambiado de fisonomía, Antonio —dijo Luzardo, apoyadas todavía sus manos en los hombros del peón.

Y éste, volviendo al tratamiento respetuoso:

—Usted sí que es otra persona. Tanto, que si no hubiera sido porque sabía que venía en el bongo no lo habría reconocido.

—¿De modo que no te he cogido de sorpresa? ¿Cómo supiste que venía?

—Parece que la noticia la trajo a *El Miedo* el peón que acompañaba a *El Brujeador*.

—¡Ah! Sí. Eran dos, y uno ha debido de venirse anoche mismo por tierra.

—A mí me dio el pitazo Juan Primito —concluyó Antonio—. Un bobo de allá de *El Miedo*, que todo lo descubre y es un telégrafo para transmitir novedades. Por cierto que me he pasado todo el día preocupado por causa de ese empeño de *El Brujeador* de venirse con usted en el bongo. De eso estábamos hablando, cuando sonó la guarura, yo y mi vale Carmelito.

Referíase al compañero, y en seguida presentándoselo:

—Carmelito López. Un hombre en quien puede confiarse con los ojos cerrados. Es de los nuevos; pero luzardero, también, hasta los tuétanos.

—A su mandar —dijo el presentado, lacónicamente, tocándose apenas el ala del sombrero. Un hombre de facciones cuadradas, cejijunto, nada simpático al primer golpe de vista. Uno de esos hombres que están siempre «encuevados», como dice el llanero, sobre todo en presencia de extraños.

---

67 *miel de aricas*: miel de abejas silvestres cuya cera es negruzca.

68 *paraulata* (*Turdus fumigatus*): «es una de las pocas aves oscinas del país» [Alvarado, pág. 1162]. Ave canora típica de los llanos de Apure y del Orinoco.

No obstante, y a causa de las recomendaciones de Antonio, a Luzardo le produjo buena impresión; pero al mismo tiempo se dio cuenta de que no había sido recíproca.

En efecto, era Carmelito uno de los tres o cuatro peones del hato con cuya lealtad podía contar Santos Luzardo en la lucha que se había propuesto emprender contra los enemigos de su propiedad. Había llegado a *Altamira* hacía poco tiempo y si aún permanecía allí, a pesar de lo mal avenido que estaba con el mayordomo Balbino Paiba, era por complacer a Antonio, quien, extremando la tradicional fidelidad de los Sandovales hacia los Luzardos, no sólo soportaba al mayordomo traicionero, sino que procuraba retener en *Altamira* a los pocos peones honrados que por allí quedaran, en la esperanza de que algún día resolviera Santos ir a encargarse del hato. Como Antonio, Carmelito se había alegrado con la noticia de la llegada del amo: Balbino Paiba sería destituido y obligado a rendir cuenta de sus latrocinios; se acabarían los abusos de doña Bárbara y todo marcharía en regla.

Pero del concepto que tenía Carmelito de la hombría estaba excluido todo lo que descubrió en Santos Luzardo apenas éste saltó del bongo: la gallardía, que le pareció petulancia, la tersura del rostro, la delicadeza del cutis ya sollamado por el resol de unos días de viaje, rasurado el bigote, que es atributo de machos, los modales afables, que le parecieron amanerados, el desusado traje de montar, aquel saco tan entallado, aquellos calzones tan holgados arriba y en las rodillas tan ceñidos, puños estrechos en vez de polainas, y corbata, que era demasiado trapo para llevar encima por aquellas soledades.

—¡Hum! —murmuró entre dientes—. ¿Y éste es el hombre de quien tanto esperábamos? Con este patiquincito presumido no se va a ninguna parte.

Entretanto, el padre de Antonio, un anciano de piel cuarteada, pero con la cabeza todavía negra, bajaba la rampa que conducía a la playa, rengueando[69] y sonriente.

—¡Viejo Melesio! —exclamó Santos, saliéndole al encuentro—. ¡Sin una cana todavía!

---

[69] *renguear* (renquear): «cojera o casi tal» [Alvarado, pág. 1195]. En (1930) dice «*renqueando*»; en 1954: «*rengueando*».

—Indio no las pinta, niño Santos —y después de reír un rato, con una risa silenciosa, apenas mueca, que dejaba ver las encías desdentadas y la negra saliva de la mascada de tabaco—: ¡Con que no se había olvidado de mí el niño Santos! ¡Déjeme que lo miente asina, como desde pequeñito lo he mentado, hasta que me vaya haciendo a llamarlo dotol! Usted sabe que los viejos semos duros de boca pa cogé los pasos nuevos.

—Dígame como mejor le parezca, viejo.

—Siempre habrá respeto, ¿verdad, niño? Venga, pa que se repose en casa, un saltico anquesea, antes de seguir pa la suya.

A la derecha de la rampa se extendían, blanqueadas por la intemperie, las palizadas de los corrales donde se reunía el ganado que por allí se sacaba, y a la izquierda se agrupaban las construcciones típicas de la vivienda llanera: dos casas de bahareque y palma, que eran las habitaciones de la familia de Melesio, y entre ambas un caney[70] de gruesa y baja techumbre pajiza, bajo el cual había una mesa larga rodeada de bancos; otro caney, más allá, alto y espacioso, a cuyos horcones[71] estaban amarradas las bestias de Antonio y Carmelito y la que ellos habían traído del hato para Santos; otro, en fin, separado de las casas y de cuyas travesañas de macanilla[72] pendían cueros de venados y de chigüires[73], recién curtidos, pestilentes todavía.

Detrás de este caney se alzaba una hilera de árboles: jobos[74], dividives[75] y el alto algarrobo que le daba nombre al es-

---

[70] *caney*: vivienda rústica de madera y paja, usada como almacén, vivienda colectiva de la peonada o lugar de festejo en los hatos llaneros.

[71] *horcón*: poste grueso con muesca u horquilla en su extremo libre, utilizado en las construcciones de *bahareque* [Alvarado, pág. 727].

[72] *macanilla* (*Bactris Macanilla*): Palmera útil por su madera [Alvarado, página 246].

[73] *chigüire* [*Hidrochoerus capybara*]: roedor herbívoro de gran tamaño y de carne muy cotizada. Se come seca en tiempos de cuaresma. Habita en los bajos inundables de los ríos llaneros [Alvarado, pág. 170. Cfr. también Núñez y Pérez, pág. 167].

[74] *jobo* (*Spondias lutea*): árbol de madera blanda, drupa ovoidea comestible de sabor agridulce [Alvarado, pág. 237].

[75] *dividive* (*Caesalpinia coriaria*): árbol de semilla leguminosa. Madera muy dura y fruto utilizado antiguamente para curtir cueros de vaca [Alvarado, pág. 184].

guazadero. Lo demás era llanura despejada, la inmensidad de los pastos, en cuyo remoto confín circular, y como suspendida en el aire por efecto del espejismo, divisábase la ceja de una arboleda, la «mata» llanera, bosque aislado en medio de las sabanas.

—*¡Altamira!* —exclamó Santos—. ¡Los años que no te veía!

De las puertas de las casas desaparecieron las muchachas que poco antes se habían asomado al borde del ribazo, y Melesio dijo:

—Son mis nietas. Muchachas cimarronas, como decimos por aquí. En toda la tarde no han hecho sino aguaitar pa el río esperándolo a usted, y ahora que llega, se esconden.

—¿Hijas tuyas, Antonio? —preguntó Santos.

—No, señor. Yo todavía ando escotero[76], a Dios gracias.

—De los otros hijos —explicó Melesio—. De los difuntos, que en paz descansen.

Penetraron bajo el sombroso abrigo del caney pequeño. El piso de tierra había sido barrido con esmero y los bancos colocados al hilo de la horconadura, como para las noches de joropo[77]. Además, había un butaque[78], lujo del rústico mobiliario del llanero, puesto allí para el huésped en sitio de honor.

—Salgan pa juera, muchachas —gritó Melesio—. No sean tan camperusas[79]. Arrímense pa que saluden al dotol.

Ocultas detrás de las puertas y al mismo tiempo deseosas de presentarse, las ocho nietas de Melesio disimulaban su timidez riendo y empujándose unas a otras.

---

[76] *escotero:* en el habla coloquial del llano expresa la persona que anda libre, sin ataduras. Se combina en el refrán «escotero y sin remonta» usado por Gallegos en *Cantaclaro.* Alvarado registra «escotero y sin maleta» (pág. 678).

[77] *joropo:* canto y baile típicos tradicionales de los llanos venezolanos. Por extensión, se considera el baile nacional. Su letra tiene estructura de romance. Es acompañado con arpa, cuatro y maracas [Núñez y Pérez, pág. 289].

[78] *butaque:* asiento rústico del llano y el campo en general, casi siempre construido en madera. A veces tiene forro de cuero de vaca crudo [con pelambre] [Núñez y Pérez, pág. 83, y Alvarado, pág. 74].

[79] *campurusa* [o *camperusa*]: persona campesina tímida o sin roce social [Núñez y Pérez, pág. 101].

—Salí tú primero, chica.

—¿Guá y por qué no salís tú?

Por fin aparecieron, en fila india, como si marcharan por una vereda angosta, y con una misma frase, pronunciada con un idéntico tono cantarino de voz, saludaron a Luzardo tendiéndole unas manos escurridizas.

—¿Cómo está? ¿Cómo está? ¿Cómo está?

A tiempo que el abuelo iba diciendo:

—Ésta es Gervasia, la de Manuelito. Ésta es Francisca, la de Andrés Ramón. Genoveva. Altagracia... Las novillas sandovaleras, como les dicen por aquí. En mautes[80] no tengo sino esos tres zagaletones que le sacaron sus macundos[81] del bongo. La herencia que me dejaron los hijos: once bocas con sus dientes completos.

Pasada la vergüenza del saludo y de la presentación, se fueron sentando en los bancos, una al lado de la otra, en el mismo orden en que habían salido de la casa, sin hallar qué hacer con las manos ni dónde poner los ojos. La mayor, Genoveva, no pasaría de diecisiete años; algunas eran buenas mozas, de tez arrosquetada[82], ojos negros y brillantes, y todas de carnes macizas y aspecto saludable.

—Tiene usted una familia que da gusto, Melesio —dijo Luzardo—. Fuerte y sana. Se ve que por aquí no reina el paludismo.

El viejo se cambió la mascada de uno al otro carrillo y respondió:

—Voy a decirle, niño Santos. Es verdad que por aquí no es tan enfermizo como por esos otros llanos que usted ha atravesado; pero a nosotros también nos jeringa el paludismo. Yo, que le estoy hablando, once hijos tuve y siete de ellos llegaron a hombres. Usted debe recordarlos. Pues hoy sólo me queda Antonio. Y asina como le hablo yo, le pueden hablar también muchos otros. Lo que sucede es que habemos personas que le damos fiebre a la calentura. En buena

[80] *maute:* novillo, becerro joven.

[81] *macundos* (coloquial): conjunto de objetos de uso personal [Núñez y Pérez, pág. 309].

[82] *arrosquetada*: de color trigueño sonrosado.

hora lo haiga dicho, por todos los que estamos presentes, con el favor de Dios. Pero con los demás hace su juego el paludismo.

Escupió la amarga saliva de la mascada y, volviendo a su lenguaje metafórico de hombre criado entre reses, concluyó, con fatalismo bromista[83]:

—No tiene sino que mirar cómo me he quedado con el mautaje solamente. El ganado grande: los hijos y las mujeres de los hijos, me lo arrasó el gusano.

Y volvió a soltar su risa silenciosa.

—Pero cuántos abuelos no le envidiarían, Melesio, al verlo rodeado de tantas nietas bonitas —dijo Santos, desechando el tema aflictivo.

—Con sus favores —murmuró Genoveva, mientras las demás cuchicheaban azoradas.

—¡Hum! —hizo Melesio—. No se esté creyendo que eso es una ventaja. Ojalá me hubieran dejado con un hatajo de feas, porque ésas se pastorean sin mucho trabajo. Viciversa, ni dormir completo puedo. Toda la noche tengo que estar como el alcaraván[84]: ¡oído al zorro! Y de rato en rato me tiro del chinchorro[85] y voy a darles una recorrida, contándolas una por una, a ver si están completas las ocho.

Y la plácida mueca volvió a marcarle las mil arrugas del rostro, mientras las muchachas, rojas de vergüenza y haciendo esfuerzos por contener la risa, refunfuñaban:

—¡Jesús, taita! Las cosas suyas.

Allanándose al tono chancero de Melesio, Santos charló un rato dándoles bromas a las muchachas. Rebullían ellas, entre complacidas y azoradas, escuchábalo el viejo con la silenciosa risa desplegada en el rostro y lo contemplaba en silencio Antonio con una mirada leal.

Se presentó luego uno de los muchachos con la taza de

---

83 En (1930): «con ese fatalismo bromista del pueblo venezolano». La frase parece indicar que Gallegos cuando escribía su novela estaba pensando en autores no venezolanos.

84 *alcaraván* [*Vanellus. Charadius. Aegialites*]: ave zancuda que Alvarado encuentra semejante al chorlito de España [pág. 510-511].

85 *chinchorro:* especie de hamaca tejida con fibras de palma moriche u otros materiales, que sirve de cama [Núñez y Pérez, pág. 168].

café, que nunca le falta al llanero para obsequiar a sus huéspedes.

—Va usted a beber en la misma taza en que bebía su padre, a quien Dios tenga en su gloria —dijo Melesio—. Desde entonces, naide más la ha usado.

Y en seguida:

—¡Con que no me morí sin ver al niño Santos!

—Gracias, viejo.

—No tiene de qué darlas, niño. Luzardero nací y en esa ley tengo que morir. Por estos lados, cuando se habla de nosotros los Sandovales, dicen que y que tenemos marcado en las nalgas el jierro de *Altamira*. ¡Je! ¡Je!

—Siempre han sido ustedes muy consecuentes con nosotros. Es la verdad.

—En buena hora lo diga, pa que estos muchachos que lo están escuchando sigan siempre por el mismo rumbo. Sí, señor. Consecuentes semos y siempre lo hemos sido: hablando cuando nos toca y callando cuando no nos preguntan; pero cumpliendo siempre el deber en lo que nos corresponde. ¿Que hay cosas de cosas? ¡No, señor! Lo que siempre le he dicho a Antonio: los Sandovales con los Luzardos, hasta que ellos no nos corran de lo suyo. Porque si...

—Bueno, viejo —intervino Antonio sonriendo—. Todavía no están preguntándonos nada.

Y Santos comprendió lo que quería decir Melesio con aquello de «callando cuando no nos preguntan». Anticipábase a los reproches que él pudiera hacerles por no haberlo tenido al corriente de las bribonadas de los administradores y dejaba traslucir el resentimiento de quienes, a pesar de la probada y tradicional lealtad, se vieron subordinados a advenedizos como Balbino Paiba, a quien ni siquiera de vista conocía Luzardo.

—Comprendo, viejo. Y reconozco que el verdadero culpable de lo que ocurre por aquí soy yo, pues estando ustedes, nadie mejor para haberles confiado mis intereses. Pero la verdad es que nunca me ocupé ni quise ocuparme del hato.

—Sus estudios, que no le dejaban tiempo —dijo Antonio.

—Y el despego de esta tierra.

—Eso sí es malo, niño Santos —observó Melesio.

—Ya me doy cuenta —prosiguió Luzardo— de lo tirante que ha debido de ser la situación de ustedes en *Altamira.*

—Sosteniendo el barajuste[86], como dicen —manifestó Antonio.

Y el viejo, apoyando, en el mismo estilo metafórico de ganaderos:

—Y que no han sido pocas las atropelladas. Antonio, mijo, principalmente, ha tenido que dejarse supiritar[87], sobre todo por el don Balbino, y hasta aparentarse enemigo de usted pa que no lo despidiera[88]. Que, por cierto, ya estará fijándose usted en que no ha venío a recibirlo a usted.

—Mejor está así —dijo Santos—. Y ojalá se le ocurra marcharse del hato antes de que yo llegue a la casa, pues ¿qué cuentas puede rendirme que no sean de las que siempre me rindieron sus antecesores, todas del Gran Capitán, ni qué cargos puedo hacerle, si de todas sus pillerías el verdadero culpable soy yo?

Al oír esto, Carmelito, que estaba más allá, apretándoles las cinchas a los caballos amarrados a los horcones del caney grande, murmuró:

—¿No lo dije? Ya el hombre está deseando que no se le presenten dificultades con el mayordomo. La regla no manca, con los patiquines no hay esperanza. A quien van a tener que arreglarle su cuenta, y esta noche mismo, es a mí, porque de madrugada voy a estar ensillando.

Y quizás hasta el mismo Antonio pensó algo semejante, a pesar de la afectuosa adhesión que le profesaba a Santos, al oírlo dispuesto a tolerar que el mayordomo se fuera tranqui-

---

86 *barajuste* (*barahuste*): embestir, acometer [Alvarado, pág. 540].

87 *supiritar*: ofender verbalmente a alguien [Núñez y Pérez, pág. 450].

88 En la edición de 1954 se echaba de menos la situación contextual en que Luzardo decidía reemplazar a Balbino Paiba por Antonio Sandoval como caporal de Altamira. Esto se explica por una variante extensa de (1930) que es la siguiente:

«—... y hasta aparentarse enemigo de usted para que no lo despidiera.

»— Con todo y eso, ayer quiso arreglarme mi cuenta.

»— Pues ahora serás tú quien le arreglará la suya. Ha hecho bien en no venir a recibirme y ojalá se le ocurra marcharse antes de que llegue, porque después de todo, ¿qué cuentas puede rendirme...?»

lo con el producto de sus pillerías, pues arrugó el ceño y guardó silencio de contrariedad.

Santos continuó saboreando, sorbo a sorbo, el café tinto y oloroso, placer predilecto del llanero, y mientras tanto, saboreó también una olvidada emoción.

El hermoso espectáculo de la caída de la tarde sobre la muda inmensidad de la sabana; el buen abrigo, sombra y frescura del rústico techo que lo cobijaba; la tímida presencia de las muchachas, que habían estado esperándolo toda la tarde, vestidas de limpio y adornadas las cabezas con flores sabaneras, como para una fiesta; la emocionada alegría del viejo al comprobar que no lo había olvidado el «niño Santos», y la noble discreción de la lealtad resentida de Antonio, estaban diciéndole que no todo era malo y hostil en la llanura, tierra irredenta donde una gente buena ama, sufre y espera.

Y con esta emoción, que lo reconciliaba con su tierra, abandonó la casa de Melesio, cuando ya el sol empezaba a ponerse, rumbo de baquianos a través de la sabana, que es, toda ella, uno solo y mil caminos distintos.

Capítulo 5

La lanza en el muro

Del que seguían las bestias, sendero abierto por las pezuñas del ganado, se levantaban con silencioso vuelo las lechuzas y aguaitacaminos[89], encandilados todavía por la claridad diurna, y al paso de la cabalgata lanzaban sus ásperos gritos los alcaravanes.

Parejas de venados huían por todas partes, hasta perderse de vista. Distante, en la contraluz de un crepúsculo de colores calientes y suntuosos, se destacaba la silueta de un jinete que iba arreando un rebaño. Reses señeras se engreían, aquí y allá, amenazantes, o se disparaban ariscas, a la vista del hombre, mientras que otras, mansas, se encaminaban paso a paso y por distintos rumbos hacia los corrales del hato, donde ya se elevaban las blancas humaredas de la boñiga seca que era costumbre quemar al aproximarse la noche, para ahuyentar las nubes de mosquitos perturbadores del sueño de gente y ganado.

Lejos se alzaba la polvareda de una «rochela»[90] de caballos salvajes. Un bando de garzas se alejaba hacia el sur, una tras otra en la armoniosa serenidad del vuelo.

---

[89] *aguaitacaminos* [*Nyctidromus albicollis*]: Alvarado lo describe como «especie de chotacabras». Abunda en los llanos. Su canto nocturno se considera de mal agüero (pág. 988).

[90] *rochela:* querencia o refugio del ganado en los llanos. Cuando el ganado se desbanda, la expresión es que está «arrochelado» [Núñez y Pérez, pág. 433].

Pero era un cuadro de desolación dentro del grandioso marco de la llanura. Ya le habían dicho a Santos Luzardo que en *Altamira* no quedaban sino unas «paraparas» y, en efecto, toda aquella hacienda que se movía sobre el inmenso paño de sabana sería, apenas, un centenar entre bestias y reses, cuando antes, hasta los tiempos de José Luzardo, eran yeguadas y rebaños numerosos.

—¡Se acabó esto! —exclamó Santos—. ¿A qué he venido si aquí no hay nada que salvar?

—Hágase cargo —dijo Antonio—. Por un lado, doña Bárbara, y por el otro una runfla de mayordomos, a cual más ladrón, haciendo de las suyas con el ganado de acá. Y, como si fuera poco, los cuatreros del Cunaviche metiéndose en *Altamira* como río en conuco[91], cada vez que les dé la gana; los revolucionarios por un lado y por el otro las comisiones del Gobierno que vienen a buscar caballos y de aquí es de donde se los llevan, porque doña Bárbara, para que no le quiten los suyos, los encamina para acá.

—El desastre —concluyó Santos—. La ruina bien merecida.

—Pero todavía queda, doctor —agregó Antonio—. Puras cimarroneras, y a Dios gracias, porque si no, a estas horas también le habrían manoteado esas reses. En *Altamira*, afortunadamente, desde la soltada de las queseras, casi todo el ganado se ha alzado, pero las cimarroneras han sido aquí una salvación, porque, como dan tanta brega, los mayordomos se han contentado con cogerse el ganado manso. Una de estas noches lo voy a llevar al mastrantal[92] de Mata Luzardera para que se dé una idea de la plata que todavía tiene que defender. Pero si se hubiera dilatado en venir unos días más, ni eso habría encontrado, pues ya el don Balbino tenía dispuesto empezar a darles choques a las cimarroneras para repartírselas con doña Bárbara. Para algo se ha enredado ella con él.

—¡Cómo! ¿De modo que Paiba es el amante de turno de doña Bárbara?

---

[91] *conuco*: voz taína que designa un pequeño terreno cultivado en el monte [Alvarado, pág. 134].

[92] *mastrantal*: pequeñas formaciones de hierbas de *mastranto* (*Hyptis*), planta medicinal aromática [Alvarado, pág. 777].

—Pero ¿usted no lo sabía, doctor? ¡Ah, caramba! Si por eso es que está él aquí. A lo menos, la misma doña Bárbara dice que fue ella quien hizo poner a Balbino en *Altamira*.

Y fue entonces cuando Santos vino a darse cuenta de la traición del apoderado que le recomendara a Paiba, encima de haber dejado perderse la causa que él le confiara.

Una leve sonrisa, que sólo la mirada zahorí de Antonio podía percibir, cruzó por el rostro de Carmelito, y ya aquél se arrepentía de las palabras con que había puesto en evidencia la desairada situación de Luzardo, cuando descubrió también en éste, por el fiero gesto, el encabritamiento de la hombría que Carmelito no le reconocía, y de la cual él mismo había llegado a dudar, por un momento, hacía poco.

«Tenemos hombre —se dijo para sus adentros, complacido en el hallazgo—. La raza de los Luzardos no se ha acabado todavía.»

Guardó respetuoso silencio el peón leal; Carmelito continuó hermético, y por largo rato se escucharon las pisadas de los caballos. Luego, allá lejos, por donde iba, negra en la contraluz del crepúsculo, la silueta del jinete en pos del rebaño, un cantar de notas largas, tendido en la muda inmensidad.

Y la emoción apaciguante del paisaje natal volvió a apoderarse del ánimo de Santos. Dejó vagar la vista, desarrugando el ceño, por la ancha tierra y fueron acudiendo a sus labios los nombres familiares de los sitios que reconocía a la distancia.

—*Mata Oscura*, *Uveral*, *Corozalito*. El palmar de *La Chusmita*.

Cosa de un instante nada más, al pronunciar el nombre del lugar aciago, causa de la discordia que destruyó a su familia, sintió que surgían intempestivamente del fondo de su ser torvos sentimientos que le oscurecían la recuperada serenidad del ánimo. ¿Acaso el odio de los Luzardos por los Barqueros, la pasión de la cual se creía exento?

Y a tiempo que se hacía la interrogación, reveladora de conciencia alerta, oyó que Antonio, fiel también al rencor de la «familia», como, por antonomasia, decían los Sandovales, murmuraba:

—¡El maldito palmar! Sí, señor. Allá está purgando en vida su crimen el que azuzó al hijo contra el padre.

Referíase a Lorenzo Barquero, instigador de Félix Luzardo la tarde de la monstruosa tragedia de la gallera, y parecía verdaderamente suyo el rencor que le vibraba en la voz.

En cambio, tras una breve pausa, Santos se complació en comprobar que sólo un interés compasivo lo movía ya a hacer esta pregunta:

—¿Vive todavía el pobre Lorenzo?

—Si se puede llamar vida al resuello, que es lo que le queda. El «Espectro de *La Barquereña*», lo mientan por aquí. Es una piltrafa de hombre. Dicen que fue doña Bárbara quien lo puso así; pero para mí que fue castigo de Dios, porque comenzó a secarse en vida desde la hora y punto en que el difunto José lo clavó en el bahareque.

Aunque Santos no comprendió todo lo que quería decir Antonio con la frase final, le repugnó que mezclara a su padre en aquel asunto y cambió el tema haciendo una pregunta relativa al ganado que pacía por allí.

Se ocultó por fin el sol, pero quedó largo rato suspendido sobre el horizonte el lento crepúsculo llanero en una faja de arreboles sombríos, cortados por la línea neta del disco de la llanura, mientras en el confín opuesto, al fondo de una transparente lontananza de tierras mudas, comenzaba a levantarse la luna llena. Se fue haciendo más y más brillante el fulgor espectral que plateaba los pajonales y flotaba como un velo en las hondas lejanías, y ya era entrada la noche cuando llegaron a las fundaciones del hato.

Una casa grande, de bahareque y tejas, torcidas las paredes, despatarradas las techumbres, de cinc las de los corredores que la rodeaban, con un palenque[93] por delante para defenderla del ganado y algunos árboles por detrás, en lo que se denomina el patio, no muy altos, pues el llanero no los consiente cerca de sus viviendas por temor al rayo; al fondo, la cocina y unas piezas destinadas a almacenar las yucas[94], to-

---

[93] *palenque*: «vallado de troncos gruesos, clavados en la tierra unos cabe otros, para cercar el corral principal de una dehesa o hato» [Alvarado, pág. 812].

[94] *yuca* (*Manihot*, sp): euforbiácea de rizoma harinoso que sirve de alimento inmemorial a las etnias indígenas sudamericanas [Alvarado, pág. 383].

pochos[95] y frijoles que producían los conucos para el consumo del personal; a la derecha, el caney sillero y los que servían de dormitorios de la peonada, y entre éstos y aquél, la tasajera, donde se secaba al aire y al sol, pasto de las moscas, la carne salada; a la izquierda, las trojes[96] donde se depositaba el maíz en mazorcas, el totumo[97] y el merecure[98] del gallinero, los botalones[99] de tallar sogas, las majadas[100], medias majadas y corralejas y, finalmente, el chiquero[101] de los marranos, eso era el hato de *Altamira* tal como lo fundara el cunavichero don Evaristo, en años ya remotos, excepto las tejas y el cinc de los techos de la casa de familia, mejoras introducidas por el padre de Santos. Una fundación primitiva, asiento de una industria rudimentaria y abrigo de una existencia semibárbara en medio del desierto.

Dos mujeres que se asomaron a la puerta de la cocina a fisgonear cómo era el amo, y tres peones que acudieron a recibirlo, era toda la gente que había por allí.

Antonio los fue presentando por sus nombres, oficios y condiciones. A uno de color cetrino y tres o cuatro pelos lacios por bigotes, con estas palabras:

—Venancio, el amansador. Hijo de ño Venancio, el quesero. ¿Se acuerda usted de ño Venancio?

—¡Cómo no voy a acordarme! —respondió Santos—. Gente de la casa, desde tiempo inmemorial.

---

95 *topocho* (*Musa sapientum*): variedad de banano cuyo fruto presenta tres o cuatro aristas. Los llaneros lo hierven y comen como pan, para acompañar la carne y otras comidas [Alvarado, pág. 361].

96 *troja* (Gallegos escribe *troje*): parte alta de las casas de bahareque donde se guardan los granos y otros alimentos [Núñez y Pérez, pág. 468. Registran la diferencia entre ambos vocablos].

97 *totumo*: (*Crescentia cujete*): bignoniácea cuyos frutos son utilizados por el llanero como envase de diversos usos laborales y domésticos [Alvarado, pág. 363].

98 *merecure* (*Couepia*): árbol cuyo fruto es una pipa oblonga comestible [Alvarado, pág. 278].

99 *botalón*: poste de madera donde se amarra el ganado o se tejen las sogas de cuero o fibra.

100 *majada*: pedazo de terreno próximo a la casa del hato, donde se cultivan flores y plantas medicinales [Núñez y Pérez, pág. 312].

101 *chiquero*: en el habla coloquial el lugar donde se encierran los cerdos. Es tenido como lo extremo de la suciedad [Núñez y Pérez, pág. 169].

—Pues no tengo nada que decirle —manifestó el presentado.

Pero Santos volvió a ver en aquel rostro la misma expresión de recelo que ya había descubierto en el de Carmelito.

—El cabrestero María Nieves —prosiguió Antonio, presentando al segundo, un catire[102] retaco—. Llanero marrajo[103], hasta en el nombre que parece de mujer. Ya usted se irá dando cuenta de la clase de hombre que es. Yo no le presento sino lo bueno.

—Son favores suyos, Antonio —dijo el aludido, y dirigiéndose a Luzardo, agregó—: Aquí me tiene, pues, para lo poco que pueda serle útil.

En cuanto al tercero, un zambo contento, canilludo[104] y desgalichado, que todo se volvía movimiento, no tuvo tiempo de presentarlo Antonio.

—Con su licencia, doctor. Yo me voy a presentar yo mismo, no vaya a ser cosa que mi vale Antonio le dé malas recomendaciones, porque ya le estoy viendo la bellaquería pintada en los ojos. Soy Juan Palacios; pero me llaman *Pajarote* y así puede mentarme. No soy de la casa desde tiempo inmemorial, como usted acaba de decir, pero conmigo puede contar para todo lo que se le ofrezca, porque yo no soy sino lo que se me ve por encima. Y con ésta, si no es abuso, le entrego al zambo *Pajarote*.

Diciendo así, le tendió la mano y Santos se la estrechó, complacido en aquella ruda franqueza, tan llanera también.

—Así se habla, *Pajarote* —murmuró Antonio, con agradecida lealtad.

—¡Guá, zambo! Las palabras son para decirlas.

Cruzó algunas Santos con sus peones y luego se retiró a la casa, y entonces Antonio hizo estas preguntas, que no le había parecido prudente formular en presencia de aquél:

---

[102] *catire*: persona de pelo rubio.

[103] *marrajo*: persona díscola, introvertida y descortés [Núñez y Pérez, pág. 326].

[104] *canilludo* (o *canillón*): persona de piernas largas y delgadas [Núñez y Pérez, pág. 104].

—¿Por qué está esto tan solo? ¿Qué se han hecho los demás muchachos?

—Se fueron —respondió Venancio—. Apenas habían partido ustedes para *El Paso*, ensillaron y cogieron rumbo a *El Miedo*.

—¿Y don Balbino? ¿No ha estado por aquí?

—No. Pero eso es plan combinado por él. Yo había maliciado ya que estaba sonsacando a los muchachos.

—No se ha perdido gran cosa, pues toda era gente balbinera, bellaca y manguareadora[105] —concluyó Antonio, después de una breve cavilación.

Entretanto, molido el cuerpo por las incomodidades del largo viaje, pero con el espíritu excitado por las emociones de aquella jornada, decisiva en su existencia, Santos Luzardo se había reclinado en la hamaca que encontró dispuesta para él en una de las habitaciones de la casa y analizaba sus sentimientos.

Eran dos corrientes contrarias: propósitos e impulsos, decisiones y temores.

Por una parte, lo que había sido fruto de reflexiones ante el espectáculo de la llanura: el deseo de consagrarse a la obra patriótica, a la lucha contra el mal imperante, contra la Naturaleza y el hombre, a la búsqueda de los remedios eficaces; propósito desinteresado, hasta cierto punto, pues lo que menos contaba en él era el ansia de reconquistar la riqueza dedicándose a restaurar el hato.

Pero en aquella decisión hubo también mucho del impulsivo escapado de la disciplina del razonador, al contacto con el medio propicio: la llanura semibárbara, «tierra de los hombres machos», como solía decir su padre, pues bastó que el bonguero ponderase los riesgos que corría quien intentara oponerse a los planes de doña Bárbara para que él desistiese de su propósito de vender el hato.

Finalmente, ¿no fue de aquel mismo contacto con el medio de donde se originó el intempestivo acceso del rencor de la familia, ante la visión del palmar de *La Chusmita*, y no se-

105 *manguareador* (de *manguarear*): perder el tiempo durante la jornada de trabajo [Núñez y Pérez, pág. 319].

ría esta regresión a la violencia, aunque momentánea, una advertencia que le prevenía contra sí mismo? La vida del Llano, esa fuerza irresistible con que atrae su imponente rudeza, ese exagerado sentimiento de la hombría producido por el simple hecho de ir a caballo a través de la sabana inmensa, pondría en peligro la obra de sus mejores años, consagrados al empeño de sofocar las bárbaras tendencias del hombre de armas tomar, latente en él.

Luego lo prudente era volver al propósito primitivo: vender el hato. Además, era lo que estaba de acuerdo con sus verdaderos planes de vida, puesto que cuanto pensó a bordo del bongo tal vez no fue sino momentánea exaltación. ¿Estaba acaso preparado para la obra que se proponía? ¿Sabía, realmente, lo que era un hato, cómo había que manejarlo y de qué modo corregir las deficiencias de una industria que había venido pasando a través de varias generaciones sin perder su forma primitiva? Las líneas generales del vasto plan civilizador no podían escapársele; pero los detalles, ¿podría, acaso, dominarlos? Desplazada de un momento a otro su inteligencia de aquel espacio ideal de las teorías por donde hasta allí había discurrido, ¿daría algún resultado positivo aplicada a pormenores tan concretos y mezquinos como tenían que ser los de la administración de una finca de aquel género? ¿No estaba ya bastante demostrada su incompetencia por la torpeza con que hasta allí había procedido en todo lo relativo a *Altamira*?

Tal era la falla de aquel carácter, tan bien templado por lo demás: Santos Luzardo no sentía la presencia de las energías que alentaban en él, se tenía miedo y exageraba la necesidad de la actitud vigilante.

La aparición de Antonio, anunciándole que ya estaba servida la mesa, lo sacó de sus cavilaciones.

—No tengo apetito —respondió.

—El cansancio, que quita las ganas —observó Antonio—. Por esta noche tiene que acomodarse a dormir en esta pieza así como está, pues no tuvimos tiempo sino de barrerla. Mañana se procederá a darle una lechada a las paredes y a asearla un poco más. A menos que usted disponga hacerle una reparación general a la casa, porque, verdaderamente, así como está no puede habitarla.

—Por el momento dejémosla así. Quizá venda el hato. Dentro de un mes pasará por aquí don Encarnación Matute, a quien le he propuesto que me compre *Altamira*, y si me hace una oferta aceptable cerraré el negocio inmediatamente.

—¡Ah! ¿Conque piensa usted desprenderse de *Altamira*?

—Creo que es lo mejor que pueda hacer.

Antonio se quedó pensativo unos instantes y luego:

—Usted que lo ha resuelto, así le convendrá —dijo. Y entregándole un manojo de llaves agregó—: Aquí tiene las llaves de la casa. Ésta, más mohosa, es la de la sala. Puede que ya ni funcione, porque esa pieza no se ha vuelto a abrir. Ahí todo está tal como lo dejó el difunto, que en paz descanse.

«Tal como lo dejó el difunto. Desde la hora y punto en que el difunto lo clavó en el bahareque.»

Y la rápida asociación de aquellas dos frases de Antonio fue un instante decisivo en la vida de Santos Luzardo.

Se levantó de la hamaca, cogió la palmatoria donde ardía una vela y le dijo al peón:

—Abre la sala.

Antonio obedeció y, después de batallar un rato contra la resistencia de la cerradura oxidada, abrió la puerta, cerrada hacía trece años.

Una fétida bocanada de aire confinado hizo retroceder a Santos; una cosa negra y asquerosa que saltó de las tinieblas, un murciélago, le apagó la luz de un aletazo.

Volvió a encenderla y penetró en la habitación, seguido por Antonio.

En efecto, todo estaba allí como lo dejara don José Luzardo: la mecedora donde murió, la lanza hundida en el muro.

Sin pronunciar una palabra, profundamente conmovido y con la conciencia de que realizaba un acto trascendental, Santos se acercó a la pared y, con un movimiento tan enérgico como el que debió de hacer su padre para clavar la lanza homicida, la retiró del bahareque.

Era como sangre la herrumbre que cubría la hoja de acero. La arrojó lejos de sí, al tiempo que le decía a Antonio:

—Así como he hecho yo con esto, haz tú con ese rencor que hace poco te oí expresar, que no es tuyo, por lo demás.

Un Luzardo te lo impuso como un deber de lealtad; pero otro Luzardo te releva en este momento de esa monstruosa obligación. Ya es bastante con lo que han hecho los odios en esta tierra.

Y cuando Antonio, impresionado por estas palabras, se retiraba en silencio, agregó:

—Dispón lo necesario para que mañana se proceda a la reparación de la casa. Ya no venderé *Altamira*.

Volvió a meterse en la hamaca, sereno el espíritu, lleno de confianza en sí mismo.

Y entretanto, afuera, los rumores de la llanura arrullándole el sueño, como en los claros días de la infancia: el rasgueo del cuatro[106] en el caney de los peones, los rebuznos de los burros que venían buscando el calor de las humaredas, los mugidos del ganado en los corrales, el croar de los sapos en las charcas de los contornos, la sinfonía persistente de los grillos sabaneros, y aquel silencio hondo, de soledades infinitas, de llano dormido bajo la luna, que era también cosa que se oía más allá de todos aquellos rumores.

[106] *cuatro*: instrumento musical de cuatro cuerdas, parecido a una guitarra pequeña, típico de la música popular venezolana. De origen hispánico, se le conoce en América desde el siglo XVI. Su afinación tradicional de las cuatro cuerdas es LA-RE-FA#SI.

Capítulo 6

El recuerdo de Asdrúbal

Aquella misma noche, en *El Miedo*.

Cerca de la oscurecida llegó *El Brujeador*. Dijéronle que doña Bárbara acababa de sentarse a la mesa, pero como tenía cuentas que rendirle y noticias que comunicarle, y, además, estaba deseoso de tumbarse a descansar, no quiso esperar a que ella concluyese de comer y se dirigió a la casa, todavía con su cobija al brazo.

Mas ya al entrar se arrepintió de su prisa. Doña Bárbara comía acompañada de Balbino Paiba, persona con quien no simpatizaba. Trató de revolverse, a tiempo que ella le decía:

—Entra, Melquíades.

—Yo vuelvo más tarde. Siga comiendo tranquila.

Y Balbino, con sorna y mientras se enjugaba, a manotadas, los gruesos bigotes impregnados del caldo grasiento de las sopas:

—Entre, Melquíades. No tenga miedo, que aquí no hay perros.

El Brujeador le arrojó una mirada muy poco amistosa y replicó, mordaz:

—¿Está seguro, don Balbino?

Pero Balbino no entendió la reticencia y el otro continuó, dirigiéndose a doña Bárbara:

—Vine solamente a darle cuenta de que las bestias llegaron bien a San Fernando, y a entregarle lo suyo.

Dejó la cobija sobre una silla, se corrió hacia adelante el

bolsillo de la faja y sacó varias monedas de oro, que luego puso apiladas en la mesa, diciendo:

—Cuente a ver si está completo.

Balbino las miró de soslayo y, aludiendo a la costumbre de doña Bárbara de enterrar todo el oro que le caía en las manos, exclamó:

—¿Morocotas? ¡Ojos que te vieron!

Y siguió masticando el trozo de carne que le llenaba la boca; pero sin apartar de las monedas la codiciosa mirada.

A la brusca contracción del ceño, las cejas de doña Bárbara se juntaron y se separaron en seguida, con el rápido movimiento del aletazo del gavilán. No acostumbraba tolerarle chanzas al amante en presencia de terceros, como tampoco le consentía ternezas ni nada que pudiese ponerla en condiciones de inferioridad, y no procedía así por espíritu de disimulo, porque en esto, como en todo lo demás, su despreocupación era absoluta, sino por la naturaleza misma de los sentimientos que le inspiraba aquel hombre.

Balbino Paiba no lo ignoraba; pero, como era torpe y jactancioso, no desperdiciaba ocasión de aparentar que tenía un ascendiente absoluto sobre ella, aunque por cada uno de sus alardes ya se hubiera llevado un chasco. La chanza que acababa de permitirse era de las que menos solía tolerar la avara doña Bárbara y se la cobró en seguida.

—Debe de estar completo —dijo, guardándose el dinero sin contarlo—. Usted nunca se equivoca, Melquíades. No tiene esa mala costumbre.

Balbino se manoteó los bigotes, no para limpiárselos, sino como maquinalmente hacía cuando algo lo contrariaba. A él nunca le había dado una muestra de confianza semejante; por lo contrario, siempre contaba minuciosamente el dinero que él debiera entregarle, y si algo faltaba —cosa que ocurría con alguna frecuencia— se quedaba mirándolo sin decir palabra, hasta que él, fingiendo caer en cuenta de su descuido, completaba la cantidad con lo que se había dejado en el bolsillo. Además, claro estaba que aquello de la mala costumbre se refería a él. A pesar de los excelentes servicios que le había prestado en su calidad de mayordomo de *Altamira*, aún no había logrado captarse su confianza. En cuanto a su condición de amante, ni siquiera podía contar con la precaria garantía de un capricho.

—Bueno, Melquíades —prosiguió doña Bárbara—. ¿Qué más me cuentas? ¿Por qué mandaste adelante al peón?

—¿No le contó él? —interrogó, a su vez, tratando de evadir la explicación en presencia de Balbino, ante el cual siempre era sumamente parco en palabras.

—Sí. Me dijo algo; pero quiero que me refieras los detalles.

Estas palabras, así como las que antes le había dirigido, las pronunció sin mirarlo a la cara, atenta al plato que se servía. Recíprocamente, Melquíades también le hablaba sin verla. Brujos ambos, habían aprendido de los «dañeros»[107] indios a no mirarse nunca a los ojos.

—Pues en San Fernando escuché decir que había llegado el doctor Santos Luzardo, a meterle a usted, de atrás palante, todos esos pleitos que usted le ha ganado. Me dio curiosidad de conocer al hombre y por fin logré que me lo mostraran. Pero a luego lo perdí de vistas, hasta que, ayer tarde, yo que estoy ensillando para seguir con la fresca de la noche y amanecer aquí con el día, cuando oigo que llega un viajero diciendo que se le ha atarrillado la bestia y contratando un bongo, que estaba allí cogiendo una carga de cueros de chigüire, para que lo trajera hasta el paso del *Algarrobo*. «Ése es mi hombre», me dije, y desensillé otra vuelta, me calé mi cobija y fui a acurrucarme en el caney donde le iban a servir la comida, a escuchar lo que conversara.

—Y oíste muchas cosas, seguramente. Ya me las imagino.

—Pues para que vea: nada que valiera la pena de estar sudando calenturas ajenas, como dice el dicho. Pero, oyendo al doctorcito, que da gusto oírlo cuando se le afloja la lengua, porque conversa muy sabroso, pensé: «Hombre que le gusta escucharse, no puede estar callado mucho tiempo. La cuestión es tener paciencia y la oreja parada.» Y anoche mismo le

[107] *dañero*: hechicero, brujo que ocasiona daño a través de prácticas esotéricas indígenas [Núñez y Pérez, pág. 178].

dije al peón: Llévate mi caballo arrebiatado[108], que yo voy a ver si quepo en el bongo.

Y refirió luego la escena del palodeagua, durante la siesta, pintando a Santos Luzardo como a hombre arriesgado y peligroso.

Era el espaldero de doña Bárbara uno de esos sujetos tortuosos y agazapados que siempre necesitan manifestar todo lo contrario de lo que sienten. Sus ademanes blanduzcos, sus palabras calmosas y su costumbre de mostrarse siempre muy admirado de la hombría de los demás envolvían una maldad buida y fría que traspasaba los límites de lo atroz.

—No se agache tanto, zambo —díjole Balbino, al oírlo ponderar las condiciones varoniles del dueño de *Altamira*—. Ya sabemos que usted no es hombre para achicársele a patiquines.

—Pues, mire, don Balbino. Voy a decirle. No es que me agacho, ¿sabe? Es que el hombre es talludito, y, además, se empina cuando hace falta.

—Si es así, mañana lo rebajaremos un poco, para emparejarlo —concluyó Paiba, quien, por lo contrario, no acostumbraba concederle nada al enemigo.

El Brujeador sonrió, y luego, sentencioso:

—Acuérdese, don Balbino, de que siempre es mejor recoger que devolver.

—No tenga cuidado, Melquíades. Yo sabré recoger mañana lo que sembré hoy.

Aludía al plan urdido para imponérsele a Luzardo: sonsacarle los peones, ausentarse de *Altamira* aquella noche, caer al día siguiente por allá, y, con un pretexto cualquiera, provocar un altercado con el primer peón que encontrase y despedirlo del trabajo, todo sin hacer caso de la presencia de Luzardo.

Mas como al tener una idea en la cabeza ya no podía estar tranquilo si no la divulgaba, y, además, necesitaba demostrarle a Melquíades que él sí se atrevía con Santos Luzardo, no

[108] *arrebiatado*: en el habla coloquial llanera, llevar un caballo atado a la cola de otro [Núñez y Pérez, pág. 38].

se contentó con la vaga alusión a sus planes y, tragando de prisa el bocado, comenzó a exponerlos:

—Mañana muy temprano va a saber el doctor Luzardo qué clase de hombre es su mayordomo, Balbino Paiba.

Pero se interrumpió para observar lo que, entretanto, hacía doña Bárbara.

Acababa de servirse un vaso de agua y se lo llevaba a los labios cuando, haciendo un gesto de sorpresa, echó atrás la cara y se quedó luego mirando fijamente el contenido del envase suspendido a la altura de sus ojos. En seguida la expresión de extrañeza fue reemplazada por otra, de asombro.

—¿Qué pasa? —interrogó Balbino.

—Nada. El doctor Luzardo, que ha querido dejarse ver —respondió, mirando siempre el agua del vaso.

Balbino hizo un movimiento de recelo, Melquíades dio un paso hacia la mesa y, apoyando en ésta la diestra, se inclinó a mirar también el embrujado envase, y ella prosiguió, visionaria:

—¡Simpático el catire! ¡Qué colorada tiene la cara! Se conoce que no está acostumbrado a los soles llaneros. ¡Y viste bien!

El Brujeador se retiró de la mesa con estas frases mentales:

«Perro no come perro. Que te lo crea Balbino. Todo eso te lo dijo el peón.»

Era, en efecto, una de las innumerables trácalas de que solía valerse doña Bárbara para administrar su fama de bruja y el temor que con ello inspiraba a los demás. Algo de esto sospechaba Balbino, pero, sin embargo, la cosa lo impresionó:

—¡Tres Divinas Personas! —invocó entre dientes, agregando enseguida—: ¡Por si acaso!

Entre tanto, doña Bárbara había depositado el vaso sobre la mesa, sin llevárselo a los labios, asaltada por un recuerdo repentino que le ensombreció la faz:

«Era a bordo de una piragua... Lejos, en el profundo silencio, se oía el bronco mugido de los raudales de Atures... De pronto cantó el yacabó...»

Transcurrieron unos instantes.

—¿No vas a terminar de comer? —inquirió Balbino.

Y la pregunta se quedó sin respuesta.

—Si no tiene nada más que mandarme —dijo Melquíades, al cabo de un rato.

Recogió su cobija, se la echó al hombro y esperó otro rato para agregar:

—Bueno. Con su permiso, yo me retiro. Que la pase usted bien.

Balbino continuó comiendo, mientras la mujerona cavilaba. Luego retiró de pronto el plato, se manoteó los bigotes y abandonó la mesa.

Comenzó a parpadear la lámpara. Se apagó por fin. Doña Bárbara estaba todavía junto a la mesa, y su pensamiento, inmóvil, torvo, sombrío, en aquel momento atroz de su pasado.

«... Lejos, en el profundo silencio, se oía el bronco mugido de los raudales de Atures... De pronto cantó el yacabó...»

CAPÍTULO 7

El «familiar»

Noche de luna llena, propicia para los cuentos de aparecidos. Bajo los techos de los caneyes o encaramados en los tramos de las puertas de los corrales siempre hay entre los vaqueros alguno que hable de los espantos que le han salido.

La ambigua claridad del satélite, trastornando las perspectivas, puebla de duendes la llanura. Son las noches de las pequeñas cosas que de lejos se ven enormes, de las distancias incalculables, de las formas disparatadas. De las sombras blancas apostadas al pie de los árboles, de los jinetes misteriosos, inmóviles en los claros de sabana, que desaparecen de pronto cuando alguien se queda mirándolos. Noche de viajar «con el escalofrío de capotera[109] y la Magnífica[110] en los labios» —según decía *Pajarote*—. Noches alucinantes en que hasta las bestias duermen inquietas.

En *Altamira*, siempre era *Pajarote* quien contaba los casos más espeluznantes. La vida andariega del encaminador de ganados y la imaginación vivaz suministrábanle mil aventuras que narrar, a cual más extraordinaria.

—¿Muertos? A todos los que salen desde el Uribante hasta el Orinoco y desde el Apure hasta el Meta, les conozco sus

---

[109] *capotera*: «alforja de viaje abierta por ambos extremos y provista de cordones para cerrarla» [Alvarado, pág. 1021].

[110] *Magnífica:* alude a la vieja oración *Magnificat,* popularizada como exorcismo entre los campesinos.

pelos y señales —solía decir—. Y si son los otros espantos, ya no tienen sustos que no me hayan dado.

Las almas en pena que recogen sus malos pasos por los sitios donde los dieron: la Llorona, fantasma de las orillas de los ríos, caños o remansos y cuyos lamentos se oyen a leguas de distancia; las ánimas que rezan a coro, con un rumor de enjambres, en la callada soledad de las matas, en los claros de luna de los calveros, y el Ánima Sola que silba al caminante para arrancarle un Padre Nuestro, porque es el alma más necesitada del purgatorio; la Sayona, hermosa enlutada, escarmiento de los mujeriegos trasnochadores, que les sale al paso, les dice: «Sígueme», y de pronto se vuelve y les muestra: la horrible dentadura fosforescente, y las piaras de cerdos negros que Mandinga arrea por delante del viajero y las otras mil formas bajo las cuales se presenta, todo se le había aparecido a *Pajarote*.

Nada tenía, pues, de sorprendente que aquella noche, abandonando de pronto el cuatro que punteaba, anunciara que había visto al «familiar» de *Altamira*.

Según una antigua superstición, de misterioso origen, bastante generalizada por allí, cuando se fundaba un hato se enterraba un animal vivo entre los tranqueros del primer corral construido, a fin de que su «espíritu», prisionero de la tierra que abarcaba la finca, velase por ésta y por sus dueños. De aquí veníale el nombre de «familiar» y sus apariciones eran consideradas como augurios de sucesos venturosos. El de *Altamira* era un toro araguato que, según la tradición, enterró don Evaristo Luzardo en la puerta de la majada, y decíanle también «el Cotizudo» por atribuírsele grandes pezuñas de toro viejo, vueltas flecos, como cotizas[111] deshilachadas.

A pesar de que allí no era costumbre tomar muy en serio las visiones de *Pajarote*, a un mismo tiempo dejaron de oírse las maracas[112] que sacudía María Nieves y se enderezaron en

[111] *cotiza* (o *alpargata*): calzado rústico parecido a una sandalia, con suela de cuero y cubierta de hilo tejido en «capellada» [Núñez y Pérez, pág. 144].

[112] *maracas*: instrumento musical de origen indígena, las maracas llaneras son construidas con el fruto del totumo en cuyo interior se introducen las semillas del capacho. Es imprescindible en la interpretación de los joropos, junto al cuatro y el arpa.

sus chinchorros Antonio y Venancio. Sólo Carmelito permaneció indiferente.

Pero algo más que simple curiosidad revelaba la expresión de Antonio. Hacía muchos años que no se aparecía «el Cotizudo», tantos cuantos eran los de la adversidad que se había ensañado con los Luzardos, de modo que entre los habitantes actuales del hato sólo su padre —el viejo Melesio— recordaba haber oído hablar, allá en su infancia, de las frecuentes apariciones del familiar al propio don José de los Santos, que fue el último de los Luzardos que disfrutó de prosperidad. De atenerse a la leyenda y si *Pajarote* no mentía, la aparición anunciaba la vuelta de los buenos tiempos con la llegada de Santos.

—Echa el cacho[113], *Pajarote*, a ver si te lo podemos creer. ¿Cómo fue la cosa?

—A la tardecita, cuando venía recogiendo los mautes, caté de ver por el boquerón de la *Carama*, allá en Médano *El Tigre*, un toro araguato echándose tierra en medio de un espejismo de aguas. Era como oro molido el polvero que levantaba y no podía ser otro sino «el Cotizudo», porque al leco[114] que le pegué desapareció como si se lo hubiese tragado la sabana.

Venancio y María Nieves cambiaron miradas con las cuales cada uno exploraba la credulidad del otro, y Antonio se quedó pensativo:

—Nada le falta al cuento: entre dos luces, echándose tierra en medio de un espejismo de aguas. Así es como dice el viejo que siempre se aparecía el «familiar»... Pero este *Pajarote* no cobra por decir mentiras... Sin embargo, ¡quién quita!... Además, las cosas son verdad de dos maneras; cuando de veras lo son y cuando a uno le conviene creerlas o aparentar que las cree. Eso de que se haya aparecido «el Cotizudo» viene como mandado a hacer para que esta gente coja confianza en Santos, sobre todo Carmelito, que es de los hombres más necesarios aquí, contimás ahora que doña Bárbara se va a

---

113 *cacho*: relato oral [Núñez y Pérez, pág. 91].

114 *leco*: grito, voz aguda y alargada para llamar a alguien desde lejos [Núñez y Pérez, pág. 296].

abrir en pelea, según lo da a entender la sonsacada de los peones balbineros.

Y ya iba a poner por obra lo que se le había ocurrido para aprovechar el cuento de *Pajarote*, cuando María Nieves, incorporándose en su chinchorro, le quitó la palabra:

—Diga, vale *Pajarote*; ¿eso lo vio usted o se lo han contado?

—Con estos ojos que se han de comer los zamuros —prorrumpió el interpelado, con su hablar a gritos—. Porque lo que es a mí no me entra el gusano ni después de muerto, ni tampoco soy de los que se van a pudrir, como Dios manda, quietecitos dentro del hoyo, según me lo tiene anunciado don Balbino, que ahora también se las está dando de brujo, por no quedarse atrás de la mujer, y asegura que voy a morir de mala muerte, en un paso de mata, y todo porque sabe que le estoy llevando la cuenta de lo que se manotea, en una tarja[115] que está cuajadita de rayas.

—¡Ya se le entabanaron los bichos! —exclamó Venancio, por decir que a *Pajarote* se le alborotaban y se le iban las ideas en cuanto comenzaba a hablar, así como barajusta y se disgrega el rebaño cuando lo acosa el tábano—. No era de don Balbino que ibas a hablar.

—Déjalo quieto —intervino María Nieves—. Es que está corcoveando a ver si se quita la marota[116].

Aludía, a su vez, con esta frase llanera de sentido figurado, al apuro en que había puesto a *Pajarote* al pedirle testimonio personal, pues todo lo que éste había contado respecto al «familiar» no era sino versión desfigurada de algo que él le había referido días antes.

—¿De modo que no crees que sea verdad lo que cuenta *Pajarote*? —interpeló Antonio.

—Voy a decirte. A mí no me coge de sorpresa, porque yo

---

[115] *tarja*: tira de cuero donde se lleva el registro numérico de los becerros marcados que pertenecen a un hato [Núñez y Pérez, pág. 455].

[116] *marota*: «vara que se coloca transversalmente en los cuernos a las reses para que no tomen el monte o traspasen las cercas» [Núñez y Pérez, pág. 326]. En el Glosario de Ayacucho (núm. 18) se define de otro modo: soga con que se atan las patas delanteras de una bestia para impedirle correr. *Manea*, en el Apure.

también caté de ver al araguato, hace ya algunos días. No entre espejismos de agua ni echándose tierra con las pezuñas, como cuentan los viejos de antes que siempre se aparecía y como ahora dice que lo ha mirado mi vale, que siempre ve más que los demás.

Dijo esto último con las reservas mentales que *Pajarote* debía entender e hizo una pausa para explorar el efecto que sus palabras le causaran; pero el aludido no se inmutó.

—Siga, pues, vale —le dijo—. Acabe de echar para afuera el cacho. Cuéntenos cómo fue que vio al «familiar». Aunque ahora nadie querrá quedarse sin haberlo visto, porque en el mundo todo pasa como en los viajes, que detrás de un puntero[117] van una porción de culateros[118].

—Puntero o culatero, yo como lo vi fue asina: parado en la loma del médano.

Se quedó mirándolo en silencio un rato y luego agregó:

—Ansina fue como te lo conté. Tú has agregado lo del espejismo y el polvero para colearme la parada; pero yo te la gano de mano.

Y prosiguiendo su explicación:

—Un bigarro[119] araguato, bonito y bien plantado. Estuvo venteando[120] para acá un rato largo y aluego se volteó para los lados de *El Miedo,* echó un pitido que debieron de oírlo en las casas de allá y desapareció de repente como si se lo hubiera tragado el médano.

Pajarote sonrió. Todo era, en efecto, invención suya, a base de lo que le refiriera María Nieves y encaminada a producir en el ánimo de sus compañeros la confianza en que, con la llegada del amo, vendrían buenos tiempos para *Altamira*, pues Luzardo le había caído en gracia, quizás precisamente por haberle producido a los otros —y a él no podía escapársele— la impresión opuesta.

---

[117] *puntero*: el que va a la cabeza del rebaño (res o jinete).

[118] *culatero*: el que cierra la marcha del rebaño para que no se desbande [Núñez y Pérez, pág. 151].

[119] *bigarro*: toro grande y fuerte no domado [Núñez y Pérez, pág. 65].

[120] *ventear*: percibir o presentir por el olfato, a distancia [Núñez y Pérez, pág. 480].

—Del médano a donde yo lo vi no hay mucho trecho. Nada tiene de particular que «el Cotizudo» se haiga aparecido una vez sobre la loma y otra dentro del agua del encanto. Todo eso es su paradero.

A tiempo que Antonio, ya más interesado:

—¿Por qué no habías contado eso, María Nieves?

—Porque como así no es el modo de aparecer el «familiar» de acá, creía que fuera un toro araguato cualquiera.

—Pero eso de ventear para *Altamira* y después echar un pitido para los lados de *El Miedo* ha debido llamarte la atención, a ti que sabes las cosas —insistió Antonio.

—No te creas que no caté de pensarlo; pero...

Pajarote le quitó la palabra:

—Pero es que hay personas que entre pensar y hacer les salen canas.

—¡Arrea, catire María Nieves! —exclamó Venancio—. Mira que ya el zambo[121] te viene pisando los corvejones.

—De alguna manera tenía yo que desquitarme de la punta tapada que me zumbó enantes mi vale —concluyó *Pajarote*.

Amigos dispuestos en todo momento a dar la vida el uno por el otro, *Pajarote* y María Nieves no podían cruzar dos palabras sin trabarse en una esgrima de sátiras y malicias que divertía a los circunstantes. Ya Venancio había comenzado a azuzarlos, como era costumbre; pero Antonio tenía aquella noche un interés especial en que no se desviara la conversación y volvió a preguntar:

—¿Cuánto tiempo hace de eso, María Nieves?

—¿De eso?... Ya te lo voy a decir... Eso fue el lunes de la semana pasada.

—¡Aguárdate ahí! —exclamó Antonio—. Éste fue precisamente el día de la llegada del doctor a San Fernando.

—¡Andá viendo, pues!—exclamó *Pajarote*.

Y Venancio, saltando del chinchorro:

—Pues yo también voy a echar mi cacho.

—¿No lo dije? Ahora todos han mirado.

---

121 *zambo*: originalmente, hijo de indio y negra; en habla rural coloquial, persona robusta, fuerte [Núñez y Pérez, pág. 491].

—No es ahora que lo digo. Hace tiempo vengo con mi tema de que por aquí están sucediendo cosas raras.

—Es verdad —apoyó María Nieves.

—Contá, pues. ¿Qué has mirado?

—La verdad sea dicha, no he visto nada, pero sí he venteado. Aquello, por ejemplo, que todos vimos en la última vaquería.

—¿El cabildeo[122] del ganado?

—¡Eso! A ninguno de los que estábamos velando allí nos pareció que aquello pudiera ser natural. ¡Ese animalaje arremolineado, llorando y forzando por barajustarse, toda la noche! A mí nadie me quita de la cabeza que allí había algo dándole vuelta al paradero. Más les digo: yo escuché las pisadas y miré cómo la hierba se apretaba contra la tierra, sin que hubiera nada a la vista caminando por allí. ¿Y aquello de que no hubiera forma de parar un rodeo de proporción? Miraba uno la sabana negrita de hacienda y en cuanto se le metían los caballos se regaba como fruta de maraca.

—Eso es verdad —apoyó María Nieves—. No quedaban sino unas paraparas.

Pero *Pajarote* quería decirlo todo él solo, y alzando todavía más la voz destemplada, de sabanero acostumbrado a hacerse oír a distancia, volvió a coger la palabra:

—¿Se acuerda, Carmelito, de la mañana aquélla en que partimos usted y yo, en junto con unos cuantos vaqueros de *El Miedo*, a cortar aquel ojeo que se nos abrió en la sabana de *La Culata*? Allí no fue posible que los fustaneros enlazaran un orejano, con todo y ser muy buenas sogas. Se desvestían los lazos mejor puestos, les bolereaban[123] los caballos más vaqueros, les hacían de cuanto Dios crió para burlarse del diablo. Con nosotros, entre los de allá, iba el viejo don Torres, que es una de las mejores sogas de Arauca, y en el reparto que en la carrera nos hicimos le tocó un bigarro, araguato, por más señas. Iba el viejo corriendo pareado, entre la costa

[122] *cabildeo*: grupo de ganado reunido, mugiendo y bramando por temor, y escarbando el suelo con las pezuñas [Núñez y Pérez, pág. 86].

[123] *bolerear*: derribar un caballo sin domar montándolo en pelo, de cara a la grupa y asiéndolo por la cola [Núñez y Pérez, pág. 71].

de monte y el toro, y ya le tramoleaba el lazo, cuando de repente el bigarro se le paró y se le quedó mirando. Y óigame esto, compañero Antonio. Usted sabe que el viejo don Torres es llanero bragado[124] y hombre de hazañas con la cimarronera de *El Caribe* que es de las más bravas de Apure. Pues aquella mañana lo vide ponerse jipato[125], ¡él, que es tan colorado! No se atrevió a largar la soga, ahí mismito recogió su gente y lo escuché decir: «Con las ganas que tenía de enguaralarlo[126], no me fijé en que era el propio "Cotizudo" de *Altamira.* Lo que soy yo no abro más un lazo en esta sabana.»

A todas éstas, Carmelito permanecía encerrado en su mutismo, y Antonio se decidió a sondearlo, preguntándole:

—¿Qué decís tú a eso, Carmelito? ¿Es verdad lo que cuenta *Pajarote*?

Pero él se limitó a responder evasivamente:

—Yo estaba lejos, ¿sabes? O fijándome en otra cosa.

—Todavía el hombre está encuevado —murmuró Antonio.

A tiempo que *Pajarote* decía:

—Permita Dios que no pueda decir más embustes, si no es como lo he contado. Y lo del «Cotizudo» no me lo crean a mí, si no quieren, pero también mi vale María Nieves lo ha visto y él tiene fama de no decir mentiras. Y eso de que esté apareciendo otra vuelta el «familiar» significa que ya se le van a acabar los poderes a la bruja y que ahora nos toca a nosotros, los altamireños, echar suertes. De modo y manera que, diga topo, vale Carmelito, porque si no, no le pagan la parada.

Carmelito cambió de posición en el chinchorro y replicó ásperamente:

—¿Hasta cuándo irán a estar ustedes con eso de los poderes de doña Bárbara? Lo que pasa es que esa mujer es de pelo en pecho, como tienen que serlo todos los que pretenden hacerse respetar en esta tierra.

«¡Vaya! Ya el enfermo empieza a botar para afuera los malos humores», se dijo Antonio.

---

124 *bragado:* valiente.

125 *jipato*: pálido, enfermizo [Núñez y Pérez, pág. 287].

126 *enguaralar*: atar con *guaral* (cuerda fina, muy resistente).

Y *Pajarote*, intencionadamente:

—En eso del pelo en pecho tiene usted mucha razón, Carmelito; pero óigame lo que le voy a decir: no sólo los que andan enseñándolo son los que lo tienen, porque a muchos puede ser que les convenga tapárselo y para eso están los trapos. Ahora, que doña Bárbara es faculta en brujerías, eso nadie lo puede negar. Y si quiere convencerse, óigame también esto, que conforme me lo echaron asina se lo voy a echar.

Escupió por el colmillo y prosiguió:

—Hace cosa de unos siete días, de madrugadita, cuando ya unos cuantos miedeños se preparaban para salir a parar un rodeo en las sabanas de *Corozal*, que usted sabe que son de las más cazadoras que hay por todo esto, se asomó doña Bárbara a la ventana de su cuarto, todavía en paños menores, y les dijo: «No pierdan su tiempo, por hoy no se cogerá ni un maute.» A pesar de eso, como ya estaban a caballo, los peones salieron. Y resultó como ella lo había dicho: ni un maute pudieron arrear por delante. No había ni una res en aquellos comederos que siempre están cuajaditos de hacienda.

Hizo una breve pausa y continuó:

—Pero eso no es nada todavía. Ahora viene lo mejor. Días después, cosa de trasanteayer, cuando apenas comenzaban a menudear los gallos, dispertó a los peones diciéndoles: «Ensillen ligero y salgan ahora mismo. En las sabanas de *Lagartijera* está una rochela de cimarrones. Son setenta y cinco reses y todas van a caer suavecitas.» Y como lo dijo, asina sucedió. Explíqueme eso, Carmelito. ¿Cómo ha podido esa mujer contar desde su casa los cimarrones que estaban en *Lagartijera*? Son dos leguas largas.

Carmelito no se dignó responder y María Nieves intervino para que no quedara dasairado el amigo.

—Que esa mujer aprendió entre los indios cosas que pueden más que los hombres, ¿para qué negarlo, si ella misma no lo oculta? Yo sé, por ejemplo, que una vez una persona amiga suya le dijo que se avispara con el querido que la estaba robando, y ella le respondió: «Ni ese hombre ni nadie saca de aquí una res sin que yo lo permita. Puede amadrinar[127] todo el ganado que quiera y arrearlo por delante, pero del lindero del hato no le pasa. Se le barajusta y se le revuelve a sus comederos, porque yo tengo quien me ayude.»

—Ya lo creo que sí tiene quien la ayude —intervino Venancio—. El mismo Mandinga. «El Socio», como le dice ella. ¿Para qué son, pues, esas conversaciones que tiene todas las noches con él en esa pieza donde no le permite la entrada a nadie?

Y hubiera sido cuento de nunca acabar el de las brujerías de doña Bárbara si *Pajarote* no hubiese desviado la charla, diciendo:

—Pero ya todo eso se va a acabar. El pitido del araguato que escuchó mi vale María Nieves es el aviso de que ya se le ha llegado su hora. Por lo pronto, aquí hemos ganado mucho con que, por la venida del doctor, se le haya acabado el negocio al ladronazo del don Balbino. ¡Ah, hombre bien lambido[128] para manotear lo ajeno! Con decir que ha robado hasta el Ánima de *Ajirelito*, ya está dicho todo.

A lo que acudió María Nieves, en el tono habitual de sus «contrapunteos»[129]:

—Por eso no, vale, porque yo sé de otro que también ha metido su mano en la totuma del Ánima Santa.

El Ánima de *Ajirelito* —muchas otras hay en todo el Llano— era la devoción más popular entre los moradores del cajón del Arauca, quienes nunca se ponían en camino sin encomendársele, ni pasaban cerca de la mata de *Ajirelito* sin llegarse hasta allá a encenderle una vela o dejarle una limosna. Al efecto, había al pie de uno de los árboles de la mata un techadillo de palma, bajo el cual ardían las velas votivas y estaba una totuma donde los caminantes depositaban las limosnas, que de cuando en cuando iba a recoger el cura del pueblo inmediato para las misas que se le dedicaban mensualmente al Ánima. Nadie custodiaba este dinero y decíase

---

[127] *amadrinar*: desplazar el ganado libre con una res domesticada que lo guía. Agruparse con los de su especie [Núñez y Pérez, pág. 22].

[128] *lambido*: descarado, confianzudo [Núñez y Pérez, pág. 293].

[129] *contrapunteo*: debate verbal, generalmente entre dos cantadores que improvisan; en este caso, entre dos narradores orales.

que no era raro ver entre él onzas y morocotas, pago de promesas hechas en graves trances. En cuanto a la leyenda, nada de fantástico tenía: un caminante que fue encontrado muerto al pie de aquel árbol; otro, a quien un día, en un mal paso, se le ocurrió decir: «Ánima de *Ajirelito,* sácame con bien.» Y como saliera bien librado del peligro, al pasar por *Ajirelito* se apeó del caballo, construyó aquel techadillo y encendió la primera vela.

Lo demás lo hizo el tiempo.

Como oyese la intencionada alusión de María Nieves, *Pajarote* replicó:

—No me zumbe en lo oscuro, vale. Ése que metió su mano en la totuma del Ánima fui yo. Pero como los demás que están presentes no conocen la historia, se la voy a echar, para que no crean en los cuentos de los lenguas largas. Fue que yo estaba limpio[130] y con ganas de tener plata, que son dos cosas que casi siempre andan juntas, y al pasar por *Ajirelito* se me ocurrió la manera de conseguirme los centavos que me estaban haciendo falta. Me acerqué al palo, me bajé del caballo, nombré las Tres Divinas Personas y saludé al muerto: «¿Qué hay, socio? ¿Cómo estamos de fondos?» El Ánima no me respondió, pero la totuma me le dijo a los ojos: «Aquí tengo unos cuatro fuertes[131] entre estos centavos»[132]. Y yo, rascándome la cabeza, porque la idea me estaba haciendo cosquillas: «Oiga, socio. Vamos a tirar una paradita con esos fuertes. Se me ha metido entre ceja y ceja que vamos a desbancar el monte-y-dado en el primer pueblo que encuentre en mi camino. Vamos a medias: usted pone la plata y yo la malicia.» Y el Ánima me respondió, como hablan ellas, sin que se les escuche: «¡Cómo no, *Pajarote!* Coge lo que quieras. ¿Hasta cuándo lo vas a estar pensando? Si se pierden los fuertes, de todos modos se iban a perder entre las manos del cura.» Pues bien: cogí mi plata y en llegando a Achaguas, me fui a la casa de juego y tiré la paradita, fuerte a fuerte.

---

130 *limpio*: sin dinero.

131 *fuerte*: moneda de plata de cinco bolívares, ya desaparecida.

132 *centavo*: moneda fraccional de níquel, con valor de 1/20 de bolívar (5 céntimos).

—¿Y desbancaste? —preguntó Antonio.

—Tanto como usted que no estaba por todo aquello. Me los rasparon seguiditos, porque esos demonios de las casas de juego ni las ánimas respetan. Me fui a dormir silbandito iguanas[133] y de regreso por *Ajirelito* le dije al muerto: «Ya usted sabrá que no se nos dio la parada, socio. Otro día será. Aquí le traigo este regalito.» Y le encendí una vela —¡de a locha![134]— que era toda la luz que, cuando más, iban a dar aquellos cuatro fuertes si hubieran caído en manos del cura.

Largas risotadas celebraron la bellaquería de *Pajarote*. Luego se comentaron los milagros recientes del Ánima y, finalmente, cada cual volvió a meterse en su chinchorro.

Reina el silencio en el caney. La noche ha avanzado bastante y la luna ahonda las lejanías de la sabana. En las ramas del totumo el gallo sueña con gavilanes y su gritido de alarma despierta y alborota el gallinero. Los perros, que duermen echados en el patio, levantan las cabezas, enderezan las orejas; pero como sólo oyen el vuelo de las lechuzas y de los murciélagos en torno al higuerón[135], vuelven a meter los hocicos entre las patas. Muge una res en la majada. Distante, se oye el bramido de un toro que tal vez ha venteado al tigre.

Pajarote, que ya estaba cogiendo el sueño, exclama:

—¡Toro viejo! Falto de caballo y de soga. ¡De hombre no, porque yo estoy aquí!

Uno ríe y otro se pregunta.

—¿Será «el Cotizudo»?

—Falta que estaba haciendo —respondió Antonio.

Después no se habló más.

---

[133] *silbando iguanas.* Es decir: haciéndose el distraído. Alvarado (pág. 229) lo transpone a otro dicho: *Quedarse a la luna de Valencia.* En Ayacucho (N 18) [Vocabulario] se explica así: «Producir un silbido suave y persistente como el que se emplea para atraer y cazar cierta especie de lagartos llamados iguanas, cuyos huevos son muy apreciados por el llanero. Fig. Distraerse con tal silbido de alguna preocupación.»

[134] *locha:* moneda fraccional venezolana ya desaparecida, cuyo valor era 1/8 de bolívar (12,5 céntimos).

[135] *higuerón* (*Ficus*): árbol urticáceo, madera poco dura [Alvarado, página 1105].

CAPÍTULO 8

La doma

La llanura es bella y terrible a la vez; en ella caben, holgadamente, hermosa vida y muerte atroz. Ésta acecha por todas partes; pero allí nadie la teme. El Llano asusta; pero el miedo del Llano no enfría el corazón: es caliente como el gran viento de su soleada inmensidad, como la fiebre de sus esteros.

El Llano enloquece y la locura del hombre de la tierra ancha y libre es ser llanero siempre. En la guerra buena, esa locura fue la carga irresistible del pajonal incendiado en Mucuritas, y el retozo heroico de Queseras del Medio[136]; en el trabajo: la doma y el ojeo, que no son trabajos, sino temeridades; en el descanso: la llanura en la malicia del «cacho», en la bellaquería del «pasaje»[137], en la melancolía sensual de la copla; en el perezoso abandono: la tierra inmensa por delante y no andar, el horizonte todo abierto y no buscar nada; en la amistad: la desconfianza, al principio, y luego la franqueza absoluta; en el odio: la arremetida impetuosa; en el amor: «primero mi caballo». ¡La llanura siempre!

---

[136] *Mucuritas* y las *Queseras del Medio* fueron dos batallas libradas durante la guerra de Independencia de España. Dieron fama a José Antonio Páez (1790-1873). La primera ocurrió el 28 de enero de 1817, contra las tropas del mariscal realista Miguel de La Torre (1786-1843). La segunda ocurrió el 2 de abril de 1819 entre los llaneros del general Páez y las tropas del general español Pablo Morillo (1778-1837).

[137] *pasaje*: variante del joropo llanero. Es cantado y va lleno de humor picaresco e ironía.

Tierra abierta y tendida, buena para el esfuerzo y para la hazaña, toda horizontes, como la esperanza, toda caminos, como la voluntad.

—¡Alivántense, muchachos! Que ya viene la aurora con los lebrunos[138] del día.

Es la voz de *Pajarote*, que siempre amanece de buen humor, y son los lebrunos del día —metáfora ingenua de ganadero-poeta— las redondas nubecillas que el alba va coloreando en el horizonte, tras la ceja oscura de una mata.

Ya en la cocina, un mecho de sebo pendiente del techo alumbra, entre las paredes cubiertas de hollín, la colada del café, y uno a uno van acercándose a la puerta los peones madrugadores. Casilda les sirve la aromática infusión, y, entre sorbo y sorbo, ellos hablan de las faenas del día. Todos parecen muy esperanzados; menos Carmelito, que ya tiene ensillado el caballo para marcharse. Antonio dice:

—Lo primero que hay que hacer es jinetear el potro alazano tostado[139], porque el doctor necesita una bestia buena para su silla, y ese mostrenco es de los mejores.

—¡Que si es bueno! —apoya Venancio, el amansador.

Y *Pajarote* agrega:

—Como que el don Balbino, que de eso sí sabe y no se le puede quitar, ya lo tenía visteado para cogérselo.

Mientras Carmelito, para sus adentros:

«Lástima de bestia, hecha para llevar más hombre encima.»

Y cuando los peones se dirigieron a la corraleja donde estaba el potro, detuvo a Antonio y le dijo:

—Siento tener que participarte que yo he decidido no continuar en *Altamira*. No me preguntes por qué.

—No te lo pregunto, porque ya sé lo que te pasa, Carmelito —replicó Antonio—. Ni tampoco te pido que no te vayas, aunque contigo contaba más que con ningún otro; pero sí te voy a hacer una exigencia. Aguárdate un poco. Un par

---

[138] *lebruno:* según Alvarado (pág. 747), «aplícase a la res de color amarillo claro, algo más subido que el *barroso*». En el contexto de *Doña Bárbara* obvia señalar el uso metafórico referido al amanecer.

[139] *alazano tostado*: caballo amarillo oscuro.

de días no más, mientras yo me acomodo a la falta que me vas a hacer.

Y Carmelito, comprendiendo que Antonio le pedía aquel plazo con la esperanza de verlo rectificar el concepto que se había formado del amo, accedió:

—Bueno. Voy a complacerte. Por ser cosa tuya, me quedo hasta que te acomodes, como dices. Aunque hay cosas que no tienen acomodo en esta tierra.

Avanza el rápido amanecer llanero. Comienza a moverse sobre la sabana la fresca brisa matinal, que huele a mastranto y a ganados. Empiezan a bajar las gallinas de las ramas del totumo y del merecure; el talisayo[140] insaciable les arrastra el manto de oro del ala ahuecada y una a una las hace esponjarse de amor. Silban las perdices entre los pastos. En el paloapique[141] de la majada una paraulata rompe su trino de plata. Pasan los voraces pericos, en bulliciosas bandadas; más arriba, la algarabía de los bandos de güiriríes[142], los rojos rosarios de corocoras[143]; más arriba todavía las garzas blancas, serenas y silenciosas. Y bajo la salvaje algarabía de las aves que doran sus alas en la tierna luz del amanecer, sobre la ancha tierra por donde ya se dispersan los rebaños bravíos y galopan las yeguadas cerriles saludando al día con el clarín del relincho, palpita con un ritmo amplio y poderoso la vida libre y recia de la llanura. Santos Luzardo contempla el espectáculo desde el corredor de la casa y siente que en lo íntimo de su ser olvidados sentimientos se le ponen al acorde de aquel bárbaro ritmo. Voces alteradas, allá junto a la corraleja, interrumpieron su contemplación:

—Ese mostrenco pertenece al doctor Luzardo, porque fue cazado en sabanas de *Altamira*, y a mí no me venga usted

[140] *talisayo:* gallo de color oscuro con plumas claras en las alas [Alvarado, pág. 1213].

[141] *paloapique*: cerca de troncos clavados muy juntos, próxima a la casa del hato.

[142] *güirirí* (*Dendrocygna, sp. pl. Anséridas*): «patos pequeños y muy gordos cuyo grito es *güirirí* que repiten a menudo» [Alvarado, pág. 224].

[143] *corocora* (*Ibis melanopis*): ave zancuda de los ríos llaneros, de plumaje rojizo muy apreciado.

con cuentos de que es hijo de una yegua miedeña. Ya aquí se acabaron los manoteos.

Era Antonio Sandoval, encarado con un hombrachón que acababa de llegar y le pedía cuentas por haber mandado a enlazar el potro alazano, del cual, poco antes, le hablara al amansador.

Santos comprendió que el recién llegado debía de ser su mayordomo Balbino Paiba y se dirigió a la corraleja a ponerle fin a la pendencia.

—¿Qué pasa? —les preguntó.

Mas, como ni Antonio, por impedírselo la sofocación del coraje, ni el otro, por no dignarse dar explicaciones, respondían a sus palabras, insistió, autoritariamente y encarándose con el recién llegado:

—¿Qué sucede? —preguntó.

—Que este hombre se me ha insolentado —respondió el hombretón.

—¿Y usted quién es? —inquirió Luzardo, como si no sospechase quién pudiera ser.

—Balbino Paiba. Para servirle.

—¡Ah! —exclamó Santos, continuando la ficción—. ¡Con que es usted el mayordomo! A buena hora se presenta. Y llega buscando pendencias en vez de venir a presentarme sus excusas por no haber estado aquí anoche, como era su deber.

Una manotada a los bigotes y una respuesta que no estaba en el plan que Balbino se había trazado para imponérsele a Luzardo desde el primer momento:

—Yo no sabía que usted venía anoche. Ahora es que vengo a darme cuenta de que se hallaba aquí. Digo, porque supongo que debe de ser usted el amo para hablarme así.

—Hace bien en suponerlo.

Pero ya Paiba había reaccionado del momentáneo desconcierto que le produjera la inesperada actitud enérgica de Luzardo y, tratando de recuperar el terreno perdido, dijo:

—Bueno. Ya he presentado mis excusas. Ahora me parece que le toca a usted, porque el tono con que me ha hablado... Francamente... No es el que estoy acostumbrado a oír cuando alguien me dirige la palabra.

Sin perder su aplomo y con una leve sonrisa irónica, Santos replicó:
—Pues no es usted muy exigente.
«¡Tenemos jefe!», se dijo *Pajarote*.
Y ya no le quedaron a Balbino ganas de bravuconadas ni esperanzas de mayordomías.
—¿Quiere decir que estoy dado de baja y que, por consiguiente, aquí se terminó mi papel?
—Todavía no. Aún le falta rendirme cuentas de su administración. Pero eso será más tarde.
Y le dio la espalda, a tiempo que Balbino concluía a regañadientes:
—Cuando usted lo disponga.
Antonio buscó con la mirada a Carmelito, y *Pajarote*, dirigiéndose a María Nieves y a Venancio —que estaban dentro de la corraleja esperando el resultado de la escena y aparentemente ocupados en preparar los cabos de soga para maniatar el alazano—, les gritó, llenas de intenciones las palabras:
—¡Bueno, muchachos! ¿Qué hacen ustedes que todavía no han aspeado[144] a ese mostrenco? Mírenlo cómo está temblando de rabia que parece miedo. Y eso que sólo le han dejado ver los aperos. ¿Qué será cuando lo tengamos planeado contra el suelo?
—¡Y qué va a ser ya! Vamos a ver si se quita estas marotas como se quitó las otras —añadieron María Nieves y Venancio, celebrando con risotadas la doble intención de las palabras del compañero, que tanto se referían a Balbino como al alazano.
Brioso, fino de líneas y de gallarda alzada, brillante el pelo y la mirada fogosa, el animal indómito había reventado, en efecto, las maneas que le pusieran al cazarlo y, avisado por el instinto de que era el objeto de la operación que preparaban los peones, se defendía procurando estar siempre en medio de la madrina de mostrencos que correteaban de aquí para allá dentro de la corraleja.
Al fin *Pajarote* logró apoderarse del cabo de soga que lleva-

[144] *aspear*: derribar una bestia patas arriba [M. Alonso, pág. 536].

ba a rastras y, palanqueándose, con los pies clavados en el suelo y el cuerpo echado atrás, resistió el envión de la bestia cerril, dando con ella en tierra.

—¡Guayuquéelo[145], catire! —le gritó a María Nieves—. No lo deje que se pare.

Pero en seguida el alazano se enderezó sobre sus remos, tembloroso de coraje. *Pajarote* lo dejó que se apaciguara y cobrara confianza y luego fue acercándosele, poco a poco, para ponerle el tapaojos.

Vibrante y con las pupilas inyectadas por la cólera, el potro lo dejaba aproximarse; pero Antonio le adivinó la intención y gritó a *Pajarote*:

—¡Ten cuidado! Ese animal te va a manotear.

Pajarote adelantó lentamente el brazo, mas no llegó a ponerle el tapaojos, pues en cuanto le tocó las orejas, el mostrenco se le abalanzó, tirándole a la cara. De un salto ágil el hombre logró ponerse fuera de su alcance, exclamando:

—¡Ah, hijo de puya bien resabiao!

Pero este breve instante fue suficiente para que el potro corriera a defenderse otra vez dentro de la madrina de mostrencos que presenciaban la operación, erguidos los pescuezos, derechas las orejas.

—Enguarálalo —ordenó Antonio—. Echale un lazo gotero.

Y allí mismo estuvo el alazán atrincándose el nudo corredizo. María Nieves y Venancio se precipitaron a echarle las marotas y con esto y la asfixia del lazo, el mostrenco se planeó contra la tierra y se quedó dominado y jadeante.

Puesto el tapaojos y el bozal y abrochadas las «sueltas»[146] y la manea[147], dejáronlo enderezarse sobre sus remos y en seguida Venancio procedió a ponerle el simple apero que usa el amansador. El mostrenco se debatía encabritándose, y

---

[145] *guayuquear*: «sujetar una res o bestia derribada, tirando de la cola previamente pasada entre las piernas» [Alvarado, pág. 222].

[146] *suelta:* cuerda atada de una pata trasera a una delantera en las cabalgaduras [Núñez y Pérez, pág. 450].

[147] *manea*: cuerda con que atan las dos patas —traseras por lo general— de las cabalgaduras o las vacas.

cuando comprendió que era inútil defenderse, se quedó quieto, tetanizado por la cólera y bañado en sudor, bajo la injuria del apero que nunca habían sufrido sus lomos.

Todo esto lo había presenciado Santos Luzardo junto al tranquero del corral, con el ánimo excitado por la evocación de su infancia, a caballo en pelo contra el gran viento de la llanura, cuando, a tiempo que Venancio se disponía a echarle la pierna al alazán, oyó que Antonio le decía, tuteándolo:

—Santos, ¿te acuerdas de cuando jineteabas tú mismo las bestias que el viejo escogía para ti?

Y no fue necesario más para que comprendiera lo que el peón fiel quería decirle con aquella pregunta. ¡La doma! La prueba máxima de llanería, la demostración de valor y de destreza que aquellos hombres esperaban para acatarlo. Maquinalmente buscó con la mirada a Carmelito, que estaba de codos sobre la palizada, al extremo opuesto de la corraleja, y con una decisión fulgurante dijo:

—Deje, Venancio. Seré yo quien lo jineteará.

Antonio sonrió, complacido en no haberse equivocado respecto a la hombría del amo; Venancio y María Nieves se miraron, sorprendidos y desconfiados, y *Pajarote* con su ruda franqueza:

—No hay necesidad de eso, doctor. Aquí todos sabemos que usted es hombre para lo que se necesite. Deje que se lo jinetee Venancio.

Pero ya Santos no atendía a razones y saltó sobre la bestia indómita, que se arrasó casi contra el suelo al sentirlo sobre sus lomos.

Carmelito hizo un ademán de sorpresa y luego se quedó inmóvil, fijo en los mínimos movimientos del jinete, bajo cuyas piernas remachadas a la silla, el alazán, cohibido por el tapaojos y sostenido del bozal por *Pajarote* y María Nieves, se estremecía de coraje, bañado en sudor, dilatados los belfos ardientes.

Y Balbino Paiba, que se había quedado por allí en espera de que se le proporcionara oportunidad de demostrarle a Luzardo, si éste volvía a dirigirle la palabra, que aún no había pasado el peligro a que se arriesgara al hablarle como lo hiciera, sonrió despectivamente y se dijo:

—Ya este... patiquincito va a estar clavando la cabeza en su propia tierra.

Mientras Antonio se afanaba en dar los inútiles consejos, la teoría que no podía habérsele olvidado a Santos:

—Déjelo correr todo lo que quiera al principio, y luego lo va trajinando, poco a poco, con la falseta[148]. No lo sobe sino cuando sea muy necesario y acomódese para el arranque, porque este alazano es barajustador, de los que poco corcovean, pero se disparan como alma que lleva el diablo. Venancio y yo iremos de amadrinadores.

Pero Luzardo no atendía sino a sus propios sentimientos, ímpetus avasalladores que le hacían vibrar los nervios, como al caballo salvaje los suyos, y dio la voz a tiempo que se inclinaba a alzar el tapaojos.

—¡Denme llano!

—¡En el nombre de Dios! —exclamó Antonio.

Pajarote y María Nieves dejaron libre la bestia, abriéndose rápidamente a uno y otro lado. Retembló el suelo bajo el corcovear furioso, una sola pieza, jinete y caballo, se levantó una polvareda y aún no se había desvanecido cuando ya el alazano iba lejos, bebiéndose los aires de la sabana sin fin.

Detrás, tendidos sobre las crines de las bestias amadrinadoras, pero a cada tranco más rezagados, corrían Antonio y Venancio.

Carmelito murmuró, emocionado:

—Me equivoqué con el hombre.

A tiempo que *Pajarote* exclamaba:

—¿No le dije, Carmelito, que la corbata era para taparse los pelos del pecho, de puro enmarañados que los tenía el hombre? ¡Mírelo cómo se agarra! Para que ese caballo lo tumbe tiene que aspearse patas arriba.

Y en seguida, para Balbino, ya francamente provocador:

—Ya van a saber los fustaneros lo que son calzones bien puestos. Ahora es cuando vamos a ver si es verdad que todo lo que ronca es tigre.

---

[148] *falseta*: «segunda brida, aunque más corta, que se afianza en el bozal y no en el bocado» [Alvarado, pág. 1087]. Se coloca a los potros para amansarlos, antes de acostumbrarlos al freno de «bocado».

Pero Balbino se hizo el desentendido, porque cuando *Pajarote* se atrevía nunca se quedaba en las palabras.

«Hay tiempo para todo —pensó—. Bríos tiene el patiquincito, pero todavía no ha regresado el alazano y puede que ni vuelva. La sabana parece muy llanita, vista así por encima del pajonal; pero tiene sus saltanejas[149] y sus desnucaderos.»

No obstante, después de haber dado unas vueltas por los caneyes, buscando lo que por allí no tenía, volvió a echarle la pierna a su caballo y abandonó *Altamira*, sin esperar a que lo obligaran a rendir cuenta de sus bribonadas.

¡Ancha tierra, buena para el esfuerzo y para la hazaña! El anillo de espejismos que circunda la sabana se ha puesto a girar sobre el eje del vértigo. El viento silba en los oídos, el pajonal se abre y se cierra en seguida, el juncal chaparrea y corta las carnes; pero el cuerpo no siente golpes ni heridas. A veces no hay tierra bajo las patas del caballo; pero bombas y saltanejas son peligros de muerte sobre los cuales se pasa volando. El galope es un redoblante que llena el ámbito de la llanura. ¡Ancha tierra para correr días enteros! ¡Siempre habrá más llano por delante!

Al fin comienza a ceder la bravura de la bestia. Ya está cogiendo un trote más y más sosegado. Ya camina a medio casco y resopla, sacudiendo la cabeza, bañada en sudor, cubierta de espuma, dominada, pero todavía arrogante. Ya se acerca a las casas, entre la pareja de amadrinadores, y relincha engreída porque, si ya no es libre, a lo menos trae un hombre encima.

Y *Pajarote* la recibe con el elogio llanero:

—¡Alazano tostao, primero muerto que cansao![150].

---

[149] *saltaneja*: «surco transversal que se forma por el paso de bestias de carga en un camino arcilloso» [Núñez y Pérez, pág. 440].

[150] Subero observa que esta frase pertenece al refranero tradicional español [cfr. nota 19, ed. Ayacucho, núm. 18, pág. 251].

Fotograma de la película *Doña Bárbara* (1943) de Fernando Fuentes.

Capítulo 9

La esfinge de la sabana

Buen negocio dejaba atrás Balbino Paiba y lo perdía cuando iba a empezar a sacarle verdadero provecho. Hasta entonces había sido doña Bárbara quien realmente se benefició con su mayordomía en *Altamira*, pues mientras ella sacó de allí orejanos a millares marcados con el hierro de *El Miedo*, él apenas había «manoteado» por cuenta propia unos trescientos, número insignificante para sus habilidades administrativas.

Ahora sólo le quedaba la perspectiva de «mayordomear» en *El Miedo* —como por allí se llamaba el abigeato de los mayordomos—, ya que, por precaria que fuese su condición de amante de doña Bárbara, ésta tenía que resarcirlo de la pérdida de las gangas de *Altamira*, a causa de los buenos servicios que le había prestado.

Pero, además de éstas, Balbino iba rumiando otras contrariedades. Su retirada equivalía a reconocerle a Santos Luzardo las condiciones de hombría que no había querido concederle la noche anterior, y bien pudiera ocurrírsele a *El Brujeador* recibirlo con estas palabras:

—¿No le dije, don Balbino? Mejor es recoger que devolver.

Llegaba ya a las casas de *El Miedo* cuando se le reunieron tres hombres que traían la misma dirección.

—¿Qué buscan por aquí los Mondragones? —les preguntó.

—¡Guá! ¿No sabe usted la novedad, don Balbino? La señora nos ha mandado desocupar la casa de *Macanillal*. Parece que ya no nos necesita por allá.

Eran los Mondragones tres hermanos, oriundos de las llanuras de Barinas, a los cuales por su bravura y fechorías apodaban: *Onza*, *Tigre* y *León*. Fugitivos por crímenes cometidos en los llanos de aquel Estado, pasaron al de Apure y, después de haber merodeado y practicado el abigeato durante algún tiempo, entraron al servicio de doña Bárbara, en cuyos dominios hallaban seguro asilo cuantos facinerosos cayeran por el Arauca.

La casa de *Macanillal* estaba situada en el lindero con *Altamira*, establecido de acuerdo con la última sentencia que había obtenido doña Bárbara en su favor; pero tanto la casa como los postes del lindero habían cambiado ya de sitio, *Altamira* adentro, pues para eso estaban allí los Mondragones con la consigna de hacer avanzar, de tiempo en tiempo, la línea divisoria cuyo punto de referencia, deliberadamente vago en la decisión del tribunal, era la «casa en piernas»[151] que ellos habitaban, fácil de desarmar y reconstruir; en obra de horas, sin que del traslado quedaran muestras perceptibles, a primera vista, en la uniformidad del inmenso paño de sabana.

Mediante esta estratagema ya doña Bárbara le había quitado a *Altamira* cerca de media legua más, en el espacio de seis meses, con lo cual, al mismo tiempo, preparaba otro litigio.

A Balbino le cayó mal la noticia que le dio *El Onza*; pero fue más sorprendente todavía lo que agregó *El Tigre*:

—No fuera nada que nos hubiera mandado a desocupar la casa, sino que esta mañana llegó allá Melquíades con la orden de que la desbaratáramos esta noche y la volviéramos a poner en junto con los postes del lindero, en donde estaban enantes. Como si eso de mudar una casa y cambiar una posteadura fuera cosa de hacerse en una noche. Además, a nosotros nunca nos ha gustado echar para atrás, después que he-

[151] *casa en piernas:* es decir, construida sobre palos clavados sobre los cuales se soporta un techo de palma.

mos empujado palante. Por eso venimos a decirle a la señora que mejor es que mande a otros a hacer ese trabajito.

Balbino cavilaba ceñudo, y *El León* concluyó:

—Yo lo que digo es que hay cosas que no entiendo. A menos que la señora la vaya a dar ahora por tenerle miedo al vecino.

—No desbaraten la casa ni muden los postes —díjoles Balbino—. No hablen con ella todavía tampoco. Dejen eso de mi cuenta.

Y en llegando a los caneyes:

—Quédense por aquí mientras yo converso con la señora.

Los Mondragones se entretuvieron conversando con los otros peones que estaban por allí y Balbino se dirigió a la casa. La primera impresión desagradable fue el cambio que, de la noche a la mañana, se había operado en el aspecto de la mujerona. Ya no llevaba aquella sencilla bata blanca, cerrada hasta el cuello y con mangas que le cubrían completamente los brazos, que era el máximo de feminidad que se consentía en el traje, sino otra, que nunca le había visto usar Balbino, descotada y sin mangas y adornada con cintas y encajes. Además llevaba el cabello mejor peinado, hasta con cierta gracia que la rejuvenecía y la hermoseaba.

No obstante, a Balbino no le cayó bien la transformación. Contrajo el ceño y dejó escapar un leve gruñido de desconfianza.

La segunda impresión desagradable fue la sonrisa mordaz con que ella le preguntó, aludiendo a la fanfarronada que le oyera la noche anterior a propósito de sus planes contra Luzardo:

—¿Lo emparejaste?

Molesto y desconcertado por esta acogida burlona, el hombre respondió bruscamente:

—Del camino me revolví a esperar que él me llame a rendirle cuentas. Ojalá se atreva a pedírmelas, para ver quién es el que va a tener que darlas.

Ella se quedó mirándolo, sin dejar de sonreír, y él, después de darse dos o tres manotadas en los bigotes:

—Si yo estaba allá era por complacerte.

Desapareció la sonrisa de la faz de la mujer; pero se mantuvo su desconcertante silencio.

Balbino hizo un gesto de desconfianza y se dijo mentalmente:

—«Ya esto no me está gustando mucho.»

En efecto, la superioridad de aquella mujer, su dominio sobre los demás y el temor que inspiraba parecían radicar especialmente en su saber callar y esperar. Era inútil proponerse arrebatarle un secreto: de sus planes nadie sabía nunca una palabra; en sus verdaderos sentimientos acerca de una persona, nadie penetraba. Su privanza lo daba todo, incluso la incertidumbre perenne de poseerla realmente; cuando el favorito se acercaba a ella no sabía nunca con qué iba a encontrarse. Quien la amara como llegó a amarla Lorenzo Barquero tenía la vida por tormento.

Muy distante estaba Balbino de una pasión como aquélla de Barquero; pero los favores de doña Bárbara no eran despreciables todavía, y por añadidura, enriquecían. La leyenda de aquel poder sobrenatural que la asistía, haciendo imposible, por procedimientos misteriosos, que nadie le quitase una res o una bestia, era quizás invención de la bellaquería de los mayordomos-amantes que habían hecho sus negocios fraudulentos con la hacienda de ella, pues, sumamente supersticiosa como era, por creerse asistida, en realidad, de aquellos poderes, se descuidaba y se dejaba robar.

Decidió aprovechar lo de los Mondragones para sondear los sentimientos de la enigmática mujer:

—Por ahí están los Mondragones, que acaban de llegar de *Macanillal*.

—¿A qué han venido? —inquirió ella.

—Parece que quieren hablar con usted —ahora le parecía más prudente darle tratamiento respetuoso—. Porque como que no están muy conformes con desbaratar todo lo que se había hecho por allá.

Doña Bárbara volvió la cabeza con un movimiento brusco y un gesto imperioso:

—¿Cómo que no están conformes? ¿Y a ellos quién les ha preguntado si les agrada o no? Llámalos acá.

—Es decir: no es que no quieran hacer lo que se les ha

mandado, sino que, como son tres hombres nada más, no pueden darse abasto para mudar la casa y los postes en una noche.

—Que se lleven la gente que sea necesaria; pero que mañana amanezca todo donde estaba antes.

—Se lo diré así —respondió Balbino, encogiéndose de hombros.

—Por ahí has debido empezar. Bien sabes que no consiento que se discutan mis órdenes.

Balbino salió al patio, llamó aparte a los Mondragones y les dijo:

—Ustedes están equivocados. No es miedo al vecino, como se imaginaban, sino un peine que queremos ponerle para que se envalentone y se zumbe contra nosotros. Ándense allá y procedan a hacer todo lo que ella les mandó y llévense la gente que necesiten para que mañana mismo amanezca la casa en su puesto de antes y los postes del lindero donde los mandó poner el juez.

—Ése es otro cantar —dijo *El Onza*—. Si es así, ya vamos a estar mudándonos con lindero y todo.

Y regresó con sus hermanos a *Macanillal*, llevándose además la gente necesaria para ejecutar rápidamente el trabajo.

Balbino volvió al lado de doña Bárbara y, después de haberle dirigido algunas palabras que se quedaron sin respuesta, resolvió salir de dudas acerca de los sentimientos que ella abrigara respecto a Luzardo, diciendo:

—Ya Melquíades como que está perdiendo los libros. ¡Miren que habérsele ocurrido venirse en el bongo, donde nada podía hacer, habiendo en esa costa de monte del Arauca tanto apostadero bueno para no dejar pasar al doctor Luzardo! Y un río tan caimanoso como ése, que carga con todos los muertos que se le quieran echar. Ahora la cosa va a ser más comprometida, porque, aunque no sea sino por llenar la fórmula, las autoridades tendrán que abrir averiguaciones.

Sin cambiar de actitud y con una voz lenta y sombría, doña Bárbara replicó a la siniestra insinuación:

—Dios libre al que se atreva contra Santos Luzardo. Ese hombre me pertenece.

Christian Belpaire, *Los llanos* (1985). Archivo Audiovisual de Venezuela. Biblioteca Nacional de Venezuela.

Capítulo 10

El espectro de *La Barquereña*

Era un bosque de maporas[152], profundo y diáfano, que cubría una vasta depresión de la sabana y le venía el nombre del de una pequeña garza azul que, según una antigua leyenda, solía encontrarse por allí, único habitante del paraje. Era un lugar maldito: un silencio impresionante, numerosas palmeras carbonizadas por el rayo y en el centro un tremedal donde perecía, sorbido por el lodo, cuanto ser viviente se aventurara a atravesarlo.

La chusmita que le daba nombre, al decir de la leyenda, sería el alma en pena de una india, hija del cacique de cierta comunidad yarura[153] que habitaba allí cuando Evaristo Luzardo pasó con sus rebaños al cajón del Arauca. Hombre de presa, *El Cunavichero* les arrebató a los indígenas aquella propiedad de derecho natural y, como ellos trataron de defenderla, los exterminó a sangre y fuego; pero el cacique cuando vio su ranchería reducida a escombros, maldijo el palmar de modo que en él sólo encontraran ruina y desgracia el invasor y sus descendientes, víctimas del rayo, vaticinando al mismo tiempo que volvería al poder de los yaruros

---

[152] *mapora* (*Oenocarpus mapora*): palmera de tronco cilíndrico, madera dura, abundante en las selvas del Orinoco, Barinas, Alto Apure [Alvarado, pág. 264].

[153] *yaruros* (o *pumé*): tribus indígenas que habitan en las márgenes de los ríos Capanaparo, Cunaviche, Arauca y Cinaruco, del Estado Apure. Actualmente sobreviven unos 3.000 miembros. Han sido muy estudiados desde el siglo XVII.

cuando uno de éstos sacara de la tierra la piedra de centella de la maldición.

Según la conseja, la maldición se había cumplido, pues no solamente no hubo nunca por allí tormenta que no se desgajara en rayos sobre el palmar, matando, en varias ocasiones, rebaños enteros de reses luzarderas, sino que también fue aquel sitio la causa de la discordia que destruyó a los Luzardos. En cuanto al vaticinio, hasta los tiempos del padre de Santos fue voz corriente que, después de aquellas tempestades, siempre se veía por allí algún indio —quién sabe desde dónde venía— escarbando la tierra en busca de la piedra de centella.

Hacía años que no aparecía por allí el yaruro. Tal vez, allá en sus rancherías, se había perdido la tradición. En *Altamira* nadie confesaba creer en la leyenda; pero todos preferían hacer un largo rodeo antes que pasar por el paraje maldito.

Santos bordeó el tremedal por un terreno de limo negro y pegajoso, pero practicable sin riesgo, que retumbaba bajo los cascos del caballo. En torno a la charca mortífera, la tierra estaba revestida de hierba tierna; mas, no obstante la frescura de aquel verdor grato a la vista, algo sombrío se cernía sobre el paraje, y en vez de la chusmita de la leyenda, un garzón solitario en un islote de borales[154] acentuaba la nota de fúnebre quietud.

Iba Santos ensimismado en el propósito que lo llevaba por allí, cuando algo que se movió en la margen de su campo visual lo hizo volver la cabeza. Era una muchacha, desgreñada y cubierta de inmundos harapos, que portaba un haz de leña sobre la cabeza y trataba de ocultarse detrás de una palmera.

—¡Muchacha! —la interpeló, refrenando la bestia—. ¿Dónde queda por aquí la casa de Lorenzo Barquero?

—¿No lo sabe, pues? —respondió la campesina, después de haber proferido un gruñido de bestia arisca.

---

[154] *boral:* formación de boras, una planta acuática, herbácea, de flor morada y típica de lagunas y aguas estancadas [Núñez y Pérez, pág. 74]. Alvarado (pág. 70) distingue varios tipos: loto o nenúfar (*Ninphaea*), lirio de agua (*Pontederia crasipes*), mata de agua (*Eichhornia*), lampazo (*Lemna*).

—No lo sé. Por eso te lo pregunto.

—¡Guá! ¿Y aquel techo que se aguaita allá, de qué es, pues?

—Has podido empezar por ahí —díjole Santos, y continuó su camino.

Una vivienda miserable, mitad caney, mitad choza, formada ésta por cuatro paredes de barro y paja sin enlucido, con una puerta sin batientes, y aquél por otros tantos horcones que sostenían el resto de la negra y ya casi deshecha techumbre de hojas de palmera, y de dos de los cuales colgaba un chinchorro mugriento, tal era la casa del «Espectro de *La Barquereña*», como por allí se le decía a Lorenzo Barquero.

De haberlo visto una vez en su infancia, Santos conservaba de él apenas un vago recuerdo; mas, por claro que éste hubiera sido, tampoco habría podido reconocerlo en aquel hombre que se incorporó en el chinchorro cuando lo sintió llegar.

Sumamente flaco y macilento, una verdadera ruina fisiológica, tenía los cabellos grises y todo el aspecto de un viejo, aunque apenas pasaba de los cuarenta. Las manos, largas y descarnadas, le temblaban continuamente, y en el fondo de las pupilas verdinegras le brillaba un fulgor de locura. Doblegaba la cabeza, cual si llevase un yugo a la cerviz; sus facciones, así como la actitud de todo su cuerpo, revelaban un profundo desmadejamiento de la voluntad y tenía la boca deformada por el rictus de las borracheras sombrías. Con un esfuerzo visible sacó una voz cavernosa para preguntar:

—¿A quién tengo el gusto...?

Ya el visitante había bajado del caballo y, después de amarrarlo a uno de los horcones, avanzaba diciendo:

—Soy Santos Luzardo y vengo a ofrecerte mi amistad.

Pero dentro del escombro humano aún ardía el odio implacable:

—¡Un Luzardo en la casa de un Barquero!

Y Santos lo vio ponerse trémulo y trastabillar, buscando, quizás, un arma; pero avanzó a tenderle la mano.

—Seamos razonables, Lorenzo. Sería absurdo que nos empeñáramos en mantener ese funesto rencor de la familia. Yo, porque en realidad no lo abrigo; tú...

—¿Porque ya no soy un hombre? ¿No es eso lo que ibas a decir? —interrogó, con el tartamudeo de un cerebro que fallaba.

—No, Lorenzo. No ha pasado por mi mente tal idea —respondió Luzardo, ya con un comienzo de compasión verdadera, pues hasta allí sólo lo había guiado el propósito de ponerle término a la discordia de familia.

Pero Lorenzo insistió:

—¡Sí! ¡Sí! Eso era lo que ibas a decir.

Y hasta aquí lo acompañaron la voz bronca y la actitud impertinente. De pronto volvió a desmadejarse, como si hubiera consumido en aquel alarde de energía las pocas que le quedaban, y prosiguió con otra voz, apagada, dolorida y más tartajosa todavía:

—Tienes razón, Santos Luzardo. Ya no soy un hombre. Soy el espectro de un hombre que ya no vive. Haz de mí lo que quieras.

—Ya te he dicho: vengo a ofrecerte mi amistad. A ponerme a tus órdenes para lo que pueda serte útil. He venido a encargarme de *Altamira*, y...

Pero Lorenzo volvió a quitarle la palabra, exclamando, a tiempo que le apoyaba sobre los hombros sus manos esqueléticas:

—¿Tú también, Santos Luzardo? ¿Tú también oíste la llamada? ¡Todos teníamos que oírla!

—No entiendo. ¿A qué llamada puedes referirte?

Y como Lorenzo no lo soltaba, fija la mirada delirante, y ya no era posible, tampoco, soportar más el tufo de alcohol digerido que le echaba encima, agregó:

—Pero todavía no me has brindado asiento.

—Es verdad. Espérate. Voy a sacarte una silla.

—Puedo tomarla yo mismo. No te molestes —díjole, viendo que vacilaba al andar.

—No. Quédate tú aquí afuera. Tú no puedes entrar ahí. No quiero que entres. Esto no es una casa; esto es el cubil de una bestia.

Y penetró en la habitación, doblegándose más todavía para poder pasar bajo el dintel.

Antes de coger la silla que iba a ofrecerle al huésped, se

acercó a una mesa que estaba en el fondo del cuarto y en la cual se veía una garrafa con un vaso invertido sobre el pico.

—Te suplico que no bebas, Lorenzo —intervino Santos acercándose a la puerta.

—Un trago nada más. Déjame tomarme un trago. Me hace falta en estos momentos. No te ofrezco porque es un lavagallos[155]. Pero si quieres...

—Gracias. No acostumbro beber.

—Ya te acostumbrarás.

Y una sonrisa horrible surcó la faz cavada del ex hombre, mientras sus manos hacían chocar el vaso contra el pico de la garrafa.

Al ver la cantidad de aguardiente que se servía, Santos trató de impedírselo; pero era tal la pestilencia del aire confinado allí dentro, que no pudo pasar del umbral. Además, ya Lorenzo se empinaba el vaso y a grandes tragos apuraba el contenido.

Luego, haciendo un ademán de niño que todavía no sabe emplear la mano, se enjugó los bigotes restregándoselos con el antebrazo, cogió un butaque y una silla de pringoso asiento de cuero crudo, y salió diciendo:

—¡Conque un Luzardo en la casa de un Barquero! Y todavía viven los dos. ¡Los únicos que quedan!

—Te suplico que...

—No. Ya me lo has dicho. Ya lo sé... El Luzardo no viene a matar y el Barquero ofrece el mejor asiento que tiene: esta silla. Siéntate. Y se sienta él en este butaque. Así.

El asiento, sumamente bajo, lo obligaba a replegar las piernas y apoyar los brazos sobre las rodillas, péndulas las temblorosas manos, en una posición grotesca que hacía más repulsiva aún la miseria de su organismo, y por todo traje llevaba unos mugrientos calzones de los que el llanero llama «de uña de pavo»[156], abiertos por los lados hasta las rodillas,

---

155 *lavagallos*: aguardiente de caña de azúcar, el más concentrado en alcohol, destilado en forma doméstica. Los galleros lo utilizan para lavar el pescuezo de sus animales de riña.

156 *uña de pavo:* «punta colgante en que termina el *garrasí*» [Núñez y Pérez, pág. 474]. Por extensión se aplica también al pantalón completo.

y una camiseta de listado, a través de cuyos agujeros salíansele los vellos del pecho.

Ante el espectáculo de aquella repugnante ruina, Santos tuvo un instante de terror fatalista. Aquello que estaba por delante de él había sido un hombre en quien se habían puesto orgullo, esperanzas y amores.

Por hacer algo que justificara el hablarle sin mirarlo, sacó un cigarrillo y mientras lo encendía díjole:

—Es la segunda vez que nos vemos, Lorenzo.

—¿La segunda? —repitió interrogativamente el ex hombre, con una expresión de penoso esfuerzo mental—. ¿Quiere decir que nos conocíamos ya?

—Sí. Hace ya algunos años. Yo tendría ocho, apenas.

Lorenzo se enderezó bruscamente para replicar:

—¿Yo en tu casa? No habría comenzado todavía la...

—No —interrumpió Santos—. Aún no había estallado la discordia entre nosotros.

—Entonces, ¿vivía mi padre todavía?

—Sí. Y en casa, lo mismo que en la tuya, todos hacían grandes elogios de ti, de tu extraordinaria inteligencia, que era el orgullo de la familia.

—¿Mi inteligencia? —interrogó Lorenzo, como si le hablaran de algo que nunca hubiera poseído—. ¡Mi inteligencia! —repitió exclamativamente una y otra vez, pasándose las manos por la cabeza con atormentado ademán y, finalmente, clavando en Santos una mirada suplicante—: ¿Por qué vienes a hablarme de eso...?

—Un recuerdo repentino que acaba de asaltarme —respondió Santos, disimulando la intención de provocar en aquel espíritu envilecido alguna reacción saludable—. Yo era un niño, pero a fuerza de oír cómo te elogiaban todos en la familia, y especialmente mamá, que no se quitaba de la boca un «aprende de Lorenzo» cada vez que quería estimularme, me había formado de ti la más alta idea que puede caber en una cabeza de ocho años. No te conocía, pero vivía pensando en «aquel primo que estudiaba en Caracas para doctor» y no había palabras, modales o gestos usuales tuyos de que oyera hablar, sin que inmediatamente comenzara a copiártelos, ni recuerdo haber experimentado en mi niñez una emoción tan profunda como la que experimenté cuando, un día, me dijo mi madre: «Vén para que conozcas a tu primo Lorenzo.» Podría reconstruir la escena: me dirigiste esas tres o cuatro preguntas que se les hacen a los muchachos cuando nos los presentan, y a propósito de que papá te dijo, seguramente con un orgullo muy llanero, que yo era «bueno de a caballo», le respondiste con un largo discurso que me pareció música celestial, tanto porque no lo entendía —¡imagínate!— como porque, siendo tuyas, aquellas palabras tenían que ser para mí la elocuencia misma. Sin embargo, me impresionó una de las frases: «Es necesario matar al centauro que todos los llaneros llevamos por dentro», dijiste. Yo, claro está, no sabía qué podía ser un centauro ni mucho menos lograba explicarme por qué los llaneros lo llevamos por dentro; pero la frase me gustó tanto y se me quedó grabada de tal manera, que —tengo que confesarlo— mis primeros ensayos de oratoria —todos los llaneros, hombres de una raza enfática, somos de algún modo aficionados a la elocuencia— fueron hechos a base de aquél: «es necesario matar al centauro» que declamaba yo, a solas conmigo mismo, sin entender una jota de lo que decía, naturalmente, y sin poder pasar de allí tampoco. De más estará decirte que ya había llegado a mis oídos tu fama de orador.

Hizo una pausa, en apariencia para tumbarle la ceniza al cigarrillo, pero en realidad para dejar que Lorenzo manifestase el efecto que aquellas palabras le hubieran producido.

Alguno le habían causado, pues era grande la agitación de que daba muestras, pasándose las manos desde la frente hasta la nunca con atormentados movimientos, y Santos, satisfecho de su obra, prosiguió:

—Años después, en Caracas, cayó en mis manos un folleto de un discurso que habías pronunciado en no sé qué fiesta patriótica, e imagínate mi impresión al encontrar allí la célebre frase. ¿Recuerdas ese discurso? El tema era: El centauro es la barbarie y, por consiguiente, hay que acabar con él. Supe entonces que con esa teoría, que proclamaba una orientación más útil de nuestra historia nacional, habías armado un escándalo entre los tradicionalistas de la epopeya, y tuve la satisfacción de comprobar que tus ideas habían marcado época en la manera de apreciar la historia de nuestra independencia. Yo estaba ya en capacidad de entender la tesis y sentía y pensaba de acuerdo contigo. Algo tenía que quedárseme de haberla repetido tanto, ¿no te parece?

Pero Lorenzo no hacía sino pasarse las temblorosas manos por el cráneo, bajo el cual se le había desencadenado, de pronto, la tormenta de los recuerdos.

Su juventud brillante, el porvenir, todo promesas, las esperanzas puestas en él. Caracas... La Universidad... Los placeres, los halagos del éxito, los amigos que lo admiraban, una mujer que lo amaba, todo lo que puede hacer apetecible la existencia. Los estudios, ya para coronarlos con el grado de doctor, un aura de simpatía propicia para el triunfo bien merecido, la orgullosa posesión de una inteligencia feliz, y, de pronto: ¡la llamada! El reclamo fatal de la barbarie, escrito de puño y letra de su madre: «Vente. José Luzardo asesinó ayer a tu padre. Vente a vengarlo.»

—¿Te explicas ahora por qué no puedo sentirme enemigo tuyo? —concluyó Santos Luzardo, tendiéndole un apoyo a aquella alma que batallaba por surgir del abismo—. Tú fuiste objeto de mi admiración de niño, me ayudaste, después, de una manera indirecta pero muy eficaz, pues muchas de las facilidades con que me encontré en Caracas, en mi vida de estudiante y en mis relaciones sociales, fueron obra del aprecio y de las simpatías que allá dejaste y, por último, en punto a dirección espiritual, tengo una deuda sagrada para contigo: por querer imitarte, adquirí aspiraciones nobles.

Y el tremendo sarcasmo que las circunstancias le daban a estas palabras de sana intención acabó de exasperar al ex hombre. Se levantó bruscamente del asiento donde estaba encorvado bajo el peso de sus miserias y de sus tormentas y se precipitó a la puerta del cuarto.

A poco se oyó el tintineo del pico del garrafón contra los bordes del vaso, sostenido por las manos trémulas, y Santos murmuró:

—Es inútil. A este infeliz no le queda ya más recurso sino la inconsciencia de la borrachera.

Y ya se disponía a retirarse cuando reapareció Lorenzo,

con un paso más firme y un aire más inteligente en la fisonomía, galvanizado por el latigazo del alcohol.

—¡No! No puedes irte todavía; tienes que escucharme. Ya tú hablaste y ahora me toca a mí. Siéntate y óyeme lo que tengo que responderte.

—Déjalo para otro día, Lorenzo. Volveré a menudo por aquí a conversar contigo.

—¡No! Ha de ser ahora mismo. Te suplico que me oigas.

Y en seguida, energúmeno:

—¡Te suplico, no! ¡Te ordeno que me oigas! Has venido a provocarme y ahora tienes que oírme.

—¡Vaya, pues! Te complaceré —accedió Santos, tolerante—. Ya estoy sentado otra vez. Habla todo lo que quieras.

—Sí. Hablaré. ¡Hablaré, por fin! ¡Qué cosa tan grande es poder hablar, Santos Luzardo!

—¿Es que no tienes con quién? ¿No vives con tu hija?

—No me hables ahora de mi hija. No hables tú. Oye. Oye nada más. Así. ¡Ajá...! ¡Mírame bien, Santos Luzardo! Este espectro de un hombre que fue, esta piltrafa humana, esta carroña que te habla, fue tu ideal. Yo era eso que has dicho hace poco, y ahora soy esto que ves. ¿No te da miedo, Santos Luzardo?

—¿Miedo, por qué?

—¡No! ¡No te pregunto para que contestes, sino para que me oigas esto otro: ese Lorenzo Barquero de que has hablado no fue sino una mentira; la verdad es ésta que ves ahora. Tú también eres una mentira que se desvanecerá pronto. Esta tierra no perdona. Tú también has oído ya la llamada de la devoradora de hombres. Ya te veré caer entre sus brazos. Cuando los abra, tú no serás sino una piltrafa... ¡Mírala! Espejismos por dondequiera: allí se ve uno; allá otro. La llanura está llena de espejismos. ¿Qué culpa tengo de que te hayas hecho ilusiones de que un Luzardo —un Luzardo, porque también lo soy, aunque me duela— podría ser un ideal de hombre? Pero no estamos solos, Santos. Es el consuelo que nos queda. Yo he conocido muchos hombres —tú también, seguramente— que a los veinte y pico de años prometen mucho. Déjalos que doblen los treinta: se acaban, se desvanecen. Eran espejismos del trópico. Pero óyeme esto: yo no me equivoqué nunca respecto a mí mismo. Sabía que todo aquello que los demás admiraban en mí era mentira. Lo descubrí a raíz de uno de los triunfos más celebrados de mi vida de estudiante: un examen para el cual no me había preparado bien. Me tocó desarrollar un tema que ignoraba por completo, pero empecé a hablar, y las palabras, puras palabras, lo hicieron todo. No solamente fui bien calificado, sino hasta aplaudido por los mismos profesores que me examinaban. ¡Bribones! Desde entonces comencé a observar que mi inteligencia, lo que todos llamaban mi gran talento, no funcionaba sino mientras estuviera hablando; en cuanto me callaba se desvanecía el espejismo y no entendía nada de nada. Sentí la mentira de mi inteligencia y de mi sinceridad. ¿Te das cuenta? La mentira de la propia sinceridad, que es lo peor que puede sucederle a un hombre. La sentí agazapada en el fondo de mi corazón, como debe sentirse en lo íntimo de la carne aparentemente sana la úlcera latente del cáncer hereditario. Y comencé a aborrecer la Universidad y la vida de la ciudad, los amigos que me admiraban, la novia, todo lo que era causa o efecto de mixtificación de mí mismo.

Santos lo escuchaba vivamente interesado y con emoción optimista. Quien así podía pensar todavía y con tal lucidez expresarse no era un hombre irremisiblemente perdido.

Pero esto no podía durar mucho. Era el latigazo del alcohol y aquel organismo habituado sólo respondía a este estímulo durante cortos instantes, seguidos de bruscas caídas en la inconsciencia. Y en efecto, bastó la breve pausa que hizo para que, una vez más, se le desvaneciera el espejismo.

—¡Matar al centauro! ¡Je! ¡Je! ¡No seas idiota, Santos Luzardo! ¿Crees que eso del centauro es pura retórica? Yo te aseguro que existe. Lo he oído relinchar. Todas las noches pasa por aquí. Y no solamente aquí; allá, en Caracas, también. Y más lejos todavía. Donde quiera que esté uno de nosotros, los que llevamos en las venas sangre de Luzardos, oye relinchar el centauro. Ya tú también lo has oído y por eso estás aquí. ¿Quién ha dicho que es posible matar al centauro? ¿Yo? Escúpeme la cara, Santos Luzardo. El centauro es una entelequia. Cien años lleva galopando por esta tierra y pasarán otros cien. Yo me creía un civilizado, el primer civilizado de mi familia, pero bastó que me dijeran: «Vente a vengar a tu padre», para que apareciera el bárbaro que estaba dentro de mí. Lo mismo te ha pasado a ti; oíste la llamada. Ya te veré caer entre sus brazos y enloquecer por una caricia suya. Y te dará con el pie, y cuando tú le digas: «Estoy dispuesto a casarme contigo», se reirá de tu miseria y...

Se mesó los cabellos. La idea fija, que ya poco antes se deslizara en su discurso, había logrado, por fin, apoderarse de él. Se le desmadejaron los brazos, con hebras de cabellos entre los dedos, y hundiendo la cabeza en el pecho, se quedó murmurando:

—¡La devoradora de hombres!

Santos Luzardo contempló un rato en silencio y con el corazón oprimido el dramático espectáculo de aquella ruina humana y luego, tratando de reanimarlo, le preguntó:

—¿Y tu hija?

Pero Lorenzo, con la vista fija en el horizonte de la llanura, seguía murmurando:

—¡La llanura! ¡La maldita llanura, devoradora de hombres!

Y Santos pensó:

«Realmente, más que a las seducciones de la famosa doña Bárbara, este infeliz ha sucumbido a la acción embrutecedora del desierto.»

Un súbito destello de lucidez reanimó el rostro del ex hombre. Por un momento desapareció el rictus de la borrachera sombría.

—Marisela —llamó—. Ven para que conozcas a tu primo.

Pero como dentro del rancho nadie respondía, agregó:

—Ésa no sale de ahí ni que la arrastren por los cabellos. Es más arisca que un báquiro... Un báquiro.

Clavó otra vez la cabeza y empezaron a manarle de la boca contraída lentos hilos de saliva.

—Bien, Lorenzo —dijo Santos poniéndose de pie—. Volveré por aquí a menudo.

Se incorporó de pronto el borracho y dando traspiés penetró en la habitación.

—Déjala tranquila —díjole Santos, creyendo que iba en

busca de la hija—. Otro día la conoceré —y comenzó a desamarrar su caballo.

Ya ponía el pie en el estribo cuando vio que Lorenzo se empinaba el garrafón de aguardiente, derramándoselo encima por no acertar a llevarse el pico a la boca. Se precipitó dentro de la habitación a quitárselo de las manos.

Mas ya el borracho había bebido lo suficiente para caer fulminado. Se asió a los brazos de Luzardo y clavándole una mirada delirante, exclamó:

—¡Santos Luzardo! ¡Mírate en mí! ¡Esta tierra no perdona!

Capítulo 11

La bella durmiente

De regreso a *Altamira*, bajo la penosa impresión del espectáculo que acababa de presenciar, Santos volvió a encontrarse con la campesina a quien le preguntara por la casa a donde se dirigía. Sólo después de haber visto la miseria que reinaba en el rancho de Lorenzo Barquero podía sospecharse que fuera su hija aquella criatura montaraz, greñuda, mugrienta, descalza y mal cubierta por un traje vuelto jirones.

Había depositado en el suelo el haz de chamizas[157] y estaba tendida junto a él, los codos hundidos en la arena, la cara entre las manos, soñadora la mirada.

Santos se detuvo a contemplarla. Bajo los delgados y grasientos harapos que se le adherían al cuerpo, la curva de la espalda y las líneas de las caderas y de los muslos eran de una belleza estatuaria; pero rompían el encanto los pies anchos y gruesos, de piel endurecida y cuarteada por el andar descalzo, y fue en esta fealdad lamentable donde se detuvieron las miradas compasivas.

Un resoplido de la bestia de Luzardo la sacó de su abstracción, y al advertir la presencia del hombre detenido a pocos pasos de ella, se hizo un ovillo para ocultar la desnudez de sus piernas, y después de haber proferido algunos gruñidos de protesta, rompió a reír, de bruces sobre el arenal.

---

[157] *chamizas:* ramas y trozos pequeños de árboles y arbustos secos, utilizados como leña.

—¿Eres tú Marisela? —interrogó Santos.

Ella se hizo repetir la pregunta y luego respondió, con la rudeza de su condición silvestre reforzada por el azoramiento:

—Si ya sabe cómo me mientan, ¿pa qué pregunta, pues?

—No lo sabía, propiamente. Sospechaba que fueras la hija de Lorenzo Barquero, llamada así; pero quería cerciorarme.

Arisca, como el animal salvaje con el cual la comparó su padre, al oír aquel término, desconocido para ella, replicó:

—¿Cerciorarse? ¡Hum! Usté está mal fijao. Bien pué seguí su camino.

—Menos mal si la cerrilidad le custodia la inocencia —pensó Santos, y luego—: ¿Qué entiendes tú por cerciorarse?

—¡Umjú! ¡Qué preguntón es usté! —exclamó soltando de nuevo la risa.

«¿Ingenuidad o malicia?», se preguntó entonces Santos Luzardo, comprendiendo que, lejos de disgustarle le agradaba que él se hubiese detenido a hablarle, y ya sin sonreír siguió contemplando compasivamente aquella masa de greñas y harapos.

—¿Hasta cuándo va a estar ahí, pues? —gruñó Marisela—. ¿Por qué no se acaba de dir?

—Eso mismo te pregunto yo: ¿hasta cuándo vas a estar ahí? Ya es tiempo de que regreses a tu casa. ¿No te da miedo andar sola por estos lugares desiertos?

—¡Guá! ¿Y por qué voy a tené miedo, pues? ¿Me van a comé los bichos del monte? ¿Y a usté qué le importa que yo ande sola por donde me dé gana? ¿Es, acaso, mi taita, pues, pa que venga a regañarme?

—¡Qué maneras tan bruscas, muchacha! ¿Es que ni siquiera te han enseñado a hablar con la gente?

—¿Por qué no me enseña usté, pues? —y otra vez la risa sacudiéndole el cuerpo echado de bruces sobre la tierra.

—Sí, te enseñaré —díjole Santos, cuya compasión empezaba a transformarse en simpatía—. Pero tienes que pagarme por adelantado las lecciones, mostrándome esa cara que tanto te empeñas en ocultar.

—¡Qué mano! —exclamó ella, ovillándose más—. Acábese de dir de una vez, que lo va a cogé la noche por estos montes.

—No me moveré de este sitio mientras no me hayas dejado ver tu cara. He venido sólo a conocerte, porque me han dicho que eres muy fea y no quiero creerlo hasta que lo vea con mis propios ojos. Me cuesta trabajo creer que pueda ser fea una parienta mía. Verdad que no te había dicho todavía que somos primos.

—¡Zape! —exclamó ella—. Yo no tengo más familia que mi taita, porque ni a mi mae puedo decí que la conozco.

La mención a la madre disipó la jovial disposición de ánimo que estaba poniendo Santos en la charla, y ella, como temiese haberle disgustado de veras, después de mirarlo de soslayo por debajo del brazo con que se cubría el rostro, insistió:

—¿No ve que usté no es na mío, como dice? Si juera, no se habría quedao tan callao.

—Sí, criatura —afirmó él, tornando a emplear el término compasivo—. Soy Santos Luzardo, primo de tu padre. Pregúntaselo a él, si quieres cerciorarte. Y no vayas a tomar a mal otra vez esta palabra.

—Bueno. Si es verdá que es primo mío... Aunque yo no se lo creo, ¿sabe?... ¡Umjú! Y después dicen que las mujeres semos las curiosas. Aguaite, pues, pa que se acabe de dir de una vez.

Y sin que Santos hubiera insistido en que se dejara ver el rostro, levantó y bajó en seguida la cabeza; pero con los ojos cerrados y apretando la boca para que no se le escapara la risa, coquetería de azoramiento y de ingenuidad.

Tendría unos quince años, y aunque la comida escasa, el agua mala, el desaliño y la rustiquez le marchitaban la juventud, bajo aquella miseria de mugre y greñas hirsutas se adivinaba un rostro de facciones perfectas.

Pero bastó el breve instante para que los ojos de Santos apresaran la revelación de belleza.

—¡Qué bonita eres, criatura! —exclamó, y luego se quedó contemplándola con una forma de compasión diferente, mientras ella, ya no arisca, sino remilgada, humanizada por el primer destello de emoción de sí misma que aquella exclamación le había producido, decíale, con una voz dulce y suplicante.

—Váyase, pues.

—Todavía falta —replicó Santos—. No me has mostrado tus ojos. Déjame verlos. ¡Ah! Ya comprendo por qué no te atreves a abrirlos en mi presencia. Eres bizca, seguramente. Los tendrás muy feos.

—¿Bizca yo? Aguaite.

E incorporándose, animosa, abrió los hermosos ojos, que eran lo más bello de su rostro, y se quedó mirándolo, sin pestañear, mientras él volvía a exclamar:

—¡Es preciosa esta criatura!

—Váyase, pues —repitió Marisela, cubierta de rubor bajo la pringue del rostro, pero sin dejar de mirarlo.

—Aguarda. Voy a darte, en seguida, la primera de esas lecciones que me has pagado anticipadamente.

Bajó del caballo, se acercó a la muchacha, cuyos negros ojazos expresaron un temor suplicante, y la obligó a levantarse, tomándola por un brazo y diciéndole:

—Ven acá, primita. Voy a enseñarte para qué sirve el agua. Eres linda, pero lo serías mucho más si no te abandonaras tanto.

Repuesta de su instintivo temor, por el tono sin sombra de malicia con que le hablaba aquel hombre perteneciente a un mundo diferente del que ella conocía, Marisela se dejó conducir hasta el borde de una charca de agua clara que había en la orilla del tremedal, ocultando el rostro bajo el brazo libre y riendo, entre avergonzada y complacida.

Llegados juntos a la charca, Santos la hizo inclinarse y tomando el agua en el hueco de sus manos, comenzó a lavarle los brazos y luego la cara, como hay que hacer con los niños, mientras le decía:

—Aprende y cógele cariño al agua, que te hará parecer más bonita todavía. Hace mal tu padre en no ocuparse de ti como mereces; pero es pecado contra la Naturaleza, que te ha hecho hermosa, el que cometes con ese abandono de tu persona. Por lo menos, limpia deberías estar siempre, ya que la tierra no te niega el agua. Haré que te traigan ropas decentes, para que te cambies ésa, que ni siquiera te cubre, y un peine para que te arregles el cabello y zapatos para que no andes descalza. ¡Así! ¡Así! ¿Cuánto tiempo haría que no te lavabas la cara?

Marisela abandonaba el rostro al frescor del agua, apretados los labios, cerrados los ojos, estremecida la carne virginal bajo el contacto de las manos varoniles. Luego Santos, a falta de toalla, sacó su pañuelo para enjugarle la cara, y hecho esto, la obligó a levantar la cabeza, tomándola de la barbilla. Ella abrió los ojos y mirándolo, mirándolo, se le fueron cuajando de lágrimas.

—Bien —díjole Santos—. Ahora te regresas a tu casa. Yo te acompañaré, porque no es prudente que andes sola por estos lugares a estas horas.

—No. Yo me iré sola —replicó ella—. Váyase usté primero.

Y era otra voz aquélla con que ahora hablaba.

Las manos le lavaron el rostro y las palabras le despertaron el alma dormida. Advierte que las cosas han cambiado de repente. Que ella misma es otra persona.

Siente la limpieza de su piel y oye que dicen: «¡Qué bonita eres, criatura!», y la asalta la curiosidad de conocerse: ¿Cómo serán sus ojos y su boca y el modelado de sus facciones? Se pasa las manos por la cara, se palpa las mejillas, se acaricia, se moldea a sí misma, para que las manos le digan cómo es Marisela.

Pero las manos sólo le dicen:

—Somos ásperas y no sentimos nada. Las chamizas, las espinas nos han endurecido la piel.

¿Por qué no se sentirá la propia belleza, como se sienten los dolores?

Él le ha dejado dos cosas tiernas.

La frescura del agua en las mejillas, que ahora le están produciendo sensaciones desconocidas. ¡Sí se siente la belleza! Estas sensaciones nuevas y tiernas no pueden tener otra causa. Así debe de sentir el árbol, en la corteza endurecida y rugosa, la ternura de los retoños que de pronto le reventaron. Así debe de estremecerse la sabana, cuando, un día, después de las quemas de marzo, siente que ha amanecido toda verde. Le ha dejado, también, la emoción de unas palabras nunca oídas hasta entonces. Las repite y oye que le resuenan en el fondo del corazón, y se da cuenta, a la vez, de que su corazón era algo negro, hondo, mudo y vacío. Pero algo sonoro, también, como el pozo que está junto a su casa, oscuro, profundo y con un espejo de agua allá adentro. «¡Es preciosa esta criatura!»... Y la voz resuena, honda, como en el pozo cuando se habla sobre el brocal.

También fuera de ella ya el mundo no es lo que hasta allí había sido: un monte intrincado dondc recoger chamizas, un palmar solitario donde era posible estar horas y horas, tendida en la arena, inmóvil hasta el fondo del alma, sin emociones ni pensamientos. Ahora los pájaros cantan y da gusto oírlos, ahora el tremedal refleja el paisaje y es bonito aquel palmar invertido, aquel fondo de cielo que se le ha formado al remanso; ahora trasciende de los bejucos que se vinieron enredados en el haz de chamizas el silvestre aroma de las flores del monte y es agradable aspirarlo. La belleza no está en ella solamente; está en todas partes: en el trino que trae en la garganta la paraulata llanera, en la charca y su orla de hierba tierna, en el palmar profundo y diáfano, en la sabana inmensa y en la tarde que cae dulcemente, dorada y silenciosa. ¡Y ella no se había dado cuenta de que todo esto existía, creado para que lo contemplaran sus ojos!

Por primera vez, Marisela no se duerme al tenderse sobre la estera. Extraña el inmundo camastro de ásperas hojas, cual si se hubiese acostado en él con un cuerpo nuevo, no acostumbrado a las incomodidades; se resiente del contacto de aquellos pringosos harapos que no se quitaba ni para dormir, como si fuese ahora cuando empezara a llevarlos encima; sus sentidos todos repudian las habituales sensaciones que, de pronto, se le han vuelto intolerables, como si acabase de nacerle una sensibilidad más fina.

Además, la desvela el alma de mujer que acaba de despertársele, complicándole la vida, que era simple como la del viento, que no sabe sino corretear por la sabana. Sentimientos confusos empiezan a moverse dentro de su corazón: hay una alegría que tiene mucho de sufrimiento, una esperanza estremecida de temores, una necesidad de sacudir la cabeza para ahuyentar una idea, y un quedarse inmóvil, enseguida, para que la idea vuelva. Hay muchas cosas más que ella no alcanza a discernir.

Ya está cantando el carrao[158] que anuncia la proximidad del día:

—¡Arriba, Marisela! Está fresca el agua del pozo. La enfriaron las estrellas que estuvieron pasando toda la noche sobre el brocal. Todavía quedan algunas en el fondo. Anda. Sácalas con el cántaro y derrámatelas encima. Te dejarán toda limpia, como siempre están ellas.

A un mismo tiempo estaba saliendo el sol y poniéndose la luna, y el palmar se estremecía como un bosque sagrado en el silencio del alba.

El cántaro del pozo baja y sube sin descanso, y el agua subterránea que no conocía la luz corre encandilada por el núbil cuerpo desnudo.

---

[158] *carrao* (*Aramus* [*Ardea*] *scolopaceus*): ave zancuda del llano, de grito muy agudo cuya onomatopeya origina el nombre [Alvarado, págs. 109-110].

Capítulo 12

Algún día será verdad

Grande fue la sorpresa de Antonio cuando, al día siguiente —como llevase a Santos a *Macanillal* para que viera cómo venía avanzando el lindero de *El Miedo*—, descubrió que la casa de los Mondragones había retrocedido a su primitivo asiento.

—La mudaron anoche —exclamó—. Mire por dónde venía ya el poste del lindero. Ahí está el hoyo todavía.

—Bien —dijo Luzardo—. Ahora está en su sitio y por este respecto no tendremos dificultades, a lo menos por el momento. Para evitar que en lo sucesivo pueda ser trasladado de la noche a la mañana echaremos una cerca por este viento.

Pero Antonio objetó:

—¿Quiere decir que va a aceptar ese lindero? ¿Va a quedarse con los pleitos que tan malamente le ha ganado doña Bárbara?

—Son hechos consumados que tienen ya autoridad de cosa juzgada. De muchas, si no de todas esas decisiones de los tribunales, se habría podido apelar con éxito; pero no me supe ocupar en mis intereses... Además, tierra todavía hay bastante, a pesar de todo. Hacienda es lo que no veo. Apenas una que otra mancha de ganado.

—Hacienda tampoco falta —replicó Antonio—. Lo que sucede es que se ha alzado casi toda. Son muchas las cimarroneras que hay en *Altamira*, como ya le he dicho, porque nosotros, los poquitos amigos suyos que hemos quedado por aquí, en vez de procurar que se acabaran, las hemos fomentado. Era la única manera de salvarle el ganado: dejarlo que se alzara todo. Aquí lo que hacía falta era amo y ahora lo que se necesita es gente para trabajar.

—Efectivamente, veo que *Altamira* se ha convertido en un verdadero desierto. Antes, por donde quiera había casas.

—A los poquitos colonos que quedaban los mandó desocupar don Balbino al encargarse de la mayordomía, para que, no habiendo en los linderos gente luzardera que vigilara, los vecinos se pudieran meter a la hora y punto que les diera gana y arrear por delante todo el mautaje con que se tropezaran.

—¿De modo que el enemigo no era solamente doña Bárbara?

—Ella ha hecho con lo de usted todo lo que le ha pedido el cuerpo, como dicen; pero los otros también han manoteado a su gusto. Así, por ejemplo, han acabado con los bebederos de *Altamira* y los han puesto donde mejor les ha parecido, de modo que el ganado de acá vaya por sus propios pasos a caer en manos de ellos, porque en cada bebedero de esos encuentra usted, al mediodía, cuatro o cinco peones del hato respectivo cazando a lazo el ganado luzardero. Eche la vista para allá. ¿Aguaita aquella mancha de hacienda? Todo ese animalaje va buscando los bebederos del *Bramador* en tierras que fueron de aquí y hoy pertenecen a *El Miedo*, y orejano que pise la orilla del caño ya se puede contar como perdido. Los mismos peones de doña Bárbara han picado el ganado en esa dirección hasta acostumbrarlo sin que nosotros hayamos podido impedírselo. Y si es el musiú del lambedero[159] de *La Barquereña*, ¡no se diga! El míster Danger de quien le hablé esta mañana. Ése le ha cogido todos los tiros al llanero bellaco, y res que pase el boquerón[160] de *Corozalito* no regresa más para acá. Yo creo que lo primero que hay

---

[159] *lambedero*: «lugar abundante en salitre donde se lleva el ganado para que lama la sal de la tierra» [Núñez y Pérez, pág. 293].

[160] *boquerón:* hondonada o abertura en el terreno ondulado o montañoso [Núñez y Pérez, pág. 74].

que hacer es volver a poner los tapices[161] en los bebederos de antes y acostumbrar el ganado a que no busque los del vecino, y echar otra vez la palizada que hasta en tiempos de su padre de usted tapaba el boquerón de *Corozalito*, para impedir que el ganado pase a arrochelarse en los lambederos de *La Barquereña*. Si usted quiere, hoy mismo se puede proceder a abrir los hoyos para la posteadura.

—No hay que precipitarse. Antes necesito estudiar las escrituras de *Altamira* para determinar el lindero y consultar la Ley de Llano.

—¿La Ley de Llano? —replicó Antonio socarronamente—. ¿Sabe usted cómo se la mienta por aquí? Ley de doña Bárbara. Porque dicen que ella pagó para que se la hicieran a la medida.

—No tendría nada de extraño, según andan las cosas por aquí —dijo Santos—. Pero mientras sea ley, hay que atenerse a ella. Ya se procurará reformarla.

Aquella tarde, previo el estudio de los títulos de propiedad de *Altamira* y de la Ley de Llano, Santos envió aviso por escrito a doña Bárbara y a míster Danger de que había resuelto cercar el hato, a fin de que procediesen en el término legal a sacar los respectivos ganados que pastasen en sabanas altamireñas, pidiéndoles, al mismo tiempo, permiso para retirar los suyos de las de *El Miedo* y del *Lambedero*.

El mismo Antonio llevó las cartas y por el camino se hizo estas reflexiones: «A doña Bárbara como que le robaron sus reales. Esto de la cerca, que está en su ley, no me gusta mucho; pero menos le va a gustar a ella. Algún día tenía que venir quien le metiera los bichos en el corral.»

Al anochecer del siguiente día partió Santos en compañía de Antonio, rumbo a *Mata Luzardera,* y después de haber cabalgado durante dos horas por sabanas trajinadas, comenzaron a atravesar un campo intrincado de mastrantales secos y escobares amargos, por donde no había huellas de ganado.

Tras el monte oscuro de la mata se elevaba el disco de la

---

[161] *tapiz* (o *tapuz*): especie de pantalla de ramas y troncos para represar el agua de los caños [M. Alonso, 3890].

luna esparciendo una melancólica claridad sobre el vasto campo enmarañado.

Antonio puso su bestia al paso, y después de recomendarle a Luzardo silencio y cautela, subieron a la loma de un médano.

—Ponga cuidado —díjole el caporal—. Ya va a escuchar lo que no se habrá imaginado siquiera.

Y haciendo de sus manos portavoz, lanzó desde lo alto del médano un grito agudo que barrenó el silencio de la noche.

Inmediatamente se levantó un vasto rumor creciente y todo el amplio espacio que desde aquella altura se dominaba se agitó y retembló el tropel de numerosos rebaños salvajes.

—¡Escuche! —exclamó el peón—. Ésos son millares y millares de orejanos que no conocen al hombre. Hace más de siete años que no entran caballos en este paño de sabana. Y esto que está oyendo es nada comparado con otras cimarroneras que hay, más adentro, hacia el Cunaviche. A pesar de todo, *Altamira* aguanta todavía. Las cimarroneras han sido la salvación; pero ahora hay que acabar con ellas. Yo tengo ganas de empezar a darle unos choques a esta rochela, si le parece. Por el momento nos hacen falta sogueros especiales, porque no todos saben trabajar cimarrones; pero yo sé dónde los hay y los puedo hacer venir. Además, me parece que sería conveniente volver a fundar las queseras, que antes las hubo y daban muy buenos resultados. La quesera es conveniente no sólo porque es una entrada de plata más, sino porque sirve para el amansamiento del ganado, que el de aquí es de más de bravo y es mucha la bestia que mata en el trabajo.

Estas razones prácticas eran motivo suficiente para que se procediese a la fundación de las queseras; pero Santos Luzardo vio también algo más, de un orden diferente y tan interesante para él como el económico: todo lo que contribuyese a suprimir ferocidad tenía una importancia grande para su espíritu.

Finalmente, de otra conversación con el mismo Antonio, al día siguiente, se le ocurrió una idea, ya más de acuerdo con el plan del civilizador de la llanura.

—Hoy cachilapiamos unos cincuenta orejanos en una sola pasadita de lazo —díjole Sandoval.

Cachilapiar, es decir, cazar a lazo el ganado no herrado que se encuentra dentro de los términos del hato, es la pasión favorita del llanero apureño. Como en aquellas sabanas sin límites las fincas no están cercadas, los rebaños vagan libremente, y la propiedad sobre la hacienda es una adquisición que cada dueño de hato viene a hacer, o en las vaquerías que se efectúan de concierto entre los vecinos y en las cuales aquél recoge y marca con su hierro cuanto becerro desmadrado y orejano caiga en los rodeos, o fuera de ellas, en todo momento, por derecho natural de brazo armado de lazo. Esta forma primitiva de adquirir —única que puede prevalecer dentro de las condiciones del medio y que las mismas leyes sancionan, con la sola limitación de la extensión de tierras y número de cabezas que para el efecto se deben poseer— tiene, sin embargo, algo del abigeato originario, y de aquí que no sea solamente un trabajo, sino un deporte predilecto del hombre de llanura abierta, donde la fuerza es todavía derecho.

Haciéndose estas reflexiones, Santos Luzardo concluyó:

—Todo esto perjudica el fomento de la cría porque destruye el estímulo, y todo eso desaparecería con la obligación que las Leyes de Llano les impusieran a los propietarios de cercar sus hatos.

Antonio objetó:

—Puede que usted tenga razón, pero para eso sería menester cambiar primeramente el modo de ser del llanero. El llanero no acepta la cerca. Quiere su sabana abierta como se la ha dado Dios, y la quiere, precisamente, para eso: para cachilapiar cuanto bicho le caiga en el lazo. Si se le quita ese gusto se muere de tristeza. Un llanero está contento cuando puede decir: hoy cachilapié tantas reses, y no importa que su vecino esté diciendo allá lo mismo, porque el llanero siempre cree que sus bichos están seguros y que los que se coge el vecino son de otro.

No obstante, Luzardo se quedó pensando en la necesidad de implantar la costumbre de la cerca. Por ella empezaría la civilización de la llanura; la cerca sería el derecho contra la acción todopoderosa de la fuerza, la necesaria limitación del hombre ante los principios.

Ya tenía, pues, una verdadera obra propia de un civilizador: hacer introducir en las Leyes de Llano la obligación de la cerca. Mientras tanto, ya tenía también unos pensamientos que eran como ir a lomos de un caballo salvaje, en la vertiginosa carrera de la doma, haciendo girar los espejismos de la llanura. El hilo de los alambrados, la línea recta del hombre dentro de la línea curva de la Naturaleza, demarcaría en la tierra de los innumerables caminos, por donde hace tiempo se pierden, rumbeando, las esperanzas errantes, uno solo y derecho hacia el porvenir.

Todos estos propósitos los formuló en alta voz, hablando a solas, entusiasmado. En verdad, era muy hermosa aquella visión del Llano futuro, civilizado y próspero, que se extendía ante su imaginación.

Era una tarde de sol y viento recio. Ondulaban los pastos dentro del tembloroso anillo de aguas ilusorias del espejismo, y a través de los médanos distantes y por el carril del horizonte corrían, como penachos de humo, las trombas de tierra, las tolvaneras que arrastraba el ventarrón.

De pronto, el soñador, ilusionado de veras en un momentáneo olvido de la realidad circundante, o jugando con la fantasía, exclamó:

—¡El ferrocarril! Allá viene el ferrocarril.

Luego sonrió tristemente, como se sonríe al engaño cuando se acaban de acariciar esperanzas tal vez irrealizables; pero después de haber contemplado un rato el alegre juego del viento en los médanos, murmuró optimista:

—Algún día será verdad. El progreso penetrará en la llanura y la barbarie retrocederá vencida. Tal vez nosotros no alcanzaremos a verlo; pero sangre nuestra palpitará en la emoción de quien lo vea.

Capítulo 13

Los derechos de Míster Peligro

Era una gran masa de músculos, bajo una piel roja, con un par de ojos muy azules y unos cabellos color de lino. Había llegado por allí hacía algunos años, con un rifle al hombro, cazador de tigres y caimanes. Le agradó la región, porque era bárbara como su alma, tierra buena de conquistar, habitada por gentes que él consideraba inferiores por no tener los cabellos claros y los ojos azules. No obstante el rifle, se creyó que venía a fundar algún hato y a traer ideas nuevas, se pusieron en él muchas esperanzas y se le acogió con simpatía; pero él se limitó a plantar cuatro horcones en un terreno ajeno y sin pedir permiso, a echarles encima un techo de hojas de palmera, y una vez construida esta cabaña, colgó su chinchorro y su rifle, se metió en aquél, encendió su pipa, estiró los brazos, distendiendo los potentes músculos, y exclamó:

—*All right!* Ya soy en mi casa.

Decía llamarse Guillermo Danger y ser americano del Norte, nativo de Alaska, hijo de un irlandés y de una danesa buscadores de oro; pero se dudaba de que el apellido que se ponía fuera realmente el suyo, pues en seguida añadía: «Míster Peligro», y como era humorista, a su manera, con la ingenuidad de un niño, se sospechaba que se apellidase así sólo por añadir la inquietante traducción.

Por otra parte, había cierto misterio en torno a su persona.

Referíase que, en los primeros tiempos de su establecimiento en la región, varias veces había mostrado gacetillas de periódicos neoyorquinos, titulados siempre *The Man Without Country*, en las cuales se protestaba contra cierta injusticia cometida con un ciudadano a quien no se nombraba, y que, a su decir, era él; y aunque nunca explicó de modo claro y satisfactorio cuál había sido aquella injusticia, ni por qué ocultaba su nombre bajo tal denominación, se le abrieron todas las puertas en espera de los ríos de dólares que iban a correr por la llanura.

Entre tanto, míster Danger, por industria, no hacía sino cazar caimanes, cuyas pieles exportaba anualmente en grandes cantidades, y por afición, tigres, leones y cuantas fieras le pasasen al alcance de su rifle. Un día, como diese muerte a una cunaguara[162] recién parida, se apoderó de los cachorros y logró criar y domesticar uno, con el cual retozaba, ejercitando su perenne buen humor de niño grande y brutal. Ya el cunaguaro lo había acariciado con algunos zarpazos; pero él se divertía mucho mostrando las cicatrices y éstas le dieron tanto prestigio como las gacetillas.

Poco después la cabaña del cazador se convirtió en una casa dotada de una instalación interior bastante confortable y rodeada de extensos corrales de ganado. La historia de esa transformación, que parecía indicar que el «hombre sin patria» había echado raíces en la tierra, tenía puntos de contacto con la de doña Bárbara.

Fue en los tiempos del coronel Apolinar y se estaban haciendo fundaciones en el hato de *El Miedo*, recién bautizado así. Míster Danger, enterado de la leyenda de los «familiares», quiso presenciar el bárbaro rito, que no podía dejar de practicar la supersticiosa mujerona, y con tal objeto fue a hacerle una visita, que por otra parte le debía, ya que era propiedad de ella aquel palmo de tierra donde había levantado su cabaña.

Ver al extranjero, oírlo expresar el deseo que lo animaba, enamorarse de él y trazarse su plan, todo fue para doña Bár-

---

[162] *cunaguaro* (*Felis pardalis*): felino llanero de cuatro pies de largo, piel rojiza con manchas negras oblongas sobre el lomo [Alvarado, págs. 149-150].

bara obra de un instante. Hizo que Apolinar lo invitara a comer con ellos, les cargó la mano al servirles la bebida a que ambos eran muy aficionados, y como el criollo era más débil y tenía la borrachera idiota, no se dio cuenta de las guiñadas de ojos con que el invitado y su mujer concertaron durante la comida la traición que le harían.

Entre tanto los peones abrían de prisa la zanja donde sería enterrado un caballo viejo y derrengado, que sólo para «familiar» podía ya servir.

—Lo enterraremos a punto de medianoche, que es la hora indicada —había dicho doña Bárbara—. Y nosotros tres solamente, porque los peones no deben presenciar la operación. Así es como debe hacerse, según la costumbre.

—¡Bonito! —exclamó el extranjero—. Las estrellas arriba y nosotros abajo, echando tierra encima del caballo vivo. ¡Bonito! ¡Pintoresco!

En cuanto a Apolinar, ni estaba enterado de la costumbre, ni era ya persona capaz de hacer objeciones, y fue necesario que míster Danger lo cargara en brazos para montarlo a caballo, cuando llegó la hora de partir, camino de las fundaciones distantes de las casas del hato.

Ya estaba abierta la zanja y amarrado a un poste de los corrales en construcción el caballejo derrengado, víctima del bárbaro rito. Junto a la zanja había tres palas para los enterradores. La noche estrellada envolvía en sombras densas el paraje desierto.

Míster Danger desamarró el caballo y lo condujo hasta el borde de la zanja, dirigiéndole palabras compasivas, entre ruidosas risotadas que provocaban la hilaridad idiota de Apolinar, y luego lo arrojó dentro del hoyo, en un envión formidable.

—Ahora, rece usted, doña Bárbara, las oraciones que sabe para que los diablos suyos no dejen que se escape el espíritu del caballito, y usted apúrese, coronel. Ahora somos enterradores y hay que hacer las cosas bien.

Ya Apolinar se había apoderado de una de las palas y batallaba con las leyes de la gravedad para poder inclinarse a llenarla con la tierra amontonada al borde de la zanja, murmurando entre tanto frases obscenas que parecían causarle gra-

cia, pues se desmigajaba de risa a cada atrocidad que soltaba. Por fin logró llenar la pala y la balanceó torpemente, yéndose detrás de ella a cada vaivén.

—¡Qué borracho estás, coronelito! —acababa de exclamar míster Danger, afanado en su papel de enterrador, paletada sobre paletada, con una rapidez extraordinaria, cuando advirtió que Apolinar soltaba la herramienta y se llevaba las manos a los riñones, cimbreándose y exhalando un gemido mortal, para caer luego dentro de la zanja, con su propia lanza hundida en la espalda.

—¡Oh! —exclamó el extranjero, interrumpiendo su tarea—. No estaba esta cosa en el programa. ¡Pobrecito coronel!

—No lo compadezca, don Guillermo. Él también me tenía sentenciada. Yo lo que he hecho es andarle adelante —dijo doña Bárbara, y tomando la pala que se había escapado de las manos del coronel, agregó—: Ayúdeme. Usted tampoco es hombre a quien se le agüe el ojo por estas cosas. Peores las habrá hecho usted en su tierra.

—¡Caramba! Usted no tiene pepitas en la lengua. Míster Danger no aguársele nunca el ojo; pero míster Danger no hace cosas que no están en el programa. Yo soy venido aquí para enterrar «familiar» solamente.

Y diciendo así, soltó la pala, montó a caballo y regresó a su cabaña a retozar con el cunaguaro.

Pero guardó el secreto, primeramente, por no verse envuelto en un embrollo que podría complicarse con el misterio del «hombre sin patria», y luego, porque para él, extranjero despreciativo, no había gran diferencia entre Apolinar y el caballo que lo acompañaba en su sepultura, y dejó prevalecer la versión de que el coronel había perecido ahogado en el caño *Bramador* al tratar de atravesarlo a nado, y en apoyo de la cual la única prueba fue el haberse encontrado en el estómago de un caimán cazado en dicho caño, días después, una sortija que doña Bárbara reconoció como perteneciente a aquél.

En pago de su encubrimiento transformó en casa la cabaña, y construyó corrales en tierras de *La Barquereña*, y de cazador de caimanes se convirtió en ganadero, o mejor dicho, en cazador de ganados, pues eran mautes ajenos, altamireños, los que él herraba como suyos, y así pasó algún tiempo sin que doña Bárbara lo molestara ni él se ocupara de ella, hasta que un día se presentó en *El Miedo* con este alegato:

—He sabido que usted piensa quitarle a don Lorenzo Barquero el pedacito de tierra que le dejó junto al palmar de *La Chusmita*, y vengo a decirle que usted no puede hacer esa arbitrariedad, porque yo defiendo los derechos de este hombre. Voy a administrarle esa tierrita, que es lo único que le queda, y usted no puede tampoco meter gente suya para sacar ganados que caminen encima de ella.

Mas los derechos de Lorenzo Barquero no hicieron sino pasar de las manos de un usurpador a las de otro, pues del producto de aquellas tierras no vio nunca sino las botellas de brandy que le mandaba míster Danger cuando regresaba de San Fernando o de Caracas, con una buena provisión de su bebida predilecta, o los garrafones de aguardiente que le hacía enviar de la pulpería de *El Miedo*, y esto mismo sin pagárselo a doña Bárbara.

En cambio, el extranjero se enriquecía cachilapiando a su gusto. Era el resto del antiguo fundo de *La Barquereña* apenas un rincón de sabanas atravesadas por un caño, seco durante el verano, denominado de *Lambedero*, cuyas barrancas salitrosas atraían el ganado de los hatos vecinos. Numerosos rebaños veíanse constantemente por allí, lamiendo la tierra del caño, y gracias a esto era sumamente fácil cazar orejanos dentro de los límites de aquel pedazo de tierra, que no llegaba al mínimo de extensión que establecían las Leyes de Llano para tener derechos al común de las greyes no herradas que vagan por la llanura abierta; pero míster Danger podía saltar por encima de las restricciones legales y apoderarse del ganado de los vecinos, porque los administradores de Luzardo siempre eran sobornables y porque la dueña de *El Miedo* no se atrevería a protestar.

Recogida así su cosecha, marchábase a venderla en cuanto entraba el invierno, y como durante la época de lluvias, lleno el caño de *Lambedero*, el ganado no acudía allí, se quedaba en San Fernando o en Caracas, hasta la salida de aguas, tirando el dinero en borracheras gigantescas, porque no le tenía apego propiamente y no le alcanzaban las manazas para despilfarrarlo.

Ya había resuelto darse aquella escapada anual, cuando recibió la carta donde Luzardo le participaba su determinación de restablecer la antigua palizada de *Corozalito*, sitio por donde pasaban las reses altamireñas a perderse en el *Lambedero*.

—¡Oh! ¡Caramba![163] —exclamó al leer la carta—. ¿Qué cosa quiere este hombre? Diga usted, Antonio, al doctor Luzardo que míster Danger leyó su carta y dijo esto. Fíjese usted bien. Que míster Danger necesita abierto boquerón de *Corozalito* y tiene derecho para impedir que él levante ninguna palizada.

No lo creyó así Santos Luzardo, y al día siguiente se fue allí a esclarecer el asunto.

Al ladrido de los perros apareció en el corredor la imponente figura del yanqui, con grandes demostraciones de afabilidad:

—Adelante, mi doctor. Adelante. Ya sabía yo que usted iba a venir por aquí. Yo soy sumamente apenado por haber tenido que decir a usted que no puede tapar boquerón de *Corozalito*. Hágame el favor de pasar adelante.

E introdujo a Luzardo en una pieza cuyas paredes estaban tapizadas con los trofeos de su afición cinegética: carameras de venados, pieles de tigres, pumas, y osos palmeros y el cuero de un caimán enorme.

—Siéntese, doctor. No tenga usted miedo; el cunaguarito está metido dentro de su jaula. —Y acercándose a la mesa, donde había una botella de whisky: —Vamos a tomar la mañana, doctor.

—Gracias —repuso Santos, rechazando el obsequio.

—¡Oh! No diga usted que no. Yo soy muy contento de verlo a usted en mi casa y quiero que me complazca pegándose un palito[164] conmigo, como dicen ustedes.

Molesto por la insistencia, Santos aceptó, sin embargo, el obsequio y, en seguida, entrando en materia, dijo:

---

[163] En 1930 dice siempre «Carramba». En 1954 aparece unas veces «Carramba» y en otras ocasiones, «caramba».

[164] *palito:* trago de cualquier licor.

—Pues creo que usted está equivocado, señor Danger, respecto a los linderos de *La Barquereña.*

—¡Oh! No, doctor —replicó el extranjero—. Yo no soy nunca equivocado cuando digo alguna cosa. Yo tengo mi plano y puedo mostrárselo a usted. Aguarde un momento.

Pasó a la habitación contigua, de la cual salió enseguida guardándose dentro del bolsillo del pantalón unos papeles, para extender otro que venía arrollado.

—Aquí tiene, doctor. *Corozalito* y *Alcornocal de Abajo* están dentro de mi propiedad y usted puede verlo con sus ojos.

Era un plano, dibujado por él, en el cual aparecían como pertenecientes a *La Barquereña* los sitios a que se había referido. Luzardo lo tomó entre sus manos, por cortesía, pero replicó:

—Permítame que le haga observar que este plano no es prueba fehaciente. Sería necesario cotejarlo con los títulos de propiedad de *La Barquereña* y con los de *Altamira*, que lamento no haberlos traído conmigo.

Sin dejar de sonreír, el yanqui protestó:

—¡Oh! ¡Malo! ¿Cree el doctor que yo dibujo cosas que no están sino dentro de mi cabeza? Yo nunca digo sino lo que soy completamente seguro.

—No debe usted darle esa interpretación a mis palabras. Me he limitado a decirle que esto no es una prueba. No niego que usted posea otras que verdaderamente lo sean, y ya que quiere mostrármelas, le suplico que lo haga.

Y como la actitud del extranjero, atento al humo de su pipa, era francamente impertinente, añadió, con un tono más enérgico:

—Le advierto que antes de dar este paso he estudiado bien el asunto, con mis títulos de propiedad por delante, y me permito observarle que también estoy seguro de lo que digo cuando afirmo que *Corozalito* y *Alcornocal de Abajo* pertenecen a *Altamira*, y que, por consiguiente, me asiste un derecho indiscutible para levantar la palizada en el boquerón. Más aún: hasta en tiempos de mi padre, no hace muchos años, existía allí una, de la cual todavía quedan algunos horcones.

—¡En tiempos de su padre! —exclamó míster Danger—. Yo no quisiera decir a usted que no sabe lo que dice cuando asegura tener esos derechos todavía.

—¿Cree usted que hayan prescrito? —interrogó Santos, sin hacer caso del tono con que le había dicho aquello.

—¡Oh! Yo no quiero seguir hablando palabras en el aire —y sacando los papeles que se había guardado en el bolsillo, agregó—: Aquí están escritas y usted podrá leerlas. Yo soy muy contento de que usted se convenza con sus ojos de que no puede levantar la palizada.

Y le puso en las manos un documento, suscrito por Lorenzo Barquero y por uno de los administradores que había tenido *Altamira* después de la muerte de José Luzardo, según el cual el propietario de *La Barquereña* había adquirido, por compra, las montañuelas de *Corozalito* y *Alcornocal de Abajo*, comprometiéndose además el de *Altamira* a no levantar cercas ni estorbar con ninguna otra clase de construcciones el libre paso de los ganados por aquel lindero.

El objetivo de tal operación fue, precisamente, hacer desaparecer el obstáculo de aquella palizada a que se refirió Luzardo y que, cerrando el boquerón, impedía que la hacienda altamireña pasase a arrochelarse en los lambederos de la finca vecina; pero Santos no había tenido noticias de aquella venta y obligación consiguiente, así como tal vez ignoraba quién sabe cuántos otros menoscabos y gravámenes de su propiedad con los cuales se lucraron sus apoderados y de cuyos documentos no había copias en el legajo que él conservaba en su poder.

El que mostraba míster Danger estaba debidamente autenticado y registrado, y Santos se avergonzó de haber dado aquel paso en falso y de tener que confesar ahora que desconocía la verdadera situación de *Altamira*; pero lo acompañaba otro documento en el cual constaba la venta hecha por Lorenzo Barquero al norteamericano de las sabanas del *Lambedero*, y al ver la firma del vendedor, escrita con caracteres ininteligibles, desiguales y tortuosos, que daban la impresión de haber sido trazados por un analfabeto a quien le llevasen la mano, le pareció que tenía ante los ojos una prueba material de la coacción ejercida por el extranjero sobre la abolida voluntad de Lorenzo, pues podía asegurarse, sin riesgo de incurrir en calumnia, que la tal compra no había sido sino un despojo, llevado a cabo a la manera de aquellas otras ventas simuladas que le había hecho firmar doña Bárbara. «Me he olvidado de mis propósitos», pensó, mientras contemplaba la firma ilegible. Me dije que venía a constituirme en defensor de los derechos atropellados, y ni siquiera se me ha ocurrido todavía averiguar si son defendibles los de este pobre hombre. Nada de extraño tendría que las tales ventas adoleciesen de defectos que permitieran intentar acciones reivindicatorias.

Entre tanto, míster Danger se había acercado a la mesa y servía dos copas de whisky para celebrar su triunfo sobre el vecino que había venido a reclamar derechos perdidos. Una altanera satisfacción de sí mismo le impulsaba a humillar al hombre de la raza inferior que se había atrevido a discutirle los suyos.

—¿Otro palito, doctor?

Santos se levantó del asiento clavándole una mirada de dignidad ofendida; pero el yanqui no le concedió ninguna importancia a aquella actitud y siguió llenando su copa tranquilamente.

Luzardo le devolvió las escrituras, diciéndole:

—Ignoraba la existencia de esa venta de *Corozalito* y *Alcornocal de Abajo*. De otro modo no hubiera venido a reclamar lo que no me corresponde. Tenga la bondad de excusarme.

—¡Oh! No se preocupe usted, doctor Luzardo. Yo sabía que usted hablaba sin conocimiento de causa. Pero vamos a tomarnos otro poquito de whisky para hacer las paces, porque yo quiero ser amigo suyo, y el whisky es bueno para estas cosas.

Recobrando el dominio de sí mismo, Luzardo repuso:

—Perdóneme que no se lo acepte.

Míster Danger comprendió que tampoco aceptaba la amistad que él le ofrecía, y cuando Luzardo se retiró, viéndolo alejarse, se dijo:

—¡Oh! Estos hombrecitos. Nunca saben nada de lo que hablan.

Camino de *Altamira*, como pasara cerca de la casa de Lorenzo Barquero, Santos decidió aprovechar la oportunidad para pedirle explicaciones precisas de la pérdida de *La Barquereña.*

Hundido dentro del mugriento chinchorro, Barquero dormía todavía su borrachera de la víspera y estaba solo en la casa. Un ronquido de estertores se escapaba de su garganta, una saliva viscosa le fluía de la boca entreabierta, y bajo el sueño profundo de la intoxicación alcohólica la miseria del rostro tenía una expresión agónica. Alarmado por aquel aspecto, Santos se acercó a tomarle el pulso en el brazo péndulo fuera del chinchorro y sintió bajo sus dedos el martillazo de la tensión arterial. Se quedó un rato contemplándolo, compasivamente.

—Poca vida le queda ya a este infeliz; pero es necesario hacer algo por él.

Bajo el chinchorro había una camaza y en el fondo de ella una pichagua, vasija y cuchara rústicas vegetales. Con sólo alargar el brazo y con ayuda de la segunda, Lorenzo había consumido todo el licor que llenara la primera, echándoselo dentro de la boca, sorbo a sorbo, «meleadito», como por allí decían de esta bestial manera de emborracharse.

De un puntapié, Luzardo arrojó de allí la vasija, y apoderándose luego de la garrafa colocada sobre la mesa y que contenía una buena cantidad de aguardiente, la lanzó fuera de la casa. Hecho esto, y en vista de que sería inútil despertar a Lorenzo, se disponía ya a marcharse cuando apareció la mole roja y risueña del norteamericano.

Fingió sorprenderse de hallar allí a Luzardo; pero como a éste no se le escapó que se había venido siguiéndolo e hiciera un gesto poco afable, interrogó indicando a Lorenzo con un movimiento de cabeza:

—¿Borracho, eh? Seguramente se ha bebido ya todo el aguardiente que le mandé ayer.

—Hace usted mal en proporcionarle bebida a este hombre —repuso Santos.

—Esto no tiene remedio, doctor. Déjelo usted que se acabe de matar. Él no quiere vivir. Está enamorado todavía de la linda Barbarita. Terriblemente enamorado, y bebe y bebe para olvidarse de ella. Ya se lo he dicho muchas veces: «Don Lorenzo, te estás matando.» Pero él no quiere hacer caso de mí y no se quita la pichaguita de la boca.

Y acercándose al chinchorro y sacudiéndolo por las cabuyeras[165]:

—¡Eh! ¡Don Lorenzo! Que tiene visita, chico. ¿Hasta cuándo vas a estar roncando ahí, metido dentro de ese chinchorro? Aquí está el doctor Luzardo, que viene a saludarte.

—Déjelo tranquilo —dijo Santos, disponiéndose a marcharse.

Lorenzo entreabrió los párpados y murmuró unas palabras ininteligibles. El yanqui le dio una cachetada brutal y soltó la risa:

—¡Qué rasca tienes, chico!

Y al volverse se quedó un instante mirando hacia el palmar, luego se encogió, crispó los dedos como para arañar, mostró los dientes y dejó escapar un bufido, cual si imitara al cunaguaro cuando retozaba con él.

«¿Qué le pasa a este hombre?», se preguntaba ya Santos, extrañado de aquellos desplantes, cuando él soltó la risa y explicó:

—La muchacha, nombre bonito de joropo.

Era Marisela, que venía con el haz de leña, como la tarde del encuentro del palmar; pero era persona ya diferente de aquella sucia y desgreñada. Vestía uno de los trajes que Santos le había hecho mandar, confeccionado por las nietas de Melesio Sandoval, y todo en ella daba muestra de aseo y hasta de acicalamiento, a pesar del bajo oficio a que se dedicaba. Santos se complació en esta transformación, que era obra de unas cuantas palabras suyas, y fue entonces cuando vino a fijarse en que la casa tampoco era ya aquel cubil inmundo y maloliente. El piso estaba barrido, y si todavía reinaba allí la miseria, ya la incuria había desaparecido.

Entre tanto, míster Danger continuó:

—Ahora es la señorita Marisela; pero todavía brava como una cunaguara.

Y moviendo el índice en ademán de amonestaciones:

—Ayer me sacaste sangre con tus uñas.

---

165 *cabuyeras:* grupo de cuerdas tejidas o lisas, que sirven para atar y colgar el chinchorro por sus extremos.

—¡Guá! ¿Pa qué viene a tocame, pues? —respondió Marisela.

—Ella se pone brava conmigo porque yo digo: yo te he comprado a tu papá, y cuando él se muera te voy a llevar conmigo; yo tengo en casa un cunaguaro macho y quiero tener también una cunaguara hembra para sacar cunaguaritos.

Y mientras míster Danger celebraba su brutalidad con estentóreas carcajadas, y Marisela refunfuñaba enojada, Santos se dio cuenta del peligro que corría la muchacha bajo la protección de aquel hombre sin piedad y experimentó una vez más la profunda animadversión que le inspiraba.

—Ya es demasiado —exclamó sin poder contenerse—. Le emborracha usted al padre, la despoja de su patrimonio y por añadidura no tiene usted delicadeza para tratarla.

Míster Danger cortó en seco sus carcajadas, se le oscurecieron los ojos azules y la sangre huyó de su rostro. Sin embargo, no se le alteró la voz al replicar:

—¡Malo! ¡Malo! Usted quiere ponerse enemigo mío y yo puedo prohibirle a usted que pise esta tierra donde está parado. Yo tengo derechos para prohibírselo.

—Y yo conozco la historia de los derechos de usted —replicó Santos, con fogosa decisión.

El yanqui meditó un momento. Luego, desentendiéndose de Santos, sacó su cachimba[166], la cargó y mientras la chupaba, aplicándole la llama del fósforo, defendida entre sus enormes y velludas manos, repuso:

—Usted no conoce nada, hombre. Usted ni siquiera conoce sus derechos.

Y se marchó, haciendo resonar el suelo duro y sequizo bajo sus anchas plantas de conquistador de tierras mal defendidas. Santos sintió que la indignación se le convertía en vergüenza; pero en seguida reaccionó:

—Pronto se convencerá de que sí los conozco y sabré defenderlos.

Y decidió llevarse consigo a Lorenzo y su hija, para librarlos de la humillante tutela del extranjero.

---

[166] *cachimba*: pipa de fumar [Alvarado, pág. 83].

Segunda parte

Fotograma de la película *Doña Bárbara* (1943) de Fernando Fuentes.

Capítulo 1
Un acontecimiento insólito

Artera fue la táctica empleada por doña Bárbara cuando recibió aquella carta donde Luzardo le participaba su determinación de cercar *Altamira.* Nada podía agradarle menos que esta noticia de un límite a quien, cuando se le ponderaba su ambición de dominio, solía replicar socarronamente:

—Pero si yo no soy tan ambiciosa como me pintan. Yo me conformo con un pedacito de tierra nada más: el necesario para estar siempre en el centro de mis posesiones, donde quiera que me encuentre.

Sin embargo, en concluyendo de leer la carta, exclamó con una entonación de voz de mujer bonachona y sencillota:

—¡Bueno, pues! Por fin se van a acabar los pleitos por causa de ese bendito lindero con *Altamira*, porque el doctor Luzardo va a cercar su hato y de ahora en adelante no habrá más equivocaciones. Esto es lo mejor: la cerca. ¡Sí, señor! Así cada cual sabe hasta dónde llega lo suyo y puede estar como dice el dicho: cada cual en su casa y Dios en la de todos. ¡Eso es! Hace tiempo que vengo pensando en la cerca; pero todavía no he podido darme ese gusto porque es mucha la plata que cuesta. El doctor sí puede darse ese gusto porque él tiene, y hace bien en gastarse una poca de plata en eso.

Balbino Paiba, que a la voz de carta de Luzardo se le había acercado, por si de él se tratara, se quedó mirándola de hito en hito, sin comprender que todo aquello eran puras marrajerías encaminadas a que Antonio Sandoval, que estaba esperando la respuesta, llevase a *Altamira* el cuento de la buena disposición de ánimo con que había acogido la noticia. Pero como ya Antonio había oído decir que aquella entonación de voz no la empleaba ella sino cuando se proponía un plan artero, se hizo esta reflexión:

«Ahora es cuando está peligrosa la mujer.»

—Dígale, pues, al doctor Luzardo —concluyó ella— que quedo en cuenta de lo que se propone; pero que, respective a medianería, por ahora no estoy en condiciones de costearla. Que si él quiere y tiene mucha prisa —pues ya veo que el doctor es de los que llegan tumbando y capando[167], como dicen vulgarmente— puede proceder a plantar los postes de una vez, que después nos entenderemos. Él me dirá lo que haya gastado y no pelearemos por eso.

—Y respective al trabajo que le pide el doctor —inquirió Antonio, dándole una entonación especial al término empleado por ella—, ¿qué le contesta?

—¡Ah! Se me olvidaba que también me habla de eso. Dígale que por ahora mis sabanas no están en condiciones de permitir trabajos; pero que yo le avisaré en cuanto no más pueda dárselos. Mientras tanto que vaya echando la posteadura. De aquí a cuando vayamos a echar el alambre hay tiempo de sobra para que él recoja su ganado de por aquí y yo los mautes míos que andan por allá. Dígale eso. Y démele un saludo de mi parte.

Apenas hubo partido Antonio, Balbino Paiba expresó la idea siniestra que no podía por menos de atribuirle a doña Bárbara:

—Por supuesto, el doctor Luzardo no va tener tiempo de echar esa cerca.

—¿Por qué no? —replicó ella, mientras doblaba la carta para meterla de nuevo en el sobre—. Eso es cuestión de unas semanas no más. Pero como no vaya a equivocarse y echarla más acá del lindero.

---

[167] *tumbando y capando:* dicho llanero que expresa actuar primero, rápidamente, ante una situación de reto o peligro.

Y volviendo a su tono natural de voz, sin socarronerías que ya no tenían objeto:

—Llámate acá a los Mondragones.

Al día siguiente amanecieron trasplantados el poste del lindero y la casa de *Macanillal*; pero no *Altamira* adentro, como antes solían moverse, sino en sentido inverso, cediendo terreno y a un sitio cuyas señales no pudieran corresponder a las de la demarcación última vigente.

La estratagema tenía por objeto que Luzardo se extralimitara al echar la cerca, ateniéndose sólo al poste y a la casa, que eran los puntos de referencia más ostensibles dentro de la vaguedad de los términos del deslinde. Luego sería fácil demostrar que la mudanza había sido obra de él, valiéndose de que no había por allí quien se lo impidiera, pues hacía tres días que los Mondragones, únicos habitadores del desierto de *Macanillal*, habían desocupado la casa en piernas. Por algo lo había dispuesto ella así.

Y hasta Balbino Paiba, que no solía concederle nada a nadie, tuvo que reconocer:

—¡No hay cuestión! Esta mujer ve el gusano donde uno no ve la res. No sé si serán consejos del «Socio», pero lo cierto es que el plan ha estado bien combinado.

La verdad era que tal orden de desocupación de *Macanillal*, dada junto con la de restituir el lindero al sitio donde lo pusiera la ejecución de la sentencia del último litigio, no había sido encaminada a la estratagema de ocurrencia posterior, pues entonces ni siquiera le había cruzado por la mente a doña Bárbara la posibilidad de que Santos Luzardo quisiese cercar; pero como vino a resultar útil para el ardid recién concebido, ella se engañó a sí misma considerándola como paso previo de su plan, cual si tal se hubiese trazado desde el primer momento, adelantándose a los propósitos del enemigo, por obra y milagro de aquel don de adivinación de los acontecimientos futuros que estaba convencida de poseer, gracias al «Socio». Así, por momentáneos impulsos aislados, que luego circunstancias fortuitas encadenaban, había procedido siempre, y como casi siempre la había ayudado la fortuna, visto por fuera —y era así como ella misma lo veía— aquello parecía efectiva y extraordinaria previsión; mas, visto por dentro, doña Bárbara resultaba incapaz de concebir un verdadero plan. Su habilidad estaba, únicamente, en saber sacarle enseguida el mayor provecho a los resultados aleatorios de sus impulsos.

Pero esta vez no acudieron en su ayuda las circunstancias. Avisado por el recelo que a Antonio le había causado la falsa actitud conciliatoria de la mujerona y aleccionado por lo que acababa de ocurrirle con míster Danger, Santos estudió cuidadosamente el asunto antes de proceder a plantar la posteadura de la cerca, y cuando aquélla vio que la plantaba justamente donde debía, sin caer en el ardid, tuvo la intuición de que algo nuevo comenzaba para ella desde aquel momento.

No obstante, ensoberbecida por la desairada situación en que había quedado, optó por la violencia abierta, y cuando Luzardo, días después, le reiteró la petición del permiso para sacar sus ganados de las sabanas de *El Miedo*, se lo negó rotundamente.

—Y ahora, doctor —insinuó Antonio Sandoval—, usted, por supuesto, va a pagarle con la misma moneda echando la cerca sin permitirle que ella saque su ganado de aquí. ¿No es así?

—No. Por ahora acudiré a la autoridad inmediata para que la obligue a cumplir lo que le ordena la ley. Al mismo tiempo haré citar ante la Jefatura Civil al señor Danger y así quedarán zanjadas de una vez las dos dificultades.

—¿Y cree usted que ño Pernalete le hará caso? —objetó todavía Antonio, refiriéndose al Jefe Civil dentro de cuya jurisdicción estaban ubicadas *Altamira* y *El Miedo*—. Ño Pernalete y doña Bárbara son uña y carne.

—Ya veremos si se niega a hacerme justicia —concluyó Santos. Y al día siguiente partió para el pueblo cabecera del Distrito.

Escombros entre matorrales, vestigios de una antigua población próspera; ranchos de barro y palma esparcidos por la sabana; otros, más allá, alineados a orillas de una calle sin aceras y sembrada de baches; una plaza, campo de yerbajos rastreros a la sombra de tiñosos samanes centenarios; a un costado de ella, la fábrica inconclusa —que más parecía ruina— de un templo que habría sido demasiado grande para la población actual, y finalmente algunas casas de antigua y sólida construcción, las más de ellas deshabitadas, algunas sin dueño conocido, y sobre una de las cuales, hundidos los techos y desplomados los muros, aún se apoyaba el tronco gigante de un jabillo[168] derribado por el huracán hacía ya muchos años; una población cuyas principales familias habían desaparecido o emigrado, uno de esos muchos pueblos venezolanos que guerras, paludismo, anquilostomiasis y otras calamidades más han ido dejando convertidos en escombros a las orillas de los caminos; esto era el pueblo cabecera del Distrito, teatro de las sangrientas contiendas entre Luzardos y Barqueros.

Ya Santos lo había recorrido casi todo sin tropezarse con un transeúnte, cuando por fin vio unos hombres en el corredor de una pulpería, silenciosos, desocupados, pero como si esperasen algo que debiera ocurrir de un momento a otro. Unos hombres ventrudos, de caras macilentas, bigotes lacios y miradas mustias.

—¿Pueden decirme dónde queda por aquí la Jefatura Civil? —les preguntó.

Se miraron entre sí, como disgustados de que los obligasen a hablar, y por fin, con voz quejumbrosa, uno de ellos comenzaba a dar la indicación pedida, cuando de la pulpería salió alguien exclamando:

—¡Luzardo! ¡Santos Luzardo! ¿Tú por aquí, chico?

Mas como Santos no correspondiese a sus amistosas demostraciones, ya para abrazarlo, se detuvo frente a él y lo interpeló:

—¿No me conoces?

—Pues, francamente...

—Recuerda, chico. Procura recordar... ¡Mujiquita, chico! ¿No te acuerdas de Mujiquita? Condiscípulos en la Universidad, en el primer año de Derecho.

---

[168] *jabillo* (*Hura crepitans*): árbol corpulento de 20 m de alto, con espinas en la corteza; madera muy resistente al agua; se utiliza para construir canoas y bongos en los llanos [Alvarado, pág. 1111].

No lo recordaba, pero habría sido una crueldad dejarlo con los brazos abiertos:

—¡Cómo no! Mujiquita, sí.

Como los hombres que estaban en el corredor de la pulpería, Mujiquita parecía pertenecer a una raza distinta de la que poblaba las sabanas, hombres fuertes y alegres, generalmente. En cambio éstos del pueblo llanero eran tristes, melancólicos, aniquilados por la leucemia palúdica. Mujiquita, especialmente, era una verdadera lástima: los bigotes, el cabello, las pupilas, la piel, todo parecía tenerlo empolvado, con aquel polvo amarillo que alfombraba las calles del pueblo; todo en él daba la impresión de esos pobres árboles de orillas de camino, que no se sabe de qué color son. No era desaseo propiamente; era pátina, marchitez palúdica y soflama del alcohol. Hasta cuando quería demostrar contento sólo se le escapaban exclamaciones quejumbrosas:

—¡Sí, hombre! Condiscípulo tuyo. ¡Qué tiempos aquéllos, Santos! ¡Ortolán, el doctor Urbaneja!... ¡Mujiquita, chico! Así me llamaban ustedes y así todavía me dicen los amigos. Tú eras el alumno más aprovechado del curso. ¡Cómo no! Yo no me he olvidado de ti. ¿Te acuerdas de cuando me ayudabas a estudiar las lecciones de Derecho Romano, paseándonos por los claustros de la Universidad? *Pater est quem nuptiae demostrant.* ¡Cómo se le quedan a uno grabadas ciertas cosas! A mí no me entraba el Derecho Romano y tú te calentabas conmigo porque no entendía... ¡Ah, Santos Luzardo! ¡Qué tiempos aquéllos! Me parece estar oyendo aquellas peroratas tuyas que nos dejaban a todos con la boca abierta. ¿Quién me iba a decir que iba a volver a verte? ¿Tú te graduaste ya, por supuesto? ¡Cómo no! Tú eras el mejor del curso. ¿Y qué buscas aquí?

—La Jefatura Civil.

—Acabas de dejarla atrás. No te has fijado porque está cerrada. Como hoy el general no está en el pueblo —ha salido para uno de sus hatos—, no la he abierto. Has de saber que estás hablando con el secretario.

—¡Ah! ¿Sí? Pues celebro haberme tropezado contigo —díjole Santos, y en seguida le explicó el objeto de su viaje.

Mujiquita se quedó un rato caviloso, y luego:

—Has tenido suerte, chico, de no encontrar al coronel, porque con él hubieras perdido tu tiempo. Es muy amigo de doña Bárbara, y si es míster Danger, ya tú sabes que musiú tiene garantías en esta tierra. Pero yo te voy a arreglar la cosa. ¡Cómo no, Santos! Para algo hemos sido amigos. Voy a citar a doña Bárbara y a míster Danger, en nombre del Jefe Civil, haciéndome el que no sé las cosas que median entre ellos, de modo que, cuando se presenten en la Jefatura, ya no haya remedio y tú puedas exponer tus quejas.

—¿De manera que si no me encuentro contigo...?

—Te habrías ido con las cajas destempladas. ¡Ay, Santos Luzardo! Tú estás acabando de salir de la Universidad y crees que eso de reclamar derechos es tan fácil como parece en los libros. Pero no tengas cuidado: lo principal está logrado ya: que se haga comparecer ante la Jefatura a doña Bárbara y a míster Danger. Aprovechándome de que el coronel no está aquí y haciéndome el mogollón, ya voy a mandar un propio con las boletas de citación. De modo que pasado mañana a estas horas deben de estar aquí. Mientras tanto tú te quedas por ahí, sin dejarte ver, no vaya a informarse el coronel a qué has venido y tener yo que explicarle antes de tiempo.

—Tendría que encerrarme en la posada. Si es que alguna hay en este pueblo.

—No es muy recomendable la que hay; pero... Si no fuera porque no conviene que el general se dé cuenta de que somos buenos amigos, yo te diría que te quedaras en casa.

—Gracias, Mujica.

—¡Mujiquita, chico! Dime como me decías antes. Yo siempre soy y seré el mismo para ti. No te imaginas el placer que me has proporcionado. ¡Aquellos tiempos de la Universidad! ¿Y el viejo Lira, chico? ¿Vive todavía? ¿Y Modesto, siempre rezando? ¡Qué buen hombre aquel Modesto! ¿Verdad, chico?

—Muy bueno. Pues, oye, Mujiquita: yo te agradezco la buena voluntad de serme útil que has mostrado; pero como lo que vengo a reclamar es perfectamente legal, no tengo por qué andar con tantos tapujos. El Jefe Civil, ése de quien todavía no sé si es general o coronel, pues le das los dos tratamientos alternativamente, tendrá que atender mi solicitud...

Pero Mujiquita no lo dejó concluir:

—Mira, Santos: síguete por mí. Tú traes la teoría, pero yo tengo la práctica. Haz lo que te aconsejo: métete en la posada, fíngete enfermo y no salgas a la calle hasta que yo te avise.

Se parecía a casi todos los de su oficio, como un toro a otro del mismo pelo, pues no poseía ni más ni menos que lo necesario para ser Jefe Civil de pueblos como aquél: una ignorancia absoluta, un temperamento despótico y un grado adquirido en correrías militares. De coronel era el que había ganado en las de su juventud; pero aunque sus amigos y servidores tendían a darle, a veces, el de general, el resto de la población del Distrito prefería llamarlo ño Pernalete.

Estaba despachando con Mujiquita, bajo la égida de un sable pendiente de la pared, envainado, pero con muestras de un uso frecuente en el desniquelado de la tarama, cuando se sintieron en la calle pisadas de caballos.

Empalideciendo de pronto, aunque ya todo lo tenía preparado para aquel preciso momento, Mujiquita exclamó:

—¡Ah, caramba! Se me olvidaba decirle, general.

Y echó el cuento, aduciendo en justificación de la prisa que se había tomado para citar a los vecinos de Santos el temor de que éste —Luzardo al fin— se hiciera justicia por sí mismo si no encontraba a la autoridad pronta a impartírsela.

—Como usted se había ido para *Las Maporas* sin decirme cuánto tiempo estaría allá —concluyó—, yo creí que lo mejor era proceder enseguida.

—Ya sabía yo que usted tenía algún entaparado[169], Mujiquita. Porque desde ayer está como perro con gusano y en lo que va de hoy, si no se ha asomado cien veces a la puerta, es porque habrán sido más. ¿Con que lo mejor era proceder en seguida? Mire, Mujiquita, ¿usted cree que yo no sé que ese doctorcito que está ahí en la posada es amigo suyo?

Pero ya se detenían en la puerta de la Jefatura doña Bárba-

[169] *entaparado*: negocio secreto, muy reservado [Alvarado, pág. 186].

ra y míster Danger, y ño Pernalete se reservó para después lo que todavía tenía que decirle al secretario. No le convenía que las personas citadas se enterasen de que allí se podía hacer nada sin consentimiento suyo, y salió a recibirlas, aceptando el papel que le obligaba a representar Mujiquita; pero, ¡eso sí!, dispuesto a cobrárselo caro.

—Adelante, mi señora. ¡Caramba! Si no es así no la vemos a usted por aquí. Siéntese, doña Bárbara. Aquí estará más cómoda. ¡Mujiquita! Quite su sombrero de esa silla para que se siente míster Danger. Ya le he dicho varias veces que no ponga el sombrero sobre las sillas.

Mujiquita obedeció solícito. Era el precio, el inevitable vejamen que tenía que sufrirle a ño Pernalete cada vez que se atrevía a meter la mano en ayuda de algún solicitante de justicia; su corona de martirio, hecha de reprimendas insolentes en público, a voz en cuello, para mayor escarnio de su dignidad de hombre. Ya tenía callos en los oídos de tanto recibirlas; pero en aquel pueblo no se daban cuenta de lo que le debían a Mujiquita. «¿Hasta cuándo te estarás metiendo a redentor?», solía decirle su mujer cuando lo veía llegar a casa, después de aquellos regaños, deprimido, con lágrimas en los ojos.

Pero él respondía invariablemente:

—Pero, ¡chica! Si no me meto, ¿quién aguanta al coronel?

Y, atolondrado por la vergüenza, estuvo largo rato buscando donde poner el sombrero.

—Bueno. Aquí estamos a la orden de usted —dijo míster Danger.

Y doña Bárbara, sin disimular el enojo que todo aquello le causaba, agregó:

—Poco ha faltado para que se nos atarrillaran los caballos, por estar aquí, como usted mandaba, al término de la distancia.

Ño Pernalete le echó una mirada furiosa a Mujiquita y enseguida le dijo:

—Ande y búsquese al doctor Luzardo. Dígale que no se haga esperar mucho, que ya están aquí los señores.

Y Mujiquita salió de la Jefatura, diciéndose, bajo el peso del mal presentimiento:

—Lo que soy yo, de ésta pierdo el puesto. Tiene razón mi mujer: ¿quién me manda a meterme a redentor?

Momentos después, cuando regresó en compañía de Luzardo, ya la actitud de doña Bárbara era otra: había recobrado su habitual expresión de impasibilidad y sólo un ojo muy zahorí habría podido descubrir en aquel rostro un indicio de pérfida satisfacción reveladora de que ya se había entendido con ño Pernalete. Sin embargo, tuvo un instante de desconcierto al ver a Luzardo: la intuición fulminante del drama final de su vida.

—Bien —dijo ño Pernalete, sin responder al saludo de Luzardo—. Aquí están los señores que han venido a oír las quejas que usted tiene que formular contra ellos.

—Perfectamente —dijo Luzardo, tomándose el asiento que no le brindaban, pues ni Pernalete estaba para cortesías, ni Mujiquita para demostraciones amistosas que acabaran de comprometerlo—. En primer lugar, y perdóneme la señora que la posponga, el caso del señor Danger.

Y como advirtiese la rápida guiñada de ojos que con el aludido cruzó el Jefe Civil, comprendió que ya se habían entendido entre sí e hizo una pausa para dejarlos gozarse en su picardía.

—Es el caso que el señor Danger tiene en sus corrales —y me sería fácil comprobarlo— reses marcadas con su hierro, pero que, sin embargo, llevan las señales de *Altamira*.

—¿Y eso qué quiere decir? —interpeló el extranjero, sorprendido de aquel tema que no era el que esperaba oírle plantear.

—Que no le pertenecen. Simplemente.

—¡Oh! ¡Carramba! Cómo se conoce que usted está tiernito en cosas de llano, doctor Luzardo. ¿No sabe usted que las señales no tienen importancia ninguna, y que lo único que da fe sobre la propiedad de una res es el hierro, siempre que esté debidamente empadronado?[170].

---

[170] *empadronar*: «registrar ante las autoridades oficiales un arma, un animal o un *hierro*» [Núñez y Pérez, pág. 197].

—¿De modo que puede usted cazar orejanos marcados con señales ajenas?

—¿Y por qué no? Yo estoy cansado de hacerlo y usted también lo estaría si se hubiera ocupado antes de su hato. ¿No es así, coronel?

Pero antes de que éste hubiese apoyado la afirmación de míster Danger, Luzardo dijo:

—Basta. Lo que me interesaba era que usted confesara que caza orejanos en *La Barquereña.*

—¿Y no es mía *La Barquereña?* Aquí tengo encima de mi pecho los títulos de mi propiedad. ¿Pretende usted prohibirme que yo haga en mi posesión lo que usted puede hacer en la suya?

—Algo de eso me propongo, realmente. Coronel, tenga la bondad de exigirle al señor Danger que le muestre esos títulos de propiedad.

—Pero bien —replicó ño Pernalete—. ¿Qué es lo que usted se propone, doctor Luzardo?

—Demostrar que el señor Danger está fuera de la ley, porque no posee la extensión de tierras que la Ley de Llano señala como mínimo para tener derecho a cazar orejanos.

—¡Oh! —hizo míster Danger, al tiempo que palidecía de ira, sin hallar objeción que hacer, pues era cierto lo que afirmaba Luzardo.

Y éste, sin darle tiempo a recobrarse de aquella sorpresa, concluyó:

—¿Ve usted cómo sí conozco mis derechos y estoy dispuesto a defenderlos? ¿Creía usted que yo venía a tratar de la palizada de *Corozalito*? Ahora será usted quien tendrá que levantarla, porque no teniendo derecho a cazar orejanos, su propiedad debe estar cercada.

—¡Pero bien! —volvió a exclamar ño Pernalete, descargando un puñetazo sobre la mesa de despacho ante la cual estaba sentado—. ¿Y qué papel hago yo aquí, doctor Luzardo? Porque usted habla en un tono que parece que fuera la autoridad.

—En absoluto, coronel. Hablo en el tono de quien reclama ante la autoridad el cumplimiento de una ley. Y como ya he expuesto el caso del señor Danger, pasemos al de la señora.

Entre tanto, doña Bárbara, sin mezclarse en la querella, había demostrado un interés creciente a medida que Santos hablaba. Ya bien impresionada —y muy a pesar suyo— desde que lo vio aparecer en la puerta de la Jefatura, acabó de hacérselo simpático la habilidad con que él le había arrancado al extranjero despreciativo la confesión que necesitaba. En parte, por la astucia misma, que era lo que más podía admirar en alguien doña Bárbara; en parte, porque se trataba de míster Danger y nada podía serle más grato que la derrota de aquel hombre[171], el único que podía jactarse de no haberse sometido a sus designios y, finalmente, porque se trataba de un extranjero y doña Bárbara los odiaba de todo corazón.

Pero las últimas palabras de Santos hicieron desaparecer de su rostro la expresión de complacencia y aquél volvió a convertirse para ella en el enemigo de guerra jurada.

—Se trata de que la señora —prosiguió Santos— se niega a darme trabajo en sus sabanas. Trabajo que necesito urgentemente y que la Ley de Llano la obliga a darme.

—Es cierto lo que dice el doctor —manifestó doña Bárbara—. Se lo he negado y se lo niego otra vez.

—¡Más claro no canta un gallo! —exclamó el Jefe Civil.

—Pero la Ley también es clara y terminante —replicó Luzardo—. Y pido que la señora se atenga a ella.

—A ella me atengo, sí, señor.

Sonriendo de la picardía ya concertada entre ambos, ño Pernalete se dirigió al secretario, que hasta allí había estado como si sólo atendiera a lo que escribía en uno de los libros que estaban sobre la mesa.

—A ver, Mujiquita. Tráigame acá la Ley de Llano vigente.

Cogió el folleto de las manos de Mujiquita, arrebatándoselo casi, lo abrió, pasó unas hojas mojándose de saliva el índice y finalmente exclamó:

—¡Anjá! ¡Aquí está! Vamos a ver qué dice la Ley soberana. Pues sí, señora. El doctor tiene razón: la ley es terminante.

---

[171] Variante de 1930: «... el único que podía jactarse de haberla despreciado y el único también que hasta allí le había impuesto su voluntad, valido del secreto que de ella poseía y, finalmente, porque se trataba de un extranjero...».

Escuche cómo dice: «Todo dueño de hato o fundación está obligado a...».

—Sí —interrumpió doña Bárbara—. Me sé de memoria el artículo ése.

—Entonces —rearguyó ño Pernalete, farsa adelante.

—¿Entonces, qué?

—Que debe atenerse a la ley.

—A ella me atengo, ya lo he dicho. Me niego a darle al doctor el trabajo que me pide. Impóngame usted el castigo que señale la ley.

—¿El castigo? Vamos a ver qué dice la ley soberana.

Pero Luzardo lo interrumpió, diciendo, a tiempo que se ponía de pie:

—No se moleste, coronel. No lo encontrará. La ley no establece para este caso penas de multas ni arrestos, que son las únicas que puede imponer la autoridad civil de que está investido usted.

—¿Y entonces? Le pregunto yo ahora a usted: ¿Qué pretende que yo haga si la ley no me autoriza?

—Ya no pretendo nada. En un principio sí pretendí: que usted le hiciera comprender a la señora que, aunque la ley no determine penas de multas o arrestos, ella obliga de por sí. Obliga a su cumplimiento, pura y simplemente. Y si la señora, por no entenderlo así, no se aviene a lo que exijo, dentro del término de ocho días, la demandaré por ante un tribunal. Como demandaré también al señor Danger por lo que le corresponde. Y basta de explicaciones.

Dicho esto abandonó la Jefatura.

Hubo un momento de silencio durante el cual Mujiquita se dijo mentalmente:

«¡Ah, Santos Luzardo! El mismo de siempre.»

De pronto estalló el Jefe Civil:

—¡Esto no se queda así! Alguno va a pagar la altanería del doctorcito ése. ¡Venir a hablarme a mí de leyes!

Especialmente de leyes que obligasen por sí solas, sin necesidad de la *manu militari*, que era la que él solía meter cuando de leyes se tratare, no podía tolerar ño Pernalete que se le hablase; pero como además de celos de autoridad, a la manera como la entiende el bárbaro, o mejor dicho, a causa de esos mismos celos, ño Pernalete teníale cierta ojeriza a la dueña de *El Miedo* por el tratamiento de potencia a potencia que se veía obligado a darle, enseguida reaccionó contra ella y así que se hubo convencido de que ya Mujiquita —para quien fueron dichas sus anteriores palabras— no tenía más sangre que pudiera afluirle al rostro, agregó, cambiando de tono:

—Ahora le digo una cosa, doña Bárbara. Y a usted también, míster Danger. Eso que ha dicho el doctorcito es la pura verdad: las leyes tienen que cumplirse porque sí, pues si no no serían leyes, que quiere decir mandatos, órdenes del Gobierno de hacer o no hacer tal o cual cosa. Y como parece que ese doctorcito sabe dónde le aprieta el zapato, yo les aconsejo a ustedes que se transen con él. De modo que eche su cerca, míster Danger, porque usted, verdaderamente, no está en ley. Aunque no sea sino para llenar la fórmula. Después un palo que se cae hoy y otro mañana, y el ganado que para pasar al *Lambedero* no necesita boquetes muy grandes, ¿quién va a fijarse en eso? Vuelve usted a parar los palos, si el vecino reclama, y ellos se volverán a caer, porque esa tierra suya como que no es muy firme. ¿Verdad?

—¡Oh! Muy flojita, coronel. Usted lo ha dicho.

Y descargando sus manazas en los hombros del Jefe Civil, con la familiaridad a que le daba derecho la bribonada que acababa de oír, agregó:

—¡Este coronel tiene más vueltas que un cacho! Por allá le tengo dos vacas lecheras, muy buenas. Un día de éstos voy a mandárselas.

—Serán bien recibidas, míster Danger.

—¡Ah, coronel bien competente! ¿Quiere ir a echarse un trago conmigo?

—Dentro de un rato. Yo pasaré más tarde por la posada a buscarlo, porque supongo que usted no se va a ir ahora mismo.

—Convenido. Allá lo espero. ¿Y tú, Mujiquita, quieres acompañarme?

—Gracias, míster Danger.

—¡Oh! ¡Esta cosa sí que es rara! Mujiquita no quiere beber hoy. Bueno. Hasta más luego, como dicen ustedes. Hasta más lueguito, doña Bárbara. ¡Ja!, ¡ja! Doña Bárbara se ha quedado muy pensativa esta vez.

En efecto, ceñuda y pensativa, con la mano extendida sobre la Ley de Llano que ño Pernalete acababa de consultar representando la farsa concertada entre ambos para burlarse de las pretensiones de Luzardo, sobre la «Ley de doña Bárbara», como por allí se la llamaba, porque a fuerza de dinero había obtenido que se la elaboraran a la medida de sus desmanes, la mujerona se había quedado rumiando el encono que le habían producido las palabras de Santos Luzardo.

Por primera vez había oído amenaza semejante, y lo que más le encrespaba la cólera era que fuese, precisamente, aquella ley suya, pagada con su dinero, lo que la obligase a otorgar cuanto se había propuesto negar. Estrujó rabiosamente la hoja del folleto, murmurando:

—¡Que este papel, este pedazo de papel que yo puedo arrugar y volver trizas, tenga fuerza para obligarme a hacer lo que no me da la gana!

Pero estas rabiosas palabras, además de encono, expresaban también otra cosa: un acontecimiento insólito, un respeto que doña Bárbara nunca había sentido.

Christian Belpaire, *Los llanos* (1985). Archivo Audiovisual de Venezuela. Biblioteca Nacional de Venezuela.

Capítulo 2

Los amansadores

Varios días había estado Carmelito poniéndole un veladero a la *Catira*[172] del hatajo[173] del *Cabos Negros.*

No había en *Altamira* padrote más rijoso que este bayo salvaje y por eso era célebre y tenía nombre propio: no podía ver yegua bonita en hatajo ajeno sin que tratara de robársela, ni para impedírselo les era fácil a los demás sementales resistir la carga impetuosa de sus coces y dentelladas. Por otra parte, los hombres no habían encontrado todavía manera de capturarlo. Varias carreras le habían dado; mas por bien disimulados que estuvieran entre el monte los corrales falsos siempre los descubría y escapaba a tiempo.

La *Catira*, blanca y esbelta como una garza, era la potranca más hermosa de su yeguada; pero llegó el tiempo en que, vedada la hija para el amor del caballo salvaje, debía de ser expulsada del hatajo. El *Cabos Negros* le amusgó las orejas, le mostró los dientes, haciéndola entender que de allí en adelante no podían continuar juntos, y ella se quedó plantada en medio de la sabana, viendo alejarse la familia de la cual ya

---

172 *Catira:* cabalgadura de color blanco y ojos muy vivos [Núñez y Pérez, pág. 119]. En 1955, Camilo José Cela publicó una novela con el título *La Catira.* Ocasionó un escándalo político intelectual: había sido invitado a Venezuela por el dictador Marcos Pérez Jiménez, quien le contrató la obra como parodia de *Doña Bárbara.*

173 *hatajo:* rebaño de yeguas con el padrote [Núñez y Pérez, pág. 271].

no formaba parte, juntos los delgados remos, temblorosos los rosados belfos, tristes los claros ojos.

Vagó sola, desganada y lenta, por los acostumbrados sitios, y de regreso al hato Carmelito la divisó a distancia contemplando la dorada polvareda que allá en el horizonte levantaba el alegre retozo del perdido hatajo.

A la mañana siguiente fue Carmelito a apostarse en el bebedero, encaramado y oculto entre las ramas de un merecure, apercibido el lazo; pero la potranca era tan bellaca como el padre y fue necesario velarla por espacio de una semana. Al fin cayó en el engaño. Al manosearla, Carmelito la consoló diciéndole:

—No te pesará, *Catira*. Estate quieta.

Marisela, como viese el hermoso animal que el peón traía arrebiatado, exclamó:

—¡Qué bestia tan bonita! ¡Quién tuviera una así!

—Te la compro, Carmelito —propúsole Santos.

Pero el peón huraño le respondió secamente:

—No está en venta, doctor.

En el Llano —donde, según el proverbio, propiedad que se mueve no es propiedad—, el dueño de una bestia salvaje es quien la captura, y la costumbre establece que si el propietario del hato la quiere para sí, debe comprársela, por una cantidad que, en realidad, no es sino el pago del trabajo de cazarla y amansarla; pero bien puede aquél negarse a venderla, siempre que la destine a su uso personal.

Laborioso fue el amansamiento, porque la *Catira* tenía un «corcoveo[174] jacheado» que había de ser muy de a caballo para mantenérsele encima; pero bestia que amansara Carmelito, por bellaca que fuese, quedaba como una seda, suave y blanda de boca.

—¿Cómo va la *Catira*, Carmelito? —solía preguntarle Luzardo.

—¡Ahí, doctor! Ya está cogiendito el paso. ¿Y a usted, cómo le va en lo suyo?

---

174 *corcoveo* o *corcobeo*: encabritamiento de una cabalgadura [Núñez y Pérez, pág. 140].

Se refería a la tarea de la educación de Marisela, emprendida por Santos.

También Marisela tenía su «corcoveo jacheado». No porque le costase trabajo aprender, sino porque de pronto se enfurruñaba con el maestro.

—Déjeme ir para mi monte otra vez.

—Vete, pues. Pero hasta allá te perseguiré diciéndote: no se dice jallé, sino hallé o encontré; no se dice aguaite, sino mire, vea.

—Es que se me sale sin darme cuenta. Mire, pues, lo que me encontré curucuteando[175]... registrando por ahí. ¿No le parece bonito para ponerlo con flores en la mesa?

—El florero no es bonito propiamente.

—¿No ve? Ya sabía yo que iba a encontrarle algún defecto.

—Aguarda, criatura. No me has dejado terminar. Que no sea bonito el florero no es culpa tuya. En cambio, sí me agrada que se te haya ocurrido poner flores en la mesa.

—Ya ve, pues, que no soy tan bruta. Eso no me lo había enseñado usted.

—Nunca he creído que lo seas. Por el contrario, siempre te he dicho que eres una muchacha inteligente.

—Sí. Ya eso me lo ha dicho bastante.

—Parece que no te agrada oírlo. ¿Qué más quieres que te diga?

—¡Guá! ¿Qué voy a querer yo? ¿Acaso estoy pidiendo más, pues?

—¡El guá, otra vez!

—¡Umjú!

—No te impacientes —concluyó él—. Te llevo la cuenta de los guás y todos los días la cifra va disminuyendo. En todo el de hoy una sola vez se te ha escapado.

Esto en cuanto al vocabulario, corrigiéndoselo a cada momento. Las lecciones, propiamente, eran por las noches. Ya del largo olvido estaban saliendo bastante bien la lectura y la escritura, que fue lo único que, de pequeñita, le había ense-

---

175 *curucutear:* «registrar o revisar, generalmente por curiosidad, objetos personales propios o de otra persona» [Núñez y Pérez, pág. 155].

ñado su padre. Lo demás todo era nuevo e interesante para ella y lo aprendía con una facilidad extraordinaria. En cuanto a maneras y costumbres, los modelos eran señoritas de Caracas, todas bien educadas y exquisitas, amigas de Santos, siempre oportunamente recordadas en las conversaciones con que él animaba las sobremesas.

Marisela sonreía, pues no se le escapaba a su despierta imaginación que todo aquel largo hablar de las amigas de Caracas era para proponerle a ella algo que debiera imitar. También se enfurruñaba, a veces, si Santos se complacía demasiado en la pintura de los modelos, como generalmente sucedía que empezaran lecciones y terminaran nostalgias de la vida de la ciudad; pero entonces era cuando Marisela aprendía más porque, si el maestro se distraía, su instinto vigilaba. Limpia, presumida ya, todavía silvestre, pero como la flor del paraguatán que embalsama el aire de la mata y perfuma la miel de las aricas, nada quedaba en el aspecto de Marisela de aquella muchacha que portaba el haz de chamizas sobre la greña inmunda.

Lo mejor que traía en su pacotilla[176] el turco que todos los años, por aquella época, recorría los hatos del cajón de Arauca se lo compró Santos para que anduviese calzada y vestida con decencia. En la confección de los primeros trajes la sacaron del paso las nietas de Melesio Sandoval; para otros hizo de modisto Santos, dibujándole modelos, y esto dio origen a regocijadas escenas, pues si los dibujos no eran del todo malos, los patrones resultaban siempre inimitables y de un gusto deplorable, a veces.

—¡Hum! Yo no me pongo esa mojiganga[177] —protestaba ella.

—Tienes razón —concedía él—. Esto me ha resultado un poco sobrecargado. Tiene de todo, alforzas, faralaos[178]. Quitémosle esto.

---

[176] *pacotilla:* «géneros comerciales baratos o de baja calidad, que se llevan a vender de un punto a otro» [Alvarado, pág. 809].

[177] *mojiganga:* traje fuera de moda y muy viejo [Núñez y Pérez, pág. 340].

[178] *faralao:* volante que sirve para adornar vestidos y otras prendas... [Núñez y Pérez, pág. 226].

—Y esto también. Este gurrufío[179] por el pescuezo no me lo pongo yo.

—Convengamos en lo del gurrufío, pero di más bien cuello. Y quítaselo también. En esto como en muchas otras cosas tu instinto te dirige rápida y certeramente —concluía Santos, complacido en las felices disposiciones de aquella naturaleza, recia y dúctil a la vez, y viendo en Marisela una personalidad[180] del alma de la raza, abierta como el paisaje a toda acción mejoradora.

También le proporcionaba ocupación espiritual, compensadora de las rudas faenas del hato, la empresa de la regeneración de Lorenzo Barquero. Dosificándole la bebida y procurándole ocupaciones físicas y mentales, ya comenzaba a lograr que él mismo se empeñase en quitarse el vicio. Durante el día se lo llevaba consigo a sabanear y en las tertulias de sobremesa se empeñaba en interesarlo con temas que despertasen su aletargada inteligencia, que hacía años no funcionaba sino bajo la acción del alcohol.

Pero, además de producirle las incomparables satisfacciones de toda obra lograda, Marisela le alegraba la casa y le llenaba una necesidad de orden personal. Cuando ella entró en la de *Altamira*, ya ésta no era aquella inmunda madriguera de murciélagos donde días antes se metiera él, pues ya había hecho blanquear las paredes manchadas por las horruras de las asquerosas bestias, y fregar los pisos, cubiertos por una capa de barro endurecido, que durante quién sabe cuántos años habían depositado en ellos las plantas de los peones; pero era todavía la casa sin mujer. En lo material, la aguja que no se sabe manejar para zurcir la ropa, la comida servida por un peón; en lo espiritual —que para Santos Luzardo era lo más importante—, la casa sin respeto: el poder estar dentro de ella de cualquier modo, el no importar que en su silencio re-

[179] *gurrufío:* Alvarado lo describe como *bufadera*, juguete para niños (página 1101). M. J. Tejera (1983) registra una segunda acepción del habla coloquial obsolescente: «adorno de tela plisada o fruncida que se pone en los vestidos» (pág. 526). Núñez y Pérez refieren que en el habla llanera coloquial alude a una «persona, especialmente la de edad avanzada, que tiene la piel muy arrugada» (pág. 267).

[180] En 1930 dice: «personificación».

tumbara la palabra obscena del peón, el descuido de la persona y el endurecimiento de las costumbres.

Ahora, por lo contrario, después de las rudas faenas de ojeos y carreras, era necesario regresar con un ramo de flores sabaneras para la niña de la casa, cambiarse, quitarse el áspero olor de caballo y de toro que traía adherido a la piel y sentarse a la mesa dando ejemplo de buenos modales y manteniendo una conversación agradable y escogida.

Así, pues, mientras él la iba desbastando de su condición silvestre, Marisela le servía de defensa contra la adaptación a la rustiquez del medio, fuerza incontrastable con que la vida simple y bravía del desierto le imprime su sello a quien se abandona a ella.

Por momentos la discípula se le encabritaba, se le revolvían las sangres, como decía ella, y se negaba a recibir lecciones o respondía a sus advertencias con aquel brusco:

—«Déjeme ir para mi monte otra vez.»

Pero eran arrebatos pasajeros, manifestaciones de carácter que provenían de los mismos sentimientos que Santos estaba despertando en su espíritu. Enseguida volvía espontáneamente por lo que había rechazado:

—Bueno. ¿Esta noche no voy a dar lecciones?

Lo mismo que la *Catira*, que después de unos corcoveos cogía el paso por sí sola.

Pero Carmelito terminó primero. Con la potranca de diestro se le presentó una tarde a Santos, diciéndole:

—Me voy a permitir una licencia, doctor. Como aquí no hay bestia fina que pueda montar la señorita Marisela, le he amansado la *Catira* para su silla. Aquí la tiene, si quiere probarla usted mismo, antes de que ella la monte. Por eso no se la traigo aperada; pero por ahí le tengo también el galápago[181] y su apero completo.

Por el momento, Santos no vio en esto sino una manifestación del carácter de Carmelito, quien en vez de haberle respondido, cuando le propuso comprarle la potranca, que no se la vendía porque pensaba regalársela a Marisela, le dio aquella respuesta brusca. Pero después pensó que el haber es-

[181] *galápago*: silla de montar para mujeres [Núñez y Pérez, pág. 240].

cogido Carmelito la persona de Marisela para hacerle a él una demostración de simpatía, en desagravio de la actitud reservada con que lo había acogido, podía significar también que tal vez allá entre los peones se le juzgaba enamorado de la muchacha, y aunque esto nada agregaba a los sentimientos, completamente desinteresados, que ella le inspiraba, no le agradó que pudieran ser interpretados de aquel modo.

Llamó a Marisela para que fuese ella misma quien le diera las gracias.

—¡Qué bueno! —exclamó, palmoteando de alegría—. ¡Conque era para mí! ¿Y por qué no me lo había dicho antes, Carmelito? Me ha tenido usted envidiándole esa bestia todos estos días. Ensíllemela para dar un paseo.

Y enseguida:

—La cosa es que papá está hoy de mírame y no me toques y no querrá acompañarme.

—Por eso no —díjole Santos—. Puedo acompañarte yo.

Y Carmelito:

—Permítame que yo también vaya, doctor. Quiero ver cómo se desempeña la *Catira* con la señorita. Porque una cosa son las bestias con uno y otra con las mujeres.

La razón era aceptable; pero no la que verdaderamente movía a Carmelito.

Por el camino, dándole conversación, Santos se empeñó en que acabara de franqueársele. Antonio Sandoval no se cansaba de recomendarle aquel hombre y a él le inspiraba confianza; pero durante largo rato sólo logró arrancarle respuestas breves y secas. Por fin, a una pregunta de Santos, se resolvió a la confidencia que hacía días quería hacerle:

—Yo no nací peón, doctor Luzardo. Mi familia era una de las mejores del pueblo de Achaguas, y en San Fernando y en Caracas mismo tengo muchos parientes que quizás conozca usted —y citó varios, gente de calidad, en efecto—. Mi padre, sin ser rico, tenía de qué vivir. El hato del *Ave María* era suyo. Un día —tendría yo unos quince años, cuando más— asaltaron el hato una pandilla de cuatreros, de las muchas que, por entradas y salidas de aguas, andaban por todo este llano, arrasando con lo ajeno. Venían buscando caballos, pero mi viejo los divisó a tiempo y me dijo: «Carmelito. Hay que sacar de carrera esos cuarenta mostrencos que están en la corraleja y esconderlos en el monte. Llévese los peones que estén por ahí y no regresen hasta que yo no les mande aviso.» Sacamos las bestias, después de haberles amarrado a las colas unas ramas, para que ellas mismas fueran borrando sus huellas, y nos internamos en el monte, tres peones y yo. Pastoreando el bestiaje durante el día y velando en la noche, con el agua a la coraza[182] de la silla, muchas veces —porque aquel año fue bravo el invierno y casi todos los montes estaban anegados— estuvimos durante más de una semana pasando hambre. Nos pegó la calentura, y las picadas de los puyones[183] nos pusieron que no nos conocíamos unos a otros, de puro hinchadas que teníamos las caras, y ya las bestias estaban flacas y cubiertas de mataduras[184], porque las mordió el vampiro y les cayó el gusano, cuando, en vista de que el viejo no me mandaba el aviso de que podíamos regresar, resolví ir hasta la casa, yo solo, a ver qué estaba pasando allá. ¿Pasando? Ya todo había pasado, hacía días. Una zamurada voló de la casa cuando yo pisé el corredor. Los esqueletos solamente era lo que quedaba de mi padre y mi madre, y, en un rincón, Rafaelito, ese hermano de quien le dije el otro día que lo he mandado a llamar para que se venga a trabajar con usted. Entonces estaba gateando, de meses no más de nacido. Muriéndose de hambre lo recogí del suelo.

Y al cabo de una breve pausa:

—Ése que mientan ño Pernalete estaba entre aquellos cuatreros asesinos. Todavía vive, porque, aunque andaba con los otros, fue el único que no puso sus manos sobre mis viejos, según supe después. Los demás, ya me la pagaron, uno a uno. Yo sé que la venganza no es buena; pero es lo único que tenemos por aquí para cobrar deudas de sangre. De más está decirle cómo es que he venido a parar en peón. Aunque de usted lo soy con gusto.

---

[182] *coraza*: cubierta de cuero que cubre el armazón de la silla de montar [Núñez y Pérez, pág. 140].

[183] *puyón*: variedad de zancudo cuya picadura es muy dolorosa [Alvarado, pág. 1187].

[184] *mataduras*: heridas provocadas por las sillas de montar en el lomo de las cabalgaduras.

Y volvió a encerrarse en su mutismo, mientras Luzardo hacía los comentarios del caso con el cálido lenguaje que empleaba cuando se trataba de algo que tuviese relaciones con la violencia enseñoreada de la llanura.

Entre tanto, Marisela escuchaba; pero como el tema en que se había engolfado Santos era poco interesante para ella, y, además, no podía perdonarle que durante una hora larga todavía no le hubiese dirigido la palabra una sola vez, taloneó los ijares de la *Catira*, haciéndola coger un trote más animado, y rompió a cantar una de esas coplas que para cada sentimiento tiene el cantador llanero.

La letra no se le oía: pero la voz agradable modulaba con gracia la tonada. Santos interrumpió su discurso para prestarle atención, y Carmelito, disipada ya la amargura del recuerdo, se deleitó, también, en el canto bien entonado, y cuando Marisela terminó la copla, dijo:

—¡Ah, doctor! Como que no somos tan malos amansadores, usted y yo. Véale el paso a la *Catira*, por lo que a mí me corresponde. Que tocante a la obra de usted...

Fotograma de la película *Doña Bárbara* (1943) de Fernando Fuentes.

Capítulo 3

Los rebullones

Para las puñaladas, Melquíades; para las bribonadas, Balbino; para los mandados, Juan Primito. Sólo que algunos mandados de Juan Primito eran como puñaladas.

Greñudo, piojoso y con una barba hirsuta que no había manera de que conviniese en recortársela, era el recadero de doña Bárbara un bobo con alternativas de lunático furioso, aunque no desprovisto de atisbos de malicia, cuyas manías más singulares consistían en no beber el agua de las casas de *El Miedo*, así tuviese que caminar leguas por buscarla en otras, y en colocar sobre los techos de los caneyes cazuelas llenas de los más extraños líquidos, para que bebiesen unos pájaros fantásticos que denominaba rebullones.

A lo que se podía colegir de sus disparatados discursos, los rebullones eran una especie de materialización de los malos instintos de doña Bárbara, pues había cierta relación entre el género de perversa actividad a que ésta se entregara y el líquido que él les ponía a aquéllos para que aplacaran su sed: sangre, si fraguaba un asesinato; aceite y vinagre, si preparaba un litigio; miel de aricas y bilis de ganado mezcladas, si tendía las redes de sus hechizos a alguna futura víctima.

—¡Beban, bichos! —rezongaba Juan Primito al colocar las cazuelas sobre los techos—. ¡Jártense para que dejen quieto al cristiano!

Y como los rebullones casi siempre tenían alguna sed, Juan Primito no bebía el agua de *El Miedo*, no fueran a trocarse las suertes, pues aseguraba que agua donde aquellos pájaros diabólicos metiesen el pico se transformaba en el líquido que apetecieran, y persona que la bebiese inmediatamente recibiría el daño[185] a que otra estuviera sentenciada.

—Ya van a alborotarse otra vuelta los rebullones —se había dicho a raíz de la noticia de la llegada del dueño de *Altamira*, y desde aquel día se le vio a menudo explorando el cielo en espera de la diabólica bandada y ya con sus cazuelas listas para llenarlas con lo que fuese menester.

—¿Qué hubo, Juan Primito? —solían preguntarle los peones de la mujerona que con aquello se divertían—. ¿Todavía no aparecen?

—Allá como que viene uno —respondíales, poniéndose la mano extendida a la altura de las cejas, como si realmente hubiese algo que ver en aquel punto del cielo resplandeciente hacia donde miraba.

No obstante, entre los peones de *El Miedo*, más que por bobo, Juan Primito pasaba por bellaco.

Por fin, una tarde, Juan Primito exclamó:

—¡Ya están aquí los rebullones! ¡Ave María Purísima! Aguaiten, muchachos, cómo viene esa bandada de bichos negros oscureciendo el cielo.

Pero los que estaban en el secreto comprendieron que no era el cielo a donde había que mirar, sino al rostro de doña Bárbara, que regresaba del pueblo con el tajo vertical del ceño bravío en la frente.

Desde aquel momento y durante varios días, Juan Primito se lo pasó, augur de su locura o de su bellaquería —él mismo no habría podido determinar dónde concluía la una y comenzaba la otra—, observando el vuelo de los fantásticos pájaros siniestros para descubrir qué clase de sed traían, en idiota exploración del cielo entre una y otra maliciosa mirada de reojo al rostro de doña Bárbara.

—¿Será aceite y vinagre lo que quieren beber estos bichos? No parece. Porque cuando hay pleito entre manos, ahí mismo hay registradera de papeles. Ese vuelo es muy conocido...

---

185 *daño*: maldición, hechizo [Alvarado, pág. 653].

¿Será miel y jiel lo que vienen buscando? Pero si juera asina sería un revoloteo contento, y estos rebullones están volando muy callados... ¡Hum! ¡Como no vaya a ser sangre lo que vengan buscando!

Y así pasaron varios días, sin que tuvieran reposo las cazuelas propiciatorias, de la charca de sangre que dejaban las reses beneficiadas para el consumo del hato a los panales de aricas o a la pulpería por el aceite y vinagre, y a medida que pasaban los días sin que el fiero ceño desapareciese de la frente de doña Bárbara, la idiota manía de Juan Primito se iba convirtiendo en locura frenética.

Parejo frenesí se iba apoderando del ánimo de doña Bárbara, rabioso despecho de no haber podido silenciar para siempre aquella boca que había proferido la primera amenaza que ella escuchara: «y si la señora no se aviene a lo que le exijo, en el término de ocho días, la demandaré por ante un tribunal».

Durante las jornadas se entregaba a una actividad febril, a horcajadas sobre el caballo, amazona repugnante de pantalones hombrunos hasta los tobillos bajo la falda recogida al arzón, lazo en mano detrás del ganado altamireño que paciese por sus sabanas, insultando a los peones por el menor descuido y destrozándole los ijares a la bestia con las espuelas, y por las noches se encerraba en el cuarto de las conferencias con el «Socio» y allí permanecía en vela hasta el primer menudeo de los gallos.

—Veremos si se atreve —decíase a menudo, durante el largo soliloquio, paseándose de un extremo al otro de la habitación, detrás de cuya puerta casi siempre estaba Juan Primito escuchando, y éste aseguraba haber oído varias veces el estribillo con que respondía el «Socio»:

—¡Se atreverá!

Era la íntima convicción, sentida a pesar suyo y formulada con ronca voz de ira inútil, de que Santos Luzardo cumpliría su palabra.

Ya finalizaba el último día del plazo cuando llamó al recadero.

—Mande, señora —dijo Juan Primito, plantándosele por delante con la sonrisa que en su faz de idiota ponían el pavor supersticioso y la sumisión incondicional, y a tiempo que se hurgaba nerviosamente la inmunda barba con el negro garabato de la uña.

—Vas a ir a *Altamira* ahora mismo. Preguntas por el doctor Luzardo y le dices de mi parte que puede proceder cuando quiera al trabajo que me ha pedido y que me avise hora y punto para mandar mi gente.

Juan Primito le vio fulgurar en las negras pupilas la siniestra intención y antes de ponerse en marcha llenó de prisa todas sus cazuelas en la charca del degolladero y las colocó sobre los techos de los caneyes, murmurando:

—¡Era sangre lo que querían! ¡Beban, bichos! ¡Jártense y dejen quieto al cristiano!

Nadie como Juan Primito para tragarse las leguas al tranco precipitado de su marcha, volviendo a cada momento la cabeza, cual si se sintiera perseguido, y murmurando:

—¡Estas mujeres del demonio!

Pero no se refería especialmente a doña Bárbara, ni por el encargo que acababa de darle, sino a la mujer en general, tema de una extraña manía persecutoria que se le iba desarrollando a medida que caminaba por la sabana desierta.

Aquella tarde, además, espoleábalo el deseo de ver a Marisela.

Único afecto de su espíritu simple, nunca hubo para Juan Primito mayor placer que el de conversar con Marisela; sólo a ella le mostraba la pequeña porción razonable de su alma: las amarguras del hombre que había dentro del bobo. La había visto nacer; ocurrencia suya fue el nombre que a ella le pusieron; entre sus brazos, repudiada por la madre y aborrecida del padre, la había acunado, aya solícita por tierna ambigüedad de bobería, y si algunas palabras dulces había escuchado Marisela eran las de aquel llamarla: «Niña de mis ojos», que salían de los labios belfos, por entre la pelambre asquerosa, como de los negros panales la miel de las aricas. Dinero que cayera en las manos de Juan Primito fue siempre para regalar a la niña de sus ojos con cuanta baratija vistosa llevaran en sus pacotillas los buhoneros que pasaban por el hato, y después cuando lanzado de su casa Lorenzo Barquero y refugiado en el rancho del palmar se abandonó por completo a la borrachera, si ella no había pasado hambre la mayor parte de los días, era porque aquél le llevaba diariamente las sobras de la comida de la peonada de *El Miedo*.

—Aquí te traigo tus retallones[186], niña de mis ojos —decíale, mostrándole el porsiacaso lleno, quién sabe con cuánta amargura bajo la risa idiota.

Luego el cúmulo de disparates que él iba ensartando en su charla atropellada y las risotadas con que ella se los celebraba, y el gusto que él ponía en oírselas, y el placer que ella encontraba en hacérselos decir, pero, almas adentro, el afecto recíproco, luz de la vida del simple.

Santos Luzardo lo había privado de este placer al llevarse a Marisela para *Altamira*. Hasta allá habría ido a verla diariamente, porque para él no existían distancias; pero los peones de *El Miedo*, entre groseras chanzas, le habían dicho:

—Te quitaron la novia, Juan Primito.

Y esto, enfureciéndolo, fue como revolver una charca dormida; celos bestiales y pensamientos ruines, fango del alma elemental, turbáronle el puro afecto, y Marisela se le convirtió, de pronto, en una de aquellas mujeres de su manía persecutoria que corrían desnudas detrás de él, visionario, por la sabana desierta.

Atormentado por esta visión cruel, tuvo su paso de luna y poco faltó para que doña Bárbara ordenara ponerle la chaqueta de fuerza.

Pasado el acceso de furia, no volvió a nombrar a Marisela, y cuando le preguntaban por ella respondía:

—¡Guá! ¿No sabe que se murió? Ésa que está en *Altamira* es otra persona.

No obstante, aquella tarde no le daban abasto las piernas tragaleguas para la prisa que llevaba por verla. Realmente, parecía otra persona aquella Marisela que le salió al encuentro.

—¡Niña de mis ojos! —exclamó, deteniéndose alelado—. ¿Eres tú?

—¿Quién voy a ser, Juan Primito? —replicó ella, soltando la risa entre azorada y complacida.

---

186 *retallón*: «Sobrados de la comida reservados a los pobres» [Alvarado, pág. 1195].

—¡Pero si estás rebuenamoza, muchacha! ¡Y hasta has engordado! ¡Cómo se conoce que ahora comes completo! ¿Y ese camisón tan bonito, quién te lo compró? ¿Y esos zapatos? ¡Tú con zapatos, niña de mis ojos!

—¡Umjú! —hizo Marisela, enrojeciendo de la vergüenza que aquellas exclamaciones le sacaban a la cara—. ¡Qué preguntón y qué antipático te has puesto, Juan Primito!

—Es que me da gusto verte asina. Estás más linda que la flor de la maravilla. ¡Lo que pueden los trapos!

—Ya lo sabes, pues, para que te cambies ésos que llevas encima, que ya dan grima.

—¿Vestirme yo de limpio? Eso está bueno para ti, que tienes a quien lucirle. ¿Te quiere mucho? Dime la verdad.

—No seas pajuato, Juan Primito —replicó enrojeciendo de nuevo.

Pero era otro rubor el que ahora le reventaba en las mejillas y le aterciopelaba los hermosos ojos.

—¡Hum! —hizo el bobo con entonación maliciosa—. No me lo niegues, que yo lo sé toitico.

Marisela iba a protestar para que la agradable broma siguiera, pero Juan Primito agregó:

—Me lo contó un pajarito que va siempre por allá.

Y a ella se le ocurrió replicar:

—¿Un rebullón?

Y la palabra maquinalmente pronunciada trajo consigo pensamientos graves. Enseriándose de pronto, interrogó:

—¿Están alborotados los rebullones por allá?

Allá era el término que solía emplear cuando necesitaba referirse a la madre, a quien nunca nombraba.

—¡No me digas, chica! —repuso Juan Primito—. Si en *El Miedo* ya no se puede vivir. Ese alboroto que forman esos bichos, revoloteando todo el santo día por encima de los caneyes. ¡Ave María Purísima! Ya estoy aborrecido de tanto bregar con esos pájaros del infierno. De buena gana me vendría yo para acá, para estar a la vera tuya; pero no puedo, chica. Yo tengo que estar allá pendiente de los rebullones, para ponerles la bebida a tiempo, porque si no... ¡Ah, caramba! Tú no sabes lo que son los rebullones. Esos bichos son muy malucos, niña de mis ojos. Malos de verdad.

—¿Y en estos días, qué les has puesto para que beban? —inquirió Marisela, con acento intencionado por la preocupación que acababa de asaltarla.

—Sangre, chica —respondió muy sonreído—. Esos rebullones tienen unas cosas, ¡chica! Miren que y que gustales beber sangre, que debe de ser tan maluca, ¿verdad, chica? En denante mismo les llené las perolitas, antes de salir para acá. Ya a estas horas deben de estar jartos.

Y en seguida:

—Antes que se me olvide. ¿Por dónde anda el dotol Luzardo? Traigo un recado de la señora para él.

Y esto dicho a continuación de aquello, ardid socorrido de Juan Primito para advertir a quien le llevase algún recado de doña Bárbara de las intenciones que a ella le atribuyera, hizo estremecerse a Marisela.

—¿Hasta cuándo vas a estar en ese oficio, idiota? —lo interpeló colérica—. Vas a condenarte por estar trayendo y llevando. ¡Sal de aquí inmediatamente!

Pero en esto intervino Santos Luzardo, que hacía rato estaba por allí, atento a la conversación del bobo con la muchacha.

—Déjalo, Marisela. Diga, Juan Primito, ¿qué recado es ése que me trae?

Se volvió con risueña sorpresa, y a tiempo que la emprendía a uñazos con la maraña de la barba despachó su comisión con las mismas palabras de doña Bárbara.

—Dígale que en *Mata Oscura*, mañana, al amanecer, estaré con mi gente —repuso Luzardo y en seguida penetró en la casa.

Marisela esperó a que no pudiese oírla Luzardo, y agarrando a Juan Primito por los brazos, lo sacudió con furia y le dijo:

—Como vuelvas a venir por aquí con recados de allá, te voy a echar los perros.

—¿A mí, niña de mis ojos? —exclamó él, entre aterrorizado y resentido.

—Sí, a ti. Y ahora quítateme de por delante. ¡Anda, vete ya de por todo esto!

Y Juan Primito regresó a *El Miedo* con la tristeza de que lo hubiese despedido así la niña de sus ojos, cuando él había ido tan contento sólo porque volvería a verla. Además, ¿no era un bien lo que había hecho, diciendo aquello de la sangre para que Luzardo supiera a qué atenerse?

Pero cuando llegó a *El Miedo* ya se le había disipado el resentimiento y después de repetirle a doña Bárbara las palabras de Santos Luzardo, rompió a hablar de Marisela:

—¡Si usted la viera, doña! No la conocería. ¡Ah, muchacha para haberse puesto buena moza de verdad! ¡Esos ojotes tan requetelindos! Más bonitos que los de usté, doña. Y aseadita que da gusto verla. Bien vestida que la tiene el dotol, desde zapatos p'arriba. ¡Sabroso que debe ser para un hombre —¿ah, doña?— tener a la vera suya una mujer tan bonita como está esa muchacha!

Nada que se refiriera a Marisela le había interesado nunca a doña Bárbara, pues respecto a ella ni siquiera había experimentado el amoroso instinto de la bestia madre por el hijo mamantón; pero de donde no existían sentimientos maternales, las palabras de Juan Primito hicieron saltar, de pronto, impetuosos celos de mujer.

—Bueno. Eso no me interesa —díjole al mandadero impertinente—. Puedes retirarte.

Pero Juan Primito, si se hubiera fijado un poco, habría descubierto enseguida qué sed tenían entonces los rebullones.

CAPÍTULO 4

El rodeo

Aquella noche se comentó mucho el caso entre los peones de *Altamira*. Era la primera vez que se tenían noticias de que doña Bárbara diese su brazo a torcer, y a la madrugada siguiente, cuando ya aquéllos estaban ensillando, Antonio les recomendó:

—No sería malo que llevaran sus revólveres, los que los tengan, porque bien puede ser que no sea con ganado solamente que tengamos hoy que bregar.

A lo que replicó *Pajarote:*

—Yo revólver no llevo porque el mío lo tengo empeñado; pero, a la casualidad, aquí estoy metiendo bajo la coraza esta puntica de machete. Mide su media vara corridita y lo demás lo pone la estirada del brazo.

Y con esta disposición de ánimos partieron antes de clarear el día, rumbo a *Mata Oscura*, con Santos Luzardo a la cabeza.

Eran apenas los cinco peones fieles que a su llegada encontrara Luzardo y tres sabaneros más, que, a mucho instar, había logrado conseguir Antonio, pues toda la gente de trabajo que por allí podía encontrarse había sido contratada por doña Bárbara a fin de que no fuesen a engrosar la peonada de *Altamira*; pero todos eran gente muy llanera, bien montada y dispuesta a multiplicarse en obsequio de aquel que había venido a enfrentársele a la cacica del Arauca.

La sabana dormía aún, negra y silenciosa bajo el chisporroteo de las constelaciones, y a medida que la cabalgata se alejaba de las casas, la marcha repercutía a distancias en carreras atropelladas de hatajos y de cimarrones que huían a sus escondites al ventear al hombre. Eran apenas masas más oscuras que la noche que se movían por entre los pajonales o leve rumor de éstos, agitados por la fuga de las reses; pero los sentidos sutilísimos del llanero no necesitaban indicios más seguros para permitirles afirmar:

—Ésa es la rochela del barroso[187] de *Uverito*. Ahí van más de cien reses huyendo.

—Allá va el hatajo del *Cabos Negros*, rumbeando hacia *Corozalito*.

Con el alba llegaron al sitio de la reunión. Ya los de *El Miedo* estaban allí, capitaneados por doña Bárbara y aleccionados para trabajar de modo de ahuyentar el ganado que Luzardo se proponía recoger, pues entre la hacienda altamireña que se majadeaba por allí había gran cantidad de vacas, cuyos becerros, todavía mamantones, ya tenían marcado el hierro de *El Miedo*, procedimiento predilecto de doña Bárbara para robarse las reses ajenas, al amparo de la complicidad de los mayordomos de las fincas descuidadas por sus dueños.

Pero la astucia de Antonio se adelantó a la bellaquería de la mujerona. Viendo el gran número de vaqueros que con ella estaban, díjole a Santos:

—Ha traído tanta gente para que usted se confíe y se abra con un levante en grande y luego ellos espantar el ganado, picando para afuera, como ya lo han hecho otras veces.

Y a la insinuación de Antonio, una vez más Santos se trazó rápidamente su plan. Saludó a la vecina, descubriéndose, pero sin acercársele. Ella avanzó a tenderle la mano con una sonrisa alevosa y él hizo un gesto de extrañeza; era casi otra mujer muy distinta de aquella, de desagradable aspecto hombruno, que días antes había visto por primera vez en la Jefatura Civil.

Brillantes los ojos turbadores de hembra sensual, recogidos, como para besar, los carnosos labios con un enigmático

187 *barroso:* res de color amarillo arcilloso [Alvarado, pág. 545].

pliegue en las comisuras, la tez cálida, endrino y lacio el cabello abundante. Llevaba un pañuelo azul de seda anudado al cuello, con las puntas sobre el escote de la blusa; usaba una falda amazona, y hasta el sombrero «pelodeguama»[188], típico del llanero, única prenda masculina en su atavío, llevábalo con cierta gracia femenil.

Finalmente, montaba a mujeriegas, cosa que no acostumbraba en el trabajo, y todo esto hacía olvidar a la famosa marimacho.

No podía escapársele a Santos que la feminidad que ahora ostentaba tenía por objeto producirle una impresión agradable; mas, por muy prevenido que estuviese, no pudo menos de admirarla.

Por su parte, al mirarlo a los ojos, a ella también se le borró de pronto la sonrisa alevosa que traía en el rostro, y sintió, una vez más, pero ahora con toda la fuerza de las intuiciones propias de los espíritus fatalistas, que desde aquel momento su vida tomaba un rumbo imprevisto. Se le olvidaron las actitudes zalameras que llevaba estudiadas; se le atropellaron y dispersaron por el tenebroso corazón los propósitos inspirados en la pasión fundamental de su vida —el odio al varón—; pero sólo se dio cuenta de que sus sentimientos habituales la abandonaban de pronto. ¿Cuáles los reemplazaron? Era cosa que por el momento no podía discernir.

Cambiaron algunas palabras. Santos Luzardo parecía esmerarse en ser cortés, como si hablara en un salón con una dama de respeto, y ella, al oír aquellas palabras correctas, pero al mismo tiempo secas, casi no se daba cuenta de lo que respondía. La subyugaba aquel insólito aspecto varonil, aquella mezcla de dignidad y de delicadeza que nunca había encontrado en los hombres que la trataran, aquella impresión de fortaleza y de dominio de sí mismo que trascendía del fuego reposado de las miradas del joven, de sus ademanes justos, de sus palabras netamente pronunciadas, y aunque él apenas le dirigía las imprescindibles, relativas al trabajo, a ella le parecía que se complaciera en hablarle, sólo por el gusto que encontraba en oírlo.

[188] *pelodeguama*: sombrero de fieltro aterciopelado.

Entre tanto, Balbino Paiba no les quitaba la vista y disimulaba su contrariedad haciendo burlas de Luzardo que hacían sonreír a los peones de *El Miedo*, mientras, más allá, los de *Altamira* se cambiaban sus impresiones acerca de todo aquello.

Luego Santos comenzó a dar las órdenes relativas al trabajo; pero Balbino, en cuya cabeza ninguna idea perversa podía estarse quieta, se precipitó a interrumpirlo:

—Somos treinta y tres hombres y se puede hacer un buen levante picando bien abierto.

Satisfecho de su perspicacia, Antonio cruzó una mirada con Santos, y éste replicó:

—No hay necesidad de eso. Además, vamos a trabajar por grupos proporcionales: un vaquero de los míos para tres de ustedes, ya que nos llevan triplicados en número.

—¿Y ese entreveramiento, para qué? —objetó Balbino—. Aquí siempre se ha trabajado por separado, cada hato por su hierro.

—Sí. Pero hoy se trabajará de otro modo.

—¿Es que tiene desconfianza de nosotros? —insistió Paiba, protestando contra el procedimiento que frustraba los planes de doña Bárbara, pues, controlados por los de *Altamira*, los vaqueros de *El Miedo* no podrían manejarse conforme a las instrucciones recibidas.

Pero antes de que Luzardo respondiese a la altanera interrogación, intervino doña Bárbara:

—Se hará como usted disponga, doctor. Y si le parece que sobra gente de la mía puedo hacerla retirarse enseguida.

—No es necesario, señora —repuso Santos, secamente.

Sorprendidos por aquella ocurrencia intempestiva, los de *El Miedo* se miraron entre sí, unos con visible disgusto y otros con expresión maliciosa, según el grado de su adhesión a doña Bárbara, a tiempo que Balbino Paiba se daba las características manotadas a los bigotes y, en el bando contrario, *Pajarote*, aparentemente distraído, canturreaba entre dientes los dos primeros versos de la maliciosa copla:

El toro pita a la vaca
y el novillo se retira..

Con lo cual expresaba el pensamiento que a todos se les había ocurrido:

—Ya la mujer se enamoró del doctor. Ya Balbino puede ir despidiéndose de sus comederos.

Entre tanto Luzardo había dicho:

—Encárgate tú, Antonio, de dirigir la operación.

Y éste, asumiendo el carácter de caporal de sabana, comenzó a dictar sus órdenes:

—Salga de allá el del caballo marmoleado, con cinco compañeros más para Carmelito y *Pajarote*, a picar por detrás de aquel jarizal[189]. Todo el ganado que se majadea por ahí corre para arriba y así hay que levantarlo. Es con usted, amigo.

Dirigíase al Mondragón apodado *El Onza*. Lo dejaba en libertad de acompañarse con sus hermanos; pero los obligaba a entendérselas con Carmelito y *Pajarote*, que eran tan hombrones como ellos.

—Tengo mi apelativo —replicó, amoscado y sin moverse a cumplir la orden que le daban, y entonces fueron los altamireños quienes se cruzaron miradas de alerta, como diciéndose: «Ya va a reventar la cosa.»

Pero volvió a intervenir doña Bárbara:

—Haga lo que le dicen, y si no retírese.

Obedeció el Mondragón, aunque sin dejar de refunfuñar, y después de haber escogido como compañeros a sus dos hermanos, dijo:

—Hay dos puestos más para los que quieran venirse con nosotros —a tiempo que Carmelito y *Pajarote* se cruzaban una mirada rápida, que el segundo acompañó con esta frase entre dientes:

—Ahora vamos a ver si son braguetas o pretinas.

Antonio siguió distribuyendo los vaqueros en grupos que partieron en distintas direcciones y luego invitó a Balbino:

—Si usted quiere venirse conmigo...

Con esto le guardaba las consideraciones de caporal o mayordomo de *El Miedo*, par suyo en todo caso; pero, a la vez, se procuraba a sí mismo una oportunidad análoga a la que

---

189 *jarizal*: bosque de jarillo (*Eupatorium glutinosum*) [L. Alvarado pág. 737].

les deparara a Carmelito y *Pajarote*, pues entre él y Balbino se habían quedado pendientes las altaneras palabras del segundo la mañana de la doma del alazán.

Pero Balbino rechazó la invitación, diciendo socarronamente:

—Gracias, don Antonio. Yo me quedo por aquí con el blancaje.

Denomina así el llanero a la reunión de los dueños de hatos que asisten a los rodeos, sin tomar parte en los trabajos y sólo para vigilar sus intereses a la hora del reparto del ganado recogido. En tiempos de José Luzardo y durante las vaquerías generales, el «blancaje» lo componían más de veinte propietarios de aquella porción del Arauca, de cuyas fincas, englobadas ahora en el latifundio de doña Bárbara, sólo quedaban los nombres para designar matas y sabanas de *El Miedo*.

Haciéndose reflexiones a propósito de esto, Santos permaneció largo rato ajeno al charloteo con que su vecina trataba de iniciar la conversación amistosa, dirigiéndose aparentemente a Balbino, pero con temas que, a fuer de cortés, lo obligaran a intervenir.

Por fin se decidió a dirigirle la palabra francamente:

—¿No ha visto nunca un rodeo, doctor Luzardo?

—Cuando muchacho —respondió, sin volverse a mirarla—. Ahora todo esto es casi nuevo para mí.

—¿De veras? ¿Se le han olvidado las costumbres de su tierra?

—Imagínese. Tantos años fuera de ella.

Se quedó mirándolo un buen rato, con ojos acariciadores, y luego dijo:

—Sin embargo, ya he oído contar su hazaña con el alazano, apenas recién llegado. Como que no es usted tan olvidadizo como se quiere pintar.

La voz de doña Bárbara, flauta del demonio andrógino que alentaba en ella, grave rumor de selva y agudo lamento de llanura, tenía un matiz singular, hechizo de los hombres que la oían; pero Santos Luzardo no se había quedado allí para deleitarse con ella. Cierto era que, por un momento, había experimentado la curiosidad, meramente intelectual, de asomarse sobre el abismo de aquella alma, de sondear el enigma de aquella mezcla de lo agradable y lo atroz, interesante, sin duda, como lo son todas las monstruosidades de la naturaleza; pero enseguida lo asaltó un subitáneo sentimiento de repulsión por la compañía de aquella mujer, no porque fuera su enemiga, sino por algo mucho más íntimo y profundo, que por el momento no pudo discernir, pero que lo hizo cortar bruscamente la absurda charla y alejarse de allí en dirección al paraje donde unos peones de *El Miedo* vigilaban los novillos madrineros[190], núcleo del rodeo.

Balbino Paiba sonrió y se atusó los bigotes, pero, aunque estuvo largo rato observándola de soslayo, no vio aparecer en aquel rostro el aletazo de las cejas que se juntaban y se separaban rápidamente, signo del arrebato de cólera, sino una expresión que él no le conocía, un aire de pensamientos lejanos.

Entre tanto, levantada por los vaqueros, la hacienda empezaba a poblar y a animar la sabana, aparentemente desierta hasta entonces. Numerosos rebaños surgían de las matas y de los bajíos distantes, en alegres tropeles los que estaban compuestos por reses acostumbradas al pique, adelante los padrotes y retozando en torno a las madres los becerros mamantones; otros, más ariscos, abriéndose en puntas y lanzando mugidos de miedo.

Oíanse los gritos de los vaqueros. Correteaban ya por todas partes reses señeras, tratando de salirse del cerco que estrechaban los caballos; se engrillaban, aquí y allá, los toros bravos, ganosos de arremeter; pero las atropelladas se hacían irresistibles por momentos, repercutían a distancia lanzando en tropeles las madrinas de mansos, y éstos se llevaban por delante las reses bravas que intentaban defenderse, convirtiéndoles la furia en miedo.

Ya algunas puntas empezaban a reunirse en el sitio donde estaban los novillos madrineros; pero otras se resistían, y los jinetes, que ya venían picando de cerca, tenían que multiplicarse para atropellarlas por distintos puntos, caracoleando

190 *madrinero*: el novillo que guía la manada o rebaño [Núñez y Pérez, pág. 311].

los caballos, haciéndolos sentarse sobre los corvejones a la refrenada violenta, en la brusca enmienda de la carrera.

El rodeo crecía por momentos, alborotándose más y más con los torrentes de bravura que por todas partes convergían hacia el paradero. Se levantaban las polvaredas, se encrespaba la gritería de los vaqueros.

—¡Jilloo! ¡Jilloo! Sujeta por ahí, ¡oh! ¡Apretá! ¡Apretá!

Santos Luzardo contemplaba el animado espectáculo, con miradas enardecidas por las tufaradas de los recuerdos de la niñez, cuando al lado del padre compartía con los peones los peligros del levante. Sus nervios, que ya habían olvidado la bárbara emoción, volvían a experimentarla vibrando acordes con el estremecimiento de coraje con que hombres y bestias sacudían la llanura, y ésta le parecía más ancha, más imponente y hermosa que nunca, porque dentro de sus dilatados términos iba el hombre dominando la bestia y había sitio de sobra para muchos.

Ya estaba parado el rodeo. Eran centenares las reses congregadas. La faena había sido recia, los caballos jadeaban bañados de sudor, cubiertos de espuma, ensangrentados los ijares, y muchos habían sido heridos por las cornadas de los toros; pero aún no había concluido, pues eran muchas las reses bravas y estaban inquietas, correteando por las orillas de la madrina o abriéndose paso entre ellas con furiosas arremetidas, venteando la sabana libre, ganosas de barajustarse, sin darles tregua a los sujetadores. Un clamoreo ensordecedor llenaba el ámbito de la llanura; los mugidos de las vacas que llamaban a sus becerros extraviados y los balidos lastimeros de ellos, buscándolas por entre la barahunda; los bramidos de los padrotes que habían perdido el gobierno de sus rebaños y el cabildeo con que éstos les contestaban; el entrechocar de los cuernos, los crujidos de los recios costillares, la gritería de los vaqueros enronquecidos.

Ya parecía que el ganado empezaba a darse. Comenzaban a reconocerse los padrotes de los distintos rebaños, y a medida que éstos se iban congregando en torno a aquéllos, se arremansaban los torbellinos de bravura y disminuía el cabildeo, dejando oír el canto apaciguador de los sostenedores. Ya éstos se habían acomodado en sus puestos, formando un gran círculo en torno al rodeo, mientras aquellos vaqueros que traían los caballos heridos se encaminaban a una mata cercana a cambiarlos por sus remontas, y ya Antonio iba a dar la orden de sacar los toros madrineros para proceder al aparte, cuando, de pronto, un descuido de uno de los sostenedores, que se había apeado para apretarle la cincha a la bestia, a tiempo que un toro se abría paso en el centro de la madrina con una arremetida impetuosa, precipitó la avalancha del barajuste.

—¡Apretá! —gritaron, a una sola voz, todos los que se dieron cuenta del peligro, y muchos vaqueros acudieron en tropel a contener la dispersión inminente.

Pero ya era tarde. Con un empuje formidable el ganado se había precipitado por la brecha en pos del toro que la abriera, y se disgregaba en puntas por la sabana.

—¡Maldita bruja! —exclamaron los peones de *Altamira*, atribuyendo el suceso a maleficios de doña Bárbara. Pero a Antonio no se le escapó que el aparente descuido del sostenedor, que era el Mondragón apodado *El Onza*, había sido acto deliberado.

En efecto, como advirtiese *El Onza* que eran muchas las vacas altamireñas cuyos becerros mamantones ostentaban ya el hierro fraudulento de *El Miedo*, se valió del pretexto de apretarle la cincha a su caballo en el preciso momento en que el toro, abriéndose paso por entre la madrina, amenazaba llevársela en pos de sí.

Cara le resultó su adhesión a doña Bárbara, pues el barajuste lo arrolló con caballo y todo, y cuando se disipó la polvareda levantada por las pezuñas, los que acudieron al sitio donde él había caído sólo encontraron una masa informe, ya inerte, cubierta de sangre y tierra.

Entre tanto, Santos Luzardo, arrebatado por el instinto llanero, le había dado rienda suelta a su caballo, sumándose al tropel de los vaqueros.

Alguien le gritó:

—Por aquella punta de mata va a reventar la hacienda y alante viene un toro de cuidado.

Era *Pajarote*, que corría a reunírsele.

Hacia él acudían también Antonio y Carmelito y dos vaqueros de *El Miedo*. Todos traían la soga en la diestra preparados para enlazar al toro que había sido el causante del desbarajuste.

Santos abrió el lazo, buscando el claro de la punta de mata que indicara *Pajarote*.

Inmediatamente comenzó a desembocar por allí el tropel de la hacienda. A los gritos de los vaqueros, rumbeó hacia arriba, buscando el vado de un caño que cortaba la sabana; pero del tumulto de reses se desprendió, ofreciendo pelea, un toro grande y bien armado.

—Ése es el melao frontino que hace dos años nos está dando brega —advirtió *Pajarote*—. Pero esta vez no se nos escapará.

El animal se detuvo un instante, correteó luego, de aquí para allá, con el cuello engrillado y la mirada zigzagueante sobre los hombres que lo acosaban por distintos puntos, y al cabo se disparó a lo largo de la orilla del monte que venía costeando Luzardo.

—¡Ábrale el lazo ligero, que ya lo tiene encima! —gritó *Pajarote*.

A tiempo que Carmelito y Antonio, viéndolo en peligro entre la mata y el toro, le aconsejaban, mientras corrían en su auxilio:

—Despéguese de la costa del monte, que el bicho lo va acosando.

—Sáquele el caballo de una vez.

Santos Luzardo no oía las advertencias; pero tampoco las necesitaba: no se le habían olvidado del todo las habilidades de los quince años. Con una rápida maniobra de jinete experimentado hurtó el encontronazo, cortándole el terreno al toro, y lanzó la soga por encima del anca del caballo. El orejano se la llevó en los cuernos y *Pajarote* exclamó entusiasmado:

—¡Y de media cabeza, por si hay exigentes por aquí!

En seguida, Santos paró en seco el caballo para que templara; pero se trataba de un toro de gran poder, que necesitaba más de una soga para ser derribado, y cuando ésta se tezó, vibrante, al formidable envión del orejano, la bestia, brutalmente tirada de la cola, se sentó sobre los corvejones, lanzando un gemido estrangulado, y ya el toro se revolvía contra ella, cuando Antonio, Carmelito y *Pajarote* lanzaron sus lazos a un mismo tiempo, y un triple grito al verlos caer sobre los cuernos.

—¡Lo vestimos!

Templaron los caballos, vibraron las sogas y el orejano se aspeó sobre la tierra, levantando una polvareda.

Apenas había caído y ya tenía encima a los peones.

—Guayuquéalo tú, *Pajarote* —ordenó Antonio—, que yo lo mancorno[191], mientras Carmelito lo barrea[192].

Y Luzardo, acordándose de sus tiempos:

—Naricéenlo[193] y cápenlo ahí mismo.

Pajarote se apoderó del rabo del toro, se lo pasó por entre las patas traseras y tirando de él con todas sus fuerzas, se le sentó en los costillares, mientras Antonio lo mancornaba contra el suelo. Inutilizado así el orejano, antes de que hubiese tenido tiempo de reponerse del aturdimiento de la caída, Carmelito le taladró la nariz, le pasó por la herida el cabo de la soga nariceadora, lo castró de un tajo rápido y sabio, y le marcó las orejas con las señales de *Altamira*.

—Ya éste no nos dará más guerra —dijo, al concluir la operación—. Por ahora, peguémoslo a la pata de un palo.

—Es que este bigarro es luzardero consecuente y no quería que le fueran a poner otro hierro que el que llevó su mae —agregó *Pajarote*—. Estaba esperando que el amo viniera para entregársele en sus manos. Por eso no lo pudimos enguaralar la vaquería pasada.

—Y lo enguaralaron con lujo —concluyó Carmelito—. Si así enlazan los desacostumbrados, ¿qué nos dejarán para nosotros?

Y Antonio Sandoval, complacido en la proeza del amo:

—Llanero es llanero hasta la quinta generación.

---

[191] *mancornar*: tumbar al suelo una res amarrándola por las patas [Núñez y Pérez, pág. 317].

[192] *barrear*: tumbar una res y amarrarle las cuatro patas juntas [Núñez y Pérez, pág. 57].

[193] *naricear:* colocar una argolla o pasar una cuerda por la nariz de la res para dominarla.

Entre tanto, doña Bárbara se acercaba, con la sonrisa en el rostro y diciendo:

—¡Ah, llanero bellaco que es usted! Y que se le habían olvidado las costumbres de su tierra.

Al hablar así, ni recordaba el desaire sufrido pocos momentos antes, ni tenía presente que ella también sabía, y mucho mejor que Luzardo, enlazar un toro y castrarlo en plena sabana.

Era solamente una mujer que había visto ejecutar una proeza a un hombre interesante.

—Esto no lo he hecho yo solo, por lo tanto, no tiene mérito —replicó Santos—. En cambio, usted, según ya he oído decir, tumba como el más hábil de sus vaqueros.

Doña Bárbara sonrió y repuso:

—Ya veo que le han hablado de mí. ¿Cuántas cosas le habrán dicho? Yo también podría contarle otras que tal vez no le habrán referido y que no dejan de tener interés. Pero ya habrá tiempo, ¿verdad?

—Tiempo no faltará, seguramente —repuso Luzardo, en un tono que la hiciera comprender el poco gusto que ponía en hablarle.

Sin embargo, doña Bárbara no lo interpretó así y se dijo: «Ya éste también cayó en el rodeo.»

Pero Luzardo, aplicando espuelas para reunirse a sus peones, que ya se alejaban, después de haber amarrado el orejano al pie de uno de los árboles de la mata, la dejó plantada otra vez en medio de la sabana.

Permaneció un buen rato en el sitio, viendo alejarse al hombre esquivo, con la ilusionada sonrisa de triunfo en el rostro, y murmurando:

—Déjalo que se vaya. Ya ése lleva la soga a rastras.

Más allá, humillada la testuz contra el pie del árbol, el toro mutilado bramaba sordamente.

Doña Bárbara sonrió de otra manera.

Capítulo 5

Las mudanzas de doña Bárbara

Las singulares transformaciones que desde aquel día comenzaron a operarse en doña Bárbara provocaban entre la peonada de *El Miedo* comentarios socarrones.

—¡Ah, compañero! ¿Qué le estará pasando a la señora que ya no llega por aquí, como enantes, cuando se le revolvían las sangres del blanco y de la india, esponjada y gritona como una chenchena? Ni tampoco viene a tocar la bandurria[194] y a contrapuntearse con nosotros, como le gustaba hacerlo cuando estaba de buenas. Ahora se la pasa metida en los corotos[195], hecha una verdadera señora, y hasta con el mismo don Balbino: ¡si te he visto, no me acuerdo!

—¡Ah caramba, compañero! ¿No sabe usted que a confor-

---

[194] *bandurria*: Gallegos menciona este instrumento tradicional español quizá por hacerlo más comprensible al lector, o por búsqueda de ancestro instrumental. Sus cuerdas dobles la asemejan con la bandolina o mandolina, más utilizada en la región de Los Andes y el centro del país. En los llanos se utiliza la bandola, cuya caja es semejante a la bandurria, pero tiene sólo cuatro cuerdas simples.

[195] *coroto*: según L. Alvarado, «de un modo general significa trasto, cachivache, y pluralizado, menaje, caudal, alhajas, y en fin, un objeto cualquiera, cuyo nombre no existe, o no se sabe» (pág. 138). Rosenblat (1960) hizo un estudio pormenorizado del término, famoso por asociarlo con el general Páez y la pintura de Corot [*Buenas y malas palabras,* 1.ª serie, págs. 159-164].

me es el pez, ansina tiene que ser el guaral?[196]. Éste de ahora no es de los que andan en ribazones y caen de un tarrayazo zumbado de cualquier modo. Hay que trabajarlo fino de guaral, para que muerda la carnada.

Pero pasaban los días y Luzardo no aparecía por todo aquello.

—¿Ah, compañero, ese pez como que no ajila?[197]. Ni el aguaje se le ve por todo esto.

—Ése como que es de los que no se emborrachan ni que les embarbasquen[198] el agua —respondía el interpelado, aludiendo al bebedizo embrujador que doña Bárbara les daba a los hombres que enamorara, para destruirles la voluntad.

No faltó, tampoco, la alusión a las misteriosas veladas del cuarto de las brujerías:

—Y eso que «el Socio» no ha tenido descanso en todas estas noches. Hasta tarde lo han entretenido fuera de sus infiernos. Cualquier noche de éstas lo coge por el camino el menudeo de los gallos.

—¿Será que del lado de allá tienen la contra?[199].

—O que del lado de acá se están acabando los poderes, a fuerza de tanto usarlos.

—¡Hum! No te creas —replicó Juan Primito—. La señora le dejó allá sus ojos, la mañana del rodeo en *Mata Oscura*, y él, por más que se resista, tiene que venir a traérselos.

Todo esto era lo que se les podía ocurrir a los peones de la mujerona, sin mengua del respeto que les inspiraba y de la lealtad con que le servían, para explicarse las mudanzas operadas en ella.

Ella misma tampoco podría explicárselas, pues todo venía

---

[196] *guaral*: cordel delgado muy resistente, de fibra vegetal, se utiliza para atar los anzuelos de pesca [Núñez y Pérez, pág. 261].

[197] *ajilar* (supervivencia arcaica de la «h» aspirada, común en el habla rural): «ir en fila, seguir adelante» [Rosenblat (1960), 2ª serie, pág. 11].

[198] *embarbascar*: contaminar el agua con hierba de *barbasco* (un estupefaciente poderoso); es una práctica de pesca en los ríos del llano. Alvarado registra varias especies vegetales usadas con tal fin (págs. 541-543).

[199] *contra*: cualquier objeto utilizado para rechazar un hechizo. Alvarado lo considera «contraveneno» (pág. 618). Núñez y Pérez la definen como «objeto al que se atribuye el poder de alejar la mala suerte» (pág. 138).

siendo obra de unos sentimientos, nuevos en su vida, sobre los cuales aún no tenía dominio.

Por primera vez se había sentido mujer en presencia de un hombre. Había ido al rodeo de *Mata Oscura* dispuesta a envolver a Santos Luzardo en la malla fatal de sus seducciones, a fin de que se repitiese en él la historia de Lorenzo Barquero; mas, aunque creía que sólo la animaban la codicia y el implacable odio al varón, llevaba también, en la vehemencia del alma atormentada por este sentimiento y en los apetitos de su naturaleza, hecha para el amor, el ansia insaciada de una verdadera pasión. Hasta allí todos sus amantes, víctimas de su codicia o instrumentos de su crueldad, habían sido suyos como las bestias que llevaban la marca de su hierro; pero al verse desairada una y otra vez por aquel hombre que ni la temía ni la deseaba, sintió —con la misma fuerza avasalladora de los ímpetus que siempre la habían lanzado al aniquilamiento del varón aborrecido— que quería pertenecerle, aunque tuviera que ser como le pertenecían a él las reses que llevaban grabado a fuego el hierro altamireño en los costillares.

Al principio fue una tumultuosa necesidad de agitación; mas no de aquella, atormentada y sombría, que antes la impulsaba a ejercitar sus instintos rapaces, sino un ansia ardiente de gozar de sí misma con aquella región desconocida de su alma que, inesperadamente, le había mostrado su faz. Los días enteros se los pasaba correteando por las sabanas, sin objeto ni rumbo, sólo por gastar el exceso de energías que desarrollaba su sensualidad enardecida por el deseo de amor verdadero en la crisis de los cuarenta, ebria de sol, viento libre y espacio abierto.

Al mismo tiempo, sin ser todavía, ni con mucho, la bondad, la alegría la impulsaba a actos generosos. Una vez repartió entre sus peones dinero a puñados, para que lo gastaran en divertirse. Ellos se quedaron viendo las monedas que llenaban sus manos, les clavaron el colmillo, las hicieron sonar contra una piedra y todavía no se convencieron de que fuese plata de ley. Con lo avara que era doña Bárbara, ¿quién iba a creer en su largueza?

Preparó un verdadero festín para agasajar a Santos Luzardo cuando éste concurriese al turno de vaquería en *El Miedo*.

Quería abrumarlo a obsequios, echar la casa por la ventana, para que él y sus vaqueros saliesen de allí contentos y se acabara de una vez aquella enemistad que separaba a dueños y peones de los dos hatos.

La trastornaba la idea de llegar a ser amada por aquel hombre que no tenía nada de común con los que había conocido: ni la sensualidad repugnante que desde el primer momento vio en las miradas de Lorenzo Barquero, ni la masculinidad brutal de los otros, y al hacer esta comparación se avergonzaba de haberse entregado a amantes torpes y groseros, cuando en el mundo había otros como aquél, que no podían ser perturbados con la primera sonrisa que se les dirigiera.

Por un momento se le ocurrió valerse de sus «poderes» de hechicería, conjurar los espíritus maléficos obedientes a la voluntad del dañero, pedirle al «Socio» que le trajera al hombre esquivo; pero inmediatamente rechazó la idea con una repugnancia inexplicable. La mujer que había aparecido en ella la mañana de *Mata Oscura* quería obtenerlo todo por artes de mujer.

Pero como Santos Luzardo no aparecía por allá, ella andaba cavilosa, aunque siempre adornada y compuesta, paseándose por los corredores de la casa, con la vista fija en el suelo y los brazos cruzados sobre el pecho, o se le iban las horas junto al palenque, la mirada en el horizonte hacia los lados de *Altamira*, o se salía a vagar por la sabana. Pero ya el caballo no regresaba como antes, cubierto de espuma y ensangrentados los ijares. Todo había sido un sosegado errar pensativa.

A veces, no era la sabana el objeto de sus miradas, ni *Altamira* el de sus imaginaciones, sino aquel río y aquella piragua donde las palabras de Asdrúbal la hicieron sentir el primer estremecimiento de esta ansia de bien, que ahora quería adueñársele del corazón hastiado de violencias.

Por fin una mañana vio a Santos Luzardo dirigirse hacia allá.

«Así tenía que suceder», se dijo.

Y al formular esta frase —tal como la pronunció, saturada de los sentimientos de la mujerona supersticiosa que se creía asistida de poderes sobrenaturales— la verdad íntima y profunda de su ser se sobrepuso al ansia naciente de renovación.

Santos se apeó del caballo bajo el cañafístolo[200] plantado frente a la casa y avanzó hacia el corredor, sombrero en mano.

Una mirada debió bastarle a doña Bárbara para comprender que no eran de fundarse muchas esperanzas en aquella visita, pues la actitud de Luzardo sólo revelaba dominio de sí mismo; pero ella no atendía sino a sus propios sentimientos y lo recibió con agasajo:

—Lo bueno siempre se hace desear. ¡Dichosos los ojos que lo ven, doctor Luzardo! Pase adelante. Tenga la bondad de sentarse. Por fin me proporciona usted el placer de verlo en mi casa.

—Gracias, señora. Es usted muy amable —repuso Santos con entonación sarcástica, y, enseguida, sin darle tiempo para más zalamerías—: Vengo a hacerle una exigencia y una súplica. La primera, relativa a la cerca de que ya le he escrito.

—¿Sigue usted pensando en eso, doctor? Creía que ya se hubiera convencido de que eso no es posible ni conveniente por aquí.

—En cuanto a la posibilidad, depende de los recursos de cada cual. Los míos son por ahora sumamente escasos, y por fuerza tendré que esperar algún tiempo para cercar *Altamira*. En cuanto a la conveniencia, cada cual tiene su criterio. Pero, por el momento, lo que me interesa saber es si está usted dispuesta a costear a medias, como le corresponde, la cerca divisoria de nuestros hatos. Antes de tomar otro camino he querido tratar este asunto.

—¡Acabe de decirlo, hombre! —acudió ella con una sonrisa—: Amistosamente.

Santos hizo un gesto de dignidad ofendida, y replicó:

—Con poco dinero, que a usted no le falta...

—Eso del dinero que haya que gastar es lo de menos, doctor Luzardo. Ya le habrán dicho que soy inmensamente rica. Aunque también le habrán hablado de mi avaricia, ¿no es verdad? Pero si uno fuera a atenerse a las murmuraciones...

[200] *cañafístolo* (*Cassia fitula*): Leguminosa arbórea de 4 a 5 m de alto. Según Alvarado, en el llano los frutos son recogidos los viernes de cuaresma, para uso medicinal (págs. 1019-1020).

—Señora —repuso Santos, vivamente—. Le suplico que se atenga al asunto que le he expuesto. No me interesa en absoluto ni saber si usted es rica o no, ni averiguar si tiene los defectos que se le atribuyen o carece de ellos. He venido solamente a hacerle una pregunta y espero su respuesta.

—¡Caramba, doctor! ¡Qué hombre tan dominante es usted! —exclamó la mujerona, recuperando su expresión risueña, no por adornarse con zalamerías, sino porque realmente experimentaba placer en hallar autoritario a aquel hombre—. No permite usted que uno..., digo, que una se salga del asunto ni por un momento.

Santos, reconociéndole un dominio de la situación que él empezaba a perder, obra de cinismo o de lo que fuere, pero en todo caso manifestación de una naturaleza bien templada, se reprochó la excesiva severidad adoptada y repuso, sonriente:

—No hay tal, señora. Pero le suplico que volvamos a nuestro asunto.

—Pues bien. Me parece buena la idea de la cerca. Así quedaría solucionada, de una vez por todas, esa desagradable cuestión de nuestros linderos, que ha sido siempre tan oscura.

Y subrayó las últimas palabras con una entonación que volvió a poner a prueba el dominio de sí mismo de su interlocutor.

—Exacto —repuso éste—. Estableceríamos una situación de hecho, ya que no de derecho.

—De eso debe de saber más que yo, usted que es abogado.

—Pero poco amigo de litigar, como ya irá comprendiendo.

—Sí. Ya veo que es usted un hombre raro. Le confieso que nunca me había tropezado con uno tan interesante como usted. No. No se impaciente. No voy a salirme del asunto otra vez. ¡Dios me libre! Pero antes de poderle responder tengo que hacerle una pregunta. ¿Por dónde echaríamos esa cerca? ¿Por la casa de *Macanillal*?

—¿A qué viene esa pregunta? ¿No sabe usted por dónde he comenzado a plantar los postes? A menos que pretenda que todavía ese lindero no esté en su sitio.

—No está, doctor.

Y se quedó mirándolo fijamente a los ojos.

—¿Es decir, que usted no quiere situarse en el terreno... amistoso, como usted misma ha dicho hace poco?

Pero ella, dándole a su voz una inflexión acariciadora:

—¿Por qué agrega: como yo he dicho? ¿Por qué no dice usted amistoso, simplemente?

—Señora —protestó Luzardo—. Bien sabe usted que no podemos ser amigos. Yo podré ser contemporizador hasta el punto de haber venido a tratar con usted; pero no me crea olvidadizo.

La energía reposada con que fueron pronunciadas estas palabras acabó de subyugar a la mujerona. Desapareció de su rostro la sonrisa insinuante, mezcla de cinismo y de sagacidad, y se quedó mirando a quien así era osado a hablarle, con miradas respetuosas y al mismo tiempo apasionadas.

—¿Si yo le dijera, doctor Luzardo, que esa cerca habría que levantarla mucho más allá de *Macanillal*? En donde era el lindero de *Altamira* antes de esos litigios que no lo dejan a usted considerarme como amiga.

Santos frunció el ceño; pero, una vez más, logró conservar su aplomo.

—O usted se burla de mí o yo estoy soñando —díjole, pausadamente, pero sin aspereza—. Entiendo que me promete una restitución; mas no veo cómo pueda usted hacerla sin ofender mi susceptibilidad.

—Ni me burlo de usted ni está usted soñando. Lo que sucede es que usted no me conoce bien todavía, doctor Luzardo. Usted sabe lo que le consta y le cuesta: que yo le he quitado malamente esas tierras de que ahora hablamos; pero óigame una cosa, doctor Luzardo; quien tiene la culpa de eso es usted.

—Estamos de acuerdo. Mas ya eso tiene autoridad de cosa juzgada, y lo mejor es no hablar de ello.

—Todavía no le he dicho todo lo que tengo que decirle. Hágame el favor de oírme esto: si yo me hubiera encontrado en mi camino con hombres como usted, otra sería mi historia.

Santos Luzardo volvió a experimentar aquel impulso de

curiosidad intelectual que en el rodeo de *Mata Oscura* estuvo a punto de moverlo a sondear el abismo de aquella alma, recia y brava como la llanura donde se agitaba, pero que tal vez tenía, también como la llanura, sus frescos refugios de sombra y sus plácidos remansos, alguna escondida región incontaminada, de donde salieran, de improviso, aquellas palabras que eran, a la vez, una confesión y una protesta.

En efecto, sinceridad y rebeldía de un alma fuerte ante su destino era cuanto habían expresado aquellas palabras de doña Bárbara, pues al pronunciarlas no había en su ánimo intención de engaño ni tampoco blanduras sentimentales en su corazón. En aquel momento había desaparecido la mujer enamorada y necesitada de caricias verdaderas; se bastaba a sí misma y se encaraba fieramente con su verdad interior.

Y Santos Luzardo experimentó la emoción de haber oído a un alma en una frase.

Pero ella recobró enseguida su aspecto vulgar para decir:

—Yo le devuelvo esas tierras, mediante una venta simulada. Dígame que acepta, y enseguida redactamos el documento. Es decir: lo redacta usted. Aquí tengo papel sellado y estampillas. La autenticación y registro lo haremos cuando usted disponga. ¿Quiere que busque el papel?

Entretanto, Luzardo había juzgado propicio el momento para abordar el segundo objeto de su visita y repuso:

—Espere un instante. Le agradezco esa buena disposición que me demuestra, porque la ha precedido usted de unas palabras que, sinceramente, me han impresionado; pero ya le había anunciado que eran dos los objetos que perseguía al venir a su casa. En vez de restituirme esas tierras, que ya las doy por restituidas, moralmente, haga otra cosa que yo le agradecería más: devuélvale a su hija las de *La Barquereña*.

Pero la verdad íntima y profunda hizo fracasar el ansia de renovación.

Doña Bárbara volvió a arrellanarse en la mecedora de donde ya se levantaba, y con una voz desagradable y a tiempo que se ponía a contemplarse las uñas, dijo:

—¡Hombre! Ahora que la nombra. Me han dicho que Marisela está muy bonita. Que es otra persona desde que vive con usted.

Y el torpe y calumnioso pensamiento que se amparaba bajo el doble sentido de la palabra «vive», pronunciada con una entonación malévola, hizo ponerse de pie a Santos Luzardo con un movimiento maquinal.

—Vive en mi casa, bajo mi protección, que es una cosa muy distinta de lo que usted ha querido decir —rectificó, con voz vibrante de indignación—. Y vive bajo mi protección porque carece de pan, mientras usted es inmensamente rica, como hace poco me ha dicho. Pero yo me he equivocado al venir a pedirle a usted lo que usted no puede dar: sentimientos maternales. Hágase el cargo de que no hemos hablado una palabra, ni de esto ni de nada.

Y se retiró sin despedirse.

Doña Bárbara se precipitó al escritorio en cuya gaveta guardaba el revólver cuando no lo llevaba encima; pero alguien le contuvo la mano y le dijo:

—No matarás. Ya tú no eres la misma.

Capítulo 6

El espanto del *Bramador*

Jueves Santo. Día de abstinencia de carne de animales terrestres, porque la tierra es el cuerpo del Señor que está agonizando en la Cruz, y quien come las carnes que de ella se nutren, profana y martiriza con sus dientes el propio cuerpo de Dios. Día de no trabajar; ni en la sabana, ni el corral, porque esto arruinaría para toda la vida; día de soltar las queseras, porque la leche batida en días santos no cuaja y se convierte en sangre. Día solamente de pescar galápagos[201], cazar caimanes y castrar colmenares.

Lo primero tenía por objeto procurarse la comida predilecta del llanero por Jueves y Viernes Santos[202], y lo segundo obedecía a la tradicional costumbre de aprovechar el descanso de aquellos días para hacer batidas en los caños poblados de caimanes, tanto por limpiarlos de ellos cuanto porque el almizcle y los colmillos de caimán, cogidos en tales días, poseían mayores virtudes curativas y eran más eficaces como amuletos.

Ya estaba tendida la palizada que, disimulada con ramas, atravesaba el caño de una a otra orilla, dejando en el centro

[201] *galápago* (*Cynosternon scorpioides*): tortuga palustre, comestible, abundante en los llanos de Apure y el Orinoco [Alvarado, pág. 700].

[202] En los llanos, pero sobre todo en las márgenes del Orinoco y sus afluentes (Apure entre ellos), es tradición comer pastel de morrocoy o de tortuga el jueves de Cuaresma.

un espacio abierto o «puerta», y ya estaban apostados junto a ella los «porteros», con el agua a la cintura, mientras, cauce arriba, los apaleadores, provistos de largas varillas y gritando hasta desgañitarse, azotaban la superficie del caño, a fin de ahuyentar, curso abajo, cuanto ser viviente ocultasen las turbias ondas.

Agazapados detrás de las ramas, y con las manos dentro del agua, preparadas para juntarlas rápidamente, una sobre la otra, al sentir que entre ellas les pasara la presa codiciada, los «porteros» acechaban en silencio, y a veces una repentina contracción de los músculos de la cara o un fugaz empalidecimiento era cuanto indicaba que un caimán les pasaba por entre las manos inmóviles.

Santos se detuvo a presenciar el temerario deporte, y en obra de pocos momentos vio llenarse de galápagos un jagüey[203] que al efecto había sido abierto en la playa arenosa del caño. Luego se dirigió hacia donde estaba el resto de la peonada entregada a la cacería de caimanes.

Como todos los de la llanura, era aquel caño un criadero de caimanes, a cuyas tarascadas[204] habían perecido varias reses por aquellos días, por lo cual Antonio lo había elegido para la tradicional batida del Jueves Santo.

Los cazaban a tiros o los arponeaban desde la orilla, pero cuando Luzardo llegó hacía rato que habían cesado los disparos, y una gran cantidad de aquellos terribles habitantes del caño esteraban la playa, panza arriba.

—¿Se acabó ya la fiesta? —preguntó Antonio—. El doctor venía con ganas de echar un tirito.

Los cazadores, silenciosos todos y retirados de la orilla, pero atentos a algo que sucedía dentro del caño, hiciéronle señas de silencio, y Antonio, después de haber echado una mirada en la dirección que indicaba aquella actitud espectante, díjole a Luzardo:

—¿Ve aquellas dos taparas[205] que están flotando en medio

---

203 *jagüey*: manantial, ojo de agua, pozo natural donde abreva el ganado.

204 *tarascada*: dentellada violenta de un animal [Núñez y Pérez, pág. 455].

205 *tapara* (*Crescentia cucurbitina*): variedad del totumo cuyo fruto, algo más grande se utiliza como envase [Alvarado, pág. 349].

del caño? Debajo de ellas están dos hombres esperando que se aboye un caimán para alancearlo por el codillo, bajo el agua. Ésa es la cacería que tiene más mérito y de seguro que son *Pajarote* y María Nieves ésos que ahí están entaparados.

—Ellos son —repuso Carmelito—. Y nada menos que contra el *Tuerto* del *Bramador*, que se ha dejado chusiar[206] hasta por aquí.

Era aquel caimán contra el cual Luzardo había intentado disparar en el sesteadero del palodeagua, el día de su llegada. Terror de los pasos del Arauca, de sus víctimas —gentes y reses— se había perdido la cuenta. Se le atribuían siglos de vida, y como siempre saliera ileso de los proyectiles, que rebotaban en su recio dorso, se había formado la leyenda de que no le entraban balas porque era un caimán encantado. Su apostadero habitual era la boca del caño *Bramador*, ahora en términos de *El Miedo*, pero desde allí dominaba el Arauca y sus afluentes, haciendo por ellos largas incursiones, de las cuales regresaba con la panza repleta a hacer su laboriosa digestión, dormitando al sol de las playas del *Bramador*, que eran para él seguro abrigo a causa de que doña Bárbara, supersticiosa del embrujamiento que se le atribuía, tenía prohibido que se le atacara, tanto más cuanto que, remontando el caño, eran reses de *Altamira* su ración preferida.

—No ha debido consentir, Carmelito, en que *Pajarote* y María Nieves arriesguen así la vida —dijo Santos—. Hágales señas de que se salgan de ahí.

—Sería inútil en este momento —intervino Antonio—, porque los agujeros de las taparas, que es por donde ellos pueden ver, están para el otro lado. Además, ya es tarde. Ahora no se pueden ni mover siquiera. Cerquita de ellos viene aboyándose el caimán. Mírele el aguaje.

En efecto, a pocos metros de las taparas, la tersa superficie del caño comenzaba a rizarse levemente.

—¡Sh! —hicieron todos los circunstantes a un tiempo, agachándose, para que no los descubriera el caimán.

Con la majestad de su vejez y de su ferocidad, el caimán

---

[206] *chusiarse* (*chucearse*): en habla coloquial, deslizarse.

sacó a flor de agua, lentamente, la horrible cabeza y el dorso enorme, blindado de recias escamas en cresta.

Las taparas se movieron lentamente hacia la orilla opuesta del caño, como si las arrastrase una suave corriente, y se oyó el desahogo de la respiración contenida de los espectadores, a tiempo que Antonio murmuró, quedo:

—Ya se le pusieron del lado del ojo tuerto.

Las taparas continuaron deslizándose hacia el caimán, y aunque éste no las veía, por estar completamente aboyado y con el ojo sano atento hacia la playa, todavía no había pasado el peligro, pues ya los hombres estaban al alcance de la tarascada y la más leve imprudencia les costaría la vida.

En efecto, de pronto el saurio volvió la cabeza y se quedó mirando aquello que flotaba a flor de agua. Tres rifles lo apuntaron desde la playa, poniendo al azar de una puntería la vida de los hombres próximos a la fiera, y ya ésta iba a sumergirse de nuevo, cuando un brusco vaivén de las taparas indicó que *Pajarote* y María Nieves las abandonaban, jugando el todo por el todo, para lanzarse al asalto, que era la única esperanza de salvación que ya les quedaba.

Se produjo un borbollón de aguas fangosas, se agitó en convulsiones una masa enorme, se levantó varias veces en el aire una cauda formidable, produciendo un estruendo al caer sobre el agua, y, finalmente, el caimán se volteó y se quedó inmóvil, a flote la blanca panza descomunal, sangrantes los codillos alanceados, a tiempo que *Pajarote* y María Nieves sacaban por allá las cabezas, exclamando:

—¡Dios y hombre!

Y un clamor unánime en la orilla, celebrando la proeza:

—¡Se acabó el espanto del *Bramador!*

—Así se irán acabando todas las brujerías de *El Miedo*, porque ahora aquí tenemos la contra.

Capítulo 7

Miel de aricas

El algarrobo del paso vibra como un arpa melodiosa entre el zumbido de las aricas.

Encaramados en las ramas donde ellas han formado sus colmenas, los nietos de Melesio las ahuyentan con el humazo pestilente de unos mechones de sebo, y los morenos panales van pasando de las manos de los muchachos a las de sus hermanas, reunidas al pie del árbol.

Huyen todas lanzando agudos chillidos si a alguna se le enreda entre el cabello una abeja furiosa; pero luego vuelven muertas de risa y disputándose la golosina dulce y picante.

—Ya tú cogiste. Ahora me toca a mí.

—No. ¡A mí! ¡A mí!

Son siete las que están disputándose los panales, porque Genoveva, la mayor, se ha quedado conversando con Marisela en el caney donde están los bancos en torno a la mesa. Mejor dicho, con los codos sobre ésta y la cara entre las manos, se ha quedado oyendo lo que le cuenta Marisela.

—De mañanita me levanto a bañarme. ¡Sabrosa esa agua friíta! Si oyeras el alboroto que se forma, porque mientras el agua me cae encima, yo estoy canta que canta, y junto conmigo los gallos y las gallinas, y los patos, y las guacharacas[207]

---

207 *guacharaca*: L. Alvarado (pág. 195) la describe así: «Ave del género *Penélope,* fam. de los *penelópidos*, cuyo grito es, a causa del gran desarrollo de la tráquea, muy estrepitoso...»

que se paran en el samán[208]. Después me voy a la cocina a ver si ya han colado el café, y en cuanto Santos sale de su cuarto, ya le estoy llevando una taza del más tinto, cerrero[209], porque así es como le gusta. Después a arreglar la casa. Las manos me quedan ardiendo de tanto darle a la escoba. Si hay que remendar, remiendo, y luego me pongo a estudiar las lecciones. Ya cuando va a ser la hora de que él regrese de la sabana, me meto otra vez a la cocina a prepararle su comida, porque le tiene asco a la cocinera y no come sino lo que yo le preparo. Es maniático con la limpieza. Tengo que estar todo el día detrás de las moscas y espantando las gallinas para que no se metan en la casa. Ya las tengo acostumbradas a poner en sus nidales. Siempre trae flores de la sabana; pero ya los floreros están llenos con las que yo recojo por los alrededores de la casa. Al principio yo quería poner flores hasta en el techo. ¡Y ese abejero dentro de la casa! ¡La carcajada que soltó cuando vio aquello! Yo me puse brava, pero después comprendí que tenía razón. ¡Ah! ¿Qué te cuento, chica? ¿No sabes que ayer se me metieron los indios en la casa? Yo estaba íngrima y sola[210] en ese momento, porque él se había ido con papá y los peones, y las mujeres de la cocina estaban lavando en el cañito. Cuando de pronto oigo que dicen: «Comadre, amarra tus perros.» Me asomo y veo que son como veinte yaruros que se han metido en la sala, muy sí señores. Ya tenían sus flechas en los rincones y para adentro era que iban.

—¿Y no te dio miedo, mujer?

—¿Miedo? Les salí al encuentro, gritándoles: «¡Fuera de aquí, atrevidos! ¿Por qué se meten sin pedir permiso? Ya les voy a soltar los perros.» ¡Los pobrecitos! Eran unos indios mansos que andaban recogiendo changuango[211] por la saba-

[208] *samán* (*Pithecolombium samán*): árbol corpulento, leguminoso, muy alto, de rápido crecimiento, madera «mediocre» según Alvarado (pág. 333). Abunda en las llanuras de Apure y Cojedes. El de Apure (Samán blanco) es más blando que el de Cojedes (Samán negro).

[209] *café cerrero*: fuerte y sin endulzar.

[210] *íngrima y sola*: expresión coloquial redundante muy común. Según Núñez y Pérez, «íngrimo» es aplicado «a una persona sola» (pág. 279).

[211] *changuango*: en Vocabulario de (1954): «planta herbácea de rizoma comestible».

na y se acercaron a la casa a pedir sal y papelón[212]. Tú sabes que para ellos no hay mejor regalo que un pedazo de papelón. Pero ¡ay si se le da a uno más que a otro! Es necesario repartírselo por igual. Pero yo, haciéndome la brava: «¡Cochinos! ¡Atrevidos! ¡Miren cómo me han puesto el suelo con sus pies sucios! Ojalá vinieran los cuibas[213] que andan por ahí.» Fue como si les hubiera nombrado el diablo. Pelaron los ojos y me preguntaron: «¿Comadre, tú has visto cuibas?» Pero... ¿por qué te cuento esto? ¡Ah! Ya sé. Si hubieras visto lo preocupado que se puso Santos cuando supo que los indios me habían sorprendido sola en casa. Hasta en la noche, tomándome las lecciones, todavía estaba pensativo.

Genoveva se la queda mirando en silencio. Ella se azora y sonríe.

—No. No es lo que te imaginas. No hay nada de eso. ¡Jesús! ¿Qué me ves tanto, mujer?

—Que estás muy bonita. Aunque no te cogerá de sorpresa, porque ya te lo habrán dicho bastante.

—Pues, para que veas: ni por ahí te pudras.

—No lo creo. Hoy, por lo menos, alguna flor te han echado.

—Las que acabas de echarme tú. Lo que me dice es que soy muy inteligente. Ya me tiene fastidiada de oírselo. A veces me dan ganas de no estudiar las lecciones, a ver si así cambia el tono. Pero ¿qué tanto me ves, chica?

—El camisón, que te queda muy bien.

—Con tus favores. Pero no te creas que no sé lo que estás pensando.

Enseguida cuenta lo de los dibujos de Santos y ambas ríen durante largo rato del «gurrufío que tenía en el cuello la muñeca que él pintó». Luego Genoveva baja la vista, tamborilea con los dedos sobre la mesa, y al cabo de un rato dice:

—¡Qué afortunada eres, a pesar de todo!

—¡Hum! —hace Marisela—. ¡Cuidado, pues!

---

[212] *papelón*: azúcar negro de caña sin refinar, en forma de cono o cuadrada.
[213] *cuibas*: indígenas muy belicosos que habitan en las riberas del Meta.

—¿Cuidado de qué?
—Tú sabes lo que quiero decirte.
—Yo, ¿qué voy a saber, mujer?
—No seas hipócrita. Confiésame. Tú también estás enamorada de él.
—¡Enamorada del doctor una percusia[214] como yo! —exclamó Genoveva—. ¿Estás loca, mujer? Es un mozo muy simpático; pero no se ha hecho la miel para el burro.
Y Marisela, preguntando lo que ya le han dicho, sólo por el placer de decirlo ella también:
—¿Verdad que es muy simpático?
Pero involuntariamente sus palabras han tenido la entonación con que se habla del bien imposible y al oírse advierte que ella también se ha estado haciendo ilusiones, pues todo menos amor podía revelar la conducta de Santos para con ella: severidad de padre o maestro, cuando le daba consejos o le hacía advertencias, o camaradería de hermano mayor cuando estaba de humor chancero, y si a veces, por quedarse mirándolo ella en silencio, él también callaba y la miraba a los ojos, la sonrisa que se dibujaba en su rostro tenía tal aire de superioridad que la dulce zozobra de amor se le convertía a ella en vergüenza. Además, y especialmente durante aquellos últimos días, Santos no hablaba en la mesa sino de sus amigas de Caracas, ya no para proponérselas como ejemplos, sino para deleitarse recordándolas, sobre todo a una, Luisana Luján, cuyo nombre no pronunciaba sin que enseguida no se quedara pensativo.
—Yo también digo como tú, Genoveva: no se ha hecho la miel para el burro.
Y ahora son dos quienes tamborilean sobre la mesa, mientras las aricas que revolotean por allí se van apoderando de los panales, a cuya picante dulzura ya no acuden los dedos golosos.
Carraspea Marisela, disimulando nudos de llanto, y Genoveva pregunta:

[214] *percusia*: persona de bajo nivel económico, social y educativo [Núñez y Pérez, pág. 385].

—¿Qué te pasa, mujer?

—Que me arde la garganta de tanto panal que he comido.

Y Genoveva concluye:

—Eso malo tiene la miel de las aricas. Es muy dulce, pero abrasa como un fuego.

Capítulo 8

Candelas y retoños

Ya se había escuchado, allá en el fondo de las mudas soledades, el trueno que anuncia la aproximación de la entrada de aguas; ya estaban pasando hacia el occidente las rumazones de nubes que van a condensarse sobre la cordillera, donde comienzan las lluvias que luego descienden a la llanura, y ya estaba el fusilazo del relámpago al ras de horizonte en las primeras horas de la noche.

El verano empezaba a despedirse con el canto de las chicharras[215] entre los chaparrales resecos, amarilleaban los pastos hasta perderse de vista y bajo el sol ardoroso se rajaban como fauces sedientas las terroneras de los esteros[216]. La atmósfera, saturada del humo de las quemas que comenzaban a propagarse por las sabanas, se inmovilizaba en calmas sofocantes durante días enteros, y sólo a ratos, como anhelosos resuellos de fiebre, soplaban breves ráfagas ardientes.

Aquella tarde había llegado a su apogeo la modorra de la canícula. La reverberación solar poblaba de espejismos la sabana y en la abrumadora quietud del desierto sólo se movía la vibración del aire enrarecido, cuando de pronto, y a tiempo que los pastos se abatieron al soplo de una racha huracanada, empezó a suceder algo extraño; bandadas de aves pa-

---

215 *chicharras*: cigarras.

216 *esteros*: hondonadas o bajos de la llanura, que se inundan en la temporada de lluvias y se agrietan o derrumban durante la sequía.

lustres que volaban hacia el sotavento lanzando graznidos de pánico, numerosas yeguadas, reses sueltas o en madrinas que corrían en la misma dirección, unas rumbo a los corrales del hato, otras hacia el horizonte abierto, en precipitada fuga.

Ya para abandonarse al sopor de la siesta a la sombra del corredor delantero de la casa, como advirtiese aquel raro movimiento del bestiaje, Santos Luzardo se preguntó en alta voz:

—¿Por qué vendrá el ganado buscando los corrales a estas horas?

Y Carmelito, que ya por dos veces se había acercado hasta allí a explorar la sabana como si esperase algo, explicó:

—Es que ha venteado la candela. Mire. Por allá, detrás de aquella punta de mata, viene reventando el fuego. Por aquí detrás ya se ve también la humasera[217]. Todo eso viene ardiendo, de *Macanillal* para acá.

Ideas rudimentarias, profundamente arraigadas en el hombre de los campos venezolanos, e impotencia de los escasos pobladores de la llanura ante la enormidad de las tierras que reclaman sus esfuerzos, aconsejan el empleo del fuego, cuando ya se avecinan los primeros aguaceros del año, como único medio eficaz para que renazcan vigorosos los pastos agostados por la sequía y para destruir el gusano y los garrapatales arruinadores del ganado, y es costumbre, casi obligación de solidaridad, que todo llanero le pegue candela a los pajonales secos que encuentre a su paso, así pertenezcan a fincas ajenas.

Pero Santos no había permitido que se hicieran tales quemas en *Altamira*, por considerar perjudicial el rudimentario procedimiento del fuego, y contra las opiniones de Antonio Sandoval se empeñó en hacer la experiencia de recurrir a la rotación de los rebaños, para acabar con los garrapatales, y de esperar a que los pastos se renovasen por sí solos cuando comenzaran las lluvias, para comparar los resultados, mientras estudiaba la manera de introducir un sistema racional de cultivos de las praderas.

[217] *humasera*: humareda.

Debido a esto, seco todo *Altamira*, el fuego tenía que propagarse con violencia, y en efecto, a poco el rojo anillo se corrió por el horizonte, y cundió en obra de momentos por todo el vasto paño de sabana. Los chaparrales oponían, acá y allá, una desesperada resistencia; pero se precipitaban sobre ellos las llamas, girando y silbando enfurecidas, se encrespaban en la refriega, se empenachaban de negras humaredas, resonaba el tiroteo del estallido de los bejucos y cuando ya aquel núcleo de resistencia había desaparecido, el fuego victorioso volvía a cerrar filas y proseguía el avance rápido, amenazando rodear las casas.

Éstas no corrían peligro, gracias a los contrafuegos naturales de los medanales y paraderos de ganado que las circundaban; pero el aire ardiente que soplaba sobre ellas se hacía irrespirable por momentos.

—Parece que esto hubiera sido hecho de propósito —observó Santos.

—Sí, señor —murmuró Carmelito—. Esas candelas como que no vienen para acá por cuenta de ellas solas.

Era el único peón que estaba por allí. Los demás, incluso Antonio Sandoval, se habían ido después del almuerzo a continuar la batida de los caños poblados de caimanes, y se había quedado rondando en torno a la casa, como si montara guardia, porque un veguero con quien se encontró en el camino la noche anterior le había comunicado que, estando en la pulpería de *El Miedo*, oyó conversar a los Mondragones de algo que por allá se fraguaba contra *Altamira* para el día siguiente.

Se reservó la noticia, porque quería darle a Santos, él solo, una prueba inequívoca de su lealtad; pero sin hacer ostentación de ella.

«Por muchos que sean los que vengan de allá —se había dicho—, entre el doctor y yo, él con su rifle y yo con mi recortado, no los dejaremos acercarse.»

Pero ahora acababa de comprender que eran aquellas candelas lo que debía de venir de *El Miedo*, y se dijo:

«Menos mal, porque a éstas las atajan los peladeros de la sabana.»

Las atajaron en efecto, pero cuando, roto en lenguas errantes por los medanales y abandonado del viento en la calma del atardecer, se extinguió por fin el incendio, el vasto paño de sabana carbonizado que se extendía hasta el horizonte bajo un cielo fuliginoso era un paisaje fúnebre iluminado por una hilera de antorchas agonizantes, allá en *Macanillal*, donde habían sido plantados los postes para la cerca. Fue la rebelión de la llanura, la obra del indómito viento de la tierra ilímite contra la innovación civilizadora. Ya la había destruido y ahora reposaba como un gigante satisfecho, resollando a rachas que levantaban torbellinos de cenizas.

Pero al día siguiente y durante varios consecutivos el incendio reapareció por distintos puntos. Las cimarroneras, desalojadas de sus breñales, se regaron por todas partes, aumentando el peligro a que se exponían los sabaneros en el apresurado pique de los rebaños para conducirlos a comederos inaccesibles al fuego; se dio el caso de que se atarrillaran hatajos enteros de bestias salvajes en la huida continua, y el ganado manso que no se alzó al contagio de los cimarrones regresaba por las tardes a los corrales extenuado y hambriento.

Sólo se salvaron del fuego aquellos paños de sabana que estaban defendidos por los caños que surcaban la finca: pero costó trabajos inauditos lograr que se refugiara en ellos la hacienda que no se hubiera dispersado por los hatos vecinos.

—Esto es obra de doña Bárbara —afirmaban los peones de *Altamira*—. Aquí nunca se habían visto quemazones como ésta.

Y *Pajarote* propuso:

—Dénos permiso, doctor Luzardo, y un par de cajas de fósforos, que es todo lo que necesitamos yo y mi vale María Nieves para pegarle fuego a *El Miedo* por los cuatro costados.

Pero, una vez más, el enemigo de las represalias replicó:

—No, *Pajarote*. Procuremos capturar a los culpables, si realmente los hay, para remitírselos a las autoridades a fin de que se les aplique el castigo consiguiente.

Y hasta Lorenzo Barquero, saliéndose de su habitual ensimismamiento, aconsejó las represalias:

—¿Si es que los hay, dices? ¿Dudas todavía de que todo esto no sea obra de tu enemiga? ¿No es de los lados de *El Miedo* de donde viene el fuego?

—Sí. Pero para hacer una acusación de esa naturaleza necesito estar seguro y hasta ahora no tengo sino simples presunciones.

—¿Acusación? ¿Y quién ha dicho que se necesite acudir a las autoridades? ¿No eres un Luzardo? Haz lo que siempre hicieron todos los Luzardos: mata a tu enemigo. La ley de esta tierra es la bravura armada; hazte respetar con ella. Mata a esa mujer que te ha jurado la guerra. ¿Qué esperas para matarla?

Era la brusca rebelión del hombre, el rencor de largos años sepultado dentro del alma envilecida, algo viril, por fin brutal, pero con todo menos innoble, menos abyecto que aquella relajación de la dignidad que lo había hecho entregarse al alcohol para olvidarse de su miseria. Ya esta saludable reacción había comenzado desde los primeros días de su estada en *Altamira*, pero hasta entonces no se había atrevido a hacer la más remota alusión a doña Bárbara. Su conversación giraba exclusivamente dentro de los recuerdos de su época de estudiante, y en la minuciosidad que ponía en estas evocaciones, citando nombres y señales fisonómicas de sus amigos de entonces y puntualizando los mínimos detalles de las cosas o sucesos a que se refiriera, se advertía cierto angustioso empeño. A veces se le iban de pronto las ideas hacia el tema que no debía ser tratado; pero cortaba a tiempo las frases y, para que Santos no advirtiese la solución de continuidad, se perdía en divagaciones desconcertantes y en circunloquios plagados de contrasentidos, dando, con todo esto, la impresión de que las ideas corrieran por entre los escombros de su cerebro como sombras locas, buscándose y evitándose al mismo tiempo. Ahora, por primera vez, aludía a la mujer causante de su ruina, y Santos le vio brillar en las pupilas una ferocidad delirante.

—No es para tanto, Lorenzo —díjole, y en seguida, para desviar el enojoso asunto—: Cierto es que el fuego viene de *El Miedo*, pero también es verdad que de algún modo soy culpable, pues si no me hubiera opuesto a las quemas parciales establecidas por la costumbre, todas las sabanas no habrían ardido a la vez. El ensayo de rotación de los pastos ha sido una innovación que había de resultarme cara; la llanura ha campado por los fueros de la rutina.

Pero ya Lorenzo Barquero tenía una pasión cuya enardecedora intensidad podía suplir la falta del latigazo del alcohol cuando le fallara la voluntad de reconstruir su vida y le parpadeara la luz de la inteligencia, produciendo aquella danza de sombras locas que se buscaban y se evitaban a la vez por entre los escombros de su cerebro, y fue inútil que Santos se empeñara en disuadirlo de aquella idea homicida.

—No. Déjate de frases. Aquí no hay sino dos caminos: matar o sucumbir. Tú eres fuerte y animoso y podrías hacerte temible. Mátala y conviértete en el cacique del Arauca. Los Luzardos no fueron sino caciques y tú no puedes ser otra cosa, por más que quieras. En esta tierra no se respeta sino a quien ha matado. No le tengas grima a la gloria roja del homicida.

Entre tanto en *El Miedo* también retoñaban las viejas raíces. Después de aquel fracasado intento de reconstrucción de su vida, la tarde de la entrevista con Luzardo, doña Bárbara había pasado días de humor sombrío, entregada a maquinar venganzas terribles, y noches enteras en el cuarto de las conferencias con «el Socio»; pero como éste no acudiera al conjuro, su irascibilidad era tal que nadie se atrevía a acercársele.

Interpretando esto como signo de una guerra definitivamente declarada a Santos Luzardo, Balbino Paiba fraguó el plan de las quemas de *Altamira* para recuperar los perdidos favores de la amante, anticipándose a los designios que le atribuía, y encargó la ejecución a los Mondragones supervivientes, que otra vez habitaban la casa de *Macanillal* y eran las únicas personas que en *El Miedo* obedecían órdenes suyas; pero como mantuvo en secreto su iniciativa por aquello del «Dios libre a quien se atreva contra Santos Luzardo», doña Bárbara, a su vez, interpretó los incendios que asolaban *Altamira* como obra de los «poderes» que la asistían, puesto que la destrucción de la cerca con que Luzardo pretendía ponerle límites a sus desmanes no había sido sino realización de un deseo suyo, y se apaciguó en la confianza de que así caerían, a su debido tiempo, las otras vallas que la separaban del hombre deseado y que, cuando ella lo quisiese, éste iría a entregársele con sus pasos contados.

Realmente parecía como si una influencia maligna reinara en *Altamira*. Después de la afanosa brega del día, picando los ganados sedientos para acostumbrarlos a los bebederos que no se hubieren secado, exponiendo la vida entre las cimarroneras esparcidas, aún había que estar alerta por las noches contra el ataque de los zorros rabiosos, que recorrían en manadas las sabanas y se metían en las casas, y contra las serpientes, que también las invadían huyendo del fuego. Y como si todo eso fuese poco, al entrar en la casa tener que soportar el desagradable espectáculo que ahora daba Lorenzo Barquero, con su rencor impotente vibrándole en la voz tartajosa y con su empeño de que él se lanzara por el camino de las represalias contra doña Bárbara, para que pusiera su brazo al servicio del deseo vengativo que ahora le hervía en el pecho.

Finalmente, y para colmo, Marisela. Despechos de su ilusionado amor estaban convirtiéndola en una criatura desagradable. En su lenguaje habían reaparecido todas las exclamaciones vulgares y las palabras incorrectamente pronunciadas que tanto trabajo había costado hacérselas abandonar, y era un chaparrón de gruñidos soltados de propósito en cuanto abría la boca para responder a algo que él le preguntara, un plan premeditado de hacer todo lo que pudiese desagradarle, un mal humor perenne y un chocante replicar en cuanto él insinuaba alguna advertencia:

—¿Y por qué no me deja dir otra vuelta para mi monte, pues?

Pero, entre tanto, seguían pasando las rumazones de nubes, cada vez más espesas, se iba haciendo más frecuente el fusilazo del relámpago nocturno al ras del horizonte y todas las madrugadas se las pasaba cantando el carrao que anuncia la estación lluviosa.

Observando las señales del tiempo, dijo por fin Antonio:

—Ya está lloviendo en la Cordillera. Ahorita cambia el relámpago y no tarda en venir el barinés.

En efecto, al día siguiente, después de una calma sofocante, empezó a soplar el desagradable viento que baja del alto llano barinés, anuncio seguro de la entrada de aguas. Cambió el relámpago, se oyó el mugido del trueno hacia el Bajo Apure y pronto empezaron a verse plumas de aguaceros lejanos que corrían por la sabana, allá hacia el Cunaviche, donde se iban condensando y convirtiendo en chubascos acompañados de violentas tempestades. Nubarrones plomizos cubrían de un momento a otro todo el cielo, un viento huracanado los abatía sobre la sabana, se desgajaba entre ellos el árbol del rayo con un continuado estruendo ensordecedor y en obra de instantes toda la sabana se llenaba de charcas.

Y un día amaneció toda verde.

—No hay mal que por bien no venga —dijo Antonio—. Las candelas dejaron nuevecita a *Altamira*. Ahora retoñarán los pastos con fuerza, porque, dígase lo que se quiera, para eso no hay como las quemas, y cuando empiece la vaquería general todo esto estará cuajadito de hacienda, porque la propia volverá a sus comederos y la ajena vendrá a pagar las reses que mataron las candelas.

Volvieron las cimarroneras a sus acostumbrados refugios, las greyes mansas al sosegado errar por sus comederos habituales y las yeguadas a los alegres retozos de sus rochelas. Volvió el cuatro a las manos de los peones, por las noches, bajo el caney, y Marisela a los buenos modales y a las lecciones bajo la lámpara de la sala.

Y todo fue como los retoños después de las candelas.

Capítulo 9

Las veladas de la vaquería

Ya era tiempo de proceder a la vaquería[218] general de entrada de aguas. La costumbre, creada por la falta de límites cercanos y consagrada por las leyes de Llano, establece que los hatos colindantes trabajen la hacienda en comunidad, una o dos veces al año. Consisten estas faenas en una batida de toda la región para recoger los rebaños esparcidos por ella y proceder a la hierra[219] de orejanos, y se van haciendo por turnos en las distintas fincas, bajo la dirección de un jefe de vaquerías, que se elige previamente en una asamblea compuesta por las distintas agrupaciones de vaqueros. Duran varios días consecutivos y constituyen verdaderos torneos de llanerías, pues cada hato se esmera en enviar a aquel donde se haga la batida sus peones más diestros y ellos llevan sus bestias más vaqueras, ostentando sus mejores aperos, y se esfuerzan en lucir todas sus habilidades de centauros.

Empezaban a menudear los gallos cuando comenzó en *Altamira* el bullicio de los preparativos. Pasaban de treinta

---

[218] *vaquería*: ojeo del ganado. V. M. Ovalles, citado por Alvarado (página 938), describe: «El ojeo o vaquería se practicaba de este modo. Del 15 de julio en adelante se comenzaban los preparativos para los trabajos en el próximo mes de agosto.»

[219] *hierra*: «herradero, o sea, acción y efecto de marcar o señalar con un hierro encendido los ganados, o bien estación en que ella se verifica» [Alvarado, pág. 1105].

los peones con que contaba ahora el hato y además estaban allí otros tantos vaqueros de *Jobero Pando* y *El Ave María*.

Ensillaban de prisa, pues había que caerle al ganado en sus dormideros antes de que empezara a disgregarse y, entre tanto, se reclamaban a gritos los trebejos[220] que no encontraran a mano.

—¡Mi mandador![221]. ¿Dónde está, que no lo encuentro? Vaya soltándolo el que lo tenga porque es muy conocío: tiene una jachuela en la punta y si se la pican la conozco por el cortao.

—¿Qué hubo del cafecito? —voceaba *Pajarote*—. Ya el día viene rompiendo por la punta y nosotros todavía dando vueltas por aquí.

Y a su caballo, mientras le apretaba la cincha:

—Vamos a ver, castaño-lucero[222], cómo te portas hoy. Mi soga está más tiesa que pelo e negro; pero no la engraso, porque la nariz de un salenco viejo que vamos a aspear entre los dos en cuanto rompa el levante me la va a dejar suavecita, que ni pelo e blanco.

—Apuren, muchachos —reclamaba Antonio—. Y los que tengan caballos chucutos[223] crinejeen[224] de una vez porque vamos a llegar picando.

—Ch'acá el cafecito, señora Casilda —decían acudiendo a la cocina los que ya habían ensillado.

Un fuego alegre, de leñas resinosas, chisporroteaba en el fogón entre las negras topias[225] que sostenían la olla. Canta-

---

[220] *trebejos*: implementos utilizados por el llanero para sus faenas con el ganado.

[221] *mandador*: látigo formado por una tira de cuero atada a un vástago de madera; lo utilizan para arrear el ganado [Núñez y Pérez, pág. 317]. Alvarado lo explica como «zurriago, corbacho, rebenque»; añade: «Lo que caracteriza este desagradable instrumento es el cabo o mango más o menos largo...» (pág. 767).

[222] *castaño-lucero:* aplícase a las bestias de color castaño que tienen una mancha blanca en la cabeza.

[223] *chucuto* (o *chuto*): animal con la cola cortada o mutilada.

[224] *crinejear*: tejer la cola del caballo en forma de crizneja, para atar de ella la soga de enlazar.

[225] *topias*: piedras medianas colocadas en triángulo para soportar las ollas sobre el fogón de leña.

ba dentro de ésta el hervor de la aromática infusión y en las manos de Casilda no descansaba la pichagua[226] con que la trasegaba al colador de bayeta, pendiente del techo por un alambre, mientras las otras mujeres se ocupaban en enjuagar los pocillos y en llenarlos y ofrecérselos a los peones impacientes, y durante un rato reinó en la cocina la animación de las frases maliciosas, de los requiebros crudos y picantes de los hombres, de las risas y réplicas de las mujeres.

Bebido el café —después de lo cual no caería en los estómagos de aquellos hombres, hasta la comida de la tarde al regreso al hato, sino el cacho[227] de agua turbia y la amarga saliva de la mascada del tabaco—, partió el escuadrón de vaqueros, con Santos Luzardo a la cabeza, alegres, excitados por las perspectivas de la jornada apasionante, cruzándose chistes y reticencias maliciosas, recordándose mutuamente percances de anteriores vaquerías donde arriesgaron la vida entre las astas de un toro y estuvieron a punto de morir despanzurrados bajo el caballo, estimulándose unos a otros con hazañosos desafíos.

—Vamos a ver quién se pega conmigo —decía *Pajarote*—. He hecho la apuesta de aspear veinte bichos yo solo, y las gandumbas[228] serán la prueba.

Recia fue la brega y duró hasta el mediodía. Los lazos no descansaron en las manos de los vaqueros, muchos caballos quedaron muertos, y los que no sucumbieron apenas podían sostenerse sobre sus remos calambreados; pero ya el rodeo estaba parado y quieto, porque también las reses estaban despeadas de tanto corretear. Sólo los hombres estaban enteros todavía, derechos sobre las bestias jadeantes, insensibles al hambre y a la sed, roncos de gritar, pero aún cantando, alegres, las tonadas que apaciguan el rebaño.

---

226 *pichagua*: cuchara o recipiente hecho con la fruta del totumo [Núñez y Pérez, pág. 391].

227 *cacho*: en este contexto alude a un cuerno de res, atado a un cordel, que los llaneros lanzan a los pozos desde el caballo, para tomar agua.

228 *gandumbas*: testículos del toro.

Promediaba la tarde cuando Antonio dio orden de que se procediera al aparte[229]. María Nieves penetró en el rodeo gritando a los novillos madrineros, y éstos, que ya conocían la voz del cabestrero[230] y estaban acostumbrados a la operación, salieron del rebaño a detenerse en el sitio donde se formaría la madrina del hato, que era el primer lote que se separaba.

Y como si nada hubiera sido aquella recia brega del levante, todavía el aparte dio ocasión para lucir habilidades llaneras, coleando y tumbando los toros entre madrina y madrina.

Luego se procedió a apartar las reses de *El Miedo* y del hato de *Jobero Pando*, formando así las madrinas llamadas de los vaqueros. Finalmente, como aparecieran algunos novillos y vacas paridas marcados con el hierro del hato de *La Amareña*, que no había tomado parte en la vaquería, por estar situado a gran distancia de *Altamira*, Balbino Paiba comenzó a apartarlos.

Santos Luzardo presenciaba la operación sin proferir una palabra, pero cada vez que pasaba una res amareña le miraba el hierro, y en seguida el que ostentaba el caballo que montaba Paiba. Éste se impacientó al cabo y lo interpeló:

—¿Por qué cada vez que pasa un bicho me le mira el doctor el anca al caballo?

—Porque ese caballo ha venido a correr por su hierro y no me parece que ése sea el que tienen todos los bichos que está apartando usted.

Mas al oír sus propias palabras le parecieron ajenas. Así se habría expresado Antonio o cualquier otro llanero genuino; así no hablaba el hombre de la ciudad.

Balbino tuvo que dar una explicación:

—Estoy autorizado para llevarme las reses de *La Amareña*.

Y entonces sí replicó el hombre de la ciudad:

—Muéstreme esa autorización, pues mientras no com-

---

229 *aparte*: separación del ganado perteneciente a cada dueño de hato participante en la vaquería.

230 *cabestrero*: «peón a caballo que guía un rebaño de ganado en marcha» [Alvarado, pág. 565].

pruebe que procede en derecho, no podrá sacar de aquí una res ajena.

—¿Se piensa usted quedar con ellas entonces?

—No debería darle explicaciones a un insolente como usted —le respondió—. Pero, sin embargo, se las daré: errando libres por la sabana han llegado hasta aquí esas reses y así se irán hasta *La Amareña*, si de allá no vienen a buscarlas.

—¡Caramba! —exclamó Paiba—. ¿Usted como que piensa cambiar las costumbres del Llano?

—Justamente. Eso me propongo. Acabar con ciertas costumbres del Llano.

Y Balbino Paiba tuvo que conformarse a que Santos, después de haberle quitado el negocio que pensaba hacer con las reses altamireñas, no lo dejara ahora llevarse aquellas otras, que no eran muchas, pero algo le habrían producido, una vez «cachapeados»[231] los hierros como él sabía hacerlo.

Ya venía entrando en la manga[232] la madrina y era el momento más emocionante. El animalaje bravío se arremolinaba dentro de las palizadas, que se iban estrechando en embudo hasta caer en la puerta de la majada, acosado por los caballos, que compartían el ardor del jinete en el dominio de la res, y entre la polvareda que levantaban los cascos y las pezuñas, y por encima del estruendo del entrechocar de los cuernos, de los balidos de los mautes, de los bramidos de los padrotes, del piafar y de las repechadas pujantes de las bestias, se alzaba la gritería ensordecedora de los vaqueros:

—¡Ahacá! ¡Apretá! ¡Apretá!

Atropellaban de cerca, empujando el ganado renuente a entrar en el corral, metiéndole el anca de los caballos, sin darle espacio para las arremetidas, sosteniendo el empuje de las revueltas, lanzando el grito en el esfuerzo del chaparrazo:

---

[231] *cachapear* (los hierros): alterar la marca dejada por el hierro, mediante sobreposición de otro hierro falso [Núñez y Pérez, pág. 89].

[232] *manga*: «pasadizo algo convergente compuesto de dos vallas, construido a la orilla de un corral o río para encallejonar el ganado [Alvarado, página 768].

—¡Jilloo!

Terminó el encierro, corriéronse los tranqueros del corral, quedáronse los vigilantes entonando sus coplas y los demás se dirigieron a las casas a desensillar y bañar sus caballos.

—¡Te portaste, castaño-lucero! —díjole al suyo *Pajarote*, palmeándole el pescuezo—. Por tu banda no pasó ni un bicho que no se llevara su merecido. Y eso que esta mañana te llamaron matalón[233] los envidiosos de *El Miedo*. Yo lo que siento es no haber podido descubrir quién fue el que lo dijo, para cobrárselo en tu nombre.

La vuelta del trabajo animaba el patio de los caneyes. Al atardecer llegaban los vaqueros en grupos bulliciosos, empezaban a decirse algo entre sí y terminaban cantándolo en coplas, pues para cada cosa que se necesite decir hay en el Llano una copla que ya lo tiene dicho y lo expresa mejor, porque la vida es simple y desprovista de novedades, y porque los espíritus son propensos a las formas pintorescas de la imaginación.

Después de bañar los caballos y acomodarlos donde hubiera buen pasto, volvían al patio, donde ya estaba prendido el fogón y la ternera en los asadores, exhalando su apetitoso olor. En la cocina se proveían de un poco de «ají de leche»[234], unos topochos y unas yucas salcochadas, y con esto y con la carne asada, de pie o acuclillados en torno al fogón, saciaban el hambre de sus estómagos sobrios después de no haber probado durante todo el día sino la taza de café de la madrugada.

Y entre un bocado y otro, episodios de la faena, malicias y fanfarronadas, el dicho hiriente de la broma cordial y la respuesta pronta y aguda, el pasaje de la pintoresca vida del vaquero y del encaminador, del hombre de los rudos trabajos y las marchas pacientes, con la copla en los labios.

---

[233] *matalón*: caballo viejo que ya no tiene fuerzas [Núñez y Pérez, página 329].

[234] *ají de leche*: *chile* preparado con leche de vaca; se utiliza como condimento muy picante para la carne después de asada.

Luego mientras allá, en torno a los corrales, rondan por turno los veladores, cantando y silbando continuamente, porque todavía el ganado está inquieto, venteando la sabana libre, y un barajuste repentino puede llevarse las palizadas; aquí, bajo los caneyes, la otra velada bulliciosa: el cuatro y las maracas, el corrido[235] y la décima. La poesía naciendo.

Generalmente son *Pajarote* y María Nieves, éste con el cuatro y aquél con las maracas, quienes improvisan alternativamente:

> Cuando Cristo vino al mundo
> fue en un caballo alazano.
> Iba perdiendo la vida
> por coger un orejano.
> Cuando Cristo vino al mundo
> fue por el mes de agosto.
> ¡Cómo se pondría ese Cristo
> de manirito[236] y jojoto![237].

Y así, cada cual apoyándose en un verso del otro y en cada copla la llanura, la musa ingenua y chispeante del hombre en contacto con la naturaleza, saltaba, en la agilidad de las réplicas, de lo tierno a lo picaresco, de lo risueño a lo trágico, sin pausas ni titubeos mientras hubiera cuerdas en el cuatro y capachos[238] en las maracas, pues si el ingenio se agotaba o no venía pronto la ocurrencia, para salir del apuro se echaba mano de Florentino[239]. Florentino, el araucano, el gran can-

---

[235] *corrido:* narración octosilábica análoga al romance tradicional hispánico; en el llano es cantado al igual que la décima, con acompañamiento de cuatro y maracas.

[236] *manirito* (*Anona Jahnii*): fruto comestible, crece silvestre en lugares húmedos del Llano, fructifica en junio-julio. Utilizado en las fiestas llaneras como pan [Alvarado, pág. 262].

[237] *jojoto* (*elote*, *choclo*): maíz tierno.

[238] *capachos*: semillas de la *Canna* (*marantácea)*, negras y menudas, con las cuales se rellenan las totumas pequeñas para fabricar las *maracas* llaneras. Por eso a la maraca también se la llama capacho.

[239] *Florentino*: legendario cantador, suerte de *Fausto* llanero, venció al diablo en un contrapunteo de coplas. Es el personaje ficcionado por Gallegos en *Cantaclaro*. Sirvió de base a un extenso poema de Alberto Arvelo Torrealba: «Florentino, el que cantó con el Diablo» (1951), y ese texto, a su vez, fue el

tador llanero que todo lo dijo en coplas y a quien ni el mismo Diablo pudo ganarle la apuesta de a cuál improvisara más, que una noche vino a hacerle disfrazado de cristiano, porque aquél, cuando ya no le alcanzaba la voz, sobrándole todavía el ingenio, y faltando poco para que los gallos comenzasen a menudear, le nombró en una copla las Tres Divinas Personas y lo hizo volverse a sus infiernos, de cabeza con maracas y todo.

Y los cuentos de *Pajarote*:

—Candela fea la que vi una noche, navegando por el Meta. Asina, sobre un ribazo, miramos de pronto unas luces, y creyendo que eran casas, nos acercamos a la orilla a ver si se encontraba algo que comer, porque se nos había acabado el bastimento y el hambre nos llevaba trozados. El ribazo era un médano, y las luces, ¿qué creen ustedes que eran? Un solo rollo como de mil culebras —¡Ave María Purísima!— que se estaban restregando unas contra otras en el arenal. Era asina como cuando se frota un fósforo entre los dedos.

—No sea ponderativo, vale —dícele María Nieves.

—¡Ah, caramba! ¡Es que usted no ha visto nada, indio! Métase por esos ríos para que vea cosas raras. Eso es lo mismo que el pasaje que les he contado otras veces, de cuando estuve trabajando en la pesca de la tortuga en el Orinoco.

—¿Cómo es eso? —pregunta uno de los peones nuevos.

—¡Guá! Que un día del año, ahora no recuerdo cuál, al punto de medianoche, pasa un viejito en una curiara[240], íngrimo y solo y sin que nadie haya podido descubrir todavía quién es ni de dónde sale. Algunos dicen que es Nuestro Señor Jesucristo en persona. Lo cierto es que se para en una punta de playa y pega un leco, que lo oyen todas las tortugas del Orinoco, desde las cabeceras, allá más arriba del Roraima, hasta las Bocas. Ésa es la señal que esperan las tortugas para salir a poner sus huevos en la arena de las playas. Ahí

---

soporte de un poema sinfónico (*Cantata criolla* [1954]) escrito por Antonio Estévez. Víctor Mazzei González tiene una extensa investigación sobre *Los Florentinos* llaneros (Caracas, La Casa de Bello, 1987).

240 *curiara*: «embarcación enteriza, pequeña, ligera, menor que la canoa, muy usada en la navegación fluvial» [Alvarado, pág. 154].

mismito se empieza a oír el trueno de los millones de carapachos tropezando unos contra otros. Y ésa es también la señal que esperan los que saben para salir a cazarlas mansitas.

Y antes de que se rompiese en risas el momentáneo silencio de credulidad:

—¿Y de lo del Dorado que vieron los españoles? Yo también lo he mirado. Ese resplandor que algunas noches se distingue desde aquí, por los lados donde cae el Meta.

—Ésas son quemazones de la sabana, *Pajarote*.

—No, señor, vale Antonio. Yo le aseguro a usted que ése es el Dorado que mientan esos libros que usted me leyó una vez[241]. Sobre el Meta se ve clarito y grande, como una ciudad de oro.

—Este *Pajarote* lo ha mirado todo —comenta uno, y los demás sueltan la risa.

—¿Cómo fue, vale, que se salvó usted de que lo fusilaran? —pregunta María Nieves.

—¡Ése es bueno! —exclaman los que conocen el cacho—. Échalo, *Pajarote*, que aquí hay muchos que no te lo han oído.

—Pues que habíamos caído en manos de los revolucionarios del Gobierno, y como nosotros les habíamos dado mucho que hacer en donde quiera que nos los tropezábamos —y *Pajarote* carga la fama—, a mí me habían colgado las mías y las ajenas, y ya estaba resuelto que me iban a fusilar. Eso fue cerca de las bocas del Apure y estaba el río de monte a monte. La gente que me cargaba preso se llegó hasta la orilla, para que bebieran las bestias. Todos íbamos cubiertos de barro hasta las narices y al capitán de la compañía le dieron ganas de bañarse; pero en la orillita, porque no era bueno de agua. Se me ocurrió mi idea y dije, de modo que él me escuchara:

»—¡Ah, capitán, para tener bríos! Yo en el pellejo de él no me estaría bañando ahí tan tranquilo, con la caimanada que hay en ese río.

---

[241] Recuérdese que Antonio Sandoval (el personaje de ficción) tiene un referente en Antonio José Torrealba, informante y amigo del novelista. (cfr. nota 66). Torrealba tenía una aceptable cultura literaria, según documenta Edgar Colmenares (Pról. al *Diario de un llanero*, I, págs. XI-XLVIII).

—Me oyó el hombre y como cuando uno empieza a hacer la diligencia para salir de un mal paso, ahí mismo está Dios haciéndose cargo de lo demás, se le ocurrió también al capitán su idea, que no era muy bendita, y me preguntó:

»—¿Y usted no es llanero, pues?

»—Sí, señor, mi capitán —le respondí mansito—. Llanero soy, pero de a caballo, que no es la misma cosa. A mí, búsqueme usted en la tierra; pero en el agua no me encontrará nunca, ni en la orillita.

—Me lo creyó el hombre, porque estaba de Dios que así sucediera, y para divertirse conmigo, o para no tener que pasar el mal rato de fusilarme, mandó que me quitaran el cabo de soga con que me tenían amarrado y me echaran al agua para que me bañara, diciéndome:

»—Acérquese, amigo, para que se lave las patas, no vaya mañana a ensuciar el cielo cuando San Pedro lo mande pasar adelante.

—Los soldados echaron a reírse, y yo me dije: «Te salvaste, *Pajarote*.» Y seguí haciendo mi papel:

»—¡No, mi capitán! ¡Por vía suyita! Yo prefiero que me fusilen, si ésa es mi suerte, antes que morir comido por un caimán.

Pero él les gritó a los soldados:

»—Echen al agua a ese cobarde. —Y me zumbaron al río para que me ahogara. Eso fue del lado de allá del Apure. Hice como si me hubiera ido de cabeza...

Pajarote deja en suspenso el cuento, y uno del auditorio reclama:

—¿Qué hubo, pues, vale? ¿Va a dejar el cacho sin punta?

—Pero ¿no me está viendo del lado de acá? Vine a sacar la cabeza en la otra orilla y les grité: «—No dejen de hacerme pasar un susto como éste otro día.» —Me hicieron qué sé yo cuántos tiros; pero ¿quién alcanza a *Pajarote* cuando es hora de decir: ¡Pata!, ¿pa qué te quiero?

—Y tú, ¿por qué estabas alzado? —pregunta Carmelito.

—Por descansar de la brega con la cimarronera y porque ya las totumas estaban llenas, de tanta paz que había habido, y era hora de repartir los centavos.

Las totumas, es decir: la hucha del llanero. A propósito de

la guerra y de la distribución de la riqueza, *Pajarote* tenía ideas muy llaneras.

Sábado por la noche. Velada de amanecer bailando.

Se desocupó el caney sillero, se barrió y se regó convenientemente el piso y en cada horcón se puso un candil. Ya se estaban friendo los chicharrones y Casilda tenía preparados el carato de acupe[242] y el dulce de ciruelas. Había, además un cuarterón de aguardiente. Ya había llegado Ramón Nolasco, el de *Las Piñas,* que era el mejor arpista de todo el cajón del Arauca; de maraquero y cantador se trajo al tuerto Ambrosio que, después de Florentino, era el improvisador más competente que por allí se conocía.

Llegaron las alegres cabalgatas de muchachas del paso del *Algarrobo*, del *Ave María* y de *Jobero Pando*. Los bancos, colocados al hilo de la horconadura del espacioso caney, no dieron abasto para el mujerío.

Marisela hace los honores de la casa. Va y viene de aquí para allá. Todas tienen algo que decirle y todas se lo dicen al oído.

Ella se sonroja, suelta la risa y replica:

—Pero ¿de dónde sacan ustedes eso?

Y de grupo en grupo va recogiendo bromas y lisonjas.

—¿De veras? —insiste Genoveva—. ¿Nada?

—Nada. Y ahora menos que nunca. En estos días se ha puesto muy antipático.

—No puedo creértelo. Con lo bonita que estás.

—Ya te contaré.

Ya el arpista está afinando y el tuerto Ambrosio le ha dado dos o tres sacudidas a las maracas.

—¡Oiga, compañero! —exclama *Pajarote*—. Ese hombre es una novedad con los capachos.

—¿Y qué me dices del arpa? ¡Escucha cómo cantan esas primas!

---

242 *carato de acupe*: bebida de maíz espesa y ligeramente fermentada [Alvarado, págs. 38 y 103].

Ramón Nolasco le hace una seña al maraquero. Éste tose, para aclararse el pecho, escupe por el colmillo y:

—Ahí va el son de la Chipola[243] —anuncia.

Y rompe a cantar, a tiempo que los hombres se precipitan a los bancos a sacar parejas.

Chipolita, dame el seno,
que yo me quiero enseñá.
Antes que otro se acomode
yo me quiero acomodá.

Y comienza el joropo, con un paso animado que hace revolar las faldas de las mujeres.

Sólo Marisela se ha quedado sentada. Santos, que era el único que podía sacarla, porque a tanto no se atrevían los peones, ni se le ha acercado siquiera. Él tampoco baila.

Cantan las primas entre el ronco gemido de los bordones, y las oscuras manos del arpista, al recorrer las cuerdas, son como dos negras arañas que tejen persiguiéndose. Poco a poco el golpe se va asentando en una cadencia melancólica de música voluptuosa. Los bailadores no se mueven de un palmo de tierra, marcando el compás con la cintura. El chischear de las maracas milagrosas tiene pausas de angustia y una y otra vez el cantador insiste:

Si el Santo Padre supiera
la revuelta de Chipola,
se quitaría el balandrán,
dejaría la iglesia sola.

Es el anuncio de la «revuelta» que ya está preparando el arpista. Por fin, los dedos virtuosos saltan de las primas a los bordones y de éstos a aquéllas, los bailadores lanzan un grito de placer satisfecho y el joropo vuelve al movimiento primitivo. La tierra retumba bajo el escobilleado[244] frenético y

[243] *Chipola*: joropo de ritmo muy rápido, en el cual los músicos y el cantador alardean de virtuosismo.

[244] *escobilleado*: «en el joropo, deslizar un pie mientras se zapatea con el otro [Núñez y Pérez, pág. 213].

las parejas, sueltas en las figuras, se persiguen por entre la confusión. Se enlazan de nuevo y otra vez revuelan las faldas en los giros finales del golpe.

Las mujeres a los bancos y los hombres al cuarterón de aguardiente. La bebida aumenta la animación y *Pajarote* pide:

—El son del zamuro, Ramón Nolasco. Ya va a ver cosa buena, doctor. ¡ Señora Casilda! ¿Dónde está la señora Casilda? Venga acá. Hágase la muerta para que la concurrencia vea cómo este zamuro le come los piazos.

Era el son del zamuro —uno de los muchos que llevan nombres de animales—, un baile con pantomima que se toca cuando hay algún gracioso que quiere hacer de hazmerreír. Consiste la pantomima en imitar, al compás de la música, los grotescos movimientos que hace el zamuro antes de lanzarse al festín que le depara la res muerta en la sabana. *Pajarote* tenía fama de ser el mejor bailador de zamuros de todos aquellos contornos, y, en efecto, lo ayudaba mucho lo canilludo y desgalichado que era. En cuanto a Casilda, que en la pantomima hace el papel de muerto, era la única pareja que para ello podía prestarse. Siempre dispuesta a secundar las humoradas de *Pajarote*, no había baile donde ellos estuvieran y no se tocara aquel golpe.

Les despejaron el caney y el arpista rompió el son:

Zamuros de la barrosa
del alcornocal de Abajo.
Ahora verán, señores,
al Diablo pasá trabajo.

Zamuros de la barrosa
del alcornocal del Frío.
Albricias pido, señores,
que ya Florentino es mío.

Eran las coplas del legendario desafío entre el Diablo y el famoso cantador araucano[245].

[245] Estas dos estrofas forman parte del cancionero tradicional venezolano. Pertenecen al contrapunteo del Diablo con Florentino.

Plantada en el centro del caney, rígido el cuerpo y cerrados los ojos, Casilda llevaba el compás con movimientos de los hombros, mientras *Pajarote* le bailaba en torno, con grotescos movimientos de los brazos y grandes zancadas, que imitaban el batir de alas y los saltos recelosos del ave inmunda alrededor de la carroña.

Los espectadores se desternillaban de risa; pero Santos no se divertía, y al cabo de un rato dijo:

—Basta, *Pajarote*. Ya nos has hecho reír bastante.

El arpista cambió de son y el baile continuó. Otra vez Marisela se había quedado sentada. Santos oía el cuento que le echaba Antonio, de cierta famosa ocurrencia de *Pajarote*, y éste se había acercado a ellos cuando, de pronto, irrumpió Marisela, proponiéndole:

—¿Quiere bailar conmigo, *Pajarote*?

—¿Muerto, quieres misa? —exclamó el peón, a manera de respuesta; pero, enseguida, a la mirada de Antonio, agregó—: Eso me queda grande, niña Marisela.

—Baila —díjole Santos—. Baila con ella.

Y Marisela se mordió los labios y *Pajarote* se la llevó entre los brazos, gritándole de paso al arpista:

—Apréciese, Ramón Nolasco, y sacuda bien los capachos, tuerto Ambrosio, que de oro debieran ser. Aquí va *Pajarote* con la flor de *Altamira*, sin tenérselo merecido. ¡Abran campo, muchachos, abran campo!

Capítulo 10

La pasión sin nombre

—Genoveva. ¡Chica! ¡Lo que me ha ocurrido!

—¿Qué, mujer de Dios?

—Ven para contarte. Allí junto al palenque, donde nadie nos oiga. Tócame las manos. Óyeme el corazón.

—¡Ah! Ya sé: qué te ha dicho, por fin.

—No. Ni una palabra. ¡Te lo juro! Fui yo quien me le declaré.

—¡Mujer! ¿Los venados corriendo detrás de los perros?

—Lo hice sin pensarlo. Óyeme. Yo estaba muy brava con él porque no me sacaba a bailar.

—Y para darle celos fuiste a convidar a *Pajarote*. Sí. Todas nos fijamos. Y después el doctor le pidió una palomita a *Pajarote* y bailó contigo.

—Pero déjame contártelo. Yo estaba muy brava, como te digo, tan brava que se me salían las lágrimas. De pronto él se me queda viendo, y yo, para disimular, para que no fuera a creer que estaba resentida, me sonreí. Pero no como quería sonreírme. ¿Comprendes?

—Sí. Ya me figuro cómo te sonreirías.

—Pues bien. ¿Sabes lo que se me ocurrió entonces para remediar la cosa? Echarla a perder más de lo que ya estaba: me lo quedé mirando y le dije: «¡antipático!».

Se sonroja y agrega:

—¿Qué te parece, chica? ¿Has visto mujer más lisa que yo?

La exclamación revela ingenuidad; pero a Genoveva le ha cruzado por el pensamiento otra idea: «¡Como no vaya a resultar lo que dice mi taita!: «"Quien lo hereda no lo hurta."»

—¿Qué te pasa, Genoveva? ¿Por qué te has quedado pensativa? ¿Crees que he hecho mal?

—No, chica. Esperaba que me siguieras contando.

—¿Qué más? ¿Te parece poco? ¡Si se lo había dicho todo con esa sola palabra!

—¿Y él, lo comprendería así?

—Con decirte que perdió el compás, él, que tiene tanto oído para el baile. No me respondió una palabra, no volvió a mirarme los ojos... Es decir, yo no sé si volvió a mirarme, porque después de aquello no me atreví a levantar más los míos.

Vuelve a quedarse pensativa Genoveva. Marisela guarda silencio también, mientras sus miradas se hunden en las claras lejanías de la sabana, dormida bajo el fulgor lunar. De pronto palmotea y exclama:

—¡Se lo dije! ¡Se lo dije todo! Ya por mí no será.

A tiempo que Genoveva le pregunta:

—¿Y ahora, Marisela?

—¿Ahora qué? —inquiere, como si no entendiera, y, en seguida—: ¡Pero, chica! ¿Qué iba a hacer yo? Ponte en mi caso: todo el día he estado con la ilusión de este baile, pensando: Hoy me dice. Además, ya te repito: se me escapó sin quererlo. Tú misma tienes la culpa, pues cada vez que nos encontrábamos me preguntabas: «¿Todavía no te ha dicho?» Y últimamente, tú lo que estás es celosa.

—No. Marisela. Es que estoy pensando en ti.

—¿Con esa cara tan preocupada, cuando yo estoy tan contenta?

Pajarote, que venía en busca de Genoveva porque ya habían comenzado a tocar la pieza que bailaría con ella, interrumpió la confidencia.

Marisela se quedó junto al palenque esperando a que también viniesen a invitarla; pero como no venían, las palabras de Genoveva aprovecharon la ocasión:

—¿Y ahora, Marisela? ¿Crees que todo puede seguir como venía, después de lo que ha sucedido? ¿Te imaginas que has resuelto la situación con haberte lanzado a decir lo que no se atrevían a declararte? ¿No ves que, por el contrario, la has complicado? ¿Con qué cara te le presentarás mañana a Santos si esta misma noche no se te acerca él a confesarte que te ama? Y no viene. No vendrá en toda la noche. ¡Qué chasco te has llevado! Y todo por no saber disimular lo que sientes. Imagínate lo que habrá pensado de ti. Él, que es tan... ¡antipático!

—Ya sé lo que soy. Ya me lo has dicho otra vez.

—¡Ah! ¿Estaba usted ahí?

—Sí. Aquí estoy. ¿No me ves?

—¿Por qué viene en puntas de pie a oír lo que una esté pensando?

—Ni he venido así, ni tampoco tengo el don de oír lo que los demás piensen. Ahora, cuando se piensa en alta voz, se corre el riesgo de que los demás se enteren.

—Yo no he dicho nada.

—Pues entonces yo tampoco he oído.

Pausa. Pero ¿hasta cuándo irá a estar callado? No parecía tan tímido. ¿Será necesario sacarle las palabras?

—Bueno.

—¿Qué?

—Nada.

—Pues nada —y se sonríe.

—¿De qué se ríe?

—De nada —y sigue riendo.

—¡Guá! Será loco, pues.

—Dicen que las lunas llaneras perturban el juicio.

—Allá usted. Yo el mío lo tengo muy sano.

—Sin embargo, eso de enamorarse de *Pajarote* así, sin reflexionar, no deja de ser una locura. Bien está *Pajarote* para lo que es; mas para novio tuyo...

—¡Guá! ¿Y por qué no, pues? ¿No era yo un bicho del monte cuando usted me recogió? «Pa quien es su pae, buena está su mae», como dice el dicho.

—Ya sabía yo que esta noche sería de guás y de refranes vulgares; pero se te descubre a la legua que lo haces de propósito. De modo que, si quieres engañarme, inventa algo más ingenioso.

—¿Y usted por qué no ha inventado, también, algo más ingenioso que eso de que yo esté enamorada de *Pajarote*? Ahora soy yo quien se ríe. ¡La discípula cogiéndole las caídas al maestro!

—No digas «caídas».

—Los gazapos, pues... ¿Está mal dicho también?...

—No —responde él, y se queda contemplándola, y luego le pregunta—: ¿Has terminado de reírte?

—Por ahora sí. Diga otra cosa, de ésas tan ingeniosas que a usted se le ocurren, a ver si me vuelven las ganas. Diga, por ejemplo, que ha venido a pararse aquí, junto al palenque, a pensar en una de esas amigas que dejó en Caracas, que no era propiamente amiga, sino novia.

—Pues, si vas a reírte de mí...

—Aunque no lo diga. Ya me estoy riendo otra vez. ¿No oye?

—Sigue. Sigue. Me agrada tu risa.

—Pues entonces me pongo seria otra vez. Yo no soy mono de nadie.

—Y yo me acerco más a ti y te pregunto: ¿Me quieres, Marisela?

—¡Te idolatro, antipático!

Pero esto no sucedió sino en la imaginación de Marisela. Quizás habría sucedido realmente si Santos se hubiera acercado al palenque; mas no apareció por todo aquello.

Pero ¿quién ha dicho que sea necesario que él se me declare? ¿No puedo seguir queriéndolo por mi cuenta? ¿Y por qué ha de llamarse amor el cariño que le tengo? ¿Cariño? No, Marisela. Cariño se le puede tener a todo el mundo y a muchas personas a la vez. ¿Adoración...? Pero ¿por qué razón todas las cosas deben de tener un nombre?

Y en la complicada simplicidad de su espíritu así quedó resuelta la dificultad.

Por lo demás, bien podía ser el amor de Marisela algo que estuviera a igual distancia de lo simple, material, del apetito, como de lo simple, espiritual, de la adoración. La vida, inclinándolo a uno u otro lado, determinaría la forma futura, pero en aquel punto de equilibrio entre la realidad y el sueño era todavía la pasión sin nombre.

Capítulo 11

Soluciones imaginarias

Lo extraño fue que a Santos Luzardo también se le ocurrieron soluciones imaginarias. Con la fría imparcialidad de que se revestía para analizar sentimientos suyos y situaciones difíciles que de ellos dependiesen, se planteó el caso, sentándose al escritorio, despejándolo de la barahúnda de papeles y libros que sobre él había dejado poco antes, poniéndolos en orden, uno sobre otro y separados éstos de aquéllos, como si se tratase de distinguir y analizar lo que eran y contenían libros de Derecho y papeles de la contabilidad del hato, y apoyando las manos sobre unos y otros, cual si necesitara exteriorizar y convertir en cosas inertes los sentimientos sobre los cuales era menester reflexionar, dijo, mirando lo que tenía bajo la izquierda:

—Que Marisela se ha enamorado de mí, es evidente, y perdóneseme la vanidad. Era lógico que así sucediera: «los años, la ocasión...». Es bonita, un verdadero tipo de belleza criolla, simpática, interesante como alma, compañera risueña y sin duda útil para un hombre que haya de llevar indefinidamente esta vida de soledad y de asperezas entre peones y ganados. Hacendosa, valiente para afrontar situaciones difíciles. ¡Pero... esto no puede ser!

Y movió la mano sobre el papel como para borrar lo que allí estuviese escrito. Luego, asentando más la diestra sobre los libros:

—Aquí no hay nada más sino una simpatía muy natural,

y el deseo, desinteresado, de salvar a una pobre muchacha condenada a una triste suerte. Acaso, cuando más, una necesidad, puramente espiritual, de compañero femenino. Pero si esto puede dar origen, más tarde, a complicaciones sentimentales, lo prudente es ponerle remedio en seguida.

Retiró las manos de libros y papeles, y reclinándose en el asiento, con la cabeza echada hacia atrás, prosiguió su monólogo mental:

—Marisela no debe continuar en casa. Claro que volver al rancho del palmar, ni por un momento. Sería entregársela a míster Danger. ¿Si ese par de tías viejas que tengo en San Fernando consintieran en recibirla? Marisela les sería muy útil, y ellas, en cambio, le harían un gran favor. Acabarían de educarla, completarían la obra emprendida por mí, con esos toques que a un alma de mujer sólo manos de mujer pueden darle: esa ternura que le falta, ese fondo del corazón hasta donde yo no he podido llegar. En cuanto a Lorenzo, claro está que no voy a exigirle a mis tías que lo reciban también. Se quedará aquí, conmigo. Ya que me lo he echado encima, con él tengo que cargar hasta el fin. Que no estará muy distante, por lo demás. Por eso también hay que ir buscándole soluciones al problema de Marisela. Vivo Lorenzo, aunque sea metido dentro de ese cuarto de donde ya no quiere salir ni para sentarse a la mesa, la convivencia de Marisela conmigo está justificada; pero muerto el padre, las cosas cambiarían de aspecto. Además, Marisela será para mí una impedimenta que no me dejará disponer de mi vida libremente. Si resuelvo, por ejemplo, regresarme a Caracas o irme a Europa, como antes lo pensaba y ya vuelve a ocurrírseme por momentos, ¿qué hago con Marisela? Abandonarla así como así, no sería humano. Hasta cierto punto, yo he contraído un deber moral al emprender la obra de su educación, he cambiado el destino de un alma. Ella era la presa que ya míster Danger había elegido y por ese camino iba a seguir los pasos de la madre. ¿Voy a decirle ahora: revuélvete, sigue por donde ibas?

Enciende un cigarrillo. Grato es pensar mirando desvanecerse el humo en el aire, sobre todo cuando los pensamientos se van desvaneciendo a medida que son formulados.

—¡Nada! La única solución es que las tías consientan en recibir a Marisela. Pero antes hay que preparar el terreno, personalmente, porque escribirles sería tiempo perdido. Ya me imagino la exclamación al terminar la carta: «¡Una hija de *La Dañera* en casa!» Explicarles el caso y persuadirlas de que pueden recibirla sin escrúpulos de conciencia ni temor de maleficios.

Tira el cigarrillo, que ha dado, de pronto, un humo amargo y con movimientos de atención ausente de ellos se pone a arreglar los papeles de modo que no sobresalgan el uno del otro, mientras se dice, ya no mentalmente, sino con palabras emitidas.

—Pero para ir a San Fernando es necesario esperar a que termine la vaquería. Por ahora no puedo moverme de aquí. Entre tanto, si a la casita de *El Bruscal* se le pudieran hacer reparaciones, allí podría vivir Lorenzo con su hija.

—¡Antonio!

—Antonio no está por aquí —responde por allá Marisela.

Y —¡cosa extraña!— el problema ha desaparecido de pronto, o, por lo menos, la necesidad apremiante de resolverlo enseguida.

¿Acaso, con lo que había descubierto la noche anterior, al sacar a Marisela a bailar, habían cambiado, realmente las cosas? ¿La ingenuidad misma de aquella tácita confesión de amor que ella hiciera al decirle «¡antipático!» no le daba al amor de Marisela un carácter especial, cierta diafanidad de sentimientos infantiles, ante los cuales resultaban desproporcionados sus escrúpulos?

Quizás también la clara voz que le había respondido por allá dentro hízole pensar, involuntariamente, en días venideros de casa sola y silenciosa.

Esto o aquello, o ambas cosas a la vez, lo cierto fue que Santos Luzardo concluyó así sus reflexiones:

—¡Hombre! Bien está que me ocupe en buscarle una solución al problema, pero no con tanta prisa. Un poco más y resulto tan timorato como mis tías. ¿Qué inconveniente hay en que Marisela viva bajo el mismo techo que yo, próxima y lejana, como hasta ahora ha vivido? Hasta cierto punto esto le añadiría un encanto mayor a la vida: un amor que no exija sino la mutua conciencia de que existe, que no cambie las cosas ni él tampoco pueda ser modificado por ellas. Algo suficiente por sí solo, que no necesite convertirse ni en palabras ni en obras. Algo así como la moneda de oro del avaro, que es quizás el más idealista de los hombres. La riqueza toda sueños, la seguridad de que nunca se comprará con ella una desilusión.

Pero en la realidad, cuando no se tiene el alma sencilla, como la de Marisela, o demasiado complicada, como no la tenía Santos Luzardo, las soluciones deben ser siempre positivas. De lo contrario, acontece como le acontecía a él, que perdió el dominio de sus sentimientos y se convirtió en juguete de impulsos contradictorios.

¿Próxima y lejana Marisela? Cada vez más próxima, hasta el punto de que ya no había manera de estar dentro de aquella casa sin sentir su presencia. ¿Está en la cocina, preparándole la comida como a él le agrada? Pero desde aquí se le oye la voz o la risa o la copla. ¿Se ha quedado en silencio la casa y la mirada se fija en un sitio cualquiera? Es casi seguro que por allí cerca esté una flor, que ella ha puesto. Vas a sentarte y tienes que quitar el libro o la labor que dejó en la silla. Buscas algo y apenas mueves el brazo, allí mismo lo encuentras, porque todo está en su sitio y al alcance de tu mano. Entras y ya puedes contar con que en la puerta te la tropezarás, porque en ese momento sale. Vas a salir y tienes que hacerte a un lado o te lleva por delante en su carrera. ¿Quieres reposar la siesta? Ni el vuelo de las moscas te molestará, porque es tal la guerra que les ha declarado Marisela que ya no se atreven a meterse en la casa, y mientras tú duermes, ella andará de puntillas y se morderá la lengua para que no se le escape la copla. Eso sí; apenas ya no tengas necesidad de silencio, romperá a cantar, como las propias paraulatas llaneras, que parece que tuvieran de plata la garganta, y todo lo que vaya haciendo se lo dirá a sí misma, en alta voz, y tú no necesitarás verla para saber en qué se ocupa.

Ahora me pongo a remendar. Ahora barro la sala. Ahora riego las matas, y ahora, a estudiar mis lecciones.

Mas por esto mismo era conveniente poner distancias por medio, y olvidando aquel proyecto de llevar a Marisela a la casa de sus tías, Santos plantea un día en la mesa esta conversación:

—Bien, Lorenzo. Ya Marisela ha adquirido los rudimentos necesarios para comenzar a recibir una verdadera educación y es conveniente ponerla en un colegio. En Caracas hay buenos colegios de señoritas, y creo que debemos mandarla cuanto antes.

—¿Con qué voy a pagarle la pensión? —pregunta Lorenzo.

—Eso corre de mi cuenta. Lo que te pido es tu autorización para proceder.

—Haz lo que te parezca.

Entre tanto Marisela se mordía los labios, y ya iba a levantarse de la mesa enojada, cuando le vino «su idea». Siguió comiendo tranquila, y Santos creyó que también aceptaba su proyecto.

Pero al regresar a su casa, aquella misma tarde, encontró sobre la puerta un trozo de papel donde Marisela había puesto:

«Colegio de Señoritas. El mejor de la república».

Celebró la ocurrencia, quitó el papel y no volvió a hablar más de aquello.

Solos en la mesa. Cierto que era más grata así, sin la repugnante presencia de Lorenzo Barquero. Ella le servía el plato, le estimulaba el apetito, diciéndole:

—¡Esto está rico!

Le vertía el agua en el vaso, sin darle tiempo a que él lo hiciera, y entre tanto, charlaba, charlaba, charlaba sin tregua.

Agradable la voz, delicioso el reír, pintoresca la conversación, graciosos los gestos y ademanes, ¡y una animación y un chisporroteo de luz en los ojos!

—¡Chica, ya me tienes mareado!

—Pero hable usted también, hombre de Dios.

—¿Al mismo tiempo que tú? Verdaderamente, tendré que resignarme a hacerlo así.

—¡Exagerado! Esta mañana, en el almuerzo, fue usted solo quien habló.

—Pero como si tal cosa, porque tú en otras muy distintas estabas pensando. Te pondría en un apuro si te preguntara qué te dije.

—¡Miren qué gracia! ¿A que usted tampoco puede repetir lo que yo he dicho ahora?

—También es cierto. Pero no porque no te haya prestado atención, sino porque es imposible seguir el hilo de tu discurso. Saltas de un tema a otro con una rapidez vertiginosa.

—¿Entonces, todo lo que uno hable deben ser discursos?

—Verdaderamente, resultaría fastidioso. Como lo estuve yo esta mañana.

—No he querido decirle eso, sino que cada uno tiene su manera de pensar, y así como piensa, habla. Usted puede estar hablando dos horas seguidas, como un aguacerito blanco.

—Gracias por el símil. No me has dicho fastidioso.

—No es eso, señor. Quise decir: sin que hable de la misma cosa y al mismo tiempo sin que se vea que va cambiando el asunto. Mi manera es otra.

—Sí. Tu conversación podría compararse a una serie de chaparrones uno tras otro. Pero aguaceros con sol. Para devolverte la metáfora con una galantería.

—¿El diablo y su mujer peleando? Pero nosotros no peleamos. ¡Ay! ¿Qué he dicho?

Se sonroja y suelta la risa.

—Claro está —dícele Santos, mientras la contempla sonriente—. Como que ni yo soy el diablo...

Pero ella no lo deja concluir:

—¿Sabe?

—¿Qué?

—Ya se me olvidó lo que iba a contarle.

Y como Santos sigue contemplándola, exclama:

—¡Ah, sí! —pero en seguida vuelve a hacer el gesto de olvido, que era pura ficción, recurso de disimulo.

Santos la imita, exclamando:

—¡Ah! No.

¡Qué linda se estaba poniendo! ¡Todos los días más! No obstante, él se engolfa, de pronto, en uno de aquellos discursos deliberadamente fundados sobre temas áridos o abstrusos que tenían por objeto aburrirla o interesarla intelectualmente, remedios heroicos, ambos, contra el amor.

Pero ella ni se aburría ni tampoco podía interesarse de aquella manera. Mientras él hablaba no le quitaba la vista;

mas, entre tanto, iba pensando todo lo que se le vin mente.

A lo mejor, interrumpió:

—¿Sabe? La venadita que me regaló no era ninguna bendita: va a tener venaditos.

Santos responde cualquier cosa y sigue comiendo en silencio; mas, de pronto, suelta la risa. Ella no se explica aquella hilaridad y se lo queda mirando extrañada. Al fin cae en malicia y las mejillas se le enrojecen, mientras, por disimular, busca de prisa algo que obligue a pensar en otra cosa; pero lo que se le viene a la boca, de golpe también, es la risa y ya no hay manera de que Santos logre cambiar la situación, pues, en cuanto comienza a decir algo, ella suelta la carcajada y él concluye imitándola.

Pero el reír malicioso de Marisela era algo tan diáfano como lo había sido la frase inocente, tan ajeno a la moral como el pecado de la venadita.

Era la naturaleza misma, sin bien ni mal; pero así no podía tomarla el hombre de la ciudad.

Por una parte, las reflexiones que otro cualquiera, dotado de un mediano buen juicio se habría hecho: Marisela, fruto de una unión inmoral y acaso heredera de las funestas condiciones paternas y maternas, no podía ser la mujer en quien pusiera su amor un hombre sensato; y, por otra parte, las reflexiones que tenía que hacerse un Santos Luzardo. Sencilla como la naturaleza, pero, a ratos, inquietante también, como las monstruosidades de la naturaleza, Marisela parecía tener selladas en el corazón las fuentes de la ternura. Alegre, jovial y expansiva, sin embargo, en sus relaciones con el padre, nunca le había visto un movimiento de amor filial.

Generalmente, mostrábase indiferente a los sufrimientos paternos, o cuando más, al pasar junto a Lorenzo, le dirigía una frase juguetona, aniñando la voz, pero sin que las palabras dejaran traslucir verdadera ternura.

—Esta muchacha no tiene corazón —decíase a menudo Santos—. No tendrá todavía la crueldad sombría de la madre, pero tiene la crueldad retozona del cachorro, y de esto a aquello, con un poco que intervengan las circunstancias, no hay sino un paso. Tal vez por falta de la educación conveniente, por falta de esos toques a la sensibilidad dormida que sólo manos de mujer pueden darle.

Pero Santos Luzardo se veía obligado a confesarse que estas reflexiones pesimistas le producían un disgusto especial. Las hallaba demasiado severas, crueles, de crueldad consigo mismo. En cambio, postergando al razonador, le era grato poner, de cuando en cuando, un poco poeta el corazón y repetir aquello de la moneda de oro del avaro.

Capítulo 12

Coplas y pasajes

Pero con todo esto las soluciones imaginarias no habían hecho sino complicar el problema, pues ya para Santos Luzardo la vida se había vuelto insoportable dentro de aquella casa.

Afortunadamente, fuera de ella todavía había mucho que hacer.

Concluida la recolecta de la hacienda, comenzó la hierra. Con el alba empezaba la algarabía del desmostrencaje, o sea, la separación, en dos corrales contiguos, de las vacas y los becerros.

Mugían aquéllas y lanzaban éstos balidos lastimeros, cual si presintiesen la tortura. Ya estaba candente el hierro que manejaría *Pajarote.* Con una copla lo anunciaba y los peones procedían a barrear los mautes. Los tumbaban en el suelo, les cortaban en las orejas las señales del hato y les pisaban las cabezas para inmovilizarlos, mientras *Pajarote* les aplicaba el hierro candente, dedicándoles coplas de acuerdo con sus pelos y señales: el comedero habitual, la madrina a que pertenecían, el levante donde cayeron. La historia de cada res, que el llanero conoce como la propia.

Y a cada pasada de hierro trazaba una marca, a punta de cuchillo, en un trozo de cuero donde se llevaba la cuenta, porque todo en *Altamira* se hacía todavía como en los remotos tiempos de don Evaristo, *El Cunavichero.*

Haciéndose esta reflexión, Santos Luzardo se dijo que ya

era hora de empezar a poner en práctica los animosos proyectos de reformas del civilizador de la llanura, aplazados todavía.

Concluida la hierra, que duró varios días consecutivos, Antonio le dijo, mostrándole las tarjas del herrador:

—La cosa ha resultado mucho mejor de lo que esperábamos. Tres mil becerros y más de seiscientos cachilapos. Ahora se puede proceder a lo de las queseras.

Apenas fue clavar unos cuantos horcones en la costa del caño *Bramador*, echarles encima un techo de paja sabanera, fabricar, con un cuero de res, el bote donde se cuajaría la leche y con hojas de palma tejida los cinchos donde se prensaría el queso, reforzar los paloapiques de unos corrales abandonados, meter en ellos unas cuantas vacas mansas y otras todavía bravas, recogidas en el rodeo de *Mata Oscura*, y dejar todo aquello al cuidado del viejo Remigio, quesero guariqueño que, a la casualidad, había llegado por allí buscando trabajo, acompañado de su nieto el becerrero Jesusito.

Cuando Santos vio que la obra se reducía a lo rudimentario de aquella «casa en piernas» aislada en medio de un extenso banco de sabanas, en el mismo sitio donde hacía más de veinte años había existido otra construcción idéntica, destinada al mismo uso, y se dio cuenta de que en la quesera actual todo iba a hacerse, como en la antigua, mediante los rutinarios procedimientos de una industria primitiva, se avergonzó de sí mismo. ¿Sería acaso así como *Altamira* se convertiría en un fundo moderno —palabras suyas cuando decidió dedicarse al hato— dotado de todos los adelantos de la industria pecuaria en los países civilizados?

—Así es como se trabaja de queseras por aquí —replicó Antonio—. Con lo que da el mismo Llano: palos de caramacate[246] o macanilla, hojas de palma, cueros de res.

—Y rutina de siglos —agregó Santos—. Milagro que todavía exista el ganado, que fue innovación introducida por los

[246] *caramacate* (*Homalium racemosum*): samidáceas. Su madera es muy útil en los llanos y afluentes del Orinoco [Alvarado, pág. 98].

colonizadores españoles. Duro es decirlo, pero el llanero no ha hecho nada por mejorar la industria. Su ideal es convertir en oro todo el dinero que le caiga en las manos, meterlo en una múcura[247] y esconderlo bajo tierra. Así hicieron mis antepasados y así haré yo también, porque esta tierra es un mollejón que le embota el filo a la voluntad más templada. Con esto de la quesera, y así pasa con todo, otra vez empezaremos por donde mismo estábamos hace veinte años. Entre tanto la cría degenera por falta de cruzamientos y por excesos de plagas que la diezman. Todavía se pretende curar el gusano con oraciones, y como los brujos abundan y hasta los inteligentes terminan creyendo en ellos, no se procuran remedios.

—Todo eso debe de ser como usted lo dice, doctor —repuso Antonio—. Pero póngase a cruzar ganados, ya que mienta lo del cruzamiento, que desde chiquito estoy oyendo decir que se necesita. ¿Para que se lo coman los revolucionarios? Déjelo criollo purito, doctor, porque entonces, como la carne será más sabrosa, habrá más revoluciones. Y otras cosas que no son la guerra: pero que se le parecen mucho, verbigracia las autoridades, que todo se lo quieren coger.

—Sofismas —replicó Santos—. Justificaciones de la indolencia del indio que llevamos en la sangre. Por todo eso, precisamente, es necesario civilizar la llanura; acabar con el empírico y con el cacique, ponerle término al cruzarse de brazos ante la naturaleza y el hombre.

—Ya habrá tiempo para todo —concluyó Antonio—. Por ahora, así como está, la quesera dará sus resultados. Sólo con que se amanse el ganado ya vamos ganando bastante. El todo es que logremos empadronarla[248] ligero.

Muy práctico en fundaciones de este género era el guariqueño Remigio, pero empadronar una quesera con ganado tan salvaje como el de *Altamira* era empresa muy ardua.

—*Maravilla*, *Maravilla*, *Maravilla*.

—*Punto Negro*, *Punto Negro*, *Punto Negro*.

---

247 *múcura*: vasija de arcilla quemada.

248 *empadronar*: lograr que el ganado se amanse y obedezca al arreo hacia el corral de modo espontáneo [Subero, nota 57, de Ayacucho, pág. 254].

Y así todo el día, manoseando las vacas bravas pegadas a los botalones y sin apearles los nombres recién puestos, para que se fueran acostumbrando a ellos.

Y en los corrales y en el pastoreo, cada vez que él o Jesusito pasaban cerca de alguna:

—*Botón de Oro*, *Botón de Oro*, *Botón de Oro*.

Algunas comenzaban a aprenderlos y se les adivinaba en la mansedumbre de los ojos mientras los escuchaban; pero la mayor parte del rebaño tenía todavía en las pupilas inyectadas la bravura intacta.

Y mientras allá en la quesera comenzaba así la civilización de la barbarie del ganado, en las cimarroneras no descansaban los lazos.

Al choque de los vaqueros retemblaba el mastrantal bajo el tropel de los rebaños sorprendidos; pero a veces la rochela se encrespaba, se revolvía contra las bestias y, a pesar de la destreza de los jinetes, muchas perecían en los encontronazos o caían fulminadas por el dolor del formidable envión del orejano.

También fueron muchos los toros que murieron calambreados por el furor, al sentirse dominados por el hombre, o sucumbieron a la tristeza de la mutilación, echados dentro de la espesura de las matas, esperando la muerte por hambre y sed y lanzando de rato en rato mugidos sordos, al pensar en el perdido señorío del rebaño salvaje y en la vida libre y fiera de la rochela dentro de la montaña inaccesible.

Santos Luzardo compartió con los peones los peligros de aquellos choques, y las intensas emociones lo hicieron olvidarse otra vez de los proyectos civilizadores. Bien estaba la llanura, así, ruda y bravía. Era la barbarie; mas, si para acabar con ésta no bastaba la vida de un hombre, ¿a qué gastar la suya en combatirla?

—Después de todo —se decía— la barbarie tiene sus encantos, es algo hermoso que vale la pena vivirlo, es la plenitud del hombre rebelde a toda limitación.

Es María Nieves agigantándose en la empresa de la esguazada de los grandes ríos donde acecha la muerte. Va a exponerse a la tarascada mortal de los caimanes y sólo lleva un chaparro en la mano y una copla en los labios.

Ya están llenos los corrales del Paso del *Algarrobo*. Se va a tirar al Arauca una punta de ganado y los jinetes ya están colocados a lo largo de la manga para defenderla del empuje del tropel de reses. Ya María Nieves se dispone a conducirla a la otra orilla, a cabestrearla a nado. Es el mejor «hombre de agua» de todo el Apure y nunca se le ve tan contento como cuando la lleva al cuello, en pos de sí los cuernos, apenas, de los madrineros que guían la esguazada y por delante, allá lejos, porque ya el río está de monte a monte, la orilla opuesta.

Ya está en el agua sobre su caballo en pelo y conversa a gritos con los canoeros que navegarán al costado de la punta para no dejarla regarse río abajo.

En los corrales se oye la gritería de los peones que arrean el rebaño. Ya los bueyes madrineros vienen, manga abajo, y en pos de ellos el tropel de las reses bisoñas. María Nieves rompe el canto y se arroja al agua, porque el caballo apenas le servirá de apoyo para la mano izquierda, mientras con la derecha bracea, empuñando el chaparro para defenderse del caimán. Detrás de él se arrojan al agua los bueyes madrineros y comienzan a nadar, apenas los cuernos y el hocico a flote.

—¡Apretá! ¡Apretá! —gritan los vaqueros.

Los caballos empujan y las reses van cayendo al río. Braman, asustadas, algunas tienden a revolverse, y a otras se las lleva la corriente; pero en la orilla los vaqueros y a lo ancho del río los bogas de las canoas las contienen y las enfilan.

Un caramero de cuernos señala el rumbo sesgado de la esguazada. Adelante va la cabeza de María Nieves junto a la de su caballo. Se oye su canto en medio del ancho río, en cuyas turbias aguas acechan el caimán traicionero y el temblador y la raya y el cardumen devorador de los zamuritos y de los caribes.

Al fin la punta gana la ribera opuesta, a centenares de metros. Una a una van saliendo del agua las reses, lanzando mugidos lastimeros, y así están largo rato agrupadas en la playa, mientras el cabestrero vuelve a echarse al río a pasar otro lote.

Ya los corrales del paso se han vaciado por la manga, y en

la margen opuesta del Arauca, en una playa árida y triste, bajo un cielo de pizarra, se eleva el cabildeo plañidero de centenares de reses que serán conducidas camino de Caracas, a través de leguas y leguas de sabanas anegadas, paso a paso, al son de las tonadas de los encaminadores.

> Ajila, ajila, novillo,
> por la huella el «cabrestero»
> para contarte los pasos
> del corral al matadero.

Mientras, otras tantas, por distinto rumbo, han sido despachadas hacia la Cordillera, como en los buenos tiempos de los viejos Luzardos, cuando *Altamira* era el hato más rico del cajón del Arauca.

Es la vida hermosa y fuerte de los grandes ríos y las sabanas inmensas, por donde el hombre va siempre cantando entre el peligro. Es la epopeya misma. El Llano bárbaro, bajo su aspecto más imponente; el invierno que exige más paciencia y más audacia, la inundación que centuplica los riesgos y hace sentir en el pedazo de tierra enjuta la enormidad del desierto; pero también la enormidad del hombre y lo bien acompañado que se halla, cuando no pudiendo esperar nada de nadie, está resuelto a afrontarlo todo.

¡Llueve, llueve, llueve!... Hace días no sucede otra cosa. Ya los llaneros que estaban fuera de sus casas han regresado a ellas, porque los caños y los ríos se desbordarán por las sabanas y pronto no habrá caminos transitables. ¡Ni necesidad de recorrerlos! Ya es tiempo de «mascada, tapara y chinchorro»[249], y con estas tres cosas bajo el techo de palma, el llanero se siente feliz, mientras afuera se van desgajando las nubes en un llover obstinado y copioso.

Con las primeras lluvias comenzó el retorno de las garzas. Aparecieron por el sur —hacia donde emigran durante el verano, sin que nadie sepa hasta dónde van— y todavía estaban llegando las innumerables bandadas.

---

[249] *mascada* (de chimó o tabaco), *tapara* (de aguardiente) y *chinchorro* (hamaca de descansar y dormir el llanero). La tríada forma una expresión refranera o dicho que alude a la inercia en los periodos de lluvia o de canícula.

Fatigadas por el largo vuelo, se detenían, balanceándose sobre las ramas flexibles del monte del garcero, o llegaban, sedientas, hasta el borde de la ciénaga, y el monte y el agua iban cubriéndose de blancura.

Parecía haber reconocimientos y cambios de impresiones de viaje. Las de este bando miraban a las del otro, que habían emigrado a distintas regiones, alargaban los cuellos, batían las alas, lanzaban ásperos graznidos y luego quedábanse quietas observándose mutuamente, redondas e inmóviles las ágatas de las pupilas. A veces había riña por una rama del dormitorio, por un resto de nido de la estación anterior; pero después se iban acomodando todas en los mismos sitios que siempre habían ocupado.

Los patos salvajes, las corocoras, las chusmitas, las cotúas[250], los gabanes y los gallitos azules[251], que no habían emigrado, acudían a saludar a las viajeras, y eran también bandadas innumerables que iban llegando desde los cuatro puntos del cielo. También habían regresado los chicuacos[252] y contaban sus impresiones de viaje.

Ya el estero está lleno, porque el invierno se ha metido con fuerza. Un día asoma a flor de agua la trompa negra de una baba. Ya aparecerán también los caimanes, pues los caños se están llenando de prisa y en la llanura por todas partes se va a todas partes. Los caimanes también vienen desde lejos, del Orinoco muchos de ellos; pero nada cuentan, porque todo el día se lo pasan durmiendo o haciéndose los dormidos. Y mejor es que se estén callados. No podrían contar sino crímenes.

Comienza la muda. El garcero es un monte nevado, al amanecer. Sobre los árboles, en los nidos colgados de ellos y en torno al remanso, la blancura de las garzas a millares, y por donde quiera, en las ramas de los dormitorios, en los borales que flotan sobre el agua fangosa de la ciénaga, la escarcha de la pluma soltada durante la noche.

---

[250] *cotúa* (*Plotus aningha*): palmípeda de pico más largo que la cabeza; cola ancha «insólita en las aves acuáticas» [Alvarado, pág. 141].

[251] *gallito azul* (de laguna): *Porphirio martinicensis* [Alvarado, pág. 704].

[252] *chicuaco Ardea (Butorides) striata* [Alvarado, pág. 168].

Con el alba comienza la recolecta. Los recogedores salen en curiaras, pero terminan echándose al agua y con ella a la cintura, entre babas y caimanes, rayas, tembladores y caribes, desafían la muerte gritando o cantando, porque el llanero nunca trabaja en silencio. Sino grita, canta.

¡Llueve, llueve, llueve! Y se desbordan los caños y se inundan los esteros y empiezan a caer los hombres, fulminados por la «calentura», tiritando de frío, castañeteando los dientes, y se ponen pálidos y se van volviendo verdes[253], y empiezan a nacerle cruces al cementerio de *Altamira*, que es apenas un pequeño rectángulo cercado de alambre de púas, en medio de la sabana, porque al llanero, hasta después de muerto, le basta con estar en medio de su sabana.

Pero, al fin, comienzan a cabecear[254] los ríos y a escurrirse los rebalses ribereños, y los caimanes empiezan a abandonar los caños, hacia el Arauca, hacia el Orinoco los que de allá vinieron a hartarse con reses altamireñas y se van alejando las fiebres, y otra vez el cuatro y las maracas, el corrido y el pasaje, el alma recia y risueña cantando en coplas sus amores, sus trabajos y sus bellaquerías.

—¿Que de dónde le viene al llanero su fuerza, así tan jipato como es, para resistir todo un día sobre el caballo, detrás del ganado o con el agua a la cintura, y su alegría para ponerle buena cara al mal tiempo? Ya se lo voy a explicar, doctor —dícele Antonio Sandoval—. De la moraleja de este pasaje que le voy a echar. Un día se presentó por aquí, buscando trabajo, uno de por los lados del Cunaviche. Se ofrecía como cimarronero, nada menos, y venía muy mal montado; el matalón no podía con su alma y el apero era una tereca[255]. Me lo quedé mirando y le dije: «Bueno, amigo, bestia le ofrezco: uno de esos mostrencos que andan alzados por la sabana. Póngale un veladero al que más le guste y aluego lo amansa para su silla; pero de aperarlo se encarga usted.»

---

[253] Gallegos caracteriza con estos síntomas la *malaria* o *paludismo,* enfermedad endémica en los llanos y selvas venezolanos hasta los años 60 de este siglo, cuando se logró erradicar. Hoy ha reaparecido.

[254] *cabecear*: cuando los ríos empiezan a aumentar o disminuir su caudal.

[255] *tereca*: «silla de montar vieja y muy usada» [Núñez y Pérez, pág. 458].

«Yo tengo apero —me contestó el hombre, poniéndole la mano encima a su tereca—. Me falta el arricés, el guardabastos[256] se me perdió, el fuste me lo robaron y la coraza no sé qué se me hizo; pero me queda el sufridor.»

Y Antonio concluyó sentencioso:

—Así me contestó el hombre, que es nada menos que *Pajarote*. Lo que le quedaba era el sufridor, y decía que tenía apero. Conque aplique el cuento. El sufridor, es decir: la voluntad de pasar trabajos. De ahí le viene al llanero su fuerza.

En efecto, así los vio vivir Santos Luzardo, al veguero triste y bruto junto al palmo de tierra de su conuco y al pastor alegre y fanfarrón en medio de su sabana inmensa, luchando con la naturaleza, compartiendo el tasajo[257] de carne y el trozo de yuca de su sobriedad, que sólo se regala con la taza de café y la mascada de tabaco, conformándose con el chinchorro y la cobija —¡eso sí!, siempre que fuera fino el caballo y bonito el apero—, punteando la bandurria, rasgueando el cuatro, cantando hasta desgañitarse por las noches, después de las rudas faenas de levantes y carreras, y destornillándose en el joropo hasta el amanecer, en las casas donde hubiese muchachas cuyos atractivos merecieran la maliciosa copla que dice:

Del toro la vuelta el cacho,
del caballo la carrera,
de las muchachas bonitas
la cincha y la gurupera[258].

Y vio que el hombre de la llanura era, ante la vida, indómito y sufridor, indolente e infatigable; en la lucha, impulsi-

---

[256] *guardabastos*: según Alvarado (pág. 1100), «gualdrapa, mantilla de piel con forro de tela». Se coloca en el lomo del caballo antes de la montura.

[257] *tasajo*: pedazo de carne cortado en forma irregular.

[258] Esta copla, del Cancionero popular, adquiere su doble sentido en los lexemas de los versos finales: la *cincha* (correa que ata la silla de montar en la cintura del caballo) y la *gurupera* (que fija la misma silla con una correa acolchada que pasa por la cola del caballo hasta el tronco).

vo y astuto; ante el superior, indisciplinado y leal; con el amigo, receloso y abnegado; con la mujer, voluptuoso y áspero; consigo mismo, sensual y sobrio. En sus conversaciones, malicioso e ingenuo, incrédulo y supersticioso; en todo caso alegre y melancólico, positivista y fantaseador. Humilde a pie y soberbio a caballo. Todo a la vez y sin estorbarse, como están los defectos y las virtudes en las almas nuevas.

Algo de esto lo dejaban traslucir las coplas donde el cantador llanero vierte la alegría jactanciosa del andaluz, el fatalismo sonriente del negro sumiso y la rebeldía melancólica del indio, todos los rasgos peculiares de las almas que han contribuido a formar la suya, y lo que no estuviese claro en las coplas y Santos Luzardo lo hubiere olvidado, se lo enseñaron los pasajes que les fue oyendo contar mientras compartía con ellos los duros trabajos y los bulliciosos reposos.

Y de todo esto y por todas las potencias de su alma, abiertas a la fuerza, a la belleza y al dolor de la llanura, le entró el deseo de amarla tal como era, bárbara pero hermosa, y de entregarse y dejarse moldear por ella, abandonando aquella perenne actitud vigilante contra la adaptación a la vida simple y ruda del pastoreo.

Cierto es que en el Llano no se doma un potro ni se enlaza un toro impunemente; quien lo haya llevado a cabo pertenece, desde luego, a la llanura. Además, ésta no hacía sino recuperarlo. Ya lo había dicho Antonio Sandoval: «¡Llanero es llanero, hasta la quinta generación!» Pero había también algo más, algo sobre lo cual no se reflexionaba; pero que estaba allí, en el fondo del alma, transformando los sentimientos del hombre de la ciudad, derribando los obstáculos: ¡Marisela, canto del arpa llanera, la del alma ingenua y traviesa, silvestre como la flor del paraguatán, que embalsama el aire de la mata y perfuma la miel de las aricas!

CAPÍTULO 13

La dañera y su sombra

Cerca de la anochecida, al dirigirse a la cocina para prepararle la comida a Santos, ya al entrar, Marisela oyó que la india Eufrasia le decía a Casilda:

—¿Para qué iba a ser, pues, ese empeño de Juan Primito en que el doctor se dejara medir? ¿A quién puede interesarle esa medida, si no es a doña Bárbara, que es voz corriente que se ha enamorado ya del doctor?

—¿Y tú crees en eso de la medida, mujer? —replicó Casilda.

—¿Que si creo? ¿Acaso no he visto pruebas? Mujer que se amarre en cintura la medida de un hombre, hace con él lo que quiera. A Dominguito, el de *Chicuacal*, lo amarró la india Justina y lo puso nefato[259]. En una cabuya[260] le cogió la estatura y se la amarró a la pretina. ¡Y se acabó Dominguito!

—¡Mujer! —exclamó Casilda—. Y si tú crees eso, ¿cómo no le dijiste al doctor que no se dejara medir por Juan Primito?

—Sí, lo pensé, pero como el doctor no cree en esas cosas y estaba tan divertido con los disparates del bobo, no me

[259] *nefato*: según M. Alonso (pág. 2953), es un venezolanismo que significa *entontecido*.

[260] *cabuya*: cordel fabricado con la fibra del henequén o cocuiza [Alvarado la registra como vocablo perteneciente a la cultura indígena taína del Caribe (pág. 76)].

atreví. Mi idea era quitarle a Juan Primito la cabuya; pero me echó tierra en los ojos, como dicen, y cuando fui a buscarlo, ¡ni el polvo! Lejos debe ir ya, aunque eso fue ahorita. Porque cuando él dice a caminar, no hay quien lo siga.

Aquello era de lo más burdo y primitivo que en materia de superstición pudiera darse; pero Marisela se estremeció al oírlo. A pesar del empeño que había tomado Santos en combatirle la creencia en supercherías, y aunque ella misma aseguraba que ya no les prestaba crédito, la superstición estaba asentada en el fondo de su alma. Por otra parte, las palabras de las cocineras, oídas conteniendo el aliento y con el corazón por salírsele del pecho, habían convertido en certidumbre las horribles sospechas que ya le habían cruzado por la mente: su madre, enamorada del hombre a quien ella amaba.

Ahogó la exclamación de horror que iba a escapársele, tapándose la boca con la mano trémula, y se olvidó el propósito que la había llevado a la cocina. Atravesó el patio en dirección a la casa, se revolvió, una y otra vez anduvo y desanduvo el trayecto, cual si las horribles ideas, repudiadas de la conciencia, se convirtieran todas en movimientos automáticos.

En esto vio llegar a *Pajarote*. Le salió al encuentro preguntándole:

—¿No ha visto por el camino a Juan Primito?

—Me crucé con él más allá del alcornocal. Ya debe de estar llegando a *El Miedo*, porque iba como alma que lleva el diablo.

Pensó un instante y en seguida dijo:

—Necesito ir ahora mismo a *El Miedo*. ¿Quiere acompañarme?

—¿Y el doctor? —objetó *Pajarote*—. ¿No está aquí?

—Sí. En la casa está. Pero él no debe saberlo. Me iré escondida. Ensílleme la *Catira*, sin que nadie se dé cuenta.

—Pero niña Marisela —objetó *Pajarote*.

—No. Es inútil, *Pajarote*. No pierda su tiempo tratando de hacerme desistir. Es necesario que yo vaya a *El Miedo* ahora mismo. Si usted no se atreve a acompañarme...

—No me diga más nada. Ya voy a estar ensillando la *Catira*. Espéreme detrás del topochal y así no la verán salir.

Algo mucho más grave se imaginó *Pajarote*, y por eso y porque Marisela había dicho: «si usted no se atreve», se decidió a acompañarla sin más averiguaciones. Todavía no había nacido quien pudiera decir: a esto no se atreve *Pajarote*.

Al abrigo del topochal se alejaron de las casas sin ser vistos, cuando ya empezaba a cerrar la noche. El deseo de no tener que encararse con la madre le hizo decir a Marisela:

—¿Cree usted que si apuramos alcanzaremos a Juan Primito antes de que llegue?

—Aunque trocemos las bestias no lo alcanzaremos —respondió *Pajarote*—. Con la ventaja que nos lleva y el tamaño de las zancadas, si no ha llegado todavía será muy poco lo que le falte.

En efecto, en aquel momento llegaba Juan Primito a *El Miedo*. Encontró a doña Bárbara sentada a la mesa. Estaba sola, pues hacía varios días que Balbino Paiba, temeroso de provocar con su presencia la ruptura ya inminente, no se dejaba ver por allí.

—Aquí tiene lo que me encargó —dijo Juan Primito, sacándose de la faltriquera el ovillo de cordel y poniéndolo en la mesa—. Ni le falta ni le sobra un pelito.

Enseguida refirió las mañas que tuvo que darse para tomarle la medida a Luzardo.

—Bien —díjole doña Bárbara—. Puedes retirarte. Pide en la pulpería lo que quieras.

Y se quedó pensativa, contemplando aquel pedazo de cordel pringoso, que tenía algo de Santos Luzardo y que debía traerlo a caer entre sus brazos, según una de las convicciones más profundamente arraigadas en su espíritu. Ya los apetitos se habían convertido en pasión, y puesto que el hombre deseado que debía de ir a entregársele «con sus pasos contados» no los encaminaba hacia ella, de la tiniebla del alma supersticiosa y bruja había surgido la torva resolución de apoderarse de él por artes de ensalmadora.

Entre tanto, ya Marisela se acercaba a la casa. Rompiendo, por fin, el caviloso silencio en que hizo el trayecto, díjole a *Pajarote:*

—Necesito hablar con... mi madre. Llegaré sola hasta la casa. Usted se queda un poco más acá, de modo que si me veo en un apuro... oiga cuando le grite.

—Si así lo dispone usted, así será —respondió el peón complacido en el coraje de la muchacha—. Y no tenga cuidado, que no tendrá que gritarme dos veces.

Se detuvieron al abrigo de unos árboles. Marisela bajó del caballo y avanzó resuelta, al hilo del paloapique de la majada.

Un instante apenas le flaqueó la voluntad al atravesar el corredor de aquella casa que por primera vez visitaba. El corazón parecía habérsele paralizado y las piernas le vacilaban. Estuvo a punto de que se le escapara el grito convenido con *Pajarote*; pero ya estaba en el umbral de aquella pieza, sala y comedor a la vez.

Doña Bárbara acababa de levantarse de la mesa y había pasado a la habitación contigua.

Repuesta de su turbación, Marisela adelantó la cabeza. Dio un paso y otro y otro sigilosamente y mirando en derredor. El golpe del corazón le retumbaba dentro del cráneo; pero ya no tenía miedo.

En la habitación de los conjuros, ante la repisa de las imágenes piadosas y de los groseros amuletos, donde ardía una vela acabada de encender, doña Bárbara, de pie y mirando el guaral que medía la estatura de Luzardo, musitaba la oración del ensalmamiento.

—Con dos te miro, con tres te ato con el Padre, con el Hijo y con el Espíritu Santo. ¡Hombre! Que yo te vea más humilde ante mí que Cristo ante Pilato.

Y deshaciendo el ovillo, se disponía a ceñirse el cordel a la cintura, cuando de pronto se lo arrebataron de las manos. Se volvió bruscamente y se quedó paralizada por la sorpresa.

Era la primera vez que se encontraban frente a frente madre e hija, desde que Lorenzo Barquero fue obligado a abandonar aquella casa. Ya sabía doña Bárbara que Marisela era otra persona desde que estaba en *Altamira*; pero a la sorpresa de la aparición intempestiva se añadió la que le produjo la hermosura de la hija, y esto no le permitió precipitarse sobre ella a recuperar el cordel.

Ya iba a hacerlo, pasado el momentáneo desconcierto, cuando Marisela volvió a detenerla, exclamando:

—¡Bruja!

Tal como dos masas que chocan, saltan en el encontronazo y caen luego desmoronadas, confundiendo sus fragmentos, así sucedió en el corazón de doña Bárbara cuando en los labios de la hija estalló el epíteto infamante, que nadie fuera osado a pronunciar en su presencia. El hábito del mal y el ansia del bien, lo que ella era y lo que anhelaba ser para que pudiese amarla Santos Luzardo, chocaron, se encresparon y se confundieron, deshechos, en una masa informe de sentimientos elementales.

Entre tanto, Marisela se había precipitado a la repisa y echado al suelo, de una sola manotada, toda la horrible mezcla que allí campaba: imágenes piadosas, fetiches y amuletos de los indios, la lamparilla que ardía ante la estampa del Gran Poder de Dios y la vela de la alumbradora, mientras con una voz ronca, de indignación y de llanto contenido, rugía:

—¡Bruja! ¡Bruja!

Enfurecida, rugiente, doña Bárbara se le arrojó encima, le sujetó los brazos y trató de arrebatarle la cuerda.

La muchacha se defendió, debatiéndose bajo la presión de aquellas manos hombrunas, que ya le desgarraban la blusa, desnudándole el pecho virginal, para apoderarse de la cuerda que había ocultado en el regazo, cuando una voz reposada y enérgica, ordenó:

—¡Déjela!

Era Santos Luzardo, que acababa de aparecer en el umbral de la puerta.

Obedeció doña Bárbara y con un sobrehumano esfuerzo de disimulación trató de transformar en afable su faz siniestra; pero en vez de una sonrisa apareció en su rostro una mueca fea y triste de propósito fallido.

Y fue tan profundo el trastorno de su espíritu que ni aun con «el Socio» pudo entenderse aquella noche.

Ya había recogido del suelo y vuelto a colocar sobre la repisa las imágenes piadosas y los groseros fetiches y amuletos que derribó la manotada de Marisela; otra vez ardía la lamparilla votiva, aunque con un chisporroteo continuo de aceite y agua mezclados en la mecha, y una llama vacilante, sin que dentro del cuarto, herméticamente cerrado, se moviera ni el más leve soplo de aire, y ya por varias veces había formulado el conjuro a que tan obediente se mostrara siempre el demonio familiar; pero éste no acudía a presentárselo porque, como en la mecha de la lamparilla, también había inconciliables cosas mezcladas en el pensamiento que lo invocaba.

«¡Calma! —se recomendó mentalmente—. Calma.»

Y enseguida la impresión de haber oído una frase que ella no había llegado a pronunciar:

—Las cosas vuelven al lugar de donde salieron.

Eran las palabras que había pensado decirse para apaciguar su excitación; pero «el Socio» se las arrebató de los labios y las pronunció con esa entonación, familiar y extraña a la vez, que tiene la propia voz devuelta por el eco.

Doña Bárbara levantó la mirada y advirtió que en el sitio que hasta allí ocupara su sombra, proyectada en la pared por la luz temblorosa de la lamparilla, estaba ahora la negra silueta de «el Socio». Como de costumbre, no pudo distinguirle el rostro, pero se lo sintió contraído por aquella mueca fea y triste de sonrisa frustrada.

Convencida de haberlas percibido como emanadas de aquel fantasma volvió a formular, ahora interrogativamente, las mismas palabras que, de tranquilizadoras cuando ella las pensó, se habían trocado en cabalísticas al ser pronunciadas por aquél.

—¿Las cosas vuelven al lugar de donde salieron?

Luego, ¿debía desistir de aquellos sentimientos que se trajo de *Mata Oscura*, sentimientos postizos, que nunca llegarían a ser verdaderamente suyos, y en vez de procurar conquistarse el amor de Santos Luzardo, sólo por artes lícitas de mujer enamorada, apoderarse de su albedrío como se apoderó del de Lorenzo Barquero, o suprimirlo a mano armada, como había hecho con todos los hombres que se atrevieron a oponerse a sus designios?

Pero ¿eran realmente postizas aquellas ansias de vida nueva que se habían precipitado dentro de su corazón, con la misma vehemencia avasalladora con que siempre se le desataron los perversos instintos? ¿No estaba ella, tal cual era, con todo el vigor de su naturaleza, en aquel anhelo de sepultar para siempre a la mujerona siniestra de la mano tinta en sangre, a la bruja como acababa de llamarla Marisela?

Y de las dos porciones del alma desdoblada: de lo que era ella y de lo que anhelaba ser —lo que tal vez habría sido si el tajo de *El Sapo* no troncha la vida de Asdrúbal—, de la región tenebrosa donde se alzaba el espectro viviente de un hombre envilecido por sus hechizos y otro que se iba de bruces dentro de una zanja, con una lanza hundida en la espalda, noche cerrada sin un parpadeo de estrella, y de la que aún recibía el resplandor intermitente de aquella luz de buen amor que brilló un instante en la piragua de los sarrapieros; de las dos porciones irreconciliables, levantáronse las réplicas.

—¿Vuelve, acaso, la culebra a su concha, ni el río a sus cabeceras?

—Vuelve la res a la majada, y el perdido a la encrucijada donde erró el camino.

—¿En el rodeo de *Mata Oscura*?

—Entre los brazos de los sarrapieros.

Y no se podía decir cuándo interrogaba ella y replicaba «el Socio», porque ella misma no sabía dónde había perdido el camino.

Se buscaba, y sin dejar de hallarse, no se encontraba. Quería oír lo que le aconsejara «el Socio»; mas apenas comenzaba éste, ella tenía formulada la réplica y las dos frases se encabalgaban y se atropellaban y ambas eran percibidas por sus oídos como ajenas, siendo sentidas como propias, cual si su pensamiento fuera arrastrado, en un flujo y reflujo de mareas tormentosas, de ella al fantasma y de éste a ella.

Era insólita esta conducta del demonio familiar, cuyos consejos y premoniciones siempre los había percibido doña Bárbara claros y distintos, como originados de un pensamiento que no tuviera comunicación inmediata con el suyo, palabras que otro pronunciaba y que ella percibía, ideas que a ella no le habían cruzado por la mente; mientras que ahora sentía que todo lo que decía y lo escuchaba estaba ya en ella, poseía el calor de intimidad de su espíritu, no obstante lo cual se le volvía incomprensible, como si perdiera todo lo que de suyo tenía al ser formulado por «el Socio».

—¡Calma! Así no podremos entendernos.

Hundió la frente ardorosa entre las manos ateridas y así permaneció largo rato, en silencio y sin pensamientos.

Chisporroteó con más fuerza la llama de la lamparilla, ya para extinguirse, y a los oídos alucinados de doña Bárbara llegó clara y distinta esta frase:

—Si quieres que él venga a ti, entrega tus obras.

Alzó de nuevo la mirada hacia la sombra que por fin le decía algo que ella no hubiera pensado; pero la lamparilla se había extinguido y todo era sombra en torno suyo.

Tercera parte

Christian Belpaire, *Los llanos* (1985). Archivo Audiovisual de Venezuela. Biblioteca Nacional de Venezuela.

Capítulo 1

El espanto de la sabana

A Melquíades podían tenerlo trabajando todo el año sin paga, siempre que fuera en hacerle daño a alguien; pero en cualquiera otra actividad, por bien recompensada que fuese, se aburría muy pronto. La más inocente de las ocupaciones a que lo destinaba doña Bárbara era la de trasnochar caballos.

Consistía esto en sorprender las yeguadas dormidas al raso de la sabana y perseguirlas durante la noche, y a veces durante días y noches consecutivos, de manera que se encaminasen hacia un corral falso, disimulado al efecto entre el monte. De su condición de brujo, y por haber sido él quien introdujo en la región este procedimiento que simplificaba las faenas de la caza de mostrencos, decíase de este oficio, indiferentemente, trasnochar o brujear caballos.

Con este trabajo nocturno era, además, muy fácil sacar los hatajos del fundo ajeno sin riesgo de ser descubierto.

Los de *Altamira* descansaban de la persecución de *El Brujeador*, desde la llegada de Luzardo, a causa de la tregua que doña Bárbara juzgó conveniente a sus planes de seducción, y ya Melquíades, en vista de lo mucho que se prolongaba esta paz, en la cual se enmohecía, estaba pensando en irse de *El Miedo*, cuando Balbino le comunicó la orden de ponerse de nuevo en actividad.

—La señora le manda decir que se prepare para que salga a trabajar esta misma noche. Que en la sabana de *Rincón Hondo* va a encontrar un buen hatajo.

—¿Y ella viene de por esos lados? —preguntó Melquíades, quien nunca recibía de buen grado órdenes que le transmitiera Balbino.

—No. Pero usted sabe que ella no necesita ver las cosas con los ojos para saber dónde están.

Era él mismo quien había visto, hacía poco, el hatajo a que se refería; pero dio aquella explicación porque así procedían siempre los mayordomos de doña Bárbara, a fin de que no decayese un momento en el ánimo de los servidores la creencia en sus facultades de bruja.

Mas, en materia de brujería, a Melquíades no podían «irle con cuentos, porque él conocía la historia». No negaba que la señora fuese hábil en algo de todo aquello que le atribuían; pero de ahí a que Balbino lo confundiera con Juan Primito había alguna distancia. Ni necesitaba tampoco creer en aquellos poderes para servirle fielmente, porque él tenía el alma del espaldero genuino, que no es un hombre cualquiera, sino uno muy especial, en quien tienen que encontrarse reunidas dos condiciones que parecen excluirse: inconsciencia absoluta y lealtad a toda prueba. Así le servía a doña Bárbara, no sólo para aquello de brujear caballos, oficio que podía desempeñar otro cualquiera, sino para cosas más graves, y sirviéndole así no lo animaba, propiamente, la idea del lucro, porque la espaldería no es un trabajo, sino una función natural.

Balbino Paiba, en cambio, podría ser todo menos eso, pues no pensaba sino en sacar provecho y era traidor por naturaleza. Otra clase de hombres por los cuales Melquíades sentía el más profundo desprecio.

—Está bien. Si es orden de la señora nos prepararemos para trabajar esta noche. Y como de aquí a *Rincón Hondo* hay su buen trecho y la hora es nona, vamos a ensillar de una vez.

Cuando ya se ponía en camino, Balbino le salió al paso, diciéndole:

—Vea, Melquíades, si puede meterme unos mostrencos en el corral de *La Matica*. Es para ponerle un peine al doctor Luzardo. Pero no le diga nada a la señora. Quiero darle una sorpresa.

El corral de *La Matica* era el sitio donde Balbino encerraba las reses o bestias que le robaba a doña Bárbara, y a estos hurtos, por ser actos de mayordomo, llamábanlos en *El Miedo*, mayordomear.

Nunca se había atrevido Balbino a hacerle tales proposiciones a Melquíades, y éste le respondió:

—Usted como que se ha equivocado, don Balbino. A mí nunca me ha gustado mayordomear.

Y se alejó por la sabana, a medio casco, como andaba siempre su caballo, acostumbrado a llevar encima la calma trágica de aquel hombre, que nunca se alteraba ni se apresuraba por nada.

Balbino hizo su ademán característico y refunfuñó algo que no pudieron percibir los peones, que habían presenciado la breve escena cambiándose miradas maliciosas.

En *Rincón Hondo*, en una depresión de la sabana, encontró *El Brujeador* el hatajo que le indicara el mayordomo. Era muy numeroso y dormía al raso, confiado en el oído vigilante del padrote.

Éste lanzó un relincho al sentir la proximidad del hombre, y las yeguas y los potros se enderezaron rápidamente. Melquíades lo espantó de manera que huyese hacia los lados de *El Miedo*.

Excitadas por el fulgor alucinante con que las lunas llaneras perturban los sentidos, desveladas y perseguidas por el jinete silencioso que les inspiraba terror con su insistencia de sombra, las bestias comenzaron a galopar por la llanura, mientras Melquíades, calada la manta para abrigarse del relente, las seguía al trote sosegado de la suya, seguro de que más adelante iban a detenerse, creyéndose libres ya de la persecución.

En efecto, así sucedía. Al principio, cuando les daba alcance, las encontraba ya echadas otra vez; pero a cada uno de estos encuentros iba aumentando el terror de la yeguada, y ya no se atrevían a echarse, sino que se detenían simplemente. Las yeguas y los potros, en un grupo inmóvil detrás del padrote y con los pescuezos estirados y las orejas erectas, todos miraban hacia aquella sombra que venía acercándose despacio, silenciosa, enorme y negra en la proyección contra la claridad del cielo. Y así durante toda la noche.

Ya empezaba a despuntar el día cuando Melquíades logró encaminar el hatajo por un rincón de sabana, en cuyo extremo, disimulada entre las orillas de monte del boquete que parecía ser la salida de la angosta culata, estaba la manga del corral falso. Para que se precipitara por aquella única salida sin recelar el engaño, lo atropelló corriéndolo y gritándolo.

Ya el hatajo había caído dentro de la manga en pos del padrote; pero éste, como advirtiese un trozo de palizada mal disimulado entre el monte, se detuvo de pronto y lanzando un relincho corto, que la yeguada entendió, se revolvió hacia la sabana abierta. Mas ya *El Brujeador* estaba encima y pudo atravesar la desbandada. Sólo el padrote y dos potrancas lograron escaparse. Melquíadas corrió el tranquero y se alejó de allí para que las bestias aprisionadas e inquietas fueran sosegándose.

Cuando ya se marchaba vio al padrote en el extremo opuesto del rincón de sabana, con el cuello erguido, mirándolo, desafiador.

Era el *Cabos Negros*.

—¡Bonito animal! —exclamó Melquíades, deteniéndose a contemplarlo —. Y buen padrote. Es el hatajo más grande que hasta ahora me he traído de por allá. Vamos a ver si lo puedo coger enamorándolo con sus mismas yeguas, porque como que tiene ganas de venir a buscarlas.

Pero el *Cabos Negros* no se había detenido sino para que se le grabara en la memoria la imagen del espanto de la sabana, y en habiéndolo mirado un rato, trémulo de coraje el haz de nervios bajo la piel luciente, rojas las pupilas, dilatados los belfos, volvió grupas y se fue con las potrancas que lo acompañaban.

—Ése vuelve —se dijo Melquíades—. Pero que venga otro de allá a ponerle el veladero. Yo hice ya lo que me correspondía y ahora me toca dormir.

El corral falso estaba en tierras de *El Miedo* y no muy lejos de las casas. Llegando a ellas, Melquíades se encontró con Balbino, que estaba esperándolo para hacerle olvidar la imprudente proposición de la víspera, antes de que le llevase el cuento a doña Bárbara. Lo recibió con demostraciones de una afabilidad inusitada entre ambos.

Pero Melquíades le respondió con la sequedad habitual de las escasas palabras que se dignaba dirigirle:

—Mande unos peones para que le pongan un lazo al padrote, que logró escaparse, y como que tiene ganas de venir a buscar sus yeguas. Vale la pena tratar de ponerse en él porque es un caballo muy bonito, que a la señora le gustará para su silla.

Más le estaba gustando ya a Balbino para la suya, sin conocerlo todavía. E inmediatamente se encaminó al corral falso a armarle el lazo.

Pero el *Cabos Negros* ya había encontrado manera de ejercer represalias. A poco andar, todavía en tierras de *El Miedo*, divisó un hatajo tan numeroso como el que había perdido, que venía paciendo y retozando bajo la tierna luz del amanecer.

Corrió hacia él, anunciándole al padrote, con su trémulo relincho, que iba en son de conquista. Congregó el otro, rápidamente, sus yeguas y potros, que se habían dispersado por el comedero, y plantándose luego a la cabeza de ellos esperó el ataque. Era un rucio[261] mosqueado.

El *Cabos Negros* cargó impetuoso. Le llevaba las ventajas de la alzada y del coraje duplicado por la rabia del despojo que acababa de sufrir. Se manotearon, y, levantando polvareda, vibraron los relinchos y sonó el martillazo de la dentellada del rucio en el aire; la del *Cabos Negros* lo había alcanzado en la tabla del pescuezo. Una segunda arremetida, buscando la nuca, y otra encima sin darle tiempo de rehacerse.

Ya el rucio comenzaba a despernancarse en las atropelladas y por fin fue alcanzado donde el otro quería morderlo. Lo sacudió, con furia. Al fin el rucio logró zafarse y emprendió la fuga.

El *Cabos Negros* lo persiguió un buen trecho y luego se revolvió contra la yeguada, que había presenciado la lucha sin moverse del sitio. Cargó sobre ellas, rodeándolas y mostrándoles los dientes, y así las fue arreando hasta donde había de-

---

[261] *rucio*: caballo de pelambre blanca con manchas grisáceas [Núñez y Pérez, pág. 436].

jado sus potrancas, e incorporadas éstas al nuevo hatajo, rumbeó hacia la querencia de los comederos de *Altamira*.

El rucio lo fue siguiendo un rato desde lejos; pero al fin se quedó parado en medio de la sabana, hasta que vio disiparse en el horizonte la polvareda que levantaba su perdido hatajo.

Algunas noches después, en su tarea de llevarse todas las yeguadas de *Altamira*, *El Brujeador* trasnochó una que le dio mucho quehacer, porque el padrote guiaba por la llanura abierta, evitando la proximidad de las matas, a galopes largos, y además se había metido una niebla espesa, que no permitía ver aun a corta distancia. Cuando empezó a clarear el día, el hatajo se hallaba en el mismo sitio de donde había sido levantado, y Melquíades se dio cuenta de que el padrote había «bellaqueado».

Era la primera vez que a *El Brujeador* lo engañaba un caballo, y como esto le pareciese de mal augurio, fue a referírselo a doña Bárbara.

Ella también lo interpretó así. «Las cosas vuelven al lugar de donde salieron», había dicho «el Socio».

Sin embargo, replicó encolerizada.

—¿Usted también, Melquíades? ¿Que el hatajo se le revolvió sin que se diera cuenta? ¡Cómo se conoce que en *Altamira* está ahora un hombre que no le teme a los espantos de la sabana!

Estas palabras traslucían la confusión de sentimientos que reinaba en su espíritu. Melquíades las oyó sin alterarse y luego replicó:

—Cuando usted se quiera convencer de que Melquíades Gamarra no le tiene miedo a otro hombre, no tiene sino que decirle: «Tráigamelo, vivo o muerto.»

Y le volvió la espalda.

Doña Bárbara se quedó pensativa, como si tratara de hacerle sitio a un nuevo designio dentro de sus tempestuosos sentimientos.

Capítulo 2

Las tolvaneras

No aquéllas, retozo del viento en los médanos, que una vez le arrancaron a Santos Luzardo una exclamación ilusionada, sino otras, las malas trombas, las que se llevan las esperanzas.

Ya Marisela no es el alma traviesa y risueña de la casa. Cabizbaja regresó de *El Miedo* aquella noche y fue inútil que Santos, después de haberla reprendido, tratara de reanimarla, diciéndole:

—Bueno. Se acabó el regaño. Levanta esa cabeza. Anímate. En lo único en que verdaderamente has hecho mal ha sido en darle crédito a supercherías tan burdas y grotescas. Ningún daño me podía sobrevenir por causa de ese pedazo de cabuya que traes ahí. Por lo demás, te has portado noble y valientemente y tengo que estarte agradecido. Si así defiendes la medida de mi estatura, ¡cómo defenderías mi vida si la vieras en peligro!

Pero ella permaneció cabizbaja y silenciosa, porque en *El Miedo* había adquirido una experiencia que desvanecía el encanto sobre el cual estaba construida su vida.

Primero en la inconsciencia de la cerrilidad, negrura del alma sepultada, y luego en el deslumbramiento de la nueva forma de existencia y de la posesión de aquel amor, que bien podía ser la pasión sin nombre, pues se apoyaba en un punto de equilibrio entre la realidad y el sueño, nunca se había detenido a reflexionar en lo que significaba ser hija de *La Da-*

ñera. Si tenía que referirse a ella, cosa que muy raras veces le ocurría, la nombraba, simplemente, «ella», y esta palabra no despertaba en su corazón ni amor, ni odio, ni vergüenza. Fue al proponerle a *Pajarote* que la acompañara cuando, por primera vez, la llamó «madre», y tuvo que hacer un esfuerzo para que sus labios emitieran el vocablo desusado y desnudo de todo sentimiento, como si careciese de sentido.

En cambio, ahora ha adquirido uno atroz y a cada momento se le viene a la boca. Lo acompaña un gesto instintivo de repulsión. Es el alma incontaminada —pero que ya no es como la naturaleza, que no sabe ni de bien ni de mal— que rechaza violentamente todo lo que hay de monstruoso en ser hija de la embrujadora de hombres, que, para colmo, estaba enamorada de aquel a quien ella amaba.

Poco a poco y a fuerza de estar siempre presente en el pensamiento sin mancilla, la idea odiosa fue cubriéndose de sentimientos compasivos. ¿Acaso no fue también víctima su madre?

Pero, de todos modos, el encanto se había desvanecido; el punto de equilibrio ya no existía. Ahora no era el sueño, sino la cruel e implacable realidad.

Entre tanto, también Santos andaba abismado en reflexiones, y al cabo de ellas le dijo un día:

—Tenemos que hablar formalmente, Marisela.

Ella creyó que iba a decirle lo que antes había deseado escuchar, y se apresuró a interrumpirlo, tuteándolo (ya podía hacerlo sin ruborizarse):

—¡Qué casualidad! Yo también tenía que hablar contigo. Estoy muy agradecida por todo lo que has hecho por nosotros; pero ya papá desea volverse al palmar... y yo también quiero que me dejes ir.

Santos la miró un rato en silencio, y luego replicó, sonriente:

—¿Y si no te dejo?

—De todos modos me iré.

Y rompió a llorar. Santos comprendió, y tomándole las manos:

—Ven acá —díjole—. Háblame con franqueza. ¿Qué te sucede?

—¡Que soy hija de *La Dañera!*

La protesta, justa, pero exenta de piedad, produjole a Santos el disgusto que le causaban las negaciones de la ternura en el corazón de Marisela, y maquinalmente le soltó las manos. Ella corrió a meterse en su cuarto y se encerró bajo llave.

Y fue inútil que él llamara a aquella puerta para concluir la conversación interrumpida, ni que procurara reanudarla más tarde, pues ella no volvió a salir de su encierro mientras él estaba en la casa.

Incluso que la amaba, nada podía ya decirle Santos que no fuera tardía compensación de la injusticia del destino que la había engendrado en el vientre maldito de la embrujadora de hombres.

Mientras tanto, fuera de la casa, también las tolvaneras se estaban llevando las esperanzas puestas en las cosas materiales.

Ya estaba empadronándose la quesera. Todavía el ganado iba por pique a los corrales, pero cada día era más numeroso el rebaño que se dejaba arrear y ya las vacas atendían a sus nombres, y la bravura no les escondía la leche en las ubres.

Con el primer menudeo de los gallos comenzaba el ordeño. Jesusito se apostaba friolento en la puerta del corral de los becerros, y los ordeñadores entraban en el de las vacas, rejo[262] y camaza[263] en mano, y con la copla ya pronta en los labios:

Lucerito e la mañana,
préstame tu claridad
para alumbrarle los pasos
a mi amante que se va.

Y el becerrero, con su voz niña en el aire tierno:

---

[262] *rejo*: trozo de mecate con el cual se amarran las patas traseras (enrejar) de las vacas para ordeñarlas, y también, el becerro, una vez que se le da a probar la ubre de la madre (mamantear) para que baje la leche.

[263] *camaza* (o *camaso*): envase construido con la mitad del fruto del totumo gigante del mismo nombre (*Lagenaria vulgaris*) [Alvarado, pág. 88] para recibir la leche de la ubre durante el ordeño.

—*¡Claridad, Claridad, Claridad!*

Bramaba la vaca del nombre mentado, acudía al reclamo materno el becerro, metiendo la cabeza por entre las trancas de la puerta, las corría el muchacho para dejarlo pasar y comenzaba el apoyo, a golosas trompadas contra la ubre que escondía la leche, mientras el ordeñador, pasándole la mano a la vaca, le iba diciendo:

—Ponte, *Claridad*, ponte.

Y cuando ya la ubre se hinchaba, enrejado el becerro a la pata de la madre, mientras ésta lo acariciaba lamiéndolo, comenzaba el ordeño hasta llenar las camazas.

Y otra *copla*:

El que bebe agua en tapara
y se casa en tierra ajena
no sabe si el agua es clara,
ni si la mujer es buena.

Y el becerrero, guiándose por el consonante.

—*Azucena, Azucena*.

Y otra vaca que acudía a ponerse.

La fría madrugada, olor de boñiga y cantar de ordeño, dentro del vasto silencio de la sabana, a medida que el aire se movía y el alba empezaba a rayar, se iba poblando de olores y rumores diversos: aroma de los mastrantales enternecidos por el relente, perfume de los paraguatanes floridos, áspero canto del carrao en el monte de las orillas del caño, lejano clarín de un gallo, trino de los turpiales[264] y de las paraulatas.

Y en la tarde, la vuelta de los rebaños a los corrales. Vienen con los tendidos rayos del sol sobre la sabana y con el canto de los pastores. Traen las ubres repletas y, en el tranquero[265] de la corraleja donde se agolpan los becerros, hay tiernos belfos ansiosos. Remigio mira las ubres y calcula las arrobas de queso. Jesusito, sobre el tranquero, contempla la sabana y es-

---

[264] *turpial* (*Icterus*): «Pájaros dentirrostros cuyo plumaje está exornado principalmente de amarillo y negro» [Alvarado, pág. 369].

[265] *tranquero*: corral de palos de madera entrecruzados. Los horizontales son deslizables.

cucha las tonadas. Cantares de notas largas, música de tierras anchas y solas...

Pero un día se presentó Remigio en *Altamira*. Llegó sombrío y se sentó en silencio.

—¿Qué lo trae por aquí, viejo? —preguntóle Santos.

Y el quesero respondió con palabras lentas y graves:

—Vengo a ponerlo en cuenta de que anoche el tigre me mató al nietecito. Los ordeñadores se habían ido para un joropo y estábamos solos en la quesera, Jesusito y yo. Cuando me disperté al grito del muchachito, ya el tigre me lo había degollado de un zarpazo. Pude alancearlo y allá amanecieron muertos los dos: Jesusito y el tigre. Vengo a ponerlo en cuenta que ya no tengo para quién trabajar.

—Suelte la quesera, Remigio. Aquí no hay quien pueda encargarse de ella. Que se quede salvaje el ganado.

Terminó la recolecta de la pluma[266] y Antonio le comunicó el resultado.

—Dos arrobas. Ahora sí podrá usted darse el gusto de la cerca. Con el precio que hoy tiene la pluma, más de veinte mil pesos[267] le van a entrar. Si usted no dispone otra cosa, la voy a mandar con Carmelito. Él mismo puede comprar en San Fernando el alambre de púas que se necesite para la cerca, que ya lo tengo calculado. En el ínterin podemos proceder a plantar otra vez la posteadura que destruyeron las candelas. Digo, si todavía piensa en eso.

Era la idea del civilizador germinando ya en el cerebro del hombre de la rutina. Antonio Sandoval, convencido de la necesidad de la cerca, era un comienzo de obra, y Santos volvió a sus animosos proyectos postergados por la perentoria atención a las faenas cotidianas.

Días después aparecieron a la vista dos jinetes.

—Ésa no es gente de por estos lados —observó *Pajarote*.

---

[266] Las plumas de garza llegaron a constituir un producto de exportación a Europa hasta los años 20 de este siglo. Eran muy cotizadas, especialmente en Francia, donde las utilizaban para adornar sombreros y colleras de dama.

[267] *peso*: era una referencia monetaria equivalente a cuatro bolívares. Todavía en algunas zonas rurales se mantiene este cómputo.

—¿Quiénes serán? —se preguntó Venancio.

—Ellos lo dirán cuando lleguen, porque para acá vienen rumbeando —concluyó Antonio.

Llegaron los forasteros. Uno de ellos traía una bestia arrebiatada.

—Esa bestia es la de Carmelito —se dijeron los altamireños, a tiempo que Santos salía al corredor.

—¿Es usted el doctor Luzardo? —inquirió uno de los recién llegados—. Venimos a traerle una noticia desagradable, de parte del general Pernalete, jefe civil del distrito. Allá, por los lados del hato de *El Totumo*, en un chaparral, fue hallado muerto un hombre que parece que era de aquí. No se le pudo reconocer, porque ya estaba corrompido y medio comido por los zamuros; pero más después fue visto por la sabana este caballo aperado que tiene el hierro de usted. El general nos ha mandado a traérselo y a darle el parte.

—¡Asesinaron a Carmelito! —exclamó Antonio, con rabioso dolor.

—¿Y el compañero del amo de esa bestia, que era hermano de él? ¿Y las plumas de garza que llevaban, qué se hicieron? —interrogó *Pajarote*.

Los mensajeros se miraron las caras.

—Por allá no se sabe que el difunto fuera acompañado ni que llevara nada de robar. Allá se cree que fue un mal que le dio en medio de la sabana. Pero si ustedes dicen que el difunto llevaba cosas de robar, se lo comunicaremos al general, porque entonces habrá que hacer averiguaciones.

—¿Luego aún no las han hecho? —preguntó Luzardo.

—Ya le digo: allá se cree...

—Sí. No continúe. Allá se cree siempre todo lo que contribuya a que el crimen se quede impune —dijo Santos—. Pero esta vez no se quedará.

Y al día siguiente partió para el pueblo, cabecera del distrito. Ya era hora de emprender la lucha para que en el ancho feudo de la violencia reinase algún día la justicia.

Apenas supo Marisela que Santos se había ausentado, decidió llevar a cabo su propósito de abandonar aquella casa donde ya no le era posible permanecer, para regresar al rancho del palmar de *La Chusmita* y a la vida que allá hiciera antes, única digna de ella, según la sentencia que ya no se le caía de los labios:

—Más vale roto que remendado.

Lorenzo Barquero acogió la idea con una decisión delirante. Ya era tiempo de ponerle fin a aquella mentira de su regeneración moral. Su vida estaba irremediablemente destruida. Allá en el rancho del palmar volvería a entregarse a la borrachera, allá estaba el tremedal que debía tragárselo.

—Sí. Mañana mismo nos vamos.

Y al amanecer siguiente, aprovechando la ausencia de Antonio, que no los hubiera dejado escaparse, padre e hija cabalgaban rumbo al palmar de *La Chusmita*. En silencio hicieron el trayecto, bamboleando Lorenzo al paso de su cabalgadura, sombría Marisela, y sólo cuando llegaron a la linde del palmar volvió ella la cabeza, y al ver que ya no se distinguían las casas de *Altamira*, murmuró:

—Me haré el cargo de que ha sido un sueño.

Llegado que hubo al rancho, cuyo sórdido aspecto ahora repugnaba con los delicados gustos y costumbres adquiridos en la casa de Luzardo, mientras su padre se iba a contemplar el tremedal, como solía hacerlo antes en los intervalos de las borracheras, desensilló las bestias, que estarían allí hasta que de *Altamira* fueran por ellas, y ya iba a amarrar la suya, cuando —como recordase que Carmelito había comparado su tarea de amansarla con la que Santos había emprendido para desbastarla a ella de su cerrilidad— se le ocurrió que también la *Catira* debía volver a su condición primitiva.

—Se acabó esto, *Catira*. Tú a tu sabana, y yo a mi monte, otra vez.

Y en habiendo espantado a la bestia, se sentó en el brocal del pozo y dio curso al llanto.

La *Catira* correteó un poco, ensayando su libertad con prudentes escarceos, no muy segura todavía de haberla recuperado, se revolcó en la arena, se la sacudió del blanco pelo con un estremecimiento de gozo, lanzó un relincho, correteó un poco más para detenerse luego por allá, erguido el cuello, con las orejas juntas y la cabeza vuelta hacia Marisela, hasta que, por fin, se convenció de que realmente era libre y, despidiéndose de la dueña con otro relincho, se perdió de vista por la sabana inmensa.

—Bien —se dijo Marisela—. Ahora, a recoger chamizas, como antes. El que nació para triste, ni que le canten canciones.

Mas si la *Catira* podía volver a la libre vida del hatajo, no así Marisela a la simplicidad de su antigua condición montaraz. Las necesidades del momento y las preocupaciones por el porvenir le habían complicado la vida.

Las primeras eran tantas y tan imperiosas, que al encontrarse en presencia de ellas se asustó de lo que había hecho al regresar al rancho del palmar. No eran chamizas solamente lo que había que procurarse, sino la manera de hacer fuego con ellas y lo que debía cocerse en ese fuego para la hora de la comida, y todo lo que faltaba en aquella vivienda, si tal nombre pudiera dársele a la miserable zahurda del espectro de *La Barquereña.* Obstruida la imaginación por la idea fija que el despecho alimentaba: abandonar la casa de Luzardo, no previó que en el rancho de *La Chusmita* llegaría la hora de comer y no habría qué, y la de dormir sin que hubiese dónde, pues ya para ella la estera[268] no podía ser cama. Ni era tampoco estera, de tan deshecha como estaba.

En cuanto a Lorenzo, hacía tiempo que vivía fuera de la realidad, que no era posible que previese el apremio de aquellos menesteres. Por otra parte, siempre que no le faltara aguardiente —y para eso estaba por allí míster Danger—, de lo demás podía carecerse.

Cierto que, ahora como antes, chigas[269] y quereveres[270] del monte daríanles el silvestre pan de su harina, y rebuscando

---

268 *estera*: especie de alfombra tejida con juncos, hoja de palma o tallos secos de plátano, utilizada para dormir sobre el suelo. En algunas zonas la tejida con junco se llama también *petate*.

269 *chigas*: «sustancia feculenta extraída de las semillas del chigo (*Campsiandra comosa*), por los indígenas del Arauca y el Orinoco» [Alvarado, página 169].

270 *querebere* (*Couepia ovatifolia*): «rosáceas. Árbol no muy alto; de cuyo fruto ovalado, largo de unos 4 cms, hacen pan los indios del Arauca y Apure» [Alvarado, pág. 323].

por los rastrojos se encontrarían yucas y topochos; pero ya el paladar rechazaba aquellos groseros alimentos, y para procurárselos ya ella no era aquella criatura bravía como un báquiro[271] que no le temía a la soledad del monte y se internaba en su espesura, haciendo crujir los abrojales bajo sus anchos pies descalzos, y se trepaba a los árboles, disputándoles a los araguatos[272] el silvestre sustento.

Ánimo no le faltaba, pero en *Altamira* había aprendido a emplearlo mejor. Ya no era caso de escarbar rastrojos o «monear palos» para aplacar el hambre, sino de procurarse medios de subsistencia seguros y permanentes, pues ahora la imaginación trabajaba, y a causa de ello la incertidumbre del porvenir hacía más angustiosas las privaciones del momento. Por lo tanto, era necesario crearse una fuente de recursos, y la primera ocurrencia fue ésta:

—Papá. ¿Tengo derecho a reclamarle a mi madre que vea por mí? Mientras ella entierra botijuelas de onzas de oro, nosotros no tenemos de qué comer.

Lorenzo Barquero hizo un esfuerzo sobrehumano para coordinar las ideas de esta respuesta:

—Derechos, ningunos, porque en la partida de registro civil no apareces como hija suya. Ella no quiso que la mencionaran y yo te presenté...

Pero ella no lo dejó concluir:

—¿Quieres decir que ni siquiera tengo el derecho de probar que soy hija de *La Dañera*?

El padre se quedó mirándola largo rato, y luego balbuceó:

—Ni siquiera.

Sin que estas palabras, simple repetición mecánica de las que ella había empleado, fuesen acompañadas del más leve sentimiento de responsabilidad. Y en habiéndolas pronunciado, se alejó del rancho, camino de la casa de míster Danger.

Arrepentida de la crueldad de aquella interrogación acusadora, Marisela se quedó murmurando: «¡Pobre papá!», mien-

---

271 *báquiro* (cerdo salvaje, especie de jabalí) [Alvarado, págs. 58-59].

272 *araguato* (*Mycetes seniculus*): «mono platirrino de cabeza redonda, pelaje rojo, abundante en los montes y llanos de Venezuela» [Alvarado, páginas 47-48].

tras él se alejaba, incierto el paso, péndulos los brazos a lo largo de aquel cuerpo «sin armadura», como solía decir que se lo sentía.

Pero al darse cuenta de que el padre se encaminaba donde míster Danger, corrió a detenerlo, diciéndole:

—No, papá. No vayas a casa de ese hombre. Te lo suplico. ¿Es licor lo que vas a pedirle? Espera. Yo iré a buscártelo a *Altamira*. Ya estaré aquí de regreso.

Pero mientras ella ensillaba la bestia donde había venido don Lorenzo, éste se fue a aplacar la imperiosa necesidad de alcohol, sin pensar que para pagarle a míster Danger la bebida que iba a pedirle ya no le quedaba sino la hija.

¡Ya las tolvaneras se habían llevado todas las esperanzas!

Capítulo 3

Ño Pernalete y otras calamidades

Motivos, ya que no razones, tenía Mujiquita para querer esconderse bajo el mostrador de su pulpería cuando vio aparecer a Santos Luzardo. Primero, porque aquella amistosa injerencia suya en la querella que contra doña Bárbara llevara aquél por causa de los trabajos pedidos y negados le había costado que ño Pernalete le quitara la secretaría de la Jefatura Civil, y luego, porque no se le escapaba lo que ahora pudiera llevar entre manos el antiguo condiscípulo, y ya veía en peligro el sueldito con que, por fin, había vuelto a favorecerlo ño Pernalete, después de muchos ruegos suyos y de su mujer y de muchas promesas de no volver a incurrir en quijotadas.

Pero Santos no le había dado tiempo a ocultarse y tuvo que fingir contento de verlo:

—¡Dichosos los ojos que te ven! ¡Qué caro te vendes, chico! ¿En qué puedo servirte?

—Si no me han informado mal, ya sabrás a lo que vengo. Me han dicho que eres el juez del distrito.

—¡Sí, chico! —dijo Mujiquita, al cabo de una pausa—. Ya sé lo que traes entre manos. El asunto de la muerte del peón, ¿no es eso?

—De los peones —rectificó Luzardo—. Porque fueron dos los asesinados.

—¡Asesinados! ¡No me digas, Santos! Mira, vente conmigo al juzgado, para que me cuentes cómo fue eso.

—¿Para que te lo cuente yo?

—No. Dispénsame. Para que me des unas luces. Para que me indiques lo que debo hacer.

—Pero, Mujiquita, ¿a estas horas todavía no lo sabes?

—¡Pero, chico!

Y el gesto de Mujiquita al replicar así suplió con una elocuencia aplastante estas palabras inútiles: «¿No sabes dónde estamos?»

Llegaron al juzgado. Mujica abrió de un empellón la puerta simplemente cerrada y defendida por su propio desnivel, y entraron en una sala de techumbre pajiza y paredes encaladas, donde había un escritorio, un armario, tres sillas y una clueca echada en un rincón. Para brindarle asiento a Santos, Mujiquita llenó de polvo el recinto, al sacudir el que estaba depositado sobre una de las sillas. Se comprendía que allí nadie tenía costumbre de acudir a aquel tribunal.

Santos se sentó, rendido, más que de cansancio, de desaliento, por la impresión que producían aquel pueblo, aquel juzgado y aquel juez.

Sin embargo, reaccionó, y procurando sacar todo el partido posible de Mujiquita, le explicó cómo venía Carmelito, acompañado de su hermano Rafael, y qué cantidad de plumas llevaba para San Fernando.

Mujiquita se rascó la cabeza, y luego, tomando su sombrero y disponiéndose a salir, dijo:

—Espérame aquí un momento. Déjame ir a contarle eso al general. Él debe de estar en la Jefatura Civil. No te haré aguantar mucho.

—Pero ¿qué tiene que ver el Jefe Civil en este asunto? —objetó Santos—. ¿No han transcurrido ya los días que la ley establece para que el sumario pase al juez competente?

—¡Ah, caramba, chico! —exclamó Mujiquita, y en seguida—: Mira, el general no es malo; pero, aquí entre nos, en todo quiere llevar la batuta. Tanto en lo civil como en lo judicial, aquí no se hace sino lo que él dispone. Al general se le atravesó entre ceja y ceja que el hombre había muerto de un mal, como dice él. Es decir: de un síncope cardíaco. Y a propósito, porque todo puede suceder, ¿tú no habías observado si el peón era cardíaco?

—¡Qué cardíaco de los demonios! —exclamó Santos, poniéndose de pie violentamente—. Quien va a resultarlo muy pronto, si ya no lo estás, a fuerza de tener miedo, eres tú.

Y Mujiquita, sonriente:

—No te calientes, chico. Ponte en mi caso. Y en el del general, porque en la vida hay que tenerlo todo en cuenta. Días antes se había recibido aquí una circular del Presidente del Estado[273] a los jefes civiles de su jurisdicción, dándoles una enjabonada[274] con motivo de varios crímenes que se habían cometido en despoblado, sin que se hubiese podido capturar a los autores, y exhortándolos a cumplir mejor con sus deberes, y el general contestó que eso no era con él, porque en el distrito de su mando no existía la criminalidad. Yo mismo le redacté el oficio, y quedó tan satisfecho, que lo mandó a publicar en una hoja suelta, que ya habrás visto por ahí. Todo esto lo converso contigo en grado treinta y tres, por supuesto. Como comprenderás, en el caso de tu peón, o de tus peones, mejor dicho, yo no he dejado de pasearme por la presunción de asesinato; pero en estos momentos, acabada de salir la hoja, es impolítico decir que se trata de un crimen y...

—Y como tú estás aquí para complacer a ño Pernalete y no para administrar justicia —atajó Santos.

Y Mujiquita, encogiendo los hombros:

—Yo estoy aquí para completarles la arepa[275] a mis hijos, que la pulpería no me la da completa —y tomando la sali-

---

[273] Presidentes de Estado era la denominación de los gobernadores, hasta la década de 1950, cuando el país comenzó a designarse de nuevo como República y no como Estados Unidos de Venezuela, por mandato establecido en la Constitución de 1953. El Presidente del Estado Apure para el tiempo histórico en que transcurre parte de la novela (1918-1921) era el general Vincencio Pérez Soto (1883-1955), oficial de confianza del dictador Juan Vicente Gómez y amigo personal de Andrés Eloy Blanco, el entrañable compañero de luchas de Rómulo Gallegos.

[274] *enjabonada*: expresión coloquial con sentido de reprimenda, llamado severo de atención.

[275] *arepa*: pan de maíz característico de todo el país. En sentido figurado, indica la remuneración de supervivencia.

da—: Aguárdame un momento. Todavía no se ha perdido todo. Déjame ir a torear mi toro.

Minutos después regresaba con cajas destempladas.

—¿No te lo dije? Yo conozco muy bien a mi tercio[276]. Al general no le ha gustado que tú te hayas dirigido a mí y no a él. De modo que te aconsejo que te vayas allá y te le metas bajo el ala. Así es como se consiguen las cosas con él.

Pero antes de que Luzardo pudiera protestar contra el consejo, apareció el Jefe Civil.

Como dijo Mujiquita, no le había agradado que Santos hubiese acudido al juez y no a él, con el agravante de venir a suministrar datos que desvirtuaran la cómoda presunción de muerte natural a que él se había acogido, cosas que, si a nadie solía tolerárselas quien no podía concebir la autoridad sino a la manera despótica como lo entiende el bárbaro, mucho menos se las toleraría a quien ya se había atrevido a invocar contra sus desmanes el imperio de la ley.

Entró en el juzgado con el sombrero puesto y ambas manos ocupadas: en la izquierda, el tabaco, que se le había apagado; en la derecha, la caja de fósforos. Además, portaba bajo el brazo izquierdo aquella espada con vaina de cuero que siempre llevaba consigo sin necesidad ni razón.

No se dignó saludar a Luzardo y se acercó a la mesa, puso sobre ella su machete, y mientras raspaba el fósforo y lo aplicaba al tabaco dijo:

—Ya le he dicho, Mujiquita, que a mí no me gusta que se me atraviesen en mis asuntos. En ése que trae entre manos el señor, estoy trabajando yo y sé lo que debo de hacer.

—Permítame que le observe que este asunto ya es de la jurisdicción del poder judicial —manifestó Santos Luzardo, haciendo todo lo contrario de lo que le aconsejara Mujiquita, pues nombrarle a ño Pernalete jurisdicción que no fuera suya equivalía a declararle la guerra.

—Sin embargo, Santos —intervino el juez, tartamudeando casi—, tú sabes que...

Pero ño Pernalete no necesitaba ayudas.

---

276 *tercio*: expresión coloquial para referirse a persona [Núñez y Pérez, página 457].

—Sí. Algo de eso como que he oído mentar por ahí —replicó, socarronamente, entre una y otra chupetada al tabaco—. Pero lo que yo he visto siempre es que donde se meten un juez y un abogado, si uno los deja de su cuenta, lo que estaba claro se pone turbio, y lo que iba a durar un día no se acaba en un año. Por eso yo, cuando se presenta por aquí un litigio, me informo por la calle quién es el que tiene la razón y me vengo aquí y le digo al señor: «Bachiller Mujica, quien tiene la razón es fulano. Sentencie ahora mismo en favor suyo.»

Y al decir así descargó todo el peso de su dictatorial machete sobre el escritorio del juez, de donde lo había tomado previamente, para reproducir con todos sus detalles la escena que refería.

Perdiendo por momentos el dominio de sí mismo, Santos repuso:

—Aunque yo no he venido a litigar, sino a pedir que se cumpla la justicia, me interesaría saber cómo la llama usted cuando de ese modo la trata.

—A eso lo llamo yo poner los puntos sobre las haches —respondió ño Pernalete, que en el fondo era un guasón—. ¿Usted no conoce el cuento? Se lo voy a echar, porque es cortico. Era uno de esos hombres a quienes llaman brutos, pero que tenía el tonto muy lejos. No conocía la ortografía y no decía halar, sino jalar, ni hediondo, sino jediondo, y cuando su secretario —porque era jefe el hombre y tenía su secretario— le ponía con hache una de esas palabras que a él no le sonaban sino con jota, le decía: «Está bueno, pero... ¡póngamele un punto a esa hache!»

A lo cual replicó Santos, mientras Mujiquita le reía la ocurrencia al general.

—Si ésa es la ortografía que se usa por aquí, he perdido mi tiempo al venir a impetrar justicia.

Se enriscó ño Pernalete.

—Se le hará —díjole, en un tono que más bien parecía de amenazas.

Déspota por naturaleza, pero taimado al mismo tiempo, si ño Pernalete no aceptaba que se rebatiesen sus opiniones o procedimientos, también era cierto que si encontraba convincentes las razones contrarias, en seguida buscaba la manera de adoptarlas, cuando algún interés tuviera en ello, pero siempre dejando entender que ya se le había ocurrido y presentándolas bajo la originalísima forma que tenían las suyas. En el caso en cuestión, y por aquello de la circular del Presidente, su interés le aconsejaba desistir de la presunción de muerte natural que hasta allí había hecho prevalecer y de aquí que en seguida agregara, pero con el mismo tono insolente:

—No era necesario que usted viniera desde tan lejos para que aquí supiéramos que el hombre venía acompañado. Y ésa es la pista que estamos siguiendo.

Pero Santos, comprendiendo que ahora iba a atrincherarse en la presunción de que hubiera sido Rafael el asesino de Carmelito, se apresuró a replicar:

—El compañero era hermano de Carmelito, ambas personas de toda mi confianza, y yo no vacilo en afirmar que también fue asesinado.

—Una cosa es que usted lo diga y otra que resulte verdad —repuso ño Pernalete, sintiéndose acorralado en el nuevo desacierto, y después de repetirle al cariacontecido juez—: Ya lo sabe, bachiller Mujica, ¡no me alborote el avispero! —abandonó el juzgado, dejando en pos de sí un silencio que era indignación en Luzardo y miedo en Mujiquita; pero tan absoluto, que permitía percibir los suaves golpecitos con que los pollos que estaba sacando la clueca echada en el rincón comenzaban a romper las cáscaras para lanzarse a disfrutar de aquel mundo de delicias.

Luego Mujiquita, previo un vistazo a la calle para cerciorarse de si ño Pernalete se había marchado de veras:

—¿Dos arrobas dices tú que eran las plumas que traían los peones? Como unos veinte mil pesos, ¿verdad?... Pero eso no está perdido, Santos. El que tenga en su poder esas plumas tratará de salir de ellas ligero, por lo que le den, y por ahí se descubrirá la cosa.

Pero Santos no atendía sino a sus propias reflexiones y las expresó así, poniéndose de pie para retirarse:

—Si en vez de llevarme a Caracas, mi madre me hubiera dejado por aquí, aprendiendo la ortografía del cuento de ño

Pernalete, yo no sería hoy el doctor, sino el coronel Santos Luzardo, por lo menos, par de este bárbaro, y él no se habría atrevido a hablarme con la insolencia con que lo ha hecho.

—Te voy a decir, chico —insinuó Mujiquita—. El general no es tan...

Pero no se atrevió a continuar, tal fue la mirada que le dirigió Santos Luzardo, y concluyó:

—Bueno, chico. Vamos a pegarnos un palo, que la otra vez, ni tiempo tuve de invitarte.

Tal proposición, en aquellos momentos, revelaba un cinismo absoluto, y Santos, después de mirarlo de arriba abajo, dijo:

—También es verdad que no existirían ño Pernaletes si no existieran...

Iba a decir: Mujiquitas; pero comprendió que aquel infeliz era también una víctima de la barbarie devoradora de hombres, y con la ira ya trocada en compasión le respondió a su invitación de inconsciente:

—No, Mujiquita. Todavía no empezaré a beber aguardiente.

El antiguo condiscípulo se lo quedó mirando, con aquel mismo aire de incomprensión de cuando él trataba de explicarle las lecciones de Derecho Romano, y luego, sonriendo de una manera incierta:

—¡Ah, Santos Luzardo! Tú no has cambiado en nada, chico. Tengo tantas ganas de echar una conversada luego contigo... Para recordar aquellos tiempos, chico. ¿No te irás todavía, por supuesto? No, chico. No vayas a coger camino ahora. Déjalo para mañana. Descansa ahora un rato y luego voy a buscarte a la posada. No te acompaño hasta allá porque tengo que despachar un asunto urgente.

Y cuando Luzardo cruzó la esquina, cerró el juzgado y se dirigió a la Jefatura Civil, a explorar el ánimo de ño Pernalete respecto a él.

Lo encontró solo y muy agitado, paseándose de un extremo a otro del despacho y monologando:

—Por algo no me gustó el doctorcito ése desde que lo vi por primera vez. ¡Esos picapleitos! En la cárcel los tendría yo a toditos. Mujiquita —díjole al verlo aparecer—. Tráigame acá el sumario de la... berenjena[277] ésa del muerto de *El Totumo*.

Mujiquita fue y vino con el legajo. Todavía ño Pernalete se paseaba.

—Léame eso a ver cómo quedó. Salte los priámbulos hasta donde dice cómo se encontró el cadáver.

Mujiquita leyó:

—«El cadáver presentaba síntomas de descomposición avanzada.»

—¿Síntomas? —interrumpió ño Pernalete—. Si estaba podrido de bola[278]. Usted siempre está poniéndole versos a todo para enredarlo más. Bueno, siga leyendo.

—«Y no se pudieron apreciar heridas ni contusiones.»

—¡No le digo! —protestó Pernalete, dando bufidos—. ¿No se le pudieron apreciar? ¿Y para qué fue usted, entonces, sino para apreciar lo que hubiere? ¿Cómo sale ahora con que no pudo?

—General —balbuceó Mujiquita—. Acuérdese de que usted me dijo...

Pero el jefe no le dejó concluir:

—No me venga ahora con que «usted me dijo». ¿Qué necesidad tiene usted de que le digan lo que debe hacer en el cumplimiento de su obligación? Para eso se le paga un sueldo. ¿O es que usted pretende que yo le haga el trabajo que le corresponde como juez? Para que después venga el doctorcito ése a hablarme de jurisdicciones. ¿No leyó usted el oficio que le dirigí en días pasados al Presidente del Estado? Muy claras están expuestas en ese oficio las reglas de mi conducta como funcionario, porque en mis escritos yo no ando con zoquetadas[279] de palabras bonitas, pero digo las cosas claras. Y que después de haber recibido ese papel mío vaya a saber el Presidente que hemos querido echarle tierra[280] al muerto

[277] *berenjena:* «asunto que no se comprende bien» [Núñez y Pérez, pág. 63].

[278] *de bola*: expresión coloquial que indica evidencia, con toda seguridad, completamente [Núñez y Pérez, pág. 70].

[279] *zoquetada*: tontería, nimiedad.

[280] *echarle tierra*: en términos coloquiales: ocultar, omitir, escamotear un asunto delicado.

de *El Totumo,* sin haber averiguado bien si el hombre se murió porque se murió o porque lo asesinaron para robarlo... ¡A ver! Eche acá el sumario ése.

Se lo arrebató de las manos y comenzó a leer, acompañando el trabajo de los ojos con movimientos de deglución, y Mujiquita, que de todo aquello coligió que ño Pernalete estaba «tendiéndose un puente»[281], se animó a advertirle:

—Fíjese, general, en que ahí no dice que haya sido muerte natural.

Mas, en esto de abandonar una opinión que hubiere sustentado, ño Pernalete era como las bestias que luego de derribar al jinete lo cocean en el suelo, y al oír mencionar la explicación que hasta allí había hecho prevalecer, se revolvió contra Mujiquita:

—¿Cómo iba a decir? ¿Acaso puede usted asegurar que el hombre no fue asesinado? ¿Ni qué tiene que meterse en esos particulares un juez de instrucción, que no está obligado sino a poner en el sumario lo que vio con sus propios ojos? ¿O es que usted se ha metido a dar opiniones sobre la causa de la muerte?

—En absoluto, general.

—¿Entonces, pues? ¿A qué viene todo este embrollo? Si usted hizo lo suyo bien hecho, quédese tranquilo. Ya le dije también a su amigo el doctorcito que se fuera tranquilo, porque la justicia se cumpliría. Váyase allá, usted debe saber dónde se ha alojado, y como cosa suya, repítale eso: que la justicia se cumplirá, porque yo me estoy ocupando del asunto. Así él se irá tranquilo para su casa y no nos jeringará[282] más la paciencia.

—Si usted quiere, general, puedo también preguntarle cuáles son las personas de quien sospecha —propuso Mujiquita.

—¡No, señor! Haga lo que le digo y nada más.

—Como cosa mía, decía yo.

---

[281] *tenderse un puente*: en argot burocrático: buscar justificación, eludir responsabilidades.

[282] *jeringar*: «causar molestia o incomodidad» [Núñez y Pérez, pág. 286].

—¿Hasta cuándo será usted pendejo[283], Mujiquita? ¿No se le ocurre que si nos ponemos a jurungar[284], nos vamos a encontrar con la mano de doña Bárbara?

—Yo decía por lo de la circular del Presidente —balbuceó Mujiquita.

—¿No le digo? A usted lo van a enterrar con urna blanca, Mujiquita, de puro inocente. ¿No sabe usted que a *El Miedo* no llegan circulares, porque el Presidente del Estado es amigo de doña Bárbara? Le debe favores que no se olvidan: un muchacho que le salvó de la muerte con unas hierbas de las que ella conoce, y otras cosas más, que no son hierbas propiamente. Ande a hacer lo que le mando. Vaya a darle un caldo de sustancia[285] a su amigo, para que se largue tranquilo para su casa, mientras aquí brujuliamos[286] la cosa.

Y Mujiquita salió de la Jefatura, convencido de que, por muchos «tiros» que le hubiera cogido al general para estar bien con Dios y con el diablo, a él lo iban a enterrar con urna blanca.

—¡El pobre Santos Luzardo! De esos veinte mil pesos que iba a coger por sus plumas, como que no va a ver ni un real. Y tener yo que decirle que se vaya tranquilo.

Pero cuando llegó a la posada, ya Santos estaba con el pie en el estribo.

—¿Esa prisa, chico? Deja ese viaje para mañana. Tengo muchas cosas que decirte.

—Me las dirás cuando volvamos a vernos —le respondió Santos ya a caballo—. Que será cuando pueda venir con un machete en la mano y poniéndolo sobre tu escritorio, decirte: «Bachiller Mujica, quien tiene la razón es Fulano. Sentencie ahora mismo en favor suyo.»

Como si por primera vez oyera cosa semejante, Mujiquita preguntó:

---

283 *pendejo*: expresión despectiva que por entonación expresa ser: ingenuo, incauto, idiota.

284 *jurungar*: escudriñar, remover desordenadamente.

285 *caldo de sustancia*: estimular, dar ánimo, restituir confianza.

286 *brujulear*: «manejar un asunto o una situación con eficacia» [Núñez y Pérez, pág. 79].

—¿Qué quieres decirme con eso, Santos Luzardo?

—Que el atropello me lanza a la violencia y que acepto el camino. Hasta la vista, Mujiquita. Puede que pronto volvamos a vernos.

Y partió, levantando una polvareda bajo las patas de su caballo.

Capítulo 4

Opuestos rumbos buscaban

Uno de aquellos mensajeros que le llevaron a Santos Luzardo la noticia del suceso de *El Totumo* había recibido de ño Pernalete esta consigna privada:

—De paso, acérquese a las casas de *El Miedo*, con un pretexto cualquiera, y en conversación, como cosa suya, échele el cuento a doña Bárbara. Es bueno que ella también lo sepa. Pero a ella sola, ¿sabe?

Lo primero que le ocurrió a doña Bárbara al recibir la noticia fue alegrarse del daño que con aquello había sufrido Luzardo.

Horas después lleváronle la noticia de que Marisela había regresado con su padre al rancho del palmar de *La Chusmita*, y al recibirla acudieron a su mente las cabalísticas palabras de «el Socio», pero con una interpretación esperanzada: Marisela, la rival que le quitaba el amor de Santos Luzardo, regresando al rancho del palmar, eran las cosas que debían volver al lugar de donde salieron. Vio en esto un signo de que aún no se había apagado su buena estrella y se dijo:

—Dios tenía que seguir ayudándome.

Y ya se disponía a trazarse el plan adecuado a las nuevas circunstancias, cuando se le acercó Balbino Paiba, diciéndole:

—¿Sabe la noticia?

Rápida como la centella fue la ocurrencia de interrumpirlo:

—Que en el chaparral de *El Totumo* asesinaron a Carmelito López.

Balbino hizo gesto de sorpresa y enseguida exclamó, lisonjero:

—¡Caramba! A usted no hay manera de venderle noticias frescas. ¿Cómo lo supo?

—Anoche me lo dijeron —respondió, dejando entender, con el impersonal empleado y con el tono misterioso, que había sido «el Socio» quien se lo comunicara.

—Pero la informaron mal —repuso Balbino, al cabo de una breve pausa—, porque, según parece, Carmelito no murió asesinado, sino de muerte natural.

—¿Y una puñalada por la espalda, o un tiro por mampuesto, en un lugar como el chaparral de *El Totumo*, no es también una manera natural de morirse un cristiano?

Fue tal el desconcierto de Balbino al oír estas palabras, acompañadas de una sonrisa socarrona, que, pareciéndole única manera de salir del apuro hacer como si creyera que doña Bárbara le daba a entender que el crimen había sido obra de ella, cometió la torpeza de decir:

—No hay cuestión: a usted la ayudan cosas que pueden más que los hombres.

Brusco y amenazante fue el juntarse y separarse de las cejas de doña Bárbara al oír aquella alusión a sus poderes de bruja; pero ya Balbino había comenzado y tenía que concluir:

—El doctor Luzardo se propone acabar con el cachilapeo a sabana abierta, y en el chaparral de *El Totumo* se muere Carmelito, y el viento se lleva las plumas que iban a producir la plata necesaria para la cerca de *Altamira*.

—Así es —repuso ella, asumiendo de nuevo la actitud socarrona—. En esas sabanas de *El Totumo* siempre sopla mucho viento.

—Y como las plumas son livianitas... —agregó Paiba, en el mismo tono sarcástico.

—Me parece —concluyó ella.

Se lo quedó mirando un rato, sonriendo, y luego soltó una carcajada. Balbino se dejó traicionar por el característico ademán involuntario de la manotada a los bigotes, y como esto hiciera reír a doña Bárbara con mayores ganas, acabó de perder los estribos y preguntó amoscado:

—¿De qué se ríe?

—De lo bellaco que eres. Vienes a contarme lo del chaparral, que ya debías saber que no era noticia fresca para mí, pero tienes buen cuidado de no mentar tus fechorías. ¿Por qué no cuentas lo que has hecho durante esos días que has estado sin dejarte ver la cara por acá?

Dijo esto entre pausas y sin perder de vista los cambios de color y los movimientos irreprimibles que pasaban por el rostro de Balbino, y cuando ya éste se disponía a dar la explicación del empleo de su tiempo que tenía preparada para justificar su ausencia del hato, ella concluyó apresuradamente:

—Ya me dijeron también que tienes una rochelita con una de las muchachas de *Paso Real*. Sé que has estado allá poniendo joropos y empatando las noches con las noches en una sola parranda. ¿Por qué no me hablas de eso, grandísimo bribón, en vez de venir a darme noticias que no me interesan?

A Balbino le volvió el alma al cuerpo; pero al recuperar la serenidad no hizo sino volverse más obtuso de lo que ordinariamente era, pues creyó que, en realidad, lo que le interesaba a la barragana eran sus devaneos con la muchacha de *Paso Real*.

—Eso es una calumnia inventada por mis enemigos. Seguramente por Melquíades, que ya me he fijado que anda espiándome los pasos. Yo sí estuve dos días en un joropo en *Paso Real*, pero ni lo puse yo, ni es verdad que ande enamorando a ninguna de las muchachas de allá. Lo que pasa es que como uno no podía acercársete en estos días sin llevarse un boche[287], lo mejor que podía hacer yo era no dejarme ver contigo.

Se interrumpió un momento para explorar el efecto que le causara el tú que se había aventurado a darle, tratamiento que sólo en raptos de amor solía tolerar ella, y como no la viese manifestar disgusto, se animó más.

---

[287] *boche*: en el juego de *bolas criollas* el boche es el golpe que da una bola a otra del contrario para alejarla del *mingo* [Núñez y Pérez, pág. 68].

—Tan es así, que ya estaba pensando irme de por todo esto, porque no ha sido muy bonito el papel que me has hecho representar desde que ha venido el doctor Luzardo.

Impenetrable el designio y con un perfecto arte de simulación, doña Bárbara asumió una actitud de enamorada celosa y replicó:

—Pretextos. Bien sabes tú qué es lo que me propongo con el doctor Luzardo. Pero están muy equivocados, tú y la muchacha de *Paso Real*, si creen que se van a burlar de mí. Ya le mandé decir a ella que si sigue haciéndote carantoñas[288] la voy a alumbrar.

—Te aseguro que eso es una calumnia —protestó Balbino.

—Calumnia o lo que sea, ya te he dicho lo que tenía que decirte: de mí no se burla nadie. De modo que no se te ocurra volver por *Paso Real*.

Y le dio la espalda, diciéndose mentalmente:

«Ya éste no verá el hoyo donde va a caer.»

En efecto, Balbino Paiba se quedó haciéndose estas reflexiones:

—Yo hice muy bien las cosas. Con una sola piedra maté dos pájaros. Los joropos de *Paso Real* me sirvieron para ir y venir hasta *El Totumo*, sin despertar sospechas y para que ésta volviera al comedero empujada por los celos. Ahora vuelvo a ser yo el gallo que canta en el patio de *El Miedo*; pero si ella se va a dar sus artes para hacerse rogar, yo también me voy a dar las mías. Yo hice muy bien las cosas: de Rafaelito no quedó ni el rastro, porque lo que no le gustó al caimán le gustó a la caribera del *Chenchenal*, y ahora él es quien va a cargar con la muerte del hermano y con el robo de las plumas. Mientras tanto, ahí bajo tierra están seguras y puedo esperar a que pase el tiempo para ir vendiéndolas a pitos y flautas, y mientras tanto, el negocito de *El Miedo* andando.

A la vez, doña Bárbara, diciéndose por allá:

—Dios tenía que ayudarme. Apenas había empezado a preguntarme: «¿Quién habrá sido el asesino?», viene este vagabundo a contarme el cuento con el crimen pintado en la

[288] *carantoñas*: mimo o caricia [Núñez y Pérez, pág. 109].

cara. Ahora lo vajeo[289] hasta que descubra dónde tiene escondidas las plumas, y una vez que estén en mis manos las pruebas suficientes, lo amarro codo con codo y se lo entrego al doctor Luzardo, para que haga con él lo que le dé gana.

A todo estaba dispuesta: a entregar sus obras y a cambiar de vida, porque ya no la impulsaba un capricho momentáneo sino una pasión, vehemente como lo fueron siempre las suyas y como naturalmente lo son las pasiones otoñales, pero en la cual no todo era sed de amor, sino también ansia de renovación, curiosidad de nuevas formas de vida, tendencias de una naturaleza vigorosa a realizar recónditas posibilidades postergadas.

—Seré otra mujer —decíase una y otra vez—. Ya estoy cansada de mí misma y quiero ser otra y conocer otra vida. Todavía me siento joven y puedo volver a empezar.

Tal era la disposición de su ánimo, cuando dos días después, de regreso a la casa ya al atardecer, divisó a Santos Luzardo que volvía del pueblo.

—Espérame aquí —díjole a Balbino, en cuya compañía siempre procuraba estar ahora, y atravesando un gamelotal[290] que la separaba del camino que traía Luzardo, le salió al paso.

Lo saludó con una leve inclinación de cabeza, sin sonrisas ni zalamerías, y lo interpeló:

—¿Es cierto que han asesinado a dos peones de usted que llevaban para San Fernando la cosecha de la pluma?

Después de haberle dirigido una mirada despectiva, Santos le respondió:

—Absolutamente cierto y muy estratégica su pregunta.

Pero ella no atendió al final de la frase por formular ya otra interrogación:

—¿Y usted qué ha hecho?

Mirándola fijamente a los ojos y martilleando las palabras, aquél le contestó:

---

289 *vajeo* (o *bajeo*): de *bajear:* forma en que una culebra distrae a su presa para hipnotizarla y destruirla [Núñez y Pérez, pág. 52].

290 *gamelotal:* plantío de gamelote (*Panicum maximum*), una gramínea forrajera, espontánea en las tierras bajas [Alvarado, pág. 1094].

—Perder mi tiempo pretendiendo que la justicia podría cumplirse; pero puede usted estar tranquila por lo que respecta a las vías legales.

—¡Yo! —exclamó doña Bárbara, enrojeciendo súbitamente, cual si la hubiesen abofeteado—. ¿Quiere decir que usted?...

—Quiero decirle que ahora estamos en otro camino.

Y espoleando el caballo prosiguió su marcha, dejándola plantada en medio de la sabana.

Capítulo 5

La hora del hombre

Momentos después, Santos Luzardo irrumpía en la casa de *Macanillal*, revólver en mano.

Estaba la casa en el mismo sitio donde mandara a reponerla doña Bárbara, pero no donde, en estricta justicia, debería estar, pues también había sido arbitraria la decisión del juez al establecer aquel lindero.

Hallábanse los dos Mondragones, supervivientes de aquella temible trinidad de hermanos, entretenidos en apacible plática, meciéndose en sus chinchorros, cuando Santos, sin darles tiempo a que se armasen, les intimó la rendición. Cruzaron entre sí una mirada de inteligencia y el apodado *El Tigre* dijo, con alevosa mansedumbre:

—Está bien, doctor Luzardo. Ya estamos rendidos. ¿Qué hacemos ahora?

—Pegarle fuego a la casa —y arrojándoles a los pies una caja de fósforos—: ¡Vamos!

La orden era imperiosa y a los Mondragones no se les escapó pensar que quien se la daba era un Luzardo, hombres que nunca habían esgrimido un arma para amenazas que no se cumplieran.

—¡Caramba, doctor! —exclamó *El León*—. Esta casa no es de nosotros y si le pegamos fuego nos la va a cobrar doña Bárbara con daños y perjuicios.

—Eso corre de mi cuenta —respondió Santos—. Procedan sin chistar.

En esto *El Tigre* había logrado escurrirse hacia el sitio donde estaba un rifle, y ya se abalanzaba a cogerlo cuando un disparo certero de Luzardo, alcanzándolo en un muslo, lo derribó por tierra, profiriendo una maldición.

Con un arrebato impetuoso, el hermano intentó abalanzarse sobre Luzardo, pero lo contuvo el revólver que lo apuntaba al pecho, en la diestra cuya eficiencia ya habían experimentado, y volviéndose al hermano, lívido de ira impotente, díjole:

—Ya se nos presentará la oportunidad de cobrarnos ésta, hermano. Levántese del suelo y ayúdeme a pegarle fuego a la casa. Cada hombre tiene su hora, y el doctor Luzardo está gastando la suya. Luego vendrá la de nosotros. Tome la mitad de estos fósforos y usted por esa punta y yo por ésta, hagamos lo que nos mandan. Que bien merecido lo tenemos por habernos dejado coger desprevenidos.

Aplicando el fuego a las barbas de la techumbre pajiza, el viento de la sabana lo convirtió pronto en una llamarada rabiosa que destruyó en instantes aquella casa, que no era sino un techo sobre cuatro horcones.

—Bueno —volvió a hablar *El León*—. Ya la casa está ardiendo como usted quería. Ahora, ¿qué más se le ocurre?

—Ahora se echa usted encima a su hermano y marcha por delante de mí. Lo demás se lo diré en *Altamira*.

Volvieron a mirarse los Mondragones y como a ninguno de los dos le pareciera que el otro estuviese dispuesto a jugarse la vida con una temeraria resistencia, pues además de que Luzardo les llevaba las ventajas de estar a caballo y armado, tenía pintado en el rostro el aire de las resoluciones extremas, el herido dijo:

—No hay necesidad de que me cargue, hermano. Yo voy a pie, así me sangre por el camino.

Oriundos de los llanos barineses, en donde habían cometido crímenes que la fuga al Arauca y el amparo que les brindó doña Bárbara dejaron impunes, ahora iban a purgarlos, pues Santos se proponía remitírselos a la autoridad de aquella región, y así se lo manifestó cuando llegaron a *Altamira*.

—Usted sabrá lo que hace —repuso *El León*—. Ya le digo: está en su hora.

Y como Santos, sin hacer caso de la altanería de tales palabras, le ordenase a Antonio que curara al herido, éste replicó:

—No se moleste, doctor. La sangre que he botado no era sino la que me sobraba. Ahora es que estoy en mi peso.

A lo cual interviene *Pajarote*:

—Pues así no habrá que arriarlo mucho por el camino.

Y, bravuconada por bravuconada, dirigiéndose a Luzardo:

—Déme a mí esa comisioncita, doctor. Yo le respondo de estos hombres. Dos piazos de sogas para amarrarlos codo con codo es lo que necesito. Lo demás lo pongo yo. Y, ¡ah malhaya!, esté el hombre tan livianito como dice, para ver si se le ocurre correr. Supongo que usted los va a mandar con un papel, y si es así vaya escribiéndolo de una vez, porque es ya que los voy a estar arriando por delante. No es bueno dejarlo para mañana. Aunque no creo que se atrevan los otros fustaneros a venir esta noche por estos dos. ¡Ni malo que sería! Si yo pudiera partirme en dos piazos, con la mitad me llevaba por delante a estos faramalleros y con la otra esperaba aquí a los que vinieran por ellos de *El Miedo*. Pero aquí no hago falta, porque ya usted ha demostrado que con un altamireño basta y sobra para arriar por delante a dos miedosos, y a ese tono van a cantar todos los del lado de acá.

Hacia rato que había entrado en la casa y todavía no se había dado cuenta de que Marisela y su padre no estaban allí.

—Se fueron en cuanto usted partió para el pueblo —explicó Antonio—. La idea fue de Marisela y perdí mi tiempo yendo a buscarla. Por nada quiso venir.

—Es lo mejor que ha podido ocurrírsele —dijo Santos—. Ahora estamos en otro camino.

Y enseguida ordenó proceder, al día siguiente, a levantar la palizada de *Corozalito* que míster Danger venía aplazando, valido del ardid que le aconsejara ño Pernalete.

—¿A pesar de aquel documento que le mostró míster Danger? —inquirió Antonio, al cabo de una corta pausa.

—A pesar de todo y contra todo lo que se oponga. Al atropello, con el atropello. Ésa es la ley de esta tierra.

Antonio volvió a quedarse pensativo. Luego dijo:

—No tengo nada que decirle, doctor. Por el camino que usted se eche, ya sabe que detrás voy yo.

Pero se retiró, diciéndose mentalmente:

«No me gusta ver a Santos en ese tono. Ojalá sean aguaceros de verano.»

Aquella noche, mientras los perros raboteaban en torno a la mesa, una mujer que apestaba a pringue de cocina fue quien le sirvió la comida a Santos Luzardo. Apenas probó unos bocados de los feos guisos de Casilda, y como no podía permanecer dentro de aquella casa, donde, a los tristes reflejos de la lámpara, las cosas que antes brillaban limpias tenían ya una pátina de polvo y estaban cubiertas de moscas, se salió al corredor.

La sabana reposaba, fosca, bajo la noche encapotada. Ni el cuatro, ni la copla, ni el pasaje. Los peones silenciosos pensaban en el compañero taciturno asesinado en el chaparral de *El Totumo*; en el hombre «encuevado», con quien, sin embargo, siempre se podía contar, pues a nadie dejaba nunca en un apuro, así arriesgase la vida; en el hombre bueno que tuvo que hacerse justicia por sí mismo y ni aun después de muerto se le hacía.

Piensan también en el amo, despojado de aquel dinero que iba a invertir en la obra en la cual fundaba tantas esperanzas y que ha regresado convertido en otro hombre, fiero y sombrío.

Óyese a distancia el áspero grito de los alcaravanes y Venancio rompe el silencio:

—Lejos deben de ir ya *Pajarote* y María Nieves, con su arrebiate.

Y otro, refiriéndose a las vías de hecho por donde ahora se ha lanzado el amo:

—Así es como hay que hacer las cosas en esta tierra, porque a conforme es el mal, así tiene que ser el remedio. En el Llano, el hombre debe saber hacer todo lo que hace el hombre. Que se deje el doctor, de una vez por todas, de estar pensando en cercas y en cosas que se hacen en otros países de llanos, y haga lo que todo el mundo ha hecho siempre por aquí: cachilapiar, desde mamantón para arriba, todo el ganado sin hierro que le pise su posesión.

—Y meterse en las ajenas —agrega un tercero— y arriar de allá para acá cuanto bicho de casco y pezuña se encuentre por delante. Asina están haciendo con lo de él, y lo que es igual no es trampa.

—Pues yo no soy del parecer de usted —interviene Antonio Sandoval—. Yo estoy por lo que me hizo comprender el doctor. La cerca en todas partes y cada cual criando lo suyo dentro de lo suyo.

Como oyese estas palabras, Santos experimentó una impresión semejante a la que acababan de producirle los melancólicos reflejos de la lámpara sobre las cosas abandonadas por Marisela.

Aquella convicción de Antonio era obra de un hombre que ya no existía, aquel que llegó de la ciudad acariciando proyectos civilizadores, respetuoso de los procedimientos legales, aunque éstos sustentasen sanciones como aquellas con las cuales doña Bárbara venía arrebatándole su propiedad, enemigo de las represalias —cuyas insinuaciones rechazaba su conciencia vigilante, con un sagrado horror de la catástrofe espiritual a que pudieran inducirlo, poniendo en libertad al impulsivo que alentaba en él—, aun a riesgo de convertirse en víctima de la violencia enseñoreada de aquella tierra.

Éste que ahora escuchaba la conversación de sus peones pensaba y sentía como aquel que acababa de decir: «el hombre debe saber hacer todo lo que hace el hombre».

Ya él había demostrado que sabía hacerlo: la casa de *Macanillal* ya no existía y los Mondragones iban a rendir cuentas de sus crímenes ante la justicia por obra de su mano armada. Al día siguiente le tocaría a míster Danger. Puesto que era la hora del hombre y no todavía la de los principios, ya que para la arbitrariedad y la violencia el desierto no oponía límites a la acción individual, el hombre se impondría. Un golpe aquí, otro allá, enseguida una afirmación de fuerza en cada oportunidad que se le deparara, y el ancho feudo sería suyo para la futura obra civilizadora.

Era el comienzo del buen cacicazgo. La hora del hombre bien aprovechada.

Capítulo 6

El inefable hallazgo

Fueron tres los días que Santos estuvo ausente del hato y, mientras tanto, Marisela alimentó la secreta esperanza de verlo ir en busca suya en cuanto regresara a *Altamira* y no la encontrase allí. Empecinada en el sombrío despecho que la había impulsado a retornar al rancho del palmar, no quería confesarse que abrigaba tal esperanza, pero no se apersonaba tampoco del momento, como si estuviera allí de paso, y el resto del día se le iba sentada en el brocal del pozo o vagando por el palmar, mirando hacia donde podía aparecer gente que viniese de *Altamira*.

A ratos disipábasele la negra melancolía y soltaba la risa al pensar en el enojo de Santos cuando no la encontrara en su casa, pareciéndole entonces que no había querido hacer sino una chiquillada, para cobrarle aquel áspero regaño que le dio en pago del amoroso empeño que ella había puesto en librarlo de los maleficios de la madre; pero en llegando a este punto de su soliloquio, las odiosas imágenes de aquella escena volvían a abatirle y ensombrecerle el ánimo.

Finalmente, supo que Santos había llegado y transcurrieron dos días y se extinguió totalmente aquella lucecita de esperanza que a ratos parpadeaba en su corazón.

—Bien sabía yo que él no vendría a buscarme, ni se ocuparía más de mí —se dijo—. Ahora sí es verdad que aquello no fue sino un sueño.

En cambio, míster Danger caía a cada rato por allí. Menos

audaz que antes, contenido por la actitud seria y digna que ella observaba en su presencia, ya no era osado a ponerle encima sus manazas; pero estrechaba cada vez más el asedio de la presa que había vuelto a ponerse al alcance de sus garras, más codiciable ahora, y alternaba las habituales bromas de su perenne buen humor con altaneras actitudes de comprador que ya ha pagado.

Por momentos, el despecho inducía a Marisela a complacerse en pensar que su destino sería caer, tarde o temprano, entre los brazos de aquel hombre; pero enseguida la repugnante perspectiva la impulsaba a buscar remedios eficaces y rápidos a la situación.

Un día vio a Juan Primito, que merodeaba por allí sin atreverse a llegarse hasta el rancho, temeroso de que ella no le hubiese perdonado la injerencia que tuvo en lo de la medida de la estatura de Luzardo. Lo llamó y le dio este encargo:

—Dile a... Bueno. Tú sabes a quién me refiero: a la señora, como tú la llamas. Dile que le mando a decir yo que aquí estamos otra vez en el palmar, pero que quiero irme de por todo esto. Que me mande dinero; pero no una miseria de cuatro centavos, porque no es una limosna lo que le pido, sino dinero suficiente para irme a San Fernando con papá. ¿Cómo le vas a decir? Repite lo que te he dicho. Bien. Así mismo se lo dices, de lo contrario no se te ocurra volver por acá.

Juan Primito se fue repitiendo el recado, para que no se le olvidara una sola de las palabras de la niña Marisela, y así se lo dio a doña Bárbara. En el primer momento, ésta pensó dar la callada por respuesta o contestar con una violencia; pero, recapacitándolo mejor, comprendió que le convenía que Marisela se marchase a San Fernando, y cogiendo de su armario un puñado de monedas de oro, de las que acababa de recibir en pago de un lote de ganado, se las entregó a Juan Primito.

—Toma. Llévale esto. Que ahí van quince morocotas. Que se vaya de por todo esto con su padre y que haga todo lo posible para que yo no vuelva a saber de ella.

Ahogándose en la sofocación de la prisa con que recorrió el trayecto y de la alegría que le causaba el éxito de su cometido, Juan Primito sacó el pañuelo donde había envuelto las monedas, diciendo:

—Atoca, niña Marisela. ¡Eso es oro! ¡Quince morocotas te manda la señora! Cuéntalas a ver si están completas.

—Ponlo en esa mesa —díjole Marisela, sintiéndose humillada por haber tenido que recurrir a aquel expediente para librarse de míster Danger y para renunciar a las limosnas de provisiones que Antonio seguía enviándole de *Altamira*.

—¿Es que te da asco el pañuelo, niña Marisela? Aguárdate que te las voy a entregar limpiecitas —dijo Juan Primito, dirigiéndose a lavar las monedas con agua del aljibe.

—Por más que las laves, siempre me dará asco tocarlas. Déjalas ahí. No es tu pañuelo lo que me da grima.

—No seas zoqueta, niña Marisela —replicó el bobo—. Oro es oro y venga de donde venga siempre está que brilla. ¡Son trescientos pesos! Con estos centavos puedes poner un negocio. En el paso del *Bramador*, del otro lado del Arauca, hay una pulpería que están vendiendo. Si tú quieres yo me acerco allá en un saltico a preguntar que por cuánto te la venden. Es un buen negocio, niña Marisela. Todo el que viene para acá se para en esa pulpería y por lo menos un palo de caña se pega. Si tú la compras yo me voy para allá a servirte de dependiente, sin que tengas que pagarme nada. Déjame ir hasta allá a preguntar.

—No. No. Déjame pensarlo primero, y por ahora, vete. Hoy no estoy de humor para conversar contigo. Coge para ti una de esas monedas y déjame las otras sobre la mesa.

—¿Atocar yo una de esas monedas para mí? ¡Qué mano, niña Marisela! ¡Ave María Purísima! ¡Déjame dirme más bien! ¡Ah! Se me olvidaba que te manda a decir la señora que... Nada. Nada. Haz lo que te digo: compra la pulpería del otro lado del paso y te vas de una vez de por todo esto.

Se fue Juan Primito, se quedaron las monedas donde él las había puesto y se quedó Marisela pensando en lo que le propusiera aquél.

—¡Pulpera! Pero ¿a qué más puedo aspirar sino a ganarme la vida detrás del mostrador de una pulpería? ¡Pulpera! Al fin me casaré, o me pondré a vivir con un peón y un día pasará por allí el doctor Santos Luzardo y me pedirá que le venda...

aguardiente no, porque él no bebe, pero cualquiera otra cosa, y yo se la venderé y él ni siquiera se fijará en que es Marisela, aquella Marisela, quien le despachará.

Horas después se presentó por allí míster Danger. Bromeó un poco a propósito de aquellas monedas que todavía permanecían en la mesa, y cuando ya iba a retirarse, sacó del bolsillo un papel donde había algo escrito y presentándoselo a don Lorenzo, le dijo:

—Firma aquí, chico. Éste es el documento del contratico que hicimos ayer.

Lorenzo levantó a duras penas la cabeza y se quedó mirándolo desde el abismo de su borrachera, sin entender lo que le decía: pero míster Danger le puso la pluma entre los dedos y llevándole la mano lo obligó a estampar su firma al pie del escrito, aunque con una letra que no tenía de suyo sino el temblor de la diestra por medio de la cual escribía el extranjero.

—*All right!* —exclamó éste, guardándose la pluma en el bolsillo del pecho, y enseguida dio lectura al escrito, en alta voz—: «Por el presente declaro que he vendido al señor Guillermo Danger mi hija Marisela por cinco botellas de brandy.»

Era una de aquellas brutales bromas que acostumbraba; pero Marisela la tomó en serio y se precipitó a arrebatarle aquel *documento*, mientras don Lorenzo volvía a sumirse en su letargo, con una sonrisa de inconsciente y un hilo de saliva manándole de la boca.

Don Guillermo se dejó arrebatar el papel, echándose a reír mientras Marisela lo hacía añicos; pero aquella risa no hizo sino exasperarle la indignación.

—¡Salga de aquí, insolente! —rugió, con una voz ronca, llameantes los ojos, y encendido el rostro. Y como don Guillermo, perniabierto y con los brazos en jarras, seguía lanzando sus robustas carcajadas, se le abalanzó encima a echarlo de allí, a empujones.

Pero sus fuerzas no eran suficientes para mover aquella mole sólidamente plantada en el suelo, y esto acabó de enfurecerla, embelleciéndola más. Descargó una lluvia de golpes sobre el sonoro pecho atlético de Danger sin que éste interrumpiera sus carcajadas ni cambiara de actitud, y como no lograba sino magullarse los puños contra los recios pectorales, ya con lágrimas en los ojos, se apoderó de la pluma fuente que aquél se había guardado en el bolsillo del pecho, dispuesta a clavársela en el cuello; pero él la inmovilizó, sujetándola por los brazos, riendo siempre, la levantó en el aire y girando sobre sus talones la hizo describir círculos vertiginosos. Luego la depositó en el suelo atontada por el mareo y deshecha en llanto y volvió a plantársele por delante con los brazos en jarras, pero ya sin reír, resollando fuertemente y contemplándola con miradas inflamadas de deseo.

Entre tanto, despertado por aquellas carcajadas y por los gritos de la hija, Lorenzo se había incorporado, a duras penas, en el chinchorro y habiendo logrado apoderarse de una punta de machete que estaba clavada en el bahareque del rancho, se arrojaba sobre míster Danger, con una expresión delirante.

Pero Marisela lanzó un grito de horror, míster Danger se volvió rápidamente y de una cachetada hizo perder el vacilante equilibrio al borracho, que fue a dar con sus huesos en el suelo del rancho, lanzando un rugido de dolor y de ira impotente.

Míster Danger sacó y encendió tranquilamente su cachimba, y entre una y otra bocanada de humo y dándole la espalda a Marisela, díjole:

—Ha estado un juego mío, Marisela. Míster Danger no gusta tomar las cosas por la fuerza; pero ya tú sabes que míster Danger te quiere para él.

Y ya al salir:

—Y no vuelvas a coger machete para míster Danger, don Lorenzo, porque entonces se acabó brandy y aguardiente y todo.

Así que se hubo marchado el extranjero, Lorenzo se levantó del suelo, trastabilleando, se acercó al rincón donde sollozaba Marisela, y tomándola por un brazo díjole, con una voz de insensatez y de dolor:

—Vámonos, hija. Vámonos de aquí.

Por un momento creyó Marisela que se trataba de regresar a *Altamira*, y se dejó levantar del suelo y marchó, enjugándose los ojos; pero Lorenzo continuó:

—Allí..., allí está el tremedal donde se acaba todo. Vamos a terminar allí esta maldita vida.

Entonces ella, sobreponiéndose a su pena y tratando de sonreír, repuso:

—No, papá. Tranquilízate. Ha sido un juego de míster Danger. ¿No se lo oíste decir? Cálmate. Acuéstate otra vez. Ha sido un juego. Pero ofréceme que no beberás más, que no volverás a pedirle bebida a ese hombre.

—No. No volveré; pero yo lo mataré... No ha sido un juego... No ha sido un juego... A ver.. . Dame... ¡Dame acá esa botella!

—No. Ya me has ofrecido que no beberás más. Acuéstate. Duérmete... Ha sido un juego...

Y pasándole la mano por la frente cubierta de un sudor pegajoso y acariciándole suavemente los cabellos, mientras le mecía la hamaca, estuvo sentada en el suelo junto a él, hasta que lo vio profundamente dormido. Luego le secó la saliva espumosa que le manaba de la boca, lo besó en la frente, y al hacer esto sintió que una nueva transformación se había operado en su alma.

Ya no era la muchacha despreocupada y ávida de felicidad que en *Altamira* había podido vivir con la risa en el rostro y una copla en los labios a toda hora, indiferente ante el espectáculo de aquella repugnante y dolorosa miseria física y moral, ajena a las tormentas de aquel espíritu, porque ante el suyo se abría un mundo luminoso, poblado de formas risueñas, resplandeciente hasta deslumbrarla. Este mundo, que era su propio corazón ilusionado, fue Santos quien se lo mostró y solo él lo llenaba. Él le quitó con sus manos la mugre del rostro, con sus palabras le reveló la propia belleza ignorada, con sus lecciones y consejos le desbastó de la rustiquez y la hizo adquirir buenos modales y hábitos y gustos de un espíritu fino; pero, en el fondo de esta gruta resplandeciente que era su corazón dichoso, se había quedado en tinieblas un pequeño rincón; la fuente de la ternura, y se había quedado en tinieblas porque sólo el dolor podía revelárselo.

Ya le había sido dado conocerlo y de allí surgía ahora una nueva Marisela, deslumbrada por el hallazgo de sí misma, con la divina luz de la bondad en el rostro y con la suavidad de la ternura en las manos que habían acariciado, por primera vez con verdadero amor filial, la frente atormentada del padre.

Ya Lorenzo se había sumergido con sus miserias en el sueño apaciguador que le provocaron las caricias de la hija y aún ella seguía pasándole la mano por los cabellos, mientras sus ojos se posaban distraídos sobre las monedas de oro que brillaban en el ángulo de la mesa donde las colocó Juan Primito, cuando apareció en el umbral de la puerta Antonio Sandoval.

Marisela le recomendó silencio poniéndose el índice sobre los labios, cuidadosa del plácido sueño de su padre, y luego se levantó del suelo y salió a recibirlo afuera, donde la conversación no turbara aquel reposo. Trascendía de la expresión de su rostro y de la calma de sus movimientos el cambio espiritual y profundo en cierta gravedad que llamó la atención de Antonio:

—¿Qué tiene usted hoy, niña Marisela? Le noto algo raro en la cara.

—Si usted supiera, Antonio; yo también me siento de una manera distinta.

—Como no vaya a haber cogido la fiebre del tremedal.

—No. Es otra cosa. Que por cierto también la tiene el tremedal. ¡Una paz! Una tranquilidad sabrosa. Me siento tranquila hasta el fondo, como debe sentirse el tremedal cuando se pone a reflejar el palmar y el cielo con sus nubes y las garzas que están paradas en la orilla.

—Niña Marisela —dijo Antonio, más extrañado todavía—. Déjeme que se lo diga como lo siento: yo nunca la había oído expresarse de esa manera. Y me gusta hallarla en ese tono porque ahora sí me atrevo más a decirle lo que me trae hoy a casa de usted. Usted está haciendo falta en *Altamira,* niña Marisela. El doctor se ha echado por un camino que no es el de él y que no lleva a buen fin. Antes, usted lo sabe, se pasaba de amigo de respetar los derechos ajenos, aunque fueran mal habidos y quería que todo se hiciera por las vías legales, y ahora, por el contrario, no hay arbitrariedad que no le provoque hacerla. Eso me tiene preocupado, porque la sangre es una cosa seria cuando dice a dar lo suyo, y me dolería verlo terminar como terminaron todos los Luzardos. Yo no digo que no haga respetar sus derechos; pero tampoco hay necesidad de andar atropellando con todo. Todas las cosas de este mundo tienen su más y su menos, y al doctor le ha dado ahora por el más. Esto con don Guillermo, con todo y ser don Guillermo una mala ficha, francamente, estuvo feo. A usted nada más se lo digo; pero es verdad. Que hubiera mandado a tirar la palizada, aunque ya *Corozalito* no le pertenece, era ya mucho; pero lo de decirle: «¿Viene usted dispuesto a impedírmelo a tiros?», eso no estaba hecho para la boca de un Santos Luzardo. No es nada los malos resultados que pueda traerle, porque el extranjero siempre tiene garantías que faltan al criollo; es lo que significan unas palabras como ésas que le he mentado, en boca del doctor. ¿No piensa usted como yo? Y luego ya van dos veces con ésta de ahora poco que se mete a parar rodeos en lo de doña Bárbara sin cumplir el requisito de pedirle trabajo primero. Fueron reses de él las que se llevó, pero lo natural era que le hubiera pedido permiso, como es costumbre que lo haga el que va a recoger ganado suyo en sabanas de otro. No es que yo le saque el caballo, porque ya se lo dije: por donde usted se zumbe, cuente que yo voy detrás suyo. Es que cada palo debe dar sus frutos y no es natural que un Santos Luzardo se empeñe en proceder como procedería doña Bárbara.

—¿Y cree usted, Antonio, que si yo hubiera estado allá no habría sucedido eso? —interrogó Marisela, sonrojándose, pero sin perder aquella grave serenidad del inefable hallazgo.

—Mire, niña Marisela —repuso Sandoval—. Uno no tendrá ilustración, pero no le falta malicia para catar ciertas cosas. Aparte lo que pueda haber entre usted y él, que no me incumbe averiguar si existe o no, lo que sí puedo decirle es que... ¿Cómo se lo diré?... Bueno. Se lo voy a decir a mi manera. Usted es para el doctor, mejorando lo presente, como la tonada para el ganado, que si no la escucha cantar, a cada rato está queriendo barajustarse. ¿Me explico?

—Sí, comprendo —respondió Marisela, cubriéndose de rubor, complacida en la metáfora de Antonio.

—Pues bien. Termino por donde empecé: usted está haciendo falta en *Altamira*.

Marisela reflexionó un rato y luego dijo:

—Lo siento mucho, Antonio; pero, por el momento, no puedo volverme a *Altamira*. Papá no convendría en regresar, y, además, tengo otro deber que cumplir. Quiero llevarme a papá a San Fernando, a ver si allá los médicos le hacen remedios que le quiten el vicio y que lo repongan, porque está muy aniquilado.

—No veo que una cosa estorbe a la otra —observó Antonio.

—Sí. Papá no quiere volver a *Altamira* y yo no quiero contrariarlo. Además, ya en *Altamira* se hizo la prueba y ya ve usted que no dio resultado. Véalo cómo está. Puede que yo haga falta allá, como usted dice; pero más falta hago aquí.

—Eso es verdad. Su padre, primero que todo. Pero ¿con qué recursos cuenta usted para irse a San Fernando y hacerlo ver por los médicos? ¿Quiere que le hable de eso al doctor?

—No. No le diga nada. Yo tengo dinero suficiente. Se lo pedí a quien tenía el deber de dármelo.

—Bien —dijo Antonio, poniéndose de pie—. Se quedará Santos sin la tonada; pero usted tiene razón: su padre antes que todo. Ojalá que encuentre esos remedios que va a buscar para don Lorenzo. Pero para hacer ese viaje le harán falta bestias y una persona que la acompañe. Si no quiere que le hable de eso al doctor, yo por mi cuenta puedo mandarle un peón de confianza, con dos bestias buenas para usted y su viejo. Aunque será mejor que se lo lleve en un bongo, porque no me parece que don Lorenzo esté en condiciones de resistir un viaje tan largo.

—Es verdad. Está muy aniquilado.

—Entonces deje eso de mi cuenta. De hoy a mañana debe pasar un bongo que viene de Arauca arriba. Creo que viene en lastre y en él pueden irse hasta San Fernando.

Se fue Antonio, Marisela volvió a entrar en la casa, se detuvo un rato ante el chinchorro donde dormía Lorenzo, contempló con ojos amorosos aquella faz cavada, que nunca había contemplado como ahora lo hacía, y luego recogió de la mesa las monedas de oro que le permitirían llevar a cabo su propósito, y al tomarlas en sus manos no experimentó repugnancia alguna. No había llegado a lavarlas Juan Primito, pero de la recóndita fuente de ternura recién hallada también sobre aquel dinero de su madre caían linfas purificadoras.

Capítulo 7

El inescrutable designio

Los rayos tendidos del sol de los araguatos[291] doran los troncos de los árboles del patio, del paloapique, de los corrales y la horconadura de los caneyes bajo la sombra violácea de las pardas techumbres, y cuando ya el disco rutilante del astro se ha ocultado tras el horizonte quédanse sobre el inmenso espacio, más y más oscuro, de la sabana, largas nubes cual barras de metal fundido, arreboles de entonaciones calientes y el trazo firme y negro de la silueta de una lejana palmera solitaria contra el resplandor del ocaso.

Hacia allá cae *Altamira* y hacia allá se hunden en la lejanía las miradas de doña Bárbara.

Tres días hacía que había llegado a *El Miedo* la noticia de la destrucción de la casa de *Macanillal* y prisión de los Mondragones; ya éstos estaban en poder de las autoridades, adonde los remitiera Santos Luzardo, y ya éste se había metido dos veces con sus peones en tierras de *El Miedo* a parar rodeos sin cumplir el requisito de pedirle permiso, y aún los peones de ella esperaban sus órdenes para lanzarse a las represalias.

Viendo que no se animaba a darlas, Balbino Paiba se deci-

[291] *sol de los araguatos* (o *de los venados*): crepúsculo rojizo y efímero, que se produce pocas veces durante el año, sobre las sabanas llaneras y las montañas andinas.

dió por fin a pedírselas, y se acercó al palenque donde ella estaba abismada en su silenciosa contemplación del paisaje.

Pero antes de abordarla gastó un buen rato en pretextos de conversación. Ella sólo le respondía con monosílabos y las pausas se fueron haciendo más y más largas.

Entre tanto un rebaño avanzaba hacia los corrales. Oíase el canto de los pastores tendido en la inmensidad silenciosa.

Llegaron las primeras reses. El madrinero, un toro lebruno, se detuvo, de pronto, ante el higuerón[292] plantado cerca de la puerta de la majada y lanzó un bramido impresionante. Había olido la sangre de una res que fue beneficiada allí en la mañana. El rebaño se arremolinó y comenzó a cabildear, mientras el madrinero daba vueltas en torno al árbol, escarbando la tierra, olfateándola, cerciorándose de aquella cosa atroz que había sucedido en aquel sitio, y cuando ya no le quedaron dudas, lanzó otro bramido, que ya no era de miedo ni de dolor, y se llevó el rebaño, en carrera por la sabana.

—¿Quién fue el de la ocurrencia de escoger la puerta de la majada para beneficiar? —gritó Balbino, alardeando de su mayordomía, mientras los pastores les daban rienda a sus caballos y se lanzaban a cabecear la punta que se abría alborotada.

Por fin la redujeron y otra vez la arrearon hacia la corraleja, situada más allá del higuerón. Ya estaba encerrado el rebaño, pero aún mugía lastimeramente, y doña Bárbara dijo de pronto:

—Hasta el ganado le tiene grima a la sangre de sus semejantes.

Balbino la miró de soslayo, con un gesto de extrañeza, y se interrogó mentalmente:

«¿Y es ella quien lo dice?»

Transcurrieron unos instantes y Balbino se hizo esta reflexión:

«¡Hum! Con esta mujer no hay brújula. Hasta al caballo, que es bestia, se le descubre lo que esté pensando, sólo con

[292] *higuerón* (variedad de *Ficus*): árbol latescente, del cual hay cerca de cuatro variedades distintas en Venezuela [Alvarado, pág. 1105].

mirarle cuál de las orejas arruga; pero con esta mujer siempre está uno bailando en un tusero[293].»

Y se le quitó del lado.

Mas no solamente Balbino Paiba, que ya era bastante torpe, ni ella misma hubiera podido decir cuáles eran sus propios designios. Una vez más, sus obras le habían salido al paso, cerrándole el camino que insistiera en buscar. Aún resonaban en sus oídos las fieras palabras con que Santos Luzardo le había arrojado a la cara su sospecha, precisamente cuando ella iba a decirle que creía haber descubierto al autor del crimen de *El Totumo*, y que, de un momento a otro, iría a entregárselo, personalmente, en cuanto estuviese en posesión de la prueba fehaciente. Sospecha injusta y calumniosa esta vez, pero en el fondo de la cual se cumplía la justicia misma, puesto que ¿acaso sólo en *El Totumo* matas y chaparrales guardaban secretos de emboscadas asesinas, y si allí fue Balbino Paiba, obrando por cuenta propia, no había sido, en otros sitios, Melquíades quien descargó sobre caminantes desprevenidos el golpe homicida, fraguado por ella? ¿Y no era también Balbino Paiba instrumento de sus tortuosas obras, su obra misma cerrándole el paso hacia el buen camino?

Ramalazos de cólera azotáronle el corazón, uno tras otro, durante aquellos tres días; contra Paiba, cuyo delito le atribuía a ella Santos Luzardo; contra el espaldero siniestro, que guardaba el secreto de los que había cometido, mandado por ella; contra las mismas víctimas de su codicia y de su crueldad, que se le habían atravesado en el camino, poniéndola en el caso de tener que suprimirlos, y contra todos los que, como si no hubiese ya bastante con las obras cumplidas, venían ahora a proponerle represalias, cada uno de sus peones, gavilla de asesinos, cómplices y hechuras suyas, cuyas miradas fijas en ella estaban diciéndole a cada rato: «¿Qué espera usted para mandarnos matar al doctor Luzardo? ¿No estamos aquí para eso? ¿No ha adquirido con nosotros el compromiso de darnos sangre que derramar?»

[293] *tusero* (*tusa*): carozo o centro de la mazorca del maíz, resbaladiza cuando está en grupo o amontonada (tusero). *Bailar en un tusero*: estar en una situación de riesgo.

Y Juan Primito se puso en marcha, camino de *Altamira*, con este recado para Luzardo:

—Que esta noche, a la salida de la luna, estará esperándolo en *Rincón Hondo* una persona que tiene que decirle algo a propósito del crimen de *El Totumo*. Que si usted se atreve, vaya solo a oír lo que le dirá.

Juan Primito fue y vino con la respuesta de Luzardo:

—Dígale que está bien. Que iré solo.

Esto fue en la mañana y hacía poco que había llamado a Melquíades para decirle:

—¿Recuerdas lo que me dijiste hace unos días?

—Todavía lo tengo presente, señora.

—Pues bien. Esta noche, a la salida de la luna, estará en *Rincón Hondo* el doctor Luzardo.

—Y yo se lo traeré aquí, vivo o muerto.

Ya se aproxima la noche. Pronto se pondrá en camino el espaldero siniestro; pero todavía doña Bárbara no ha logrado descubrir cuáles son los propósitos que con aquella emboscada persigue, ni con qué sentimientos espera la aparición de la luna en el horizonte.

Hasta allí siempre había sido para los demás la esfinge de la sabana; ahora lo es también para sí misma: sus propios designios se le han vuelto impenetrables.

Capítulo 8

La gloria roja

No dejó de ocurrírsele a Santos Luzardo que sólo en una cabeza ofuscada podía haber brotado la idea de invitarlo, de manera tan absurda, a caer en una celada; pero él también daba muestras de haber perdido la cordura al decidirse a aprovechar aquella ocasión para demostrarle a doña Bárbara que no ganaría nada con amedrentarlo, pues si no pudo vindicar ante la justicia subordinada a la violencia sus derechos atropellados, sí sabría defenderlos en lo sucesivo con la fiera ley de la barbarie: la bravura armada. Y con este temerario empeño, al atardecer de aquel día se aventuró solo, camino de *Rincón Hondo*, adelantándose a la hora de la cita para burlar el golpe alevoso al amparo de la noche.

Pero en llegando a la vista del sitio distinguió un jinete parado en la orilla del monte que bordeaba el solitario rincón de sabana y se dijo: «Siempre se me adelantó.»

Luego descubrió que el jinete era *Pajarote*.

—¿Qué haces aquí?—le preguntó al reunírsele, autoritariamente.

—Voy a explicarle, doctor —respondió el peón—. Esta mañana, cuando se le arrimó Juan Primito a darle el recado, malicié que no podía ser nada bueno y me le fui detrás, dejándolo que se alejara de la vista de usted y luego le di alcance y poniéndole el revólver en el pecho, nada más que para asustarlo, porque sé que él se echa a morir cuando ve un revólver, lo obligué a que me repitiera el recado que le habían dado para usted. Por él supe que usted había prometido venir y estuve tentado de decirle: déjese de eso, doctor. Pero le vi pintada en la cara la resolución y me dije: lo único que hay es írsele alante y tirar la parada junto con él.

—Has hecho mal en inmiscuirte en mis asuntos —repuso Santos, secamente.

—No le digo lo contrario; pero tampoco me arrepiento. Porque si a usted le sobra arrojo, creo que todavía le falta malicia. ¿Sabe si es un hombre solo el que viene a hablar con usted?

—Aunque sean varios. Retírate.

—Mire, doctor —propuso *Pajarote*, rascándose la cabeza—. Peón es peón y le toca obedecer cuando el amo manda; pero permítame que se lo recuerde: el llanero no es peón sino en el trabajo. Aquí, en la hora y punto en que estamos, no habemos un amo y un peón, sino un hombre, que es usted, y otro hombre que quiere demostrarle que está dispuesto a dar su vida por la suya, y que por eso no ha buscado compañeros para venir a tirar la parada con usted. Ese hombre soy yo, y de aquí no me muevo.

Conmovido por aquella ruda demostración de lealtad, Santos Luzardo se dijo que no era cierto que sólo la bravura armada fuese la ley de la llanura y aceptó la compañía de *Pajarote*, estrechándole en silencio la mano.

—Y sírvale esto de experiencia, doctor —agregó *Pajarote*—. Llanero puede ir solo adonde le dicen: venga acompañado; pero la viceversa, nunca. Y la picada alante. Ya he registrado todos estos montes. La entrada de ellos debe de ser por esta dirección adonde estamos mirando. Nos emboscamos detrás de estos saladillos[294] y cuando aparezcan, a conforme se presenten así les saldremos, pero tumbando y capando, porque el que pega primero, pega dos veces.

Se emboscaron en el sitio elegido por *Pajarote* y allí se estuvieron largo rato vigilando el boquerón de monte por don-

---

[294] *saladillo*: en realidad es el *Salado* (*Pictonia inermis, Nictagináceas*). Árbol de madera liviana de color de ante [Alvarado, pág. 896] distinto del *saladillo* o *saladilla* herbáceo (*Sporobolus virginicas*) característico de las costas del lago de Maracaibo.

de debían aparecer quienes vinieran de *El Miedo*, silenciosos bajo el impresionante ulular de los araguatos que acudían en manadas a sus dormideros. Cerró por completo la noche y ya empezaba a rayar el orto lunar en el confín de la sabana, cuando surgió en el claro la silueta de *El Brujeador* a caballo.

—Viene solo, efectivamente, y yo estoy acompañado —murmuró Luzardo, haciendo un ademán de contrariedad.

Y *Pajarote*, para disiparle los escrúpulos:

—Acuérdese, doctor, de lo que le acabo de decir: la picada alante siempre. Ese hombre viene solo, si es que los compañeros no están emboscados por ahí; pero ése es *El Brujeador*, a quien nunca lo mandan a conversar. Y si viene solo, peor que peor, porque ése no anda nunca acompañado cuando lo mandan a desempeñar ciertas comisiones. Déjele que coja confianza y se salga al claro de sabana, para salirle nosotros. Aunque estoy por decirle que me lo deje de mi cuenta. A ese espanto lo desvisto yo solo, con todo y la fama que tiene, porque otros más grandes me han dejado la camisola entre las manos.

—No —protestó Luzardo—. Ese hombre viene por mí y es a mí, solamente, a quien debe encontrar. Quédate tú aquí.

Y se precipitó fuera de la mata a la sabana despejada.

El Brujeador avanzó, al trote sosegado de su cabalgadura; pero de pronto se detuvo. Luzardo lo imitó y así estuvieron un breve rato, observándose a distancia, hasta que, como aquél parecía dispuesto a no proseguir, enardecido Santos por la expectativa espoleó el caballo y salvó el espacio que los separaba.

Ya cerca de *El Brujeador*, le oyó decir:

—¿Luego a mí me han mandado para que usted y su gente me maten como a un perro? Si es así salgan de eso de una vez.

Santos comprendió que *Pajarote* se había ido detrás de él, a pesar de que le había ordenado permanecer oculto, y ya volvía la cabeza para mandarlo retirarse, cuando vio brillar el revólver que *El Brujeador* sacaba de la cobija atravesada sobre la montura.

Con un rápido movimiento esgrimió el suyo. Sonaron disparos simultáneos. Melquíades se desplomó sobre el cuello de la bestia, y ésta, espantándose, lo derribó por tierra, inerte, de bruces sobre la hierba.

Y para Santos Luzardo, la fulgurante noción fue como un macetazo en la nuca: ¡había dado muerte a un hombre!

Pajarote se le reunió y, después de haber contemplado un rato el cuerpo yacente, murmuró:

—Bien, doctor, ¿qué hacemos ahora con este muerto?

Largo rato invirtieron estas palabras, claramente percibidas, en penetrar hasta la sumidad donde se había refugiado la conciencia de Santos Luzardo, y *Pajarote* se respondió a sí mismo:

—Lo atravesamos sobre su bestia, yo la arrebiato a la mía, y en llegando cerca de las casas de *El Miedo* la suelto, la espanto para allá y pego un leco: ¡Ahí va lo que les mandan de *Rincón Hondo!*

Saliendo de pronto de su estupor, Santos Luzardo se apeó del caballo.

—Tráete acá la bestia de este bandido. Seré yo quien le llevará su cadáver a quien lo mandó contra mí.

Pajarote lo miró de hito en hito. El acento con que habían sido pronunciadas estas palabras hacía extraña la voz de Santos Luzardo, así como tampoco parecía suya la sombría expresión de fiereza que tenía pintada en la faz.

—Haz lo que te ordeno. Tráete acá la bestia.

Pajarote obedeció, pero cuando Luzardo se inclinaba para levantar del suelo el cadáver, se interpuso diciéndole:

—No, doctor. Eso no le corresponde a usted. Lléveselo a doña Bárbara, si quiere hacerle ese regalo; pero quien se echa encima este muerto es *Pajarote*. Sujete usted la bestia mientras yo lo atravieso encima.

Hecho esto, arrebiatada la bestia de *El Brujeador* a la de Luzardo, *Pajarote* propuso, valiéndose de su baquía, para que no se negase a que lo acompañara:

—Por aquí mismo debe de haber una huella de ganado que lleva ligerito a las casas de *El Miedo*. Vamos a irnos por ella.

Santos convino en que lo acompañara, pero, en llegando a la vista de la casa de doña Bárbara, díjole al peón:

—Espérame aquí.

Por fin y por encima de su voluntad empezaba a realizarse aquel presentimiento de una intempestiva regresión a la barbarie que atormentó su primera juventud. Todos los esfuerzos hechos por librarse de aquella amenaza que veía suspendida sobre su vida, por reprimir los impulsos de su sangre hacia las violentas ejecutorias de los Luzardos, que habían sido, todos, hombres fieros sin más ley que la de la bravura armada, y por adquirir, en cambio, la actitud propia del civilizado, en quien los instintos están subordinados a la disciplina de los principios, todo cuanto había sido obra ardua y tesonera de los mejores años de su vida desaparecía ahora arrollado por el temerario alarde de hombría que lo moviera a acudir a la celada de *Rincón Hondo*.

No era solamente el natural escrúpulo de haber tenido que defenderse matando, el horror de la situación brutal que lo pusiera en el trance de cometer un acto que repugnaba con los principios más profundamente arraigados en su espíritu, sino el horror de haber perdido para siempre esos principios, de haber adquirido una experiencia definitiva, de pertenecer ya, para toda la vida, al trágico número de los hombres manchados. Lo primero, el hecho mismo, aunque en sus manos estuvo el evitarlo, tenía sus atenuaciones: fue un acto de legítima defensa, pues había sido Melquíades el primero en hacer armas; pero lo segundo, lo que no fue acto de voluntad ni arrebato de un impulso, sino confabulación de unas circunstancias que sólo podían darse en el seno de la barbarie a que estaba abandonada la llanura: el ingreso en la fatídica cifra de los hombres que han tenido que hacerse justicia a mano armada, eso ya no podía tener remedios ni atenuaciones. Por el Arauca correría su nombre envuelto en la aureola roja que le daba la muerte del temible espaldero de doña Bárbara y de allí en adelante toda su vida quedaba comprometida con esa gloria, porque la barbarie no perdona a quien intenta dominarla adaptándose a sus procedimientos. Inexorable, de sus manos hay que aceptarlo todo cuando se le piden sus armas.

Pero ¿no se había propuesto, acaso, cuando resolvió internarse en el hato, renunciando a sus sueños de existencia civilizada, convertirse en el caudillo de la llanura para reprimir el bárbaro señorío de los caciques, y no era con el brazo armado y la gloria roja de la hazaña sangrienta como tenía que luchar con ellos para exterminarlos? ¿No había dicho ya que aceptaba el camino por donde el atropello lo lanzaba a la violencia? Ahora no podía revolverse.

Y avanzó solo con el trágico arrebiate. Solo y convertido en otro hombre.

CAPÍTULO 9

Los retozos de míster Danger

Ya Guillermo Danger se disponía a recogerse a dormir cuando ladraron los perros y se oyeron las pisadas de un caballo. «¿Quién vendrá para acá a estas horas?», se preguntó, asomándose a la puerta.

Comenzaba a salir la luna, pero sobre las sabanas del *Lambedero* aún se reposaban densas tinieblas, bajo un cielo anubarrado, en una atmósfera sofocante.

—¡Oh, don Balbino! —exclamó por fin míster Danger, al reconocer al inoportuno visitante—. ¿Qué lo trae por aquí a estas horas?

—A saludarlo, don Guillermo. Como pasaba cerca de aquí, me dije: déjame llegarme hasta allá a saludar a don Guillermo, que no lo he visto después que regresó de San Fernando.

No podía creer míster Danger en la sinceridad de tales demostraciones de amistad de Balbino Paiba, ni se las estimaba tampoco, pues, aparte ciertas complicidades, Balbino no era sino uno de los que él llamaba amigos de su whisky, y lo recibió con exclamaciones sarcásticas:

—¡Oh! ¡Carramba! ¡Qué honor para mí que usted haya venido a saludarme cuando yo iba a dormirme! Muchas gracias, don Balbino. Eso merece un palito. Entre y siéntese mientras se lo sirvo. Ya no hay peligro del cunaguaro, porque se me murió, ¡el pobrecito!

—¿De veras? ¡Qué lástima! —exclamó Balbino, tomando asiento—. Era un bonito animal aquel cachorro y usted estaba muy encariñado con él. Debe de hacerle mucha falta.

—¡Oh! Usted piense: todas las noches, antes de acostarme, retozaba con él un buen rato —repuso míster Danger, mientras servía dos copas de whisky de la botella recién descorchada que tenía sobre el escritorio.

Vaciaron las copas; Balbino se enjugó los bigotazos y dijo:

—Gracias, don Guillermo. Que se le convierta en salud —y enseguida—: ¿Y qué era de su vida? Esta vez se quedó usted mucho tiempo en San Fernando. ¿Para olvidarse del cunaguarito? Ya se estaba diciendo por aquí que usted se había ido para su tierra. Pero yo dije: lo que es don Guillermo no se va más de esta tierra; ése es más criollo que nosotros y le haría falta la guachafita[295].

—¡Eso, don Balbino! ¡Eso es lo sabroso de esta tierra! Yo siempre digo como aquel general de ustedes, no me recuerdo el nombre... Uno que decía, «si se acaba la guachafita me voy». —Y soltó la risa, ancha como su faz rubicunda.

—¿No le digo? Usted es más criollo que la guasacaca[296].

—También es muy sabrosa la guasacaca. Todas las cosas que empiezan por gua, son muy sabrosas: guachafita, guasacaca, guaricha bonita... ¡Guá, míster Danger! Vamos a pegarnos un palo —como me dicen los amigos siempre que se encuentran conmigo.

—¡Ah, míster Danger! ¡Ojalá todos los extranjeros que vinieran por aquí fueran como usted! —dijo Balbino, lisonjero, preparando ya el terreno.

—¿Y usted, qué tal, don Balbino? ¿Cómo marchan los negocios? —preguntó míster Danger, sacando su cachimba y dándole las primeras chupetadas—. ¿Siempre tan buena moza doña Bárbara? Eso no empieza por guá, pero también es muy sabroso, ¿verdad, don Balbino? ¡Éste don Balbino bribón!

---

295 *guachafita*: broma, diversión, falta de seriedad [Núñez y Pérez, página 258].

296 *guasacaca*: salsa para acompañar la carne asada, cuya base es el aguacate; es parecida al *guacamole* mexicano.

Rieron a dúo, como es uso de pícaros celebrar picardías, y Balbino abordó su asunto, previas las características manotadas a los bigotes:

—Los negocios no han estado del todo malos este año. Pero, usted sabe, don Guillermo, pobre es pobre y nunca le faltan apuros de plata.

—¡Oh! No se ponga llorón, don Balbino. Usted tiene plata guardada bajo tierra. ¡Mucha plata! Míster Danger lo sabe.

Balbino hizo un movimiento involuntario y se apresuró a replicar:

—¡Ojalá! Se vive, nada más. Con negocios de a cuatro centavos, que son los que puedo hacer, no hay para guardar dinero. Eso está bueno para Bárbara y para usted, que tienen tierras y cogen bastante ganado. Yo apenas he podido recoger este año unos cuarenta cachilapos. Y ya que hablamos de esto; cómpremelos, don Guillermo. Tengo un apuro de unos centavos y se los daría baratos.

—¿Están bien cachapeados los hierros?

Cachapear, o sea, hacer desaparecer el hierro original de una res para venderla como propia, era una de las habilidades mayores de Balbino Paiba, y aunque entre amigos no le molestaba que se hablase de ello, esta vez no le cayó bien la pregunta de míster Danger.

—Son míos por todo el cañón —afirmó con altivez.

—Eso es otra cosa —repuso míster Danger—. Porque si fueran luzarderos, aunque no se les viera el hierro, yo no me metería en ese negocio.

A lo que replicó Balbino:

—¿Y ese resuello, don Guillermo? Usted siempre ha comprado ganado luzardero cachapeado sin ponerle inconvenientes. ¿Es que también a usted le ha metido los bichos en el corral el patiquincito de *Altamira*?

—Yo no tengo que explicar a usted si me han metido bichos en el corral, como usted dice —protestó míster Danger, amoscado—. He dicho que no compro ganados, ni caballos, ni plumas altamireñas. Eso es todo lo que tengo que decir.

—Plumas no le estoy ofreciendo —se precipitó a observarle Balbino.

Iba míster Danger a replicar cuando sucedió algo que llamó su atención: los perros, que estaban echados en el corredor frente a la puerta de la pieza donde tenía lugar la entrevista, se levantaron y desaparecieron, sin gruñir y raboteando, como si salieran al encuentro de alguien que les fuera conocido.

Balbino no reparó en esto por hallarse de espaldas a la puerta, y míster Danger, para cerciorarse de lo que pudiera ser aquello, dijo:

—¿Otro palito, amigo Paiba?

Y tomando las copas donde ya habían bebido, con el pretexto de arrojar el resto de licor que en ellas quedaba, se asomó al corredor y echó una rápida mirada de exploración, que le permitió descubrir que quien por allí andaba era Juan Primito, mal tapado detrás de un árbol y rodeado de los perros amigos, como lo eran todos los de las casas de por allí.

Rápida la ocurrencia: «A éste lo han mandado a espiar a don Balbino», y perverso el designio: «Vamos a hacer hablar a este vagabundo.» Sin que pasara de ganas de divertirse la intención, volvió a entrar en la sala, sirvió la copa, apuró la suya, se sentó frente a Balbino, permaneció un rato en silencio, dándole repetidas chupetadas a su cachimba, y luego dijo, reanudando la conversación interrumpida:

—He nombrado plumas porque el año pasado me vendió usted algunas. ¿Se acuerda?

—Sí. Pero, afortunadamente, este año no pude comprar. Ya le digo: unos cuarenta mautes es todo mi capital.

—Y dice usted bien afortunadamente, porque después de lo de *El Totumo,* y mientras no se averigüe qué fue lo que pasó allí, es peligroso ofrecer plumas. ¿No es verdad, don Balbino?

—¡Que si es peligroso!

Míster Danger se arrellanó en el asiento, estiró las piernas y sin quitarse la cachimba de la boca dijo, como ocurrencia súbita:

—Ya que eso ha venido a la conversación, dígame, don Balbino: ¿no ha pasado nunca usted por el chaparral de *El Totumo?*

Haciendo de tripas corazón, Balbino respondió con el tono con que se habla de cosas sin importancia:

—Por el chaparral, propiamente, no. Cerca sí he pasado cuando he tenido que ir a San Fernando.

—Es extraño —dijo míster Danger, rascándose la cabeza.

—¿Por qué le extraña? —interrogó Balbino, clavándole una mirada penetrante.

Pero la respuesta fue ésta:

—Yo sí he pasado. Ahora cuando venía de San Fernando, al día siguiente de haber estado allí las autoridades. Registré todo el chaparral y me convencí, una vez más, de que los jueces de este país tienen los ojos por adorno, como dice uno de mis amigos de San Fernando.

Mientras así hablaba, con la cabeza reclinada en el respaldar de la silla de extensión donde se había arrellanado, aparentemente mirando el humo de su cachimba, pero sin perder de vista el rostro de Balbino, abrió la gaveta de su escritorio y sacó algo que su interlocutor no pudo ver, pues lo ocultaba dentro de su manaza apuñada.

Balbino perdió la noción del tiempo, y le pareció que había dejado transcurrir largo rato para replicar cuando, por lo contrario, lo hizo apenas terminara de hablar míster Danger.

—¿Qué fue lo que usted vio que no hubieran mirado las autoridades?

—Vi...

Pero se interrumpió enseguida para observar el objeto que había sacado del escritorio, con el aire de quien se encuentra de pronto entre las manos algo que no cree tener.

—¿Eso no es suyo, don Balbino? Creo que es de usted este corotico de chimó.

Y mostró una de esas cajitas talladas en madera negra de corazón, donde llevan el chimó los aficionados a él.

Con un movimiento maquinal, Balbino se palpó los bolsillos del liquiliqui[297] para cerciorarse de si llevaba allí aquel «corotico», sin acordarse de que hacía tiempo lo había perdido.

—Sí —concluyó míster Danger, después de haber observado el monograma que ostentaba la tapa del artefacto—. Esto es de usted, don Balbino.

---

[297] *liquiliqui*: traje tradicional del llanero. La blusa abotonada al frente con cuello cerrado en cilindro [Alvarado, pág. 1122; Núñez y Pérez, pág. 301].

Perdido ya el dominio de sí mismo, Balbino se llevó la diestra al revólver, poniéndose de pie, pero míster Danger replicó, burlón:

—¡Oh! No hay necesidad de eso, don Balbino. Tome su corotico. Yo no pensaba quedarme con él.

Haciendo un esfuerzo visible por serenarse, Balbino interrogó:

—¿Qué significa todo esto, míster Danger?

—¡Es muy claro, hombre! Que usted dejó ese corotico olvidado y que yo me lo encontré y me dije: «Esto es de don Balbino, él vendrá por aquí a buscarlo. Vamos a guardárselo.» Pero ya veo que usted se ha imaginado otra cosa. No, don Balbino, no tenga usted cuidado. No fue en el chaparral de *El Totumo* donde encontré ese corotico, ni tampoco al pie del paraguatán de *La Matica*.

Aludía con lo último al sitio donde Balbino tenía enterradas las plumas.

«Yo hice muy bien mis cosas —se había dicho éste—. Ni un rastro mío dejé en el chaparral, y si son las plumas, ni brujos que fueran podrían descubrir dónde las tengo escondidas.»

Mas he aquí que ahora, aunque creía no haber llevado consigo al chaparral aquel utensilio que le devolvía míster Danger, tampoco podía asegurar si fue realmente allá donde lo perdió y, por otra parte, la alusión al paraguatán de *La Matica* no dejaba lugar a dudas: míster Danger estaba en el secreto del crimen y sabía dónde había ocultado el cuerpo del delito.

«¡Maldición! —exclamó mentalmente—. ¿Quién me mandó a venir a proponerle a este hombre que me comprara los mautes? ¡La codicia, que siempre rompe el saco!»

En efecto, ya Balbino, al separarse de doña Bárbara momentos antes, después de haberla oído decir aquello de: «Hasta el ganado le tiene grima a la sangre de sus semejantes», había decidido fugarse del hato con su botín, camino de la frontera colombiana, y sólo esperaba la oscuridad propicia de la noche para ir a *La Matica* a desenterrar las plumas; pero como allí también tenía algunos mautes, producto de su rapacidad incruenta en bienes de la barragana, la codicia le dictó ir a proponérselos en venta a míster Danger.

Comprendiendo que, ya descubierto, lo mejor era abordar descaradamente el asunto, interrogó:

—Dígame una cosa, don Guillermo, ¿qué me quiere decir usted con eso del paraguatán de *La Matica*?

—¡Oh! Muy sencillo. Una casualidad, puramente. Yo estaba esa noche haciéndole el tiro a un tigre que me habían dicho que estaba cebado por allí y lo vi a usted enterrar un cajón al pie del paraguatán. Yo no sé qué hay dentro de ese cajón.

—Usted sí sabe, don Guillermo. Déjese de disimulaciones conmigo —replicó Balbino, decidido—. En la hora y punto en que estoy yo y con la clase de hombre con quien estoy hablando, «al pan, pan, y al vino, vino». Yo no he venido a ofrecerle mautes, sino plumas de garza. Dos arrobas completas y de primera. Póngase en proporción y son suyas. No serán las primeras plumas manoteadas que usted ha comprado.

Su plan era captarse la complicidad del extranjero, aceptar el precio que quisiera ofrecerle, por irrisorio que fuese, cerrar el negocio para el día siguiente y marcharse enseguida con su botín. Lo interesante, lo apremiante, era salir del atolladero en que se había metido.

Pero míster Danger soltó una carcajada y dijo:

—Usted se equivoca, don Balbino. Míster Danger no hace negocios que no estén dentro de sus planes. Yo no he querido sino divertirme un rato con usted. Ese corotico de chimó lo ha dejado usted aquí, sobre mi escritorio, hace una porción de tiempo. Yo no he estado en el chaparral de *El Totumo*. Todo ha estado un juego mío, menos lo del paraguatán de *La Matica*, ¿eh?

Demudado por la ira, Balbino replicó:

—¿Quiere decir que usted me ha escogido para que le hiciera las veces del cunaguaro? ¿No sabe usted que esos retozos son muy peligrosos?

Pero en esto gruñeron los perros y a Balbino se le fue del rostro la sangre del coraje. Se asomó a la puerta, exploró la oscuridad y, aunque nada vio, dijo:

—De aquí se acaba de ir alguno que estaba oyendo lo que conversábamos.

Volvió a reír míster Danger y concluyó:

—¿Ve usted, don Balbino, cómo hoy no está bueno para meter miedo? Lo más peligroso que hay ahora es ofrecer plumas. Míster Danger no habla, no porque le tenga miedo a sus amenazas, sino porque a míster Danger no le importa nada de lo que haya sucedido en el chaparral de *El Totumo*. Y ahora...

Y castañeteando los dedos le mostró la salida.

No otra cosa quería Balbino; pero no se marchó sin haberle echado encima una mirada terrible, con el imprescindible acompañamiento de las manotadas a los bigotes, y una vez fuera le echó la pierna al caballo y cogió el camino del sitio de *La Matica*, diciéndose mentalmente: «Ahora sí que no hay tiempo que perder. Ya voy a estar desenterrando mis plumas, y ¡ojos que te vieron, paloma turca! Viajando de noche y escondiéndome de día en las matas, antes de que puedan ponérseme sobre las huellas, ya habré pasado la raya de Colombia.»

Entre tanto, míster Danger, a solas y entre carcajadas:

—Ya Juan Primito estará llegando a *El Miedo* con el cuento de lo que ha oído. Ahora doña Bárbara va a querer que Balbino parta con ella las plumas. ¡Pobrecito Balbino!

Y después de ese saludable ejercicio de buen humor se durmió tranquila y profundamente, como en vida del cunaguaro, después de los retozos sobre la estera.

CAPÍTULO 10

Entregando las obras

Hacía rato que se habían escuchado, en el profundo silencio de la noche, las detonaciones de los disparos de *Rincón Hondo*, y todavía doña Bárbara, pendiente de lo que allí hubiera sucedido y echando de menos aquella extraordinaria facultad de intuición de los sucesos lejanos que se le atribuía, se paseaba, sumamente agitada, de un extremo al otro del corredor, explorando a cada momento las tinieblas de la sabana, cuando llegó Juan Primito con la noticia, entre ahogos de haberla traído en carrera:

—En *La Matica*, al pie de un paraguatán, están enterradas las plumas.

Y enseguida pasó a explicar cómo lo había descubierto; pero apenas hubo comenzado cuando doña Bárbara, que ya le prestaba poca atención, se precipitó fuera del corredor, a tiempo que los perros salían, también, ladrando al encuentro de un jinete que traía una bestia arrebiatada a la suya.

—¿Melquíades? —inquirió.

—No es Melquíades —respondió Santos Luzardo.

Y deteniendo su caballo comenzó a desamarrar el arrebiate, con la misma calma trágica con que, trocadas las suertes, lo hubiera hecho *El Brujeador*.

Doña Bárbara avanzó hasta reunírsele, y después de haber echado una rápida mirada al cadáver del espaldero, como a cosa sin importancia, la fijó en aquel que sólo atendía a la operación que ejecutaban sus manos. Aquella mirada expresaba estupor y admiración a la vez. La nueva faz imprevista de la personalidad del hombre deseado revolvía y mezclaba en un solo sentimiento monstruoso todo lo que en ella pudiera haber de amor y de anhelos de bien.

—Yo sabía que usted vendría a traerlo —murmuró.

Santos volvió bruscamente la cabeza. Acababa de explicarse el tortuoso designio de la mujerona: había querido deshacerse del espaldero, cómplice de sus crímenes, y lo había mandado a *Rincón Hondo* para que él le diese muerte; lo había convertido, pues, en instrumento suyo, y ahora tenía la avilantez de hacérselo comprender. Moralmente, ya él pertenecía a la gavilla de asesinos de la cacica del Arauca.

Por un momento lo asaltó el impulso de precipitarse sobre ella, tirándole encima la bestia para que la arrollara y pisoteara en el suelo; pero enseguida se le deshizo en brusco abatimiento la fiereza que le hervía en el pecho, y arrojándole a los pies la falseta del caballo de *El Brujeador* tiró de la rienda al suyo y partió, sombrío, repitiéndose la reflexión que acababa de hacerse: no la gloria roja de los dominadores a sangre y fuego habíale dado el suceso de *Rincón Hondo*, sino la triste fama del asesino, ejecutor de los designios de la mujerona.

Largo rato estuvo el caballo de *El Brujeador* con su carga macabra atravesada sobre la montura, quieto y con la cabeza vuelta hacia doña Bárbara, cual si esperase la determinación que ella debía de tomar. Asimismo los perros, después de haber olfateado los pies y manos péndulos del cadáver, se habían quedado inmóviles, en un grupo expectante, pendientes del rostro del ama. Pero como ésta permaneciera absorta, mirando hacia donde ya se había hundido en la noche la sombra de Santos Luzardo, la bestia decidió encaminarse al caney sillero, paso a paso, como para no sentir el trágico péndulo que llevaba encima, y los perros se fueron detrás, gruñendo.

Doña Bárbara continuó inmóvil; pero ya había desaparecido de su rostro aquel aire de estupor y de admiración con que se quedara mirando a Luzardo, y ahora su frente ceñuda denunciaba un sombrío trabajo del pensamiento.

Una vez más parecía como si su instinto la hubiera guiado

certeramente, pues, a pesar de la manera absurda con que fue urdido el plan de *Rincón Hondo*, había resultado lo que más conviniera a sus designios. No porque aquella solución fuese, en realidad, la que ella hubiere perseguido, pues en éste, como en casi todos sus planes, no hubo sino simple provocación impulsiva de un resultado cualquiera, golpe a salga lo que saliere, para ponerle término a una situación complicada. Pero, como siempre le acontecía, en presencia del resultado fortuito se engañaba a sí misma, diciéndose que así lo había previsto, que eso era lo que buscaba.

Por una parte, presa de sentimientos contradictorios respecto a Luzardo: pasión amorosa y deseos de venganza, y por la otra, rabioso despecho ante la fatalidad de las obras cumplidas que por donde quiera le salían al paso, cerrándole el camino, urdió la celada de *Rincón Hondo* sólo por provocar los acontecimientos fortuitos: muerte de Luzardo o de *El Brujeador*, soluciones ambas de las cuales dependía su suerte. Cierto era que ahora tenía en sus manos la de Santos Luzardo, pues con acusarlo de haber dado muerte a Melquíades y con poner en juego un poco de su ascendiente sobre jueces y autoridades de la región, bastábale para arruinarlo y llevarlo a un presidio; pero esto sería la renuncia definitiva al buen camino, la vuelta a las obras cumplidas, de cuya fatalidad quería librarse.

Ya había comenzado a entregarlas: los Mondragones abandonados a su suerte; Melquíades atravesado sobre aquel caballo...

El alboroto de la peonada interrumpió sus cavilaciones. Del plan de los caneyes venía uno de los vaqueros a darle la noticia.

Al volverse vio a Juan Primito, que había presenciado todo aquello desde el corredor, horrorizado, haciéndose cruces, y con una súbita ocurrencia le dijo:

—Tú no has visto nada. ¿Sabes? Vete de aquí inmediatamente y cuidado como se te ocurra hablar de lo que has visto.

A grandes zancadas el bobo se perdió en la oscuridad de la sabana, y doña Bárbara, como si ignorase el acontecimiento y con la habitual impasibilidad con que sabía ocultar sus impresiones, oyó lo que le refirió el vaquero y luego se dirigió al caney.

Despertados por las voces del peón que había visto llegar el caballo con *El Brujeador* muerto encima, los demás vaqueros, las mujeres de la cocina y los muchachos de unos y otras, éstos medio adormilados todavía, formaban ruedo en torno a la bestia, haciendo comentarios y profiriendo exclamaciones; pero al reunírseles doña Bárbara enmudecieron y se quedaron mirándola, pendientes del mínimo gesto de su rostro enigmático.

Se acercó al cadáver, y después de haber visto que tenía una herida en la sien izquierda, de la cual manaba un hilo de sangre negra y espesa, dijo:

—Apéenlo y póngalo en el suelo para ver si tiene otras heridas.

Así se hizo; pero mientras uno de los peones registraba el cadáver, ella parecía atender, más que a la operación, al designio que le ensombrecía la faz.

—La de la sien solamente —dijo, por fin, el peón enderezándose—. Una herida muy noble que seguramente lo mató en seco.

Y otro comentó:

—Buen ojo tiene el que lo tiró; pero se conoce que no estaba cara a cara con él. Seguramente lo estaba cazando detrás de algún palo.

—O iba al lado suyo —repuso doña Bárbara, volviéndose a mirar al peón que había formulado el comentario.

—También sirve —murmuró el vaquero, aceptando aquella interpretación que le imponía quien no necesitaba haber presenciado las cosas para saber cómo habían sucedido.

Doña Bárbara volvió a fijar la vista sobre el cadáver, en cuyo rostro exangüe se mezclaban la lívida luz de la luna y los reflejos cárdenos de un candil que una de las mujeres sostenía entre sus manos trémulas. Entre tanto, el mudo círculo de espectadores esperaba el resultado de aquella cavilación.

De pronto levantó los ojos y miró en derredor, como si buscase a alguien.

—¿Dónde está Balbino?

Aunque todos sabían que Balbino no estaba entre ellos,

todas las miradas lo buscaron en el grupo, con simultáneo movimiento maquinal, y luego, con una sospecha unánime, suscitada en los ánimos hostiles al mayordomo por aquella capciosa pregunta, cruzáronse las miradas que interrogaban: «¿Habrá sido Balbino?»

«¡Ya está!», se dijo mentalmente doña Bárbara, al advertir que sus palabras habían surtido el efecto buscado, y enseguida, con la entonación de visionaria con que administraba su fama de bruja y dirigiéndose a dos de sus peones, entre los cuales ya podía ir eligiendo el sustituto de Melquíades Gamarra:

—En *La Matica*, al pie de un paraguatán, están enterradas las plumas de garza del doctor Luzardo. Allí debe de estar Balbino, desenterrándolas. Ándense allá, ligero. Llévense dos winchesters[298] y... tráiganme las plumas. ¿Comprenden? —y enseguida, a los demás—: Ya pueden levantar el cadáver. Llévenlo a su casa y vélenlo allá.

Y se retiró a sus habitaciones, dejándole a la peonada un fecundo motivo de comentarios para la tertulia del velorio de Melquíades.

—Yo lo que aseguro es que si fue Balbino, por ahí había palos gruesos con qué taparse, porque de hombre a hombre le quedaba grande el difunto.

Y durante largo rato la expectativa los mantuvo en silencio, atentos a los rumores lejanos. Por fin oyéronse detonaciones hacia los lados de *La Matica*.

—Ya empezaron a trabajar los güinchestes —dijo uno.

—Hay un revólver contestando —añadió otro—. ¿No sería bueno que nos llegáramos hasta allá a ayudar a los muchachos?

Y ya algunos se disponían a encaminarse a *La Matica* cuando apareció doña Bárbara, diciéndoles:

—No hay necesidad. Ya Balbino cayó.

Volvieron a mirarse las caras los vaqueros, con el supersticioso recelo que les inspiraba la «doble vista» de la mujerona,

[298] *winchester*: con esta marca de fábrica se identificaban, por extensión, todos los rifles (generalmente de calibre 22) en una época venezolana.

y cuando ya ella había entrado de nuevo en la casa, uno insinuó la explicación:

—¿No se fijaron en que el revólver se calló primero? Los últimos tiros fueron de güinchestes.

¿Pero quién les quitaba ya de las cabezas a los servidores de la bruja del Arauca que ella había «visto» lo que estaba sucediendo en *La Matica*?

Capítulo 11

Luz en la caverna

Era ya medianoche y hacía más de una hora que cabalgaban en silencio cuando, a la vista del palmar de *La Chusmita*, observó *Pajarote*:

—¿Luz a estas horas en la casa de don Lorenzo? Algo debe de estar pasando allá.

Santos, que desde *El Miedo* venía cabizbajo y ajeno a cuanto lo rodeaba, levantó la cabeza, cual si saliese de un sueño. Tres días habían pasado desde aquella otra noche cuando Antonio Sandoval le dijera que Marisela se había ido para el rancho del palmar, y ni un solo instante le había cruzado por la mente, ofuscada por los propósitos de violencia que acababan de hacer crisis en el abatimiento que ahora lo traía silencioso y sombrío, la idea de las privaciones y peligros a que pudiera estar expuesta aquella muchacha, que, sin embargo, había llegado a ser la ocupación dominante de su pensamiento durante varios meses.

Reconoció que había hecho mal en abandonarla a su suerte, y encontrando alivio a sus tormentos al dar de nuevo cabida en su pecho a los bondadosos sentimientos, torció camino hacia el palmar.

Momentos después se detenía en el umbral de la puerta del rancho, ante el doloroso cuadro iluminado por la luz ya agonizante de un candil: hundido en su chinchorro y con el sello de la muerte en el rostro, yacía Lorenzo Barquero, y junto a él, Marisela, sentada en el suelo, acariciábale la frente, fijos en él los hermosos ojos, fuentes de un llanto silencioso que le bañaba la faz.

Acariciándolo así lo había ayudado a bien morir, con tierno sostén de amor, y aunque hacía rato que la frente había dejado de sentir el suave contacto de la mano, todavía ésta prodigaba la filial caricia.

Más que lo doloroso, la dramática vida que acababa de extinguirse, la miseria del cuadro y el llanto de la faz atribulada, lo que tocó el corazón de Luzardo fue lo que allí había de tierno: la mano acariciadora, la expresión de amor que tenían los ojos bañados en lágrimas, la ternura para la cual creyera incapacitada a Marisela:

—¡Se me murió papá! —exclamó, con un acento desgarrador, al ver a Santos, y cubriéndose el rostro con las manos se echó de bruces en el suelo.

Después de haberse cerciorado de que, realmente, Lorenzo estaba muerto, Santos levantó a Marisela para hacerla sentarse en una silla; pero ella se le arrojó sobre el pecho, gimiendo y llorando.

Largo rato permanecieron en silencio, y luego Marisela, desatada la locuacidad del dolor, comenzó a explicar:

—Yo pensaba llevármelo mañana mismo para San Fernando para que lo vieran los médicos. Yo creía que pudiera curarse y quería llevármelo. Se lo dije a Antonio, que estuvo esta tarde por aquí, y él me ofreció contratarme un bongo que venía de arriba. Acababa de irse Antonio y yo había entrado a darle una vuelta a papá, antes de ir a prepararle la comida, porque desde esta mañana estaba muy hundido y me daba miedo dejarlo solo mucho tiempo, cuando de pronto hizo un esfuerzo por sentarse en el chinchorro y se me quedó viendo con los ojos pelados y gritó: «¡El tremedal! ¡Me traga...!; Sosténme, no me dejes hundir!» Fue un grito espantoso, que me parece estar oyéndolo todavía. Después cayó otra vez de espaldas en el chinchorro y empezó a morirse, diciendo a cada rato: «¡Me hundo! ¡Me hundo! ¡Me hundo!» Y me apretaba la mano, con una angustia horrible.

—Era su tema —comentó *Pajarote*—. Que se lo tragaría el tremedal.

Santos permaneció en silencio, haciéndose reproches por

el injustificable abandono en que había dejado a Lorenzo y a Marisela, y ésta reanudó el nervioso charloteo, repitiendo:

—Yo pensaba llevármelo mañana mismo para San Fernando. Antonio me había ofrecido conseguirnos puesto en un bongo que iba para allá...

Pero Santos la interrumpió, atrayéndola sobre su pecho, paternalmente:

—Basta. No hables más.

—Pero si he estado toda la noche sufriendo callada. Íngrima y sola toda la noche viéndolo hundirse, hundirse y hundirse. Porque era como si verdaderamente se estuviera hundiendo en el tremedal. ¡Dios mío! ¡Qué cosa tan horrible es la muerte! Y yo, ¡íngrima y sola, ayudándolo a bien morir! Y ahora, ¡íngrima y sola para toda la vida! ¿Qué me hago yo ahora, Dios mío?

—Ahora nos volvemos a *Altamira* y luego se verá qué se hace. No has quedado tan completamente desamparada como crees. Anda, *Pajarote*. Ándate a buscar la gente necesaria y una bestia aperada para Marisela. Y tú, acuéstate un rato a descansar y procura dormirte.

Pero Marisela no quiso moverse de junto al padre y fue a sentarse en aquel butaque donde tomara asiento Lorenzo la tarde de la primera visita de Santos, dejándole a éste la silla que entonces había ocupado, y así, separados por el chinchorro donde yacía aquél, permanecieron largo rato en silencio.

Afuera la luna brillaba sobre el palmar silencioso que se extendía en torno al rancho, inmóvil en la calma de la noche, y más allá se reflejaba en el remanso del tremedal. Era honda y transparente la paz del paisaje lunar; pero los corazones estaban atormentados y la sentían abrumadora y siniestra.

Marisela sollozaba entre ratos, Santos cavilaba, ceñudo y sombrío, repitiéndose mentalmente aquellas palabras de Lorenzo la tarde de su primera visita al rancho de *La Barquereña*: «¡Tú también, Santos Luzardo! ¿Tú también has oído la llamada?»

Ya Lorenzo había sucumbido, víctima de la devoradora de hombres, que no fue quizá tanto doña Bárbara cuanto la tierra implacable, la tierra brava, con su soledad embrutecedora, tremedal donde se había encenagado aquel que fue orgullo de los Barqueros, y ya él también había comenzado a hundirse en aquel otro tremedal de la barbarie, que no perdona a quienes se arrojan a ella. Ya él también era una víctima de la devoradora de hombres.

Lorenzo había terminado; ahora comenzaba él.

—¡Santos Luzardo! Mírate en mí. ¡Esta tierra no perdona!

Y contemplaba el rostro desencajado y cubierto por la pátina terrosa de la muerte, suplantando imaginativamente las facciones de Lorenzo por las suyas y diciéndose: «Pronto empezaré a emborracharme para olvidar y pronto estaré así, con la muerte fea pintada en la cara: la muerte del espectro de un hombre, la muerte de un cadáver.»

Y suplantándose así a Lorenzo Barquero le causó sorpresa que Marisela le hablase como a ser viviente.

—Me han dicho que has estado muy raro en estos días, haciendo cosas que no son propias de ti...

—Y aún no te han dicho nada. Esta noche he dado muerte a un hombre.

—¿Tú?... ¡No! No puede ser.

—¿Qué tiene de raro? Todos los Luzardos han sido homicidas.

—No es posible —replicó Marisela—. Cuéntame. Cuéntame...

Y así que Luzardo le hubo referido el mal suceso, tal como se lo representaba su imaginación exaltada, que era cual había sucedido, pero mal interpretado a causa de la ofuscación del ánimo, aquélla repitió:

—¿No ves cómo no era posible? Si la cosa sucedió como la cuentas, fue *Pajarote* quien lo mató. ¿No dices que *El Brujeador* estaba cara a cara contigo y que la herida fue en la sien izquierda? Pues por ese lado no podía herirlo sino *Pajarote*.

Horas de presencia continua del cuadro ante la imaginación y de reflexiones obstinadas en la reconstrucción de todos los detalles del suceso no habían bastado para que Santos cayera en cuenta de lo que Marisela había inferido en un instante, y así fue que se la quedó mirando con el esperanzado deslumbramiento de quien, perdido en el fondo de tenebrosa caverna, ve acercarse la luz salvadora.

Era la luz que él mismo había encendido en el alma de

Marisela, la claridad de la intuición en la inteligencia desbastada por él, la centella de la bondad iluminando el juicio para llevar la palabra tranquilizadora al ánimo atormentado, la obra —su verdadera obra, porque la suya no podía ser exterminar el mal a sangre y fuego, sino descubrir, aquí y allá, las fuentes ocultas de la bondad de su tierra y de su gente—, su obra, inconclusa y abandonada en un momento de despecho, que le devolvía el bien recibido, restituyéndolo a la estimación de sí mismo, no porque el hecho material de que hubiese sido la bala de *Pajarote* y no la suya la que diera muerte a *El Brujeador* modificase la situación, de un orden puramente ideal, con que su espíritu había reaccionado contra las ofuscaciones de la violencia, sino porque, viniendo de Marisela, la tranquilizadora persuasión de aquellas palabras había brotado de la confianza que ella tenía en él, y esta confianza era algo suyo, lo mejor de sí mismo, puesto en otro corazón.

Aceptó el don de paz, y dio en cambio una palabra de amor.

Y aquella noche también para Marisela bajó la luz al fondo de la caverna.

Capítulo 12

Los puntos sobre las haches

Estaban cortando sogas en el patio de los caneyes, ya al caer de la tarde, cuando *Pajarote*, después de haber dirigido una mirada a la sabana, dijo:

—Yo no sé cómo puede haber cristianos que les guste vivir entre cerros o en pueblos de casas tapadas. El llano es la tierra de Dios para el hombre de los demonios.

Interrumpieron los demás el trabajo que hacían sus cuchillos en el cuero crudo y pestilente de donde sacaban tiras y se quedaron mirando interrogativamente al vaquero de las graciosas ocurrencias.

Éste concluyó:

—Pero si está clarito, como jagüey de medanal. En el llano se aguaita desde lejos y se sabe lo que viene antes de que llegue, tan y mientras que en las tierras de cerrajones va uno siempre encunado entre las vueltas del camino, que son como puntas de cachos, y si es en las casas tapadas está el cristiano como los ciegos, que preguntan quién es después que los han tropezado.

Con una misma suspicacia todos dirigieron simultáneamente las miradas hacia la sabana y divisaron un jinete que traía rumbo a las casas.

Enterados del suceso de *Rincón Hondo*, los peones de *Altamira* habían estado esperando por momentos ver aparecer en el horizonte la comisión que viniera a practicar el arresto del doctor Luzardo, y aunque no era presumible que a ello viniese un hombre solo, la aparición de gente forastera tenía que inspirarles recelos.

En cambio, *Pajarote* daba muestras de una despreocupación absoluta, entregado de nuevo a su trabajo y riéndose para sus adentros del esfuerzo que les estaba costando a los compañeros distinguir quién era la persona que se acercaba. Desde que apareció en el horizonte aquel jinete, lo había estado observando, de cuando en cuando, sin que los demás se diesen cuenta, dispuesto a marcharse al escondite del monte tupido en cuanto descubriese indicios de que fuera gente sospechosa; pero ya sus ojos, acostumbrados a las largas distancias de la sabana, habían reconocido en aquel forastero a un peón amigo, de uno de los hatos de Arauca arriba, que días antes había pasado por allí hacia el pueblo cabecera del distrito.

—Es el mocho Encarnación —dijeron, por fin, aquéllos.

Y *Pajarote*, con su hablar a gritos:

—A buena hora lo descubren. Buenos para vigías están ustedes. Y eso que mi vale María Nieves se las echa de anteojo de larga vista.

—Los milagros que hace San Miedo —replicó María Nieves—. Hasta los ciegos ven cuando deben alguna y están esperando que vengan a cobrársela.

—Tápate esa punta, zambo *Pajarote*. Mira que el catire te está tirando al bulto —díjole Venancio, excitándolo a la réplica, como solía hacerlo para divertirse con las sátiras con que ellos acostumbraban zaherirse.

Pero *Pajarote* no necesitaba que lo animaran:

—De que es milagroso San Miedo, eso nadie lo duda; pero que este zambo sea tan cegato, eso todavía está por verse. Por lo menos a mí no me ha pasado lo que le sucedió a un amigo mío, cabrestero y catire, por más señas, que por encender un tabaco, una noche, lo cogieron encandilado como al cachicamo[299]. Y no por falta de miedo, porque llevaba bas-

[299] *cachicamo* (*Dasypus*): edentado de la fam. de los Dasipódidos, dotados de coraza movible sobre el lomo [Alvarado, pág. 81]. Su carne es comestible. El doctor Jacinto Convit lo utilizó como animal de laboratorio en el desarrollo de la vacuna contra la lepra.

tante el catire, según él mismo me lo ha contado, sino porque le faltó la malicia del zambo *Pajarote*, que cuando viaja de noche y tiene que prender un tabaco, deja abierto un ojo solamente, para cuando se le encandile poder seguir sin tropiezo con la remonta del que tenía cerrado y ve clarito en lo oscuro.

—¡Arrea, María Nieves! Mira que el zambo te va echando tierra —volvió a intervenir Venancio, aludiendo con tales palabras a la maña que se daba *Pajarote*, cuando viajaba en verano, para ponerse a la cabeza de la cabalgata y de este modo librarse de las polvaredas que levantaran las bestias de los demás.

En cambio, durante el invierno, procuraba siempre quedarse atrás a fin de que, al esguazar los caños crecidos, fueran los que marchaban adelante quienes pasasen los trabajos buscando los vados; y a este ardid se refirió María Nieves al replicar:

—Ahora él va en la culata, esperando que otro encuentre el paso.

Pero la réplica de María Nieves tenía un sentido que sólo *Pajarote* podía entender. De la explicación que éste le diera al suceso de *Rincón Hondo* había deducido aquél que no fue la bala del disparo de Luzardo la que había dado muerte a *El Brujeador*, pero que si *Pajarote* no reclamaba esta gloria, por una delicadeza de bárbara hidalguía, pues se trataba de una hazaña que muchos codiciaban y no quería regateársela al doctor, también se la cedía porque a la hora de las responsabilidades ante la ley a Luzardo le sería más fácil salir impune.

Ambos estaban acostumbrados a zaherirse sin consideraciones; pero *Pajarote* no esperaba que María Nieves le saliese con aquello y se quedó desconcertado, lo cual hizo exclamar a los circunstantes:

—¡Se aspeó el zambo! Aprovéchalo, catire. Naricéalo ahí mismo, que ya ése es tuyo.

Pero María Nieves, comprendiendo que el juego había resultado pesado, respondió:

—Mi vale sabe que yo y él no nos tiramos.

Pajarote sonrió. Para los demás, María Nieves lo había derrotado; mas, para ellos dos, el amigo sabía que había sido él quien «se pegó» al espanto de la sabana, y con ser el más hombrón entre los que con él estaban allí, lo admiraba y lo envidiaba.

Momentos después llegaba el mocho Encarnación al patio de los caneyes.

Pajarote y María Nieves saliéronle al encuentro, preguntando éste:

—¿Qué lo trae por aquí, amigo?

—Las ganas de dormir bajo techo, si aquí me lo permiten, y una encomienda que me dieron para el doctor. Una carta del juez.

—¡Ah, caramba! —exclamó Pajarote—. ¿De cuándo acá ha tenido usted necesidad de pedir permiso en esta casa para colgar su chinchorro donde le dé gana? Apéese y acomódese donde más le guste y écheme acá esa carta que trae para el doctor.

Con ella en la mano se presentó ante Luzardo diciéndole:

—Ya como que reventó la cosa, doctor. Esto es del juez para usted.

Era de Mujiquita y refería acontecimientos insólitos:

«Ayer se presentó por aquí doña Bárbara con las dos arrobas de plumas de garza que te fueron robadas en *El Totumo* y declaró lo siguiente: Que habiendo caído en sospechas de que el autor del crimen fuera un tal Balbino Paiba, mayordomo de *Altamira*, al cual despediste a tu llegada a ésa, ordenó a varios de sus peones que lo vigilaran; que dos de éstos, cumpliendo aquella orden, lo siguieron hasta el sitio denominado de *La Matica* y allí lo sorprendieron *in fraganti* desenterrando un cajón que resultó contener las plumas de referencia; que le intimaron se diera preso, y como hiciera armas contra ellos, dispararon sobre él y le dieron muerte, en seguida de lo cual ella se puso en camino para ésta con el cuerpo del delito y a dar cuenta a la autoridad de lo sucedido, así como también de la muerte de Melquíades Gamarra (a) *El Brujeador*, asesinado por el mencionado Paiba, pocos momentos antes del suceso de *La Matica* y a causa de la misma vigilancia a que más arriba hago mención.»

Terminaba Mujiquita anunciándole que ya doña Bárbara, deseosa de hacerlo todo ella misma, había seguido viaje para

San Fernando a entregar las plumas al comerciante a quien se las llevara Carmelito, y felicitándolo por la solución que había tenido el asunto, tan peliagudo días antes.

La postdata era de puño y letra de ño Pernalete:

«¿No se lo dije, doctor Luzardo? Ya están los puntos sobre las haches. Sus plumas están en buenas manos: en las de su amiga de usted, que le llevará la plata. Eso es lo que usted ha debido hacer desde un principio. Su amigo, Pernalete.»

La lectura de esta carta dejó a Santos sumido en perplejidades. ¡Las plumas recuperadas, Balbino matador de Melquíades y todo esto hecho por doña Bárbara!

—¡Ya ve, doctor, que no había que calentarse tanto la cabeza! —exclamó *Pajarote*—. Ahora que todo se ha arreglado, puedo decirlo: mía fue la bala que mató a *El Brujeador*, porque, como usted debe de recordar, usted se le arrimó por el lado del lazo y yo por el de montar, y era por este lado donde tenía la herida. En la sien izquierda. ¿Se acuerda? Pues bueno, fui yo quien acabó con el espantajo; pero ahora el juez dice que fue don Balbino, y de don Balbino será el muerto.

—Pero eso es una iniquidad, *Pajarote* —protestó Luzardo—. Nuestro derecho a defendernos era legítimo, puesto que Melquíades fue el primero en hacer armas, y yo, o tú, como ahora puedo decirlo, ya que lo reconoces, podíamos estar con la conciencia tranquila. Pero de ahora en adelante la injusticia cometida con Balbino nos quita el derecho de esa tranquilidad si en seguida no nos presentamos ante el juez a deponer la verdad del hecho, a poner los puntos sobre las íes y no sobre las haches, como están puestos en esta carta.

—Mire, doctor —repuso *Pajarote*, después de una pausa dubitativa—. Si usted se presenta a confesar la verdad contra lo que allá han sentenciado, se le pone bravo ño Pernalete, y es capaz de mandarlo a condenar para que otro día no sea tan inocente. Y últimamente, todo esto que ha sucedido y que a usted le parece tan feo, no lo han hecho ni doña Bárbara, ni el juez, ni el Jefe Civil, sino Dios mismo, que sabe muy bien lo que hace. Fíjese en esto, doctor: nosotros nos pegamos a *El Brujeador*, usted o yo —ahora no le convenía insistir en que había sido él—, porque, ¿quién puede asegurar si el difunto no volteó la cabeza en el momento de disparar nosotros? Pero muy bien pegado, de todos modos, y quien carga con la muerte es Balbino, que quién sabe cuántas debía. Dios tiene su modo de Él para arreglar sus cosas y es un demonio para castigar.

A pesar de la gravedad del asunto, Santos no pudo menos que sonreír: al dios de *Pajarote*, como al amigo del cuento de ño Pernalete, no le producían escrúpulos los puntos sobre las haches.

CAPÍTULO 13

La hija de los ríos

Tiempo hacía que doña Bárbara no visitaba San Fernando.

Como siempre, en cuanto corrió la noticia de su llegada, pusiéronse en movimiento los abogados, vislumbrando ya uno de aquellos litigios largos y laboriosos que entablaba contra sus vecinos la famosa acaparadora del cajón del Arauca, y en los cuales, si los pícaros hacían su cosecha —pues para quedarse ella con las tierras ajenas tenía que dejar, en cambio, entre costas y honorarios, sus buenas morocotas en manos de jueces y defensores de la parte contraria o en los bolsillos de los prohombres políticos que le hubieran prestado su influencia—, también los profesionales honrados salían ganando mucho con el acopio de jurisprudencia y el ejercicio de sutilezas que se requerían para defender, contra las argucias y bribonadas de aquéllos, los derechos evidentes de las víctimas. Pero esta vez se quedaron chasqueados los rábulas; doña Bárbara no venía a entablar querellas, sino, por el contrario, a llevar a cabo reparaciones insólitas.

Mas no sólo entre la gente de leyes se alborotaron los ánimos. Ya, al saberse que estaba en la población, habían comenzado a rebullir los comentarios de siempre y a ser contadas, una vez más, las mil historias de sus amores y crímenes, muchas de ellas pura invención de la fantasía popular, a través de cuyas ponderaciones la mujerona adquiría caracteres de heroína sombría, pero al mismo tiempo fascinadora como si la fiereza bajo la cual se la representaba, más que odio y repulsa, tradujera una íntima devoción de sus paisanos. Habitante de una región lejana y perdida en el fondo de vastas soledades y sólo dejándose ver de tiempo en tiempo y para ejercicio del mal, era casi un personaje de leyenda que excitaba la imaginación de la ciudad.

Dada esta ya favorable disposición de ánimos, la noticia de que había venido a entregar, personalmente, lo que su amante le robó a su enemigo y que representaba una suma considerable, y el rumor de que intentaba devolverle a Luzardo las tierras arrebatadas a *Altamira*, tenía que conmover la población. Espíritus impresionables y propensos a las sugestiones de lo extraordinario como lo son los de la imaginativa gente llanera, inmediatamente comenzaron a buscárseles atenuaciones a las truculentas anécdotas, que la pintaban como un ser siniestro y odioso.

E inventando cada cual lo que se le antojara, pero contra la corriente de las antiguas versiones, empezaron a circular por la población novísimos episodios de la vida de doña Bárbara, edificantes casi todos. No se habló de otra cosa durante toda la tarde: las mujeres, allá en sus casas, en animados conciliábulos de vecindario; los hombres, en los corrillos que se formaban en torno a las mesas de los botiquines[300], y en la noche la calle del hotel donde ella se había alojado estuvo muy concurrida.

Era el hotel una casa de corredor hacia la calle, situada frente a una de las plazas de la población. Doña Bárbara reposaba en una mecedora al fresco de la brisa que soplaba del río, distante de allí un centenar de metros, sola, reclinada la cabeza en el respaldo del asiento, en una actitud lánguida y con una expresión de absoluta indiferencia por todo lo que la rodeaba.

Y lo que la rodeaba era la curiosidad de la ciudad. En la acera de enfrente hombres del pueblo se habían detenido a contemplarla y ya era numeroso el grupo mudo y extático, y bajo los corredores del hotel y casas de comercio vecinas, que se prolongaban hasta la orilla del Apure, pasaban a cada

---

300 *botiquín*: botillería, cantina [Alvarado, pág. 556].

rato grupos de señoritas y de señoras jóvenes que habían salido de sus casas sólo para verla. Las primeras, al poner sobre ella sus ojos honestos, se ruborizaban, azoradas por el temor de que los hombres que estaban por allí cerca las sorprendiesen satisfaciendo la maliciosa curiosidad; las segundas la examinaban a sus anchas y se cambiaban sus impresiones entre sonrisas malévolas.

Vestía una bata blanca, adornada con encajes, que dejaba al descubierto sus hombros y brazos bien torneados, y como nunca la habían visto con un aspecto tan femenino, hasta las más intransigentes concedían:

—Todavía da el gatazo[301].

En cambio, las más espontáneas exclamaban:

—¡Es estupenda! ¡Qué ojos tiene!

Y si alguna comentaba:

—Dicen que está perdidamente enamorada del doctor Luzardo —no pasaba de amargura de honestidad desilusionada esto que otra agregara:

—Y se casará con él. Esas mujeres logran todo lo que se proponen, porque los hombres son todos idiotas.

Al fin se cansaron de admirar y de murmurar, y la calle se fue quedando sola.

La luna brillaba débilmente sobre las copas de los árboles de la plaza, lavadas por un aguacero reciente, y se reflejaba en las charcas que se habían formado en las calles. A intervalos un soplo de brisa agitaba las ramas y refrescaba la atmósfera. Ya los transeúntes se habían recogido a sus casas y los vecinos que tomaban el fresco fuera de las suyas, obstruyendo las aceras en mecedoras y sillas de extensión, empezaban a despedirse de un grupo al otro, con lentas voces y lánguidas entonaciones:

—Hasta mañana, pues. ¡A dormir, que ya esto se acabó!

Y en el silencio que se iba extendiendo por la población aquellas palabras sencillas, aquella lánguida invitación al sueño tenían la mansa gravedad del drama de los pueblos tristes, donde es algo solemne el hecho de recogerse a la cama, al

---

[301] *gatazo* (dar el gatazo): M. Alonso lo documenta como venezolanismo con sentido de enamorar (pág. 2122).

cabo de un día sin obras, que era sólo un día menos en la esperanza, pero murmurando siempre:

—Mañana será otro día.

Así pensaba doña Bárbara. Ya había entregado las obras que le cerraban el paso y ahora veía despejado el camino. Soñaba, como una jovencita ante su primer amor, haciéndose la ilusión de haber nacido a una vida nueva y diferente, olvidada de su pasado, cual si éste hubiera desaparecido con el espaldero siniestro de la mano armada y tinta en sangre y con el amante del grosero amor. ¿Cuáles serían sus sentimientos para las cosas que vendrían con aquel mañana? Se preparaba para ellas como para un espectáculo maravilloso: el espectáculo de sí misma por un camino diferente del que hasta allí había recorrido, de su corazón abierto a las emociones desconocidas, y esta espera ya era luz sobre la región de su alma que empezaba a revelársele y por donde discurrían formas serenas, sombras errantes del buen amor frustrado de la muchacha que vislumbrara a través de las palabras de Asdrúbal un mundo de sentimientos diversos de los que reinaban en la piragua de los piratas del río.

Mas he aquí que en lo mejor de sus desmemoriados fantaseos una de esas ideas que se deslizan, furtivas, una impresión, tal vez de una palabra inconscientemente percibida, un minúsculo cuerpo extraño en el engranaje de la máquina, altera de pronto su funcionamiento y la hace detenerse. ¿De dónde ha venido esta amargura repentina que la ha hecho contraer el ceño involuntariamente, este sabor conocido de olvidados rencores? ¿Por qué la ha asaltado el intempestivo recuerdo de un ave que cae encandilada, al apagarse, de pronto, unas hogueras? Así su corazón, deslumbrado ya por las luminosas ilusiones, se le ha quedado repentinamente ciego para el vuelo del sueño. ¿No bastaba, pues, haber entregado las obras?

Fue la contemplación del populacho agrupado en la acera de enfrente y el ir y venir de las señoras y señoritas de la ciudad. La admiración ingenua y la curiosidad maliciosa; la ciudad que quería hacerla recordar la historia que ella se empeñaba en olvidar. Parecíale que le hubieran dicho al oído: «Para ser amada por un hombre como Santos Luzardo es necesario no tener historia.»

Y la suya se le vino a la mente, como siempre, por su punto de partida: «Era en una piragua, que surcaba los grandes ríos de la selva cauchera...» Abandonó el soportal del hotel y, lentamente, se fue alejando por los de las vecinas casas de comercio que llegaban hasta la ribera del Apure. Una necesidad invencible y oscura la llevaba hacia el paisaje fluvial; la hija de los ríos empezaba a sentir la misteriosa atracción.

Un cielo brumoso cernía sin brillo la luz de la luna sobre las fachadas de las casas ribereñas, sobre los techos de palma de los ranchos, esparcidos más allá, sobre el monte de las costas, sobre la quieta superficie del turbio Apure, cuyas aguas, en máxima bajante por efecto de la sequía, habían dejado al descubierto anchas playas arenosas. En la de la margen derecha, al pie del malecón, estaban varados desde la creciente anterior una lancha y un alijo y en la orilla flotaban, amarrados a estacas: la balsa del paso, construida sobre canoas; unas piraguas negras, cargadas de leña y de plátanos, y un bongo en lastre, recién barnizado de blanco, sobre cuya paneta dormía un muchacho, extendido boca arriba.

Ya se habían retirado a sus casas los hombres que habían estado bebiendo y charlando bajo los árboles de la ribera, frente a los botiquines, y los dependientes de éstos recogían las sillas y las mesas y cerraban las puertas apagando así los reflejos de las lámparas sobre el río.

Doña Bárbara comenzó a pasearse por la avenida solitaria. En la balsa conversan los bogas de las piraguas con los palanqueros del bongo, y su charla es algo tan lento como la corriente del río por la horizontalidad de la tierra, como la marcha de la noche soñolienta de brumas, como los pasos de doña Bárbara, sombra errante y silenciosa a lo largo del ribazo.

La costa de monte, quieta y oscura bajo la noche serena; el río, que viene de arriba, desde las remotas montañas, deslizándose en silencio; el graznido de un chicuaco que se acerca volando sobre el agua dormida y la conversación de los bogas con los palanqueros: cosas terribles que han sucedido en los ríos que atraviesan los llanos.

Esto cuando doña Bárbara viene, lenta, bajo la tenue sombra azul que proyectan los árboles. Y esto mismo cuando se revuelve: la costa de monte, la noche callada, el río que se desliza sin ruido hacia otro río lejano, el graznido del pájaro insomne que ya se ha perdido de vista y la charla soñolienta de los palanqueros con los bogas: cosas graves que han acontecido en las tierras bárbaras de anchos y misteriosos ríos...

Doña Bárbara no mira ni escucha nada más, porque para su conciencia ya no existe la ciudad que duerme sobre la margen derecha; sólo atiende a lo que, de pronto, se le ha adueñado del alma: la fascinación del paisaje fluvial, la intempestiva atracción de los misteriosos ríos donde comenzó su historia... ¡El amarillo Orinoco, el rojo Atabapo, el negro Guainía!...

Medianoche por filo. Cantan los gallos; ladran los perros de la población. Luego se restablece el silencio y se oyen volar las lechuzas. Ya no se habla en la balsa. Pero el río se ha puesto a cuchichear con las negras piraguas.

Doña Bárbara se detiene y escucha:

—Las cosas vuelven al lugar de donde salieron.

Capítulo 14

La estrella en la mira

Era la decadencia que ya había comenzado. La mujer indomable que ante nada se había detenido se encontraba ahora en presencia de algo contra lo cual no sabía luchar. El tortuoso designio de *Rincón Hondo* ya había sido tirar zarpazos a ciegas, y el impulso que la movió a hacer recaer sobre Balbino Paiba la muerte de *El Brujeador* fue el punto de partida de la capitulación definitiva.

Presentía el fracaso de las esperanzas puestas en la entrega de sus obras, y el fatalismo del indio que llevaba en la sangre la hacía mirar ya, a pesar suyo, hacia los caminos de renunciación. Las evocaciones del pasado, de su infancia salvaje sobre los grandes ríos de la selva, fueron formas veladas de una idea nueva en ella: la retirada.

No obstante, sobreponiéndose al momentáneo desaliento, decidió emprender el regreso al hato, con la carta en la cual el comerciante a quien le entregó las plumas en nombre de Santos Luzardo le participaba a éste haberlas recibido y cotizado al precio del día, más alto que el que tenía la especie cuando Carmelito la hubiera entregado, y con la escritura, redactada por su abogado, de la venta simulada que iba a proponerle, una vez más, a Luzardo de las tierras altamireñas que le arrebató en pleitos de mala ley. Cifraba en estos papeles las últimas esperanzas que le quedaban, aunque eran esperanzas sin forma determinada, pues ya no aspiraba al amor que a tanto la moviera. De un momento a otro ante el paisaje fluvial, la imagen de Santos se había confundido en su mente con aquélla, borrosa, que conservaba de Asdrúbal, y tan lejano como a éste veía ahora a aquél, sombra que se alejaba desvaneciéndose en la luz incierta de un mundo irreal.

Pero quería llevar a cabo lo que se había propuesto. Lo necesitaba imperiosamente, porque un propósito trunco en aquellos momentos sería el golpe de gracia para su razón de existir, ya vacilante.

Comenzaba a reinar la sequía. Ya era tiempo de picar los rebaños que ignoraban el camino de los bebederos o lo olvidaban en el tormento de la sed. Cangilones[302] de caños ya enjutos atravesaban, aquí y allá, los pardos gamelotales, y a los rayos ardientes del sol, bajo las costras blanquecinas de las terroneras, las pútridas ciénagas eran como úlceras pestilentes que se cicatrizan sin curarse. En algunas quedaba todavía un agua caliente y espesa, dentro de la cual se pudrían reses que, enloquecidas por la sed, se habían precipitado a lo más hondo del bebedero y allí ahítas, infladas de tanto beber, se atascaron y sucumbieron. Grandes bandadas de zamuros, ávidos de carroña, revoloteaban sobre aquellas charcas. ¡La muerte es un péndulo que se mueve sobre la llanura, de la inundación a la sequía y de la sequía a la inundación!

Crujían los chaparrales retostados, reverberaba la sabana dentro del anillo de espejismos, que daban la ilusión de remansos azules, aguas desesperantes para el sediento que marchara hacia ellas, siempre a la misma distancia, en el ruedo del horizonte. Doña Bárbara cabalgaba a marchas forzadas hacia el espejismo del amor imposible.

Llegada al hato, donde, a pesar de las fatigas del viaje y aunque ya se aproximaba la noche, no se detendría sino los momentos necesarios para cambiar la bestia cansada, mudarse y adecentarse para la entrevista con Luzardo, que la impaciencia no le permitía aplazar para el día siguiente, vio que

[302] *cangilón*: Alvarado (pág. 580) lo define como «bache, carril, carrilera» (abierto por el agua).

los caneyes estaban desiertos, cerrada la cocina y vacíos los corrales. Sólo Juan Primito andaba por allí.

—¿Qué pasa aquí? —le preguntó—. ¿Qué se ha hecho la gente?

—Se escabulleron todos —respondió el bobo, sin atreverse a acercársele, temeroso del arrebato de cólera que sus palabras iban a provocar—. Dijeron que no querían servirle más a usted, porque ya usted no es la misma de antes, y el día menos pensado los iba a ir entregando, atados codo con codo.

Relampaguearon las miradas coléricas de la mujerona, y Juan Primito se apresuró a dar las otras noticias:

—¿Sabe que se murió don Lorenzo?

—Ya era tiempo. Mucho había durado. ¿Y ella? ¿Dónde está?

—¿La niña Marisela? Otra vuelta en *Altamira*. Se la llevó el doctor para su casa, y según he oído decir, se va a casar con ella en estos mismos días.

Reapareció por completo en doña Bárbara la mujerona de los ímpetus avasalladores y, sin decir una palabra, con un arrebato preñado de intenciones siniestras, volvió a montar a caballo y se encaminó a *Altamira*.

Juan Primito se quedó haciéndose cruces, y luego, asaltado por su manía, corrió en busca de las cazuelas donde acostumbraba ponerles de beber a los rebullones. Entre tanto, al galope con que la bestia despeada, sacando fuerzas de flaquezas, respondía al sanguinario apremio de los acicates, doña Bárbara, desvariando también, monologaba en alta voz:

—¿Quiere decir que he perdido el tiempo al entregar mis obras? Pues las recojo otra vez, y con ellas, ¡hasta la tumba! Pero veremos quién triunfa. Todavía no ha nacido quien pueda arrebatarme lo que ya he dicho que me pertenecerá. ¡Primero muerta que derrotada!

Así llegó hasta las fundaciones de *Altamira*. Al favor de la oscuridad de la noche se acercó a la casa y, por la puerta que daba al corredor delantero, vio a Luzardo sentado a la mesa con Marisela.

Ya habían concluido de comer; él hablaba y ella escuchaba, mirándolo embelesada, los codos sobre la mesa, las mejillas entre las manos.

Doña Bárbara avanzó hasta el alcance de un tiro de revólver. Detuvo el caballo. Despacio y con fruición asesina, sacó el arma de la cañonera de la montura y apuntó al pecho de la hija, que hacía blanco a la luz de la lámpara.

De pura luz de estrellas era la chispa que brillaba en la mira, entre la tiniebla alevosa, ayudando al ojo torvo a buscar el corazón de Marisela; mas, como si en aquel diminuto destello gravitara todo el peso del astro de donde irradiaba, el arma bajó sin haber disparado y, lentamente, volvió a la cañonera de la montura. Puesto el ojo en la mira que apuntaba al corazón de la muchacha embelesada, doña Bárbara se había visto, de pronto, a sí misma, bañada en el resplandor de una hoguera que ardía en una playa desierta y salvaje, pendiente de las palabras de Asdrúbal, y el doloroso recuerdo le amansó la fiereza.

Se quedó contemplando, largo rato, a la hija feliz, y aquella ansia de formas nuevas que tanto la había atormentado tomó cuerpo en una emoción maternal, desconocida para su corazón.

—Es tuyo. Que te haga feliz.

¡Por fin el amor de Asdrúbal, pura sombra errante a través del alma tenebrosa, se reposaba en un sentimiento noble!

Capítulo 15

Toda horizontes, toda caminos...

Aquella noche no estuvo la luz encendida en el cuarto de las entrevistas con «el Socio», pero cuando doña Bárbara salió al patio, Juan Primito y los dos peones que la habían escoltado en el viaje a San Fernando —aquellos que habían dado muerte a Balbino, los únicos todavía fieles— no la conocieron. Había envejecido en una noche, tenía la faz cavada por las huellas del insomnio, pero mostraba también, impresa en el rostro y en la mirada, la calma trágica de las determinaciones supremas.

—Aquí tienen lo que les debo —díjoles a los servidores, pendientes de sus palabras, poniéndoles en las manos unas monedas—. Lo que sobra es para mientras no encuentren trabajo. Ya aquí no hay nada que hacer. Pueden irse. Tú, Juan Primito, llévale esta carta al doctor Luzardo. Y no vuelvas por aquí. Quédate allá si te lo permiten.

Horas más tarde, míster Danger la vio pasar, *Lambedero* abajo. La saludó a distancia, pero no obtuvo respuesta. Iba absorta, fija hacia adelante la vista, al paso sosegado de su bestia, las bridas flojas entre las manos abandonadas sobre las piernas.

Tierras áridas, quebradas por barrancas y surcadas de terroneras. Reses flacas, de miradas mustias, lamían aquí y allá, con una obsesión impresionante, los taludes y peladeros del triste paraje. Blanqueaban al sol las osamentas de las que ya habían sucumbido, víctimas de la tierra salitrosa que las enviciaba hasta hacerlas morir de hambre, olvidadas del pasto, y grandes bandadas de zamuros se cernían sobre la pestilencia de la carroña.

Doña Bárbara se detuvo a contemplar la porfiada aberración del ganado, y con pensamientos de sí misma materializados en sensaciones sintió en la sequedad saburrosa de su lengua, ardida de fiebre y de sed, la aspereza y la amargura de aquella tierra que lamían las obstinadas lenguas bestiales. Así era en su empeñoso afán de saborearle dulzuras a aquel amor que la consumía. Luego, haciendo un esfuerzo por librarse de la fascinación que aquellos sitios y aquel espectáculo ejercían sobre su espíritu, espoleó el caballo y prosiguió su errar sombrío.

Algo extraño sucedía en el tremedal, donde de ordinario reinaba un silencio de muerte. Numerosas bandadas de patos, cotúas, garzas y otras aves acuáticas de varios colores volaban describiendo círculos atormentados en torno a la charca y lanzando gritos de un pánico impresionante. Por momentos, las demás remontando vuelo desaparecían detrás del palmar, las otras bajaban a posarse en las orillas del trágico remanso y, al restablecerse el silencio, daba la impresión de una pausa angustiosa; pero enseguida, reemprendiendo unas el vuelo y reapareciendo las otras, volvían a girar en torno al centro de su bestial terror.

No obstante el profundo ensimismamiento en que iba sumida, doña Bárbara refrenó de pronto la bestia: una res joven se debatía bramando al borde del tremedal, apresada del belfo por una culebra de aguas cuya cabeza apenas sobresalía del pantano.

Rígidos los remos temblorosos, hundidas las pezuñas en la blanda tierra de la ribera, contraído el cuello por el esfuerzo desesperado, blancos de terror los ojos, el animal cautivo agotaba su vigor contra la formidable contracción de los anillos de la serpiente y se bañaba en sudor mortal.

—Ya ésa no se escapa —murmuró doña Bárbara—. Hoy come el tremedal.

Por fin la culebra comenzó a distenderse sacando el robusto cuerpo fuera del agua, y la novilla empezó a retroceder batallando por desprendérsela del belfo; pero luego aquélla volvió a contraerse lentamente, y la víctima, ya extenuada, cedió y se dejó arrastrar y empezó a hundirse en el tremedal lanzando horribles bramidos y desapareció dentro del agua pútrida, que se cerró sobre ella con un chasquido de lengua golosa.

Las aves, aterrorizadas, volaban y gritaban sin cesar. Doña Bárbara permaneció impasible. Huyeron definitivamente aquéllas, volvió a reinar el silencio y el tremedal agitado recuperó su habitual calma trágica. Apenas una leve ondulación rizaba la superficie, y allí donde las verdes matas de borales se habían roto bajo el peso de la res, reventaron pequeñas burbujas de gases del pantano.

Una más grande se quedó a flor de agua dentro de una ampolla amarillenta, como un ojo teñido por la ictericia de la cólera.

Y aquel ojo iracundo parecía mirar a la mujer cavilosa...

La noticia corre de boca en boca: ha desaparecido la cacica del Arauca.

Se supone que se haya arrojado al tremedal, porque hacia allá la vieron dirigirse, con la sombra de una trágica resolución en el rostro; pero también se habla de un bongo que bajaba por el Arauca y en el cual alguien creyó ver una mujer.

Lo cierto era que había desaparecido, dejando sus últimas voluntades en una carta para el doctor Luzardo, y la carta decía:

«No tengo más heredera sino a mi hija Marisela, y así la reconozco por ésta, ante Dios y los hombres. Encárguese usted de arreglarle todos los asuntos de la herencia.»

Pero como era cosa sabida que tenía mucho oro enterrado y de esto nada decía la carta, y, además, en el cuarto de las brujerías se encontraron señales de desenterramientos, a la presunción de suicidio se opuso la de simple desaparición, y se habló mucho de aquel bongo que, navegando de noche, ya eran varias las personas que lo habían sentido pasar, Arauca abajo...

Llegó el alambre de púas comprado con el producto de las plumas de garza y comenzaron los trabajos. Ya estaban plantados los postes, de los rollos de alambre iban saliendo los hilos y en la tierra de los innumerables caminos por donde hace tiempo se pierden, rumbeando, las esperanzas errantes, el alambrado comenzaba a trazar uno solo y derecho hacia el porvenir.

Míster Danger, como viese que sus lambederos iban a quedar encerrados y ya no podrían las reses ajenas venir a caer bajo sus lazos por lamer el amargo salitre de sus barrancas, se encogió de hombros y se dijo:

—¡Se acabó esto, míster Danger!

Cogió su rifle, se lo terció a la espalda, montó a caballo y, de paso, les gritó a los peones que trabajaban en la cerca:

—No gasten tanto alambre en cercar los lambederitos. Díganle al doctor Luzardo que míster Danger se va también.

Transcurre el tiempo prescrito por la ley para que Marisela pueda entrar en posesión de la herencia de la madre, de quien no se ha vuelto a tener noticias, y desaparece del Arauca el nombre de *El Miedo*, y todo vuelve a ser *Altamira*.

¡Llanura venezolana! ¡Propicia para el esfuerzo, como lo fue para la hazaña, tierra de horizontes abiertos, donde una raza buena, ama, sufre y espera!...

Apéndices

Apéndice A. Cuadro comparativo de la primera y segunda edición de *Doña Bárbara*

Capítulo	Primera edición, Araluce, febrero de 1929	Segunda edición, Araluce, enero de 1930
PRIMERA PARTE		
CAPÍTULO 1	¿Con quién vamos?	¿Con quién vamos?
CAPÍTULO 2	El descendiente del Cunavichero	El descendiente del Cunavichero
CAPÍTULO 3	Uno solo y mil caminos distintos	La devoradora de hombres
CAPÍTULO 4	La lanza en el muro	Uno solo y mil caminos distintos
CAPÍTULO 5	El familiar	La lanza en el muro
CAPÍTULO 6	Una pregunta intempestiva	El recuerdo de Asdrúbal
CAPÍTULO 7	El recuerdo de Asdrúbal	El «familiar»
CAPÍTULO 8	La doma	La doma
CAPÍTULO 9	La esfinge de la sabana	La esfinge de la sabana
CAPÍTULO 10	El espectro de «La Barquereña»	El espectro de «La Barquereña»
CAPÍTULO 11	La bella durmiente	La bella durmiente
CAPÍTULO 12	Algún día será verdad	Algún día será verdad
CAPÍTULO 13	Míster Peligro	Los derechos de «Míster Peligro»

Segunda parte		
Capítulo 1	Los amansadores	Un acontecimiento insólito
Capítulo 2	Miel de aricas	Los amansadores
Capítulo 3	Candelas y retoños	Los rebullones
Capítulo 4	El rodeo	El rodeo
Capítulo 5	Las veladas de la vaquería	Las mudanzas de Doña Bárbara
Capítulo 6	La pasión sin nombre	El espanto del «Bramador»
Capítulo 7	Soluciones imaginarias	Miel de aricas
Capítulo 8	Coplas y pasajes	Candelas y retoños
Capítulo 9	La dañera y sus obras	Las veladas de la vaquería
Capítulo 10	El espanto de la sabana	La pasión sin nombre
Capítulo 11		Soluciones imaginarias
Capítulo 12		Coplas y pasajes
Capítulo 13		La dañera y su sombra
Tercera parte		
Capítulo 1	Las tolvaneras	El espanto de la sabana
Capítulo 2	Ño Pernalete y otras calamidades más	Las tolvaneras
Capítulo 3	Opuestos rumbos buscaban	Ño Pernalete y otras calamidades
Capítulo 4	La hora del hombre	Opuestos rumbos buscaban
Capítulo 5	El inefable hallazgo	La hora del hombre
Capítulo 6	El inescrutable designio	El inefable hallazgo
Capítulo 7	Los retozos de Míster Danger	El inescrutable designio
Capítulo 8	La gloria roja	La gloria roja
Capítulo 9	Planes y visiones de Doña Bárbara	Los retozos de Míster Danger
Capítulo 10	La luz en la caverna	Entregando las obras
Capítulo 11	Los puntos sobre las haches	Luz en la caverna
Capítulo 12	La hija de los ríos	Los puntos sobre las haches
Capítulo 13	La estrella en la mira	La hija de los ríos
Capítulo 15		Toda horizontes, toda caminos

Apéndice B. Cuadro de identificación de los personajes de *Doña Bárbara* por los referentes humanos

IDENTIFICADOS POR ENGLEKIRK

Personas reales	*Personajes novelescos*
Antonio José Torrealba Osto	Antonio Sandoval (Hato La Candelaria)
Juan Ignacio Fuenmayor	Melquiades Gamarra *El Brujeador*
Eladio Paiva (del Alto Apure)	Balbino Paiva
Encarnación Contreras	Encarnación Matute
Los Mondragones Vaqueros de igual nombre en La Candelaria	Los Mondragones (*El Onza, El Tigre y El León*)
Pugnas de los Manuit y los Belisario del Guárico	Pugna de Luzardos y Barqueros
Familia Mier y Terán (Hato La Rubiera o La Cruz)	Familia Barquero.
Diego Pernalete, de El Tinaco, a la - orden de Pérez Soto	Ño Pernalete.

Personas reales	*Personajes de la novela*
Antonio José Zapata (La Candelaria)	Carmelito López
Brígido Reyes	El viejo Melesio
Rafael Anselmo Luna (La Candelaria, ex recluta)	María Nieves
Pablo Mirabal	Juan Palacios *Pajarote*
Francisca Vásquez de Carrillo (Hato de El Totumo) (Englekirk la cree muerta para 1920, año en que fue cliente jurídica de Andrés Eloy Blanco).	Doña Bárbara
Pedro Tovar (cantante muy popular)	Ramón Nolasco

Colección Letras Hispánicas

Últimos títulos publicados

457 *Los heraldos negros,* César Vallejo.
Edición de René de Costa.
458 *Diálogo de Mercurio y Carón,* Alfonso Valdés.
Edición de Rosa Navarro.
459 *La bodega,* Vicente Blasco Ibáñez.
Edición de Francisco Caudet.
460 *Amalia,* José Mármol.
Edición de Teodosio Fernández.
462 *La madre naturaleza,* Emilia Pardo Bazán.
Edición de Ignacio Javier López.
463 *Retornos de lo vivo lejano. Ora maritima,* Rafael Alberti.
Edición de Gregorio Torres Nebrera.
464 *Paz en la guerra,* Miguel de Unamuno.
Edición de Francisco Caudet.
465 *El maleficio de la mariposa,* Federico García Lorca.
Edición de Piero Menarini.
466 *Cuentos,* Julio Ramón Ribeyro.
Edición de Mª. Teresa Pérez Rodríguez.
470 *Mare nostrum,* Vicente Blasco Ibáñez.
Edición de Mª. José Navarro Mateo.
471 *Correo del otro mundo. Sacudimiento de mentecatos,* Diego de Torres Villarroel.
Edición de Manuel María Pérez López.
472 *Días y sueños (Obra poética reunida, 1939-1992),* Eugenio de Nora.
Edición de Santos Alonso.
473 *Un Río, un Amor. Los Placeres Phohibidos,* Luis Cernuda.
Edición de Derek Harris.
474 *Ariel,* José Enrique Rodó.
Edición de Belén Castro Morales.
475 *Poesía lírica,* Marqués de Santillana.
Edición de Miguel Ángel Pérez Priego.
476 *Miau,* Benito Pérez Galdós.
Edición de Francisco Javier Díez de Revenga (2.ª ed.).
477 *Los ídolos,* Manuel Mujica Lainez.
Edición de Leonor Fleming.

478 *Cuentos de verdad,* MEDARDO FRAILE.
Edición de María del Pilar Palomo.
479 *El lugar sin límites,* JOSÉ DONOSO.
Edición de Selena Millares.
481 *Farabeuf o la crónica de un instante,* SALVADOR ELIZONDO.
Edición de Eduardo Becerra.
482 *Novelas amorosas y ejemplares,* MARÍA DE ZAYAS SOTOMAYOR.
Edición de Julián Olivares.
483 *Crónicas de Indias.*
Edición de Mercedes Serna.
484 *La voluntad de vivir,* VICENTE BLASCO IBÁÑEZ.
Edición de Facundo Tomás.
486 *La vida exagerada de Martín Romaña,* ALFREDO BRYCE ECHENIQUE.
Edición de Julio Ortega y María Fernanda Lander.
488 *Sin rumbo,* EUGENIO CAMBACERES.
Edición de Claude Cymerman.
489 *La devoción de la cruz,* PEDRO CALDERÓN DE LA BARCA.
Edición de Manuel Delgado.
490 *Juego de noches. Nueve obras en un acto,* PALOMA PEDRERO.
Edición de Virtudes Serrano.
493 *Todo verdor perecerá,* EDUARDO MALLEA.
Edición de Flora Guzmán.
495 *La realidad invisible,* JUAN RAMÓN JIMÉNEZ.
Edición de Diego Martínez Torrón.
496 *La maja desnuda,* VICENTE BLASCO IBÁÑEZ.
Edición de Facundo Tomás.
497 *La guaracha del Macho Camacho,* LUIS RAFAEL SÁNCHEZ.
Edición de Arcadio Díaz Quiñones (2.ª ed.).
498 *Jardín cerrado,* EMILIO PRADOS.
Edición de Juan Manuel Díaz de Guereñu.
499 *Flor de mayo,* VICENTE BLASCO IBÁÑEZ.
Edición de José Más y María Teresa Mateu.
500 *Antología Cátedra de Poesía de las Letras Hispánicas.*
Selección e introducción de José Francisco Ruiz Casanova (2.ª ed.).
501 *Los convidados de piedra,* JORGE EDWARDS.
Edición de Eva Valcárcel.
502 *La desheredada,* BENITO PÉREZ GALDÓS.
Edición de Germán Gullón.
504 *Poesía reunida,* MARIANO BRULL.
Edición de Klaus Müller-Bergh.

505 *La vida perra de Juanita Narboni,* ÁNGEL VÁZQUEZ.
Edición de Virginia Trueba.
506 *Bajorrelieve. Itinerario para náufragos,* DIEGO JESÚS JIMÉNEZ.
Edición de Juan José Lanz.
507 *Félix Vargas. Superrealismo,* AZORÍN.
Edición de Domingo Ródenas.
508 *Obra poética,* BALTASAR DEL ALCÁZAR.
Edición de Valentín Núñez Rivera.
509 *Lo prohibido,* BENITO PÉREZ GALDÓS.
Edición de James Whiston.
510 *Poesía española reciente (1980-2000).*
Edición de Juan Cano Ballesta.
511 *Hijo de ladrón,* MANUEL ROJAS.
Edición de Raúl Silva-Cáceres.
512 *Una educación sentimental. Praga,* MANUEL VÁZQUEZ MONTALBÁN.
Edición de Manuel Rico.
513 *El amigo Manso,* BENITO PÉREZ GALDÓS.
Edición de Francisco Caudet.
514 *Las cuatro comedias. (Eufemia. Armelina. Los engañados. Medora),* LOPE DE RUEDA.
Edición de Alfredo Hermenegildo.
515 *Don Catrín de la Fachenda. Noches tristes y día alegre,* JOSÉ JOAQUÍN FERNÁNDEZ DE LIZARDI.
Edición de Rocío Oviedo y Almudena Mejías.
516 *Anotaciones a la poesía de Garcilaso,* FERNANDO DE HERRERA.
Edición de Inoria Pepe y José María Reyes.
517 *La noche de los asesinos,* JOSÉ TRIANA.
Edición de Daniel Meyran.
518 *Pájaro Pinto. Luna de copas,* ANTONIO ESPINA.
Edición de Gloria Rey.
519 *Tigre Juan. El curandero de su honra,* RAMÓN PÉREZ DE AYALA.
Edición de Ángeles Prado.
520 *Insolación,* EMILIA PARDO BAZÁN.
Edición de Ermitas Penas Varela.

DE PRÓXIMA APARICIÓN

Santa, FEDERICO GAMBOA.
Edición de Javier Ordiz.